HELENE TURSTEN BEI BTB:

Die Irene-Huss-Krimis
Der Novembermörder. Roman (72554)
Der zweite Mord. Roman (72624)
Die Tätowierung. Roman (73147)
Tod im Pfarrhaus. Roman (73233)
Der erste Verdacht. Roman (73596)
Feuertanz. Roman (73715)
Die Tote im Keller. Roman (74029)
Das Brandhaus. Roman (74165)
Der im Dunkeln wacht. Roman (74346)
Im Schutz der Schatten. Roman (74554)

Die Embla-Nyström-Serie
Jagdrevier. Kriminalroman (71313)
Sandgrab. Kriminalroman (71803)
Schneenacht. Kriminalroman (71929)

Helene Tursten

Schneenacht

Kriminalroman

Aus dem Schwedischen
von Antje Rieck-Blankenburg

btb

Die schwedische Originalausgabe erschien 2018
unter dem Titel »Snödrev« bei Massolit Förlag, Stockholm.

Sollte diese Publikation Links auf Webseiten Dritter enthalten,
so übernehmen wir für deren Inhalte keine Haftung,
da wir uns diese nicht zu eigen machen, sondern lediglich
auf deren Stand zum Zeitpunkt der Erstveröffentlichung verweisen.

Dieses Buch ist auch als E-Book erhältlich.

Penguin Random House Verlagsgruppe FSC® N001967

2. Auflage
Genehmigte Taschenbuchausgabe Februar 2021
Copyright © der Originalausgabe 2018 by Helene Tursten
Copyright © der deutschsprachigen Ausgabe 2021 by
btb Verlag in der Penguin Random House Verlagsgruppe GmbH,
Neumarkter Straße 28, 81673 München
Published by agreement with Copenhagen Literary Agency ApS, Copenhagen
Umschlaggestaltung: semper smile, München
Umschlagmotiv: © Getty Images/Johner Images
Satz: GGP Media GmbH, Pößneck
Druck und Einband: GGP Media GmbH, Pößneck
SL · Herstellung: sc
Printed in Germany
ISBN 978-3-442-71929-7

www.btb-verlag.de
www.facebook.com/btbverlag

Für Hilmer,
in Liebe.
Du warst immer für mich da.

Die Haustür wurde sachte einen Spaltbreit geöffnet, vorsichtig schob sich ein Kopf hindurch. Alles schien ruhig zu sein, und der Mann trat auf die kleine Veranda hinaus. Ohne Eile steckte er eine Pistole in seinen Hosenbund und ließ ein Handy in die Jackentasche gleiten. Dann machte er den Reißverschluss seiner Lederjacke zu, rückte seine Nachtsichtbrille zurecht und setzte die Kapuze des Pullis auf, den er unter der Lederjacke trug.

Zu beiden Seiten des Hauses breiteten sich Äcker aus, ein Vorteil für ihn, da kein Mensch in der Nähe war, der ihn sehen oder hören konnte. Sicherheitshalber langte er durch den Türrahmen ins Haus und schaltete das Außenlicht aus. Zugleich zog er innen den Schlüssel ab. Und anstatt die Tür leise und sorgfältig zu schließen, zog er sie lässig und mit Schwung zu. Dann schloss er ab und drehte sich um, wobei er den Schlüssel mit einer Bewegung aus dem Handgelenk hinaus in die Dunkelheit beförderte, bevor er bedächtig die vereisten Stufen hinabstieg.

Schon nach wenigen Schritten verschluckte ihn die Nacht.

Als der Sturm einsetzte, peitschte er die Schneekristalle von Westen her waagerecht durch die Luft. Der Wind heulte heftig und wirbelte auch den Schnee auf, der ein paar Tage zuvor gefallen war. Innerhalb weniger Minuten konnte man nicht einmal mehr die Hand vor Augen sehen.

*P*lötzlich gab der Boden unter ihren Füßen nach, und sie sank mit jedem Schritt tiefer ein. Weiter, weiter! Beeil dich! Sie näherte sich langsam dem Licht, und über das Pochen in ihren Ohren hinweg meinte sie Stimmen zu hören. Dann sah sie ein Stück entfernt drei große Schatten, die sich über eine kleinere zusammengekauerte Figur beugten, die Lollo sein musste. Lieber Gott, mach, dass es noch nicht zu spät ist! Ich werde auch nie mehr … Lieber Gott … Bitte hilf uns! Embla versuchte zu rufen, brachte jedoch keinen Ton heraus. Im selben Moment drehte sich einer der Schatten in ihre Richtung um, und sie wusste, dass sie geliefert war. Sie erstarrte vor Schreck, doch dann versuchte sie zu fliehen. Aber sie hatte einen Sekundenbruchteil zu lange gezögert. Ihre Füße steckten fest, und der bedrohliche Schatten flog rasend schnell auf sie zu. Schließlich packte er sie mit beiden Händen fest am Hals und würgte sie.

»Wenn du auch nur ein Wort sagst, bist du tot! Wir wissen, wer du bist und wo du wohnst!«, zischte er.

Verzweifelt presste sie hervor: »Lollo, Loll …«

»Vergiss sie!«

Dann stieß er Embla zu Boden. Die Wände um sie herum stürzten ein, und sie versank in eiskaltem Schlamm, der ihr in Nasenlöcher und Mund drang. Atmen … Sie bekam keine Luft mehr! Unter ihr wankte der Boden.

Embla wachte davon auf, dass sie senkrecht im Bett saß und verzweifelt nach Luft rang. Der Angstschweiß rann ihr zwischen den Brüsten herunter, und das T-Shirt klebte am Rücken. Wie jedes Mal, wenn sie aus diesem wiederkehrenden Albtraum erwachte. Doch diesmal war irgendetwas anders als sonst. Der Boden unter ihrem Bett wankte. Normalerweise wachte sie davon auf, dass sie keine Luft mehr bekam. Aber warum wankte der Boden? Und wo war sie überhaupt?

Allmählich kam sie zu sich und stellte fest, dass nicht der Fußboden, sondern ihr Bett sich bewegte.

Das kleine Gästezimmer im Haus ihres Onkels Nisse war eng, doch am Fußende ihres Bettes war gerade noch Platz für ein Zustellbett. Und von dort kam auch das Rütteln. Ein verwuschelter brauner Haarschopf tauchte an ihrem Fußende auf, und unter den Locken leuchteten zwei hellwache Augen. Ungeduldig rüttelte Elliot weiter an ihrem Bett.

»Steh auf! Heute wollen wir doch auf die Jagd gehen!«

Freudig sprang er von seinem Bett in ihres.

»Jagd! Jagd! Jagd!«

Er sang seine selbst erdachte Melodie, während er weiter herumhüpfte. Und obwohl sie noch nicht ganz wach war, musste sie lachen. Elliot war sowieso schon recht lebhaft, doch in diesem Augenblick war der Junge völlig überdreht.

»Ja, ja, aber geh erst zur Toilette und zieh dir dann die Sachen an, die im Flur überm Stuhl hän ...«

Weiter kam sie nicht, denn er war bereits aus dem Bett gesprungen und im kleinen Duschbad verschwunden, das zum Gästezimmer gehörte.

Elliot war das Beste, was ihr von der knapp ein Jahr währenden Liebesbeziehung mit Jason Abbot geblieben war, einem Jazzmusiker, mit dem sie vor fast fünf Jahren einmal zusammen gewesen war. Sie hatten wegen Jasons notorischer Untreue viele nervenaufreibende Streitereien gehabt und sich schließlich getrennt. Doch Embla hatte nach wie vor einen guten Draht zu seinem Sohn, und Jason war als alleinerziehender Vater clever genug, um einer weiteren erwachsenen Person Zugang zum Leben seines Sohnes zu gewähren. Elliots Mutter war gestorben, noch bevor Elliot ein Jahr alt gewesen war, und der Junge konnte sich nicht an sie erinnern. Jasons Familie lebte auf Jamaica und in Miami, und die einzige nahe Verwandte in Schweden war eine Tante von Elliot, geschieden, mit drei Kindern. Sie hatte mehr als genug mit sich und ihrer eigenen Familie zu tun.

Embla blieb noch ein wenig im warmen Bett liegen und versuchte die Reste der Panik abzuschütteln, die sich wie ein schwerer Stein auf ihre Brust gelegt hatte. In der vergangenen Woche war der Albtraum jede Nacht wiedergekommen. Der Grund dafür war offensichtlich. Ihre beste Freundin seit Kindheitstagen, Louise, genannt Lollo, die vor vierzehneinhalb Jahren spurlos verschwunden war, hatte plötzlich wieder von sich hören lassen.

Am späten Freitagabend vor acht Tagen hatte Emblas Handy geklingelt. Als das Intro von *Star Wars*, der Originalsoundtrack von 1977, ertönte, war Embla genervt gewesen, weil sie annahm, dass es schon wieder Nadir war, mit dem sie kurz zuvor am Telefon Schluss gemacht hatte. Deshalb meldete sie sich nur knapp mit ihrem Namen.

Doch außer raschen Atemzügen war nichts zu hören gewesen. »Hallo! Wer ist da?«, hatte sie gefragt. Schließlich, nach einer Weile, flüsterte eine weibliche Stimme: »Åsa? Ist da Åsa?«

Ihr sträubten sich die Nackenhaare. In den letzten Jahren hatte sie niemand mehr Åsa genannt. Mittlerweile riefen sie alle bei ihrem Taufnamen Embla. Doch als Kind hatte sie diesen Namen verabscheut, weil kein anderes Mädchen außer ihr so hieß. Sie hatte allen Freundinnen und sogar ihrer Lehrerin weisgemacht, dass sie Åsa hieße, was in Wirklichkeit ihr Zweitname war. Erst als sie älter wurde, nannte sie sich wieder Embla, denn inzwischen mochte sie den Namen wirklich und fand ihn viel cooler. Doch jemand, der seit den frühen Teenagerjahren keinen Kontakt mehr zu ihr gehabt hatte, konnte das nicht wissen. Und die Anruferin hatte sie seit vierzehneinhalb Jahren nicht mehr gesehen. Embla wusste ganz sicher, wer dran war, sie erkannte die Stimme sofort wieder. »Lollo!«, rief sie ins Handy.

Doch am anderen Ende war nur ein Keuchen zu hören, dann wurde das Gespräch beendet.

Im ersten Moment war sie völlig geschockt, doch allmählich wurde ihr bewusst, dass ihre Freundin tatsächlich noch lebte, und sie beruhigte sich wieder. Zugleich schossen ihr tausend Fragen durch den Kopf: Wo war Lollo? Schwebte sie in Gefahr? Würde sie noch einmal von sich hören lassen? Und was hatte sie ihr sagen wollen?

Nachdem sie lange mit sich gerungen hatte, fasste Embla einen Entschluss. Sie würde einer Person ihres Vertrauens von Louises Verschwinden erzählen. Und zwar die ganze Wahrheit. Endlich. Für dieses Bekenntnis, das ihr Lebenstrauma betraf, kam letztlich nur einer infrage. Sie rief ihren ehemaligen Chef, Kriminalkommissar Göran Krantz, an, den Leiter der Technischen Abteilung bei der Polizei in Göteborg. Am Telefon erzählte sie ihm, wie ihre beste Freundin eines Nachts plötzlich verschwand, als sie vierzehn gewesen waren. Embla war damals zum ersten und einzigen Mal in ihrem Leben sternhagelvoll gewesen, sodass ihre Erinnerung an den Nachtklub selbst, wie es dort ausgesehen hatte und wie sie dorthin gelangt waren, recht verschwommen und ziemlich wirr war. Nur die Szene aus ihren ständig wiederkehrenden Albträumen hatte sich unauslöschlich in ihrem Gedächtnis verankert.

Drei Männer, die über Lollo gebeugt standen. Der Würgegriff. Die Todesdrohungen. Ihre eigene Machtlosigkeit. Ihre Schuldgefühle.

In ihrem Bericht sparte Embla nichts aus. Doch da Embla und Elliot schon am Morgen darauf für eine Woche nach Dalsland fahren wollten, einigten sich Göran und sie darauf, sich zu treffen, sobald sie wieder zurück in Göteborg wäre. Und während sie gemeinsam mit dem Jungen die Skiferien verbringen würde, würde Göran schon einmal versuchen, einen Blick in die Ermittlungsunterlagen zu Louises Verschwinden zu werfen. Er konnte ihr allerdings nichts versprechen, denn die Arbeitsbelastung in der Technischen Abteilung war immens hoch, und die gesamte Belegschaft ging schon auf dem Zahnfleisch. Falls ihre Freundin sie während des Winterurlaubs erneut kontaktierte, sollte sich Embla umgehend bei Göran melden, damit sie versuchen könnten, den Anruf zurückzuverfolgen.

Danach war Embla froh, mit ihm gesprochen zu haben. Sie war dankbar dafür, dass er sie ernst nahm und ihr dabei helfen wollte herauszufinden, was Lollo genau zugestoßen war.

Seit Lollos Anruf zermarterte sich Embla das Hirn über ihr Verschwinden. Alles war wieder präsent, und es fühlte sich an, als würde ihr der Schädel platzen. Nur wenn sie mit Elliot und Nisse zusammen war, konnte sie vorübergehend abschalten.

Es dauerte nicht lange, bis die Tür zum Bad wieder aufflog. Elliot stürmte hinaus in den Flur, noch immer sein Liedchen vor sich hin trällernd, begleitet vom Rauschen der Toilettenspülung. Die Melodie war hinreißend, doch der Text umso eintöniger, da er nur aus einem einzigen Wort bestand: Jagd. Elliot betonte es einfach nur unterschiedlich und sang es in variierenden Tonarten. Da er die Musikalität seines Vaters geerbt hatte, besaß er ein Gefühl dafür, wie man einen Song vortrug, aber der Ein-

Wort-Text, den er nun schon seit Tagen ununterbrochen herunterleierte, ermüdete Embla allmählich. Oder besser gesagt: seit dem Zeitpunkt, als Embla sich von Nisse hatte überreden lassen. »Lass den Jungen doch einfach mal erleben, wie es ist, an einer Jagd teilzunehmen«, hatte der gesagt.

Allerdings hatte sie noch immer Zweifel, ob es gut war, einen Neunjährigen auf eine Pirschjagd mitzunehmen. Sie selbst war beim ersten Mal fünfzehn gewesen, was sie auch als Begründung dafür angeführt hatte, es sei besser, noch ein paar Jahre zu warten. Doch Nisse hatte entgegnet, dass er selbst genauso alt gewesen war wie Elliot, als er zum ersten Mal mit in den Wald durfte. Aber bei uns liegt das seit unzähligen Generationen im Blut, die Jagd hat Tradition, dachte sie. Auf Elliots Familie traf das nicht zu.

Die vertrauten Geräusche aus dem Erdgeschoss drangen zu ihr herauf: das Blubbern der Kaffeemaschine, das Klappern von Geschirr, die Schritte auf dem knarrenden Küchenfußboden und die leisen Stimmen aus dem Radio im Hintergrund. Lauter gewohnte Geräusche, die davon zeugten, dass ihr Onkel Nisse gerade das Frühstück zubereitete.

Wie jeden Morgen war er als Erster wach. Er war schon immer ein Frühaufsteher gewesen, was nichts Ungewöhnliches ist, wenn man einen kleinen Bauernhof mit Tieren besitzt. Diese müssen schließlich versorgt werden, bevor man zur Arbeit fahren kann. Nisse hatte sein Leben lang im Sägewerk gearbeitet, doch seit zwei Jahren war er Rentner und leider auch Witwer. Er und seine Frau Ann-Sofi hatten keine eigenen Kinder, aber Embla hatte die beiden oft besucht, seit sie klein war. Sie fühlte sich wohl auf dem Land mit dem Wald, den Tieren und der Natur um sich herum. Vielleicht hatte sie sich hier schon immer mehr zu Hause gefühlt als im Kreis ihrer Eltern und Geschwister mitten in Göteborg.

Sie war eine Nachzüglerin gewesen. Ein Kind, für das die Familie eigentlich keine Zeit gehabt hatte. Ihre drei älteren Brüder hatten jeder auf seine Weise viel Raum eingenommen, und alle drei gingen schon zur Schule, als sie geboren wurde. Das Gefühl aus ihrer Kindheit, an das sie sich am eindrücklichsten erinnerte, war Einsamkeit. Doch zum Glück hatte sie Lollo gehabt …

Beim Gedanken an ihre Freundin aus Kindertagen zuckte sie unwillkürlich zusammen. Jetzt war sie schlagartig wach. Im selben Augenblick rief Nisse von unten: »Frühstück!«

Mit einem herzhaften Gähnen räkelte sie sich, bevor sie widerwillig aus dem Bett kroch. Dann zog sie geräuschvoll die Jalousie hoch, um noch eine Weile vor dem Fenster stehen zu bleiben und hinauszuschauen. Zu ihrem Erstaunen war über Nacht massenweise Schnee gefallen. In den Tagen zuvor hatte es insgesamt ungefähr fünfzehn Zentimeter Neuschnee gegeben, doch nach dieser Nacht war die Schneedecke fast einen halben Meter hoch. Ein weiterer guter Grund, die Jagd abzublasen – neben ihren Bedenken Elliot betreffend. Außerdem war es extrem kalt. Das Thermometer an der Außenseite des Fensters zeigte minus elf Grad an, und es stürmte noch immer heftig.

»Embla, beeil dich!«

Elliot rief ungeduldig aus der Küche nach ihr. In zwei Tagen würde die Schule wieder beginnen. Dann könnte er vor seinen Klassenkameraden mit der Jagd prahlen, und alle würden große Augen machen. Keiner würde Elliots Erlebnisse toppen können, denn eine Jagd zählte viel mehr als eine Charterreise nach Gran Canaria oder ein Skiurlaub in Åre.

Elliot konnte kaum stillsitzen; sein ganzer Körper vibrierte, und er hüpfte vor lauter Aufregung immer wieder von seinem Stuhl hoch.

»Aber ich krieg doch auch ein Gewehr, oder? Also ein kleines, ja? Es muss auch nicht geladen sein. Oder nur ein bisschen vielleicht. Falls ein Bär kommt oder so.«

»Elliot, es wird kein Bär kommen. Bären halten Winterschlaf. Und außerdem wollen wir doch nur schauen, ob wir einen Fuchs aufs Korn nehmen können«, entgegnete Nisse.

»Einen Fuchs? Aber wenn nun ein Wolf kommt? Dann brauche ich ein Gewehr! Und wir erschießen ihn sofort! Bumm!«

Der Junge zielte mit beiden Zeigefingern auf ein imaginäres Tier draußen im Flur. Dabei zuckte sein ganzer Körper bei jedem Schuss, den er abgab.

»Peng! Peng! Bumm!«

»Ziemlich starker Rückstoß«, bemerkte Nisse und zwinkerte Embla zu.

Sie lächelte zustimmend. Doch noch immer nagte der Zweifel an ihr, ob es wirklich eine gute Idee war, den Jungen mit auf die Jagd zu nehmen. Der viele Schnee, die eisige Kälte und die Tatsache, dass er erst neun war …

»Und Seppo muss auch mit!«, rief Elliot begeistert und deutete auf den großen Elchhund, der neben dem Ofen auf einem alten Teppich lag.

Als der Hund seinen Namen hörte, öffnete er ein Auge und spitzte die Ohren. Gab es vielleicht etwas zu fressen? Als er feststellte, dass dem nicht so war, schloss er das Auge wieder und schlummerte weiter.

»Nein, Seppo ist kein Hund für eine Fuchsjagd. Er ist eher auf Elche und Rehe trainiert«, erklärte Nisse geduldig.

»Und welche Hunde jagen dann Füchse?«, wollte Elliot wissen.

»Kleinere Hunde. Oft sind es Terrier. Zum Beispiel …«

In diesem Moment klingelte das Telefon. Nisse stand auf, ging zum Apparat an der Wand neben der Tür und nahm den Hörer ab.

»Hallo! Wie geht's euch denn drüben in Herremark so?«, fragte er gut gelaunt.

Da wusste auch Embla, wer anrief. Harald Fäldt, der Cousin ihrer Mutter und ihres Onkels Nisse. Nisse hatte über die Jahre immer Kontakt zu Harald und seiner Frau Monika gehalten, doch sie selbst hatte die beiden schon lange nicht mehr gesehen und konnte sich kaum noch an ihre letzte Begegnung erinnern. Doch, genau: Er und Monika hatten im Resort einmal ein großes Fest ausgerichtet. Ein Sommerfest, vielleicht zu Mittsommer. Embla war erst sieben oder acht Jahre alt gewesen.

»Hast du noch so 'n kleines Gewehr von damals, als du so alt warst wie ich? Ja? Kann ich das haben? Bitte!«

»Nein, Elliot, es gibt keine Gewehre für Kinder. Und ich hab mein erstes eigenes Gewehr auch erst mit achtzehn bekommen, nachdem ich den Jagdschein gemacht hatte.«

Elliot schob die Augenbrauen zusammen und wirkte verunsichert.

»Was für'n Ding?«

»Einen Jagdschein.«

»Und was ist das?«

»Hm, so was Ähnliches wie in die Schule gehen.«

Seine Miene nahm einen grüblerischen Zug an, doch schon nach wenigen Sekunden hellte sie sich wieder auf.

»Hast du da was über Gewehre gelernt?«

»Ja. Aber man lernt auch vieles über die Tiere im Wald und alle Regeln, die dort gelten. Schusswaffen sind etwas sehr Gefährliches, wenn man nicht aufpasst, kann man damit einen Menschen töten.«

Elliot nickte ernst. Das hatte er verstanden.

»Und wenn diese Schule zu Ende ist, darf man dann mit einem Gewehr schießen?«, fragte er wissbegierig.

»Ja. Aber man muss erst achtzehn Jahre alt sein.«

Er verdrehte seine großen, grünbraunen Augen, während sich sein schmaler Brustkorb mit einem tiefen Seufzer hob und senkte.

Nisse wandte sich Embla zu und deutete auf das Wandtelefon.

»Könntest du kurz mit Harald sprechen? Sie haben drüben in Herremark ein Problem.«

Embla stand vom Tisch auf, um den Hörer von ihrem Onkel zu übernehmen.

»Hej, hier ist Embla.«

»Hej. Hier ist Cousin Harald. Also natürlich nicht dein Cousin, sondern Sonjas und Nisses. Aber wir sind ja trotzdem miteinander verwandt.«

Er klang angespannt und leicht verwirrt und versuchte sich mit mehreren tiefen, wenn auch pfeifenden Atemzügen zu beruhigen.

»Es ist schon eine Weile her, seit wir uns zuletzt gesehen haben. Aber Nisse hat erzählt, dass du mit dem kleinen Jungen für eine Woche herkommen würdest. Und ich weiß, dass du Polizistin bist und in Mordfällen und dergleichen ermittelst. Hier ist nämlich etwas Schreckliches passiert. Einer unserer Gäste ist heute Nacht erschossen worden. Wir haben ihn am Morgen gefunden«, erklärte er und bemühte sich um einen beherrschten Ton.

Man konnte sich nur schwer vorstellen, dass sich die Leute im beschaulichen Herremark gegenseitig umbrachten, doch nach ihrer Zeit als Ermittlerin bei der Mobilen Einheit der Bezirkskriminalpolizei Västra Götaland, abgekürzt MEB, wusste Embla, dass selbst in der schönsten Idylle Kapitalverbrechen begangen wurden. Dennoch war sie erstaunt.

»Erschossen? Kann es sich eventuell um einen Selbstmord handeln?«, fragte sie leise, damit Elliot es nicht mitbekäme.

Doch ihre Vorsichtsmaßnahme war unbegründet. Ein langweiliges Telefonat interessierte ihn nicht im Geringsten, wo er doch gerade damit beschäftigt war, eine Strategie für die Jagd zu entwerfen. Nisse nickte zustimmend zu Elliots Überlegungen.

»Er liegt im Bett. In den Kopf geschossen«, antwortete Harald knapp. Seine Stimme zitterte.

Embla schwieg eine Weile, während sie intensiv nachdachte. Mord oder Selbstmord? Manchmal konnte man das nur schwer abschätzen. Doch die meisten Leute, die beschlossen hatten, ihrem Leben mit einer Waffe ein Ende zu setzen, schossen sich in den Kopf, das wusste Embla.

»Und wo befindet er sich?«, fragte sie.

»In einer der Hütten, die wir vermieten.«

Danach stellte sie die wichtigste Frage überhaupt:

»Hast du schon die Polizei verständigt?«

»Ja. Aber weil heute Samstag ist, waren nur die Beamten in Åmål erreichbar. Und die sind gerade mit einem anderen Mord beschäftigt, der heute Nacht in der Gegend verübt wurde. Nur wenige Kilometer von hier entfernt. Ein junger Mann wurde erstochen. Die Floorball-Mannschaft hatte eine Feier ausgerichtet.«

»Okay. Aber die Polizei in Bengtsfors ...«, begann sie, wurde jedoch unterbrochen.

»Die Dienststelle ist wie gesagt am Wochenende geschlossen. Sie wird übrigens bald ganz dichtgemacht, wie ich gehört habe. Oder Monika hat es gehört.«

Eine rasselnde Hustenattacke folgte auf seine Worte. Es wäre das Beste, direkt hinzufahren, dachte Embla. Und wenn es nur war, um Monika und Harald zu beruhigen, bis sich die örtliche Polizei der Sache annehmen würde.

Harald hatte offenbar denselben Gedanken gehabt. »Bei der Polizei in Åmål meinten sie, dass es eine Weile dauern würde, bis sie da sein können. Deshalb wollte ich dich fragen, ob du nicht vielleicht schon vorher vorbeikommen und dir das Ganze anschauen könntest. Das wäre sehr hilfreich. Für Monika und mich.«

Embla sah zu Elliot hinüber. Er gestikulierte gerade eifrig, und seine Augen leuchteten erwartungsfroh. Sie konnte die Jagd nicht einfach abblasen.

»Du, kann ich dich in ein paar Minuten zurückrufen? Ich müsste nämlich kurz mit Nisse sprechen. Wir hatten Elliot etwas versprochen, das Nisse dann womöglich allein mit ihm machen müsste, wenn ich nach Herremark hochkomme.«

Sie beendete das Gespräch und betrachtete Elliot nachdenklich. Bevor sie Nisse das Problem schildern konnte, sagte der schon: »Fahr du nur hin, ich gehe derweil mit dem Jungen raus. Einen Fuchs werden wir zwei ja wohl noch alleine erlegen können.«

Er zwinkerte Elliot zu, der ihn glücklich anstrahlte.

Der starke Wind hatte die Schneewehen auf der Landstraße zusammengepresst. Darüber hinaus sorgten unvermittelte Böen mit Schneegriesel dafür, dass die Sicht gleich null war. Embla musste vorsichtig fahren, das Risiko, dass sie in einen der hochaufgetürmten Schneewälle am Straßenrand hineinrauschte, war groß. Doch die Bundesstraße 172 war gut geräumt, und auch wenn immer wieder Schnee über die Fahrbahn wirbelte, kam sie auf der dreißig Kilometer langen Strecke nach Herremark relativ zügig voran. Als ihr Navi kundtat, dass sie sich dem Ort näherte, erblickte sie ein Schild mit der Aufschrift »Herremarks Gästgivargård«. Sie bog in Richtung des Pfeils ab. Die letzten hundert Meter waren weitaus schlechter geräumt, sodass sie Probleme hatte vorwärtszukommen, obwohl der Wagen mit guten Winterreifen ausgestattet war. Sie fuhr einen Kia Sportage, den sie sich von ihrer Freundin Bella ausgeliehen hatte. Bella war gerade für ein Jahr nach New York gegangen, um dort in einer Bank zu arbeiten. Emblas eigener alter Volvo 245 würde erst irgendwann im Lauf des Frühjahrs wieder instand gesetzt werden.

Als sie schlitternd auf den Parkplatz vor dem Resort einbog, ging auch schon die mit Schnitzereien verzierte hölzerne Flügeltür auf, und Harald und Monika traten heraus, um sie in Empfang zu nehmen.

»Vielen lieben Dank, dass du gekommen bist, Embla. Es ist alles so schrecklich!«, sagte Monika mit erstickter Stimme.

Ihre Finger zitterten, als sie Emblas ausgestreckte Hand mit beiden Händen umfasste. Ihr Händedruck war unerwartet fest, als klammerte sie sich an einen Rettungsring. Haralds Betroffenheit äußerte sich eher darin, dass er nicht stillstehen konnte. Unruhig trat er auf der Stelle, verlagerte das Gewicht ständig von einem Fuß auf den anderen, sodass es schien, als würde er leicht schwanken.

Monika war klein und zierlich und trug ihr volles, stahlgraues Haar in einer kurzen Pagenfrisur. Sie war mit einem stilvollen Norwegerpulli in Blautönen und einer schwarzen Hose bekleidet. Harald war groß und stattlich und mit den Jahren etwas rundlicher geworden. Wie bei Nisse hatten sich seine Haare mit zunehmendem Alter gelichtet, und genau wie sein Cousin hatte er sich entschieden, die noch verbliebenen Strähnen abzurasieren. In der Jugend hatten er, sein Cousin Nisse und seine Cousine Sonja flammend rotes Haar gehabt. Inzwischen waren Embla und ihr jüngster Bruder Kolbjörn die einzig Verbliebenen in der Verwandtschaft mit dieser Haarfarbe, ihre beiden älteren Brüder waren dunkelhaarig, genau wie ihr Vater.

Harald trug ein rot kariertes Flanellhemd und eine dunkelblaue, gefütterte Chinohose. An seinen Füßen leuchteten ein Paar neongrüne Crocs. Trotz der Kälte glänzten Schweißtropfen auf seiner Stirn und über der Oberlippe.

Das Gebäude, aus dem sie gekommen waren, stammte aus der Mitte des neunzehnten Jahrhunderts. Anfänglich war es ein wohlhabendes Gut mit umfangreichem Ackerbau und viel Wald gewesen. Doch die nachfolgenden Generationen hatten das Eigentum nachlässig verwaltet. Der völlig verarmte letzte Besitzer aus der Familie hatte schließlich den gesamten Grund und Boden einschließlich aller Gebäude an Monika und Harald verkauft. Die beiden ließen den Hof herrichten und betrieben ihn nun seit fast vierzig Jahren. Heute konnten sie den Gästen in ihrem renommierten Restaurant eine Küche der Spitzenklasse sowie einen exzellenten Hotelservice bieten. Hinter dem Hauptgebäude fiel das Gelände zu einem großen See hin ab. Am Hang hatte Harald mehrere Hütten mit bester Ausstattung errichten lassen. Viele Gäste kamen jedes Jahr wieder und mieteten sich im Sommer für mehrere Wochen ein. Besonders beliebt war der Kanuverleih, da man in vielen Gewässern der Umgebung paddeln konnte.

Sogar im Winter waren die Hütten oftmals ausgebucht. Unweit des Resorts lag ein Skihügel mit Schlepplift, der sich besonders für Familien mit kleinen Kindern eignete, doch die meisten Wintersportler kamen wegen der herrlichen Langlaufstrecken. Sie wurden während der gesamten Wintersaison präpariert und unterhalten. Auch das Restaurant war sehr beliebt, und man musste sowohl fürs Mittag- als auch fürs Abendessen lange im Voraus einen Tisch reservieren. Die Küche war bekannt für ihre erlesenen Wildgerichte, und häufig hatte Harald die Tiere selbst erlegt. Monika war es als Küchenchefin gelungen, mehrere begnadete Köche zu verpflichten.

Jetzt näherte sich das Ehepaar allmählich dem Rentenalter, und sie standen bereits in Verhandlungen mit einem Nachfolger.

Der Tote in einer ihrer Hütten musste sie enorm schockiert haben. Bestimmt sorgten sie sich nicht zuletzt um den guten Ruf ihres Hauses, dachte Embla.

»Komm rein, sonst erfrierst du da draußen noch«, sagte Monika und zog sie sanft über die Türschwelle ins Innere des Hauses.

Dort angekommen ließ sie Emblas Hand los und umarmte sie herzlich. Embla erwiderte ihre Umarmung ebenso herzlich. Monikas Wange war tränenfeucht. Harald kam hinter ihnen hergeschlurft und schloss die schwere Flügeltür. Sie standen in einer kleinen Lobby mit mehreren eleganten Ledersesseln vor einem Kamin, in dem ein anheimelndes Feuer knisterte.

»Wir gehen zu uns nach oben«, sagte Harald.

Er drehte sich um und steuerte eine Tür mit der Aufschrift »Privat« an. Höflich hielt er den beiden Damen die Tür zu dem angrenzenden kleinen Flur auf. Embla zog ihre Stiefel aus und hängte ihre Jacke an einen der handgeschmiedeten Eisenhaken an der Wand. Dicht gefolgt von Monika stieg sie die Treppe zum Obergeschoss hinauf. Harald folgte ihnen langsam und schweren Schrittes. Sie erreichten eine große Diele mit Bücherregalen an den Wänden. Durch die Fenster hatte man eine grandiose Aussicht hinunter auf den See. Im Raum standen mehrere Sitzmöbel aus Rattan, die dicken weichen Polster waren mit blauweiß gestreiftem Stoff bezogen. Auf dem Boden lag ein Flickenteppich in verschiedenen Blautönen.

»Bitte setz dich«, forderte Monika sie auf und deutete auf die Sitzgruppe.

Embla entschied sich für einen der Sessel. Die Eheleute Fäldt nahmen dicht nebeneinander auf dem kleinen Sofa Platz und fassten einander an den Händen. Das Rattangeflecht knarzte besorgniserregend unter ihrem gemeinsamen Gewicht.

Keine Zeit für Höflichkeitsfloskeln, dachte Embla, am besten, wir kommen gleich zur Sache.

»Und du bist dir ganz sicher, dass der Mann tot ist?«, fragte sie, den Blick auf Harald gerichtet.

»Ganz sicher. All das Blut … der Kopf …«

Er brach ab und versuchte augenscheinlich den Würgereiz zu unterdrücken, der ihn befiel. Harald ist Jäger, und er erkennt es bestimmt, wenn eine Schusswunde tödlich ist, dachte Embla.

»Wann ist er angereist?«

Nach einem raschen Blick auf ihren Ehemann, der noch immer heftig schluckend dasaß, antwortete Monika: »Gestern Nachmittag kam er an. Er hat sich mit dem Namen Jan Müller eingeschrieben. Unter diesem Namen hatte er auch die Hütte gebucht. Er wollte ungestört sein, deswegen hat er die hinterste Hütte gewählt.«

Embla deutete in Richtung See. »Die hinterste? Sie liegen doch eigentlich alle relativ dicht nebeneinander am Hang, oder?«, fragte sie.

»Es ist keines der Häuser unten am See, sondern eines von denen an der Straße hinunter nach Klevskog. Beim Naturreservat, du weißt schon. Wir haben dort drei neue Hütten errichtet.«

Sie kannte weder das Naturreservat noch wusste sie von den Hütten, beschloss jedoch, sich nichts anmerken zu lassen.

»Sind im Augenblick alle drei Hütten vermietet?«

Beide Eheleute schüttelten den Kopf. Kurz darauf sprang Harald auf und entschuldigte sich murmelnd. Ihm war offensichtlich übel geworden. Mit raschen Schritten ging er auf eine Tür zu, öffnete sie und verschwand in die Wohnung dahinter. Monika schaute ihm bekümmert hinterher, wandte sich dann jedoch wieder Embla zu.

»Nein. Die Wintergäste wohnen alle in den Hütten am See. Nur Jan Müller bat um eine in der Nähe des Reservats«, erklärte sie.

»Und wie weit entfernt liegen diese Hütten?«

Monika runzelte die Stirn und dachte kurz nach. »Tja, wie weit kann es sein? Von hier bis zur Abzweigung sind es maximal hundertfünfzig Meter. Und von dort noch mal ungefähr hundert Meter bis zur ersten Hütte. Die Hütten liegen im Abstand von zwanzig Metern. Das weiß ich noch von den Bauplänen«, sagte sie zögerlich.

Der Mann hatte eine Hütte in ungestörter Lage gebucht. Das konnte natürlich ein Indiz dafür sein, dass er sich das Leben nehmen wollte, ohne das Risiko einzugehen, dabei überrascht zu werden.

Die Tür ging wieder auf, und Harald kam zurück. Sein Gesicht war noch immer ziemlich blass, doch jetzt wirkte er etwas ruhiger. Er ließ sich schwer aufs Sofa sinken.

»Tut mir leid. Ich musste nur kurz einen Schluck Wasser trinken«, erklärte er.

Monika ergriff seine Hand und drückte sie fest. Embla lächelte aufmunternd und wandte sich ihm zu.

»Müller ist doch bestimmt mit dem Auto gekommen, oder?«, mutmaßte sie.

»Ja, mit einem großen Audi, einem SUV. Neuwagen. Ich weiß noch, er sagte, dass er ihn gerade einfährt.«

»Farbe?«

»Weiß.«

»Ist der Weg zur Hütte geräumt?«

»Ja. Er wird bis runter zum Reservat geräumt.«

Embla dachte über den Namen nach. Jan Müller.

»Müller ... ist er Deutscher?«

Harald runzelte die Stirn und dachte kurz nach.

»Nein, ich glaube nicht. Er sprach Schwedisch. Es klang nach Göteborger Dialekt, allerdings mit leichtem Akzent. Aber deutsch ... nein. Wir haben viele deutsche Gäste, doch die reden anders. Schwer zu sagen, wo er herkommt«, meinte er unschlüssig.

Monika nickte zustimmend.

»Und wie sah er aus? Irgendwelche besonderen Kennzeichen? Alter?«, fragte Embla weiter.

Harald bedeutete seiner Frau mit einem Nicken, dass sie übernehmen sollte.

»Normale Größe oder vielleicht etwas kleiner, aber kräftig gebaut. Zwischen fünfundvierzig und fünfzig Jahre alt. Dunkelhaarig mit starkem Einschlag ins Graue. Eine beginnende Glatze auf dem Oberkopf, die er überkämmt hatte. Beim Einchecken trug er einen blauen Wintermantel und darunter einen hochwertigen Anzug. Und auch beim Abendessen gestern war er gut gekleidet. Ich erinnere mich noch daran, dass sein Aftershave ziemlich aufdringlich war. Außerdem hatte er eine riesige goldene Uhr am Handgelenk. Das habe ich gesehen, als er sich eingeschrieben hat. Ich stand beim Check-in neben Harald.«

»Und wann hat er angerufen, um die Hütte zu buchen?«

»Gestern am frühen Morgen. Er fragte sofort, ob eine der Hütten beim Naturreservat frei wäre. Und als ich ihm sagte, dass alle drei frei sind, entschied er sich für die hinterste. Obwohl die Wintertouristen normalerweise lieber näher am Hauptgebäude wohnen. Die drei Hütten dort hat man eigentlich ursprünglich mal für Ornithologen errichtet, Klevskog ist berühmt für seine Artenvielfalt. Mitten im Reservat liegt ein flacher See, ein idealer Ort für Wat- und Seevögel. Die Hütten da hinten sind aber sehr komfortabel, was sie auch für andere Besucher interessant macht, die nicht unbedingt an Vogelbeobachtung interessiert sind.«

Müller hatte also offenbar von der Existenz der abgelegenen Hütten gewusst. Doch vielleicht hatte er das auch der Homepage des Resorts entnommen, auf der sicherlich alle Hütten aufgeführt waren. Monika bestätigte diese Vermutung, als Embla sich erkundigte.

»Und wie lange wollte er bleiben?«, fragte sie weiter.

Jetzt antwortete Harald: »Ich habe wie gesagt den Check-in übernommen, und er wollte eine Nacht bleiben. Er hat einen Tisch fürs Abendessen am Freitag und fürs Frühstück am Samstag reserviert. Und er kündigte noch an, dass er morgens früh aufstehen und sein Frühstück um Punkt sieben Uhr einnehmen will. Als er heute Morgen nicht auftauchte, rief ich kurz vor halb acht in der Hütte an. Doch er nahm nicht ab, und ich machte mir Sorgen. Dachte, er ist vielleicht krank geworden oder so.«

»Und wann bist du zur Hütte gegangen, um nachzusehen?«

»Ungefähr Viertel vor acht. Ich habe das Auto genommen.«

Embla stand auf.

»Okay, ich fahre hin und schaue es mir an. Könnte ich eure Handynummer bekommen? Und ich bräuchte noch eine genaue Wegbeschreibung und einen Schlüssel.«

»Ich habe hinter mir zwar nicht abgeschlossen, aber du kannst einen der Ersatzschlüssel haben.«

Harald zog einen Schlüssel mit hölzernem Anhänger aus der Hosentasche und reichte ihn Embla. Auf dem Anhänger prangte eine große schwarze Drei.

»War die Tür verschlossen, als du hinkamst?«, fragte sie.

»Ja, aber der Schlüssel steckte nicht von innen.«

Ein möglicherweise nicht ganz unwichtiges Detail.

»Kann irgendjemand einen Ersatzschlüssel entwendet haben?«

Harald schüttelte entschieden den Kopf.

»Nein. Wir haben vier Schlüssel für jede Hütte. Herr Müller bekam nur einen ausgehändigt, weil er allein war. Und die anderen drei waren ganz sicher in unserem verschlossenen Schlüsselschränkchen. Das habe ich gesehen, als ich diesen rausnahm, bevor ich hinfuhr.«

Mit leicht zitternden Fingern deutete er auf den Schlüssel in seiner Hand.

Der Wegbeschreibung entsprechend sollte Embla auf der Bundesstraße 172 ungefähr hundertfünfzig Meter in Richtung Norden fahren. Dann sollte ein Schild mit der Aufschrift »Klevskog Naturreservat« kommen, wo sie abbiegen müsste. Die Straße war geräumt, genau wie Harald es gesagt hatte. Durchs dichte Schneetreiben hindurch konnte sie vage die drei Hütten erkennen. Sie lagen in einer Reihe hintereinander. Der Tote musste sich in der hintersten zum Wald hin befinden.

Zu beiden Seiten der Straße breiteten sich große Äcker aus. Der Schnee wurde durch den heftigen Wind vom Boden hochgewirbelt und über die weite offene Fläche gepeitscht. Hinter den Hütten erhoben sich in einiger Entfernung mächtige Tannen. Dort begann offenbar das Naturreservat.

Merkwürdig, dass der Mann ausdrücklich nach der hintersten der drei Hütten gefragt hatte. Vielleicht war er ja vorher schon einmal hier gewesen. Möglicherweise ein Ornithologe? Nein, wohl eher nicht, dafür sprach weder die Jahreszeit noch die Beschreibung seines Äußeren: elegante Kleidung, eine goldene Uhr. Dazu noch das von Harald erwähnte Auto, ein nagelneuer Audi, ein SUV. Ein teures Luxusgefährt also.

Als Embla sich der hintersten Hütte näherte, erblickte sie denn auch einen großen, unförmigen Schneehaufen, unter dem sich offenbar der Audi befand. Sie parkte ihren geliehenen Kia dahinter, dort, wo auch Haralds Reifenspuren endeten. Nachdem sie den Motor ausgeschaltet hatte, blieb sie noch kurz im

Auto sitzen und verschaffte sich einen Überblick über die Umgebung. Nur zwei Fußspuren durchzogen die sonst unberührte Schneedecke vor der Hütte, eine verlief bis zur Vortreppe und eine zweite führte mit größeren Abständen zwischen den Fußabdrücken wieder zurück. Harald war zweifellos zu seinem Wagen zurückgerannt.

Wenngleich sich der Sturm inzwischen gelegt hatte, wollte der noch immer heftige Wind nicht abflauen. Man konnte kaum ausmachen, ob nur Schnee aufgewirbelt wurde oder ob es erneut angefangen hatte zu schneien. Dem Wetterbericht zufolge sollte im Lauf des Tages noch mehr Schnee fallen. Embla griff nach ihrem Handy und rief den Wetterbericht für die vergangene Nacht auf. Der Schneefall hatte ungefähr um ein Uhr nachts eingesetzt und gegen fünf Uhr dreißig wieder aufgehört. Höchstwahrscheinlich hatte sich das, was auch immer in der Hütte passiert war, vor oder während der ersten Stunden des Unwetters abgespielt. Und Wind und Schnee konnten Spuren ziemlich schnell verwischen, das war Embla klar. Vor dem Betreten des Hauses würde sie die Fläche davor routinemäßig nach eventuellen Spuren absuchen, da sie abgesehen von Harald als Erste vor Ort war. Sie nahm ein Paar Einweghandschuhe aus dem Handschuhfach und streifte sie über. Dann zog sie ihre dicken Fäustlinge über und stieg aus dem Auto.

Der starke Wind erfasste sie mit voller Wucht und zwang sie, sich zu ducken. Die eisigen Schneeflocken stachen ihr wie feine Nadeln ins Gesicht. Daher beruhigte sie der Gedanke, dass Elliot und Nisse vermutlich nicht besonders lange draußen in der Kälte ausharren, sondern bestimmt schon bald wieder nach Hause zurückkehren würden. Dort konnten sie heißen Kakao trinken und dazu die leckeren Zimtschnecken ihres Onkels essen. Elliot wäre bestimmt vollauf damit zufrieden, immerhin hätte er heute zum ersten Mal in seinem Leben an einer Jagd teilgenommen.

Mit weit vorgeneigtem Oberkörper bewegte Embla sich in Haralds Fußspuren auf die Hütte zu. Unterwegs blieb sie mehrfach stehen, streifte sich die Fäustlinge ab und fotografierte den Boden mit ihrer Handykamera. Außer Haralds Spuren konnte sie zwar nichts Auffälliges entdecken, doch auch die mussten dokumentiert werden.

Harald hatte tatsächlich nicht hinter sich abgeschlossen. Vorsichtig öffnete sie die Haustür. Das Erste, was sie registrierte, war der typische Duft von Herrenparfüm. Ein ziemlich starkes. Sie betätigte den Lichtschalter neben dem Türrahmen. Zwei Deckenlampen gingen an, eine über der Küchenzeile an der hinteren Wand und eine weitere in der Mitte des kleinen Wohnzimmers. Sie nahm ihre pelzbesetzte Kapuze ab – das Fell stammte von einem Fuchs, den sie selbst geschossen hatte – und verschaffte sich rasch einen Überblick über die Aufteilung der Räume. Gleich neben der Tür befand sich an einer kurzen Wand eine Hutablage und daneben ein kleiner Garderobenschrank. An der Garderobe hing ein dunkelblauer Mantel auf einem Bügel, und auf der Hutablage darüber lagen ein eleganter, fein säuberlich zusammengefalteter karierter Wollschal und ein Paar schwarze Lederhandschuhe. Auf dem Fußboden standen ein Paar schwarze Herrenschuhe, die für das Winterwetter völlig ungeeignet waren. Die Wände waren mit weißlasierten Paneelen verkleidet und der Holzfußboden hell lackiert. Vom Flur gelangte man direkt in den Wohnraum. Seitlich erblickte Embla eine kleine, modern ausgestattete Küche. Sie registrierte, dass im Abtropfgestell auf der Spüle kein Geschirr stand, würde jedoch später noch einen Blick in die Spülmaschine werfen. Unter dem Fenster im Küchenbereich stand ein Esstisch mit vier Stühlen.

Auf dem Boden lagen mehrere grün-weiß gemusterte Flickenteppiche. Vor den Fenstern an der Stirnseite standen ein Sofa und zwei kleinere Sessel. Aufgrund der Anordnung der Möbel nahm sie an, dass an der gegenüberliegenden Wand ein Fernseher hing. Die Ecke neben dem Sofa nahm ein rustikaler Kaminofen aus Speckstein ein – mit zugehörigem Korb aus geflochtenem Stahldraht, der mit Brennholz gefüllt war. Es sah nicht danach aus, als hätte der Mann Feuer gemacht.

Da Embla gerade Urlaub hatte, befanden sich im Auto momentan keine Schuhüberzieher. Doch vor der Abfahrt von Nisses Hof hatte sie schnell noch zwei große Plastiktüten eingesteckt. Die streifte sie jetzt über ihre Stiefel, bevor sie das Wohnzimmer betrat und sich darin umschaute. Genau wie sie gemutmaßt hatte, war ein Flachbildfernseher an der Wand angebracht. Vom Wohnzimmer gingen zwei Türen ab, von denen eine angelehnt war. Durch den Spalt konnte sie die Lichtreflexe im Glas einer Duschkabine erkennen. Die andere Tür stand weit offen.

Es war die Schlafzimmertür.

Zuerst schaltete Embla das Licht im Bad ein und warf einen Blick hinein: eine kleine, durchgängig gefliste Nasszelle mit Toilette, Waschbecken und Dusche. Der Geruch nach Herrenparfüm war hier extrem stark, fast ekelerregend. An einem Handtuchhalter hing ein schwarzes Herrennecessaire mit Haken, über einer Stange außerdem ein großes weißes Badehandtuch aus dickem Frottee und ein kleineres in derselben hochwertigen Qualität. Alles sah frisch und unbenutzt aus.

Embla schloss die Tür wieder und wandte sich zum Schlafzimmer. Sie schob die Hand durch den Türrahmen und schaltete die Deckenlampe ein. Auf der Türschwelle blieb sie stehen.

Auch hier roch es intensiv nach Herrenparfüm, vermischt mit Alkohol und dem metallischen Geruch von Blut. Ein Ehebett mit zwei Nachttischen dominierte den Raum. Auf dem Nachttisch nahe der Tür standen eine leere Schnapsflasche und ein leeres Trinkglas. Eine Wand wurde von einem breiten Kleiderschrank ausgefüllt. Auf einer niedrigen Holzbank unterhalb des Fensters lag ein geschlossener schwarzer Handkoffer. Ein sauteurer ultraleichter Samsonite, wie Embla feststellte.

Nachdem sie den Raum gescannt hatte, betrachtete sie den Mann im Bett näher. Er lag auf dem Rücken, die Bettdecke war bis unter den Brustkorb heruntergerutscht, und seine kräftigen Hände lagen gefaltet obenauf. Merkwürdigerweise wirkte er in dieser Haltung fast friedlich. Auf seinen Handrücken und den Fingern wuchsen schwarze Härchen. Am rechten kleinen Finger prangte ein Siegelring aus Gold mit einem großen, leuchtend grünen, facettengeschliffenen Stein. Unter den gefalteten Händen konnte Embla eine Pistole ausmachen, ein größeres Modell. Mit leichtem Erstaunen stellte sie fest, dass er einen dunkelblauen Seidenpyjama trug. Wer schläft denn mitten im Winter allein in einer Hütte auf dem Land in einem Seidenpyjama? Abgesehen von diesem Typen hier?

Das Einschussloch zwischen seinen buschigen Augenbrauen war deutlich erkennbar. Es stammte von einer großkalibrigen Waffe. Das Kissen war blutgetränkt, was auf ein überdimensionales Austrittsloch schließen ließ. Vermutlich war ein großer Teil des hinteren Schädels weggesprengt worden. Embla konnte gut verstehen, dass Harald bei seinem Anblick schockiert gewesen war. Es sah wirklich furchterregend aus.

Um sich einen besseren Überblick zu verschaffen, stellte sich Embla auf die Zehenspitzen, was mit den schweren Stiefeln an ihren Füßen nicht ganz leicht war. Jetzt konnte sie noch eine weitere große Blutlache in der Herzgegend sehen. Also zwei Schüsse. Die Gesichtshaut des Mannes hatte einen gräulichen

Ton angenommen, was darauf hindeutete, dass er schon eine ganze Weile tot war.

Angesichts der Tatsache, dass dem Mann zwei tödliche Wunden mit Schüssen aus einer großkalibrigen Waffe zugefügt worden waren, konnte es sich definitiv nicht um einen Selbstmord handeln. Denn man kann nicht die Hände über der Brust falten, nachdem man sich in den Kopf und danach noch ins Herz geschossen hat.

Der Mann war kräftig gebaut, aber nicht dick. Obwohl Embla fast drei Meter vom Bett entfernt stand und sein Gesicht durch den Schuss ziemlich entstellt war, kam er ihr irgendwie bekannt vor: die groben Züge, die buschigen Augenbrauen, das markante Kinn und auch die ergrauten Haare, die auf dem Oberkopf schon recht dünn waren.

Als ihr plötzlich bewusst wurde, wer der Mann war, erlitt sie den Schock ihres Lebens.

Im Bett lag Milo Stavic. Der Mann, der sie nun schon seit fast fünfzehn Jahren in ihren wiederkehrenden Albträumen quälte. Der Mann, der Lollo gemeinsam mit seinen beiden Brüdern entführt hatte. Der Mann, der damit gedroht hatte, sie zu töten, wenn sie irgendwem davon erzählte, was in der besagten Nacht passiert war.

Sie wich instinktiv einen Schritt zurück.

»Nein! Das ist ja der blanke Wahnsinn!«, rief sie aus.

Ihre Stimme zitterte, sie rang heftig nach Luft und ihr Herz begann zu rasen.

»Der blanke Wahnsinn?«

Die Männerstimme hinter ihr war tief. Sie kannte sie nicht.

Emblas Schockstarre löste sich schlagartig, und ihre Reflexe setzten ein. Automatisch fuhr sie in Habachtstellung herum, die Hände in Verteidigungsposition zu Fäusten geballt. Diese Haltung hatte sie verinnerlicht und fest in sich verankert, denn sie hatte viele Jahre lang geboxt, die letzten sogar auf Spitzenniveau.

Der Mann hinter ihr war so groß, dass seine Mütze fast die Zimmerdecke streifte. Eine Polizeimütze. Unter seiner Steppjacke lugte ein dunkelblauer Strickpulli hervor, und er trug eine Uniformhose. Er war ungefähr in ihrem Alter. Von der Deckenlampe wie von einem Spot beleuchtet, die rechte Hand am Holster, stand er mitten im Wohnzimmer.

Eigentlich hätte sie erleichtert sein müssen. Stattdessen stieg nach dem Schrecken nun Wut in ihr hoch. Sie streckte ihren Rücken und warf ihm einen strengen Blick zu.

»Was zum Teufel machen Sie hier?«, fuhr sie ihn an.

»Genau das wollte ich Sie auch gerade fragen«, antwortete er ruhig.

Er wirkte gelassen, doch Embla konnte sehen, dass jeder Muskel seines Körpers angespannt war, bereit zu agieren. Als Boxerin hatte sie ein gutes Gespür für die Körpersprache ihres Gegners.

»Kriminalinspektorin Embla Nyström aus Göteborg, Abteilung für Gewaltverbrechen«, stellte sie sich knapp vor.

»Dürfte ich mal Ihren Ausweis sehen?«

Verdammte Scheiße! Der lag in ihrem Portemonnaie, das sie bei Nisse zu Hause vergessen hatte. Sie war doch tatsächlich ohne Führerschein losgefahren, stellte sie fest.

»Also … ich habe gerade Skiferien und bin zu Besuch bei meinem Onkel. Heute Morgen rief Harald Fäldt an, dem das Resort hier gehört, und wollte mich sprechen. Er ist der Cousin meines Onkels Nisse und wusste, dass ich während der Ferien hier sein würde. Harald hatte in einer seiner vermieteten Hütten einen Toten gefunden. Und zwar diesen hier. Er wollte, dass ich herkomme, weil die örtliche Polizei gerade mit einem anderen Mord beschäftigt ist, der heute Nacht verübt wurde. Deshalb bin ich hier. In der Eile hab ich aber vergessen, meinen Geldbeutel einzustecken. Und Sie sind gerade dabei, den Tatort zu kontaminieren!«

Sie deutete anklagend mit dem Zeigefinger auf seine schweren Stiefel, die mindestens Schuhgröße 46 hatten und um die herum sich gerade zwei Pfützen bildeten. Im Gegenzug musterte er kritisch die Plastiktüten, die sie über ihre Stiefel gestreift hatte.

»Funktioniert doch!«, rechtfertigte sie sich, noch bevor er ihren provisorischen Schutz kommentieren konnte.

Aufgebracht fuhr sie fort: »Ich weiß, wer dieser Mann ist. Sein Name ist Milo Stavic. Einer der namhaftesten Gangsterbosse Göteborgs. Das bedeutet, dass die Ermittlungen von der Polizei in Göteborg geleitet werden.«

Er zog langsam die Augenbrauen hoch und sagte dann: »Sie haben sich noch immer nicht ausgewiesen.«

Damit hatte er in der Tat recht, das musste sie zugeben.

»Nein. Aber wie ich Ihnen schon sagte, habe ich mein Portemonnaie bei meinem Onkel vergessen.«

Es klang defensiv und keineswegs glaubwürdig. Verzweifelt suchte sie nach einer Möglichkeit, ihn von ihrer Identität zu überzeugen.

Da kam ihr eine Idee.

»Haben Sie ein Handy bei sich?«, fragte sie.

Er nickte, ohne die Miene zu verziehen.

»Dann googeln Sie bitte Embla Nyström. Oder gehen Sie auf Facebook. Dort sind Fotos von mir. Ich bin Boxerin. Und Polizistin.«

Er zog erneut die Augenbrauen hoch und fischte sein Handy aus der Hosentasche. Während er tippte, ließ er sie nicht aus den Augen.

»In diesem Schlafzimmer liegt also ein Toter?«, fragte er, während er darauf wartete, dass die Suchmaschine Ergebnisse ausspuckte.

»Ja, und er ist ermordet worden. Erschossen.«

Sie trat einen Schritt zur Seite und machte eine einladende Geste.

»Sehen Sie selbst«, forderte sie ihn auf.

Mit dem Handy in der linken Hand und der rechten noch immer am Holster näherte er sich der Tür.

»Aber nicht reingehen«, warnte sie ihn.

Zu ihrem Erstaunen gehorchte er. Er stand regungslos da und betrachtete die makabre Szene. Als er sich Embla wieder zuwandte, sah er um einiges blasser aus.

»Das ist ja entsetzlich«, brachte er leise und sichtlich ergriffen hervor.

»Hab ich doch gesagt«, entgegnete sie.

»Nein. Sie haben gesagt, das ist ja der blanke Wahnsinn.«

Was für ein nerviger Typ! Musste er ausgerechnet an einem Tatort, wo vor Kurzem ein Mord begangen worden war, jedes Wort auf die Goldwaage legen?!

»Ja, und genau das ist es auch: Wahnsinn! Ein Verbrecher dieses Kalibers müsste eigentlich in Göteborg auf offener Straße erschossen werden. Oder hinterrücks vor seinem Haus oder in seiner Luxuslimousine. Aber nicht in einem Bett irgendwo in der Pampa«, entgegnete sie spitz.

Mit einem Blick auf das Mordopfer fragte er nachdenklich: »Was hat er denn hier gemacht?«

»Keine Ahnung. Ich werde jetzt jedenfalls meinen Chef anrufen und ihm von dem Mord berichten. Das hier ist ein Fall für uns in Göteborg.«

Sie hielt inne und überlegte. Wen sollte sie eigentlich anrufen? Ihr jetziger Chef war Kriminalkommissar Tommy Persson in der Abteilung für Gewaltverbrechen. Doch während ihrer Zeit bei der Mobilen Einheit, der MEB, war Kriminalkommissar Göran Krantz aus der Technischen ihr Chef gewesen. Sie kannte ihn weitaus besser als Kommissar Persson, und sie hatten Vertrauen zueinander aufgebaut. Außerdem war Göran Krantz der Einzige, dem sie vom Verschwinden ihrer besten Freundin Lollo erzählt hatte, und damit auch der Einzige, der um die Rolle von Milo Stavic in jener Nacht wusste.

Also würde sie Göran Krantz anrufen. Sie schob ihre Hand in die Jackentasche, um ihr Handy herauszuholen. Gerade hatte sie es mit den Fingern umschlossen, da rief ihr Kollege im Befehlston: »Stopp! Hände aus den Taschen!«

Das war ja wohl nicht sein Ernst. Doch als sie zu ihm aufschaute, um ihm die Meinung zu geigen, sah sie, dass er seine Sig Sauer gezogen hatte und auf sie zielte. Er fackelt offenbar nicht lange, dachte sie. Dann wurde ihr bewusst, dass sie jetzt besser keine ruckartigen Bewegungen machte. Die Situation kam ihr komplett unwirklich vor.

»Sie haben sich übrigens auch noch nicht ausgewiesen«, sagte sie aufmüpfig.

»Nicht nötig. Ich habe Sie hier am Tatort angetroffen. Ohne

Ausweis. Sie behaupten zwar, Polizistin zu sein. Meiner Meinung nach könnten Sie aber genauso gut die Mörderin sein. Wovon ich leider ausgehen muss, solange Sie sich nicht ausgewiesen haben«, erklärte er.

In seiner Stimme schwang jetzt eine leichte Nervosität mit, die ihr vorher nicht aufgefallen war. Sie selbst war den Anblick von Toten gewohnt, als Kriminalinspektorin der Mordkommission, die inzwischen allerdings in »Abteilung für Gewaltverbrechen« umbenannt worden war. Als junger Polizist in einer ländlichen Region hatte er hingegen sicher noch nicht allzu viele Mordopfer gesehen, wenn überhaupt.

Was er nicht wusste: Sie war nicht nur eine gute Boxerin, sondern auch eine ziemlich geschickte Thaiboxerin. Sie konnte ihm problemlos einen Tritt gegen das Handgelenk verpassen. Einen möglichst heftigen, damit der Schuss an die Decke ging, falls er den Abzug betätigte. Sobald die Nervenlähmung einsetzte, würde ihm unweigerlich die Pistole aus der Hand fallen. Allerdings würde das ihre bereits angespannte Beziehung nicht unbedingt verbessern. Sie beschloss, mit dem Tritt noch ein wenig zu warten.

»Könnten Sie vielleicht langsam mal wieder runterkommen? Wenn Sie sich die Leiche anschauen, werden Sie an der Gesichtsfarbe erkennen, dass der Mann schon ein paar Stunden tot ist. Und kein Mörder ist so blöd, nach der Tat noch lange am Tatort zu bleiben. Aber ...«, langsam streckte sie die Hände über den Kopf, »... Sie können mir gern behilflich sein und das Handy aus meiner Jackentasche holen. Ich muss nämlich Bericht erstatten. Uns läuft die Zeit davon, und der Mörder bekommt einen immer größeren Vorsprung.«

Er bedachte sie mit einem skeptischen Blick, doch nach einigen Sekunden des Zögerns machte er einen großen Schritt auf sie zu, wenn auch noch immer mit gezogener Pistole. Sie drehte sich ein wenig, damit er leichter an ihre Jackentasche herankam. Mit einem raschen Griff schnappte er sich ihr Handy und hielt es ihr ohne ein Wort hin. Dann schob er prüfend seine Hand in die Tasche auf der anderen Seite der Jacke.

»Nur Papiertaschentücher«, erklärte sie und schniefte demonstrativ. Erleichtert sah sie, wie er seine Pistole ins Holster zurückschob.

»Ich rufe jetzt Kriminalkommissar Göran Krantz an. Und ich schalte die Lautsprecherfunktion ein«, erklärte sie. Sie öffnete ihre Kontaktliste und klickte Görans Namen an.

»Hej Embla«, hörte sie die vertraute Stimme ihres ehemaligen Chefs sagen.

»Hej Göran. Sorry, dass ich dich am Wochenende störe, aber hier oben in Dalsland ist etwas passiert.«

»Oha. Ausgerechnet in deinem Urlaub. Habt ihr es denn sonst schön gehabt?«

»Ja, danke. Bis jetzt schon. Aber vor wenigen Stunden hat mich Harald Fäldt angerufen, der Cousin meiner Mutter und meines Onkels Nisse, und mich gebeten, dringend nach Herremark zu kommen. Er und seine Frau betreiben das Resort dort.«

Sie versuchte ihm die Situation so sachlich wie möglich zu schildern. Als sie ihm versicherte, das Opfer sei zweifellos Milo Stavic, reagierte der Kommissar mit einem erstaunten »Was?«, unterbrach sie aber nicht weiter. Embla berichtete ihm von den beiden Schusswunden und der Pistole unter den gefalteten Händen.

»Spricht eindeutig für Mord«, warf er ein.

Als sie ihm schließlich vom Misstrauen ihres Kollegen erzählte und erwähnte, dass er bei ihrem Versuch, ihn anzurufen, sogar seine Pistole gezogen hatte, musste Göran lachen.

»Er konnte ja nicht ahnen, dass er sich in Lebensgefahr begibt«, meinte er.

Dem jungen Polizisten schien allmählich aufzugehen, dass Embla und der Mann, mit dem sie gerade telefonierte, tatsächlich Kriminalbeamte waren, doch der Kommentar des Kommissars ließ ihn erstaunt aufhorchen.

Embla hatte nicht vor, sich zu erklären. Ihre ehemaligen Kollegen bei der MEB, Kriminalinspektor Hampus Stahre und Kriminalkommissar Göran Krantz, pflegten sie immer aufzuziehen. Sie nannten Embla ihren »Pitbull Terrier«, vor allem in Situationen, in denen ihr Temperament mit ihr durchging.

Noch bevor ihr ein gehässiger Konter einfiel, fuhr Göran fort: »Wirklich merkwürdig, nach all dem, was du mir von Milo Stavic erzählt hast.«

Innerlich bebend rang Embla nach Luft. Es kostete sie einige Überwindung, weder den toten noch den lebenden Mann neben ihr anzuschauen. Stattdessen richtete sie ihren Blick starr auf ein kleines Bild an der Wand. Es zeigte einen farbenfrohen Vogel auf einem blühenden Apfelzweig, oder welche Obstbaumsorte das auch immer sein sollte.

»Ich war ziemlich geschockt, als ich ihn wiedererkannte«, gab sie zu, bemüht darum, mit fester Stimme zu sprechen.

»Das verstehe ich. Und du bist dir hundertpro sicher, dass es Milo Stavic ist?«

»Ja.«

»Okay. Ich komme zu dir hoch und schaue mir die Sache an. Ich bin zwar gerade in Trollhättan, hatte aber sowieso vor, nach Hause zu fahren. Paulas Ex ist nämlich zu einem fünfzigsten Geburtstag eingeladen, und sie hat heute Abend die Kinder.«

»Danke dir! Jetzt geht's mir schon viel besser.«

Sie bemühte sich gar nicht erst, ihre Erleichterung zu verbergen.

»Gut, ich rufe gleich bei der Polizeichefin in Dalsland an und erkläre ihr die Situation. Danach schicke ich meine Techniker los, damit sie möglichst bald anfangen können«, fuhr er fort.

»Okay. Ich bleibe hier und halte an der Hütte Wache.«

Nach dem Telefonat hatte Embla das Gefühl, als sei eine tonnenschwere Last von ihren Schultern gefallen, und sie ertappte sich dabei, dass sie lächelte.

Als sie ein diskretes Räuspern neben sich hörte, zuckte sie zusammen. Vor lauter Erleichterung hatte sie den jungen Polizisten für einen Moment ausgeblendet. Höchstwahrscheinlich ein psychodynamischer Aspekt der Verdrängung, wie ihr Psychologenfreund Nicklas, im engsten Freundeskreis Psycho-Nicke genannt, es zu bezeichnen pflegte. Sie drehte sich zu ihrem uniformierten Kollegen um und schaute ihn an.

»Wie Sie vielleicht mitbekommen haben, brauchen Sie nicht länger zu bleiben. Aber bevor Sie wieder gehen, könnten Sie mir noch Ihren Namen verraten«, sagte Embla.

Umgehend nahm er Haltung an, legte zwei Finger an den Mützenrand und stellte sich vorschriftsmäßig vor.

»Polizeiinspektor Olle Tillman, Polizei Åmål.«

»Åmål? Und was machen Sie dann hier?«

»Wir sind die Einzigen, die am Wochenende Dienst haben.«

»Dann mussten Sie also nach dem Notruf wegen des anderen ermordeten Mannes auch ausrücken?«

»Ja. Aber woher wissen Sie von dem anderen Mord?«

»Harald … der Verwandte, der mich anrief … hat davon erzählt. Das war ja der Grund, warum die Polizei aus Åmål nicht sofort herkommen konnte.«

Sie deutete mit einem Nicken in Richtung des Toten.

Aus einem Reflex heraus schaute Olle Tillman ebenfalls zum Bett, wandte den Blick jedoch rasch wieder ab.

»Im Augenblick sind wir nur zu fünft auf dem Revier, aber demnächst werden noch zwei Kriminalinspektoren aus Trollhättan dazukommen. Und mein Chef meinte, dass ich herfahren und mir schon mal einen Überblick verschaffen sollte. Tja, und dann treffe ich bei der Leiche eine mir völlig fremde Person an, die zwar behauptet, Polizistin zu sein, sich aber nicht ausweisen kann. Ist doch klar, dass ich Sie erst mal als verdächtig eingeschätzt habe.«

Offenbar sollte das eine Erklärung und Entschuldigung dafür sein, dass er seine Waffe auf sie gerichtet hatte.

»Dann sind Sie also schon seit letzter Nacht im Dienst?«, fragte sie und bemühte sich um einen etwas freundlicheren Ton.

»Ja, seit gestern Abend um sechs.«

Demnach hatte er fast sechzehn Stunden durchgearbeitet.

»Dann sollten Sie jetzt wirklich nach Hause fahren und …«, sagte Embla, doch er unterbrach sie.

»Daraus wird wohl leider nichts. Wir haben zwar letzte Nacht schon einige Zeugen befragt, aber leider ohne großen Erfolg. Die meisten waren nicht mehr nüchtern. Außerdem standen sie total unter Schock, sodass wir heute weitermachen müssen. Und morgen und übermorgen bestimmt auch.«

»Und um wie viele Zeugen handelt es sich?«

Die Antwort kam prompt.

»Zweiundsechzig.«

Das würde ihm und seinen Kollegen zweifellos einiges abverlangen.

»Es wird bestimmt mehrere Tage dauern«, pflichtete sie ihm bei.

»Ja. Aber ich habe inzwischen eine Teilnehmerliste vom Veranstalter bekommen, was das Ganze etwas erleichtert. Wir werden die Namen unter uns aufteilen. Und wenn die beiden Kollegen aus Trollhättan zu uns stoßen, bekommen wir ja wie gesagt Unterstützung.«

Embla sah sich von der Türschwelle aus noch einmal im Raum um.

»Ich glaube, es ist besser, wenn wir jetzt die Hütte verlassen. Bald rücken die Techniker an. Und die werden sich nicht über Verunreinigungen am Tatort freuen. Wir sollten also besser nicht noch mehr DNA und Schuhabdrücke hinterlassen. Oder besser gesagt, Sie.«

Embla warf einen vielsagenden Blick auf seine Quadratlatschen. Olle Tillman schien es nicht weiter zu kümmern. Embla nahm an, dass Harald auch Spuren im Schlafzimmer hinterlassen hatte, aber sie hatte vergessen, ihn zu fragen, wie weit er in den Raum hineingegangen war. Höchstwahrscheinlich hatte er angesichts des Blutbades im Bett schnell kehrtgemacht.

»Bei diesem Sturm können wir wohl kaum rausgehen«, meinte Olle.

Er hatte recht. Die Fenster waren fast völlig zugeschneit, und sie konnten hören, wie der Wind draußen um die Hausecken pfiff und die Fensterscheiben erzittern ließ.

»Dann setzen wir uns an den Tisch in der Küche und warten auf Göran und die Techniker«, entgegnete Embla.

»Okay.«

Er warf ihr einen dankbaren Blick zu, denn hinter ihm lag eine lange Schicht. Sie setzten sich jeder auf einen Stuhl. Beide knöpften ihre Jacken auf, da es in der Hütte ziemlich warm war. Olle Tillman nahm seine Mütze ab und legte sie auf den Tisch. Sein helles Haar war ungewöhnlich lang, die meisten Männer im Polizeikorps trugen entweder einen kurzen Stoppelschnitt, oder sie hatten sich den Schädel gleich ganz kahl rasiert. Das war sehr viel pflegeleichter. Andererseits hatten sich mehrere von Emblas Kollegen einen Vollbart wachsen lassen, viele von ihnen sahen damit aus wie Weihnachtsmänner. Olle Tillmans heller Flaum auf dem Kinn erinnerte jedoch eher an einen Dreitagebart.

Olle musste wirklich erschöpft sein. Während er hinter dem einen Handrücken ein Gähnen verbarg, rieb er sich mit dem anderen die Augen. Seine Müdigkeit schien der Hauptgrund dafür zu sein, dass er es nicht besonders eilig hatte, zu seinen Kollegen zurückzukehren.

»Es wird wohl noch eine Weile dauern, bis Göran kommt. Erzählen Sie mir von dem Mord an dem jungen Mann«, forderte Embla ihn auf.

Olle blinzelte angestrengt, bevor er zu reden begann.

»Der lokale Floorballklub FBK Herremark hat ein Fest gefeiert. Sein zwanzigjähriges Bestehen. Der Notruf wegen der Messerattacke kam um null Uhr vierzig rein.«

»Sorry, wenn ich Sie unterbreche, aber schneite es schon, als Sie dort ankamen?«

»Ja, als wir ankamen, hatte es gerade heftig angefangen zu schneien. Vor dem Lokal standen massenweise Autos, weil ein Großteil der Jugendlichen ihre Eltern oder Freunde angerufen hatten. Sie wollten abgeholt werden. Viele weinten, und die meisten waren sturzbetrunken. Fast keiner von ihnen wollte mit uns reden. Wahrscheinlich hatten die meisten Angst, dass ihre Eltern dann erfahren würden, wie viel sie intus hatten.«

»Ihre Eltern waren doch selbst mal Teenager.«

»Ja, genau deswegen.«

Er lächelte. Jetzt wirkte er präsenter. Er sah gut aus mit seinen hübschen blaugrauen Augen, stellte Embla fest. Als er weiterredete, wurde sie aus ihren Betrachtungen gerissen.

»Das Ganze fand in einem Veranstaltungslokal namens Loge statt. Eine alte umgebaute Scheune, die als Versammlungsraum genutzt wird. Für alle möglichen Feste, Auktionen und so weiter. Gegen halb eins wurde ein junger Mann draußen vor der Loge mit einem Messer attackiert. Der Krankenwagen traf um fünf Minuten vor eins ein. Er starb auf dem Weg ins Krankenhaus. Wir kamen ungefähr eine Viertelstunde später. Da war der Krankenwagen schon weg. Und es hatte wie gesagt angefangen zu schneien und zu stürmen.«

Embla spitzte angesichts seiner Zeitangaben die Ohren. In diesem Zeitraum war vermutlich auch Milo Stavic ermordet worden. Offenbar waren da eine ganze Menge Leute in der Gegend von Herremark unterwegs gewesen.

»Konnte das Opfer nach der Messerattacke noch irgendetwas sagen?«, fragte sie.

»Nach allem, was wir gehört haben, nein.«

»Und wer war der junge Mann?«

»Er hieß Robin Pettersson, war achtzehn Jahre alt und stand kurz vorm Abitur. Seinem Trainer zufolge war er der Star der Mannschaft. Offenbar war seine Familie gerade erst vor einem Monat nach Åmål gezogen, und er wollte nach dem Fest in die Floorballmannschaft von Säffle wechseln.«

»Weiß man schon irgendwas über den Täter?«

»Nein, nichts. Bislang haben sich keine Zeugen gemeldet.«

Embla dachte nach. »Wie weit liegt diese Loge von hier entfernt?«

»Zwei Kilometer.«

Das war näher, als sie angenommen hatte. Und es bedeutete, dass in der Zeit von ungefähr Viertel vor eins bis mindestens zwei Uhr morgens jede Menge Autos auf den Straßen in der näheren Umgebung unterwegs gewesen sein mussten. Vielleicht war ja irgendwem ein unbekanntes Auto oder eine fremde Person aufgefallen, oder jemand hatte etwas anderes Ungewöhnliches beobachtet. Irgendetwas, das im Zusammenhang mit dem Mord an Milo Stavic stand. Freilich stellte der gegen ein Uhr nachts einsetzende Schneesturm ein Problem dar, weil er die Sicht erheblich verschlechtert hatte.

Plötzlich wurde Embla bewusst, dass Olle Tillman sie mit gerunzelter Stirn anschaute.

»Glauben Sie etwa, dass diese beiden Morde etwas miteinander zu tun haben?«, fragte er schließlich.

Sie überlegte.

»Eher unwahrscheinlich, dass ein achtzehnjähriger Gymnasiast aus Åmål vom selben Mörder erstochen wird, der Stavic erschossen hat. Klingt jedenfalls ziemlich weit hergeholt.«

»Aber völlig ausgeschlossen ist es nicht, oder?«

»Doch, ich finde schon. Wenn man bedenkt, wer die Opfer sind. Milo Stavic ist ein berüchtigter Gangsterboss aus Göteborg, der mehrere Restaurants, Hotels, Nachtklubs und Wettbüros besitzt, in denen er das Geld wäscht, das er mit Drogen-, Waffen- und Menschenschmuggel, Prostitution und dergleichen einnimmt.«

Olle nickte. Eine Verbindung zwischen den beiden Mordopfern schien in der Tat eher unwahrscheinlich.

»Tja, mein Chef, Kommissar Johnzén, glaubt, dass es sich bei dem Toten hier um irgendeinen lebensmüden Spinner handelt, der abtreten wollte. Aber danach sieht es ja nicht gerade aus«, bemerkte er ironisch.

»Nein. Zuerst hab ich auch an Selbstmord gedacht. Aber das hier ist zweifellos Mord. Man kann sich schließlich nicht erst in die Stirn und dann ins Herz schießen, um schließlich friedlich die Hände über der Brust zu falten. Ich bin mir sicher, dass die Pistole erst nach dem Mord dort hingelegt wurde.«

Olle warf einen nachdenklichen Blick in Richtung Schlafzimmer. Schließlich fragte er: »Aber was hatte ein Typ wie er hier vor?«

»Gute Frage. Keine Ahnung.«

Sie nahm ihr Handy vom Tisch und erklärte Olle, sie müsse kurz telefonieren. Sie klickte Harald Fäldts Nummer an. Er meldete sich gleich nach dem ersten Klingeln.

»Hej, hier ist Embla. Sorry, dass ich erst jetzt anrufe … Ja, aller Wahrscheinlichkeit nach handelt es sich um Mord … Ich habe meine Kollegen in Göteborg angerufen, sie machen sich umgehend auf den Weg, um die Ermittlungen aufzunehmen … Nein, die Polizei in Åmål ist nicht zuständig … Das hängt damit zusammen, dass das Opfer aus Göteborg kommt … Ja, ich habe den Mann wiedererkannt. Er tauchte schon in früheren Ermittlungen meiner Abteilung auf.«

Harald stellte noch weitere Fragen, die sie nach bestem Wissen zu beantworten versuchte, ohne zu viel preiszugeben.

»Du und deine Kollegen, ihr seid übrigens herzlich willkommen zum Mittagessen bei uns«, sagte er abschließend.

»Danke, das richte ich gern aus.«

Olles Miene hellte sich auf, als Embla ihm von Haralds Einladung erzählte. Aber ob er sich bis Mittag würde wachhalten können, so müde, wie er war?

Kriminalkommissar Göran Krantz klopfte an, bevor er die Hütte betrat. Und genau wie Embla es erwartet hatte, blieb er unmittelbar hinter der Türschwelle stehen. Er ließ seinen Blick durchs Wohnzimmer schweifen, um sich einen Überblick zu verschaffen, und nahm auch die zwei Polizeiinspektoren am Küchentisch in Augenschein. »Hallo, hallo! Hier sitzt ihr also und schmeißt mit DNA nur so um euch.«

Um seiner Bemerkung die Spitze zu nehmen, lächelte er die beiden an. Embla warf Olle Tillman einen vielsagenden Blick zu und flüsterte: »Hab ich doch gesagt, dass wir Ärger kriegen, weil wir drinnen geblieben sind. Wegen Verunreinigung des Tatorts.«

Göran Krantz streifte sich Schuhüberzieher aus Plastik über die Stiefel, bevor er auf sie zuging. Olle stand zur Begrüßung auf.

»Olle Tillman, Polizeiinspektor aus Åmål«, stellte er sich vor.

»Göran Krantz, Kommissar in der Technischen Abteilung in Göteborg. Schön, Sie kennenzulernen, wenn auch nicht unter den angenehmsten Umständen.«

»In der Tat. Ist ja ziemlich viel los hier in der Gegend«, entgegnete Olle mit einem blassen Lächeln.

»Olle ist hier, weil heute Nacht nur zwei Kilometer entfernt ein weiterer Mord verübt wurde. Er und seine Kollegen ermitteln bereits«, erklärte Embla.

Aus Görans Gesicht wich jegliche Heiterkeit.

»Ein weiterer Mord? Ist das Opfer ebenfalls erschossen worden?«, fragte er ernst.

»Nein, es war eine Messerstecherei. Ein achtzehnjähriger Gymnasiast ist getötet worden. Die örtliche Floorballmannschaft hatte eine Feier ausgerichtet, die offenbar aus dem Ruder gelaufen ist«, fasste sie rasch zusammen.

Der Kommissar nickte und murmelte etwas vor sich hin.

»Meine Leute kommen in ungefähr einer Stunde. Ich will mir erst mal den Tatort ansehen, dann können wir weiterreden«, erklärte er und streifte sich Einweghandschuhe über.

»Wenn die Techniker hier sind, ist unsere Anwesenheit in der Hütte überflüssig. Dann fahren wir rüber zum Restaurant. Harald hat uns zum Mittagessen eingeladen«, sagte Embla.

In diesem Moment klingelte Olles Handy, er zog es aus seiner Hosentasche. Als er den Namen auf dem Display sah, seufzte er tief, bevor er sich meldete.

»Ja, Tillman.«

Obwohl die Lautsprecherfunktion nicht eingeschaltet war, konnte Embla eine männliche Stimme hören, die in knappem Befehlston sprach. Der Mann klang ziemlich fordernd.

»Ja, aber es ist kein Selbstmord. Er ist ermor …«

Olle wurde durch einen weiteren Wortschwall unterbrochen, dessen Inhalt Embla nicht verstehen konnte.

»Ich weiß, dass ich das nicht entscheiden kann. Aber hier in der Hütte sind außer mir noch Kriminalkommissar Göran Krantz und Kriminalinspektorin Embla Nyström aus Göteborg. Sie haben sich die Leiche angeschaut und gehen davon aus, dass es Mord war.«

Das stimmte nicht ganz, denn Göran Krantz hatte den Toten noch nicht gesehen. Doch am Tonfall Olle Tillmans konnten sie hören, dass er von seinem Chef ziemlich genervt war. Vermutlich lag es in erster Linie an den vielen Arbeitsstunden, die hinter ihm lagen, und an seiner Müdigkeit. Jedenfalls hatte Embla den Eindruck, dass dieser Johnzén ihm gewaltig auf den Geist ging.

Am anderen Ende der Leitung wurde eine knappe Frage in barschem Ton gestellt.

»Ein Schuss in die Stirn. Aber er ist noch nicht eingehend untersucht worden. Die Techniker aus Göteborg müssten jeden Augenblick eintreff …«

Wegen des Gebrülls, das folgte, hielt Olle sein Handy ein Stück vom Ohr weg.

»… zum Teufel haben die denn da zu suchen?«

Das konnten Embla und Göran nun deutlich verstehen. Der

Kommissar bedeutete Olle mit einer Handbewegung, ihm das Telefon kurz zu geben. Als Olle es ihm reichte, huschte ein erwartungsfrohes Lächeln über sein Gesicht.

»Hallo. Hier spricht Kommissar Göran Krantz von der Technischen in Göteborg. Meine Kollegin, Kriminalinspektorin Embla Nyström, ist heute Morgen von einem Verwandten kontaktiert und hergebeten worden. Er vermietet die betreffende Hütte und hat das Opfer gefunden. Inspektorin Nyström hat zweifelsfrei festgestellt, dass der Tote ermordet wurde, und mich daraufhin angerufen. Da ich zufällig gerade in Trollhättan war, konnte ich relativ schnell herkommen.«

Erneut schnappte Embla einen bissigen Kommentar auf. Göran verdrehte die Augen, doch in seiner Antwort klang nicht die geringste Andeutung von Sarkasmus mit: »Nein. Wir haben nicht zu wenig zu tun. Aber das Opfer gehört uns. Der Mann ist zwar noch nicht hundertprozentig identifiziert, doch mit ziemlicher Sicherheit handelt es sich um einen bekannten Schwerkriminellen aus Göteborg, der in mehreren unserer aktuellen Ermittlungen eine Rolle spielt. Das heißt, wir übernehmen hier. Außerdem habe ich gehört, dass Sie noch einen anderen Mord am Hals haben.«

Eine weitere Schimpftirade ertönte. Göran zwinkerte seinen beiden Zuhörern zu und sagte in freundlichem Ton: »Das werde ich ausrichten.«

Mit diesen Worten beendete er das Telefonat und gab Olle das Handy zurück.

»Ich soll Ihnen von Ihrem zuvorkommenden Chef ausrichten, dass Sie, ich zitiere, ›Ihren Arsch so schnell wie möglich zurückbewegen sollen‹.«

»Aha. Er hätte wirklich mal einen Kurs in Kommunikation nötig«, sagte Olle und seufzte erneut.

»Keine schlechte Idee. Irgendwo wird bestimmt ein Volkshochschulkurs zum Thema Etikette angeboten, in dem man ihn unterbringen könnte«, meinte Göran lächelnd.

Dann wandte er sich der Schlafzimmertür zu.

»Aber jetzt ist es Zeit, dass ich mir die Leiche genauer anschaue.«

Olle Tillman setzte seine Polizeimütze wieder auf. Mit wenigen großen Schritten hatte er die Haustür erreicht und öffnete sie. Ein eiskalter Wind fegte herein und blies eine Wolke aus Schnee in den Flur, der sachte auf die Gummifußmatte vor der Türschwelle hinunterrieselte.

»Wenn Sie und Ihre Kollegen die Zeugen aus der Loge und alle anderen vernehmen, die später hinzukamen, könnten Sie bitte nachfragen, ob jemandem zufällig irgendein unbekanntes Auto oder eine fremde Person aufgefallen ist. Ich denke dabei an unseren Mörder hier«, sagte Embla rasch.

»Mach ich«, versprach Olle, bevor er die Tür hinter sich schloss und ins Schneetreiben hinaus verschwand.

Der Kommissar stand eine ganze Weile schweigend im Türrahmen und inspizierte das Schlafzimmer eingehend. Aus Erfahrung wusste Embla, dass seinem Blick kaum etwas entging. Sie bewunderte ihn vor allem für seine Kompetenz und seinen Scharfsinn. Außerdem war er ein Computergenie. Göran war ein Mensch und Kollege, dem sie vertraute und den sie respektierte, deswegen hatte sie sich ihm auch vor gut einer Woche offenbart. Sie hatte ihr dunkles Geheimnis gelüftet, das sie schon seit den frühen Teenagerjahren mit sich herumtrug. Und Milo Stavic hatte wesentlichen Anteil an dieser Geschichte und an dem Trauma, das sie erlitten und das ihr Leben geprägt hatte.

Der Kommissar kehrte zum Küchentisch zurück und setzte

sich. Er verschränkte seine latexbehandschuhten Hände vor sich auf der Tischplatte und betrachtete Embla. Seine Miene war schwer zu deuten.

»Es ist nicht zufällig so, dass *du* ihm eine Kugel in den Schädel gejagt hast?«, fragte er ruhig.

In seinem Mundwinkel erahnte sie den Anflug eines Lächelns, doch sein Blick war prüfend.

»Was … soll ich? Hast du sie nicht mehr alle?«, rief sie entrüstet.

Noch bevor er etwas entgegnen konnte, zischte sie: »Wenn ich vorgehabt hätte, Milo Stavic zu ermorden, hätte ich es ja wohl verflucht noch mal nicht hier gemacht, sondern in Göteborg! Und dann hätte ich aber hundertpro dafür gesorgt, dass mich niemand in der Nähe der Leiche sieht. In der Stadt hatte er massenweise Feinde. Aber hier …«

»… hat er nur einen. Dich.«

»Ganz offensichtlich nicht! Weil er keine zehn Meter von uns entfernt tot daliegt. Ermordet. Außerdem hab ich die ganze Nacht tief und fest in meinem Bett im Gästezimmer bei Nisse geschlummert. Elliot schlief übrigens im selben Raum und wäre ganz sicher aufgewacht, wenn ich aufgestanden wäre«, fauchte sie ihn an.

Ihre letzten Worte entsprachen nicht ganz der Wahrheit, da der Junge einen ziemlich festen Schlaf hatte, wenn er erst einmal eingeschlafen war.

Göran lehnte sich auf seinem Stuhl zurück, der laut knarrte, und machte eine abwehrende Handbewegung.

»Jetzt beruhig dich doch. Du weißt, dass ich dich das fragen muss. Aber gib's zu: Es ist schon ziemlich merkwürdig, dass er ausgerechnet hier ermordet wurde, während du dich nur wenige Kilometer entfernt aufhältst, oder?«

»Ja, das stimmt.«

Sie musste ihre gesamte Selbstbeherrschung aufbieten, um ihre Wut zu zügeln. Zugleich konnte sie nicht umhin, Göran recht zu geben. Es war in der Tat ein sehr merkwürdiger Zufall.

»Bevor meine Leute eintreffen, bleibt uns ja noch ein bisschen Zeit. Was hältst du davon, wenn du mir noch einmal möglichst genau vom Verschwinden deiner Freundin erzählst – und alles, was du über Milo Stavic weißt?«

Sie nickte. Doch in ihrem Inneren drehten sich ihr die Eingeweide um. Sie war keineswegs erpicht darauf, sich jene entsetzliche Nacht damals ein weiteres Mal zu vergegenwärtigen. Zugleich wusste sie, dass jetzt der Augenblick gekommen war, an dem sie sich mit ihren inneren Dämonen auseinandersetzen müsste. Ausweichen oder Verdrängen funktionierte nicht mehr.

Sie begann den Albtraum zu beschreiben, der sie nun schon so lange quälte. Göran hörte ihr mit konzentrierter Miene zu, ohne sie ein einziges Mal zu unterbrechen.

»Meistens werde ich von meinen eigenen Schreien aus dem Schlaf gerissen. Im Traum stecke ich am Ende immer in einem ekligen zähen Schlamm fest, der mir das ganze Gesicht verklebt, und ich bekomme keine Luft mehr. Dann wache ich völlig durchgeschwitzt auf und hab so starkes Herzklopfen, dass ich glaube, ich müsste sterben! Diesen Albtraum von Lollos Verschwinden träume ich nun schon seit vierzehneinhalb Jahren. Ich sah drei Männer, die sich hinten im Korridor über sie beugten. Und der Mann, der mich würgte und mir drohte, mich umzubringen, wenn ich irgendwas ausplaudere, war Milo Stavic. Die beiden anderen waren höchstwahrscheinlich Kador und Luca.«

Göran betrachtete Embla nachdenklich und nickte dann.

»Dass du nachts schreist, hab ich schon manchmal gehört, wenn wir irgendwo zusammen unterwegs waren und Wand an Wand übernachtet haben. Du sagtest mir mal, dass du schon seit deiner Kindheit Albträume hättest, und keiner wüsste, warum. Doch sie fingen offenbar erst mit dem Verschwinden deiner Freundin an – und das war auch die Ursache. Wie alt wart ihr damals genau?«

»Es geschah Ende August, am ersten Wochenende nach den Sommerferien. Ich war gerade in die Achte gekommen, und Lollo in die Neunte. Ich habe im Juli Geburtstag, war also kurz vorher vierzehn geworden. Lollo war auch vierzehn, wurde aber schon im September fünfzehn. Sie ist zehn Monate älter als ich. Wir waren schon seit Sandkastenzeiten beste Freundinnen.«

»Und wie habt ihr euch kennengelernt?«

»Wir wohnten im selben Haus, und unsere Eltern kannten sich. Und dann kamen wir in dieselbe Schule. Wir hingen fast immer zusammen ab, außer wenn ich im Sommer hier bei Nisse und Ann-Sofi war. Lollo ist in den Ferien immer mit ihren Eltern irgendwo ins Ausland geflogen, nach Malle oder Kreta oder so. Doch die ließen sich scheiden, als sie zwölf war. Ihr Vater hatte eine andere kennengelernt und zog nach London. Seine neue Frau war schon schwanger. Lollos Mutter arbeitete von zu Hause aus als Kinderbuchillustratorin. Ein Jahr später zogen sie in eine kleinere Wohnung um, am Axel Dahlströms Torg in Högsbo. Aber Lollo ist mit der Straßenbahn weiterhin zur Nordhemsskola gefahren. Obwohl die Högsboskola nur einen Steinwurf von ihrem Haus entfernt lag, wollte sie die Schule nicht wechseln. Sie hatte Angst, dass wir uns aus den Augen verlieren würden, und mir ging's genauso. Wir trafen uns fast jeden Tag und verbrachten unsere gesamte Freizeit zusammen. Sie aß oft bei uns zu Abend und übernachtete auch häufig bei uns.«

»Und wie war sie so?«

Embla dachte eine Weile nach, bevor sie antwortete: »Lebhaft. Voller Ideen. Abenteuerlustig. Aber manchmal war sie auch total deprimiert. Ihre Stimmung schwankte ziemlich.«

»Und weißt du, warum?«

»Ich glaube, dass es mehrere Ursachen hatte. Die Tatsache, dass ihr Vater mit einer anderen Frau nach London ging, nahm sie weitaus mehr mit, als sie sich anmerken ließ. Und irgendwann wurde mir klar, dass ihre Mutter ziemlich viel trank, und zwar schon, bevor ... all das passiert ist. Im Jahr nach Lollos Verschwinden trank ihre Mutter dann ununterbrochen. Sie war weder in der Lage zu arbeiten noch sonst irgendwas Vernünftiges zu tun. Und fast genau ein Jahr nach Lollos Verschwinden beging sie Selbstmord.«

Embla hatte einen Kloß im Hals. Sie schwieg. Der Selbstmord von Lollos Mutter hatte einen großen Teil ihrer Schuldgefühle ausgelöst. Sie wusste, dass sie gleich nach dem Verschwinden ihrer Freundin völlig anders hätte handeln müssen. Wenn sie sich getraut hätte, die Wahrheit zu sagen, hätte die Polizei vielleicht die Möglichkeit gehabt, Lollo zu finden. Dann wäre ihre Mutter jetzt höchstwahrscheinlich noch am Leben.

»Wenn ich mich recht erinnere, wolltet ihr angeblich in eine Disco im Frölunda Kulturhus gehen. Das hattet ihr angekündigt, richtig?«

Der Kloß in Emblas Hals wurde immer dicker, und sie musste mehrfach schlucken, bevor sie sagte: »Stimmt. Wir haben von Anfang an gelogen.«

Göran nickte ernst und betrachtete sie nachdenklich.

»Ja, ich erinnere mich, du sagtest, dass ihr eure Eltern angelogen habt. Lollo erzählte ihrer Mutter, dass sie bei dir übernachten würde, und du gabst vor, bei ihr zu übernachten. Hatten deine Eltern das erlaubt? Ich meine, wussten sie von den Alkoholproblemen von Louises Mutter?«

»Nein, sie hatten keine Ahnung. Ich ließ sie in dem Glauben, Lollos Mutter wäre zu Hause. In Wahrheit fuhr sie zu einer Freundin, und wir waren allein in der Wohnung.«

Embla verstummte, um sich zu sammeln, bevor sie weiterredete: »Lollo hat mehrere Tetrapacks Wein auf den Tisch gestellt und meinte, dass wir sie einfach nur anzapfen müssten. So drückte sie sich aus. Und weil ich nicht als feige dastehen wollte, trank ich mit. Und sie schenkte laufend nach. Zu Hause durfte ich keinen Tropfen Alkohol trinken, und meine sonst so liberalen Eltern bestanden darauf, dass ich damit bis zu meinem achtzehnten Geburtstag wartete. Natürlich war ich nach ein paar Gläsern sternhagelvoll. Dann entschied Lollo, dass wir in die Stadt fahren sollten, um diesen Jungen zu treffen, in den sie total verknallt war. Sie wollte mir seinen Namen nicht nennen, weil die Dinge irgendwie kompliziert waren, wie sie meinte. Und obwohl ich verdammt neugierig war, musste ich mich damit zufriedengeben. Die Straßenbahnhaltestelle lag wie gesagt ganz in der Nähe der Wohnung, und irgendwie schafften wir es dorthin. Wie, weiß ich nicht mehr.«

Embla fiel es unendlich schwer, die ganze Geschichte so detailliert zu erzählen, denn jetzt tauchten all die Bilder, die sie jahrelang verdrängt hatte, wieder in ihrer Erinnerung auf. Lollo, die in ihren hochhackigen weißen Sandaletten vor ihr hertorkelte. Das hellblaue Kleid, dessen Saum um ihre schlanken, braungebrannten Oberschenkel flatterte. Die Scham darüber, dass sie nicht so viel vertrug wie Lollo. Der Gestank von Erbrochenem in der Toilette, als sie sich noch in der Wohnung hatte übergeben müssen. Die Übelkeit in der Straßenbahn. Die Panik. Wenn wir nicht gleich da sind, muss ich noch mal kotzen ...

»Aber ihr seid bis zum Ziel gefahren«, hakte Göran ruhig nach.

»Ja. An irgendeiner Station auf der Aveny hat sie mich rausgeschubst. Bei einem Lokal mit 'ner wahnsinnslangen Schlange davor, doch Lollo marschierte mit mir im Schlepptau einfach an allen vorbei. Ich weiß noch, wie die Türsteher uns begrüßten. Sie schienen Lollo zu kennen.«

»Sie war also nicht zum ersten Mal dort.«

»Nein, man merkte, dass sie im Klub bekannt war. Drinnen war es gerammelt voll. Irgendwann verloren wir uns aus den Augen, und ich geriet in Panik. Doch dann sah ich sie plötzlich wieder. Sie stand am Tresen und flirtete mit einem superattraktiven Typen. Einem Barmann. Später fand ich heraus, dass es Luca Stavic war. Er sah wahnsinnig gut aus, und mir wurde schlagartig klar, dass das der Typ sein musste, in den sie bis über beide Ohren verknallt war. Auf dem Weg zur Bar betatschte mich irgendein besoffener Kerl, gegen den ich mich erst mal irgendwie zur Wehr setzen musste. Dummerweise hatte ich zu diesem Zeitpunkt noch nicht mit dem Boxen angefangen. Echt schade.«

Wie viele Male hatte sie schon gedacht, dass sie es womöglich geschafft hätte, bis zu Lollo durchzukommen, wenn dieser Idiot sie nicht angegrapscht hätte. Dann hätten sie sie nicht entführen können.

»Du wurdest also von diesem Betrunkenen aufgehalten.«

»Ja. Und als ich ihn endlich abgeschüttelt hatte, waren Lollo und Luca verschwunden. Meine Panik stieg, das kannst du mir glauben. Doch dann erblickte ich plötzlich einen Zipfel ihres hellblauen Kleides, kurz bevor eine Tür hinter ihr zuging. All das, was danach geschah, kehrt regelmäßig in meinen Albträumen wieder.«

Göran richtete seinen nachdenklichen Blick auf das fast komplett zugeschneite Fenster. Der Wind heulte gespenstisch im Schornstein, und Embla erschauderte. Ihre Großmutter sagte in Situationen, in denen ihr ein Schauer über den Rücken lief, immer: »Jetzt ist gerade jemand über mein Grab gelaufen.«

»Und du hast nie irgendwem die Wahrheit erzählt«, stellte Göran schließlich fest.

»Nein. Ich hab mich nicht getraut. Milo hatte mir gedroht, mich umzubringen. Ich hab einfach gesagt, Lollo und ich hätten uns gestritten, und ich wäre in die Wohnung zurückgefahren. Lollo hatte mir ja tatsächlich einen Schlüssel gegeben, bevor wir losgingen. Sie meinte, es wäre für den Fall, dass wir uns aus den Augen verlieren würden.«

Embla hielt inne und überlegte, ob sie aussprechen sollte, worüber sie immer wieder nachgedacht hatte. Sie zögerte. Aber sie hatte sich geschworen, ganz ehrlich zu Göran zu sein.

»Manchmal hab ich gedacht, sie muss schon vorher gewusst haben, dass ich einen Schlüssel brauchen würde. Weil sie wusste, dass sie nicht wieder nach Hause kommen würde.«

»Hatte sie denn irgendeine Tasche dabei?«, fragte Göran.

»Nein.«

»Nicht mal eine Handtasche?«

»Nein, nur eine winzig kleine Umhängetasche, in die neben ihrem Wohnungsschlüssel und ihrer Mascara gerade mal ihr Portemonnaie passte.«

Er nickte, und seine Augen zogen sich zu schmalen Schlitzen zusammen, als er fragte: »Und keiner aus dem Nachtklub hat sich an dich erinnert? Oder daran, dass ihr zusammen dort hinkamt?«

Sie musste mehrfach heftig schlucken, bevor sie antworten konnte. »Nein. Ich wurde lange vernommen, doch keiner der

Polizisten hat meine Worte infrage gestellt. Vom Klub meldete sich niemand, auch nicht aus der Warteschlange davor, die Polizei erfuhr also gar nicht, dass wir dort gewesen waren. Und drinnen wimmelte es nur so vor Menschen, offenbar waren Lollo und ich nicht weiter aufgefallen. Im Nachhinein vermute ich allerdings stark, dass in dem Lokal nicht nur Alkohol floss.«

»Du meinst, dass sich potenzielle Zeugen nicht zu erkennen geben wollten, weil sie nicht nur alkoholisiert waren, sondern auch noch andere Drogen konsumiert hatten? Leicht möglich. In Anbetracht der dunklen Geschäfte der Brüder Stavic ist es sehr wahrscheinlich, dass Gäste des Klubs leichten Zugang zu diversen Drogen hatte.«

Er verstummte und schien nachzudenken.

»Weißt du, wie lange deine Freundin Luca Stavic damals schon kannte?«, fragte er nach einer Weile.

Über diese Frage hatte sich Embla über die Jahre häufig den Kopf zerbrochen, deshalb kam ihre Antwort prompt.

»Ich glaube, sechs oder sieben Wochen. Bevor ich nach Dalsland fuhr, hat sie ihn jedenfalls nicht erwähnt. Aber es ist nicht auszuschließen, dass sie sich schon an Mittsommer kennengelernt haben, da bekamen wir Besuch vom Cousin meines Vaters und seiner Familie aus den USA. Eine meiner Nichten ist genauso alt wie ich, deshalb musste ich auch bei allen Ausflügen mit. Sie blieben zehn Tage. Als ich Lollo danach wiedersah und fragte, was sie in der Zwischenzeit unternommen hätte, meinte sie, dass sie mit verschiedenen Klassenkameraden abgehangen und gefeiert hätte.«

»Gefeiert? Sagte sie auch, wo?«

»Nein. Und ich wollte auch nicht fragen. Wollte ihr nicht zeigen, wie neidisch ich war. Vielleicht hat sie Luca ja schon in dieser Zeit getroffen.«

»Ihr beide habt euch also nach der Mittsommerwoche nicht mehr oft gesehen?«

»Nein. Ich bin hier nach Dalsland hochgefahren und fünf Wochen geblieben.«

Er saß lange schweigend da und betrachtete sie. Dann beugte er sich über den Tisch vor und fragte sanft:

»Und wie hast du dich gefühlt, als die Tage vergingen und sie nicht wieder zurückkam?«

Darüber zu sprechen, fiel Embla am schwersten. Sie schaffte es nicht einmal, Görans Blick zu erwidern.

»Ich hatte natürlich große Angst um sie, nachdem sie verschwunden war. Doch zugleich war ich froh, noch einmal davongekommen zu sein. Es war das reinste Gefühlschaos. Scham, Schuldgefühle und Angst vermischt mit Erleichterung. Ich habe mir andererseits oft gewünscht, die Erwachsenen hätten mich gleich durchschaut und die Suche nach Lollo sofort eingeleitet. Doch damals traute ich mich einfach nicht, was zu sagen.«

Sie deutete auf die offene Schlafzimmertür.

»Der Mann da drinnen hat mir gedroht, mich umzubringen, wenn ich was sage. Und ich hab ihm geglaubt. Er kannte meinen Namen und wusste, wo ich wohnte.«

Nach einem prüfenden Blick auf Embla sagte Göran: »Ich verstehe. Vor dem Hintergrund dessen, was wir über ihn wissen, erstaunt es mich ehrlich gesagt, dass sie dich nicht ebenfalls entführt oder gar auf der Stelle umgebracht haben. Dann hättest du kein Sterbenswörtchen mehr verraten können.«

Göran hatte recht. Die Brüder Stavic hatten ein großes Risiko auf sich genommen, als sie sie am Leben ließen.

»Was denkst du ... Warum hat er es nicht getan?«

»Keine Ahnung. Das weiß nur er.« Göran deutete mit einem Nicken in Richtung Schlafzimmertür.

»Was Milo Stavic betrifft, sind eine Menge Fragen offen, auf die wir nie eine Antwort bekommen werden. Aber ich würde wirklich gern wissen, was er mitten im Winter hier oben gemacht hat«, fügte er hinzu.

Plötzlich tauchte eine weitere Erinnerung in Emblas Bewusstsein auf. Es dauerte ein paar Sekunden, bis sie deren Bedeutung erfasste.

»Mensch, Göran, wir haben ihn doch schon mal hier gesehen!«, rief sie aus.

»Haben wir das?«, fragte er erstaunt zurück.

»Ja. Oder nein, nicht genau hier, sondern in Mellerud. Im Herbst, als wir beim Thai zu Mittag gegessen haben. Damals bei den Ermittlungen zu von Beehns und Cahneborgs Verschwinden. Während der Elchjagd, die …«

Er unterbrach sie: »Im Ernst? War *er* das? Ich kann mich noch an einen kräftig gebauten, sehr elegant gekleideten Mann erinnern, aber vor allem erinnere ich mich an sein Auto. Einen Benz in Luxusausführung. So einen hatte ich in Schweden noch nie gesehen.«

»Genau. Das war Milo. Aber da war er noch sehr lebendig.«

Instinktiv schauten beide wieder zur offenen Schlafzimmertür. Sie dachten dasselbe: Warum war er schon zum zweiten Mal hier? Was wollte er damals hier – und was diesmal?

»Das letzte Mal ist erst vier Monate her«, sagte Göran nachdenklich.

»Ja. Aber mir ist gerade noch was anderes eingefallen. Milo trug in dem Restaurant eine goldene Uhr, so groß wie ein amerikanischer Cupcake. Die Uhr haben Harald und Monika auch beim Einchecken an seinem Handgelenk bemerkt. Ist dir die zufällig hier in der Hütte aufgefallen?«

»Nein, jedenfalls nicht an seinem Arm oder auf dem Nachttisch. Auf dem Nachttisch liegt nur eine Lesebrille, daneben stehen eine Schnapsflasche und ein Glas. Beides leer. Ein Ladegerät für ein iPhone oder iPad hab ich ebenfalls gesehen. Und unter seinen gefalteten Händen liegt eine große Pistole.«

Manchmal fand Embla es fast erschreckend, welch ein gutes fotografisches Gedächtnis Göran hatte.

»Wenn wir die Uhr nicht finden, können wir davon ausgehen, dass der Mörder sie mitgenommen hat. Außerdem sein Handy und vielleicht auch noch einen Laptop. Dann müssen wir sein Handy orten lassen«, fuhr er fort.

Von draußen drangen Motorengeräusche herein, die rasch näher kamen. Göran stand auf und warf einen Blick durch einen Spalt im schneebedeckten Fenster.

»Ah, da ist meine Truppe. Dann werden wir hier erst mal nicht mehr gebraucht.«

»Gut, lass uns zum Restaurant fahren, sobald deine Leute übernommen haben«, schlug Embla vor.

Sie warteten, bis die Kriminaltechniker in der Hütte waren. Sie trugen Schutzanzüge und einen Mundschutz und blieben auf der Fußmatte stehen, um sich den Schnee von den Schuhen zu treten. Die Kriminaltechnikerin namens Linda, die Embla bereits kannte, kam zum Küchentisch herüber und begrüßte sie beide mit einem Nicken. Ihr Kollege trug die Scheinwerfer und die Kameraausrüstung ins Haus, blieb aber im Türrahmen stehen.

»Willkommen, seid ihr nur zu zweit?«, fragte Göran.

»Ja, die anderen sind zu einer tödlichen Schießerei nach Hisingen gerufen worden. Dort wurde ein Mitglied einer kriminellen Bande erschossen. Der Notruf kam heute Morgen gegen sechs Uhr rein. Bengan und ich haben zwar nur Bereitschaftsdienst, wir wurden aber gerufen, als denen von der Leitstelle aufging, wer das Opfer hier oben ist«, antwortete Linda, während sie sich in der Hütte umsah.

»Diese Bandenmorde verschlingen zunehmend unsere sowieso schon geringen Ressourcen«, meinte Göran seufzend.

»Das kann man wohl sagen«, pflichtete sie ihm bei.

Der Kriminaltechniker mit dem Spitznamen Bengan deutete in Richtung Schlafzimmer und fragte: »Da drinnen?«

»Ja. Wir lassen euch jetzt allein, damit ihr in Ruhe arbeiten könnt. Ruft mich an, wenn irgendwas ist«, sagte Göran und stand vom Stuhl auf.

»Okay. Wir haben schon einen Leichenwagen angefordert. Da wir hier oben keinen Rechtsmediziner erreichen konnten, lassen wir ihn nach Göteborg runterbringen.«

»Gut. Wir fahren derweil zum Restaurant und essen etwas. Ihr könnt nachkommen, bevor ihr wieder wegmüsst, damit ihr auch was in den Magen kriegt. Dann reden wir weiter. Ihr werdet bestimmt einiges entdecken, was wir nicht sehen konnten. Von uns ist niemand weiter als bis zur Türschwelle des Schlafzimmers gegangen«, erklärte Göran.

Plötzlich fiel Embla noch etwas Wichtiges ein.

»Ach übrigens, in der Hütte sind heute noch zwei weitere Personen gewesen. Außer dem Mörder natürlich. Ein Polizeiinspektor aus Åmål namens Olle Tillman. Und der Besitzer der Hütte, Harald Fäldt. Er hat die Leiche entdeckt. Ich glaube zwar nicht, dass er das Schlafzimmer betreten hat, bin mir aber nicht sicher. Deren DNA braucht ihr doch bestimmt auch, oder?«

»Ja, unbedingt. Gut, dass du's sagst. Du bist ja bereits registriert, und Tillman sicherlich auch«, entgegnete Linda.

Embla und Göran waren begeistert von dem im Ofen gegarten Lachs, gefüllt mit Meerrettichcreme und Kräutern und serviert mit Dillkartoffeln und Zitronensoße. Auf dem Tisch stand ein Extraschälchen mit geriebenem Meerrettich für den Fall, dass man diesen Geschmack noch verstärken wollte. Als Göran mehrere Löffel davon auf seinem Lachs verteilte, fragte sich Embla besorgt, wie wohl sein Magen darauf reagieren würde. Doch der war offenbar ziemlich abgehärtet. Vielleicht hätte Göran ja jetzt, wo er frisch verliebt war in Paula Nilsson aus Trollhättan, endlich einen Grund dafür, ein paar Kilo abzuspecken. Trotz der überflüssigen Pfunde sah er gut aus mit seinen kräftigen blonden Haaren, die an den Schläfen bereits Geheimratsecken erahnen ließen, und den freundlichen blauen Augen.

»Ich gehe und hole mir einen Becher Kaffee und ein paar Kekse. Ich glaub, es gab Spitzbuben mit Himbeerfüllung. Kann man dich auch mit irgendwas locken?«, fragte er beim Aufstehen.

»Nur mit einem Becher Tee, danke.«

Er ging zum Büfett, wo der Kaffee und das Gebäck standen. Embla folgte ihm mit dem Blick und empfand eine gewisse Wehmut. Wie schade, dass sie nicht mehr offiziell zusammenarbeiteten! Er war der beste Chef, den man sich wünschen konnte, und sie trauerte der Mobilen Einheit nach, die mit der Umstrukturierung der schwedischen Polizei aufgelöst worden war. Eigentlich war fast alles umstrukturiert worden und vieles nach der Reform verschwunden. In diesem Zusammenhang hatten auch viele routinierte und kompetente Polizisten aufgehört. Sie waren entweder frühzeitig in Pension gegangen oder hatten sich andere Jobs gesucht. Die einundzwanzig ehemaligen Polizeibezirke waren zu einem einzigen zusammengefasst worden, der Polizeibehörde. Diese wiederum war in sieben Regionen sowie eine Anzahl nationaler Abteilungen unterteilt worden. Die ehemals existierenden und gut funktionierenden Arbeitsformen und -gruppen waren zerschlagen worden, darunter auch die Mobile Einheit.

Heute war die Situation in vielen Dienststellen chaotisch. Die Bediensteten schafften es zeitlich nicht, in allen Fällen zu ermitteln, bei denen Verbrechen zur Anzeige gebracht wurden, die Anzeigen stapelten sich oder wurden gleich ad acta gelegt. Schweden war geografisch betrachtet ein lang gezogenes Land, das sich über fast zweitausendfünfhundert Kilometer erstreckte. Im Hinblick auf das Klima und die Bevölkerung herrschten große regionale Unterschiede. Embla hatte gerade in einer Statistik gelesen, dass die Bevölkerungsdichte im Verwaltungsbezirk Stockholm dreihundertachtundvierzig Einwohner pro Quadratkilometer betrug, während es im Verwaltungsbezirk Kiruna nur drei waren. Was einiges aussagte über die Entfernungen, die die Polizei im nördlichsten Norrland zurücklegen musste. Sie selbst fand es schon in Dalsland ziemlich beschwerlich, obwohl das noch in der Region Västra Götaland lag. Der einzige Vorteil bestand aus ihrer Sicht darin, dass man jetzt Suchanfragen innerhalb des gesamten Landes koordinieren konnte, was bei der früheren Einteilung in einundzwanzig Polizeibezirke nicht wirklich reibungslos funktioniert hatte.

Das Klingeln von Görans Handy riss sie aus ihren Gedanken. Er stellte das kleine Tablett mit den Bechern und dem Teller mit Keksen auf den Tisch und fischte dann sein Telefon aus der Jacke über der Stuhllehne. Er meldete sich, während er sich hinsetzte. Dann schwieg er eine ganze Weile und hörte nur zu. Seinem Mienenspiel nach zu urteilen waren es keine guten Nachrichten. Nach ungefähr einer Minute bedankte er sich für das Gespräch und beendete es.

Er schüttelte langsam den Kopf. Dann sah er Embla ernst an.

»Das war Sabina Amir, meine Stellvertreterin. Es ging um Milos jüngeren Bruder.«

Embla war Sabina Amir schon einmal begegnet. Göran hatte sie ihr Anfang letzten Monats sogar persönlich vorgestellt, doch das hatte er offenbar vergessen.

»Um welchen von beiden? Kador oder Luca?«, fragte Embla.

»Luca. Er ist tot. Wurde heute Morgen gegen sechs Uhr erschossen auf dem Parkdeck neben seinem Wohnhaus gefunden. Das war also die Schießerei, von der Linda sprach.«

In Emblas Kopf herrschte plötzlich absolute Leere. Dieser Morgen hatte schon reichlich böse Überraschungen bereitgehalten, die heftige Emotionen in ihr ausgelöst hatten. Langsam fühlte sie sich nicht mehr in der Lage, noch weitere zu verkraften. Es dauerte einige Momente, bis sie die Tragweite von Görans Worten erfasste. Zwei der Brüder Stavic waren tot. Ermordet. Sie brachte kein Wort hervor, und ihr war deutlich anzusehen, wie sehr sie das Ganze mitnahm.

Göran fuhr fort: »Er lag auf dem Boden neben seinem Wagen, offenbar verdeckt von anderen parkenden Autos, sodass es mehrere Stunden gedauert hat, bis er gefunden wurde. Sie nehmen an, dass er schon seit dem gestrigen Abend dagelegen hat.«

Ganz langsam setzten Emblas Hirnfunktionen wieder ein, aber sie war noch immer ziemlich verwirrt.

»Weiß man, wann er das La Dolce Vita verlassen hat?«, fragte sie.

Aus diesem Klub war Lollo damals verschwunden. Soweit Embla wusste, arbeitete Luca noch immer dort, aber nicht mehr als Barmann, sondern als Geschäftsführer.

»Am Personaleingang gibt es eine Kamera. Die Aufnahmen zeigen, dass er den Klub um kurz nach halb acht verlassen hat. Leider sind in dem Parkhaus, in dem er erschossen wurde, keine Kameras installiert. Na ja doch, an der Einfahrt gibt es eine, aber die war kaputt.«

In den vergangenen Jahren hatte Embla alles darangesetzt, sich über die Brüder Stavic auf dem Laufenden zu halten. Eine Zeit lang hatte sie noch keinen Zugang zu den Angaben im Polizeiregister gehabt und war daher auf Zeitungsberichte angewiesen gewesen. Sie erinnerte sich an einen Vorfall, der in den Medien eingehend thematisiert worden war. Sie musste sich mehrfach räuspern, bevor sie sich wieder auf ihre Stimme verlassen konnte.

»Vor vier Jahren hat man vor dem Klub auf Luca und einen seiner Türsteher geschossen. Luca blieb unverletzt, doch der Türsteher starb. Soweit ich weiß, ist aber trotz des Todesfalls nichts weiter passiert. Oder doch?«

»Du meinst, ob man den Schützen gefasst hat beziehungsweise ob man mit Sicherheit sagen kann, wer es war? Wie bei den meisten Gewalttaten im Gangstermilieu lautet die Antwort Nein. Doch hier geht es natürlich nicht um irgendeine Vorortbande, sondern um die Brüder Stavic. Ich weiß nur, dass man ungefähr einen Monat später direkt bei der Oper einen Toten fand, der im Wasser trieb. Er kam aus einem der Balkanländer und war erst am Tag vor den Schüssen auf Luca und den Türsteher in Göteborg eingetroffen. Gerüchteweise gehörte er einer konkurrierenden Bande an.«

Ein Machtkampf zwischen zwei rivalisierenden Banden wäre eine stichhaltige Erklärung.

»Und, war es so?«

Er zuckte leicht mit den Achseln.

»Weiß nicht. Bis gestern war es ja ziemlich ruhig um die Stavics, jedenfalls nach außen hin. Aber jetzt bricht die Hölle los. Zwei Gangsterbrüder, innerhalb weniger Stunden ermordet. Und die Tatorte ungefähr zweihundert Kilometer voneinander entfernt.«

»Und wo ist Kador, der Dritte im Bunde?«, sprach Embla ihren Gedanken laut aus.

»Bei meiner letzten Überprüfung hatte er sich schon lange nach Kroatien abgesetzt. Das ergaben meine Ermittlungen im Zusammenhang mit den tödlichen Schüssen auf diesen Türsteher. Damals lebte Kador bereits seit zehn Jahren dort. Ich werde mich jetzt als Erstes auf den neuesten Stand bringen, was ihn betrifft. Interne Abrechnungen sind gar nicht mal so selten. Er wird jedenfalls wichtig für unsere Ermittlungen sein.«

Die Anspannung hatte Embla völlig ermattet. Fast fünfzehn Jahre lang hatte sie sich sehnlichst gewünscht, herauszufinden, was in jener Augustnacht eigentlich genau passiert war. Nur sie allein hatte gewusst, dass die Brüder Stavic für Lollos Verschwinden verantwortlich waren. Und vielleicht war das sogar einer der Hauptgründe dafür gewesen, dass sie Polizistin geworden war. Doch bei all ihren Recherchen zu den Stavics hatte sie Angst gehabt, ihnen zu nahe zu kommen. Todesangst. Milo hatte ihr gedroht, sie umzubringen, wenn sie auch nur ein Wort sagen, nur den geringsten Vorstoß unternehmen würde. Und nun war er selber tot. Genauso wie sein jüngster Bruder. Ab sofort hatte die Suche nach dem Aufenthaltsort von Kador höchste Priorität.

Es würde ein paar Stunden dauern, bis die Kriminaltechniker in der Hütte fertig wären. Deshalb beschloss Göran, in sein Zimmer hinaufzugehen, das Harald in weiser Voraussicht im Hauptgebäude für ihn reserviert hatte. Der Kommissar wollte sich in der Datenbank der Polizei ausgiebig über die Brüder Stavic informieren. Embla war ebenfalls ein Zimmer zugewiesen worden. Anfänglich hatte sie es unnötig gefunden, weil sie nicht weit entfernt bei Nisse wohnte, doch dann sah sie ein, dass es weitaus praktischer wäre, wenn sie beide vor Ort waren. Die ersten achtundvierzig Stunden einer polizeilichen Ermittlung waren die wichtigsten, das wussten alle Polizisten.

Embla beschloss, zuerst weitere Informationen über den Mord an dem Gymnasiasten einzuholen. Der Gedanke, dass die beiden Morde räumlich und aller Wahrscheinlichkeit nach auch zeitlich nicht weit auseinanderlagen, ließ sie einfach nicht los. Irgendjemand von all den Menschen, die in der Nacht im Umkreis unterwegs gewesen waren, hatte vielleicht eine Beobachtung gemacht, die relevant für ihre Ermittlungen im Mordfall Milo Stavic war. Das war zwar nur eine vage Vermutung mit mäßigen Erfolgschancen, aber manchmal hatte man schließlich Glück. Außerdem fiel ihr im Augenblick kein sinnvollerer Anknüpfungspunkt für die Mordermittlungen im Fall der Brüder Stavic ein. In diesem Teil von Dalsland kannte sie weder irgendwelche Leute, noch war sie näher mit der Gegend vertraut. Auch eine Türklopfaktion machte keinen Sinn, da in der unmittelbaren Nähe des Tatorts keinerlei bewohnte Häuser standen.

Vor dem Festsaal standen zwei Streifenwagen, ein gewöhnlicher Volvo V70 und ein V70 Cross Country. Letzteres war das Auto der Kriminaltechniker, in dem sich die wichtigsten Utensilien für die Untersuchung des Tatorts befanden. Embla parkte den Kia vor dem Eingang. Die Tür stand offen, und die Kollegen verließen gerade mit diversen Arbeitsgeräten unterm Arm das Gebäude, um sie in ihren Wagen zu verfrachten. Sie kamen aus Trollhättan und begrüßten Embla, die sie von den Mordermittlungen während der Elchjagd im Vorjahr kannten. Als Embla gerade hineingehen wollte, kam Olle Tillman zur Tür heraus. Seine Miene hellte sich auf, als er sie erblickte.

»Hej. Wir sind gerade fertig geworden«, erklärte er.

Sie nickte in Richtung der Techniker, die nun ins Auto stiegen.

»Ja, ich sehe es.«

»Sind Ihre Techniker schon angekommen?«

»Ja, die Untersuchungen sind bereits in vollem Gange. Deshalb wollte ich fragen, ob Sie vielleicht Zeit hätten, mir den Tatort zu zeigen, damit ich einen ersten Eindruck bekomme. Ich hab immer noch die Hoffnung, dass vielleicht irgendjemand, der heute Nacht hier gewesen ist, etwas gesehen hat, das mit dem Mord an Stavic zu tun haben könnte.«

»Klar. Wenn ich Ihnen damit bei Ihren Ermittlungen helfen kann ...«

Er drehte sich um und hielt ihr die Tür auf.

Von außen erinnerte das Gebäude an eine gut erhaltene Scheune, allerdings eine mit stabilen Türen und Fenstern. Doch als sie hineinkamen, sah Embla, dass es keinerlei Ähnlichkeit mit einer gewöhnlichen Scheune hatte. In dem großzügigen Eingangsbereich mit Ablageflächen und Garderobenhaken für Jacken und Mäntel an den Wänden war es angenehm warm. Türen zu den Damen- und Herrentoiletten gingen von hier aus ab, wie Embla bemerkte. Olle wies auf eine Flügeltür mit großflächigen Glasscheiben. Hier ging es zum Festsaal. Sie betrat als Erste den großen Raum mit weißgetünchten Wänden, er folgte ihr. Die Sprossenfenster waren neu, aber im alten Stil gehalten. An der Stirnseite befand sich eine kleine Bühne. Alle Tische und Stühle waren an die Wände gerückt worden, um eine große Freifläche zu schaffen. Überall standen schwarze Plastikmüllsäcke herum, gefüllt mit benutzten Papptellern und Besteck sowie leeren Glasflaschen. Die Tische und der Fußboden waren klebrig von verschütteten Getränken und Essensresten. Mit ihrem ausgeprägten Geruchssinn erahnte Embla den vertrauten Duft typischer Gewürze. Sie sah ihre Wahrnehmung bestätigt, als Olle sagte: »Der Klub hat ein Taco-Büfett arrangiert. Die geladenen Gäste waren Trainer und Spieler der Damen- und Herrenmannschaft vom FBK Herremark. Und jeder Gast durfte eine Begleitperson mitbringen.«

»Richtet der Klub öfter Feiern aus?«

»Keine Ahnung. Aber den Organisatoren zufolge feierte er gestern sein zwanzigjähriges Bestehen.«

»Hat der Klub auch die Getränke spendiert?«

»Nein. Jeder musste selbst mitbringen, was er trinken wollte. Und die Kids haben jede Menge Alkoholisches angeschleppt. Die meisten waren betrunken, einige von ihnen sogar sternhagelvoll. Aber nach Aussagen mehrerer Gäste war die Stimmung gut.«

Embla schaute sich um.

»Sieht aus, als wäre auch getanzt worden«, meinte sie.

»Ja. Ein lokaler DJ aus Bengtsfors hat aufgelegt. Er fing so gegen elf an.«

Embla dachte über Olles Worte nach. Eine ausgelassene Party mit Jugendlichen und ein paar Trainern, die tanzten und Spaß hatten. Und bei der ein junger Mann erstochen wurde.

»Keinerlei Auseinandersetzungen, abgesehen von der Tat?«

»Na ja, ein junges Mädchen ... Mikaela Irgendwas ... erklärte mir, dass sie mit dem Typen zusammen war, der erstochen wurde. Sie hat ihn auch gefunden. Als wir ankamen, reagierte sie völlig hysterisch und kreischte so was wie: ›Das war Ida, diese miese Ratte! Sie hat es nicht verkraftet, dass er Schluss gemacht hat!‹«

Er verdrehte die Augen und ahmte die Fistelstimme des aufgebrachten Mädchens nach. Embla zog unweigerlich die Mundwinkel hoch. Trotz seiner Müdigkeit – sie musste inzwischen enorm sein – hatte dieser Mann seinen Humor nicht verloren. Das gefiel ihr.

»Hat sie oder irgendjemand anderes sonst noch was gesagt, das von Bedeutung sein könnte?«, fragte Embla.

»Sie nicht. Und die einzige Person, mit der ich sonst noch sprechen konnte, war der junge Mann, der als Erster beim Opfer war. Er heißt Wille und war über und über mit Blut beschmiert, weil er offenbar versucht hatte, die Blutung zu stoppen. Ich sah, dass er sturzbetrunken war, deshalb dachte ich erst, dass es wohl keinen Sinn machen würde, auch nur den Versuch zu unternehmen, mit ihm zu reden. Doch plötzlich gab er etwas ziemlich Merkwürdiges von sich. Er rief in aggressivem Ton, es sei Robins eigene Schuld, dass er erstochen wurde. Ich fragte ihn, was er damit meint, und daraufhin schrie er beinahe, Robin wäre so verdammt großkotzig gewesen. Als ich nachfragte, machte er dann völlig dicht.«

»Diesen jungen Mann sollten Sie sich unbedingt vorknöpfen«, sagte sie nachdenklich.

»Ja, auf jeden Fall.«

Was sie hier erfuhr, bestärkte Embla in ihrer Überzeugung, dass die beiden Morde der letzten Nacht nichts miteinander zu tun haben konnten. Die Opfer waren in jeder Hinsicht zu unterschiedlich.

»Ich erinnere mich zwar noch, dass das Opfer Robin hieß, aber seinen Nachnamen weiß ich nicht mehr«, sagte sie.

»Pettersson«, half Olle ihr auf die Sprünge und versuchte, ein Gähnen zu unterdrücken. Dann schob er eine Hand in die Brusttasche seiner Jacke, zog ein kleines Notizbuch mit weichem schwarzem Einband heraus und begann darin zu blättern. »Und die anderen, mit denen ich gesprochen habe ... einen Moment ...« Als er die gesuchten Seiten fand, überflog er rasch das Geschriebene. Dann breitete sich ein zufriedenes Lächeln auf seinem müden Gesicht aus. »Hier hab ich's! Mikaela Malm. Die junge Frau, die behauptete, dass sie und Robin zusammen waren. Und der betrunkene junge Mann, der meinte, dass Robin selbst schuld sei, weil er so verdammt großkotzig war, heißt Wille Andersson. Die beiden befrage ich morgen gleich als Erstes. Wir haben auch schon mehrere Leute losgeschickt, um die Anwohner zu befragen und mit allen anderen zu sprechen, die an der Feier teilnahmen. Die Namen auf der Gästeliste haben wir wie gesagt unter uns aufgeteilt. Diese zwei fallen in meine Zuständigkeit. Obwohl ich natürlich noch einige mehr habe.«

»Aber was ist eigentlich genau passiert in der Nacht, bevor Robin Pettersson ermordet wurde? Gibt es da schon Erkenntnisse?«

Olle blätterte rasch weiter und räusperte sich leicht, bevor er zu lesen begann.

»Zwei Zeugen haben Robin gegen kurz vor halb eins durch die Hintertür der kleinen Küche rausgehen sehen. Offenbar nehmen die Jungs öfter diesen Weg nach draußen, um dort zu pinkeln.«

»War er allein?«

»Ja, als er rausging, schon. Allerdings gingen durch diese Tür andauernd Leute ein und aus. Und die meisten waren nicht mehr nüchtern. Es wäre also nicht unmöglich gewesen, sich dort unbemerkt rauszuschleichen. Natürlich hätte man auch den Ausgang auf der Vorderseite benutzen können, um sich dann zur Rückseite des Gebäudes zu stehlen. Genauso gut kann der Mörder aber auch schon draußen gestanden und dort auf Robin gewartet haben. Früher oder später musste er ja rauskommen.«

»Okay. Robin ging also gegen 0:25 Uhr zum Pinkeln raus. Und dann?«

Olle schaute auf seine Notizen.

»Anfänglich hat ihn wohl niemand vermisst, doch nach einer Weile begann Mikaela Malm nach ihm zu suchen. Sie sagte, dass man draußen kaum die Hand vor Augen sehen konnte, weil die Außenlampe kaputt ist. Aber schließlich fand sie ihn ungefähr zwanzig Meter von der Hintertür entfernt gekrümmt am Boden liegend. Heftig blutend und bewusstlos. Sie bekam Panik und lief um Hilfe schreiend wieder rein. Drinnen herrschte erst mal totale Verwirrung, doch einer der Trainer begriff schließlich, dass etwas Ernstes passiert war, und folgte ihr hinaus. Dort lag Robin Pettersson wie gesagt schwerverletzt und stark blutend. Wille Andersson versuchte, die Blutung zusammen mit einem anderen jungen Mann namens ... wie hieß er noch gleich ... genau, Gustav zu stoppen. Da war es kurz nach halb eins. Der Trainer rief sofort einen Krankenwagen, der nach etwa fünfundzwanzig Minuten eintraf. Zu diesem Zeitpunkt gab der junge

Mann aber schon kein Lebenszeichen mehr von sich, und im Krankenwagen wurde er dann für tot erklärt. Wir kamen circa eine Viertelstunde später.«

»Wissen Sie auch, welche Art von Verletzungen er hatte?«

Ein Nicken, gefolgt von einem Blick ins kleine schwarze Notizbuch.

»Ja. Mehrere tiefe Stichverletzungen im Bauchraum und Brustkorb. Höchstwahrscheinlich verursacht durch ein großes Messer. Das Blatt war lang und breit. Also noch breiter und länger als bei einem Mora-Messer. Der untersuchende Arzt meinte, dass eine oder mehrere Arterien durchtrennt worden sind.«

»Ihnen liegt also schon ein Bericht vor?«, fragte Embla erstaunt. Das ging aber schnell, dachte sie.

»Nur ein vorläufiger. Damit wir wissen, nach welcher Waffe wir suchen müssen.«

»Sie haben demnach noch kein Messer gefunden, das der Beschreibung entspricht?«

»Nein.«

»Gut.«

Er zog die Augenbrauen hoch und rief: »Gut? Warum ist das gut?«

»Irgendetwas sagt mir, dass Sie in diesem Fall nicht nach einem Berufskiller suchen müssen. Eine Person, die zum ersten Mal mordet, macht meist Fehler. Und ein Kardinalfehler ist, die Waffe zu behalten. Suchen Sie bei allen, die in Ihren Augen verdächtig sind, nach einem scharfen Küchenmesser oder Jagdmesser.«

Er bedachte sie mit einem taxierenden Blick, bevor er nachdenklich nickte. Dann verfinsterte sich seine Miene.

»Aber es gibt da ein Problem: Johnzén«, sagte er.

»Ihr Chef. Warum?«

Schon während Olles und später Görans Telefonat mit Kommissar Johnzén hatte sie begriffen, dass dieser Mann ein wandelndes Problem war.

»Er hat sich in den Kopf gesetzt, dass einer der Jungs aus dem Auffanglager der Täter ist«, antwortete Olle resigniert.

Die Tatsache, dass ein Auffanglager für Flüchtlinge in der Nähe war, war Embla neu.

»Wo liegt es denn?«

»Ungefähr drei Kilometer von hier entfernt. Eine alte Schule, die zu einer Unterkunft für unbegleitete Flüchtlingskinder umfunktioniert worden ist. Im Augenblick wohnen dort acht Jungen aus Syrien und Afghanistan. Aber sie sollen demnächst in ein anderes Gebäude umziehen, da dieses hier geschlossen wird.«

»Wurde einer von ihnen gestern in der Nähe der Loge gesehen?«

»Soweit wir wissen, nicht.«

»Aber Johnzén bleibt unbeirrt bei seiner Theorie«, bemerkte Embla sarkastisch.

Olle seufzte und nickte. Mit einer entschlossenen Bewegung schlug er sein Notizbuch zu und schob es wieder zurück in die Brusttasche.

»So, jetzt fahre ich aber heim zu Tore«, verkündete er.

Sein Sohn? Oder Partner?

»Der arme Tore ist also schon seit gestern Abend allein?«, fragte sie leichthin.

»Nein. Meine Schwester kümmert sich um ihn, wenn ich arbeite. Aber heute Abend sind sie und ihr Mann eingeladen, und ich muss nach Hause.«

Also kein Partner. Ein Sohn?

»Wirklich schade für ihn, an einem eigentlich freien Samstag nicht mit Ihnen zusammen sein zu können«, fuhr sie im selben leichten Tonfall fort.

»Tore hat immer frei, außer wenn er trainiert. Aber dann klotzt er richtig ran.«

Trainiert? Klotzt richtig ran? Olles geschätztem Alter nach konnte sein Sohn kaum älter als fünf oder sechs Jahre sein. Warum drillte er einen kleinen Jungen schon derart?

»Wie alt ist er denn?«

»Fast zwei.«

Zwei Jahre! Das war doch krank! Sie musste sich stark beherrschen, um ihm nicht die Meinung zu geigen.

»Und was trainiert er?«, fragte sie, doch diesmal gelang es ihr nicht, so entspannt zu klingen wie vorher.

Er breitete die Arme aus.

»Alles Mögliche. Gehorsam. Personensuche. Drogen ...«

Also ein Hund.

»Und welche Rasse?«

»Tervueren, Belgischer Schäferhund. Er hat die Eignungsprüfung für Polizeihunde schon bestanden und ist bereits zur Prüfung für Drogenspürhunde zugelassen. Ich selbst habe gerade die Hundeführerausbildung absolviert und unsere Bewerbung bei der Polizeihundestaffel in Karlsborg für die Grundausbildung eingereicht. Sie dauert zwei Monate. In den nächsten Wochen bekomme ich Bescheid.«

»Sie wollen also Hundeführer werden.«

»Genau. Es gibt einige freie Stellen. Im Zusammenhang mit der Polizeireform sind viel zu viele Hundestaffeln aufgelöst worden, sodass sie jetzt neue ausbilden müssen.«

Hundestaffeln sind lebenswichtig, wenn Menschen in den unendlichen Wäldern Schwedens verschwinden, dachte Embla. Während ihrer Zeit bei der Mobilen Einheit hatte sie mehrfach an Personensuchen teilgenommen, bei denen Hunde eine entscheidende Rolle spielten.

Sie dankte Olle für die Informationen, die er ihr gegeben hatte. Dann verabschiedeten sie sich voneinander und stiegen jeder in sein Auto.

Embla fuhr zurück zum Resort Herremark, um mit Göran zu sprechen. Vielleicht hatte er schon etwas Neues von den Technikern in der Hütte erfahren. Wie erwartet saß er in seinem Zimmer am Computer. Die Kriminaltechniker hatten zwar Kontakt zu ihm aufgenommen, aber nur, um ihm mitzuteilen, dass sie erst in ein paar Stunden im Restaurant auftauchen würden.

»Dann fahre ich jetzt zu Nisse und hole meine Sachen«, sagte Embla.

»Mach das. Wir sehen uns hier gegen sechs wieder, dann haben wir vorm Abendessen noch eine Stunde Zeit. Bis dahin hab ich bestimmt auch Bescheid von Linda und Bengan und weiß, was sie gefunden haben. Und die Leiche wird unterwegs in die Rechtsmedizin sein. Der Rechtsmediziner hat versprochen, uns schon morgen einen vorläufigen Bericht zu schicken. Außerdem hab ich die Polizeichefin Marjatta Svensson erreicht. Sie ist damit einverstanden, dass wir die Mordermittlungen hier am Tatort schon mal eingeleitet haben und sie dann später nach Göteborg verlegen. Aus ihrer Zeit als Kommissarin im Drogendezernat kennt sie die Brüder Stavic ziemlich gut, das war also kein Problem.«

Er drehte sich wieder zum Laptop und war augenblicklich in den Text auf dem Bildschirm versunken.

Als Embla auf den geräumten Hof vor Nisses Haus einbog, erblickte sie als Erstes ein an der Wand des Holzschuppens aufgehängtes Fuchsfell. Es war ziemlich groß und hatte einen buschigen, rotbraun schimmernden Pelz. Offenbar war die Jagd erfolgreich gewesen. Und Nisse und Elliot waren bestimmt hochzufrieden.

Doch schon als sie zur Tür hereinkam, spürte sie, dass etwas nicht stimmte. Im Erdgeschoss war es völlig still, nur Seppo sprang von seinem Platz am Ofen auf, um sie zu begrüßen. Er war mit einem Satz bei ihr und wollte gestreichelt werden.

»Hej, mein Lieber. Wo ist denn dein Herrchen abgeblieben?«

Der Hund verstand das Wort »Herrchen« und kläffte, lief schwanzwedelnd auf die Treppe zu und schaute hinauf. Nach ein paar Sekunden drehte er den Kopf, sah Embla an und ließ den Schwanz wieder sinken. Embla ging zu ihm und kraulte ihn hinter den Ohren, während sie in Richtung Obergeschoss horchte. Jetzt konnte sie von oben ein Schluchzen, gefolgt von Nisses leiser tiefer Stimme hören. Elliot war offenbar traurig, und Nisse versuchte ihn zu trösten.

Sie nahm mehrere Treppenstufen auf einmal und steuerte rasch auf die angelehnte Tür des Gästezimmers zu.

Bevor sie eintrat, klopfte sie leicht an.

»Hallöchen. Glückwunsch zur erfolgreichen Jagd«, rief sie übertrieben fröhlich.

Elliot lag bäuchlings auf seinem Bett, den Kopf ins Kissen gebohrt, während ihr Onkel auf der Bettkante saß und dem Jungen ungelenk den Rücken tätschelte. Als Nisse ihre Begrüßung hörte, drehte er sich um und schüttelte den Kopf, doch es war bereits zu spät. Der Junge hob den Kopf vom Kissen und wandte ihr sein rotgeweintes Gesicht zu. In wenigen schnellen Schritten erreichte sie das Bett und ging in die Hocke. Behutsam berührte sie Elliots Schulter.

»Aber liebster Elliot ...«

»Ich willll aber nicht, dass er stirrrrbt!«

Die Tränen rannen ihm unaufhaltsam über die Wangen, und er bohrte sein Gesicht wieder ins Kissen. Nisse wechselte einen hilflosen Blick mit seiner Nichte, die ebenso ratlos wirkte.

»Was ist denn passiert?«, fragte sie, ohne die Hand von der mageren Schulter des Jungen zu nehmen, die vom Schluchzen geschüttelt wurde.

»Genau das, was Elliot sagt«, antwortete Nisse und seufzte tief.

»Aber ihr habt doch einen Fuchs geschossen. Ich hab das Fell an der ...«

Sie wurde vom lauten Heulen des Jungen unterbrochen. Nisse bedeutete ihr, von dem unseligen Fuchs aufzuhören.

Es war also genauso gewesen, wie sie befürchtet hatte. Elliot war noch nicht reif für die Teilnahme an einer Jagd. Er hatte keinerlei Verbindung dazu, denn sein Vater jagte nur den Weibern hinterher, dachte Embla leicht angesäuert. Die wenigen Dinge, die der Junge mit dem Begriff »Jagd« in Verbindung brachte, waren Verfolgungsjagden und Schießereien in Filmen und Computerspielen. Dort wurde der Tod allerdings völlig abstrakt dargestellt und berührte niemanden, weil alle wussten, dass er nicht real war. Und jetzt hatte er ihn in der Wirklichkeit gesehen.

Bei der Jagd ein Tier zu töten, erforderte sowohl Respekt vor dem Tier und der Natur als auch Wissen und Urteilsvermögen. Denn der Tod war unwiderruflich. Es geschah oft, dass Embla Wehmut empfand, nachdem sie ein Tier erlegt hatte. Aber die Jagd war nun einmal notwendig. Nur: Wie erklärte man das einem verzweifelten Kind?

Sie beschloss, einen Versuch zu unternehmen, und gab Nisse ein Zeichen, den Platz mit ihr zu tauschen. Die Erleichterung war ihm deutlich anzusehen, als er aufstand und ihr seinen Platz auf der Bettkante überließ.

Zärtlich strich sie dem Jungen über die Locken.

»Elliot, mein Kleiner. Ich weiß, dass es traurig ist, ein Tier zu töten. Aber manchmal ist es wichtig, dass man ...«

»Man darf aber keine Tiere töten!«, kam es gedämpft vom Kissen her.

»Doch, das darf man. Erinnerst du dich noch an die kleinen Rehkitze, die wir letzten Sommer hier gesehen haben?«

Er antwortete nicht, bewegte sich aber auch nicht, was bedeutete, dass er zuhörte. Gut, jetzt kam es darauf an, das Richtige zu sagen.

»Kannst du dich noch daran erinnern, wie süß die waren? Sie waren noch ganz klein, nur wenige Tage alt. Und sie hüpften so lustig auf der Wiese herum.«

»Ich hab mehrere Videos von ihnen gemacht«, murmelte der Junge.

»Ja, ich erinnere mich. Deine Filme von der Ricke und ihren beiden kleinen Kitzen waren echt super.«

Jetzt drehte er zumindest den Kopf und schaute sie mit seinen vom Weinen geschwollenen Augen an.

»Ich hab die Filme auf meinem Handy. Alle in der Klasse haben sie ge ... gesehen«, hickste er.

Er setzte sich auf und streckte sich nach dem Handy auf seinem Nachttisch. Rasch klickte er das Videoarchiv an und scrollte zu den Filmen von der Rehfamilie.

»Schau mal! Das da ist Bambi. Und das heißt Skutt«, erklärte er und deutete auf die kleinen Kitze, die sich übers Display bewegten.

»Wie süß!«, rief Embla aus.

Jetzt galt es.

»Weißt du, wer Bambis und Skutts ärgster Feind ist? Also wer die meisten Rehkitze tötet?«

Er schaute rasch zu ihr auf, und sie nahm die Angst in seinem Blick wahr.

»Nee ... Oder vielleicht doch: der Jäger?«

»Der Jäger tut den Kitzen nichts. Dafür sind sie noch zu klein. Es ist ein anderer.«

»Und wer?«

»Der Fuchs.«

Es folgte langes Schweigen.

»Aber der Fuchs ist doch nicht so groß ... der kann doch nicht ...«, wandte er mit zittriger Stimme ein.

»Doch. Der schnappt sich gerne kleine Rehkitze. Die sind für ihn ein Leckerbissen.«

Elliot saß schluchzend da und schaute die Bilder von den Kitzen an, die an einem strahlenden Sommertag auf der sonnenüberfluteten Wiese umhersprangen.

Bevor er etwas sagen konnte, fuhr Embla fort: »Deshalb müssen wir Jäger ein Auge auf die Raubtiere haben. Und wenn wir es nicht tun, bleiben kaum noch Rehkitze übrig. Es geht darum, das Gleichgewicht in der Natur zu erhalten.«

Sie merkte, dass er nicht mehr zuhörte. Er wischte sich mit dem Handrücken eine Träne von der Wange. Man müsste ihn mit irgendwas Lustigem ablenken, dachte sie.

»Nisse, könntest du bitte mal bei Karin anrufen und nachfragen, ob nicht heute der Abend war, an dem Elliot zu ihnen kommen sollte? Zum Essen und Computerspielen?«

Sie zwinkerte ihm zu, damit er die Botschaft begriff. Als Nisse antwortete, zeichnete sich ein schwaches Lächeln auf seinen Lippen ab: »Ja, ich meine, es war heute Abend. Aber ich rufe lieber noch mal an und frage nach der Uhrzeit.«

Sichtlich erleichtert verließ er den Raum, um seine Nichte anzurufen.

Karins Mutter war Nisses ältere Schwester und Emblas Mutter seine jüngere. Karin war sieben Jahre älter als Embla, doch die beiden Cousinen hatten einander schon immer nahegestanden. Einer der Gründe dafür war, dass beide zwar ältere Brüder, aber keine Schwester hatten. Außerdem waren beide Frauen Mitglieder der örtlichen Jagdgesellschaft. Nachdem Karin ihr Examen als Krankenpflegerin absolviert hatte, war sie in ihren Heimatort zurückgekehrt, um Björn zu heiraten. Dort arbeitete sie nun schon seit vielen Jahren als Kreiskrankenschwester. Karin und Björn hatten drei Kinder, zwei Mädchen und einen Jungen. Der Nachzügler war gerade vier Jahre alt geworden, und die Mädchen waren zehn und dreizehn. Beide waren extrem geschickt, was Computerspiele anbelangte, und Elliot liebte es, gemeinsam mit ihnen zu gamen.

Nach ein paar Minuten hörte Embla Nisses Schritte auf der Treppe. Mit freudiger Miene steckte er den Kopf zur Tür herein.

»Ja, es stimmt. Es war heute Abend. Und Karin lässt ausrichten, dass es Köttbullar mit Sahnesoße und Preiselbeermarmelade zum Essen gibt.«

Elliots Lieblingsgericht. Welch ein Glück, dass Karin es so kurzfristig einrichten konnte! Blieb zu hoffen, dass niemand erwähnte, woher das Hackfleisch kam …

»Jaaa!«

Der Junge sprang aus dem Bett. Für den Moment war der tote Fuchs erst einmal vergessen.

Als Elliot ins Bad rannte, um sich die Nase zu putzen und das Gesicht zu waschen, flüsterte Embla ihrem Onkel zu: »Tu mir einen Gefallen und nimm das Fell ab. Häng es bitte irgendwo anders auf, wo er es nicht sieht.«

»Ja, das mach ich. Und morgen fahre ich ihn zurück zu seinem Vater nach Göteborg.«

»Okay. Dann bringe ich ihn heute zu Karin und den Kindern, so haben er und ich noch ein wenig Zeit miteinander, bevor ich wieder zurück nach Herremark muss. Ich hab nämlich kein gutes Gefühl dabei, einfach wegzufahren, ohne noch mal vernünftig mit ihm zu reden.«

»Das verstehe ich. Karin hat mich übrigens ebenfalls zum Abendessen eingeladen, dann komme ich so gegen sechs nach. Wir dachten, dass es ganz schön wäre, wenn die Kinder vor dem Essen noch ein wenig Zeit zum Spielen haben.«

»Super! Du bist der beste Onkel der Welt!«

Sie drückte ihn fest an sich und entlockte ihm damit ein zufriedenes Lächeln.

Embla hatte Göran angerufen und ihn vorgewarnt, dass es bei ihr später werden würde. Deshalb hatten sie beschlossen, sich gleich im Restaurant des Resorts zu treffen.

Monika stand an der Rezeption und hieß Embla willkommen. Als sie ihr den Zimmerschlüssel reichte, beugte sie sich über den Tresen und sagte leise: »Die Kriminaltechniker waren vor etwa einer Stunde zum Essen hier. Die Hütte ist jetzt versiegelt, für den Fall, dass sie doch noch mal zurückkommen müssen, obwohl sie nicht davon ausgehen. Aber wenn Kommissar Krantz und du noch einmal hineinschauen wollt, sagt einfach Bescheid, dann bekommt ihr den Schlüssel. Ich habe nämlich nachgefragt, und sie meinten, es wäre in Ordnung.«

»Vielen Dank, meine Liebe«, sagte Embla und eilte die knarrenden Treppenstufen hinauf ins Obergeschoss.

Im Hauptgebäude gab es mittlerweile nur noch vier Gästezimmer, die meisten Gäste mieteten sich in den nahegelegenen Hütten ein. Embla war Harald dankbar, dass er gleich zwei Zimmer für Göran und sie reserviert hatte, sobald sie frei geworden waren.

Ihr Zimmer war gemütlich eingerichtet. Gardinen und Bettüberwurf waren aus demselben kräftigen, cremefarbenen Baumwollstoff, und mittig auf dem abgeschliffenen alten Dielenboden lag ein großer farbenfroher Flickenteppich. In beiden Fenstern standen Topfpflanzen, die von Lämpchen mit Schirmen aus gefrostetem Glas beleuchtet wurden, und auf dem kleinen Schreibtisch und den beiden Nachttischen verbreiteten Tischlampen ein sanftes Licht. Vor einem der Fenster war ein aufgearbeiteter alter Ledersessel platziert, daneben eine altmodische Stehlampe mit einem Schirm aus Pergament und braunen Fransen am unteren Rand. Außerdem war Emblas Zimmer im Gegensatz zu den übrigen Zimmern im Hauptgebäude mit einer eigenen Dusche und Toilette ausgestattet. Die anderen Gäste mussten sich die sanitären Einrichtungen draußen im Flur teilen.

Embla legte ihre Jacke ab und tauschte die Stiefel gegen ein Paar leichtere Schuhe. Zum Glück hatte sie die Boots mit den Absätzen dabei. Zusammen mit ihrer schwarzen Jeans und dem ausgeschnittenen smaragdgrünen Jerseypulli würde ihr Outfit dem Dresscode beim Abendessen gerecht werden. Außerdem entschied sie, ihre langen Haare offen zu tragen, und bürstete sie, bis sie glänzten. Dann noch ein wenig Mascara und etwas Lipgloss, das musste ausreichen.

Das Restaurant nahm den größten Teil des Erdgeschosses ein und erstreckte sich auch über einen geräumigen Wintergarten mit zauberhafter Aussicht über den See. Der Wintergarten lag im rechten Winkel zum Hauptgebäude und war erst später angebaut worden. Die Einrichtung des Restaurants wirkte eher rustikal, die Atmosphäre war angenehm behaglich. In einer Ecke knisterte ein Feuer im offenen Kamin.

Eine Bedienung führte sie zu Görans Tisch im hinteren Bereich. Nachdem Embla den ihr zugewiesenen Platz eingenommen hatte, warf sie einen Blick durch die Glasfront hinaus.

Der Wind war abgeflaut, und es schneite nicht mehr. Allmählich rissen die Wolken auf, das klarere Wetter bewirkte, dass die Temperaturen fielen. Der Vollmond schien kühl über den schneebedeckten See und ließ ihn erstrahlen wie eine diamantbestickte Decke. Am Horizont sah man einen schwachen gelbgrünen Schimmer am Himmel. Womöglich waren dort noch weniger Wolken. Oder handelte es sich um ein Nordlicht?

»Die Techniker sind vor einer Stunde hier gewesen und haben Bericht erstattet«, erklärte Göran ohne Umschweife.

»Und, haben sie was gefunden?«

»Interessanter dürfte eher das sein, was sie nicht gefunden haben. Nämlich weder ein Handy noch einen Laptop. Und auch keine protzige goldene Uhr. Nur das Ladegerät für ein iPhone oder iPad, das mir auch schon aufgefallen war. Das bedeutet ...«

Er hielt inne und schaute auf einen Punkt oberhalb von Emblas Schulter. Als er lächelte, begriff sie, dass jemand hinter ihr stand.

»Haben Sie schon etwas Feines auf der Karte entdeckt?«, hörte Embla eine Stimme hinter sich fragen. Die Kellnerin.

»Wir haben uns noch nicht endgültig entschieden. Aber wir können ja schon mal anfangen mit einem großen Starken für mich und ...« Er schaute Embla fragend an.

»... und einem Cidre für mich, bitte.«

»Kommt sofort«, sagte die Bedienung und entfernte sich zielstrebig auf ihren hohen Absätzen, die auf dem Holzboden laut klapperten.

»Am besten schauen wir erst mal, was es so gibt«, sagte Göran und schlug die Abendkarte auf. Der Einband bestand aus gegerbtem Elchleder, und Embla wusste, dass Harald diesen Elch einmal selbst erlegt hatte. Die Übersicht über die Gerichte war auf dickes, eierschalenfarbenes Büttenpapier gedruckt, das mit einem großen Clip befestigt war.

Wie üblich konnte man zwischen zwei Gerichten wählen, sowohl bei der Vorspeise als auch beim Hauptgericht. Darüber hinaus gab es selbstverständlich auch eine vegetarische Alternative. Embla entschied sich für die hausgemachte italienische Tomatensuppe und das Hasenragout. Göran nahm als Vorspeise geräuchertes Herz vom Elch mit einem kleinen Salat dazu und als Hauptgericht auf Emblas Anraten ebenfalls das Hasenragout. Schließlich war das Restaurant bekannt für seine hervorragenden Wildgerichte.

»Gebratenen Saibling kannst du auch zu Hause essen«, hatte sie erklärt.

Zum Nachtisch wurde eine dunkle Schokoladenmousse mit Himbeersoße und Krokantwaffel angeboten. Embla lief das Wasser im Mund zusammen, und plötzlich merkte sie, wie hungrig sie war.

Als die Kellnerin mit den Getränken kam, nahm sie auch umgehend ihre Bestellungen für das Essen auf. Und sie stellte ihnen einen Korb mit selbst gebackenem Brot und ein Porzellanschälchen mit handgemachter Butter auf den Tisch. Das Brot war noch leicht warm und duftete verführerisch. Entgegen ihren strengen Prinzipien nahm Embla gleich zwei Scheiben auf einmal und bestrich sie.

Das Restaurant war gut besucht, doch mehrere Familien mit Kindern brachen gerade von einem großen Gemeinschaftstisch auf. Die Kinder stritten sich, welchen Film sie nach dem Essen anschauen sollten, und die Eltern versuchten zu vermitteln. Als die große Gruppe durch die Flügeltür verschwunden war, sank der Geräuschpegel im Lokal merklich. Die beiden Kriminalbeamten störte es nicht weiter, denn an den Tischen in ihrer Nähe saß ohnehin niemand, der sie hätte belauschen können. Dennoch senkten sie ihre Stimmen, als sie das Gespräch wieder aufnahmen.

»Die Leiche ist jetzt in der Rechtsmedizin angekommen. Linda meinte, dass Milo aus nächster Nähe mit einer großkalibrigen Waffe in die Stirn und ins Herz geschossen wurde. Die Tatwaffe könnte die gefundene Pistole sein, eine Beretta M9. Es gibt keine Spuren eines Kampfes, und auch kein Anzeichen dafür, dass Milo versucht hätte, sich zu wehren. Alles deutet darauf hin, dass er im Schlaf erschossen wurde«, erklärte Göran.

Umständlich durchsuchte er die Taschen seines über der Stuhllehne hängenden Jacketts. Nach einer Weile fand er seinen Notizblock. Er befeuchtete die Spitze seines Zeigefingers und begann in den vollgeschriebenen Seiten zu blättern. Nach kurzer Zeit hellte sich seine Miene auf.

»Hier ist es! Jetzt schauen wir mal, was sie sonst noch gefunden haben … Kein schmutziges Geschirr, die Spülmaschine war leer. Im Mülleimer lag nur eine leere Weinflasche. Auf dem Boden des Kleiderschranks standen eine noch ungeöffnete Flasche Sliwowitz und eine Flasche kroatischer Rotwein. Milos Nasch-Depot bestand aus einem Beutel gemischter Salznüsse, einer Tüte Chips sowie einer fast leeren Schachtel handgefertigter Pralinen von Bräutigams. Ansonsten keine Lebensmittel in der Hütte, die Mahlzeiten hatte er hier im Restaurant vorbestellt. An Kleidung fanden unsere Leute einen Anzug von erstklassiger Qualität und zwei Oberhemden, Letztere übrigens von einem Schneider aus London. Im Flur hing ein Wollmantel. Im Kleiderschrank stand eine große Tasche, die eine Winterjacke mit zugehöriger Hose sowie warme Strümpfe, gefütterte Handschuhe und Skiunterwäsche enthielt. Alles von Peak Performance. Daneben stand ein Karton mit einem Paar robuster Winterstiefel. Der gesamte Inhalt der Tasche wie auch des Kartons war nagelneu und ungetragen.«

Göran verstummte und betrachtete Embla über den Rand seiner Lesebrille hinweg. Was wollte Milo Stavic mit einem Satz funkelnagelneuer Winterkleidung? Bislang hatte nichts darauf hingedeutet, dass er auch nur das geringste Interesse an Outdooraktivitäten hegte. Doch da die Sachen ganz offenbar Milo gehörten, konnte man ausschließen, dass es sich um einen Spontankauf handelte. Dieser Mann hatte immer genau gewusst, was er tat.

Noch bevor Embla den Mund öffnen konnte, um ihre Gedanken laut auszusprechen, kam die Bedienung mit den Vorspeisen.

Es gab Tomatensuppe – und es gab hausgemachte italienische Tomatensuppe so wie diese hier. Sie war himmlisch! Embla ertappte sich dabei, dass sie den Teller in Windeseile auslöffelte, was sich allerdings umgehend rächte, da sie sich den Gaumen verbrannte. Egal, sie konnte einfach nicht widerstehen und schaute erst wieder auf, als sie Görans entzückte Ausrufe hörte.

»Mhmm, das hier ist ein Gedicht! Einfach göttlich, dieses geräucherte Elchherz mit eingelegten Pfifferlingen und Salat!«, sagte er und verdrehte genüsslich die Augen.

Embla konnte ihm nur zustimmen: Die Vorspeise hatte sowohl den guten Ruf des Restaurants als auch ihre eigenen Erwartungen noch weit übertroffen. Auch der Service war vorbildlich, sobald sie ihre Vorspeisen aufgegessen hatten, verschwanden ihre leeren Teller bereits in Richtung Küche.

Der französische Cidre war trocken und kalt und sein Alkoholgehalt vermutlich höher als bei schwedischen Cidre-Sorten. Als das kühle Getränk prickelnd durch ihren verbrannten Gaumen floss, fühlte Embla sich klar und erfrischt. Ihre Schultern entspannten sich. Es war gelinde gesagt ein turbulenter Tag gewesen, und sie hatte noch keine Zeit gehabt, alle Ereignisse zu verarbeiten. Jetzt hatte sich der Schneesturm draußen endlich gelegt, und sie und Göran saßen bei einem guten Mahl drinnen im warmen gemütlichen Speisesaal des Restaurants. Die besten

Voraussetzungen, um mit den Ermittlungen zügig voranzukommen, auch wenn sie bislang noch nicht allzu viele Informationen besaßen.

»Wie kam der Täter eigentlich rein?«, fragte sie.

»Durch die Tür. Am Schloss sind frische Einbruchspuren gefunden worden.«

»Hätte Milo das denn nicht hören müssen?«

»Nicht notwendigerweise. Sowohl die Flasche Sliwowitz auf seinem Nachttisch als auch die Rotweinflasche im Mülleimer waren leer. Wir können davon ausgehen, dass er sich eine ganze Menge hinter die Binde gekippt hat. Höchstwahrscheinlich schlief er tief und fest, als der Mörder in die Hütte einbrach.«

»Aber ist das nicht ziemlich merkwürdig?«, wandte sie ein.

»Was denn?«, fragte Göran leicht erstaunt.

»Dass er sich getraut hat, so viel zu trinken, obwohl der Alkohol seine Wachsamkeit beeinträchtigte.«

»Stimmt. Aber das sagt uns etwas Wichtiges.« Er hob den Zeigefinger, um die Bedeutung seiner Worte zu unterstreichen. »Milo fühlte sich demnach sicher in der Hütte. Er befürchtete offenbar keinen Angriff.«

Noch bevor Embla etwas entgegnen konnte, fuhr er fort: »Eines allerdings widerspricht dieser These. Die Tasche mit den Winterkleidern hat einen doppelten Boden. Und darunter wurde Munition gefunden, 9 Millimeter Parabellum, passend für die Beretta. Ich habe nachgeschaut und herausgefunden, dass Milo eine Lizenz für eine Beretta M9 besaß. Es kann sich dabei also durchaus um die Pistole handeln, die unter seinen gefalteten Händen lag.«

»Also mit der eigenen Pistole erschossen. Und was ist mit Personenschutz? Die Tatsache, dass er allein herkam, macht mich schon stutzig«, sagte sie.

Göran nickte zustimmend. »Eigentlich hätte er einen oder zwei Leibwächter bei sich haben müssen, genau wie du sagst. Aber das bestätigt mein Gefühl nur noch und unterstreicht die Annahmen, dass er sich nicht bedroht fühlte«, entgegnete er.

Die Bedienung servierte das Hauptgericht. Das Hasenragout duftete angenehm herzhaft nach Knoblauch, Kräutern und Rotwein. Dazu wurden Hasselback-Kartoffeln und gebratene Apfelscheiben serviert. Sie aßen in andächtigem Schweigen.

Als die Bedienung wiederkam und fragte, ob sie schon den Nachtisch bringen solle, erbaten sie sich noch etwas Zeit.

Sobald sie sich außer Hörweite befand, fragte Göran: »Hab ich schon erwähnt, dass Milos Wagen morgen nach Göteborg transportiert wird?«

Embla schüttelte den Kopf.

»Ja, wir haben einen Abschleppdienst angefordert, der das Auto freischaufelt und in unser Labor runterbringt.«

Zu Milos neuem Wagen hatte Embla sich ebenfalls Gedanken gemacht. »Warum schafft man sich eigentlich noch einen großen Audi SUV an, wenn man doch schon einen protzigen Benz hat?«, fragte sie.

Göran nahm einen Schluck von seinem Bier, bevor er antwortete: »Ich hab den Audi im Register gecheckt. Ein Dienstwagen, registriert auf eine neu gegründete Aktiengesellschaft, STAV Fastigheter AB. Als Eigentümer sind alle drei Brüder Stavic eingetragen. Diese Immobiliengesellschaft hat gerade mehrere prächtige Backsteinvillen in Vasastan aufgekauft. Ein Riesengeschäft. Wenn ich Zeit habe, schaue ich mir dieses Unternehmen mal genauer an. Auf den Laden ist übrigens noch ein weiterer Audi A6 registriert.«

Es würde einige Zeit dauern, um parallel zu den Ermittlungen im Doppelmord die Geschäfte der Brüder Stavic unter die Lupe zu nehmen. Denn es tauchten immer neue Fragezeichen auf. Das größte davon stand jedoch hinter der Frage, was Milo hier oben in der Einöde vorgehabt hatte.

Göran blätterte in seinem Notizblock weiter.

»Ich habe ein paar Nachforschungen zu Milos Leben angestellt und dabei einiges herausgefunden, das ich vorher nicht wusste. Zum Beispiel, dass er ein Halbbruder von Kador und Luca war. Die beiden jüngeren hingegen sind leibliche Brüder«, fuhr Göran fort.

»Das ist mir auch neu«, gestand Embla überrascht.

»Zum Zeitpunkt seines Todes war Milo fünfundvierzig Jahre alt. Er wurde in Dubrovnik geboren. Seine Mutter Maria war Kroatin und sein Vater Milan Serbe. Als Milo sechs Jahre alt war, ertrank der Vater bei einem Bootsunfall. Zwei Jahre später heiratete seine Mutter einen Ivan Stavic, ebenfalls Kroate. Sie zogen direkt nach der Hochzeit nach Göteborg. Die Mutter muss schon vorher schwanger gewesen sein, da Kador nur ein knappes halbes Jahr später geboren wurde.«

»Brach damals nicht gerade der Krieg auf dem Balkan aus?«, fragte Embla.

»Nein, das war ein paar Jahre vor dem Krieg.«

»Und warum sind sie dann weggezogen?«, fragte sie.

»Keine Ahnung. Jedenfalls wurde Luca drei Jahre später geboren. Die beiden Jüngeren sind also in Schweden zur Welt gekommen.«

Er blätterte zur nächsten Seite weiter und überflog sie rasch, bevor er fortfuhr: »Ivan Stavic suchte sich Arbeit in einem Pizza- und Kebab-Imbiss in guter Innenstadtlage. Nach ungefähr einem Jahr starb der Besitzer an Krebs, und Ivan übernahm den Laden. Schon bald darauf besaß er zwei weitere Imbissbuden, und Milo fing direkt nach dem Hauptschulabschluss bei ihm an. Gemeinsam expandierten sie, rissen sich immer mehr Lokale unter den Nagel: Restaurants, Nachtklubs, einfache Pizzerien und Bars, aber auch Wettbüros. Schon damals betrieben sie für verschiedene kriminelle Banden in der Stadt Geldwäsche, doch der Polizei gelang es nie, sie dranzukriegen. Ivan starb vor dreiundzwanzig Jahren an einem Herzinfarkt. Zu diesem Zeitpunkt war Milo schon gut im Geschäft und machte allein weiter. Zuletzt galt er als einer der einflussreichsten Mafiabosse Göteborgs und sogar Schwedens. Natürlich ließ er sich die Geldwäsche für andere gut bezahlen. Eine perfekte Gelddruckmaschinerie. Noch vor Kurzem hat er ein schickes Hotel in bester Innenstadtlage erworben. Es scheint also glänzend gelaufen zu sein.«

Göran holte Luft.

Embla nutzte die Pause, um einzuwerfen: »Für mich klingt es, als wäre Ivan ein aalglatter Typ gewesen. Er hat es ja ziemlich rasch zu Erfolg gebracht. Hatte er schon Kontakte in Göteborg, bevor er dort hinkam? Oder war der Besitzer der ersten Pizzeria womöglich ein Verwandter?«

»Keine Ahnung.«

»Und hat man Milo wirklich überhaupt nicht drangekriegt?«

»Nein. Das einzige Delikt, das je geahndet wurde, ist ein Steuervergehen, das ihm eine Geldstrafe einbrachte.«

»Ivan muss ihm so einiges beigebracht haben«, mutmaßte sie.

»Ja, und Milo war sicherlich ein gelehriger Schüler. Street Smart. Intelligent. Eiskalt. Gewissenlos. Offenbar hatte Ivan ein Gespür für die Begabungen seines Stiefsohns.«

Embla dachte kurz nach, bevor sie anmerkte: »Er hat also Milo zu seinem Nachfolger auserkoren, und nicht Kador oder Luca.«

»Ja genau, die beiden waren damals noch zu jung. Kador war vierzehn und Luca erst elf, als sein Vater starb. Doch Milo hat sich immer um seine Halbbrüder gekümmert, und die drei haben später gut zusammengearbeitet.«

Das waren ziemlich viele Informationen, Embla musste erst einmal alles sacken lassen.

»Soweit ich mich erinnere, bin ich nie auf irgendwelche Hinweise zu Kador gestoßen, seit ich mich mit den Nachrichten über die Brüder Stavic befasse«, sagte sie nach einer Weile.

»Kein Wunder. Er wohnt ja auch seit vielen Jahren in Split. Verheiratet mit einer Finnin, die beiden haben drei Kinder. Aber die Kollegen von der Organisierten Kriminalität auf dem Revier in Göteborg meinten, dass er als Drahtzieher für den illegalen Handel mit Prostituierten, Drogen und nicht zuletzt Waffen fungiert und sie aus dem Balkan einschleust. Die Anzahl illegaler Waffen in Schweden ist in den letzten Jahren signifikant gestiegen. Die Kollegen, die sich mit diesen Ermittlungen befassen, sind überzeugt, dass Milo den gesamten Waffenschmuggel vom Balkan nach Süd- und Westschweden kontrollierte. Kador ist schlicht und einfach Milos Mann auf dem Balkan. Auch in der Menschenhandelsbranche sind beziehungsweise waren die Brüder Stavic ein richtig großer Akteur. Europaweit. Dabei geht es um schwindelerregende Beträge. Gelder, die ebenfalls von ihnen gewaschen werden.«

»Dann muss die Organisation ja riesig sein, oder? Ich meine, von internationalem Umfang«, sagte Embla.

»Ja, natürlich. Die Globalisierung bringt vielen Vorteile. Nicht zuletzt den kriminellen Netzwerken.«

Dass die Geschäfte so beträchtlich und weitreichend gewesen waren, war ihr nicht klar gewesen. Doch sie hatte sich auch hauptsächlich auf Milo und Luca und deren Aktivitäten in Göteborg konzentriert. Hinzu kam, dass die Medienpräsenz der Brüder nicht besonders hoch war. Der Zwischenfall vor dem Klub, als auf Luca geschossen wurde, einmal ausgenommen.

»Kador ist also verheiratet und hat Kinder. Wie steht es um Milo? Hat er auch Kinder?«

»Nein, keine Kinder. Aber er war fast acht Jahre mit einer Schwedin verheiratet. Mädchenname: Carolina Karlsson. Gerüchten zufolge trennten sich die beiden einvernehmlich. Bei der Scheidung wurden ihr eine hohe Geldsumme und lebenslange Unterhaltszahlungen zugesprochen. Doch sie wohnt nicht mehr in Schweden, sondern betreibt gemeinsam mit ihrem jetzigen Mann ein Restaurant in London. Und Carolina hat inzwischen zwei Kinder mit ihrem Engländer.«

»Milo bezahlt also Unterhalt, obwohl die beiden geschieden sind und sie wieder geheiratet hat?«

»Ganz offenbar.« Göran sah von seinen Aufzeichnungen auf und lächelte verschmitzt. »Vermutlich weiß sie zu viel«, sagte er.

»Klingt einleuchtend, das könnte die Erklärung sein.« Embla erwiderte sein Lächeln.

Doch als sie eingehender darüber nachdachte, war sie sich nicht mehr ganz so sicher. Wenn ihr Eindruck von Milo stimmte, hätte er sich seiner Exfrau ohne Bedenken entledigt, wenn sie bei der Scheidung zu viel Geld gefordert hätte. Ein Mann wie Milo bezahlt nicht, wenn er es nicht unbedingt für nötig hält. Offenbar war sie für ihn lebend wertvoller gewesen als tot.

»Wie alt waren Milo und Carolina, als sie heirateten?«, fragte sie eher aus Neugier.

Göran schaltete sein Tablet ein, das er dabeihatte. Mit konzentrierter Miene wählte er sich ins Internet ein und startete seine Suche. Nach einer Weile zeichnete sich ein zufriedenes Lächeln auf seinen Lippen ab. Er hatte also etwas gefunden.

»Mal sehen ... Hier haben wir es. Carolina war einundzwanzig und Milo neunundzwanzig. Acht Jahre verheiratet. Dann war sie neunundzwanzig und er siebenunddreißig, als sie geschieden wurden.«

»Ziemlich lange her. Keine neue Frau oder Partnerin?«

»Doch, massenweise Frauen und Liebschaften. Aber keine, die er bei sich einziehen ließ«, antwortete er und lächelte vielsagend.

Noch mehr Stoff zum Grübeln. Embla hatte allmählich das Gefühl, dass ihre Festplatte übervoll war. Doch das wollte sie Göran nicht unter die Nase reiben, denn er liebte es geradezu, das Internet nach nützlichen Informationen und Hinweisen zu durchkämmen.

»Und hast du irgendwas über Luca gefunden?«, fragte sie.

»Nicht besonders viel. Er war gerade erst vierunddreißig geworden, als er gestern Morgen erschossen wurde. Geboren am zehnten Februar. Nicht vorbestraft. Nur zwei Geldstrafen wegen Geschwindigkeitsüberschreitung von vor fünfzehn beziehungsweise zwölf Jahren. Danach steht nichts mehr im Register. Außer die Schüsse auf ihn vor vier Jahren vor dem La Dolce Vita. Die Ermittler gingen damals davon aus, dass der getötete Türsteher das eigentliche Ziel darstellte. Er war am besagten Abend in einen Streit mit zwei jüngeren Männern geraten, die er nicht reingelassen hatte, deshalb lag der Verdacht nahe, dass der Täter aus deren Umkreis stammte. Aber alle aus der Gruppierung hatten wasserdichte Alibis, und keiner von ihnen ist wegen des Mordes angeklagt worden.«

»Gab es noch andere Verdächtige?«

»Eigentlich nicht. Aber es ging das Gerücht, dass es sich um eine konkurrierende Bande handelte, die die lukrativen Geschäfte der Brüder Stavic an sich reißen wollte. Und dieses

Gerücht erhielt weitere Nahrung, als man die Leiche aus dem Wasser fischte, die vor der Oper im Fluss trieb. Das hab ich erst vorhin rausgefunden. Das Opfer war serbischer Abstammung, ein Damjan Pacić. Von der serbischen Polizei erfuhren unsere Leute, dass er eine schwerkriminelle Vorgeschichte hatte und als Berufskiller bekannt war.«

»Dann hätte er aber eigentlich nicht danebenschießen dürfen«, wandte Embla ein.

»Nicht alle sind so treffsicher wie du. Und der Türsteher und Luca sahen sich ziemlich ähnlich. Dieselbe Größe, dasselbe Alter, dasselbe dunkle Haar und dieselbe Frisur. Der Türsteher kam als Erster raus, dicht gefolgt von Luca. Als der tödliche Schuss auf den Türsteher abgefeuert wurde, gelang es Luca, sich nach hinten zu werfen. Er wurde zwar getroffen, aber die Kugel drang nicht in seinen Körper ein, sondern streifte nur seinen rechten Brustmuskel. Er hatte einen Schutzengel.«

»Den der Türsteher und auch der Serbe, der später im Wasser vor der Oper trieb, nicht hatten, wie es scheint«, stellte sie trocken fest.

Göran schaute sie abwartend an. Nach einigen Sekunden redete er weiter. »Da war übrigens noch ein Gerücht im Umlauf. Nämlich dass Luca und der Türsteher zusammen gewesen sind, also ein Paar waren.«

Embla reagierte erstaunt. Das Gerücht um Lucas Homosexualität passte nicht zu ihrer Überzeugung, dass er und Lollo sich ineinander verliebt hatten. Na gut, er hätte natürlich nur so tun können, um sie anzulocken. Außerdem konnte es ja auch sein, dass er bisexuell war. Plötzlich tauchten massenweise neue Fragen in ihrem Kopf auf.

»Das war wie gesagt nur ein Gerücht, das nach den Schüssen auf Luca kursierte«, hörte sie Göran sagen.

»Im Zuge der Ermittlungen zu seiner Ermordung werden wir bestimmt mehr über ihn und sein persönliches Umfeld erfahren«, erwiderte Embla.

»Ganz bestimmt. Ich werde versuchen, so oft wie möglich dabei zu sein und an dem Fall mitzuarbeiten. Und wenn es nötig ist, werde ich dich nach Göteborg zurückbeordern. Aber vorher muss ich mit deinem Chef Tommy Persson sprechen, höchstwahrscheinlich werden einige weitere Kollegen aus deiner Abteilung zum Ermittlungsteam gehören. Fürs Erste wirst du hier oben gebraucht, falls irgendwas Neues, Wichtiges auftauchen sollte.«

»Okay. Aber ich kann dir nicht ganz folgen. Wer ist denn für die aktuellen Ermittlungen jetzt eigentlich mein Chef? Du oder Tommy Persson?«

»Gute Frage. Da du und ich gemeinsam begonnen haben, im Mordfall Milo zu ermitteln, erscheint es mir nur logisch, dass wir auch zusammen weitermachen. Tommy wird sich derweil um die Ermittlungen zu den tödlichen Schüssen auf Luca kümmern. Aber wir werden mit Sicherheit zusammenarbeiten, da die Morde an den Brüdern höchstwahrscheinlich zusammenhängen. Ich diskutiere die Sache gleich morgen mit Tommy und gebe dir dann Bescheid, wie wir es handhaben.«

In diesem Augenblick gab Görans Tablet einen Klingelton von sich. Als er die Nachricht in seinem Posteingang las, spiegelte sich offenkundiges Erstaunen in seinem Gesicht.

»Gerade kam eine internationale Suchmeldung rein. Sie betrifft Kador Stavic. Warte mal ...« Er verstummte und überflog den Text. »Offenbar ist er seit fast zwei Wochen verschwunden. Er wird also nicht gesucht, weil er verdächtig wäre, irgendein Verbrechen begangen zu haben, sondern ist möglicherweise selbst Opfer eines Verbrechens geworden. Sehr seltsam. Nichts deutet daraufhin, dass er einen Grund hatte unterzutauchen. Seine Angehörigen machen sich Sorgen.« Göran schaute vom Display auf und betrachtete Embla nachdenklich. »Das ist auch mehr als berechtigt, wenn du mich fragst. Vor allem, wenn man bedenkt, was mit seinen Brüdern hier in Schweden passiert ist«, sagte er mit Nachdruck.

»Er ist also vor fast zwei Wochen verschwunden ... Kann es vielleicht sein, dass Kador sich hier in der Nähe aufhält?«, fragte sie nachdenklich.

»Nichts ist ausgeschlossen. Ich werde umgehend die Kollegen in Split kontaktieren. Offiziell betreibt Kador dort mehrere Restaurants und Nachtklubs. Und ein paar Hotels, glaube ich. Vielleicht haben die Kollegen in Kroatien mehr Informationen für uns.«

Jetzt galt es, rasch zu agieren, bevor die Spuren erkalteten. Bei dem Gedanken an Kälte warf Embla einen Blick hinaus auf die vom Mond beschienene Landschaft. Draußen war es vollkommen still, und die Sterne leuchteten von einem klaren Himmel. Der Wetterprognose zufolge würden die Temperaturen in der Nacht bis auf minus zwanzig Grad sinken. Sie erschauderte und wandte sich wieder Göran zu.

»Ich müsste noch ein wichtiges Telefonat führen«, erklärte sie.

»Mach das. Wir sehen uns dann morgen zum Frühstück.«

Auf dem Weg zu ihrem Zimmer fiel Embla ein, dass sie den Nachtisch völlig vergessen hatten.

Ihr graute vor dem Gespräch, doch sie wollte es lieber schnell hinter sich bringen. Also rief Embla gleich bei Elliots Vater Jason an, um ihn über die Ereignisse während und nach der misslungenen Fuchsjagd zu informieren. Wie erwartet war er ziemlich empört darüber, wie sie auch nur auf die Idee hatte kommen können, seinen Sohn mit auf die Jagd zu nehmen.

»Er ist gerade mal neun! Was hast du dir denn dabei gedacht?«, rief er.

»Ja, ich weiß. Ich war ja auch dagegen. Aber er wollte es so gerne«, entgegnete sie matt.

»Auch wenn er es wollte, er ist trotzdem erst neun Jahre alt!«

»Dessen bin ich mir voll und ganz bewusst. Aber er hat andauernd gebettelt. Und Nisse fand ...«

»Jetzt schieb die Schuld ja nicht auf deinen alten Onkel! Du hast schließlich die Verantwortung für Elliot!«

Mit erzwungener Ruhe sagte sie: »Das weiß ich ja. Und ich nehme auch die gesamte Verantwortung auf mich. Aber ich war selbst nicht dabei, weil ich überraschend einen Anruf von meinem Großcousin bekam. Er vermietet Hütten an Touristen, und in einer davon hatte er gerade einen Toten gefunden.«

Ihre Worte brachten Jason zum Schweigen, allerdings nur kurz. »Das ist ja wohl die Höhe! Du trägst die Verantwortung für einen Neunjährigen, lässt ihn aber allein mit einem alten Mann, der den Jungen einfach mit auf die Jagd nimmt, während du selbst Mörder jagst!«

Jetzt konnte sie ihre Wut nicht mehr zurückhalten. »Und was hast *du* in dieser Woche gemacht?«, fragte sie mit einer klirrend kalten Stimme.

Diesmal schwieg er etwas länger. Vermutlich war er sich nicht sicher, wie viel sie darüber wusste und ob er es riskieren konnte zu lügen. Doch Embla wusste alles. Elliot hatte es ihr erzählt.

Während der Autofahrt nach Dalsland hatte der Junge unvermittelt gefragt: »Findest du, dass ich ihn zu oft anrufe?«

Er klang etwas niedergeschlagen, sie wusste nicht recht, warum.

»Nein. Na ja, manchmal vielleicht ... aber eigentlich nicht. Warum fragst du?«

»Papa meinte, dass ich ihn diese Woche nicht so oft anrufen soll.«

»Und warum nicht?«

»Weil er und ... Tanja heißt sie, glaub ich ... irgendwo hinfahren wollten«, sagte er mit einem tiefen Seufzer.

Sie hatte sofort begriffen, worum es ging. Jason wollte während des Urlaubs mit seiner neuen Flamme nicht durch die Anrufe seines Sohnes gestört werden. Immer dasselbe, dachte sie und presste unbewusst die Lippen aufeinander, während sie auf Jasons Antwort wartete.

»Was ich gemacht habe, tut hier ja wohl kaum was zur Sache. Hier geht es vielmehr um das Trauma, das mein Sohn bei der Fuchsjagd ...«, begann er, und sie hörte förmlich, wie er sich bemühte, an seine Wut von eben anzuknüpfen.

»Er wird schon keine bleibenden Schäden davontragen. Im Augenblick sitzt er jedenfalls quietschvergnügt vorm Computer und spielt gemeinsam mit den beiden Mädchen von Karin. Und davor hat er mit der ganzen Familie lecker zu Abend gegessen. Er ist glücklich und zufrieden, weil er unter Menschen ist, die sich um ihn kümmern. Geborgenheit und Zuwendung in einer Familie zu erleben ist wichtig für ihn.« Ihre letzten Worte waren ein mehr oder weniger subtiler Seitenhieb gewesen, der hoffentlich saß.

»Wenn du mir unterstellst, dass ich Elliot nicht genügend Zuwendung gebe ...«, fauchte er.

»Das hab ich nicht gesagt, du tust es halt auf deine Weise. Doch man kann sich natürlich fragen, warum du ihn nicht mitgenommen hast, wo er doch Ferien hatte.«

»Weil du schon beschlossen hattest, dass er mit zu Nisse kommen soll. Ihr fahrt doch in den Skiferien immer zu ihm hoch.«

»Was dir ja nur recht sein kann. Dann kannst du dich voll und ganz auf deine neue Liebschaft konzentrieren, und alle sind zufrieden!«

Der Streit begann zu eskalieren, wie es bei ihren Wortgefechten üblich war. Doch Jason war nicht dumm. Ihm war sehr wohl klar, wo das Ganze hinführen konnte. Wenn er das Spiel weitertrieb, wäre er irgendwann gezwungen, Embla den Kontakt mit Elliot zu verbieten. Und das würde Probleme nach sich ziehen, sowohl für ihn selbst als auch für den Jungen. Als Jazzmusiker ging er oft auf Tournee, dann sprang sie meist ein. Auch sonst kam es ihm zugute, dass die beiden gern Zeit miteinander verbrachten. So hatte er hin und wieder etwas Raum für sich. Es wäre also klug, einen eleganten Rückzieher zu machen.

»Ist ja schon gut. Ich finde es zwar ganz und gar nicht lustig, dass Elliot die Fuchsjagd so viel Angst eingejagt hat, aber ziehen wir jetzt einfach einen Schlussstrich unter die Sache. Trotzdem sollten wir ihn im Auge behalten. Vermutlich ist es so, wie du sagst: Er wird darüber hinwegkommen. Aber ich will auf keinen Fall, dass er noch mal an einer Jagd teilnimmt.«

»Versprochen. Jedenfalls nicht, ohne dich vorher gefragt zu haben. Aber ehrlich gesagt glaube ich nicht, dass er in nächster Zeit wahnsinnig scharf darauf sein wird.«

»Gut. Und du meintest, dass Nisse ihn dann heimfährt?«

»Ja. Die beiden fahren morgen gleich nach dem Frühstück los.«

»Okay. Und ...« Er räusperte sich mehrfach, bevor er hervorpresste: »Danke, dass du für ihn da bist.«

»Gern geschehen«, sagte sie und legte auf.

Sie spürte die Erleichterung im ganzen Körper. Vor Beginn des Gesprächs war sie doch ziemlich angespannt gewesen. Ihr war wieder einmal bewusst geworden, wie sehr sich Jason darauf verließ, dass sie sich um seinen Sohn kümmerte. Zum ersten Mal stellte sie sich die Frage, wie es wohl in Zukunft sein würde, wenn Elliot etwas älter wäre. Würde Jason dann mehr Verantwortung übernehmen? Oder würde er sich weiterhin davor drücken?

Trotz der turbulenten Ereignisse am Samstag schlief Embla tief und traumlos. Am nächsten Morgen wurde sie vom Klingeln ihres Handyweckers um halb acht wach. Erstaunt stellte sie fest, dass sie fast neun Stunden am Stück geschlafen hatte. Sie konnte sich nicht erinnern, wann das das letzte Mal der Fall gewesen war. Hing es womöglich damit zusammen, dass Milo tot war? Dass sie sich jetzt sicher fühlte, wo er ihr nicht mehr drohen oder etwas antun konnte? Und damit, dass Luca ebenfalls ermordet worden war? Jetzt musste sie sich nur noch vor Kador fürchten. Was wohl mit ihm passiert sein mochte? Er war schon seit fast zwei Wochen verschwunden, das erschien ihr ziemlich lang. Hielt er sich hier in Schweden auf? Hatte er seine Brüder womöglich ermordet? Auch wenn das für ihn mehr Macht über die Organisation bedeutete, kam es Embla nicht sehr wahrscheinlich vor. Das Netzwerk war zu groß, um es allein zu kontrollieren. Doch vielleicht sah Kador die Sache mit der Macht und seinen eigenen Führungsqualitäten etwas anders.

Doch selbst dann fühlte sich Embla eigentlich nicht von ihm bedroht. Sollte er sich tatsächlich gerade in Schweden aufhalten, hatte er bestimmt ganz andere Sorgen.

In Gedanken kehrte sie wieder zu Lollo zurück. Wo war sie? Nach fast fünfzehn Jahren hatte sie sich völlig unerwartet bei Embla gemeldet, doch dann war das Telefonat unterbrochen worden. War es ein Hilferuf gewesen? Göran kümmerte sich gerade um die Handyortung, um herauszufinden, von wo aus sie angerufen hatte. Embla war froh und dankbar, dass er ihr zugehört und sich bereit erklärt hatte, bei der Suche mitzuhelfen. Zum ersten Mal seit vielen Jahren war Embla voller Zuversicht, dass sie Lollo lebend wiederfinden würden.

Sie räkelte sich träge in dem bequemen Bett. In den vollaufgedrehten Heizkörpern knackte es. Die Fensterscheiben waren noch immer mit Schnee und Eis bedeckt, sie hatte darauf verzichtet, die Jalousien zuzuziehen. Draußen musste es klirrend kalt sein, genauso wie vorhergesagt.

Als sie den Korridor entlangging, knarrten die Holzdielen unter ihren Schuhen. Von einem alten dunklen Ölgemälde schaute ein Herr mit strengem Blick auf sie herab, einem Blick, der sie zu verfolgen schien. Ein kleines Messingschild auf dem Rahmen gab Aufschluss darüber, dass es sich um den Freiherren Gustaf Adolf Holze af Falkeclou (1795–1866) handelte. Vermutlich der Gründer des Hofes, dachte Embla.

Zu ihrer Verwunderung saßen nur wenige Personen in der Frühstücksecke des Speisesaals. Sie sah Monika mit einer dampfenden Kanne Kaffee in der Hand aus der Küche kommen.

»Guten Morgen! Wie ich sehe, sind ja noch nicht gerade viele Leute auf den Beinen«, sagte Embla.

»Guten Morgen, meine Liebe! Stimmt, morgens erscheinen nur wenige hier. Die meisten frühstücken in ihren Hütten. Zum Mittagessen kommt dann ungefähr die Hälfte der Gäste, und abends sind fast alle hier«, entgegnete Monika und blieb vor ihr stehen.

»Halb- und Vollpension sind also nicht obligatorisch?«

»Nein, überhaupt nicht. Aber so gut wie alle Gäste reservieren wie gesagt einen Tisch fürs Abendessen. Für sie gehört es zu ihrem Aufenthalt hier auf Gut Herremark.«

Embla nutzte die Gelegenheit, um eine weitere Frage zu stellen, die ihr gestern eingefallen war. »Werden die Hütten während der Zeit, in der sie belegt sind, eigentlich gereinigt?«

»Nein. Erst, nachdem die Gäste abgereist sind.«

»Und Mil ... Herr Müller hatte die Hütte nur für eine Nacht gebucht?«

»Ja.«

»Wäre seine Hütte dann im Normalfall gestern gereinigt worden?«

»Nein. Am Wochenende kommen unsere Putzkräfte nur sonntags, wenn die meisten Gäste ausgecheckt haben. Und da niemand die Hütte für die Nacht von Samstag auf Sonntag gemietet hat, sollte sie erst heute gereinigt werden.«

»Hat er die Rechnung für seinen Aufenthalt im Voraus beglichen?«

»Ja, den Betrag für eine Übernachtung, das Abendessen am Freitag und das Frühstück am Samstagmorgen hat er bezahlt. Aber die Hütte wäre wie gesagt erst heute gereinigt worden.«

Es war also ein Glücksfall für die Ermittlungen, dass Milo Stavic sein Frühstück so zeitig bestellt und darauf bestanden hatte, es um Punkt sieben Uhr einzunehmen. Allein dieser Tatsache war es zu verdanken, dass die Leiche so rasch entdeckt worden war.

Embla sah, dass sich Göran wieder an denselben Platz gesetzt hatte wie am Vorabend. Er schien tief in irgendeinen Text auf seinem Display versunken zu sein. Auf dem Weg zum Tisch schenkte sich Embla am Büfett einen Becher Tee und ein Glas Orangensaft ein, bevor sie etwas Haferbrei in ein Schälchen füllte und eine Scheibe Vollkornbrot mit Käse und Tomatenscheiben belegte. Wie immer warf Göran einen missbilligenden Blick auf ihr Frühstück. Auf seinem Teller lagen mehrere geröstete Toastscheiben mit Aprikosenmarmelade sowie zwei ofenwarme Croissants mit viel Nutella. Daneben stand eine ganze Kanne Kaffee nur für ihn. Den Kaffee trank er üblicherweise aus einer Teetasse mit vier Stück Würfelzucker darin. Nach Auffassung des Kommissars ein perfekter Start in den Tag.

»Schönen guten Morgen! Es gibt Neuigkeiten. Der Abschleppdienst hat gerade angerufen und mitgeteilt, dass Milos Audi auf dem Weg ins Labor ist. Und ich habe herausgefunden, dass er beide Wagen gerade erst vor zehn Tagen aus dem Autohaus abgeholt hat. Laut Datenbank der Zulassungsstelle besitzt er den Benz, den wir letzten Herbst gesehen haben, ebenfalls noch. Der wurde übrigens im Juni letzten Jahres zugelassen, was bedeutet, dass er noch kein Jahr alt ist.«

Göran hielt inne, um einen großen Schluck von seinem Kaffee zu nehmen und mehrmals von seinem Toast abzubeißen. Embla nickte zum Zeichen, dass sie alles mitbekommen hatte, und begann mit großem Appetit ihren Haferbrei zu löffeln.

»Ich fahre direkt nach dem Frühstück runter nach Göteborg. Aber ich möchte, dass du noch eine Weile hierbleibst, um zu prüfen, ob irgendwer in der Nacht auf Samstag etwas Relevantes gesehen hat. Bislang hat sich noch kein einziger Zeuge gemeldet. In den Zeitungen steht zum Glück nur, dass hier oben ein Mann erschossen aufgefunden wurde, aber seine Identität konnten wir geheim halten. Bis jetzt gab es noch keinen großen Medienansturm, aber ich denke, dass es nur eine Frage der Zeit ist, bis etwas durchsickert.«

Bei seinen letzten Worten verzog Göran vielsagend das Gesicht. Das Understatement des Tages. Bald würde hier die Hölle los sein.

Nach dem Frühstück beschloss Embla, noch einmal zur Hütte zu fahren. Nicht, weil sie glaubte, dass den Kriminaltechnikern irgendetwas entgangen wäre, sondern um sich zu vergewissern, dass sie selbst bei ihrem gestrigen Besuch nichts übersehen hatte.

Die Temperatur betrug minus sechzehn Grad, doch der Wind war abgeflaut. Sie blieb auf der Außentreppe des Resorts stehen und schaute auf das Hüttendorf, das sich zum See hinunter erstreckte. Eine fahle Sonne lugte gerade erst über den Horizont und verbreitete ihren schwachen rosafarbenen Schimmer über der glitzernden Schneedecke. Das Lichtphänomen dauerte nur wenige Minuten an, es war atemberaubend schön.

Der Tag versprach klar zu werden. Gegen die Kälte hatte sie nichts einzuwenden, solange es nicht wieder anfing zu stürmen und zu schneien.

In ihrer Jackentasche lag der Hüttenschlüssel, den sie von Monika erhalten hatte. Sie dachte an den gestrigen Morgen. Wenn nicht unerwartet ihr schießwütiger Kollege hereingetrampelt gekommen wäre und sie abgelenkt hätte, wäre sie bei der Inspektion der Unterkunft höchstwahrscheinlich etwas konzentrierter gewesen.

Apropos Olle Tillman. Sie musste ihn unbedingt anrufen und bitten, bei den Befragungen der Festgäste auf seiner Liste dabei sein zu dürfen. Sie hatte die Hoffnung noch nicht aufgegeben, dass irgendjemand etwas beobachtet hatte, das wichtig für ihre eigenen Mordermittlungen sein konnte. Aus demselben Grund war ihr auch an den Ergebnissen der Türklopfaktion gelegen, die gerade im Gebiet um die Loge herum durchgeführt wurde; doch die würde sich bestimmt noch ein paar Tage hinziehen. Allerdings war mehr als fraglich, ob das Ganze etwas bringen würde, da das nächste Wohnhaus mehrere Hundert Meter von der Loge entfernt stand.

Das Klingeln ihres Handys riss sie aus ihren Überlegungen. Rasch streifte sie die Fäustlinge ab und zog es aus der Jackentasche. Auf dem Display stand nur eine Telefonnummer, kein Name.

»Embla Nyström«, meldete sie sich abwartend.

»Hej. Hier ist Olle Tillman. Von der Polizei in Åmål, wenn Sie sich erinnern.«

Jetzt hätte sie ihn leicht angesäuert darauf hinweisen können, dass sie sich selbstverständlich an den Mann erinnerte, der sie erst kürzlich mit einer Schusswaffe bedroht hatte, doch stattdessen entgegnete sie: »Hej. Ich wollte Sie auch gerade anrufen.«

»Dann nehme ich an, dass es um dieselbe Sache geht. Sie hatten ja Interesse an unseren Zeugenbefragungen angemeldet, um herauszufinden, ob irgendwer zum Zeitpunkt des Mordes an Robin Pettersson zufällig etwas beobachtet hat, das mit Ihren Ermittlungen zu tun haben könnte.«

»Genau.«

»Ich fahre jetzt aus Åmål los. Was halten Sie davon, wenn Sie persönlich dazukommen und wir uns in anderthalb Stunden vor der Loge treffen? Dann könnten Sie präziser nachhaken, als es mir mit meinem aktuellen Kenntnisstand zu Ihrem Fall möglich wäre.«

»Klingt gut. Aber es sind doch nur sechzig oder siebzig Kilometer. Dauert die Fahrt dorthin wirklich anderthalb Stunden?«

»Ja, wenn man einen Hund hat, schon. Tore muss nämlich noch ne kurze Runde drehen, bevor wir losfahren«, erklärte er lachend.

»Okay. Dann sehen wir uns vor der Loge.«

Ein großes Rechteck im Schnee kennzeichnete die Stelle, wo der Audi geparkt gewesen war. Embla stand eine ganze Weile davor und betrachtete nachdenklich die riesige Lücke sowie die Reifenspuren des Abschleppdienstes.

Warum hatte sich Milo diesen Geländewagen zugelegt? Er passte überhaupt nicht zu seinem Lebensstil. Ganz zu schweigen von der Tatsache, dass der Mann fast zweihundert Kilometer von Göteborg entfernt in der Einöde diese Hütte gemietet hatte. Embla fiel kein vernünftiger Grund ein, wieso er hierhergefahren sein könnte. All seine Geschäfte konnte er viel komfortabler auch von seinen exklusiven Geschäftsräumen im neu errichteten Büroturm in Gårda aus tätigen.

Milo hatte bestimmt gewusst, dass Kador verschwunden war. Dennoch hatte er die sichere Großstadt verlassen, in der er rund um die Uhr von seinen Bodyguards beschützt wurde. Hatte ihn das Verschwinden seines Bruders nicht beunruhigt? Oder wusste er, wo Kador sich aufhielt? Vielleicht war sein Bruder aus irgendeinem Grund, den sie noch nicht kannten, gezwungen gewesen unterzutauchen und sich versteckt zu halten. Ein Mann wie Kador hatte bestimmt jede Menge Gründe unterzutauchen.

Milo war allein in die Hütte nach Herremark gekommen. Vermutlich hatte er sich mit der Pistole ausreichend sicher gefühlt. Für die Beretta M9 vom Kaliber 9 Millimeter besaß er sogar eine Lizenz. Embla wusste, dass eine Spezialversion dieses Modells, eine Beretta 92FS, im Marinekorps der Vereinigten Staaten eingesetzt wurde. Sie galt als die beste Handfeuerwaffe überhaupt.

Embla selbst hatte beim Sportschützentraining bislang nur das übliche M9-Modell geschossen. Sie war zwar eine gute Schützin, schoss aber eigentlich lieber mit einem Gewehr. Die Sportschützenmannschaft der Polizei hatte versucht, sie zu überreden, der Mannschaft beizutreten, doch sie hatte abgelehnt. In ihrem eng getakteten Zeitplan gab es zu dem Zeitpunkt ganz einfach keinen Freiraum mehr: ein Vollzeitjob mit vielen Überstunden, und in der spärlichen Freizeit Boxen und Jagen nebst Kontaktpflege im Freundes- und Familienkreis, wozu auch Elliot gehörte. Doch nun, nach den Kopfverletzungen, die sie im letzten Herbst im Zuge der Ermittlungen während der Elchjagd davongetragen hatte, durfte sie den Ärzten zufolge nicht mehr auf nationaler Ebene boxen. Das Risiko einer bleibenden Schädigung des Gehirns wäre einfach zu groß. Deshalb musste sie sich aufs Training und einige wenige Übungskämpfe beschränken, was nicht ganz so zeitintensiv war. Vielleicht sollte sie ernsthaft darüber nachdenken, stattdessen den Schießsport auf Wettkampfniveau zu betreiben.

Wie auch immer, im Augenblick musste sie sich auf Milo und seine Beretta M9 konzentrieren. War er tatsächlich mit seiner eigenen Waffe umgebracht worden? Dann musste die Pistole geladen auf seinem Nachttisch gelegen haben. Nachdem Milo im Schlaf erschossen worden war, hatte der Täter sie unter die gefalteten Hände seines Opfers gelegt und Milos iPhone oder iPad oder auch beides an sich genommen. Wie vermutlich auch seine kostspielige goldene Uhr, die Monika an Milos Handgelenk aufgefallen war. Der große Siegelring an Milos kleinem Finger hingegen war nicht entfernt worden. Der Kriminaltechnikerin Linda zufolge hing das höchstwahrscheinlich damit zusammen, dass er ziemlich fest saß. Die Techniker hatten keinen Wohnungsschlüssel gefunden, nur den Autoschlüssel. Konnte es sich um einen simplen Raubmord handeln? Nein, dann hätte der Mörder auch Milos Portemonnaie mitgenommen. Das aber hatte samt Inhalt in der Innentasche seines Jacketts gesteckt.

Eisig blies der Wind Embla ins Gesicht. Auch wenn der Sturm sich gelegt hatte, fühlten sich ihre Nase und die Wangen allmählich steif an, und sie bekam kalte Füße vom Herumstehen im Schnee. Höchste Zeit, in die Hütte zu gehen.

Als sie die Tür öffnete, schlug ihr der intensive Geruch von geronnenem Blut und Herrenparfüm entgegen. Die Heizung war nicht heruntergeschaltet worden, sodass im Haus noch immer eine Temperatur von einundzwanzig Grad herrschte. Jetzt bestand kein Grund mehr, die Stiefel auszuziehen, denn die Kriminaltechniker hatten die Untersuchungen abgeschlossen und würden wohl kaum noch einmal wiederkommen. Höchstwahrscheinlich würde die gesamte Hütte innerhalb der nächsten Tage gründlich gereinigt werden.

Embla fiel als Erstes auf, dass die Kleidungsstücke an der Garderobe fehlten. Doch das hatte sie nicht anders erwartet, denn die Techniker nahmen selbstverständlich alle persönlichen Gegenstände von einem Tatort mit, an denen möglicherweise DNA-Spuren hafteten. Als sie sich der Schlafzimmertür näherte, stellte sie fest, dass auch die gesamte Bettwäsche entfernt worden war. Sie betrat den Raum und inspizierte ihn gründlich. Die Wand am Kopfende des Bettes war mit großen Blutspritzern übersät. Auch auf dem Boden befand sich eine rostrote Pfütze geronnenen Blutes, durch die Löcher im Kissen und in der Matratze war offenbar viel Blut heruntergetropft. Die beiden Fächer des Nachttisches waren leer. Die Türen des Kleiderschranks standen offen, und an der Kleiderstange hingen nur noch leere Bügel. Die Bank unterhalb des Fensters war ebenfalls leer, auch der exklusive Handkoffer war natürlich in die Technische Abteilung des Polizeireviers in Göteborg gebracht worden.

Der Gast dieser Hütte hatte ausgecheckt. Und zwar für immer.

Noch einmal rekonstruierte Embla, was in der Tatnacht geschehen war. Der Mörder hatte das Türschloss aufgebrochen und sich ins Haus geschlichen. Draußen musste es extrem dunkel gewesen sein. Wenn er hier gewesen war, noch bevor der Schneesturm einsetzte, hatte möglicherweise das Licht der Außenlampe durchs Fenster hereingeschienen und ihm den Weg gewiesen. Als der Schneesturm ausbrach, hatten sich die Lichtverhältnisse rapide verschlechtert, draußen wie drinnen, zumal die Fenster sicher schnell zugeschneit gewesen waren.

Embla stellte sich mit geschlossenen Augen mitten in den Raum und versuchte sich gedanklich in den Täter hineinzuversetzen, indem sie innerlich die Jägerin aktivierte, die sie war.

Mein Auftrag besteht darin, Milo Stavic zu ermorden. Ich habe herausgefunden, dass er allein in diese einsam gelegene Hütte hinauffahren wird. Ein Traumszenario für mich als Mörder. Wie gehe ich vor? Selbstverständlich erkunde ich vorher ausgiebig die Umgebung, um mich sicher zurechtzufinden. Wenn ich in der Nacht zurückkehre, muss ich im Dunkeln etwas erkennen können. Eine Nachtsichtbrille löst dieses Problem. Außerdem führe ich selbstverständlich eine eigene Waffe mit. Ich weiß, dass Milo seine Beretta bei sich hat, und muss damit rechnen, dass er aufwacht und nach der Pistole greift. Außerdem muss mein Auto bereitstehen, damit ich nach dem Mord schnell wieder von hier wegkomme.

Embla öffnete die Augen und richtete ihren Blick auf das Bild an der Wand mit dem Vogel auf dem blühenden Zweig, ohne es wirklich zu sehen.

Ihr Gehirn arbeitete auf Hochtouren. Wie konnte der Mörder ins Schlafzimmer gelangen, ohne Milo zu wecken? Er musste gewusst haben, dass sein Opfer stark alkoholisiert sein würde. Mit hoher Wahrscheinlichkeit hatte Milo außer der Flasche Rotwein und dem Sliwowitz auch zum Abendessen im Restaurant Wein getrunken. Das würde sich mit einem Blick auf seine Restaurantrechnung leicht herausfinden lassen. Der Täter schien eiskalt damit gerechnet zu haben, dass sein Opfer betrunken sein würde. Vielleicht brauchte Milo ja einen gewissen Alkoholpegel, um einschlafen zu können. Bedeutete das, dass sich die beiden kannten? Warum hatte Milo so viel getrunken, wenn er doch vorhatte, am nächsten Morgen früh aufzustehen? Embla kam nicht weiter, sie verlor sich in Mutmaßungen.

Plötzlich fuhr ihr ein Schauer über den Rücken. Sie hatte auf einmal das Gefühl, dass er im Raum stand, bereit, jeden Moment seine Hände um ihren Hals zu legen und zu zischen: »Wenn du auch nur ein Wort sagst, bist du tot!«

Ihr Herz begann heftig zu pochen, und sie spürte, wie sich die scharfen Klauen der Panik in ihre Brust gruben. Beruhige dich, er ist tot! *Tot!* Reiß dich zusammen! Sie zwang sich, mehrmals tief durchzuatmen, doch die Panikattacke wollte nicht so schnell abklingen. Höchste Zeit, die Hütte zu verlassen.

Abermals klingelte ihr Handy. Auf dem Display sah sie an der Nummer, dass es Olle Tillman war.

»Hej. Wir sind ungefähr in einer Viertelstunde an der Loge.«

»Gut. Dann sehen wir uns dort.«

Sie musste lächeln, weil er »wir« gesagt hatte. Heute würden sie mit einem zukünftigen Polizeihund zusammenarbeiten.

Vor dem Festlokal erblickte sie einen putzmunteren strahlenden Olle mit Tore an seiner Seite. Der Hund erinnerte stark an einen Schäferhund, war aber schlanker und hatte längere Beine. Sein Fell war rotbraun mit schwarzen Einsprengseln, vor allem im Kopfbereich. Der ganze muskulöse Hundekörper zitterte vor Eifer.

»Hej. Das hier ist Tore«, waren Olles erste Worte. Stolz deutete er auf seinen Hund.

Embla streckte ihre Hand aus, und Tore schnupperte flüchtig daran. Sie durfte ihm noch vorsichtig über den Rücken streichen, doch dann hatte er auch schon genug. Demonstrativ entfernte er sich ein paar Schritte von ihr und wandte ihr sein Hinterteil zu.

Offensichtlich hatte er sie als uninteressant eingestuft. Olle war das Verhalten seines Hundes sichtlich peinlich.

»Also der Tervueren ist ein Einmannhund. Er ist zu allen Leuten so abweisend. Außer zu mir.«

»Kein Problem. Mir genügt es schon, wenn er mich akzeptiert. Es ist ja nicht gerade lustig, von einem zukünftigen Kollegen gebissen zu werden«, entgegnete Embla.

»Er findet Sie offenbar in Ordnung. Sonst hätte er es deutlich gezeigt«, erklärte Olle mit einem schiefen Lächeln.

Das bezweifelte Embla nicht eine Sekunde lang. Die Körpersprache des Hundes zeigte unmissverständlich, dass ihm kaum etwas entging. Seine Ohren waren ständig in Bewegung, die Nase zitterte, und er drehte immer wieder den Kopf. Mit seinen scharfen Sinnen erfasste er die gesamte Umgebung.

»Nehmen Sie ihn immer mit zur Arbeit?«, fragte sie.

»Nein. Normalerweise bleibt er bei meiner Schwester oder meiner Mutter. Aber heute geht es nicht anders. Keine von beiden konnte ihn nehmen. Die gesamte Familie meiner Schwester liegt mit Grippe im Bett, und meine Mutter ist mit ein paar Freundinnen nach Teneriffa geflogen. Deswegen muss er heute mitkommen. Aber das ist kein Problem, er liebt es, Auto zu fahren.«

Tore drehte sich um und schaute sein Herrchen aufmerksam an. Er schien zu verstehen, dass sie gerade von ihm sprachen.

»Sollen wir den Streifenwagen nehmen, oder fahren wir mit meinem Auto?«, fragte Embla.

Nach einem kritischen Blick auf den Kia schüttelte Olle den Kopf.

»Wir nehmen den Volvo. Tore muss hinten in seiner Box sitzen«, erklärte er entschieden.

Sie gingen zum Polizeiwagen, und er öffnete die Heckklappe.

Im Laderaum stand Tores Hundebox bereit. Ein rotbrauner Blitz schoss an Embla vorbei, und schon war Tore drin. Der Köter ist verdammt schnell, dachte sie beeindruckt.

Aus alter Gewohnheit umrundete Embla das Auto, um sich ans Steuer zu setzen, hielt dann jedoch inne und ging zurück auf die Beifahrerseite. Bei Einsätzen der Mobilen Einheit hatte sie oft als Fahrerin fungiert, doch diese Ermittlungen und auch der Wagen waren Olles und nicht ihrer. Sie stiegen ein.

»Wir machen es am besten so, wie Sie es vorgeschlagen haben und knöpfen uns zuerst Wille Andersson vor. Den jungen Mann, der meinte, dass Robin an seinem Tod selbst schuld wäre«, sagte er.

»Weil er so großkotzig war«, warf sie ein.

»Ja, genau. Wille war außerdem der Erste vor Ort und ziemlich blutverschmiert. Gute Gründe, um sich eingehender mit ihm zu unterhalten.«

»Allerdings.«

»Hinzu kommt, dass seine jüngere Schwester Ida auch auf dem Fest war. Und Robin hatte ihr gerade den Laufpass gegeben. Da lohnt es sich ebenfalls nachzufragen. Wir werden uns die beiden direkt nacheinander vornehmen.«

Sie schwiegen eine Weile, dann sagte Embla: »Das Ganze dürfte ziemlich zeitintensiv werden. Ich meine, die Befragungen.«

Er warf ihr einen flüchtigen Blick aus dem Augenwinkel zu, während er auf die Bundesstraße einbog.

»Stimmt, aber wir haben ja Verstärkung von zwei Kriminalbeamten aus Trollhättan bekommen.«

»Wissen Sie zufällig, wie die beiden heißen?«

»Nein. Mein Chef findet das mit der Verstärkung übrigens vollkommen überflüssig. Er leitet die Vernehmungen mit den

Flüchtlingsjungen im Auffanglager höchstpersönlich. Offenbar gibt es dort jede Menge Verständigungsprobleme, wenn ich das richtig mitbekommen habe.«

Ein zufriedenes Grinsen breitete sich in Olles Gesicht aus. Embla hatte schon gemerkt, dass er nicht besonders gut auf seinen Chef zu sprechen war. Und obwohl sie selbst erst ein paar wenige Worte von Kommissar Johnzén aufgeschnappt hatte, konnte sie das gut verstehen.

Oben auf der Hügelkuppe standen drei Neubauten. Das hellgraue Holzhaus der Familie Andersson war das größte. Die Fensterrahmen, der Giebel und die Haustür leuchteten kornblumenblau. In der Auffahrt stand ein schwarzer Renault Van. Er war vom Schnee befreit, sodass man auf den Seitenflächen und Hecktüren in großen Lettern »Anderssons Elektroservice« lesen konnte. Damit wussten sie bereits, was Willes und Idas Vater beruflich machte. Neben dem Van waren im Schnee Reifenabdrücke von einem weiteren Auto zu erkennen, das offenbar weggefahren war.

Sie parkten hinter dem Renault und stiegen aus. Die Gardine an einem der Fenster bewegte sich leicht, und Embla erhaschte einen flüchtigen Blick auf ein blasses Gesicht, bevor es rasch wieder verschwand.

Nachdem sie geklingelt hatten, dauerte es lange, bis sie schwere Schritte hörten und die Tür geöffnet wurde. Ein stämmiger Mann füllte den gesamten Türrahmen aus. Er war fast genauso groß wie Olle, aber bedeutend korpulenter. Seine dünnen, sandfarbenen Haare standen zu allen Seiten ab, und die roten Ränder seiner Augen zeugten von zu wenig Schlaf. Sein rot kariertes Hemd und die Jeans sahen aus, als hätte er darin geschlafen. Mit einer seiner kräftigen Pranken umschloss er die

Türklinke, während er sich mit der anderen schwerfällig gegen den Türpfosten stützte. Seine Haltung vermittelte überdeutlich: Hier kommt niemand rein!

Olle Tillman stellte sich vor und bat darum, mit Wille und Ida sprechen zu dürfen. Der Mann betrachtete die beiden Polizisten stumm. Als er beharrlich schwieg und weder Anstalten machte, seinen Namen zu nennen, noch, sie hereinzubitten, unternahm Olle einen zweiten Versuch und wiederholte sein Anliegen.

»Könnten wir vielleicht reinkommen und mit den beiden reden? Wir haben nur ein paar simple Fragen, weil ...«

»Das geht nicht«, unterbrach ihn der Mann und blieb unnachgiebig stehen.

»Aha. Und warum nicht?«

»Wille ist zu nem Kumpel gefahren. Und Ida ist krank.«

Das war natürlich Pech, aber Olle gab nicht auf.

»Und wo wohnt dieser Kumpel?«

Der Mann zuckte kaum merklich mit den Achseln.

»Irgendwo in der Nähe von Mellerud.«

»Okay. Und wie heißt er?«

Embla merkte, dass Olle allmählich die Geduld verlor. Sie bewunderte ihn dafür, wie ruhig er trotz der abweisenden Art des Mannes blieb.

»Micke. Mehr weiß ich nicht.«

»Und warum fährt Wille zu diesem Freund, wenn er genau weiß, dass wir kommen, um mit ihm zu sprechen? Ich habe es ihm nach dem Mord an Robin persönlich angekündigt. Er war also informiert.« Olle versuchte nicht länger, seine Irritation zu verbergen.

»Davon weiß ich nichts. Aber die Jungs fahren immer zusammen zur Schule. In Willes Auto.«

Er warf dem Polizisten einen hämischen Blick zu. Offenbar

war Vater Andersson der Auffassung, diesem Jungspund von Polizisten weit überlegen zu sein.

»Zur Schule? Und zu welcher?«, fragte Olle unverdrossen weiter.

»Zur Landwirtschaftsschule in Nuntorp.«

Embla wusste, wo sie lag, gleich südlich von Brålanda. Dorthin waren es allerdings mindestens achtzig Kilometer, wenn nicht mehr.

»Und wann kommt er wieder nach Hause?«

»Am nächsten Wochenende.«

Das war wirklich ärgerlich. Zum ersten Mal ergriff Embla das Wort und wandte sich an Olle.

»Dann übernehme ich die Befragung, wenn ich morgen nach Göteborg fahre«, erklärte sie.

»Gut, einverstanden.«

Sie sah Olle die Erleichterung an, denn so hatte er vor dem ruppigen Mann nicht das Gesicht verloren.

»Dann würden wir jetzt gerne mit Ida sprechen«, sagte er in ruhigerem Tonfall.

»Das geht auch nicht«, erklärte der Vater unnachgiebig.

»Und warum nicht?«

»Sie ist krank. Vierzig Grad Fieber.«

Noch während er sprach, hörte Embla Geräusche im Haus. Irgendjemand weinte. Eine andere Stimme sprach in beruhigendem Ton. Der Vater musste das Weinen ebenfalls gehört haben, denn plötzlich sagte er: »Das Ganze hat sie ziemlich mitgenommen. Sie musste schließlich mit ansehen, wie ihr Freund ermordet wurde. Das haut jeden um. Und sie ist erst sechzehn.«

Embla hatte den Eindruck, dass sie jetzt ganz nah an einem Punkt waren, den er aber auf keinen Fall preisgeben wollte.

Sie setzte eine ernste Miene auf und sagte in entschiedenem

Ton: »Jetzt hören Sie mir mal gut zu. Ich bin Kriminalinspektorin in der Abteilung für Gewaltverbrechen in Göteborg und befasse mich hauptsächlich mit Mordermittlungen. Die Sache ist ziemlich ernst. Ein junger Mann ist erstochen worden. Ihre Kinder waren auf der Feier, auf der das passiert ist, und wir müssen sie dringend befragen wie alle anderen Anwesenden auch. Und damit meine ich *alle*! Keiner kommt drumherum. Das ist wichtig, damit wir uns ein Bild vom Tathergang machen können. Und Sie müssen zugeben, dass es einen äußerst befremdlichen Eindruck vermitteln würde, wenn Ihre Kinder nicht wenigstens versuchen, zur Aufklärung des Mordes an ihrem gemeinsamen Freund Robin beizutragen.«

Während sie sprach, fixierte sie ihn. Man sah ihm an, dass er nicht auf die Zurechtweisung von der kleinen rothaarigen Polizeianwärterin vorbereitet gewesen war. Und dann noch in diesem Ton. Kriminalinspektorin. Mordermittlerin. Das kann ja wohl nicht wahr sein! Seine Mimik verriet, was er dachte. Er starrte mürrisch zurück, schaute dann jedoch rasch weg. Embla meinte eine gewisse Angst in seinem Blick zu erkennen. Was wiederum ihre Vermutung verstärkte, dass er versuchte, irgendetwas zu verbergen.

»Wir kommen morgen um neun Uhr wieder«, sagte sie streng.

Olle zog die Augenbrauen hoch, senkte sie aber rasch wieder.

»Um punkt neun«, bestätigte er ihre Aussage zur Sicherheit noch mal.

Sie spürten einen heftigen Windzug, als ihnen die Haustür direkt vor der Nase zugeknallt wurde.

Eine Weile saßen sie schweigend im Auto. Embla ging den Wortwechsel mit Willes und Idas Vater noch einmal in Gedanken durch. Schließlich brach sie das Schweigen.

»Sie sagten, Mikaela Malm habe Ida Andersson beschuldigt, Robin ermordet zu haben«, begann sie.

»Ja. Mikaela zufolge wollte Ida sich dafür rächen, dass Robin Schluss gemacht hatte.«

»Und wenn Mikaela nun recht hat? Idas Vater wirkt jedenfalls fest entschlossen, dafür zu sorgen, dass wir … dass Sie nicht mit ihr sprechen können.«

»Ja, das war offensichtlich«, stimmte Olle zu und presste die Lippen aufeinander.

»Der Sache sollten wir nachgehen.«

»Unbedingt.«

Nachdenklich fuhren sie weiter zur Adresse von Anton Åkesson. Der nächste Name auf Olles Liste.

Die Schneewälle an beiden Seiten der Zufahrt zu dem hübsch renovierten Bauernhof waren meterhoch. Auf dem akkurat geräumten Hofplatz stand ein großer Lieferwagen. Offenbar wurde er gerade beladen, denn die hinteren Türen standen offen, und die Laderampe war heruntergefahren. Durchs geöffnete Tor einer großen Maschinenhalle waren mehrere Bagger, Frontlader und Schneepflüge zu sehen. Ein Schild an der Wand informierte darüber, dass hier die Firma John Grävare AB ansässig war. Der Schriftzug »Åkessons Åkeri« auf der Seitenwand des Lkw verriet, dass er auch eine Spedition betrieb. Wenn man in einem dünn besiedelten Gebiet wohnte, musste man mehrere Standbeine haben, das wusste Embla nur allzu gut. Die meisten ihrer Verwandten und Freunde in Dalsland hatten mindestens zwei Jobs zur Sicherung ihres Lebensunterhalts – einige auch mehr.

Noch bevor sie aus dem Auto gestiegen waren, wurde die Tür des Wohnhauses geöffnet, und eine Frau trat auf die Vortreppe. Sie bemühte sich, ihre Arme in die Ärmel eines schwarzen Daunenmantels zu schieben und gleichzeitig die Haustür hinter sich zuzuziehen. Noch eine, die uns nicht hereinlassen will, dachte Embla. Mit vorsichtigen Schritten kam die Frau die Stufen herunter, die ebenfalls akkurat vom Schnee befreit waren. Der gesamte Hof schien mit einer professionellen Schneefräse geräumt worden zu sein. Die Frau war klein und zierlich und hatte ihr halblanges, blondiertes Haar zu einem nachlässigen Pferdeschwanz zusammengebunden. An den Füßen trug sie robuste Stiefel mit offenen Schnürsenkeln. Vermutlich war sie einfach in das erstbeste Paar im Flur hineingeschlüpft, denn die Schuhe wirkten viel zu groß. Als sie näher kam, sahen Olle und Embla, dass sie geweint hatte. Ihr Gesicht war geschwollen, und die Augen hatten rote Ränder.

»Hej. Olle Tillman, Polizei Åmål«, stellte sich Olle übertrieben heiter vor und lächelte sie freundlich an.

Sie zuckte zusammen, als hätte er ihr eine Ohrfeige verpasst, und in ihre Augen traten Tränen.

»Wir möchten nur kurz mit Anton reden«, beeilte er sich hinzuzufügen.

»Oh nein, muss das wirklich sein? Bitte …!«

Ihr Ausruf klang wie ein einziges langes Schluchzen. Sie schaute die beiden Polizisten mit tränennassen Augen flehend an. Ihre Hände zitterten bei dem Versuch, ihren Mantel zum Schutz gegen die Kälte zu schließen.

Als sie Luft holte, hörte man ein Pfeifgeräusch. Es klang, als stünde sie kurz vor einem Asthmaanfall.

»Das geht nicht«, stieß sie hervor.

Dieser Satz kam ihnen inzwischen ziemlich bekannt vor.

»Und warum nicht?«, fragte Olle noch immer ruhig und freundlich.

»Er ist nicht zu Hause.«

Embla kam sich vor, als hätte sie ein Déjà-vu.

Die Frau, die offenbar Frau Åkesson war, wich ihren Blicken aus. Man sah ihr an, dass sie log oder etwas verbarg. Doch Olle und Embla hatten keine Befugnis, in ihr Haus einzudringen, sie mussten ihre Worte wohl oder übel akzeptieren. Auch wenn sie nicht die Wahrheit sagte.

»Und wo ist er?«

»Er und John ... sein Vater ... sind weggefahren. Sie wollten ... etwas holen.«

»Etwas holen? Und was?«

Jetzt konnte Olle seinen Missmut nicht mehr kaschieren.

Sie zuckte nur mit den Achseln. Nach wie vor gelang es ihr nicht, seinem Blick zu begegnen. Sie ist wirklich eine miserable Lügnerin, dachte Embla. Die Frau tat ihr fast leid.

»Dann richten Sie Anton bitte aus, dass er morgen früh gegen zehn Uhr zu Hause sein soll. Andernfalls wird er zur Vernehmung aufs Revier in Trollhättan einbestellt. Und damit meine ich ein regelrechtes Verhör und keine informelle Befragung, wie wir sie heute vorhatten«, erklärte er streng.

Embla bemühte sich, ein Lächeln zurückzuhalten. Das mit dem Revier in Trollhättan war nicht schlecht, dachte sie, es klang weitaus angsteinflößender als ein Besuch auf dem Revier in Åmål.

Beim Blick ins Gesicht von Antons Mutter fragte sie sich jedoch, was der Frau fehlte, denn ihr war jegliche Farbe aus dem Gesicht gewichen, und ihre Hände zitterten noch heftiger als zuvor. Stand sie womöglich gerade kurz vor einem Schlaganfall oder Herzinfarkt?

»Aha ... ja, ich werde es ... ihm ausrichten«, presste sie nervös hervor.

»Danke«, sagte Olle und machte auf dem Absatz kehrt.

Dasselbe tat auch Antons Mutter. Mit kleinen, pinguinähnlichen Schritten schlurfte sie in den viel zu großen Stiefeln die Treppe wieder hinauf und verschwand in ihren sicheren vier Wänden. Diese Sicherheit ist allerdings trügerisch, dachte Embla, wir werden dir nämlich wie die Kletten an den Fersen kleben!

Aber warum dachte sie »wir«? Das waren schließlich Olles Ermittlungen. Natürlich hoffte sie darauf, dass irgendjemand etwas Relevantes für ihre eigenen Ermittlungen beobachtet hatte. Doch zugleich weckte die Tatsache, dass sich im Mordfall Robin offenbar alle wichtigen Zeugen weigerten, mit der Polizei zu sprechen, ihr Interesse, ihre Neugier – und ihren »Bulleninstinkt«. Wenn man bedachte, dass ein so junger Mensch brutal mit einem Messer erstochen worden war, fand sie dieses Verhalten höchst merkwürdig und auch ziemlich besorgniserregend.

Sie ging ums Auto herum auf die Beifahrerseite und öffnete die Tür, um einzusteigen, während Olle die Fahrertür öffnete. Doch noch bevor er sich setzen konnte, begann Tore in seiner Box zu winseln.

»Er muss mal pinkeln«, erklärte Olle.

Er ging zum Laderaum, öffnete ihn und fingerte am Verschluss der Boxentür herum. Plötzlich sprang sie mit einem Knall auf, und bevor Embla sich's versah, war Tore auch schon aus dem Wagen gesprungen. Olle riss die Hundeleine vom Gitter der Box und nahm sie an sich.

»Tore! Bei Fuß!«, befahl er dem Hund.

Doch der reagierte nicht, trotz seines feinen Gehörs. Wie ein Wirbelwind schoss er den hohen Schneewall an der Rückseite der Maschinenhalle hinauf, hob ein Bein und pinkelte in hohem Bogen gegen die Gebäudewand. Noch bevor Olle eingreifen konnte, verschwand das Tier um die Ecke und damit auch aus seinem Blickfeld.

»Tore! Was ist denn in dich gefahren? Komm sofort her!«

Olle lief hinter seinem Hund her, Embla folgte ihm.

»Was hat er noch mal trainiert? Gehorsam?« Diese Frage konnte sich Embla nicht verkneifen, als sie zu ihm aufschloss.

»Personensuche«, zischte er mit zusammengebissenen Zähnen.

Der gute Tore hat offenbar noch einiges zu lernen, dachte sie, sprach es jedoch lieber nicht aus. Als hätte Olle ihre Gedanken gehört, sagte er: »Das Tier ist ja gerade mal zweiundzwanzig Monate alt und steckt mitten in der Pubertät.«

Als wäre das eine Entschuldigung oder gar eine vernünftige Erklärung. Embla warf einen Blick über die Schulter zurück und sah Antons Mutter wieder auf der obersten Treppenstufe stehen. Sie verlagerte das Gewicht von einem Fuß auf den anderen, wirkte ruhelos. Die Frau ist unglaublich nervös, dachte Embla.

Sie lief schneller. Mit wenigen großen Schritten sprang sie auf den Wall hinauf, wo sie sich mühsam durch den tiefen Schnee bis zum Hund vorkämpfte.

Tore sprang aufgeregt auf der Stelle und wirbelte dabei jede Menge Schnee auf. Embla blieb abrupt stehen, woraufhin Olle von hinten gegen sie prallte.

»Was zum Teufel …!«

Dann blieb er ebenfalls abrupt stehen.

Der Hund hatte ein Autowrack entdeckt. Es war knallrot und sah aus wie ein Sportwagen. Das Dach war eingedrückt, die Scheiben waren geborsten.

»Ein Toyota«, stellte Olle fest.

Der hohe Schneewall zum Hof hin war ganz offensichtlich erst aufgeschüttet worden, nachdem man das Auto dort abgestellt hatte. Absichtlich, damit niemand es sehen konnte?

Tore schnüffelte eifrig an der kaputten Seitenscheibe auf der Beifahrerseite.

»Tore! Achtung! Du schneidest dich noch … Verflucht!«

Olle stapfte entschlossenen Schrittes auf seinen Hund zu. Plötzlich veränderte sich die Körpersprache des Tieres. Es schien regelrecht zu erstarren, wobei seine Nase auf die Öffnung im Seitenfenster deutete und die Ohren nach vorne angewinkelt waren, als würde der Hund angestrengt lauschen. Ganz starr war er jedoch nicht, man konnte sehen, wie die Muskeln unter seinem Fell vor Anspannung zitterten und wie die Rute hin- und herschwang. Dann begann er mit den Pfoten an der eingedrückten Beifahrertür zu scharren, während er abwechselnd winselte und leise kläffte. Seine Rute bewegte sich nun wie ein Propeller. Jetzt blieb auch sein Herrchen stehen.

Olle sagte im Flüsterton: »Er hat Witterung aufgenommen.«

Mit langsamen, behutsamen Bewegungen näherte er sich seinem Hund und leinte ihn an.

»So, ist ja gut. Tüchtiger Junge«, sagte er beruhigend.

Doch Tore scherte sich nicht um ihn, sondern kläffte weiter. Olle reichte Embla die Leine.

»Würden Sie ihn bitte kurz halten? Ich schau mir das mal näher an.«

Er beugte sich vor und begann das Wageninnere in Augenschein zu nehmen.

»Hier sind mehrere ziemlich frische Blutspuren. Bestimmt hat Tore darauf reagiert. Beide Airbags haben ausgelöst und …«

»Hallo! Was machen Sie denn da? Das dürfen Sie nicht!« Das war die zittrige Stimme von Frau Åkesson.

»Der Hund musste mal pinkeln und ist uns leider entwischt, als wir ihn rausließen. Aber wir haben hier einen Unfallwagen gefunden«, rief Embla ihr zu.

Die letzten Worte waren eigentlich überflüssig, denn irgendetwas sagte ihr, dass Frau Åkesson genau wusste, dass der Wagen dort stand.

Hinter ihr inspizierte Olle das Autowrack. In regelmäßigen Abständen hörte sie das Klicken seiner Handykamera.

»Warum steht er denn hier?«, fragte Embla in derselben Lautstärke.

Erst kam keine Antwort, doch dann sagte sie so leise, dass Embla es kaum hörte: »John hat vor, ihn auf den Schrottplatz zu bringen.«

Mit einer resoluten Bewegung reichte Embla Olle die Leine zurück. Der Hund machte ohnehin keinerlei Anstalten, sich vom Fleck zu rühren. Es schien fast, als wäre er im Schnee festgefroren. In ihrer eigenen Spur stieg sie wieder hinunter. Die zierliche Frau stand am Fuße des Schneewalls. Embla glitt auf den Boden und trat sich den Schnee von den Stiefeln ab.

»Wem gehört das Auto?«, fragte Embla und fixierte sie mit ihrem Blick.

Die blasse Frau starrte sie mit weit aufgerissenen, wässrigen Augen an, antwortete jedoch nicht.

Embla schwieg und hielt ihren prüfenden Blick aufrecht. Da begann die Frau endlich zu reden.

»Einem … Kunden. Das Auto … ist nicht fahrtüchtig«, sagte sie im Flüsterton.

Eine überflüssige Anmerkung, Embla hatte den demolierten Wagen schließlich selbst gesehen. Doch sie wollte die ohnehin schon völlig verstörte Frau nicht noch weiter bedrängen.

»Und wann wurde es hergebracht?«, fragte sie in etwas freundlicherem Ton.

Frau Åkesson zuckte erneut zusammen und schüttelte den Kopf.

Jetzt schlitterte auch Olle gemeinsam mit seinem angeleinten, aber dennoch aufgeregt umherspringenden Hund vom Schneewall hinunter auf den Hofplatz.

»Wurde bei dem Unfall jemand verletzt?«, fragte er, nachdem er sich und den Hund einigermaßen vom Schnee befreit hatte.

»Nicht, dass ich wüsste.«

Ihr Blick huschte flackernd zwischen den beiden Polizisten hin und her, beinahe so, als würde sie ein Tischtennismatch verfolgen.

»Und wann geschah der Unfall?«, fragte Olle unverdrossen weiter.

»Äh … keine Ahnung.«

Sie presste die Lippen zusammen, drehte sich um und lief eilig wieder zurück ins Haus. Oder besser gesagt, so schnell es ihre überdimensionalen Stiefel zuließen. Das passierte so plötzlich und unerwartet, dass weder Embla noch Olle auf die Idee kamen, sie zu stoppen. Die beiden wechselten lediglich einen verwunderten Blick und zuckten mit den Achseln. Falls sie der Frau noch weitere Fragen stellen müssten, würden sie sie ganz sicher hier auf dem Hof antreffen.

Nachdem sie Tore wieder in seine Box bugsiert hatten und selbst ins Auto gestiegen waren, klingelte Olles Handy. Er warf rasch einen Blick aufs Display und zog eine vielsagende Grimasse, bevor er sich meldete.

Genau wie beim letzten Telefonat, das Olle mit seinem Chef geführt hatte, konnte Embla fast alles mithören, was Johnzén sagte.

»Ein altes Weib hat angerufen und behauptet, zum Zeitpunkt des Mordes irgendwas Wichtiges gehört zu haben! Fahr hin und befrag sie!«

Manche Menschen klingen so, als würden sie jeden ihrer

Sätze mit einem Ausrufezeichen abschließen. Kommissar Johnzén gehörte eindeutig zu ihnen. Embla fand das ziemlich anstrengend! Mit Ausrufezeichen. Der ganze Mann war einfach nur anstrengend.

Der Kommissar nannte Olle die Kontaktdaten und beendete das Gespräch ebenso abrupt, wie er es angefangen hatte.

Mit einem tiefen Seufzer startete Olle den Wagen und fuhr langsam vom Hof.

»Was für ein Charmeur«, sagte Embla ironisch.

»Aber echt.« Olles Antwort troff nur so vor Sarkasmus.

Tore bewegte sich unruhig in seiner Box und begann erneut zu winseln.

»Was hat er denn jetzt?«, fragte sie.

»Keine Ahnung.«

Olles Worte vom Vortag kamen ihr in den Sinn.

»Was sagten Sie noch mal, worauf ist Tore abgerichtet?«

»Spurensuche«, antwortete er.

»Ja schon, aber welche Spuren?«, hakte sie nach.

»Drogen. Aber wir haben auch Personensuche trainiert …«

»Halten Sie an!«

Er warf ihr einen erstaunten Blick zu, bremste aber.

»Ich will nur kurz was nachschauen«, sagte sie.

Ohne weitere Erklärungen öffnete sie die Tür und sprang hinaus. Bis zum Schneewall an der Außenwand der Maschinenhalle war es nicht weit. Rasch sprang sie in der gut ausgetretenen Spur von vorhin hinauf und nahm ihre Taschenlampe aus der Jackentasche.

Das Auto war tief im Schnee begraben, weshalb sich die Türen unmöglich öffnen ließen. Vorsichtig schob sie einen Arm durch die zersplitterte Seitenscheibe ins Wageninnere und schaltete ihre Taschenlampe ein. Sie sah, dass bei beiden Vordersitzen der

Airbag ausgelöst hatte, und konnte große Blutflecke auf den Sitzen und dem Armaturenbrett erkennen. Offenbar hatten der Fahrer und womöglich noch weitere Insassen bei dem Unfall ziemlich viel Blut verloren. An den Handgriffen der Vordertüren waren deutliche, blutverschmierte Hand- und Fingerabdrücke zu erkennen. So wie das Auto aussah, fand sie es unwahrscheinlich, dass niemand ernsthaft verletzt worden sein sollte, auch wenn Frau Åkesson genau das durch ihre Antwort nahegelegt hatte. Wir müssen das Ganze unbedingt näher untersuchen lassen, dachte sie. Doch im Augenblick galt Emblas Aufmerksamkeit etwas anderem. Langsam ließ sie den Lichtstrahl über den Boden gleiten. Schließlich erblickte sie tatsächlich etwas Interessantes im Fußraum.

Würde sie es mit der Hand erreichen können? Vielleicht, wenn sie vorsichtig auch noch das restliche Glas aus der Scheibe brach. Sie schaute sich nach einem geeigneten Gegenstand um, den sie dafür benutzen konnte.

»Was zum Teufel machen Sie da?«, hörte sie plötzlich eine raue Bassstimme ein Stück entfernt rufen. Von der Ecke der Maschinenhalle her kämpfte sich ein Mann gerade das letzte Stück des Schneewalls hinauf. Er war nicht besonders groß, aber kräftig gebaut. Offenbar hatte er es eilig gehabt, das Haus zu verlassen, denn er trug nur ein kariertes Flanellhemd und eine ausgebeulte Jeans. Die Stoppelhaare auf seinem Kopf waren bedeutend kürzer als die seines Backenbartes. Mit entschlossenen Schritten näherte er sich ihr in der Spur, die sie selbst ausgetreten hatte. Und natürlich auch ihre beiden Kollegen, der zwei- und der vierbeinige. Auch wenn Tore noch kein offizieller Polizeihund war: Angesicht dessen, was er hier gefunden hatte, würde er einen ausgezeichneten abgeben.

Der Mann, der fatal an eine aufziehende Gewitterwolke erinnerte, musste John Åkesson sein. Seine Hände ballten sich unheilvoll zu Fäusten, und in seinem Blick loderte blanker Zorn.

»Polizeiarbeit«, antwortete sie knapp.

»Das hier hat verflucht noch mal gar nichts mit Polizeiarbeit zu tun«, fauchte Åkesson und deutete auf das Autowrack.

Sein Gesicht war hochrot, und er keuchte nach dem anstrengenden Marsch durch den Schnee.

»Ich muss Sie bitten zurückzubleiben«, sagte sie in entschiedenem Ton, während sie ihr Handy aus der Tasche zog und Olles Nummer anklickte. Er meldete sich sofort.

»Ja? Olle hier.«

»Tore hatte recht. Kommen Sie schnell her.«

Unmittelbar danach hörte sie eine Autotür zuschlagen. Jetzt fühlte sie sich etwas sicherer, denn der Mann, der sich vor ihr aufbaute, wirkte extrem aggressiv. Seine Augen zogen sich zu schmalen Schlitzen zusammen, und er presste die Zähne so fest aufeinander, dass seine vollen Wangen steinhart wurden.

»Sie haben verdammt noch mal kein Recht, einfach mein Grundstück zu betreten!«, zischte er durch die Zähne.

»Wir ermitteln gerade in einem Mordfall. Und deshalb haben wir die Befugnis, alles zu untersuchen, was mit unseren Ermittlungen zu tun haben könnte.«

»Mord! Das hier hat ja wohl verflucht noch mal nichts mit diesem Scheißmord zu tun!« Åkesson spuckte die Worte förmlich aus und deutete auf das Autowrack.

Aus dem Augenwinkel sah Embla, wie Olle den Schneewall erklomm. Der zornige Mann vor ihr schien es jedoch nicht zu bemerken, er war voll und ganz auf sie konzentriert.

Als er unvermittelt seine geballten Fäuste gegen sie erhob, war sie im ersten Moment überrumpelt, doch dann setzten ihre Reflexe ein. Rasch wich sie nach hinten aus, sodass er ihr Gesicht um wenige Zentimeter verfehlte. Womöglich war John Åkesson ein Schlägertyp, aber ihm fehlte jegliche Technik. Seine Bewegungen kamen Embla ziemlich schwerfällig vor. Sie duckte sich, um Kraft zu sammeln, bevor sie ausholte und ihn mit mehreren harten Boxhieben traktierte: Nase – Augenbraue – Nase – Augenbraue. Laut brüllend hielt er die Hände vors Gesicht, um sich zu schützen, doch sie hatte ihr Ziel bereits erreicht. Das Blut rann ihm aus der Nase und aus einer Wunde an der Augenbraue. Es würden keine sichtbaren Narben bleiben, sein Nasenbein war nicht gebrochen, und die Augenbraue würde rasch wieder verheilen. Das wusste sie aus eigener Erfahrung. Im Bereich der Augenbrauen hatte sie selbst sehr dünne Haut, und ihre linke hatte nach all den Schlägen ihrer Gegnerinnen im Lauf der Jahre eine leichte Zickzackform angenommen.

Åkesson schlug mehrfach unbeholfen ins Leere, bevor Olle angesprungen kam und ihm die Arme hinter dem Rücken verschränkte.

»Ich zeige Sie verflucht noch mal an!«, schrie er.

»Widerstand gegen Vollstreckungsbeamte ist ein schwerwiegendes Verbrechen«, erklärte Olle ruhig und hielt den Mann fest.

Aus seinem Gesicht tropfte Blut hinunter in den Schnee und hinterließ rote Flecken.

»Jetzt beruhigen Sie sich erst mal. Wenn Sie sich vernünftig aufführen, bringen wir Sie zurück ins Haus. Und ich werde Ihnen helfen, die Augenbraue zu tapen«, versprach Embla.

»Sind Sie jetzt etwa auch noch Krankenschwester, oder was? Sie verfluchte Schlampe!«, fauchte er und glotzte sie hasserfüllt an.

»Nein, Boxerin. Ich habe meine Augenbrauen selbst schon oft getapt, und die von anderen auch.«

»Verflucht«, brummte er.

Seine Angriffslust hatte sich gelegt, und er folgte den Polizisten ohne allzu großen Widerstand. Mit vereinten Kräften gelang es ihnen, ihn vom Schneewall auf den Hofplatz hinunter und zum Wohnhaus zu führen. Und jetzt, direkt neben ihm, nahm Embla auch eine deutliche Alkoholfahne wahr.

Seine Frau stand noch immer vor der Haustür und trat in ihren übergroßen Stiefeln unruhig auf der Stelle.

»Mein Gott, was ist denn passiert …?«, stammelte sie erschrocken, als sie sah, dass ihr Mann blutete.

»Er ist ausgerutscht. Ziemlich glatt, der Schnee da oben«, antwortete Olle, noch bevor Embla etwas sagen konnte.

Zu ihrem Erstaunen protestierte John Åkesson nicht.

»Ich hab ihm versprochen, seine Augenbraue zu tapen«, erklärte Embla mit einem, wie sie hoffte, Vertrauen einflößenden Lächeln.

Zur Antwort erntete sie einen verängstigten Blick, bevor die Frau ihren Mann fragend anschaute.

»Lass die Bullen verdammt noch mal rein, damit wir sie möglichst bald wieder los sind«, sagte er matt.

Zögerlich drehte sie sich um, öffnete die Haustür und trat dann zur Seite, sodass sie eintreten konnten.

Auch im Inneren des Hauses schien alles frisch renoviert worden zu sein. Professionelle Arbeit. Die Räume waren licht und luftig. Die Front des Garderobenschranks aus heller Eiche im Flur sowie der massive Dielenboden, der sich übers gesamte Erdgeschoss erstreckte, machten einen soliden Eindruck. Der Flur mündete in ein geräumiges Wohnzimmer, während sich linker Hand ein breiter Durchgang zur Küche befand.

»Wir gehen hier rein«, beschloss Olle.

Sie führten John Åkesson in die Küche, wo er sich ohne Protest auf einen Stuhl setzen ließ. Der Raum war so groß wie eine alte Bauernküche, allerdings topmodern eingerichtet. Der großzügige Eichentisch mit passenden Stühlen wirkte recht neu, und darüber hing eine dänische PH-Lampe. In einer Ecke stand ein kleiner Holzofen mit einer Specksteinplatte. So einen besaß Nisse ebenfalls. Er behauptete immer, dass man bei einem Stromausfall einfach nur den Ofen anheizen müsse und auf dem heißen Stein Essen zubereiten könne. Ziemlich clever, weil man auf dem Land nie genau wusste, wann der Strom wieder zurückkam.

»Lilian, hol die Wodkaflasche aus der Speisekammer«, befahl John.

»Aber ... ich habe doch Desinfektionsmittel ...«, versuchte sie einzuwenden.

»Ich will ihn ja auch verflucht noch mal nicht für die Wunde!«

Sie zog leicht den Kopf ein und schaute dann rasch zu den beiden Polizisten hinüber.

Embla beeilte sich, ihr beizupflichten.

»Ich denke genau wie Sie, Lilian. Das mit dem Wodka kann noch warten. Wir nehmen zuerst das Desinfektionsmittel. Hätten Sie auch ein Heftpflaster?«

In ihrem schmalen Gesicht zeichnete sich Erleichterung ab, als sie antwortete: »Ja. Ich habe alles Mögliche an Verbandsmaterial.«

Sie ging in den Flur hinaus und öffnete dort eine Schranktür. Nachdem sie ein wenig herumgekramt hatte, kam sie mit Pflastern, Verbänden und einem kleinen Fläschchen Desinfektionsmittel zurück.

Vorsichtig reinigte Embla die aufgesprungene Augenbraue und wies Olle dann an, die Wundränder leicht zusammenzudrücken, während sie sie tapte. Das Nasenbluten hatte von selbst aufgehört, sodass sie nur noch die Blutflecken in seinem Gesicht wegwischen musste.

»So. Lassen Sie das Tape mindestens vier Tage drauf, bevor Sie es wechseln. Optimal wäre eine Woche, dann können Sie es abnehmen«, erklärte sie ihm.

Die Eheleute Åkesson nickten.

Olle betrachtete Lilian prüfend. »Sie sagten vorhin, John und Anton wären weggefahren, um eine Sache zu holen. Aber John ist ja nachweislich hier. Jetzt würden wir gerne mit Anton sprechen«, sagte er freundlich, aber bestimmt.

Beide Eltern erstarrten.

»Er ist aber nicht zu Hause. Das ist wahr!«, beeilte sich Lilian zu versichern. Sie warf einen raschen Blick zu ihrem Ehemann, bevor sie fortfuhr. »Ich dachte erst, dass sie … also John und Anton … beide weggefahren wären. Aber Anton ist offenbar allein gefahren.«

Ihr Mann pflichtete ihr mit finsterer Miene bei. Es war offensichtlich, dass die beiden gemeinsame Front gegen die Polizisten machten. Anton würden sie heute ganz sicher nicht mehr befragen können.

»Also gut. Ich komme morgen um zehn Uhr wieder. Wenn Anton dann nicht zu Hause ist, wird er, wie schon angekündigt, zur Vernehmung nach Trollhättan einbestellt. Und wenn er dort nicht erscheint, werden die Beamten das gelinde gesagt als verdächtig einstufen. Dann wird er persönlich mit dem Streifenwagen abgeholt«, erklärte Olle und schaute die zwei herausfordernd an.

John glotzte unter seiner getapten Augenbraue mürrisch zurück, und Lilian sah erneut aus, als würde sie jeden Moment in Ohnmacht fallen, doch keiner der beiden sagte etwas.

»Okay, wir finden selbst wieder raus«, sagte Olle und verabschiedete sich mit einer stilvollen Geste.

Das konnte er richtig gut. Er muss es vor dem Spiegel geübt haben, dachte Embla.

Draußen im Flur fasste sie ihn am Arm und hielt ihn zurück. »Gehen Sie nach draußen zum Toyota und holen Sie den Joint raus, der im Fußraum unterhalb des Fahrersitzes liegt«, forderte sie ihn flüsternd auf.

»Einen Joint? Ah, das war es also, was Tore …«

»Ja. Wollen Sie meine Taschenlampe mitnehmen?«

»Nein, ich hab selbst eine.«

»Gut.«

»Und was haben Sie vor?«

»Den beiden noch ein paar Fragen zu stellen«, antwortete sie leise und ließ seinen Arm wieder los.

Rasch schlüpfte er durch die Haustür hinaus. Embla drehte sich um, um in die Küche zurückzugehen, da stand Lilian plötzlich vor ihr im Türrahmen. Als sie sah, dass Embla nach wie vor im Haus war, sackte sie regelrecht in sich zusammen.

»Uns ist gerade eingefallen, dass wir die morgige Befragung von Anton etwas straffen können, wenn wir Ihnen und John schon vorab ein paar Fragen stellen«, erklärte Embla in freundlichem Ton.

»Aha … Aha …«

Lilian kehrte langsam und mit hängenden Schultern in die Küche zurück. Ihr Mann saß noch immer in derselben Position auf dem Stuhl, drehte jedoch den Kopf und blickte Embla unwirsch an. Keiner der beiden bat sie, Platz zu nehmen.

Embla lächelte, doch sie erwiderten ihr Lächeln nicht.

»Als Erstes würde ich gerne fragen, ob Sie noch mehr Kinder haben«, begann sie.

»Nein, nur Anton«, antwortete John kurz angebunden.

»Und wie alt ist er?«

»Achtzehn«, sagte Lilian mit piepsender Stimme.

Immer muss man den Leuten alles aus der Nase ziehen, dachte Embla, schaute die beiden jedoch weiterhin freundlich an. Die Jahre in der Schauspielschule in Göteborg waren doch für etwas gut gewesen. »Und wann kam er nach der Feier in der Loge nach Hause?«, fragte sie weiter.

Lilian und John wechselten rasch einen Blick.

»Wir haben schon geschlafen«, antwortete John, und seine Frau nickte zur Bestätigung.

»Sie wissen es also nicht?«

»Nein.«

Dann stellte sie die entscheidende Frage, leichthin und wie selbstverständlich. »Wem gehört das Auto, das hinter der Maschinenhalle versteckt wurde?«

John ballte seine Hände auf der Tischplatte.

»Das geht Sie einen feuchten Dreck an!«, schrie er und ließ eine Faust auf den Tisch krachen.

Embla gab sich völlig ungerührt.

»Oh doch, das geht mich sehr wohl etwas an. Dieses Auto wird eingehend untersucht werden, nachdem wir Drogen darin gefunden haben. Es gilt von jetzt an als Tatort und darf von niemandem außer der Polizei angerührt werden.«

Ohne einen Mucks von sich zu geben, glitt Lilian Åkesson von ihrem Stuhl hinunter auf den Fußboden. Sie war ohnmächtig geworden.

Bevor Embla und Olle den Hof der Familie Åkesson verließen, kehrten die beiden mit Tore noch einmal zum Autowrack zurück. Der Hund reagierte genauso wie beim vorigen Mal.

»Gut möglich, dass da noch mehr Drogen versteckt sind. Oder der Geruch ist noch nicht verflogen«, meinte Olle.

»Okay, dann sperren wir den Wagen ab«, beschloss Embla.

Sie zogen gemeinsam mehrere Lagen Absperrband um den sichtbaren Teil des Autos oberhalb des Schnees.

»Das hätten wir. Ich habe die Techniker schon benachrichtigt. Allerdings konnten sie nicht versprechen, dass sie es heute noch schaffen vorbeizukommen«, sagte Olle.

Mit einem Blick auf die Uhr seines Handys sagte er:

»Vor dem Mittagessen könnten wir ja noch kurz bei der Zeugin vorbeifahren, die während der Mordnacht etwas gehört hat.«

Der Kontrast zwischen dem vorbildlich gepflegten Hof der Familie Åkesson und dem heruntergekommenen Häuschen von May-Liz Ström hätte größer nicht sein können. Olles Notizen zufolge hieß das Anwesen Solängen, Sommerwiese. Das klang zwar idyllisch und hübsch, aber in Wirklichkeit stand es kurz vor dem totalen Verfall. Aus dem teilweise eingestürzten Schornstein rauchte es, und auf dem Dach erblickten sie mehrere schneefreie Stellen, an denen offenbar die Wärme von drinnen hinauszog. Von der Traufe hingen lange Eiszapfen herab. Die Farbe an den Fensterrahmen und der Haustür war fast vollständig abgeblättert. Immerhin war der Weg bis zur Hecke, die das Grundstück umsäumte, geräumt, von dort bis zur Vortreppe des Hauses musste man allerdings durch den Schnee stapfen. Zum Glück gab es bereits einen Trampelpfad, auf dem Spuren von Stiefeln und Hundepfoten erkennbar waren. Seitlich ans Wohnhaus grenzte ein baufälliger Schuppen. Er stand offenbar nur noch, weil er von beiden Seiten gestützt wurde. Direkt daneben befand sich ein Zwinger, in dem eine Hundehütte mit Flachdach stand. Im Augenblick waren darin keine Hunde zu sehen, was Embla angesichts der seit dem Morgen nicht nennenswert gestiegenen Temperaturen nur vernünftig erschien.

Sie brauchten nicht anzuklopfen, denn schon auf dem Weg zur Veranda hörten sie im Haus lautes, vielstimmiges Hundegebell, woraufhin eine Frauenstimme die Tiere in strengem Ton zur Ruhe rief. Olle ist der Hundemensch, er geht am besten voran, entschied Embla.

Das Bellen wurde leiser, kurz darauf öffnete sich die Haustür. Eine übergewichtige Frau um die fünfzig hieß sie lächelnd willkommen. Unter ihrer farbenfrohen, selbst gestrickten Baskenmütze lugten zwei graublonde Zöpfe hervor. Ansonsten trug sie eine verschlissene Thermohose und einen von Motten zerfressenen grauen Wollpullover, der aussah, als wäre er einmal für einen Mann gestrickt worden. In den abgetretenen Holzpantinen steckten Füße in dicken Wollsocken.

»Hej! Kommen Sie rein«, bat sie die beiden Polizisten und trat zur Seite, um ihnen Platz zu machen.

Es war auffallend kalt im Haus. Die Baskenmütze aus Wollresten und der dicke graue Pulli sollten, wie es schien, also nicht ihr Dasein als Boheme unterstreichen, sondern schlicht und einfach dafür sorgen, dass May-Liz Ström hier drinnen nicht fror.

Die Wände im Flur hingen voller kleiner Miniaturgemälde mit Pflanzen und Vögeln darauf. Embla mutmaßte, dass das Bild im Schlafzimmer, in dem Milo Stavic ermordet worden war, von derselben Künstlerin stammte. Vermutlich stand diese gerade vor ihnen.

»Wir haben das Willkommenskomitee schon gehört«, sagte Olle und deutete auf eine geschlossene Tür, hinter der noch immer gebellt und gekläfft wurde.

»Ja, bei der Kälte muss ich sie drinnen behalten«, erklärte sie entschuldigend.

»Und welche Rasse züchten Sie?«, fragte Olle.

»Rauhaardackel. Im Augenblick habe ich gerade vier Hündinnen hier in der Zucht. Sascha bekommt in zwei Wochen Welpen. Möchten Sie einen reservieren? Der Stammbaum ist exzellent.

Der Rüde ist schwedischer und norwegischer Champion, und Sascha ist ebenfalls schwedische Rekordhalterin. Die Abstammung könnte nicht besser sein.«

In ihrem rundlichen Gesicht breitete sich ein warmherziges Lächeln aus. Wie eine stolze Oma, die von ihren entzückenden Enkelkindern schwärmt, dachte Embla. Warum hab ich selbst eigentlich noch nie daran gedacht, mir einen Jagdhund zuzulegen? Weil ich keine Zeit für einen Hund habe, beantwortete sie sich ihre Frage selbst. Und Nisse hat ja schließlich Seppo, die Superspürnase.

»Danke, aber ich habe schon einen Hund«, antwortete Olle. Noch bevor May-Liz nach der Rasse fragen konnte, fügte er hinzu: »Einen Tervueren.«

»Na klar. Sie sind ja schließlich Polizist«, sagte sie, und ihr Lächeln erstarb.

Doch es kam rasch zurück, und sie deutete mit einer Geste ins Innere des Hauses.

»Jetzt werde ich aber erst mal Kaffee aufsetzen«, erklärte sie.

Embla verspürte keine sonderlich große Lust, sich zusammen mit bellenden Dackeldamen länger in dem ausgekühlten Haus aufzuhalten.

»Danke, aber wir haben gerade erst welchen getrunken«, wandte sie rasch ein, bevor Olle auf die Idee kam, ihre Einladung anzunehmen.

Zuerst wirkte er leicht enttäuscht, doch dann fügte er sich in sein Schicksal und nickte zustimmend.

»Ach wie schade. Aber Sie kommen doch wohl kurz rein und setzen sich an den Ofen, oder?«, fragte May-Liz und schob die beiden vor sich her in ein kleines Wohnzimmer.

Im Raum standen ein ungemachtes Schlafsofa und ein Küchentisch mit vier unterschiedlichen Holzstühlen. Auf der Tischplatte erblickte Embla eine Palette mit Aquarellfarben, ein Glasgefäß mit graugefärbtem Wasser und einen kleinen Zeichenblock mit Entwürfen in Blautönen. In der Ecke nahe dem Sofa brannte ein Feuer in einem antiken Kanonenofen. Unterhalb des Fensters arbeitete ein tragbarer Elektroofen auf Hochtouren, denn im Raum gab es keine festinstallierten Heizkörper. Auf einem niedrigen klapprigen Tischchen stand ein kompakter altmodischer Fernseher. Möglicherweise waren die Wände tapeziert, doch das ließ sich nicht genau ausmachen, da sie über und über mit kleinen Bildern vollhingen. Die einzige Unterbrechung bildete das Fenster.

»Wenn es draußen so kalt ist, kann ich die Wärme hier drinnen kaum halten. Dann kuscheln sich die Mädchen und ich in diesem Raum zusammen«, erklärte May-Liz.

Als hätten die Dackel verstanden, wovon sie sprach, begannen sie erneut zu bellen.

»Ist es in Ordnung, wenn ich sie reinlasse?«, fragte sie. »In der Kammer ist es nämlich ziemlich kalt.«

»Für mich ist es in Ordnung«, antwortete Olle.

»Für mich auch«, sagte Embla rasch. Es gelang ihr, überzeugter zu klingen, als sie eigentlich war.

May-Liz öffnete vorsichtig die Tür und versuchte die aufgekratzten Hunde zu beruhigen, die ins Zimmer stürmten.

»Ja, ist ja gut, Mädels. Und jetzt benehmt euch ordentlich. Begrüßt die Leute freundlich ... Nein, Natalja! Nicht knurren! Pfui!«

Doch Natalja schien sich nicht darum zu scheren, was ihr Frauchen befahl, sondern musterte Olle mit finsterer Miene und knurrte weiter.

»Oh, ich glaube, ich verstehe ... Besitzen Sie zufällig einen Rüden?«, fragte May-Liz.

Olle blickte leicht verwundert drein und bejahte ihre Frage.

»Dann riechen Sie nach ihm. Deswegen knurrt sie. Sie hasst nämlich Kerle! Sowohl Männer als auch Rüden. Aber vor allem Rüden. Sie lässt sich auch nicht paaren. Entweder rauft sie sich mit ihnen, oder sie sucht beleidigt das Weite. Und die Kerle verlieren natürlich jede Lust an ihr. Aber ich bringe es nicht übers Herz, sie wegzugeben. Also muss sie den drei anderen als Anstandsdame dienen«, erklärte May-Liz.

Embla hatte den Eindruck, dass sich die Frau jetzt endgültig auf das Thema eingeschossen hatte. Mit einem diskreten Räuspern lenkte sie die Aufmerksamkeit ihres Kollegen und der hingebungsvollen Hundezüchterin auf sich, um direkt zur Sache zu kommen. Zum Grund ihres Besuchs.

»Wir würden gerne wissen, was Ihnen in der Nacht auf Samstag aufgefallen ist«, sagte sie.

»Oh … ja, das.«

Mit einem Seufzen stellte May-Liz fest, dass die Plauderei über ihre geliebten Hunde beendet war.

»Natalja hatte abends Magenprobleme. Sie war nicht ganz auf dem Damm, und als wir irgendwann zwischen Viertel nach zwölf und halb eins in der Nacht rausgingen, war es bestimmt schon das fünfte oder sechste Mal nach dem Abendessen. Ich allein mit ihr, die anderen Mädels waren natürlich außer sich. Sie wollten unbedingt mit und veranstalteten einen Riesenzirkus. Genau in dem Moment, als ich die Haustür öffnete, meinte ich, einen dumpfen Knall zu hören. Vielleicht waren es auch zwei. Es klang wie …«

Sie verstummte und schien nachzudenken.

»Es klang, als hätte jemand mit voller Wucht eine riesige Trommel geschlagen. Oder nein … Es war eher ein Poltern. Aber metallisch. Ganz dumpf.«

Weder Embla noch Olle sagten etwas. Sie ließen die Zeugin weiterreden.

»Ich blieb draußen auf der Vortreppe stehen und horchte, doch danach kam nichts mehr. Ich glaubte schon, ich hätte es mir eingebildet. Man konnte es ja kaum von dem Lärm unterscheiden, den die Mädels veranstalteten.«

»War es dieser dumpfe metallische Knall, von dem Sie uns berichten wollten?«, warf Embla ein.

»Ja. Ich dachte, dass es wichtig sein könnte. Er war wirklich ohrenbetäubend. Vielleicht ein Verkehrsunfall.«

Die augenscheinlich trächtige Dackeldame wankte auf ihr Frauchen zu und winselte leise. Sofort beugte sich May-Liz zu ihr hinunter und nahm sie auf den Schoß.

»Und woher kam das Geräusch, das Sie hörten?«, fragte Olle.

»Ich meine, es kam von irgendwo hinter dem Acker. Also dem hinteren Acker.«

Olle blickte ebenso verdutzt drein wie Embla.

»Welchen Acker meinen Sie?«, fragte er.

»Kommen Sie, ich zeige es Ihnen.«

Sie setzte den Hund wieder auf dem Fußboden ab und ging zum Fenster. Dort begann sie mithilfe eines alten Spachtels den Raureif von der Innenseite der Scheibe zu kratzen. Nach einer Weile entstand eine freie Fläche in der Mitte. Mit zufriedener Miene trat sie zur Seite und winkte die beiden heran.

»Nur zu«, sagte sie.

Embla und Olle stellten sich mit den Köpfen dicht nebeneinander vor den freigekratzten Ausschnitt und schauten hinaus.

Das Häuschen lag auf einem Hügel, von dem aus man eine erstaunlich gute Aussicht auf die Gegend hatte. Die niedrige Hecke, die das Grundstück einfasste, war im Augenblick schneebedeckt. Nur vereinzelte nackte Zweige ragten heraus. Sie sahen ihre eigenen Spuren zur Außentreppe im Weiß. Auf der anderen Straßenseite breitete sich ein großflächiger Acker aus. Er war bestimmt zweihundert Meter breit und lag unter einer völlig unberührten Schneedecke. Dahinter erblickte Embla die hohen Fichten am Rande des Naturschutzgebietes Klevskog. Auch die drei Hütten von Herremark konnte sie sehen. Aus dieser Entfernung wirkten sie wie kleine Legohäuschen.

»Ich wusste gar nicht, dass man von hier aus die Hütten sehen kann«, sagte sie leise zu Olle.

Er wandte sich zu May-Liz und fragte: »Klang es, als wäre der dumpfe Knall von den Hütten hinter diesem Acker gekommen?«

»Nein. Auf der anderen Seite der Straße zum Naturreservat liegt noch mal ein ebenso großer Acker. Dort hat es, glaube ich, geknallt.«

Embla drehte den Kopf und schaute in Richtung Bundesstraße. Sowohl dieses Häuschen als auch Haralds Hütten lagen an kleineren, von der Hauptstraße abzweigenden Fahrwegen. Auf der Bundesstraße fuhren die Autos meist ziemlich schnell. May-Liz vermutete, dass es ein Verkehrsunfall gewesen war. Plötzlich tauchte in Emblas Kopf eine Theorie auf, die sie unbedingt vor Ort überprüfen wollte.

Sie drehte sich rasch zu May-Liz um und lächelte ihr zu. »Ich glaube, wir haben genug gesehen. Danke, dass Sie sich bei uns gemeldet haben«, sagte sie und bahnte sich einen Weg zwischen den umherspringenden Dackeln hindurch zur Tür.

Olle bedankte sich ebenfalls und folgte Embla hinaus.

Sie stiegen in den bereits ausgekühlten Streifenwagen, doch bevor Olle den Motor startete, loggte er sich auf seinem Smartphone ins Kfz-Register ein, um nachzuschauen, ob irgendein Fahrzeug auf den Namen Anton Åkesson registriert war. Anscheinend war ihm derselbe Verdacht gekommen wie Embla. Schon nach wenigen Sekunden spuckte das System die Information aus, dass Anton der Besitzer eines roten Toyota Auris, Baujahr 2014, war.

»Ich glaube, wir haben jetzt die Erklärung für das Autowrack, das wir bei den Åkessons gefunden haben«, sagte Embla und zog vielsagend die Augenbrauen hoch.

»Ja, scheint so.«

»Zumindest ist die Theorie überzeugend. Wenn Anton einen Unfall hatte und bei seinem Vater anrief, kann es gut sein, dass John ihn geholt und auch das kaputte Auto abtransportiert hat. Er besitzt schließlich mehrere Spezialfahrzeuge, und für ihn war es bestimmt ein Leichtes, das Wrack zu bergen.«

»Das würde auch erklären, warum sich die Åkessons so merkwürdig benommen haben. Sie wollten nicht, dass wir irgendwas von dem Unfall erfahren«, sagte er.

»Ganz genau. Aber Willes und Idas Vater hat sich ebenfalls merkwürdig benommen.«

»Gelinde gesagt«, meinte Olle.

»Bleibt außerdem noch das Mysterium um den verschwundenen Anton. Nach den Blutspuren im Wagen zu urteilen hat er sich verletzt. Glauben Sie, dass er in irgendeinem Krankenhaus liegt?«

»Das sollten wir so schnell wie möglich herausfinden. Aber ist Ihnen aufgefallen, dass …«

Er machte eine Kunstpause und warf ihr einen Blick aus dem Augenwinkel zu. Noch bevor sie antworten konnte, fuhr er fort: »… beide Airbags ausgelöst haben? Anton war also nicht allein im Wagen.«

Nachdem sie die Abzweigung in Richtung Klevskog passiert hatten, wurde Olle langsamer. Jetzt krochen sie mit Blaulicht über die Landstraße. Embla kniff die Augen zusammen und inspizierte die Schneefelder seitlich der Straße. Auch wenn der Unfall vor dem Schneesturm passiert war, mussten im Schnee noch Spuren von der Bergung des Wracks sichtbar sein. Denn das Auto musste entweder noch während des Sturms oder kurz danach geborgen worden sein.

»Dort!«, rief sie.

Olle hielt an, ließ das Blaulicht aber eingeschaltet. Sie stiegen aus und betrachteten eingehend die Stelle, die Embla aufgefallen war. Auf der ansonsten glatten Oberfläche waren zwei breite Reifenspuren von einem schweren Fahrzeug im Schnee zu sehen. In ungefähr dreißig Metern Entfernung war der Schnee auf dem Acker großflächig zusammengeschoben worden. Auch wenn danach noch ungefähr zwanzig Zentimeter Neuschnee auf die Spuren gefallen waren, gab es keinen Zweifel an ihrer Existenz.

»Nach der Schneemenge auf den Spuren zu urteilen, würde ich schätzen, dass die Bergung mitten im heftigsten Schneefall stattfand. Also irgendwann zwischen zwei und drei Uhr morgens«, sagte Olle.

Embla nickte zustimmend.

»Ich mache ein paar Fotos mit meinem Handy«, entschied sie.

Systematisch folgten sie den Spuren über den Acker. Die Stille wurde nur vom wiederholten Klicken der Handykamera unterbrochen. Eine fahle Sonne kämpfte sich immer wieder durch die Wolkendecke, der Wind war inzwischen völlig abgeflaut. Auch wenn es nach wie vor kalt war, empfanden sie die Kälte nicht mehr als schneidend.

Während sie zum Streifenwagen zurückgingen, kam auf der Straße ein Pick-up angefahren. Embla stellte fest, dass es ein Nissan Navara war, ihr Jagdfreund Tobbe hatte so einen. Der Wagen wurde langsamer, und durch die dunklen, getönten Scheiben konnte sie die Umrisse zweier Personen sehen, die sie zu beobachten schienen. Doch bevor sie nahe genug waren, um die Insassen oder das Kennzeichen erkennen zu können, gab der Fahrer Gas und fuhr mit hoher Geschwindigkeit davon.

Embla und Olle stiegen in den Streifenwagen.

»Dann wird John Åkesson wohl in Kürze erfahren, dass wir den Unfallort gefunden haben«, sagte Embla.

»Ziemlich sicher.«

Olle schaute auf die Uhr am Armaturenbrett.

»Kurz vor eins. Was halten Sie davon, erst mal was zu Mittag zu essen, bevor wir zu Robins Freundin Mikaela Malm fahren?«

Bevor sie das Resort betraten, um im Restaurant zu Mittag zu essen, machte Olle noch einen langen Spaziergang mit Tore. Durchs Fenster an der Rezeption sah Harald den Hund und bot Olle sofort an, das Tier bei ihm hinterm Tresen zu lassen, damit es nicht draußen im kalten Wagen frieren müsste. Die einzige Bedingung bestand darin, dass er angeleint war, falls irgendwelche Gäste Angst vor Hunden hatten. Das war kein Problem für Olle. Er holte erst das Teddyfell aus der Hundebox und band Tores Leine dann an der Heizung an. Als Harald dem Hund ein Schälchen Wasser und ein Tellerchen mit einigen Stückchen Wurst und Gemüse hingestellt hatte, wirkte Tore sehr zufrieden. Rasch verschlang er sein Futter und schlabberte etwas Wasser. Danach ließ er sich mit einem wohligen Seufzer auf sein Fell sinken.

Gestärkt vom sonntäglichen Mittagsmenü, das aus Wildschweinkoteletts mit Kartoffelgratin sowie dem hausgemachten Schokoladenkuchen des Resorts zum Kaffee bestand, gingen Embla und Olle wieder zum Auto hinaus. Jetzt fühlten sie sich gerüstet für den Besuch bei Mikaela Malm. Sie war genauso alt wie Ida, die beiden waren offenbar Klassenkameradinnen. Laut Mikaelas Aussage unmittelbar nach dem Mord hatte Robin Pettersson mit Ida Schluss gemacht und sich daraufhin mit ihr getroffen. Und Mikaela zufolge war dies Idas Motiv gewesen, um ihrem Exfreund ein Messer in den Bauch zu rammen.

»Die Statistik spricht allerdings gegen diese Theorie«, erklärte

Embla, als sie sich über das Mädchen unterhielten, das sie gleich treffen würden.

»Aha?«

Sie hörte an Olles Tonfall, dass er davon nicht überzeugt war.

»Ja. Sechzehnjährige Mädchen ermorden ihre Freunde nicht, wenn diese die Beziehung beenden. Sie schreien sie eher an, prügeln auf sie ein oder verunglimpfen sie auf Facebook oder in anderen sozialen Medien, aber Mord … das kommt nicht vor.«

»Sicher?«

»Ja. Jedenfalls nicht in der Statistik.«

»Und wie ist es bei Jungs im Teenageralter?«

»Da sieht es etwas anders aus. Bei Gewalt zwischen älteren männlichen Teenagern sind oft Messer im Spiel. Aber heutzutage schießen die Gangmitglieder eher aufeinander, deshalb sind Schussverletzungen bei Männern im Alter von sechzehn bis fünfundzwanzig inzwischen eine der häufigsten Todesursachen. Aber auch Mädchen werden hin und wieder getötet, obwohl das eher ungewöhnlich ist. Oft hielten sie sich nur zur falschen Zeit am falschen Ort auf. Und dank solcher Typen wie Milo Stavic sind haufenweise illegale Waffen im Umlauf.«

»Ja, das weiß ich. Davon hab ich so einige zu Gesicht bekommen, als ich noch in Stockholm gearbeitet habe«, sagte Olle und verzog das Gesicht.

Sein Kommentar gab ihr die Möglichkeit, ihm eine persönliche Frage zu stellen.

»Hat es Ihnen in Stockholm nicht gefallen? Ich meine, weil Sie nach Åmål gegangen sind.«

Er antwortete nicht sofort.

»Doch … die Stadt ist in vieler Hinsicht schön. Aber auch anstrengend. Und außerdem will ich ja Hundeführer werden. Tore war nicht gerade begeistert von der Großstadt. Irgendwann habe ich gelesen, dass sie in Dalsland Personal suchen. Dort gab es zwei freie Inspektorenstellen, doch ich hätte nie geglaubt, eine davon zu bekommen. Aber es hat geklappt. Am ersten Januar hab ich hier in Åmål angefangen.«

»Glückwunsch zur Beförderung. Weil Ihre Schwester und Ihre Mutter in Åmål wohnen, nehme ich an, dass Sie ebenfalls aus Dalsland kommen. Oder?«

»Ja. Mein Vater wohnt in Mellerud. Meine Eltern sind aber schon seit mehreren Jahren geschieden.«

Er verstummte, und Embla wollte ihn nicht länger mit Fragen bombardieren. Stattdessen begann sie von sich zu erzählen.

»Mein Onkel Nisse ist Rentner. Ein Jahr, bevor er in den Ruhestand ging, wurde er bedauerlicherweise Witwer. Wirklich tragisch, auch weil er und meine Tante Ann-Sofi keine Kinder hatten. Aber ich versuche, so oft wie möglich herzukommen. Wir jagen viel zusammen. Manchmal nur wir beide, oft aber auch gemeinsam mit anderen Mitgliedern der Jagdgesellschaft.«

»Die Jagd ist also Ihr Hobby?«

»Das kann man so sagen. Aber ich verbringe auch viel Zeit mit Trainieren. Vor allem mit Boxen.«

Ein Lächeln umspielte seine Mundwinkel, als er sagte:

»Ich weiß. Ich hab Sie nämlich gegoogelt. Nordische Meisterin im Halbweltergewicht. Dann sollte ich wohl lieber nett zu Ihnen sein.«

»Try to behave«, entgegnete sie mit tiefer Bassstimme.

Er lachte auf und schaute rasch zu ihr hinüber. Dann wurde er wieder ernst und räusperte sich diskret.

»Jetzt kapiere ich auch, was Göran Krantz meinte, als er sagte, dass ich mich in Lebensgefahr begeben habe, als ich vor Ihnen … meine Pistole zog«, fuhr er fort.

Er klang befangen. »Sie hätten mich leicht entwaffnen können, oder?«, fragte er.

»Ja.«

Sie hatte nicht die Absicht, ihm mitzuteilen, dass sie kurz davor gewesen war, ihm einen Tritt aus ihrem Thaiboxer-Repertoire gegen das Handgelenk zu verpassen.

Sein Adamsapfel wippte beim Schlucken mehrfach auf und ab. »Dafür möchte ich mich entschuldigen. Das war dumm von mir. Aber als Sie sich nicht ausweisen konnten, bin ich ziemlich nervös geworden«, erklärte er.

Eine nette Geste von ihm, sich zu entschuldigen. Ein feiner Zug, wie ihr Vater es ausgedrückt hätte.

»Das verstehe ich. Ich hab es auch nicht weitererzählt«, gestand sie mit einem verschmitzten Lächeln.

Sie schwiegen eine Weile.

Dann fragte er: »Bestreiten Sie viele Wettkämpfe?«

Diese Frage war nur folgerichtig, sie wurde ihr häufig gestellt. Dennoch zögerte Embla mit der Antwort.

»Ich hatte letzten Herbst eine schwere Gehirnerschütterung, und danach meinten die Ärzte, dass ich erst mal nicht mehr auf Wettkampfniveau boxen dürfe. Zu großes Risiko. Aber trainieren kann ich schon noch. Und ich hoffe, möglichst bald wieder so fit zu sein, dass ich auch Wettkämpfe bestreiten kann.«

»Aber jetzt geht das noch nicht?«

»Nein.«

Sie hatte keine Lust, näher auf den Unfall von vor knapp einem halben Jahr einzugehen. Manchmal verspürte sie noch immer Schwindel und Kopfschmerzen, besonders wenn sie müde und gestresst war.

Sie näherten sich einem Wohngebiet mit modernen Häusern, und Olle bog von der Bundesstraße ab. Er parkte vor einem grauen zweigeschossigen Wohnhaus mit weiß gestrichenen Fenstern und Giebeln. Die beiden Polizisten gingen nebeneinander auf eine dunkelblaue Haustür mit einem runden Fenster zu und klingelten. Unmittelbar danach hörten sie, wie sich jemand im Laufschritt näherte. Die Tür wurde ruckartig von einem ungefähr achtjährigen Jungen aufgerissen.

»Darf ich auch mal im Polizeiauto sitzen?«, waren seine ersten Worte.

»Nein, leider nicht. Das dürfen Kinder nur, wenn wir zum Unterricht in die Schulen kommen«, erklärte Olle.

Die Enttäuschung stand dem Jungen ins Gesicht geschrieben.

»Die Bullen!«, rief der Junge über die Schulter hinweg und verschwand wieder im Haus.

»Aber das sagt man doch nicht, mein Schatz«, hörten sie eine sanfte Frauenstimme entgegnen.

Rasch näherte sich das Klappern von Absätzen. Lange, rot lackierte Fingernägel waren das Erste, was Embla ins Auge fiel, als die Frau ihre Hand vorstreckte, um die Polizisten zu begrüßen. An ihren Fingern blitzten mehrere Diamantringe.

Embla und Olle stellten sich ihr vor.

»Siri Malm«, sagte sie und lächelte mit frisch gebleichten Zähnen, die im Kontrast zu ihrem knallroten Lippenstift strahlten.

Sie war groß und schlank, schätzungsweise um die vierzig, doch sie schien hart – und nicht ohne Erfolg – daran zu arbeiten, zehn Jahre jünger zu wirken. Das schwarze Kleid schmiegte sich an ihren wohlgeformten Körper, und sein Saum endete ein gutes Stück oberhalb ihrer Knie. Dazu trug sie eine kurze, naturweiße Molljacke. Ihr Make-up war tadellos, ebenso wie ihre lockige Frisur. Ihr volles langes Haar war blondiert und glänzte edel. An den Füßen trug sie keine Pantoffeln, sondern schwarze Pumps mit halbhohen Absätzen. Die Art, wie sie sich bewegte, deutete darauf hin, dass sie früher einmal als Model gearbeitet hatte. Sie war definitiv eine Hot Mom. Was um alles in der Welt hatte sie hierher ins nördliche Dalsland verschlagen?

»Kommen Sie rein. Sie sind bestimmt hier, um mit Mikaela zu reden. Sie schläft zwar gerade, aber ich werde sie rasch wecken. Möchten Sie einen Kaffee? Ich hab ihn gerade frisch aufgebrüht«, erklärte sie und lächelte freundlich.

Allerdings schaute sie nur Olle an. Embla hätte ebenso gut Luft sein können. Um zu zeigen, dass sie auch noch da war, beeilte sie sich zu antworten: »Danke, aber wir haben gerade erst zu Mittag gegessen und danach schon einen Kaffee getrunken.«

Es klang etwas schroffer als beabsichtigt. Siri Malms Blick streifte sie rasch, wie um ihr zu verstehen zu geben, dass sie zwar etwas gehört hatte, aber nicht genau wusste, was, und es ihr auch egal war. Dann lächelte sie Olle mit ihren blendend weißen Zähnen verführerisch an.

»Ich könnte Ihnen dazu sogar frische Zimtschnecken anbieten«, sagte sie.

Irgendwie gelang es ihr, die Worte wie eine Einladung zum Sex klingen zu lassen.

Wenn er sie annimmt, gehe ich, dachte Embla. Diese Frau erschien ihr wie eine Parodie auf alle Vamps dieser Welt. Benahm sie sich bewusst so, oder suchte sie bei jedem Mann, der ihr über den Weg lief, zwanghaft Bestätigung? Olle sah zwar gut aus, das musste sie zugeben, aber er war bestimmt fünfzehn Jahre jünger als Siri Malm, die gerade ihre geballten Verführungskünste aufbot: neckischer Blick unter gesenkten langen Wimpern, verheißungsvolles Lächeln auf den Lippen sowie eine sinnlich vorgeschobene Hüfte und ein vorgestreckter üppiger Busen.

»Nein danke, wir würden gern lieber gleich mit Mikaela reden. Aber Sie können natürlich dabei sein, da sie ja noch minderjährig ist«, antwortete er korrekt, ohne ihr einladendes Lächeln zu erwidern, ihr in den Ausschnitt zu schauen oder ihr auch nur ansatzweise Einvernehmen zu signalisieren.

Embla ertappte sich dabei, wie sie erleichtert ausatmete.

»Setzen Sie sich doch, dann hole ich sie«, sagte Siri und deutete auf eine Sitzgruppe.

Sie betraten das Wohnzimmer und setzten sich jeder in einen grauen Ledersessel. Zwischen den Sesseln und einem dunkelgrauen Ecksofa mit zugehörigem Chaiselongue stand ein ovaler Glastisch mit einem Strauß verwelkter weißer Tulpen in einer Vase. Auf dem Fußboden lag ein ziemlich verschlissener Wollteppich in Grau-, Weiß- und Rottönen. Die rote Farbe im Teppich war der einzige nennenswerte Farbklecks im Raum. An der Wand gegenüber der Sitzgruppe hing ein gigantisches Heimkino, daneben standen jeweils zwei hohe Lautsprecherboxen auf dem Fußboden. Emblas Blick blieb an einem Eckregal hängen, das überraschend viele Bücher enthielt. An der Wand daneben hingen mehrere Fotografien von Kindern unterschiedlichen Alters. Schätzungsweise zeigten sie die Geschwister Malm, wie sie heranwuchsen.

Als sich hinter ihr Schritte näherten und Embla den Kopf drehte, sah sie Mutter und Tochter ins Wohnzimmer kommen.

Mikaela war nicht ganz so groß wie ihre Mutter und auch nicht ganz so durchtrainiert. Sie war zwar keineswegs dick, wirkte aber ein wenig pummelig. Zu Emblas Erstaunen war sie geschminkt. Hatte Siri nicht gesagt, dass sie schlief? Ihr volles blondes Haar trug sie offen, es reichte ihr fast bis zur Taille. Embla fühlte sich an ein Märchenbuch mit Bildern von John Bauer erinnert, in dem sie früher als Kind oft geblättert hatte. Die

Prinzessinnen in den Märchen hatten so wunderschöne Haare wie Mikaela gehabt. Auch wenn Embla selbst eine volle lange Lockenpracht besaß, hatte sie bei keiner der Prinzessinnen ihren eigenen kastanienroten Ton wiedergefunden. Höchstens bei ein paar kleinen Trollen.

Die Fingernägel des Mädchens waren ebenfalls lang, doch damit endeten die Ähnlichkeiten mit Siris Stil auch schon, denn Mikaelas waren schwarz lackiert. Sie trug eine enge Stretchjeans, ein schwarzes, weit ausgeschnittenes T-Shirt und darüber einen hellgrauen Zipper. Aus dem Ausschnitt des T-Shirts lugten eine eintätowierte rote Rose sowie der obere Teil eines roten Herzens hervor. An ihren Füßen leuchteten flauschige Strümpfe in Neonrosa. Sie ließ sich schwer aufs Sofa fallen und schaute die beiden Polizisten niedergeschlagen an. Ihr Blick blieb schließlich an Olle hängen.

»Hej Mikaela. Ich heiße Olle Tillman, und das ist meine Kollegin Embla Nyström«, sagte Olle und streckte ihr die Hand entgegen.

Mikaelas Blick wurde tränenfeucht. Vielleicht übersah sie deshalb seine ausgestreckte Hand.

»Müssen wir über … *diese Sache* reden?«, flüsterte sie mit zittriger Stimme.

»Nur, wenn du selbst es willst und auch schaffst«, antwortete Olle und lächelte ihr aufmunternd zu.

Mikaela neigte den Kopf nach hinten, stützte ihn gegen die Rückenlehne und richtete den Blick zur Decke. Dann fuhr sie vorsichtig mit dem Zeigefinger unter ihren Augen entlang. Als sie sich wieder aufsetzte und Olle anschaute, sah ihre Mascara noch genauso tadellos aus wie zuvor.

»Kannst du mir erzählen, was während der Feier am Freitagabend passiert ist?«, fragte er einleitend.

Sie nickte mit einer Leidensmiene und seufzte tief.

»Ja … also … puh, es ist *so schrecklich*. Am liebsten würde ich diesen Tag einfach aus meinem Leben streichen. Wir kamen irgendwann nach acht dorthin, und da aßen alle schon. So ne Art Taco-Büfett. Schon ganz lecker, aber andauernd mussten irgendwelche Typen ne Rede halten. Es war irgendein Jubiläum. Robin und ich saßen nebeneinander.«

»Jetzt muss ich dich leider kurz unterbrechen, aber war er nicht mit Ida zusammen?«, warf Olle rasch ein.

In ihren Augen blitzte etwas auf. Erst als Mikaela weiterredete, wurde Embla bewusst, was es gewesen war: Verachtung.

»Er hatte schon vor ner Woche mit ihr Schluss gemacht, aber sie wollte es einfach nicht kapieren. Sie war stinksauer, weil er sich nicht mehr um sie kümmerte. Sie ist echt ne verdammte *Loserin*!«

Olle ließ sich in keiner Weise anmerken, dass ihm ihr spöttischer Unterton aufgefallen war.

»Robin und du, ihr wart also schon vor dem Fest zusammen?«, fragte er in neutralem Ton weiter.

»Ja, waren wir. Aber die meisten wussten es noch nicht, an dem Abend war es dann offensichtlich. Wir haben es nämlich *offen* gezeigt, wenn ich das so sagen darf. Und als die Tanzfläche freigegeben wurde, tanzten wir miteinander und hatten mega Spaß. Ida stand die ganze Zeit beleidigt in der Ecke.«

Mikaela wirkte sichtlich zufrieden und unternahm auch nichts, um es zu verbergen.

»Du meinst also, sie hat es nicht besonders gut aufgenommen, dass Robin mit ihr Schluss gemacht hatte?«

»*Kein bisschen!* Sie hat total rumgezickt! Aber dann kam Anton, dieser *Blödmann*, und fragte, ob sie mit ihm abhauen will. Nach dem Motto: Komm, wir ziehen weiter nach Göteborg!.

Irgendwann ist sie dann mit ihm los. Wahrscheinlich wollte sie Robin eifersüchtig machen. Anton hat ja schließlich nen saugeilen Schlitten.«

»Den roten Toyota«, warf Olle ein, um ihr zu zeigen, dass er den Durchblick hatte.

»Genau. Er hat ihn von seinem Vater zum achtzehnten bekommen. Aber der Wagen macht ihn auch nicht beliebter. Nicht mal bei Ida.«

Mikaelas dezentes vertrauliches Lächeln, mit dem sie Embla unerwartet bedachte, jagte ihr einen eiskalten Schauer über den Rücken. Die Erinnerungen an ein paar Teenager-Bitches aus dem Gymnasium zogen rasch vor ihrem inneren Auge vorbei. Embla stellte fest, dass sie deren fiese Beleidigungen nie ganz überwunden hatte.

»Hat Robin es denn mitbekommen, als Anton Ida fragte, ob sie mitkäme?«, wollte Olle wissen.

»Ja klar! Wir haben uns halb totgelacht. Robin ging es nämlich *am Arsch vorbei*. Und als sie dann endlich abzogen, winkte er ihnen sogar hinterher. *Bye-bye, ihr Loser*.«

Das Lächeln umspielte noch immer ihre Lippen, und man konnte es auch an ihrem Tonfall hören.

»Das war eine ganze Weile, bevor er zum Pinkeln rausging, oder?«, fragte Olle und setzte eine aufrichtig interessierte Miene auf.

»Ja. Mindestens eine Viertelstunde, bevor er rausging.«

»Dann waren die beiden also schon weg, als Robin ermordet wurde«, stellte er sachlich fest.

Embla beobachtete mit großer Genugtuung, wie Mikaelas Lächeln erstarb. Sie war nicht so dumm, dass sie nicht sofort begriffen hätte: Sie hatte sowohl Ida als auch Anton gerade ein Alibi gegeben.

Ohne sich anmerken zu lassen, dass ihm ihre Reaktion nicht entgangen war, fragte Olle weiter: »Und wann ging Robin ungefähr raus?«

»Keine Ahnung … irgendwann nach zwölf. Das weiß ich, weil der DJ nämlich um Punkt zwölf einen Toast auf den Floorballklub Herremark ausbrachte. Und ungefähr eine Viertelstunde danach oder vielleicht auch etwas später sagte Robin, dass er raus …«

Sie verstummte und blickte starr vor sich hin. Dann schlug sie unvermittelt die Hände vors Gesicht und rief: »Das war das letzte Mal, dass ich ihn sah!«

Siri legte beschützend einen Arm um die Schultern ihrer Tochter.

»Es ist unglaublich schwer für Mikaela«, sagte sie leise.

Olle nickte mit ernster Miene und betrachtete die beiden.

»Das verstehe ich, und ich finde wirklich, dass sie bislang sehr tapfer gewesen ist«, sagte er voller Empathie.

Der Kerl hat wirklich Potenzial, dachte Embla beeindruckt. Sie selbst hielt sich bewusst im Hintergrund. Schließlich waren es seine Ermittlungen, nicht ihre. Ohne die Hände vom Gesicht zu nehmen, fuhr Mikaela mit zittriger Stimme fort: »Nach ungefähr zehn Minuten fing ich an, mir Sorgen zu machen. Dann bin ich raus, um zu sehen, wo er hin war. Es war echt *der totale Schock* … ich bin über ihn *gestolpert*!«

Langsam ließ sie die Hände wieder sinken und schaute Olle mit Tränen in den Augen an.

»Ich hab voll losgeschrien … ich weiß nur noch, dass ich *geschrien* hab. Und dann bin ich rein, um Hilfe zu holen.«

»Erinnerst du dich daran, ob du irgendetwas Verdächtiges gesehen hast? Jemanden, der sich merkwürdig benahm oder so?«

»Ich … weiß nicht mehr.«

Olle schaute sie nachdenklich an. Embla nahm an, dass er überlegte, wie er seine Frage umformulieren konnte. Immerhin sprachen sie im Augenblick mit der Person, die den Mörder mit größter Wahrscheinlichkeit gesehen hatte.

»Befand sich irgendwer in Robins Nähe, als du ihn gefunden hast?«, fragte er.

»Weiß nicht …«

Sie hielt inne und schaute ihm direkt in die Augen.

»Doch, da waren welche … oder jedenfalls ein Typ … ganz dicht am Gebäude. An der Mauer. Aber ich hab nicht näher hingeschaut, weil ich dachte, dass er gerade pinkelt.«

»Weißt du, wer es war?«

»*Keine Ahnung*«, antwortete sie und schüttelte den Kopf.

Sie schwiegen kurz.

»Und was ist dann passiert?«, fragte Olle schließlich.

Erneut füllten sich ihre Augen mit Tränen.

»Ich weiß nur noch, dass ich schrie. Erst kamen mehrere Leute aus der Küche raus, und dann bin ich in den Saal gerannt. Ich hab nicht weiter nachgedacht … nur *geschrien*. Alle Leute stürmten nach draußen, dann war alles nur noch ein einziges Chaos.«

Sie ließ ihren Kopf auf die Schulter ihrer Mutter sinken. Dabei glitt der Halsausschnitt ihres T-Shirts zur Seite und entblößte das Tattoo unterhalb ihres Schlüsselbeins, die rote Rose und das Herz. Dazwischen wurden jetzt zwei große M sichtbar, von denen eines auf dem Kopf stand.

Auch wenn sich Embla selbst nur drei kleinere Tattoos hatte stechen lassen und weiß Gott keine Expertin war, erschien ihr Mikaelas Tattoo ziemlich dilettantisch und stümperhaft ausgeführt. Besonders das umgedrehte M wirkte irgendwie schief.

Schade bei so einem jungen Mädel. Falls sie es sich irgendwann anders überlegte und das Tattoo entfernen lassen wollte, wäre der Aufwand immens, da es ziemlich groß war.

Olle wechselte das Thema und fragte: »Und wie bist du nach Hause gekommen?«

»Einer von unseren Trainern, Petter Lewinsson, war supernett. Er hat einige von uns nach Hause gefahren«, antwortete sie mit schwacher Stimme.

»Ich habe mich schon bei Petter bedankt. Es war wirklich nett von ihm, dass er Mikaela und die anderen heimgefahren hat. Ich hatte abends nämlich ein paar Nachbarn zu Besuch, und wir haben Wein zum Essen getrunken, sodass keiner von uns fahren konnte«, erklärte Siri.

»Ja, es war eine Art Umzugsfest. Wir ziehen nämlich demnächst nach Åmål«, erklärte Mikaela und klang sofort etwas fröhlicher.

Siri lächelte und strich ihrer Tochter zärtlich über den Kopf.

»Ich habe einen neuen Job. Und wir ziehen zum Monatswechsel um, dann trete ich meine neue Stelle an«, sagte sie.

Olle nickte freundlich interessiert.

»Aha. Gratuliere. Darf ich fragen, in welcher Branche Sie arbeiten?«

Sowohl er als auch Embla bemühten sich, die Neugier zurückzuhalten.

»Ich werde Chefin des kommunalen Zweckverbands für Umwelt und Energie in Dalsland. Im Augenblick bin ich nur Chefin des kommunalen Verbands hier oben. Das heißt, dass sich mein Verantwortungsbereich erheblich erweitern wird.«

Embla konnte nicht verhindern, dass sich eine leichte Röte auf ihren Wangen ausbreitete. Nicht immer bestätigten sich die eigenen Vorurteile.

Jetzt wurde es höchste Zeit für sie, selbst eine Frage zu stellen. Deswegen war sie schließlich hergekommen. Mit einem, wie sie hoffte, sympathischen Lächeln auf den Lippen beugte sie sich zu Mikaela vor.

»Erinnerst du dich daran, ob du irgendetwas Auffälliges gesehen hast, als ihr von der Loge wegfuhrt? Ein Auto, das du nicht kanntest? Oder irgendeine fremde Person?«

Mikaela schien ernsthaft nachzudenken, schüttelte dann jedoch den Kopf.

»Nein. In meinem Gehirn war einfach nur *Chaos*. Und außerdem hatte es angefangen zu schneien. Man sah rein *gar nichts*.«

»Die reinste Drama Queen! Dieses Mädel hätte die besten Chancen, bei einer Schauspielschule angenommen zu werden!«

Olle lachte über seinen eigenen Scherz. Doch als sich Embla bemühte, zustimmend zu lächeln, wollten ihre Mundwinkel nicht so recht folgen. Schließlich hatte sie selbst die Schauspielschule in Göteborg besucht, doch das würde sie ihm nicht unter die Nase reiben.

Das Klingeln von Emblas Handy ließ beide zusammenzucken. Sie schaute aufs Display, um zu sehen, wer anrief.

»Hej Göran!«, sagte sie.

»Hej. Habt ihr schon etwas in Erfahrung gebracht?«

»Nein, nichts, das für unsere Ermittlungen nützlich sein könnte. Niemand scheint irgendwas gesehen zu haben.«

»Hier ist auch nicht gerade viel passiert. Aber heute ist ja auch Sonntag. Morgen wird dann der Audi untersucht. Ich werde den gesamten Vormittag in verschiedenen Meetings hocken, und nachmittags muss ich bis ungefähr fünfzehn Uhr bei Vorstellungsgesprächen dabei sein. Aber ich möchte, dass wir beide danach mal einen Blick in die Wohnungen von Milo und Luca werfen. Hier haben wir zu wenige Leute, und keiner der Kollegen vor Ort hat vor Mittwoch Zeit«, erklärte er.

»Das passt mir gut. Ich hab Olle versprochen, morgen noch eine Befragung in Brålanda zu übernehmen, die ich dann auf dem Rückweg nach Göteborg erledigen kann.«

Sie lächelte Olle zu, der den Daumen nach oben reckte.

»Ich habe übrigens Kontakt zum Polizeichef von Split aufgenommen, der versprochen hat, mich wegen Kadors Verschwinden auf dem Laufenden zu halten«, fuhr Göran fort.

»Hast du noch mehr über seine Familie rausgefunden?«

»Nein. Aber nach dem nächsten Telefonat mit unserem kroatischen Kollegen weiß ich hoffentlich mehr.«

»Dann komme ich morgen gegen drei in der Technischen vorbei.«

»Mach das, dann können wir noch kurz einen Kaffee zusammen trinken, bevor wir losfahren.«

Am Nachmittag sprachen sie mit Petter Lewinsson. Er war neunzehn Jahre alt und erzählte ihnen, dass er gerade ein Sabbatical genommen hatte, bevor er seine Lehrerausbildung in Göteborg beginnen würde. Er war selbst aktiver Spieler in der Herrenmannschaft des FBK Herremark und außerdem Trainer der U16-Juniorinnen. Darüber hinaus erfuhren sie, dass er Mitglied der Schwedischen Missionskirche und überdies Abstinenzler war. Was die Ereignisse in der Nacht zum Samstag betraf, ließ sich wohl nur schwer ein zuverlässigerer Zeuge finden als er.

Wie die meisten anderen Gäste war er gerade auf der Tanzfläche gewesen, als Mikaela losgeschrien hatte. Die Musik war höllisch laut, deshalb hatte er sie erst gehört, als sie in den Saal hereingestürmt kam. Sie sei völlig hysterisch gewesen, und es habe eine Weile gedauert, bis er begriff, dass draußen ein Schwerverletzter lag.

Gemeinsam mit seiner Freundin Malin rannte er hinaus. Auf der Rückseite der Loge war es ziemlich dunkel, weil die Außenlampe kaputt war. Schließlich entdeckten sie Robin auf dem Boden, zusammengekrümmt in Embryohaltung, die Hände auf den Bauch gepresst. Noch bevor sie ihn erreichten, sahen sie, wie Wille Andersson und ein weiterer junger Mann namens Gustav versuchten, ihn auf den Rücken zu drehen. Malin forderte die beiden auf, von ihm abzulassen. Sie befand sich gerade im letzten Ausbildungsjahr der Medizinfachschule und wusste einiges über Erste Hilfe und Notfallbehandlungen.

Wille hatte gelallt, dass er Robin eine Herzmassage geben wolle, und angefangen, seinen blutenden Brustkorb hinunterzupressen. Malin hatte ihn daraufhin angeschrien, sofort damit aufzuhören. Gustav war mühsam wieder aufgestanden, während Wille mit seinen dilettantischen »Wiederbelebungsversuchen« weitergemacht hatte.

Malin und Petter gelang es schließlich mit vereinten Kräften, Wille von Robin wegzuziehen. Danach legte Gustav seinem Kumpel einen Arm um die Schultern, und sie wankten gemeinsam auf die offene Küchentür zu. Da die Lampe in der Küche die einzige Lichtquelle auf der Rückseite der Loge war, konnten Petter und Malin nicht genau sehen, wie es um Robin bestellt war.

»Wir haben versucht, seinen Puls zu fühlen, aber ich konnte ihn nicht spüren. Malin meinte, dass die Halsschlagader leicht geflattert hätte, aber ich weiß nicht recht …«

Er verstummte und schluckte heftig.

»Waren Sie es, der den Krankenwagen und die Polizei gerufen hat?«, fragte Olle.

Er schüttelte seufzend den Kopf.

»Nein. Malin. Während wir auf den Krankenwagen warteten, breiteten wir einen alten Vorhang aus dem Saal und eine Folie über Robin aus, die irgendjemand gefunden hatte. Wir trauten uns nicht, ihn vom Boden hochzuheben … er blutete ja so stark.«

»Kam er irgendwann wieder zu sich?«

»Nein. Er war die ganze Zeit bewusstlos.«

Sie sahen Petter an, dass ihn der Vorfall stark mitnahm. Die jungen Leute hatten offenbar getan, was in ihrer Macht stand.

»Ist Ihnen sonst irgendwas Merkwürdiges aufgefallen? Ich meine, bevor oder nachdem Sie Robin fanden?«, fragte Olle.

Petter presste die Lippen aufeinander, bevor er antwortete: »Na ja, die meisten Anwesenden benahmen sich ziemlich merkwürdig. Viele waren ja stockbesoffen. Wie Wille und Gustav auch. So hatten wir uns das Fest eigentlich nicht vorgestellt. Es ist völlig aus dem Ruder gelaufen.«

Die Bitterkeit in seiner Stimme war nicht zu überhören.

»Aber war da irgendwas, das Ihnen hinterher zu denken gegeben hat? Seltsame Äußerungen oder auffälliges Verhalten?«

Er schüttelte resigniert den Kopf.

»Die Situation danach war völlig chaotisch. Der Krankenwagen kam und nahm Robin mit. Und kurz darauf trafen auch die Polizisten ein. Sie notierten sich die Namen und Adressen aller Anwesenden und stellten ihnen Fragen, danach durften wir endlich losfahren. Mikaela und Malin saßen schon in meinem Auto. Sie wollten nach Hause, und Mikaela war völlig außer sich. Dann kamen auch noch Wille und Gustav dazu und zwängten sich mit rein.«

»Sie müssen ja alle völlig blutverschmiert gewesen sein«, stellte Olle fest.

»Ja. Wille sah wegen dieser ›Herzmassage‹ am schlimmsten aus. Zum Glück hatte ich eine Decke im Auto liegen, die ich auf der Rückbank ausgebreitet hab, um die Bezüge zu schonen.«

Bei dem Wort »Herzmassage« deutete er mit den Fingern in der Luft Anführungsstriche an.

Embla räusperte sich diskret.

»Als Sie Ihre Freunde nach Hause fuhren, kam Ihnen da unterwegs irgendwer entgegen? Ein Auto oder vielleicht eine Person, die Ihnen auffiel?«

Er runzelte die Stirn und schaute sie fragend an.

»Mir kamen massenweise Autos und Leute entgegen. Viele Jugendliche hatten ihre Eltern angerufen, die dann kamen und sie abholten. Und diejenigen, die irgendwo mitfahren konnten, versuchten natürlich so schnell wie möglich wegzukommen. Es war das absolute Chaos!«

»Ja, das verstehe ich. Ich dachte auch eher daran, ob Sie vielleicht neben der Straße etwas sahen«, verdeutlichte sie ihre Frage.

»Nein. Es schneite, und ich musste mich stark konzentrieren, um den Wagen unter Kontrolle zu halten.«

Die Befragungen mit Olle hatten bislang keine nützlichen Informationen für Emblas eigene Ermittlungen erbracht. Niemand schien etwas gesehen zu haben, das mit Milos Ermordung in Verbindung gebracht werden konnte. Bleibt zu hoffen, dass die anderen Kollegen mehr Glück haben, falls sie überhaupt daran denken, die Jugendlichen und alle anderen, die sich in der Mordnacht im Umkreis aufhielten, danach zu fragen, dachte Embla missmutig.

Wille Anderssons Freund Gustav stand nicht auf Olles Liste. Er würde am nächsten Tag von einem der Kriminalinspektoren aus Trollhättan kontaktiert werden. Dasselbe galt auch für Petter Lewinssons Freundin Malin.

Olle und Embla befragten im Laufe des Nachmittags noch zwei Mädchen und einen Jungen. Die beiden fünfzehnjährigen Mädchen hatten denselben Nachnamen, und wie sich herausstellte, waren sie Zwillinge. Sie wohnten zwanzig Kilometer von der Loge entfernt. Olle erreichte sie telefonisch. Da sie noch minderjährig waren, nahm ihre Mutter über die eingeschaltete Lautsprecherfunktion an der Befragung teil. Die Mutter hatte die Mädchen schon kurz vor Mitternacht von der Feier abgeholt, sodass sie nichts Interessantes berichten konnten. Eine der beiden erzählte jedoch, sie habe Ida Andersson weinend in einer

Ecke stehen sehen, kurz bevor sie selbst die Loge verließ. Anton Åkesson war zu Ida gegangen und hatte ihr einen Arm um die Schultern gelegt. Was danach geschah, wusste das Mädchen allerdings nicht.

Der letzte Name auf Olles Liste lautete Kevin Malm, achtzehn Jahre. Ihn mussten sie ebenfalls anrufen, da er in einer Imbissbude in Halden arbeitete. Kevin war gerade auf dem Sprung zur Arbeit, als Olle ihn erreichte. Embla hörte das Gespräch über die Lautsprecherfunktion mit.

Olles einleitende Frage überraschte Embla, denn sie hatte nicht so weit gedacht wie er.

»Malm. Bist du verwandt mit Mikaela?«, fragte Olle.

»Sie ist meine Cousine. Ihr Vater ist mein Onkel. Aber wir sehen uns nicht so oft«, antwortete Kevin abwartend.

Zu den verwandtschaftlichen Beziehungen stellte Olle keine weiteren Fragen. Stattdessen wollte er von Kevin wissen, was er in der Mordnacht mitbekommen hatte. Kevin gab an, weder gehört noch gesehen zu haben, was hinter der Loge passiert war, weil er ununterbrochen getanzt habe. Als Mikaela schreiend hereingestürmt kam, war er drinnen im Saal geblieben. Und als er schließlich von dem Mord erfuhr, hatte er zugesehen, dass er so schnell wie möglich von der Loge wegkam.

»Ich bin ins nächstbeste Auto gesprungen und ein Stück mitgefahren. Als die anderen dann nach Bengtsfors weiterwollten, bin ich ausgestiegen. Aber dann fing es plötzlich an zu schneien, und ich musste mich durch den Schneesturm nach Hause kämpfen. Ungefähr drei Kilometer weit. Zum Glück hatte ich meine Daunenjacke an.«

»Hast du unterwegs zufällig irgendeine Person oder ein fremdes Auto gesehen?«, fragte Olle mit einem Seitenblick auf Embla.

Kevin antwortete nicht sofort, er schien nachzudenken.

»Also … da war irgendwas. Als ich schon fast zu Hause war, hörte ich plötzlich einen Lastwagen. Oder vielleicht war es auch ein Schneepflug. Irgendein schwerer Lkw. Der mit Vollgas unterwegs war.«

»Könnte es ein Abschleppwagen gewesen sein?«, fragte Olle.

Nachdenkliches Schweigen, dann antwortete Kevin:

»Ja, schon möglich.«

»Und wie weit war er entfernt?«

»Weiß nicht. Schon ein Stück entfernt«, antwortete Kevin unsicher.

»Und wie spät war es da?«

Die Antwort kam prompt.

»Kurz vor zwei.«

Nachdem sie das Telefonat beendet hatten, schauten Embla und Olle einander an.

»John Åkesson war also ziemlich schnell vor Ort und hat den Toyota schon gegen zwei Uhr geborgen«, stellte Embla fest.

»Scheint so. Bleibt nach wie vor die Frage, wo sich sein Sohn im Augenblick befindet«, meinte er. »Ich hab es bereits beim NÄ, dem Krankenhaus in Norra Älvsborg, probiert, bekam aber keinen Arzt ans Telefon. Und die Krankenschwester verwies auf die Schweigepflicht.«

»Dann müssen wir versuchen, eine Genehmigung einzuholen. Oder seine Eltern zum Reden bringen«, entschied sie.

Sie beschlossen, die Befragungen für heute zu beenden. Es wurde höchste Zeit, ins Resort zurückzufahren, denn Tore musste gefüttert werden und eine Runde Gassi gehen. Außerdem waren Embla und Olle ebenfalls hungrig.

Über Tores Abendmahlzeit hätten sie sich keine Gedanken machen müssen. Als sie die Lobby betraten, lag er auf seinem Fell und schlief tief und fest. Monika hatte ihm vorher eine Schale mit Fleisch und gekochtem Gemüse hingestellt.

»Ich glaube, dass wir Freunde geworden sind. Ich durfte ihn nämlich streicheln, als ich die leere Schale holte«, erklärte Monika lächelnd.

»Das kann ich mir gut vorstellen! Für eine solche Mahlzeit würde ich mich auch auf den Rücken rollen und die Kehle zeigen«, sagte Olle.

Als Tore die Stimme seines Herrchens hörte, wurde er augenblicklich wach. Sofort sprang er hoch und bellte fröhlich.

»Sie bleiben doch wohl zum Abendessen?«, fragte Monika und schaute Olle an.

Er zögerte für den Bruchteil einer Sekunde, bevor er zusagte.

Embla deutete auf Tore, der bereits in freudiger Erwartung vorm Ausgang stand. »Ich geh kurz hoch in mein Zimmer und mach mich frisch. Wie lange braucht ihr?«

»Höchstens eine halbe Stunde. Immerhin haben wir minus vierzehn Grad. Ihm ist das zwar egal, aber ich finde es ziemlich kalt.«

»Dann sehen wir uns in einer halben Stunde wieder hier«, bestätigte sie.

Augenblicklich nahm er Haltung an und verabschiedete sich mit einer stilvollen Geste von ihr. Er hat es wirklich vorm Spiegel geübt, dachte sie.

Nachdem die Tür hinter Herrchen und Hund zugefallen war, wandte sich Monika an Embla. »Du hast also das große Los gezogen und wirst mit dem attraktivsten Polizisten von ganz Dalsland zu Abend essen. Glückwunsch!«, sagte sie lachend.

»Aber eigentlich bin ich doch die attraktivste Polizistin von Dalsland«, konterte Embla und schüttelte ihre langen Haare in einer flammend roten Kaskade aus.

Monika warf ihr einen schelmischen Blick zu.

»Ja, ihr seid wirklich ein schönes Paar«, sagte sie.

»Wir sind kein Paar. Wir sind Kollegen.«

»Das eine schließt das andere ja nicht aus.«

Sie senkte die Stimme und fuhr in vertraulichem Ton fort: »Unsere Köchin Berit ist übrigens verwandt mit Olles Mutter. Ich glaube, eine Cousine zweiten Grades. Sie meinte, dass Olle aus Stockholm weggezogen ist, weil seine Freundin mit ihm Schluss gemacht hat. Seine Mutter war froh, als sie sich trennten, denn die Freundin war durch und durch Stockholmerin und wollte auf keinen Fall weg von dort.«

Interessante Information. Olle hatte sich also nicht nur des Hundes wegen auf die Polizeiinspektorenstelle in Åmål beworben. Sie selbst hatte auch die eine oder andere Beziehung hinter sich, aus der sie geflohen war. Allerdings lag ihr nichts daran, diese Erinnerungen mit irgendwem zu teilen, nicht mal mit ihren engsten Freundinnen. Eigentlich mit niemandem. Und dabei sollte es auch bleiben.

Um das Thema zu wechseln, fragte sie: »Könntest du mir vielleicht einen Gefallen tun und in euren Buchungslisten nachschauen, ob Jan Müller irgendwann zwischen dem vierzehnten und vierundzwanzigsten Oktober letzten Jahres hier gewesen ist? Wir haben ihn nämlich in dieser Zeit zufällig beim Thai in Mellerud gesehen. Nach dem Essen fuhr er mit seinem Wagen in südlicher Richtung weiter. Ich frage mich, ob er vielleicht hier in Herremark gewesen sein könnte, um sich umzuschauen. Vermutlich hat er damals zwar nicht hier übernachtet, aber die Möglichkeit, dass er im Restaurant gegessen hat, besteht zumindest.«

»Ich schaue gerne nach. Aber heute Abend schaffe ich es wohl nicht mehr. Hat das noch bis morgen früh Zeit?«

»Ja klar. Wirklich nett von dir«, sagte Embla und lächelte ihr dankbar zu. Auf dem Weg zur Treppe in Richtung Obergeschoss ergänzte sie noch: »Ich checke übrigens morgen gegen Mittag aus.«

»Okay. Aber ich halte dir das Zimmer noch ein paar Tage frei. Falls du wieder zurückkommst.«

Zurückkommen? Für sie war die Arbeit in Dalsland abgeschlossen. Jetzt ging es darum, die Morde an den Brüdern Stavic aufzuklären, und die weiteren Ermittlungen fanden in Göteborg statt.

Nachdem sie sich kurz geduscht, ein paarmal mit der Mascarabürste über die Wimpern gestrichen, einen Spritzer *Clean Warm Cotton* aufgetragen und einen blauen Pulli in der Farbe ihrer Augen angezogen hatte, fühlte sich Embla bereit für ein Abendessen mit dem attraktivsten Polizisten von ganz Dalsland.

Tore lag wieder angeleint auf seinem Fell neben der Heizung hinter dem Empfangstresen. Olle stand gegen den Tresen gelehnt, als Embla die Treppe hinunterkam. Er lächelte sie an, und sie registrierte ein kurzes, anerkennendes Aufblitzen in seinen Augen.

»Zum Glück kann man in Uniform nie was falsch machen«, sagte er und streckte seinen Rücken durch.

Embla war sich nicht ganz sicher, ob der Begriff »Uniform« auch auf den dunkelblauen Winterstrickpulli der schwedischen Polizei zutraf, auch wenn er natürlich mit einem Polizeiabzeichen versehen war. Doch das war im Augenblick auch eher Nebensache, denn er sah wirklich fesch aus. Obwohl seine Haare durchs Mützetragen ziemlich verwuschelt waren. Embla musste ihren Impuls unterdrücken, sie mit den Fingern glattzustreichen. Stattdessen hakte sie sich entschlossen bei ihm unter, bevor sie gemeinsam den Speisesaal betraten. Monika hatte denselben Tisch für sie reserviert, an dem Embla am Vorabend mit Göran gesessen hatte.

Sie bestellten als Vorspeise einen Selleriesalat mit Walnüssen und Mayonnaise-Dressing. Als Hauptgericht wählten sie Hirschkoteletts mit Kirschsoße und Kartoffelkroketten. Beide tranken Mineralwasser dazu. Die kleinen Koteletts waren außen angenehm kross und innen zartrosa, und ihr milder Geschmack harmonierte bestens mit der fruchtigen Säure der Kirschen.

Während des Essens unterhielten sie sich über alles Mögliche, nur nicht über die laufenden Ermittlungen. Olle ließ sich seinen Nachtisch schmecken, ein Gino. Wildbeeren, gratiniert mit weißer Schokolade. Embla war zu satt für ein Dessert.

Olle schob den ausgekratzten Teller von sich und betrachtete Embla aufmerksam.

»Wie ist nach den heutigen Befragungen deine Einschätzung zum Mord an Robin?«, fragte er.

Inzwischen waren sie beim Du angelangt.

Embla trank einen Schluck Mineralwasser. Nachdem sie sich sortiert hatte, antwortete sie: »Ich würde lieber erst noch die Befragung von Wille Andersson abwarten, dem übereifrigen Herzmasseur, bevor ich dazu etwas sage. Dass er heute nicht zu Hause war, kann natürlich darauf hindeuten, dass er uns ausweichen will. Vielleicht hat er auch einfach ein schlechtes Gewissen, weil seine Massage im Suff Robins Verletzungen noch verschlimmert hat. Mein Bauchgefühl sagt mir allerdings, dass er in irgendeiner Hinsicht involviert ist.«

Olle nickte leicht. »Mhm. Und warum glaubst du das?«, fragte er weiter.

»Wille war als Erster vor Ort, nachdem Mikaela Malm Alarm geschlagen hatte. Vielleicht war sein Kumpel Gustav schon bei ihm, aber der kann auch später hinzugekommen sein. Das wissen wir noch nicht. Wille war jedenfalls derjenige, der auf die Idee mit der Herzmassage kam. Es könnte ein Versuch gewesen sein, zu kaschieren, dass er selbst schon über und über mit Blut verschmiert war. Da Robins Stichwunden tief waren, muss der Mörder ziemlich viel abbekommen haben, als er ihm das Messer reingerammt hat. Und dann sind da noch seine Worte direkt nach dem Mord. Dass Robin selbst schuld gewesen wäre, weil er so großkotzig war.«

»So verdammt großkotzig«, korrigierte Olle.

Sie verdrehte leicht die Augen und fuhr fort: »Okay. ›So verdammmt großkotzig‹ klingt jedenfalls nicht nach etwas, das man über einen sterbenden Freund sagt, der gerade im Krankenwagen abtransportiert wurde. Und schon gar nicht, wenn man selbst das Blut des Opfers an Kleidung und Händen kleben hat.«

Jetzt nickte Olle entschieden und sah sie mit ernstem Blick an. »Stimmt. Wille ist derjenige, den wir genauer unter die Lupe nehmen müssen.«

»Ich fange gleich morgen damit an. Prost!«

Mit erhobenen Wassergläsern stießen sie darauf an.

Nach dem Essen blieben sie noch ein wenig sitzen und hielten Small Talk, bis Olle schließlich sagte: »Ich sollte mal so langsam nach Hause fahren. Bis nach Åmål sind es schließlich noch ein paar Kilometer.«

Sie standen auf, um Monika nach der Rechnung zu fragen. Doch wie schon bei den vorherigen Mahlzeiten wollte sie von einer Bezahlung nichts wissen.

»Nein, wir sind so dankbar dafür, dass ihr hier seid und versucht, diese entsetzlichen Morde aufzuklären. Und ihr scheint ja wirklich ein gutes Team zu sein«, fügte sie hinzu.

Ihre Augen wurden vor Rührung feucht, als sie Olles große Hand zwischen ihre zitternden Finger nahm und sie dankbar drückte. Dann wandte sie sich Embla zu und umarmte sie herzlich.

Embla folgte Olle und Tore bis zum Ausgang. Doch sie blieb im Türrahmen stehen, um sich vom Kaminfeuer in der Lobby zumindest ein wenig den Rücken wärmen zu lassen.

Olle drehte sich noch einmal zu ihr um, bevor er die Stufen hinunterstieg. »Es war wirklich ein supernetter Abend«, sagte er lächelnd.

»Finde ich auch. Und zwischendurch waren wir sogar noch konstruktiv, was die Arbeit angeht«, entgegnete sie und erwiderte sein Lächeln.

»Dann sehen wir uns hier morgen um halb neun.«

»Alles klar.«

Noch bevor Olle zwei Finger an seine Polizeimütze legen konnte, versuchte sich diesmal Embla an einer professionellen Abschiedsgeste.

Um Punkt halb neun fuhr Olles Wagen vorm Eingang des Resorts vor. Embla wartete draußen auf ihn. Es war schon einige Jahre her, dass sie in einem Streifenwagen herumgefahren war, und sie sehnte sich nicht in die Zeit zurück. Der Morgen war kalt und klar, am dunklen Himmel glitzerten noch einige Sterne, doch im Osten erahnte man schon einen hellen Streifen. Der Wetterbericht hatte für den Nachmittag Schneefall und etwas mildere Temperaturen angekündigt.

Als der Streifenwagen anhielt, pressten mehrere Kinder in der Lobby ihre Nasen gegen die Fensterscheiben und winkten fröhlich. Tja, die Kleinen finden Polizisten und ihre Autos noch spannend, dachte Embla. Sie ging die Stufen hinunter, öffnete die Beifahrertür und stieg ein.

»Hej. Gut geschlafen?«, fragte Olle mit einem breiten Lächeln.

»Sehr gut. Und selbst?«

»Ausgezeichnet. Aber leider hat sich die Frage, wer sich um Tore kümmert, noch nicht geklärt. Meine Schwester und ihre Familie sind noch immer krank, und meine Mutter kommt erst am Freitag zurück. Sonst habe ich keinen, der ihn beaufsichtigen könnte.«

Embla lächelte beruhigend. »Doch! Du bist hier ja unter Freunden. Monika und Harald würden bestimmt wieder ein Auge auf ihn werfen. Und bei ihnen fühlt er sich doch pudelwohl.«

»Daran herrscht kein Zweifel! Alle Kerle sind letztlich Schmarotzer«, entgegnete er lachend.

Für die beiden Wirtsleute war es kein Problem, sich noch einen weiteren Tag um Tore zu kümmern. Als der Hund begriff, dass er diesmal nicht mit seinem Herrchen ins Auto steigen durfte, senkte sich sein Schwanz leicht, doch dann folgte er Monika ohne Protest in die Lobby und legte sich auf seinem Teddyfell zurecht.

Der weiße Van mit der Aufschrift »Anderssons Elektroservice« war verschwunden. In der Auffahrt stand auch kein anderes Auto. Olle klingelte an der Haustür, während Embla ein paar Stufen weiter unten stehen blieb. Die Frau, die ihnen öffnete, wirkte erschöpft. Ihre Haut war aschfahl, und die dunklen Ringe unter ihren Augen verrieten, dass sie in der letzten Nacht nicht besonders viel Schlaf bekommen hatte. Sie war klein und zierlich und hatte blonde Haare, die vermutlich normalerweise sorgfältig zu einer adretten Pagenfrisur geföhnt waren. Jetzt standen sie in Strähnen zu allen Seiten ab und hatten außerdem dringend eine Wäsche nötig. Die schwarze lange Strickjacke über ihrem hellblauen T-Shirt und den schwarzen Tights hing schlaff herunter. Ihre nackten Füße steckten in einem Paar hellblauer Plüschpantoffeln. In dem flackernden Blick aus ihren rotgeränderten Augen lagen große Sorge und Müdigkeit.

Olle lächelte ihr liebenswürdig und vertrauenerweckend zu.

»Guten Morgen. Das ist meine Kollegin Kriminalinspektorin Embla Nyström aus Göteborg, und ich bin Olle Tillman, Polizeiinspektor aus Åmål. Ich nehme an, dass Sie Willes und Idas Mutter sind?«

»Ja. Marie. Marie Andersson«, antwortete sie leise.

»Wir sind noch einmal gekommen, um uns ein wenig mit Ida zu unterhalten«, fuhr er gut gelaunt fort.

Die schmale Gestalt im Türrahmen erschrak, und ihre Antwort war kaum hörbar: »Das geht nicht. Sie ist so furchtbar krank.«

»Aber ein kurzes Gespräch wird sie doch bestimmt schaffen«, wandte Olle noch immer lächelnd ein.

Statt zu antworten, schüttelte sie heftig den Kopf. Durch die Stille konnten alle drei jetzt deutlich ein Weinen vernehmen. Marie Andersson begriff, dass die Polizisten es ebenfalls gehört hatten, und räusperte sich mehrfach.

»Ida ist ganz niedergeschlagen. Die Trauer ... sie trauert entsetzlich. Robin war ihr Freund, und jetzt ist er plötzlich tot«, sagte sie, ohne die Polizisten anzuschauen.

Emblas Geduldsfaden war kurz davor zu reißen. Hier ging es schließlich um Mordermittlungen. Noch bevor Olle etwas entgegnen konnte, ergriff sie das Wort.

»Wir wissen, dass Robin schon ein paar Tage vor dem Fest am Freitag mit ihr Schluss gemacht hat«, erklärte sie.

Die Frau im Türrahmen zuckte zusammen, offenbar war ihr das neu.

»Außerdem haben wir gehört, dass Ida die Feier noch vor der Tatzeit verlassen hat. Sie fuhr gemeinsam mit Anton Åkesson von dort weg, in seinem Auto«, fügte Embla hinzu.

»Das kann nicht sein! Nie im Leben wäre sie mit Anton weggefahren!«

Die zierliche Person im Türrahmen richtete sich auf und warf ihr einen feindlichen Blick zu. Plötzlich fiel Embla die Ähnlichkeit zwischen ihr und Lilian Åkesson, also Antons Mutter auf, die nach der Befragung in Ohnmacht gefallen war. Doch diese Dame hier schien aus etwas härterem Holz geschnitzt zu sein. Das sprach indessen nicht dagegen, dass sie möglicherweise miteinander verwandt waren. Vielleicht Schwestern? Denkbar wäre es zumindest, hier im nördlichen Dalsland waren alle irgendwie miteinander verwandt und verschwägert – oder zumindest mit der Verwandtschaft der anderen verwandt. Das wusste sie aus eigener Erfahrung.

Noch bevor einer der Polizisten nachfragen konnte, sagte Marie: »Robin hatte Ida versprochen, sie und Wille nach Hause zu bringen. Doch dann wurde er erstochen, und Ida und Wille blieb nichts anderes übrig, als auf eigene Faust heimzukommen. Ida musste sich ganz allein im Schneesturm bis hierher durchschlagen. Eine Strecke von fast zwei Kilometern. Unterwegs ist sie ausgerutscht und mit dem Kopf auf einen Stein geknallt. Stellen Sie sich mal vor, was passiert wäre, wenn sie das Bewusstsein verloren hätte! Dann wäre sie erfroren! Und jetzt ist sie todkrank.«

Sie zitterte am ganzen Körper vor Entrüstung. Embla und Olle wechselten rasch einen Blick.

»Die Polizeileitung hat uns angewiesen, mit Ida zu sprechen. Und zwar heute. Es kann nicht länger warten. Darüber hinaus haben wir die Anweisung, alle Personen, die sich weigern, mit uns zu sprechen, zur Vernehmung nach Trollhättan einzubestellen«, erklärte Olle, ohne auch nur ansatzweise zu lächeln.

Das entsprach keinesfalls der Wahrheit, doch Embla ließ ihn weiterreden.

Er legte eine Kunstpause ein und fixierte Marie mit dem Blick. »Hier geht es um Mordermittlungen«, verdeutlichte er seine Aussage noch einmal.

Die Empörung in den Augen der Mutter wurde von Resignation abgelöst. Ohne ein Wort zu sagen, trat sie zur Seite, um die beiden hereinzulassen. Sie zogen ihre Schuhe aus und folgten ihr die Treppe hinauf in einen geräumigen Flur. Darin stand ein halbrundes, ausladendes Sofa aus schwarzem Leder vor einem großen Flachbildfernseher an der gegenüberliegenden Wand.

Auf dem Bildschirm lief ein Morgenprogramm mit einem bestens aufgelegten Fernsehkoch, der gerade irgendwelche Zutaten in einer Schüssel mixte, während er mit der Moderatorin plauderte. Auf dem Couchtisch stand noch das Frühstücksgeschirr. Den eingetrockneten Essensresten nach zu urteilen hatte es Kaffee, Eier und Haferbrei gegeben. Marie Andersson ging auf eine angelehnte Tür zu, hinter der ein Schluchzen zu hören war.

Sie klopfte behutsam an. »Ida, hier sind zwei Polizisten, die gerne mit dir reden möchten«, sagte sie in sanftem Ton.

Dann öffnete sie die Tür und betrat vor ihnen das Zimmer. Ein beißender Schweißgeruch, unterlegt mit einer Honignote schlug ihnen entgegen. Der Schweißgeruch kam offenbar von Ida, während der Honigduft aus dem unangerührten Becher mit Tee auf dem Nachttisch neben ihrem extrabreiten Bett aufstieg. Die schwarz-weiß gemusterte Bettwäsche im Pop-Art-Stil war zerknittert. Das Zimmer musste dringend gelüftet werden.

Von Ida sahen sie nur ihren mageren Rücken in einem schwarzen XL-T-Shirt. Durch den Baumwollstoff hindurch zeichneten sich deutlich die knochigen Ränder ihres Schulterblatts und die Konturen ihrer Rückenwirbel ab. Sie schluchzte in unverminderter Lautstärke weiter, wobei ihr ganzer Körper zitterte.

»Liebling, es wäre wirklich gut, wenn du mit ihnen reden würdest«, sagte Marie.

Idas schmaler Rücken wurde starr, und Embla war der festen Überzeugung, dass sie sich nicht umdrehen würde. Doch nach einer Weile rollte sich das Mädchen langsam auf den Rücken und schaute sie an.

Den Personendaten zufolge war Ida sechzehn und würde im Juni siebzehn werden, doch sie sah aus wie höchstens vierzehn. Ihr jämmerlicher Zustand trug sicher dazu bei, dass sie jünger wirkte. Außerdem war sie genauso zierlich wie ihre Mutter. Ihre Augen waren vom vielen Weinen stark zugeschwollen, aber an ihrer rechten Wange zeigte sich noch eine weitere Schwellung. Die Gesichtshaut hatte sich rechts bis zum Auge und zur Stirn hoch rotviolett verfärbt. Auf der Schläfe klebte eine große Kompresse unter einem hautfreundlichen Pflasterstreifen.

Olle stellte erst Embla und dann sich selbst vor, erhielt jedoch keine Antwort. Dem Mädchen rannen weiter die Tränen übers Gesicht, und in regelmäßigen Abständen wurde ihr Körper vom Schluchzen geschüttelt. Sie richtete ihren Blick auf einen Punkt neben den beiden Polizisten.

»Ich habe ihr schmerzstillende Tabletten gegeben. Aber nur Alvedon. Die Schwellung ist schon leicht zurückgegangen«, erklärte Marie.

Dann musste sie vorher die Größe eines halben Handballs gehabt haben, denn sie war noch immer stark ausgeprägt. Es sah nicht gut aus.

»Haben Sie das einem Arzt gezeigt?«, fragte Olle.

Er schaute Marie an, die seinem Blick auswich.

»Nein. Sie wollte es nicht.«

»Und warum nicht? Sie hat bestimmt höllische Schmerzen. Und wahrscheinlich sogar eine Gehirnerschütterung. Damit kann man nicht einfach zu Hause im Bett liegen, das sollte man von einem Arzt untersuchen lassen«, erklärte er entschieden.

Ida rutschte langsam an die Bettkante und presste ihr Kopfkissen gegen den Oberkörper. Ihr schien es nichts auszumachen, dass die Erwachsenen über ihren Kopf hinweg sprachen. Für Embla war es offensichtlich, dass Ida neben ihren Verletzungen auch einen Schock erlitten hatte. Außerdem hatten die unangebrachte Schonung und übertriebene Zurückhaltung ihrer Eltern dazu geführt, dass sich das Mädchen in sich selbst zurückgezogen hatte und somit der Trauer über Robins Tod allein ausgeliefert war. Was ihr ganz sicher nicht guttat. Sie musste unbedingt aus ihrem deprimierten Zustand herausgeholt werden.

»Ida, kannst du uns erzählen, was auf der Feier passiert ist?«, fragte Embla vorsichtig.

Ida zuckte zusammen, schüttelte jedoch den Kopf.

»Erinnerst du dich noch an irgendwelche Dinge vor dem Unfall, bei dem du dir die Kopfverletzungen zugezogen hast?«

»Nee«, flüsterte sie tonlos.

Hatte das Mädchen tatsächlich einen Gedächtnisverlust erlitten oder wollte Ida nur vor ihrer Mutter nichts preisgeben?, überlegte Embla.

»Kannst du dich denn daran erinnern, was danach geschah?«, versuchte sie es.

Ein weiteres Schluchzen ließ Idas zierlichen Körper erbeben. Jetzt schaute sie Embla zum ersten Mal an, wenn auch nur flüchtig.

»Mir war voll kalt. Ich hatte Wahnsinnsschmerzen ... wollte nur noch heim ... und mir war kotzübel.«

»Wenn man sich die riesige Beule in deinem Gesicht anschaut, ist einem sofort klar, wie sehr es wehgetan haben muss«, fuhr Embla mit einer Stimme voller Empathie fort.

Sie schaute Olle an, doch der wollte offenbar nicht übernehmen. Ida war sowohl physisch als auch psychisch stark in Mitleidenschaft gezogen, und es bestand das Risiko, dass sie jeden Moment völlig zusammenklappen würde. Embla beschloss, ihr die wichtigste Frage einfach sofort zu stellen.

»Ich weiß, dass draußen ein Schneesturm tobte, und man kaum etwas sehen konnte ... Aber hast du auf dem Nachhauseweg vielleicht irgendein dir unbekanntes Auto oder eine fremde Person gesehen?«

Embla bemühte sich, es wie eine reine Routinefrage ohne besondere Dringlichkeit klingen zu lassen.

Ida nickte kaum merklich zur Antwort. Doch schon im nächsten Augenblick schrie sie auf und hielt sich mit den Händen den unteren Teil ihres Nackens.

»Hast du Nackenschmerzen?«

Embla merkte selbst, wie überflüssig ihre Frage war. Das Mädchen litt ganz offensichtlich unter heftigen Schmerzen.

Ida antwortete nicht, sondern wimmerte nur leise und hielt sich weiterhin den Nacken.

Olle wandte sich an ihre Mutter und sagte in ernstem Ton: »Gut möglich, dass sie ein Schleudertrauma oder eine Halswirbelverletzung erlitten hat. Sie sollten unbedingt mit ihr zum Arzt gehen.«

Maries Augen wurden erneut feucht.

»Ja, das sollten wir vielleicht«, sagte sie zögerlich.

»Sie müssen wissen, dass Ida gar nicht mit dem Kopf auf einen Stein geknallt ist, sondern einen Autounfall hatte. Mehrere Zeugen haben sie in Anton Åkessons Auto wegfahren sehen, und wir haben den Wagen völlig demoliert hinter der Maschinenhalle der Familie Åkesson gefunden. Der Unfall ist draußen auf dem Acker zwischen dem Resort Herremark und dem Abzweig runter zum Naturreservat passiert«, erklärte Olle ruhig.

»Und wie Sie vielleicht wissen, wurde in einer der Hütten an dieser Straße ein Mann ermordet. Es geschah in derselben Nacht und höchstwahrscheinlich auch ungefähr zur selben Zeit, als Antons Auto verunglückte. Deshalb ist es wichtig, dass Ida uns sagt …«, warf Embla ein, wurde jedoch abrupt unterbrochen.

Idas leises Wimmern steigerte sich zu einem hysterischen Schreien. Auf der Bettkante sitzend wiegte sie ihren Oberkörper vor und zurück, während ihr die Tränen über die Wangen strömten. Wie viele Liter Flüssigkeit sie wohl schon durchs Weinen verloren hat?, ging es Embla durch den Kopf.

Marie sank neben ihrer Tochter auf die Bettkante und versuchte vergeblich, sie zu beruhigen. Hilflos schaute sie die Polizisten an.

»Patrick ... mein Mann ... meinte, dass wir nicht unbedingt in die Notaufnahme fahren müssten, aber vielleicht sollte sich doch mal ein Doktor die Sache anschauen. Allerdings habe ich ein Problem, mein Auto ist gerade in der Werkstatt.« Sie klang resigniert.

»Dann fahren wir Sie nach Dals Ed in die Ambulanz. Helfen Sie Ihrer Tochter, sich etwas überzuziehen, dann kündige ich uns dort schon mal an«, meinte Olle.

Es würde nur eine Viertelstunde länger dauern, die beiden unterwegs dort abzusetzen.

Während der Autofahrt gelang es Embla, Marie Andersson die Handynummer von Wille zu entlocken, doch man merkte ihr an, wie ungern sie diese herausgab. Erneut wunderte sich Embla über die offenkundige Weigerung sowohl der Jugendlichen als auch ihrer Eltern, die Polizisten bei den Ermittlungen zu unterstützen. Lag es an einem grundsätzlichen Misstrauen gegenüber der Polizei? Oder wussten sie vielleicht, dass der Mörder unter ihnen war?

Als sie den Hof der Åkessons erreichten, sahen sie, dass der Schneewall neben der Maschinenhalle abgetragen worden war und der demolierte Toyota auf der Ladefläche eines Abschleppwagens stand. Unweit davon parkte der Volvo der Kriminaltechniker aus Trollhättan. Einer der Männer war gerade damit beschäftigt, das Autowrack festzuzurren, während der andere unten stand und mit einem finster dreinblickenden John Åkesson sprach. Als Olle und Embla aus dem Auto stiegen, veränderte sich Johns Miene nicht nennenswert. Möglicherweise verfinsterte sie sich noch ein wenig mehr. Das einzige sichtbare Überbleibsel von ihrer gestrigen Konfrontation waren die schmalen weißen Pflasterstreifen auf seiner Augenbraue. Olle begrüßte die Techniker, es waren dieselben, die auch nach dem Messermord in der Loge ausgerückt waren. Als er ihnen Embla vorstellte, schaute der Techniker, der auf der Ladefläche stand, zu ihr herunter. Er hatte seine Fellmütze tief in die Stirn geschoben, und die breiten Ohrenklappen verbargen einen Teil seines Gesichts.

»Hej. Ulf Berg. Wir sind uns schon bei den Ermittlungen zu den Elchjagd-Morden letzten Herbst begegnet«, sagte er ernst.

Embla fiel keine passende Entgegnung ein, und sie nickte nur.

»Elchjagd-Morde?«, fragte Olle leise.

Das Ganze war zu kompliziert, um es jetzt auf der Stelle zu erklären. Deshalb tat Embla einfach so, als hätte sie seine Frage nicht gehört.

John Åkesson kommentierte die Äußerungen des Technikers nicht weiter, sondern fixierte erst Embla und danach Olle mit seinem Blick.

»Nur, dass Sie's wissen: Anton liegt im Krankenhaus, NÄ. Schwere Gehirnerschütterung und Verletzungen mehrerer Rückenwirbel. Im Übrigen habe ich die Karre für Ihre Kollegen freigeschaufelt. Lilian und ich wollen nämlich, dass alles seine Ordnung hat«, sagte er in harschem Ton.

Man sah ihm an, dass es ihn einige Überwindung kostete, das auszusprechen. Heute wirkte er absolut nüchtern und roch nicht einmal ansatzweise nach Alkohol.

Olle erwiderte nichts. Überrascht von Johns unerwartetem Gesinnungswechsel warf er Embla nur einen raschen Seitenblick zu. Für einen kurzen Moment war sie ebenfalls verblüfft gewesen. Sie entgegnete freundlich:

»Gut. Dann möchten Sie uns ja bestimmt auch erzählen, warum Sie das Auto hierhergeschleppt haben.«

Er wich ihrem Blick aus, und anfänglich glaubte sie, er würde nicht antworten.

»Wir wollten den Jungen schützen. Damit er nicht wegen … irgendwas beschuldigt wird.«

Seine Antwort kam widerwillig, und Embla hörte, dass er nicht die ganze Wahrheit sagte. Doch sie beschloss, es erst einmal dabei zu belassen und später darauf zurückzukommen, wenn sie ihn ein wenig weichgeklopft hätten.

»Und wie haben Sie von dem Unfall erfahren?«, fragte sie weiter.

Er schluckte und vermied es noch immer, ihren Blick zu erwidern, doch dann antwortete er: »Ida Andersson hat angerufen, nachdem der Wagen von der Straße abgekommen war. Das Auto lag draußen auf dem Acker, und Anton konnte sich nicht bewegen. Ida hat es irgendwie geschafft, herauszuklettern und mich anzurufen. Ich hab sie heimgefahren, aber sie wollte ein Stück entfernt von ihrem Elternhaus rausgelassen werden. Und Anton hab ich hierhergebracht. Aber ...« Er verstummte, und sein Gesicht nahm eine gewisse Röte an. »Wir haben ja gesehen, dass er übel zugerichtet war. Also hat Lilian ihn kurzerhand mit dem Volvo ins Krankenhaus gefahren. Da wir einen V70 haben, konnten wir ihn hinten reinlegen. Das ging schneller, als einen Krankenwagen zu rufen.«

Er verstummte erneut, und jetzt schien es, als wollte er gar nichts mehr sagen.

Embla warf ein: »Wenn er in dieser Nacht ins NÄ eingeliefert wurde, haben sie dort bestimmt einen Alkoholtest durchgeführt. Dann wissen sie längst, dass er sternhagelvoll war«, sagte sie in sachlichem Ton.

Er schaute sie wütend an, widersprach aber nicht. Die beiden Techniker versuchten gar nicht erst zu verbergen, dass sie mithörten. Vielleicht fühlte sich Olle deswegen veranlasst, das Wort zu ergreifen.

»Natürlich haben Sie das Autowrack deswegen auch selbst geborgen. Damit keiner irgendwelche unangenehmen Fragen stellt«, sagte er.

John Åkesson warf ihm einen verächtlichen Blick zu.

»Verfluchter Klugscheißer«, brummte er und machte auf dem Absatz kehrt.

Mit entschlossenen Schritten ging er aufs Wohnhaus zu.

»Tja, man kann nicht mit allen in dieser Welt gut Freund sein«, brummte der Techniker auf der Ladefläche.

Ein Telefonat mit dem Krankenhaus bestätigte ihnen, dass Anton Åkesson noch auf der Intensivstation lag. Der Arzt, mit dem

Embla verbunden wurde, schätzte, dass er im Lauf des folgenden Tages auf die normale Station verlegt werden würde. Vorher sei eine Befragung des Jungen durch die Polizei ausgeschlossen.

»Des Jungen? Der Typ ist achtzehn und demzufolge mündig. Er kann wählen gehen oder heiraten, wen er will, ohne die Zustimmung seiner Eltern. Warum entmündigen wir erwachsene Menschen eigentlich ständig?«, schnaubte sie, nachdem sie das Gespräch beendet hatte.

Olle grinste spitzbübisch.

»Jungs werden eben später reif als Mädchen.«

»Was für eine Selbsterkenntnis!«, entgegnete sie säuerlich.

Er lachte nur.

Sie fuhren zurück zum Resort Herremark. Unterwegs tauschten sie sich über die Befragungen aus, die sie bislang durchgeführt hatten.

»Du solltest noch einmal mit Ida sprechen, wenn sie sich wieder berappelt hat. Vielleicht fällt ihr noch ein wenig mehr ein, nachdem sie medizinisch versorgt wurde. Und mit Anton musst du unbedingt reden, sobald er die Intensivstation verlassen durfte.«

»Okay. Und du triffst dich dann auf dem Weg nach Göteborg mit Wille?«

»Ja. Ich versuche gleich mal, ihn zu erreichen.«

Olle bog auf die Zufahrtsstraße zum Resort ein und parkte den Streifenwagen neben Emblas Kia. Zum Mittagessen wurden offenbar viele Leute erwartet, sie sahen mehrere Familien aufs Restaurant zusteuern.

»Ich werde mich wahrscheinlich mit ner Bratwurst in Dals Ed begnügen«, erklärte Olle.

Embla fiel der Thai in Mellerud ein, und sie beschloss, noch einmal dorthin zu fahren.

»Ich such mir auch unterwegs irgendwas«, sagte sie.

Tore freute sich sichtlich, als sein Herrchen in der Lobby auftauchte.

»Ich dreh noch ne kurze Runde mit ihm«, erklärte Olle und leinte seinen Hund an.

»Mach das, dann gehe ich schon mal hoch und hole meine Sachen.«

In ihrem Zimmer stand Emblas schon fast vollständig gepackte Tasche. Sie setzte sich in den bequemen Sessel und tippte Willes Nummer ein. Er meldete sich nach dem zweiten Klingeln.

»Wille.«

Seine Stimme klang tief und erwachsen.

»Hej Wille. Mein Name ist Embla Nyström. Ich bin Polizistin und würde gerne mit Ihnen über die Vorfälle auf dem Fest vom Freitag reden. Wo in der Schule können wir uns treffen?«

Am anderen Ende der Leitung wurde es still, und sie befürchtete schon, er würde sie jeden Moment wegdrücken.

Doch nach einer Weile sagte er: »Wir machen gerade Praktikum. Ich bin nicht in der Schule.«

»Wo sind Sie denn?«, fragte sie. »Ich kann hinkommen.«

Er schwieg erneut.

»Ich geh immer beim Burger King in Brålanda essen«, antwortete er schließlich.

»Gut. Können Sie in einer Stunde dort sein?«

»Ja.«

Noch bevor sie die Verabredung bestätigen konnte, hörte sie ein Klicken, und der Kontakt wurde unterbrochen.

Sie müsste also statt dem Thai-Essen in Mellerud mit einem Hamburger in Brålanda vorliebnehmen. Als sie in die Lobby hinunterkam, stand Olle schon da. Er bedankte sich gerade bei Monika und Harald dafür, dass sie sich so liebevoll um Tore gekümmert hatten, und auch für das gute Essen, zu dem sie ihn eingeladen hatten. Embla umarmte die beiden und dankte ihnen ebenfalls für ihre Gastfreundschaft.

»Leider habe ich unter dem Namen Jan Müller im vergangenen Oktober keine Tischreservierung finden können«, erklärte Monika.

»Das war auch nur so eine Idee. Trotzdem danke fürs Nachschauen«, sagte Embla.

Sie bedankte sich noch einmal bei Monika und Harald, und Olle salutierte stilvoll. Dann gingen sie gemeinsam zum Parkplatz hinaus.

»Ich ruf dich nach meinem Gespräch mit Wille an.«

»Gut. Danke, dass du dir die Zeit nimmst, mit ihm zu reden.«

Sie winkten einander zu, bevor sie in ihre Autos stiegen und in entgegengesetzte Richtungen davonfuhren.

Als Embla auf den Eingang des Burger-King-Restaurants zuging, erregte ein Aufkleber an der Heckscheibe eines älteren Saab 99 ihre Aufmerksamkeit. Den Slogan kannte sie nur allzu gut: »Svenska Jägareförbundet – Schwedens größte Jagdgesellschaft«. Auf der Heckscheibe ihres eigenen alten Volvo 245 klebte der gleiche. Der Saab war noch gut in Schuss und mit hellblauer Metallicfarbe neu lackiert worden. An der Kofferraumklappe war ein kleinerer Aufkleber mit der Aufschrift »Minibar« angebracht. Irgendetwas sagte ihr, dass sie gerade Willes Auto entdeckt hatte.

Das Restaurant war gut besucht, hauptsächlich von Familien mit Kindern. Der Geräuschpegel war hoch, und einige Kinder liefen umher und spielten miteinander. Mehrere trugen eine Pappkrone auf dem Kopf, die sie im Lokal geschenkt bekommen hatten.

Aus der Schlange vorm Bestelltresen ragte ein junger Mann heraus, der mindestens einen Kopf größer war als alle anderen. Mit seinen breiten Schultern und der kräftigen Statur sah er aus wie die jüngere Version seines Vaters. Großflächige Tattoos prangten auf seinen nackten Armen, größtenteils Tribal-Muster, Monster und Totenköpfe. Auf dem Kopf trug er eine umgedrehte Schirmkappe, die schon bessere Tage gesehen hatte. Trotz der Minusgrade draußen hatte er obenrum nur ein kurzärmliges T-Shirt und eine Jagdweste an. Was für ein Macho!, dachte Embla. Sie ging auf ihn zu und stellte sich neben ihn.

»Hej Wille«, sagte sie zur Begrüßung.

Er schaute sie an, erst überrascht. Doch als ihm dämmerte, wer sie war, verfinsterte sich seine Miene. Er erwiderte ihren Gruß mit einem knappen Nicken.

Ungerührt lächelnd zog sie einen Hundertkronenschein aus der Tasche und sagte: »Für mich bitte einen Veggie-Burger, dann setz ich mich schon mal da hinten hin.«

Sie deutete auf einen kleinen Zweiertisch im hinteren Bereich des Lokals.

Wille murmelte etwas vor sich hin und blieb in der Schlange stehen, während Embla zum Tisch ging und sich setzte. Von ihrem Stuhl aus sah sie, wie er das Essen bestellte und bezahlte. Bevor er die zwei großen Pappbecher ergriff, zog er mit einer routinierten Bewegung seiner linken Hand den Hosenbund seiner Jeans hoch, da sie drohte, ihm über die Pobacken hinunterzurutschen. Am Getränkeautomaten füllte er die Becher mit Coca-Cola. Embla stöhnte innerlich auf, sie hasste Coca-Cola. Sie hätte es ihm sagen sollen. Nun galt es, gute Miene zum bösen Spiel zu machen. Das Wichtigste war, Wille zum Reden zu bringen.

Ohne irgendeinen Kommentar stellte er die Becher auf den

Tisch. Sein gesamtes Auftreten war unwirsch und abweisend. Sie würde sich also größte Mühe geben müssen, Wille zu besänftigen und das Wichtigste aus ihm herauszukitzeln, bevor seine Mittagspause beendet wäre.

»Wie gut, endlich was in den Magen zu kriegen«, sagte sie lächelnd.

Er wich ihrem Blick aus und grummelte irgendetwas vor sich hin, das sie nicht verstand. Eine der jungen Angestellten brachte ihre Plastikkörbchen mit den Hamburgern und Pommes frites. Wille schob die Finger in eine seiner Westentaschen, fischte mehrere kleine Ketchup-Tütchen heraus und legte sie auf den Tisch.

Dann deutete er mit einem Nicken auf die Tütchen.

Embla fragte sich insgeheim, was sie am meisten hasste: Hamburger, Coca-Cola oder Ketchup. Aber natürlich zeigte sie ihm das nicht.

»Danke«, sagte sie noch immer lächelnd.

Wieder einmal erkannte sie: Ihre Jahre an der Schauspielschule waren nicht vergebens gewesen.

Der Größe von Willes Pommeshaufen nach zu urteilen hatte er eine doppelte Portion bestellt. Dazu einen doppelten Burger mit allen Extras. Mit konzentrierter Miene öffnete er ein Ketchup-Tütchen nach dem anderen und drückte den Inhalt über seinen Fritten aus. Embla fühlte sich an fließendes Blut erinnert. Sie beschloss, sich seiner Version der Ereignisse draußen hinter der Loge möglichst behutsam zu nähern. Zuallererst hoffte sie auf die Bestätigung ihrer Vermutung, was das Auto betraf. Das konnte durchaus von Bedeutung für die Ermittlungen sein. Prüfend schob sie sich ein paar Pommes in den Mund. Kein bisschen knusprig, eher schlaff wie Regenwürmer. Sorgfältig leckte sie mit der Zungenspitze das Fett aus ihren Mundwinkeln, bevor sie fragte: »Gehört der Saab 99 da draußen Ihnen?«

Überrascht schaute er von seinem Essen auf.

»Was?«

»Der Aufkleber an der Heckscheibe. Svenska Jägareförbundet. Sind Sie dort Mitglied?«

»Mhm«, brummte er und nickte leicht.

Embla hörte an seinem Ton, dass er sich in die Defensive gedrängt fühlte. Natürlich fragte er sich jetzt, warum sie ihn auf den Jagdklub ansprach. Doch sie behielt ihre Gründe für sich. Mit seiner Antwort hatte sich ein Verdacht bestätigt, den Embla schon unmittelbar nach dem Mord an Robin gehegt hatte. Die Einstiche stammten, wie es schien, von einem scharfen Messer mit langem Blatt, was auf ein Jagdmesser als Mordwaffe hindeutete.

»Erzählen Sie mir, was am Freitag passiert ist. Wann sind Sie durch den Hinterausgang der Loge nach draußen gegangen?«

Ohne Eile entfernte er den Kautabak-Prill unter seiner Oberlippe und strich ihn am Rand seines Körbchens neben dem Pommeshaufen ab. Dann nahm er einen großen Bissen von seinem Hamburger und zerkaute ihn, bevor er ihn geräuschvoll hinunterschluckte. Danach spülte er mit einem großen Schluck Cola nach. Es war offensichtlich, dass er Zeit gewinnen wollte, um sich eine Antwort zurechtzulegen.

»Gegen halb eins. Oder vielleicht auch etwas später. Ich war ziemlich breit, und …« Er zog die Schultern hoch und blickte unentschlossen drein.

»Sind Sie allein rausgegangen?«

»Ja. Zum Pinkeln.«

Er biss erneut in seinen Hamburger. Da es eine Weile dauern würde, bis er wieder reden konnte, nutzte Embla die Gelegenheit, ihren Veggie-Burger zu probieren. Der Fleischersatz war ziemlich trocken und geschmacksneutral, doch der Rest war essbar.

Unerwartet brach Wille das Schweigen und sagte: »Die Lampe war kaputt. Deshalb bin ich nicht besonders weit gegangen.«

Dass die Außenlampe über der Küchentür defekt war, hatten schon mehrere Zeugen berichtet. Draußen war es stockdunkel gewesen, nur der Schnee hatte etwas Licht gespendet.

»Haben Sie irgendwas gehört, als Sie draußen waren? Ein Stöhnen? Oder vielleicht hat jemand etwas gesagt?«

»Nee.«

»Wo befanden Sie sich, als Mikaela anfing zu schreien?«

Nachdem er ausgiebig seinen Pommeshaufen begutachtet hatte, antwortete er: »Ich wollte gerade reingehen.«

»Sie waren also noch nicht wieder in der Küche?«

»Nee.«

»Und was haben Sie dann gemacht?«

»Ich bin sofort zu der Stelle, wo Mikaela gestanden hat.«

»Und dort haben Sie dann Robin gefunden?«

Er nickte und schlürfte seine Cola.

»Und was geschah danach?«, fragte Embla geduldig.

Er fuhr sich mit dem Handrücken über den Mund und rülpste dann geräuschvoll. Sie musste sich beherrschen, um keine Miene zu verziehen.

»Ich hab versucht, die Blutung zu stoppen.«

Ohne sie anzuschauen, griff er sich eine Handvoll Pommes und schob sie in den Mund.

Embla wartete ab, bis er halbwegs fertig gekaut hatte.

»Und warum haben Sie Robin eine Herzmassage gegeben?«, fragte sie dann.

Seine Kieferknochen hielten mitten in der Bewegung inne, er wirkte erstaunt.

»Hab ich das?«

»Ja, mehreren nüchternen Zeugen zufolge.«

»Ach. Peter und seine spießige Tussi«, sagte er und setzte eine überhebliche Miene auf.

»Ich frage Sie noch mal: Warum haben Sie ihm eine Herzmassage gegeben, obwohl Sie dazu gar nicht in der Lage waren?«

Ganz langsam zog er die Schultern hoch und hob hilflos einen Arm. »Wahrscheinlich war es Gustavs Idee.«

»Aber Sie haben die Massage ausgeführt.«

»Kann schon sein«, sagte er gleichgültig.

»Gustav war also bei Ihnen, als Sie zum Pinkeln draußen waren?«

Er zuckte zusammen und schien nachzudenken. Schließlich schüttelte er den Kopf.

»Glaub nicht. Weiß nicht mehr …«

»Erinnern Sie sich daran, wann er auftauchte?«

»Nee.«

Um sein Desinteresse zu unterstreichen, rülpste er noch einmal. Charmantes Kerlchen. Doch Embla war klar, dass er nur auf cool machen wollte. Langsam beugte sie sich zu ihm vor und fragte in vertraulichem Ton: »Waren Sie vielleicht doch selbst derjenige, der auf die Idee kam, Robin eine Herzmassage zu verpassen?«

Eine weitere Handvoll Pommes, gefolgt von einem Schluck aus seinem Pappbecher.

»Weiß nicht mehr«, sagte er schließlich, als er die Antwort nicht länger hinauszögern konnte.

Es wurde höchste Zeit, diesen Idioten gründlich wachzurütteln. Embla lehnte sich zurück und warf ihm ihren No-more-Bullshit-Blick zu. Den hatte sie inzwischen so perfektioniert, dass er normalerweise niemanden kaltließ. Und schon gar nicht selbstherrliche Machos, die keinerlei Erfahrungen mit polizeilichen Vernehmungen hatten.

»Warum sagten Sie in der Mordnacht zu meinem Kollegen, Robin sei selbst schuld an seinem Tod?«

Wille schluckte heftig, und zum ersten Mal wirkte er beunruhigt. Um es zu verbergen, griff er erneut zu seinem Hamburger. Er öffnete den Mund und machte Anstalten, ein weiteres Mal hineinzubeißen.

»Legen Sie ihn zurück!«, fauchte Embla ihn an und durchbohrte ihn förmlich mit ihrem Blick.

Er hielt mitten in der Bewegung inne, behielt den Burger jedoch in den Händen.

»Antworten Sie auf meine Frage«, forderte sie ihn in eiskaltem Ton auf. Auch diesen Tonfall hatte sie während ihrer Schauspielausbildung einstudiert, und er war ihr bei der Polizeiarbeit schon so manches Mal nützlich gewesen. Es fiel ihr zwar nicht ganz leicht, blitzschnell vom Good Cop zum Bad Cop zu wechseln, doch damit hatte sie den Überraschungseffekt auf ihrer Seite.

Willes Blick flackerte unschlüssig durchs Lokal, als suchte er bei einer der Familien mit Kindern Unterstützung, doch von dort war keinerlei Hilfe zu erwarten. Die Kinder spielten lärmend, während ihre Eltern versuchten, sie im Auge zu behalten und gleichzeitig selbst etwas in den Magen zu bekommen.

»Ich war verflucht noch mal stockbesoffen«, murmelte er schließlich.

»Aber Sie haben einem Polizisten gegenüber behauptet, dass Robin so verdammt großkotzig gewesen sei und selbst schuld ist. Haben Sie denn gar kein Mitgefühl?«

Sein ganzer Oberkörper fuhr zusammen, während sein Blick von Unsicherheit zu Aggressivität wechselte. Leicht eingeschnappt, hitziges Temperament, dachte Embla und hakte eine weitere Frage ab, auf die sie bei diesem Treffen eine Antwort bekommen hatte.

»Wenn man so etwas unmittelbar nach einem Mord zu einem Polizisten sagt, muss man hinterher auch bereit sein, Stellung zu beziehen. Insbesondere wenn man blutverschmiert ist, wie Sie es waren. Also, warum sagten Sie, er sei selbst schuld?«, fragte sie unnachgiebig.

Wille setzte eine verächtliche Miene auf, warf seinen Hamburger zurück in den Korb und lehnte sich auf seinem Plastikstuhl zurück. Demonstrativ verschränkte er seine muskulösen Arme mit den Tattoos vor der Brust.

»Er war ein eingebildetes Arschloch. Tat immer so, als wär er n Superheld. Prahlte andauernd damit, wie viele Mädels er schon flachgelegt hätte«, antwortete er finster und verschränkte unbewusst die Arme noch etwas fester vor der Brust.

»Und deshalb hat er es verdient zu sterben, meinen Sie?«

Wille schwieg lange und starrte hinunter auf sein kalt gewordenes Essen. Ohne den Blick zu heben, sagte er gepresst: »Er war total fies zu Ida.«

»Inwiefern?«

Wille schaute kurz auf, senkte den Blick aber rasch wieder.

»Er hat ihr den Laufpass gegeben.«

»Und deswegen sollte er sterben?«

»Ich hab es ja nicht getan.«

Er löste seine Arme aus der Verschränkung, um nach seinem Pappbecher zu greifen. Dabei erblickte Embla flüchtig ein Tattoo auf der Innenseite seines Oberarms, das ihr vorher nicht aufgefallen war. Als sie das Motiv sah, stieg ihr Puls leicht. War das möglich?

Geräuschvoll schlürfte er seine Cola aus. Nachdem er den

Becher wieder abgestellt hatte, schaute er ihr zum ersten Mal in dem gesamten Gespräch direkt in die Augen.

»Ida war fix und fertig. Und ich war verflucht noch mal stockbesoffen und weiß keinen Furz mehr von dem, was ich gesagt hab.«

Mit diesen Worten stand er auf, schnappte sich die letzten Ketchup-Tütchen und den Rest seines Hamburgers und stapfte hinaus zu seinem Auto.

Als er die Hand nach den Tütchen ausstreckte, bestätigte sich Emblas Vermutung. Mit einem zufriedenen Lächeln auf den Lippen nahm sie ihr Handy heraus, um Olle anzurufen.

Als sie gerade Partille, einen Vorort von Göteborg, passiert hatte, klingelte ihr Handy. Sie schaltete die Freisprechanlage in ihrem Wagen ein, bevor sie sich meldete.

»Kriminalinspektorin Embla Nyström.«

»Hej ... hier ist Marie Andersson. Willes und Idas Mutter.«

Embla war überrascht. Sie hatte nicht damit gerechnet, dass sich Marie so schnell wieder melden würde.

Mit liebenswürdiger, interessierter Stimme fragte Embla: »Hallo, Marie. Wie geht es Ida?«

»Danke, besser. Wir sind jetzt im Krankenhaus. Sie muss zur Beobachtung ein paar Tage bleiben, und ... ja ... ihr Kopf soll geröntgt werden.«

»Gut, dass sich die Ärzte jetzt um sie kümmern.«

»Ja. Danke, dass Sie mich ... uns in die Ambulanz gefahren haben.«

»Wir wären ja sowieso dran vorbeigekommen.«

»Trotzdem danke. Ich habe vorhin versucht, Ihren Kollegen Olle Tillman zu erreichen, doch er meldet sich nicht. Ich hab ihm schon eine Voicemail geschickt, aber ... ich dachte, dass es wichtig sein könnte. Und außerdem hatten Sie mir ja Ihre Karte gegeben.«

»Ja, gut, dass Sie bei mir anrufen, nachdem Sie ihn nicht erreichen konnten. Um was geht's denn?«

Embla hörte am anderen Ende der Leitung zunächst nur ein angestrengtes Atmen. Was konnte Marie wollen? Embla fragte sich schon, ob sie es sich vielleicht anders überlegt hatte, doch genau in dem Moment räusperte sich Marie und sagte: »Ida hat mir erzählt, wie der ... Unfall passiert ist. Sie ist um kurz vor zwölf mit Anton von der Loge aufgebrochen. Er hatte ihr vorgeschlagen, nach Göteborg zu fahren, doch sie wollte lieber nach Hause. Daraufhin versprach er, sie heimzufahren, doch stattdessen hielt er an der Bushaltestelle gleich hinter der Abzweigung zum Resort an ... also wenn man nach Süden fährt, und ... ja. Er hat wohl versucht, sie zu küssen. Was sie aber absolut nicht wollte. Sie gerieten in Streit. Ida fing an zu weinen, und er wurde wütend. Schließlich fuhr er zurück auf die Straße, das Auto hatte noch nicht wieder richtig Fahrt aufgenommen, als plötzlich von hinten ein Wagen mit hoher Geschwindigkeit heranbrauste. Ida meinte, dass er von der Abzweigung nach Klevskog kam. Vom Naturreservat. Vielleicht kennen Sie es.«

Marie verstummte, offenbar versuchte sie, sich zu sammeln. Schließlich holte sie tief Luft und fuhr fort: »Der Wagen hinter ihnen konnte nicht mehr bremsen und überholte Antons Auto, geriet dabei jedoch ins Schleudern. Um ein Haar wären sie zusammengestoßen. Anton trat jedenfalls voll auf die Bremse, geriet ebenfalls ins Schleudern und rauschte erst in den Graben und dann weiter in den Acker. Ida glaubt, sie haben sich überschlagen, aber sie weiß es nicht mehr genau. Vermutlich war sie kurz bewusstlos.«

Endlich hatten sie wertvolle Informationen seitens der Festgäste erhalten! Ida und Anton hatten die Feier zwar schon vor dem Mord an Robin verlassen und konnten dazu daher keine Angaben machen, aber mit hoher Wahrscheinlichkeit waren die beiden dem Wagen von Milos Mörder begegnet. Es kann kaum ein anderes Fahrzeug gewesen sein.

»Hat sie zufällig gesehen, welche Automarke es war? Oder hat sie den Wagen vielleicht wiedererkannt?«

»Ich habe sie auch danach gefragt, aber sie meinte, dass alles so schnell gegangen sei. Sie erinnert sich nur daran, dass es ein großer dunkler Wagen war. Eventuell ein Jeep.«

»Konnte sie den Fahrer sehen? Oder ob mehrere Leute im Wagen saßen?«

»Nein. Das wollte ich auch wissen … Weil ich dachte, dass es vielleicht jemand war, den wir kennen. Aber das glaubt sie nicht. Und sie konnte auch nicht sehen, wie viele Personen im Auto saßen.«

Schade. Doch zumindest konnten sie jetzt endlich die Tatzeit des Mordes an Milo eingrenzen. Zu der Beinahe-Kollision musste es spätestens um zehn Minuten nach zwölf gekommen sein. Und der Mörder hatte einen großen dunklen Wagen gefahren, möglicherweise einen Jeep.

Embla dankte Marie sehr für den Anruf. Sie hatte ihr wichtige Details übermittelt.

Während Embla an Ullevi vorbeifuhr und das Polizeigebäude vor sich schon erahnen konnte, klickte sie noch einmal Olles Nummer an.

Die Vorstellungsgespräche hatten sich sehr in die Länge gezogen, sodass Göran fast zwei Stunden später auftauchte als verabredet. Deshalb verließen Embla und er das Polizeigebäude erst gegen siebzehn Uhr. Die Strecke vom Revier bis zur Terrassgata legte man mit dem Auto normalerweise in wenigen Minuten zurück, allerdings nicht im Berufsverkehr. Wenn es dann auch noch schneite, brach auf den Straßen meist Panik aus, gefolgt von totalem Verkehrschaos.

Doch im Stau zu stehen hatte den Vorteil, dass sie genügend Zeit hatten, um sich gegenseitig auf den neuesten Stand zu bringen.

»Ich habe vorhin mit Tommy Persson gesprochen. Er ist ebenfalls der Meinung, dass wir beide die Ermittlungen gemeinsam fortsetzen sollten, da wir sie schon in Dalsland zusammen begonnen haben. Und ich war heute im Morgenmeeting, um die Kollegen in der Abteilung zu informieren, was wir bislang herausgefunden haben«, erklärte Göran.

Bei so umfangreichen Ermittlungen wie diesen musste zwischen der Technischen Abteilung und der Abteilung für Gewaltverbrechen zwingend ein regelmäßiger Informationsaustausch stattfinden. Embla war nicht unbedingt erpicht darauf, die Verantwortung für diese Aufgabe zu übernehmen. Ihrem eigentlichen Chef Kommissar Persson gefiel es nicht, wenn sie nicht an ihrem regulären Arbeitsplatz saß, und er ließ öfter ironische Bemerkungen darüber fallen, dass sie sich offenbar nicht von der

Mobilen Einheit trennen konnte, der aufgelösten Ermittlungsgruppe, die längst nicht mehr existierte.

»Kümmerst du dich um die Kommunikation?«, fragte sie vorsichtig.

»Ja.«

Sie spürte die Erleichterung am ganzen Körper, als hätte jemand einen eisernen Griff um ihren Nacken gelöst.

»Außerdem kann ich noch vermelden, dass ich mit dem Polizeichef in Split, Boris Cetinski, telefoniert habe. Er spricht ein ungefähr genauso miserables Englisch wie ich, aber die Verständigung klappte recht gut. Kador Stavic ist vor zwei Wochen verschwunden, auf dem Heimweg von einem Treffen mit ein paar Kumpels in einer Bar. Entgegen seinen Gewohnheiten ging er früh nach Hause, ungefähr gegen elf. Er meinte, dass er am nächsten Morgen einen wichtigen Termin habe und ausgeschlafen sein müsse. Kador verließ die Bar alleine, die anderen blieben noch. Sie liegt nur etwa dreihundert Meter von seinem Haus entfernt, aber dort kam er nie an.«

Embla war noch nie in Split gewesen, ihre Eltern hatten die Stadt vor wenigen Jahren besucht.

»Split ist ziemlich groß, und dreiundzwanzig Uhr ist nicht besonders spät. Hat ihn denn keiner gesehen?«, fragte sie.

»Jedenfalls hat sich bislang niemand gemeldet. Ich habe das Boris ebenfalls gefragt, doch der meinte, es sei ein kalter und regnerischer Abend gewesen, an dem nicht viele Leute unterwegs waren. Und im Februar gibt es dort nicht besonders viele Touristen, wenn überhaupt.«

Ein King Cab in der Nebenspur begann zu blinken und zwängte sich in die Lücke vor ihnen. Warum fahren die Leute mit diesen Benzinschleudern in der Großstadt herum?, fragte sich Embla irritiert, als sie abbremsen musste, um ihn hereinzulassen.

Erst in dem Moment fiel ihr wieder ein, dass Göran und sie im Volvo XC90 der Mobilen Einheit saßen. Sie hatten sich dafür entschieden, weil die Koffer im Laderaum alle nötigen Utensilien für die technische Untersuchung der Wohnung enthielten. Göran brummte irgendwas wie »rücksichtsloser Trottel«, bevor er weiterredete.

»Kadors Ehefrau rief irgendwann gegen Mitternacht bei einem seiner Freunde an und fragte, ob ihr Mann noch in der Bar sei. Als sie erfuhr, dass er schon vor über einer Stunde gegangen war, wurde sie unruhig. Seine Kumpane hingegen reagierten eher entspannt. Sie vermuteten, dass er spontan zu einer seiner Geliebten aufgebrochen war. Cetinski zufolge ist er ein echter Casanova.«

Die Autoschlange kroch langsam auf dem Södra Väg voran. Embla und Göran blieb also noch genügend Zeit zum Reden, bevor sie in Richtung Götaplatsen abbiegen und dann weiter den Berg hinauf in Richtung Terrassgatan fahren würden, wo Milo Stavics Wohnung lag.

»Weiß Kadors Frau davon?«, fragte Embla.

»Schätzungsweise ja. Wenn es sogar der Polizeichef weiß.«

Ein militanter Radfahrer schlängelte sich mit hoher Geschwindigkeit im Zickzack zwischen den Autos hindurch und wurde fast von dem King Cab überfahren. Der Autofahrer hupte heftig, woraufhin der Radfahrer ihm den Stinkefinger zeigte, bevor er im Schneeregen Richtung Berzeliigatan verschwand.

»Zum Glück gibt es noch freiwillige Luftreinhalter«, sagte Göran lachend.

Embla musste an ihre Kollegin Irene Huss denken, die jeden Tag die lange Strecke bis nach Guldhede mit dem Fahrrad zurücklegte. Auf dem Weg dorthin musste sie drei Kilometer steil bergauf strampeln. Dafür brauchte sie morgens auf dem Weg zum Polizeigebäude fast gar nicht in die Pedale zu treten, was ihr als Morgenmuffel nur recht sein konnte.

»Noch mal zurück zu Kador: Zu diesem Meeting am nächsten Morgen tauchte er nicht auf. Es ging offenbar um den Verkauf einer Kneipe. Ein Engländer hatte großes Interesse daran, sie zu kaufen, und Kadors Anwalt zufolge ... Wie hieß er noch gleich?«

Mit gerunzelter Stirn begann Göran seine Jackentaschen zu durchsuchen. Nach längerem Herumwühlen fand er sein kleines Notizbuch schließlich in der Innentasche. Wie gewöhnlich befeuchtete er zuerst seinen Zeigefinger, bevor er anfing zu blättern.

»Hier! Stefan Fabris heißt er. Der Engländer und Fabris warteten jedenfalls eine geschlagene Stunde im Büro des Anwalts. Währenddessen versuchte der Anwalt mehrfach, bei Kadors Familie anzurufen, doch dort meldete sich niemand. Dann begann er, sich ernsthaft Sorgen zu machen. Kador ist zwar manchmal etwas nachlässig, doch um seine Geschäfte kümmert er sich immer vorbildlich. Schließlich fuhr Fabris zu Kadors Haus, traf dort aber niemanden an.«

»Dann ist also die ganze Familie verschwunden?«, fragte Embla.

»Ja genau. Fabris informierte die Polizei. Boris Cetinski meinte, sie hätten einen Zeugen. Ein Nachbar, der direkt gegenüber der Familie Stavic wohnt. Er wurde gegen drei Uhr morgens davon wach, dass ein Auto vor Kadors Haus hielt, und ist aufgestanden, um aus dem Fenster zu schauen. Er sah Mirja Stavic mit allen drei Kindern in einen dunklen SUV steigen. Aber am Steuer saß nicht Kador, sondern ein glatzköpfiger Mann, den der Nachbar nicht kannte.«

Im Volvo herrschte nachdenkliche Stille. In Emblas Kopf überschlugen sich die Gedanken, während sie gleichzeitig versuchte, sich auf den dichten Verkehr zu konzentrieren. Schließlich gelang es ihr ohne irgendwelche Zwischenfälle, in Richtung Götaplats abzubiegen, wo sie an einer Statue des Meeresgottes Poseidon vorbeikamen, der völlig entblößt auf seinem Sockel stand. Wie immer warf sie einen Blick auf sein zu klein geratenes Geschlechtsorgan. Was hatte sich der Bildhauer nur dabei gedacht? Na ja, heute war es kalt, vielleicht stimmte die Größe ausnahmsweise mal. Embla wurde aus ihren Gedanken gerissen, als Göran weiterredete.

»Cetinski und ich haben ein wenig Brainstorming betrieben. Eine unserer Theorien lautet, dass Kador gemeinsam mit seiner Familie untergetaucht ist. Oder kurz vor ihr. Denn der Nachbar hat nur seine Frau und die Kinder ins Auto des Unbekannten steigen sehen. Oder sind sie entführt worden? Man weiß es nicht.«

»Und wie hängt Kadors Verschwinden mit den Morden an seinen Brüdern zusammen?«, warf Embla ein.

Göran seufzte tief, bevor er antwortete: »Sag du's mir.«

Einige Minuten später bogen sie in die Viktor Rydbergsgata ein und fuhren den Hügel in Richtung Terrassgatan hinauf. Da sie nirgends einen freien Parkplatz fanden, stellten sie das Auto kurzerhand direkt vor der Haustür ab. Göran klappte die Sonnenblende mit dem Aufkleber »Landeskriminalpolizei Västra Götaland« herunter. Ein Überbleibsel aus der Zeit vor der großen Polizeireform, das längst ungültig war.

»Bleibt nur zu hoffen, dass hier keiner unserer Kollegen wohnt«, sagte Embla und deutete nickend auf den Aufkleber.

»Hier wohnen ganz sicher keine Bullen«, entgegnete Göran.

Nein, hier wohnte wohl kaum ein Polizist. Noch nicht mal einer aus der Chefetage. Das imposante Gebäude mit der dunkelroten Ziegelfassade lag weit oben auf dem Hügel, schon vom ersten Stock aus hatte man eine fantastische Aussicht auf große Teile der Innenstadt. Im Erdgeschoss befanden sich mehrere kleine exklusive Boutiquen, ein Friseursalon sowie ein Einrichtungsgeschäft. Direkt daneben wies ein diskretes Schild zu einer Schönheitsklinik. Die mächtigen Eingangsportale waren hoch und mit reich verzierten Steinbögen versehen, und in die Türblätter aus Edelholz waren geschliffene Glasscheiben eingelassen. Vor dem Steinsockel der Fassade unterstrichen Bepflanzungen den gepflegten Eindruck des Hauses.

Keuchend hob Göran einen der Koffer mit der Ausrüstung aus dem Laderaum des Volvos.

»Nimmst du den anderen?«, fragte er.

Auch wenn die Koffer der Techniker schwer waren, bereitete es Embla keinerlei Probleme, den zweiten herauszuheben. Sie wusste, dass sie stärker war als Göran, der schon auf dem Weg zur Haustür vor Anstrengung unter der gewichtigen Last stöhnte. Erleichtert ausatmend stellte er seinen Koffer vor der Gegensprechanlage auf den Boden. Embla stellte ihren daneben und warf einen Blick auf die Namensschilder. Mehrfach ging sie alle dort aufgelisteten Nachnamen der Bewohner durch, konnte Stavic jedoch nirgends entdecken.

»Dieser Eingang kann es nicht sein«, sagte sie.

»Doch.«

Ohne zu zögern, betätigte Göran den obersten Klingelknopf neben dem Namen A. Acika. Nach ein paar Sekunden meldete sich eine Männerstimme: »Ja?«

Göran beugte sich vor und nannte deutlich seinen Namen: »Kommissar Göran Krantz.«

Der Türöffner surrte.

»Hat sich Milo etwa Acika genannt?«, fragte Embla.

Göran betrachtete sie mit einem amüsierten Lächeln.

»Nein. Acika ist Acika. Du wirst sehen«, sagte er.

Der Fußboden im Foyer und auch die Treppenstufen bestanden aus grünlich schimmerndem Marmor, und die gewölbte Decke wurde von mehreren bronzenen Säulen in Form weiblicher Statuen getragen. In die Mitte jeder Treppenstufe war ein dunkelroter Stein eingelassen, der an eine Teppichmatte erinnerte. Die Wände waren weiß gestrichen und mit Ornamenten im Art-déco-Stil versehen. Dieser Stil fand sich auch in den Deckenlampen wieder, in deren flache gläserne Lampenschirme dasselbe Muster eingraviert war.

Sie schleppten ihre Koffer in den Aufzug, der offenbar nagelneu war. Nachdem Göran den obersten Knopf betätigt hatte, glitten die Stahltüren lautlos zu, wobei der winzige Innenraum bei Embla klaustrophobische Gefühle auslöste. Ebenso lautlos wurden sie in den vierten Stock hinaufgesogen. Als die Türen sich wieder öffneten, erwartete sie vor dem Aufzug ein Mann. In einer Hand hielt er eine schmale Aktenmappe aus bordeauxfarbenem Leder. Als er ihnen zunickte, reflektierte sein dunkles, zurückgegeltes Haar das Licht eines riesigen Kronleuchters an der Decke. Er war elegant und teuer gekleidet. Das Jackett seines dunkelblauen Anzugs saß wie angegossen. Darunter trug er ein blütenweißes Oberhemd mit einer blauen, dezent gemusterten Krawatte und an den Füßen glänzende schwarze Loafer. Mit seinen markanten Wangenknochen, den dichten Augenbrauen und den hellblauen Augen sah er außerdem ziemlich attraktiv aus.

Für einen kurzen Moment dachte Embla erschrocken, Luca Stavic stünde vor ihnen.

Der Mann machte einen Schritt auf die beiden Polizisten zu und reichte ihnen lächelnd die Hand.

»Andreas Acika. Willkommen«, sagte er.

Er war ungefähr so groß wie Embla mit ihren eins zweiundsiebzig, doch seine kerzengerade Haltung ließ ihn größer erscheinen.

»Mein Beileid. Wenn ich es richtig verstanden habe, waren sie Milos engster Mitarbeiter«, sagte Göran.

»Zumindest einer der engsten. Ich bin sein Finanzberater.«

Er sprach ohne Akzent, und seine sonore Stimme klang angenehm. Sein Blick jedoch ließ sich nur schwer ergründen, denn im Schein des Kronleuchters beschatteten die dichten Brauen seine Augen.

»Von irgendwem habe ich gehört, dass Sie miteinander verwandt sind. Stimmt das?«, fragte Göran leichthin.

»Ja, wir sind Cousins.«

»Dann sind Sie auch in Kroatien geboren?«

In seinen hellen Augen blitzte flüchtig etwas auf.

»Nein. In Göteborg.«

Aha. Interessanter Typ, dachte Embla, doch ihr war auch klar, dass Göran Herrn Acika nicht beliebig ausfragen konnte. Die Ermittlungen galten schließlich nicht ihm.

Andreas Acika öffnete den Reißverschluss seiner Aktenmappe und zog einen Schlüsselbund heraus.

»Wir nehmen den anderen Aufzug«, sagte er und machte auf dem Absatz kehrt.

Erst jetzt sah Embla, dass an der einzigen Wohnungstür auf dieser Etage »Acika« stand. Gegenüber befand sich statt einer zweiten Wohnung ein weiterer Aufzug. Mit wenigen Schritten erreichte Andreas Acika den Lift. Seitlich der Türen war anstelle eines Knopfes ein Schloss zu sehen. Acika suchte einen Schlüssel aus dem Bund heraus, schob ihn hinein und drehte ihn herum. Die Aufzugtüren öffneten sich mit einem leisen Geräusch, doch die beiden Schiebetüren dahinter blieben geschlossen. Er zog einen tropfenförmigen Transponder hervor, der ebenfalls am Schlüsselbund hing, und hielt ihn an eine kleine Glasscheibe neben einer der Türen. Mit einem Klicken glitten die Türen auseinander. Embla und Göran trugen ihre Koffer hinein. Drinnen wurde es zu dritt und mit Gepäck beklemmend eng. Embla nahm den Duft eines angenehmen Herrenparfüms wahr, das nicht annähernd so schwer war wie Milos. Als Acika seine Hand vorstreckte, um den Tag an eine Glasfläche im Inneren des Aufzugs zu halten, sah sie, dass er einen breiten Goldring am Finger trug. Dabei blitzte noch etwas anderes auf, das sie aufmerken ließ. Als Embla realisierte, was es war, erstarrte sie.

Der Ärmel seines Jacketts war etwas nach oben gerutscht und hatte den Blick auf eine goldene Uhr freigegeben, so groß wie ein amerikanischer Cupcake.

Falls sie Göran ebenfalls aufgefallen war, ließ er sich nicht das Geringste anmerken.

»Gibt es noch weitere Personen, die einen Schlüssel zu Milo Stavics Wohnung besitzen?«, fragte er stattdessen.

»Luca.«

»Kein anderer? Zum Beispiel Kador?«

»Nein. Warum sollte Kador einen Schlüssel haben? Er wohnt in Split.«

In Acikas Stimme lag leichte Verwunderung. Doch da war noch etwas anderes. Eine Spur Herablassung? Wahrscheinlich hielt er die beiden Polizisten für blöd.

Der Aufzug kam abrupt zum Stehen, bevor die Schiebetüren aufgingen und sie eine große Eingangshalle betraten. Gleichzeitig vernahmen sie ein alarmierendes Piepen. Andreas Acika wandte sich einer kleinen Box am Türrahmen zu und hielt den Tag an einen Metallknopf, woraufhin das Piepen verstummte.

Dann schaltete er einen noch größeren Kronleuchter als den im Stockwerk darunter ein.

Auf dem Fußboden lag ein echter Seidenteppich in verschiedenen Blau- und Goldtönen. Embla vermied es instinktiv, ihn zu betreten. In ihren Augen wirkte er wie ein Kunstwerk, das eher an der Wand hätte hängen sollen. Doch die Wände waren bereits voll und mit den vielen dunklen alten Gemälden in schweren Goldrahmen fast schon überladen. An einer Wand stand eine ausladende Rokokokommode mit zugehörigem Spiegel. Der Rahmen des Spiegels war über und über mit goldenen Ornamenten verziert – ebenso wie die beiden stattlichen Kandelaber auf der Marmorplatte der Kommode. Seitlich davon standen jeweils zwei viktorianische Lehnstühle, deren Sitzflächen und Rückenlehnen mit goldenem Brokat bezogen waren.

Alles antiker goldener Nippes. Embla hatte den Eindruck, in einem Museum gelandet zu sein. Oder vielleicht eher in einen Antiquitätenladen.

Rechts des Aufzugs erblickte sie eine Tür, hinter der sich dem Schloss nach zu urteilen eine Toilette verbarg. Sie machte einen Schritt darauf zu und öffnete sie, um einen Blick hineinzuwerfen. Eine ziemlich große Gästetoilette mit kleiner Duschkabine. Die Fliesen schimmerten türkis und golden. Die Wasserhähne und Handtuchhaken waren vergoldet, wie auch der Handtuchhalter, über dem zwei weiße Handtücher aus dickem Frottee hingen.

Neben der Wohnungstür befand sich ein Einbaugarderobenschrank mit Schiebetüren aus dunklem Holz. In die mittlere war ein Spiegel eingelassen. Andreas Acika schob eine der Türen zur Seite und nahm zwei Kleiderbügel heraus.

»Hier können Sie Ihre Jacken aufhängen. Auch die Schuhe können Sie hier abstellen«, sagte er.

»Vorher würde ich gern erst noch einen Blick in den Schrank werfen«, entgegnete Göran und streifte sich ein Paar blaue Einweghandschuhe über.

Dann zog er seine vom Schneematsch verschmutzten Schuhe auf der Fußmatte aus und streifte sich keuchend blaue Überzieher über die bestrumpften Füße. Aus einem Loch in seinem Strumpf lugte die Spitze seines Großzehnagels hervor. Als Andreas Acika den Fußnagel des Kommissars erblickte, rümpfte er leicht die Nase. Jetzt sind wir in seinen Augen nicht nur blöd, sondern auch noch Flegel ohne Stil und Klasse, dachte Embla. Sie streifte sich ebenfalls Handschuhe und Überzieher für die Füße über.

Göran wandte sich zu Andreas Acika um und fixierte ihn mit seinem Blick.

»Wie viele Quadratmeter hat die Wohnung?«, fragte er.

»Zweihundertzehn, wenn ich mich recht erinnere.«

Die Antwort kam wenig ambitioniert und klang so, als ginge es die Polizisten auch gar nichts an.

»Und wann ist Milo hier eingezogen?«, fragte Göran völlig ungerührt weiter.

»Zu dem Zeitpunkt, als Kristina und ich unsere Wohnung bezogen haben. Vor fünf Jahren.«

»Und wer wohnte vorher hier?«

»Niemand«, antwortete Andreas Acika. »Milo hat das gesamte Dachgeschoss gekauft, es nach seinen Vorstellungen ausbauen lassen und alles selbst eingerichtet.«

»Hat er den Einbau des Aufzugs ebenfalls bezahlt?«

»Selbstverständlich.«

Eingehend, fast schon demonstrativ schaute sich Göran im Eingangsbereich um und warf dann einen Blick durch den breiten Türrahmen in den Salon.

»Ziemlich große Wohnung. Ich nehme an, Milo hat selbst geputzt?«, fragte er in leicht ironischem Ton.

Acika zuckte kurz zusammen. Auch wenn seine Reaktion kaum merklich war, hatte Embla sie registriert.

»Nein. Das macht meine Frau Kristina. Sie ist … war seine Hauswirtschafterin«, antwortete er kühl.

»Dann hat sie bestimmt auch Zugang zu seinen Schlüsseln«, meinte Göran.

Für einen Augenblick war Embla der festen Überzeugung, dass Acika ihrem ehemaligen Chef gleich die Faust ins Gesicht rammen würde, es gelang ihm aber offenbar, sich zu beherrschen. Dennoch sah sie, wie er seine linke Hand zur Faust ballte, während er in der rechten noch immer die Aktenmappe hielt.

»Der Schlüssel ist sicher verwahrt. In unserem Safe«, entgegnete er spitz.

Göran beäugte Acika aufmerksam.

»Wir haben in der Hütte, in der Milo ermordet wurde, keine Schlüssel gefunden. Das bedeutet, dass der Mörder sie mitgenommen haben muss«, erklärte er.

Andreas Acika entgegnete mit leicht hochgezogenen Mundwinkeln: »Morgen kommt der Schlosser. Die Versicherung hat verlangt, dass wir alle Türschlösser umgehend austauschen.«

Man hörte förmlich die Selbstgefälligkeit in seiner Stimme, weil er das Problem bereits erkannt und gelöst hatte.

»Das ging aber schnell. Allerdings können wir noch nicht genau abschätzen, ob wir heute fertig werden. Wie kommen wir dann herein?«

»Kristina kann Sie reinlassen. Sie ist immer zu Hause«, antwortete er.

Göran nickte und sagte höflich lächelnd: »Dann sind wir jetzt einsatzbereit. Wir lassen wieder von uns hören, wenn wir hier fertig sind.«

Acika ließ sich von seinem Lächeln nicht täuschen. Dieser primitive Bulle maßte sich an, einen Mann wie ihn aufzufordern, Leine zu ziehen. Embla sah, wie seine Miene versteinerte, und merkte ihm an, dass er nur unwillig die Wohnung verließ. Doch er konnte ja schlecht darauf bestehen zu bleiben. Sein Chef Milo Stavic war ermordet worden, und jetzt standen die polizeilichen Ermittlungen an. Da hätte es schon etwas merkwürdig angemutet, wenn er mit den Ermittlern eine Diskussion angefangen hätte.

Mit einem unterkühlten Nicken machte er auf dem Absatz kehrt und verschwand wieder im Aufzug. Weder Embla noch Göran sagten etwas, bis sie hörten, wie der Lift im Stockwerk unter ihnen anhielt.

»Endlich allein«, sagte Göran mit einem schelmischen Grinsen.

Dann griff er nach seiner starken Taschenlampe und leuchtete den Garderobenschrank aus. Abgesehen von mehreren Kleiderbügeln aus demselben dunklen Holz wie die Schiebetüren war dieser Schrankteil leer. Göran schob die Tür wieder zu und öffnete die mittlere mit dem Spiegelglas. Im hellen Licht der Taschenlampe waren einige Herrenmäntel nebeneinander an einer Kleiderstange zu erkennen. Darunter befand sich ein breites Schuhregal, auf dem diverse blank polierte Paar Schuhe standen.

»Hier scheint nichts zu sein.«

Görans Stimme klang gedämpft, da er fast mit dem gesamten Oberkörper im Kleiderschrank steckte.

Als die dritte und letzte Schranktür zur Seite glitt, wurde ein elegantes hölzernes Innenleben sichtbar. Ganz oben befand sich eine Hutablage und darunter mehrere Schubladen in verschiedenen Größen. Auf der Ablage lagen mehrere Herrenhüte: einer in dunklem Tannengrün, ein dunkelblauer, ein brauner und ein schwarzer. Auf Fotos, die den amerikanischen Ganoven Al Capone zeigten, hatte Embla gesehen, dass er Hüte mit hoher Krone und breiter Krempe bevorzugte, wie es der Herrenmode im Chicago der 1930er-Jahre entsprach. Alle vier Hüte auf der Ablage erinnerten sie stark an die des berühmten Mobsters. Hatte Milo bewusst den Stil des Gangsterbosses nachgeahmt? Oder lag der Grund eher darin, dass ein solches Modell ihn mehrere Zentimeter größer erscheinen ließ?

In den oberen Schubladen lagen Schals aus weichem Kaschmir, Lederhandschuhe und mehrere Paar Wollstrümpfe. Die beiden unteren waren jedoch leer.

Embla warf einen Blick in die ausladende Kommode. In der obersten Schublade befanden sich drei Schachteln Streichhölzer und eine Packung Kerzen, die anderen beiden waren ebenfalls leer. Mit ihren aufwendigen Intarsien und den vergoldeten Beschlägen diente das Möbelstück also nur der Repräsentation – wie alles andere im überladenen Eingangsbereich auch.

Bevor sie die eigentliche Wohnung betraten, entschied Göran, dass es besser wäre, sich Schutzanzüge überzustreifen.

»Wir wissen schließlich nicht, ob der Mörder hier drinnen gewesen ist. Und da Milos Schlüssel fehlen, ist es nicht ausgeschlossen«, erklärte er.

»Dann muss der Mörder aber gewusst haben, wie sich die Alarmanlage ausschalten lässt«, meinte Embla.

»Stimmt. Aber an Milos Schlüsselbund hing ganz bestimmt auch so ein Tag für die Alarmanlage. Das Ding ist ja ganz leicht zu bedienen.«

Die engen raschelnden Overalls waren ganz und gar nichts für Embla, schon nach wenigen Minuten brach einem darin der

Schweiß aus. Doch um eine Verunreinigung zu vermeiden, musste sie notgedrungen hineinschlüpfen.

Die Wohnung war penibel gereinigt. Andreas Acikas Ehefrau Kristina schien eine Perle von Putzfrau zu sein. Sie betraten einen großen Salon mit echten Teppichen und schweren Sitzmöbeln aus Leder im Chesterfield-Stil. Embla fühlte sich sofort an einen englischen Gentlemen's Club erinnert, obwohl sie einen solchen noch nie betreten hatte. Neben einem der Sofas stand ein vergoldeter Getränkewagen mit diversen Spirituosen und Kristallkaraffen, die im Licht des Kronleuchters glänzten. Der hohe Kachelofen in der Ecke sah zwar antik aus, war vermutlich aber neu. Die Kunst im Salon war im selben Stil gehalten wie die im Eingangsbereich, allerdings hingen hier einige größere Gemälde, auf denen nackte oder leicht bekleidete Personen dargestellt waren. Die Bilder wirkten ziemlich altertümlich, und Embla fand alle recht dunkel und trostlos, auch wenn sie bestimmt wertvoll waren.

»Hat er ein Museum ausgeraubt?«, fragte sie.

Zu ihrem Erstaunen fasste Göran ihre Frage nicht als Scherz auf und deutete nachdenklich auf ein Gemälde mit einer Reihe nackter, korpulenter Damen, die um einen schlafenden Jüngling mit bloßem Oberkörper herumtanzten. Im Hintergrund sah man eine Schafherde, die das Geschehen verfolgte. Ein junger Hirte mit feuchten Träumen?

»Nicht auszuschließen. Ich werde dafür sorgen, dass die Techniker die gesamte Wohnung durchkämmen und alle Bilder fotografieren«, erklärte er.

Erstaunlich, dass sich Milo Stavic, ein Krimineller, der sich aus einfachen Verhältnissen hochgearbeitet hatte, letztlich als Kunstkenner entpuppte. Oder zumindest als Kunstsammler.

Als hätte Göran Emblas Gedanken gehört, sagte er: »Ich kann

mir nur schwer vorstellen, dass Milo viel von Kunst verstand. Ich habe eher den Eindruck, dass er gleich eine ganze Sammlung gekauft hat. Oder dass ihm zumindest jemand dabei behilflich war, diese Bilder auszuwählen und zu erwerben.«

Er ließ seinen Blick nachdenklich über die Wände des großen Salons schweifen. Dann ging er entschlossenen Schrittes hinaus in den Flur. Kurz darauf hörte Embla, wie er telefonierte. Doch die Entfernung war zu groß, um etwas verstehen zu können. Durch einen Serviergang ging sie weiter in die geräumige Küche.

Der Raum war mit seinen schwarz gefliesten Wänden, den Küchengeräten aus gebürstetem Stahl und einer großen Kochinsel topmodern eingerichtet. Ein Teil der Oberschränke hatte elegante Vitrinentüren. Als Embla das Licht einschaltete, begannen nicht nur die Spots an der Decke zu leuchten, sondern auch die in den Schränken. Sie setzten die Kristallgläser in Szene und brachten sie zum Strahlen. Neben einem kombinierten Kühl- und Gefrierschrank stand ein ebenso hoher Weinschrank mit Glastür. Er war dicht an dicht mit wohltemperierten Flaschen gefüllt und hätte locker für eine kleinere Kneipe ausgereicht. War Milo auch noch Weinkenner gewesen?

Vor dem großen Küchenfenster, durch das man einen fantastischen Blick über die östlichen Teile der Innenstadt hatte, stand ein massiver Eichentisch mit sechs passenden Stühlen. Von hier aus konnte man auch die drei Türme des Gothia-Towers-Hotels und den Vergnügungspark Liseberg sehen.

Über der Kochinsel hing eine riesige Dunstabzugshaube an der Decke. Die Küche war blank geputzt, und Embla beschlich das Gefühl, dass sie kaum je benutzt worden war. Als sie den Kühlschrank öffnete, erblickte sie darin fünf Champagnerflaschen, mehrere Flaschen tschechisches Starkbier, eine Packung

Eier, verschiedene Dessertkäse und eine Packung stark gesalzene Butter. Ansonsten keine weiteren Lebensmittel, weder Obst noch Gemüse.

Von der Küche führte eine Tür in eine große Speisekammer. Eine Walk-in-Speisekammer, dachte Embla und musste lächeln. Auch hier herrschte erstaunliche Leere, abgesehen von einem Regal mit Spirituosen, in dem hauptsächlich Sliwowitz und Whisky zu finden waren. Auf dem Fußboden standen ein paar leere Flaschen und ein Kasten tschechisches Bier.

Abschließend warf sie einen Blick in den Schrank unter der Spüle, um die Mülleimer zu inspizieren. Doch sie fand nichts, die diversen Behälter waren allesamt leer und gereinigt.

Als sie den Raum verließ, stieß sie im Serviergang fast mit Göran zusammen.

»Oh, du bist also schon in der Küche gewesen«, stellte er fest.

»Ja, ich hab aber nichts Auffälliges gefunden.«

»Okay. Meine Leute kommen am Mittwochmorgen, dann werden wir sehen, ob die noch irgendwas entdecken.«

Sie durchquerten den großen Salon und kamen in einen Flur, von dem mehrere Türen abgingen. Ein rascher Blick durch den Türspalt zeigte, dass sich dahinter ein Arbeitszimmer, ein offenbar nagelneuer Fitnessraum sowie drei Schlafzimmer und zwei Bäder befanden.

»Wir fangen mit dem Arbeitszimmer an«, entschied Göran.

Nicht ganz unerwartet war der Raum im selben Old-England-Stil eingerichtet wie der Salon: ausladender Schreibtisch, schwarzer Bürostuhl aus Leder, der eher an einen Lounge-Sessel erinnerte, große Gemälde an den Wänden sowie hohe Regale voller Bücher mit Ledereinband, die offenbar im großen Stil angeschafft worden waren. Die goldenen Lettern auf den Buchrücken glänzten, doch wie alles andere in der Wohnung waren die

Bände nur Accessoires, die den Eindruck vermitteln sollten, dass hier ein gebildeter und kulturell interessierter Mensch wohnte.

Nirgends waren Aktenordner zu sehen. Stattdessen standen in einem der Regale einige Flaschen Whisky mit edlen Etiketten und ein paar Trinkgläser mit aufwendiger Gravur.

Auch dieses Zimmer prunkte mit einem ansehnlichen Kachelofen. Davor standen ansprechend platziert zwei große Ledersessel und zwischen ihnen ein kleiner runder Messingtisch. Auf dem Fußboden lag ein großer, seidig schimmernder Teppich, ähnlich dem in der Eingangshalle.

Mit wenigen großen Schritten hatte Göran den Schreibtisch erreicht. Auf der blank geputzten Tischplatte standen ein freistehender Computerbildschirm, ein Laserdrucker und eine Schreibtischlampe aus Messing mit einem Schirm aus grünem Glas. Daneben lagen eine Computermaus und ein feinsäuberlich zusammengerolltes Laptopkabel.

»Kein Computer«, stellte er fest.

Rasch zog er eine Schreibtischschublade nach der anderen heraus. Als er alle vier durchsucht hatte, schob er die letzte mit einem Knall zu.

»Nichts!«

Er blieb lange dort stehen, den Blick auf die Schreibtischlampe gerichtet. Embla konnte zwar nur seine Augen oberhalb des Mundschutzes sehen, mutmaßte jedoch, dass er intensiv nachdachte.

»Computer, Laptop – er hatte bestimmt alles hier«, sagte Göran schließlich.

»In der Hütte war auch kein Notebook«, merkte Embla an.

»Nein. Aber womöglich in einem anderen Zimmer hier in der Wohnung. Oder Milo hat es versteckt. Obwohl sich ein Laptop ja leicht mitnehmen lässt.«

Göran ließ seinen Blick über die Gemälde an den Wänden wandern.

»Du musst mir helfen, sie abzunehmen«, erklärte er und steuerte das erste Bild an.

Es war eines der kleineren im Raum und zeigte eine liegende nackte Frau, die dem Betrachter den Rücken zukehrte. Ihr Hinterteil war gelinde gesagt ausladend, und sie war gerade dabei, sich noch mehr auf die Hüften zu packen. Man sah ihren leicht nach hinten geneigten Kopf im Profil, und mit ihren fülligen roten Lippen naschte sie Weinbeeren von einer großen Traube. Im Hintergrund erahnte man im Schatten eine männliche Figur, die den Stiel der Traube festhielt. Ihr diabolisches Grinsen und die kleinen Hörner auf der Stirn waren allerdings deutlich zu erkennen. Merkwürdiges Motiv, dachte Embla.

Nicht, weil es besonders schwer gewesen wäre, sondern um es nicht zu beschädigen, hoben Göran und sie das Bild mit vereinten Kräften herunter.

»Bingo!«, rief Göran.

Hinter dem Gemälde wurde die Tür eines eingebauten Safes sichtbar. Beide starrten eine Weile auf das Kombinationsschloss, obwohl es sich ganz offensichtlich nicht durch Gedankenübertragung öffnen ließ.

»Gut möglich, dass der Laptop da drinnen liegt. Wir müssen unbedingt noch heute Abend mit Acika reden. Vielleicht kennt er den Code«, sagte Göran.

Er wandte sich ab und verließ den Raum. Seine gesamte Körpersprache verriet, wie enttäuscht er war. Vor der Tür des größten Schlafzimmers blieb er stehen.

»Wir nehmen uns erst sein eigenes Schlafzimmer vor, bevor wir die Gästezimmer durchgehen.«

Entschlossen schob er die Tür auf und trat ein.

Das Zimmer war groß und wirkte erstaunlich geräumig, was daran lag, dass es nicht so zugestellt war wie die anderen. Doch die Einrichtung sah ungefähr so aus, wie Embla es erwartet hatte: Das breite Ehebett war aus dunklem, poliertem Holz, darauf lagen ein glänzender Überwurf in Smaragdgrün und Gold sowie mehrere Seidenkissen in denselben Farben. Ein großer Seidenteppich griff die Farben des Bettüberwurfs auf. Neben dem Bett standen beidseits Nachttische mit Tischlampen im Stil der Schreibtischlampe. An der gegenüberliegenden Wand hing ein Flachbildschirm von der Größe eines Heimkinos, der seitlich von zwei hohen Lautsprechern flankiert wurde.

Vom Schlafzimmer gingen zwei Türen ab. Embla öffnete die eine und sah, dass sie in ein großzügiges, vollständig gefliestes Badezimmer führte. Statt einer gewöhnlichen Badewanne hatte Milo einen Whirlpool einbauen lassen. Eine Trennwand aus gefrostetem Glas verbarg eine Dusche, die Toilette und ein Handwaschbecken. Die Wandfliesen waren marineblau mit goldenen Sprenkeln, während die Bodenfliesen schwarz glänzten. Auf einem Handtuchtrockner hingen mehrere dicke weiße Frotteehandtücher. Es war der erste Raum, den Embla schön fand. Wie herrlich es sein musste, sich nach einem langen Tag in ein heißes Bad inklusive Massage sinken zu lassen, dachte sie. Nach so einem Tag wie heute.

Göran öffnete die andere Tür und betrat einen begehbaren Kleiderschrank. Er ließ die Tür offen, und Embla warf von der Schwelle einen Blick hinein. Dort hingen Oberhemden und Anzüge fein säuberlich nebeneinander. Der Ankleideraum war so groß wie ein kleineres Schlafzimmer und mit Kleiderständer, Schränken und Schubladen exklusiv eingerichtet. Ganz hinten erblickte sie mehrere Halterungen für Schuhe. Alle waren belegt. Zusammengenommen mit den Schuhen draußen im

Garderobenschrank hatte Milo mindestens vierzig Paar Schuhe besessen.

Göran inspizierte systematisch Möbel, Einrichtungsgegenstände und Kleidung. Nach einer Weile fragte Embla, ob sie helfen könne.

»Ja, du könntest die Schubladen durchgehen«, antwortete er, ohne sich umzudrehen.

Sie wusste, dass seine Knie schmerzten und er nur ungern länger auf dem Boden hockte. Also machte sie sich an die Durchsicht einer ganzen Reihe von Schubladen, die Göran offenbar gemeint hatte. Die beiden obersten enthielten Sonnenbrillen, Manschettenknöpfe und andere Accessoires, die drei mittleren Unterwäsche und Strümpfe. In der untersten lagen mehrere Seidentaschentücher und Anzugfliegen in unterschiedlichen Farben und Mustern. Gerade wollte sie die Krawattenschublade wieder schließen, da bemerkte sie, dass der Boden zu einer Seite hin etwas abfiel. Als sie mit dem Finger fest auf die niedrigere Seite drückte, sprang die Bodenplatte hoch. Vorsichtig entfernte sie die Taschentücher und Fliegen. Danach nahm sie die Holzplatte heraus.

Die Fläche darunter war mit königsblauem Samt ausgelegt und in mehrere Fächer unterteilt. In jedem Fach lagen drei Nachfüllmagazine mit Munition, fünfzehn Patronen in jedem. Die Konturen im Samt im Fach daneben ließen auf eine Pistole schließen. Embla bat Göran, einen Blick darauf zu werfen.

»Genau das, wonach wir gesucht haben«, sagte er zufrieden.

Er entschied, die drei Nachfüllmagazine gleich mitzunehmen, da es noch dauern würde, bis die Kriminaltechniker den Fundort dokumentieren konnten.

»Sieht aus, als würde da eine Beretta M9 reinpassen. Und die Munition passt in die Beretta.«

Waffen waren Emblas Spezialgebiet. Daher wusste sie, dass die Beretta M9 eine 9x19 Millimeter Parabellum Pistole war. Sie wurde mit einem 15-Patronen-Magazin geladen, und zwar genau des Typs, den sie in der Hütte in Herremark und auch hier in Milos Waffenversteck im Kleiderschrank gefunden hatten. Es handelte sich um eine Kurzwaffe. Aus nächster Nähe war ihre Durchschlagskraft vernichtend, wie es auch bei den Morden an den Brüdern Stavic der Fall gewesen war. Niemand überlebt einen Schuss aus der Beretta in den Kopf oder ins Herz.

»Ich frag mich, wie viele Patronen wohl im Magazin der Pistole fehlen, die unter Milos gefalteten Händen lag«, sagte sie nach einer kurzen Pause.

»Eine für den Kopfschuss und eine fürs Herz. Im Magazin dürften also mindestens zwei Patronen fehlen. Zu dumm, dass wir es nicht gleich in der Hütte aus der Beretta rausnehmen und nachschauen konnten. Aber dann hätten wir die Waffe womöglich verunreinigt und eventuelle Spuren vernichtet. Komm, wir holen die Kamera.«

Sie gingen zurück in den Flur, in dem die Koffer mit der Ausrüstung standen. Sie nahmen die Canon mit Ringblitz und mehreren Objektiven sowie einen kleinen, zusammenklappbaren Scheinwerfer heraus und fotografierten die Krawattenschublade mit ihrem Versteck für die Pistole aus allen nur denkbaren Winkeln. Als Göran endlich mit den Aufnahmen zufrieden war, beförderte er die drei Magazine vorsichtig in je eine Plastiktüte.

»Wir haben zwar die Mordwaffe, aber der Mörder hat sie bestimmt gründlich gereinigt«, sagte Embla.

»Davon gehe ich aus. Aber wenn wir Glück haben, finden wir auf dem Magazin und den Patronen Fingerabdrücke oder DNA. Außerdem werden wir sie Probe schießen. Aber Embla ...« Er verstummte und betrachtete sie über den Rand seines Mundschutzes hinweg. »Wenn wir gleich mit Andreas Acika reden: bitte kein Wort darüber, dass wir Milos Waffenversteck gefunden haben.«

Falls Milos gutaussehender Finanzberater irgendetwas wusste, es aber nicht preisgeben wollte, konnte es von Vorteil sein, ihn nicht über ihren Fund zu unterrichten.

Als Andreas Acika die Tür öffnete, erklärte er ohne Umschweife, dass der Zeitpunkt für ein Gespräch ungünstig sei, weil seine Frau und er gerade die Kinder zu Bett brächten. Göran antwortete ihm daraufhin, sie könnten das Gespräch auch auf dem Polizeirevier führen, woraufhin Acika die Polizisten widerwillig hereinließ.

»Ist diese Wohnung genauso groß wie Milos?«, fragte Göran, als sie eintraten.

»Nein, nur knapp halb so groß«, antwortete er kurz angebunden.

Der Flur war denn auch bedeutend kleiner als der in der Wohnung darüber. Auf dem Bodenbelag mit rot-weißem Blumenmuster lagen zwei Nylonoveralls und Kinderstiefel herum. Göran stolperte über ein Paar kleine Plastikskier, fing sich jedoch gleich wieder. Ein Schlitten stand an die Wand gelehnt. Das erklärte auch die Wasserpfütze auf der großen Gummimatte vor der Wohnungstür.

»Die Jungs sind heute mit dem Kindergarten im Park gewesen«, sagte Andreas Acika.

»Wie alt sind die beiden?«, fragte Embla nach.

»Vier und zwei.«

Acika hatte sein Jackett ausgezogen und die Krawatte abgelegt, sodass er jetzt nur noch das weiße, eng anliegende Oberhemd trug. Der Mann war schlank und durchtrainiert.

Weiter hinten in der Wohnung hörte man eine Frauenstimme, es klang, als würde sie etwas vorlesen.

Kurz darauf rief ein Junge: »Papa! Komm!«

Und sofort fiel eine zweite Stimme eifrig mit ein: »Papa! Papa! Lesen!«

Mit einem erzwungenen Lächeln wandte sich Andreas Acika den Polizisten zu. »Sie können sich in mein Arbeitszimmer setzen, während ich die Jungs zu Bett bringe«, sagte er knapp.

Er führte sie durch eine moderne Küche in einen kleinen Raum, der früher vermutlich einmal als Dienstbotenkammer fungiert hatte. An der kurzen Wand fand gerade ein kleines Schlafsofa Platz.

Acika deutete nickend darauf und sagte: »Bitte setzen Sie sich, ich komme gleich.«

Sie nahmen brav auf dem Sofa Platz. Doch sobald sich seine Schritte entfernt hatten, standen sie wieder auf. Leise und mit System begannen sie das Zimmer zu durchsuchen. Ohne offiziellen Hausdurchsuchungsbefehl seitens eines Staatsanwalts durften sie sich dabei nicht erwischen lassen. Obwohl das Zimmer nur maximal acht Quadratmeter groß war, wirkte es durch die kluge Raumaufteilung funktionell. Die Einrichtung unterschied sich grundlegend von der in Milos Wohnung. Offensichtlich teilte Acika die Leidenschaft seines Chefs für den Old-England-Style überhaupt nicht. In die Fensternische war ein großzügiger Schreibtisch mit schwarzer Arbeitsplatte eingepasst worden, unter dem ein kleiner Büroschrank auf Rollen aus demselben schwarzen Holz stand. Auf der Arbeitsplatte lag ein Laptop, der an einen größeren Bildschirm und einen Laserdrucker angeschlossen war. Als Arbeitsbeleuchtung diente eine moderne LED-Lampe, vom Design her an ein umgedrehtes L auf einem kleinen Sockel erinnernd. Der eher filigrane Schreibtischstuhl sah ergonomisch aus. An dem Fenster, das zum Hof hinaus ging, brachten mehrere üppig wachsende Topfpflanzen neben einem farbenfrohen Briefbeschwerer aus Glas etwas Leben in den Raum. String-Regale, in denen Bücher und Aktenordner eng gedrängt einsortiert waren, nahmen eine komplette Längswand ein. Die Bücher waren thematisch überwiegend den Wirtschafts- und Rechtswissenschaften zuzuordnen, was augenblicklich dazu führte, dass Embla gähnen musste. Vielleicht lag es aber auch einfach an dem langen Arbeitstag, den sie hinter sich hatte.

Sie konnten nirgends etwas Auffälliges entdecken. Das hier war schlicht und einfach ein zweckmäßig eingerichtetes kleines Heimbüro.

Es wurde höchste Zeit, wieder die Plätze auf dem Sofa einzunehmen, denn draußen näherten sich Schritte. Als Andreas Acika eintrat, saßen Embla und Göran Seite an Seite auf dem kleinen Zweisitzer.

»Die Jungs waren den ganzen Tag draußen und haben dementsprechend Schwierigkeiten, wieder runterzukommen«, erklärte er entschuldigend.

Er griff sich den kleinen Bürostuhl und rollte ihn in Richtung Sofa. Bevor er sich setzte, nahm er die Bügelfalten seiner Hose jeweils zwischen zwei Finger und zog den Stoff ein Stück hoch.

»Wie kann ich Ihnen helfen?«

Das Lächeln, das er ihnen schenkte, war schwach und weit davon entfernt, seine Augen zu erreichen.

Göran lächelte zurück und sagte in freundlichem Ton: »Wir verstehen, dass es nach dem Tod Ihrer beiden Cousins und all dem, was dies für Milos Geschäfte bedeutet, im Augenblick nicht gerade leicht für Sie ist. Wahrscheinlich sind Sie derjenige, der sich hier jetzt um alles kümmern muss, oder?«

Andreas Acika verzog kurz das Gesicht und zuckte leicht mit

den Schultern. »Ja, im Augenblick ist es etwas viel und leicht verwirrend. Aber ich versuche, die laufenden Geschäfte so gut es geht weiterzuführen. Und außerdem gibt es ja Führungskräfte, Vorstände und Anwälte, die einspringen können, bis … wir wissen, wie es weitergehen soll.«

Sowohl Göran als auch Embla fiel sein kurzes Stocken auf, doch der Kommissar nickte verständnisvoll angesichts der besonderen Situation nach dem plötzlichen Tod seines Chefs.

»Kennen Sie den Code für Milos Safe oben in der Wohnung?«, fragte er dann.

»Nein. Das ist sein privater.«

»Lagern Sie vielleicht einen Teil seiner Unterlagen hier unten? Sie erwähnten ja, dass es in Ihrer Wohnung auch einen Safe gibt.« Göran beschrieb mit der Hand eine Geste, die den Raum einschloss, in dem sie saßen. Allerdings befand sich hier, soweit sie gesehen hatten, nirgends ein Safe.

»Wir haben einen kleinen Standsafe in unserem begehbaren Kleiderschrank, aber der enthält nur unsere eigenen privaten Dinge.«

Mit deutlicher Schärfe in der Stimme fragte Göran: »Aber es wird doch wohl einen Tresor geben, der die geschäftlichen Unterlagen Milos enthält, oder nicht?«

»Viele Dokumente sind in seinem Büro. Wir haben Büroräume in dem neuen Hochhaus in Gårda angemietet. Aber er hat Unterlagen an verschiedenen Stellen deponiert. Bei seinen Anwälten, in den Banken und dergleichen. Ich kann Ihnen versichern, dass alles in bester Ordnung ist. Wir haben noch nie irgendwelche Beanstandungen bezüglich der Steuererklärungen für unsere Unternehmen erhalten«, antwortete Acika ruhig, ohne sich von dem scharfen Ton des Kommissars irritieren zu lassen.

Da sie so offenbar nicht weiterkamen, wechselte Göran die Strategie.

»Hat Milo Ihnen zufällig erzählt, was er oben im nördlichen Dalsland vorhatte?«

Andreas Acika schüttelte den Kopf. »Nein. Er sagte nur, dass er übers Wochenende wegfahren würde. Manchmal gab er sich etwas geheimnisvoll, aber es ging mich auch nichts an. Ich hatte übrigens angenommen, dass er nach Split fliegen würde. Sie wissen ja bestimmt, dass Kador und seine Familie vor zwei Wochen verschwunden sind?«

»Ja, das wissen wir. Sie hatten also keine Ahnung, wohin Milo fahren würde?«

»Nein.«

Die Antwort kam prompt und mit Nachdruck. Göran wechselte seine Sitzposition auf dem Sofa, und Embla wusste, dass er gleich erneut das Thema wechseln würde.

»Wie lange haben Sie für Milo Stavic gearbeitet?«, fragte er.

»Zehn Jahre.«

Auch diese Antwort kam rasch, er musste nicht eine Sekunde nachdenken.

»Dann waren Sie noch ziemlich jung, als Sie bei ihm angefangen haben«, bemerkte Göran.

Andreas Acikas Gesichtszüge ermatteten kurz, strafften sich jedoch rasch wieder. »Ich fing gleich nach meinem Abschluss auf der Handelshochschule in Göteborg bei ihm an.«

»Dann sind Sie also Betriebswirt«, stellte der Kommissar fest.

»Ja. Es war nicht leicht, einen Job zu finden, und als Milo mir schließlich diesen hier anbot, sagte ich sofort zu.«

»War die Wohnung auch Teil Ihres Gehalts?«, fragte Göran und beschrieb mit der Hand eine allumfassende Geste.

Acikas Miene verfinsterte sich, und es dauerte eine Weile, bis er antwortete: »Nein. Als ich angestellt wurde, war ich noch nicht verheiratet. Und als Kristina und ich zusammenzogen, kauften wir uns eine kleine Zweizimmerwohnung in Guldheden. Zur selben Zeit erwarb Milo diese Wohnung hier. Doch dann überlegte er es sich anders, weil sie ihm zu klein war, und beschloss, sie wieder zu verkaufen, noch bevor er eingezogen war. Luca wollte sie nicht übernehmen. Kurz darauf erfuhr Milo, dass die Wohnungsbaugesellschaft plante, das gesamte Dachgeschoss zu verkaufen. Alle Genehmigungen waren schon eingeholt. Also gab er ein Gebot ab und konzipierte die Wohnung so, wie er sie haben wollte.«

»Gehört ihm dann auch diese Wohnung noch?«

»In gewisser Weise ja. Die Wohnungsbaugesellschaft erkennt juristische Personen als Käufer an, und jetzt gehört sie einer unserer Immobiliengesellschaften. Ich habe sie von der Gesellschaft gemietet. Genauso wie Milo es mit seiner tut ... getan hat.«

Göran nickte zum Zeichen, dass er verstanden hatte. Dann wechselte er erneut ohne Vorwarnung das Thema.

»Sie haben vorhin gesagt, dass Milo und Sie Cousins sind. Aber Sie erwähnten auch, in Göteborg geboren zu sein. Milo ist ja in Kroatien geboren. Wie genau sind Sie miteinander verwandt?«

»Eigentlich sind Kador und Luca meine Cousins. Meine Mutter und ihr Vater Ivan Stavic waren Geschwister. Mein Onkel Ivan war also Milos Stiefvater.«

»Milo und Sie sind demnach nicht blutsverwandt«, stellte Göran fest.

Andreas Acika antwortete nicht, sondern zuckte nur leicht mit den Schultern, wie um zu sagen, dass es für ihn keine Rolle spielte.

»Ich muss Sie noch auf Ihre goldene Uhr ansprechen. Woher haben Sie die?«, fragte Göran mit einem Blick auf sein Handgelenk.

Die große Uhr lugte unter seinem Hemdsärmel hervor.

Acika zog den Ärmel hoch, sodass sie vollständig sichtbar wurde. Das Zifferblatt war groß, und neben jeder Ziffer prangte ein glitzernder Diamant. Auch die goldenen Zeiger waren dicht besetzt mit kleineren Diamanten. Das Armband war aus massivem Gold. Sie sah schwer und extrem teuer aus.

»Die habe ich von Milo zum Dreißigsten bekommen. Sonderausführung. Davon gibt es nur vier Exemplare. Eine hat er Kador geschenkt, eine Luca, eine mir, und die vierte behielt er für sich. Normalerweise lege ich sie unter der Woche nicht an, aber jetzt ist es … etwas Besonderes. Ich trage sie ihm zu Ehren.«

Er zog den Hemdsärmel wieder herunter, wie um den Polizisten zu signalisieren, dass das Thema beendet war.

»Ich frage danach, weil wir erfahren haben, dass Milo seine Uhr am Handgelenk trug, als er im Resort eincheckte. Den Wirtsleuten war sie aufgefallen, sie sticht ja auch förmlich ins Auge.«

»In der Tat. Genau aus diesem Grund trage ich sie auch nur zu besonderen Anlässen.«

Göran legte den Kopf schräg und betrachtete ihn prüfend.

»Haben Sie hier in Göteborg Verwandtschaft?«, fragte er.

Acika wirkte erstaunt.

»Was hat das mit Milo zu …«

Seine Augen verengten sich zu schmalen Schlitzen, und er runzelte die Stirn.

»Ja, meine Frau und meine beiden Söhne«, antwortete er schließlich.

»Sie haben keine Geschwister?«

Göran klang, als wüsste er die Antwort nicht, doch Embla vermutete stark, dass ihr ehemaliger Chef sie bereits kannte. Es dauerte allerdings eine Weile, bis Acika sie aussprach.

»Jiri«, sagte er in knappem Ton.

Mit hochgezogenen Augenbrauen und Erstaunen in der Stimme meinte Göran: »Jiri Acika. Dieser Name sagt mir was. Befindet er sich zurzeit auch hier in Göteborg?«

Andreas Acika biss die Zähne zusammen, sodass sich seine Kiefermuskeln anspannten. Mit gepresster Stimme antwortete er: »Nein. Er ist nach Kroatien gezogen, nachdem … nachdem er aus dem Gefängnis kam.«

»Aha. Und wann war das?«

Görans Frage klang abermals, als wüsste er nicht Bescheid, doch weder Embla noch Andreas Acika gaben sich irgendwelchen Illusionen hin.

»Vor fünf Jahren.«

Göran lehnte sich auf dem Sofa zurück und betrachtete den Mann vor sich, dem dieses Thema sichtlich unangenehm war, erneut prüfend.

»Wenn ich es richtig in Erinnerung habe, hat er wegen Mordes eingesessen«, sagte er langsam.

Andreas Acika schluckte mehrfach, bevor er antworten konnte. »Ja. Er wurde angegriffen und schoss in Notwehr.«

»Aber das Gericht hat ihn wegen Mordes verurteilt«, wiederholte Göran ruhig.

»Ja«, räumte Andreas Acika ein und presste die Lippen aufeinander.

»Und was macht er heute?«

Göran beugte sich vor und wirkte aufrichtig interessiert. Andreas Acika wand sich unangenehm berührt und warf rasch einen Blick zu Embla hinüber.

»Na ja … Jiri war auf die schiefe Bahn geraten. Aber während seines Gefängnisaufenthaltes ist ihm das eine oder andere klar geworden. Direkt nach seiner Entlassung ist er nach Split geflogen, wo er anfing, im Restaurant eines Verwandten zu arbeiten. Er hat es ziemlich weit gebracht. Jetzt ist er verheiratet und hat eine dreijährige Tochter.«

»Dieser Verwandte, war das Kador?«, fragte Göran.

In Acikas Blick lag aufrichtiges Erstaunen.

»Kador? Nein, der Verwandte ist ein anderer Onkel von uns. Der ältere Bruder meiner Mutter. Er und seine Frau haben keine Kinder, und er hat sich Jiris angenommen.«

»Und wo befindet sich Ihr Vater?«

Über Acikas schönes Gesicht huschte ein Schatten.

»Er starb im Bürgerkrieg«, antwortete er.

»Ging er als Soldat zurück nach Kroatien?«

Mit einem tiefen Seufzer antwortete Acika: »Nein. Meine Mutter und mein Vater ließen sich schon einige Jahre vor Kriegsausbruch scheiden. Er blieb in Split, und sie zog hierher zu ihrem Bruder. Also Ivan. Damals war Jiri noch klein, und ich war noch gar nicht auf der Welt. Ich bin erst ein paar Monate später hier im Östra Krankenhaus geboren worden.«

»Sie hat also ihren Mann verlassen, obwohl sie schwanger war.«

»Ja. Er war … ziemlich gewalttätig.«

»Haben Sie Ihren Vater jemals gesehen?«

»Nein. Er hatte meiner Mutter gedroht, sie und uns umzubringen, sobald er die Möglichkeit dazu bekäme.«

Er verstummte, hob den Kopf und schaute in Richtung Tür. Von der Küche her näherten sich Schritte. Eine Frau blieb im Türrahmen stehen und schaute herein. Sie hatte langes dunkles Haar und ein hübsches Gesicht mit regelmäßigen Zügen. Die

Frau betrachtete die Polizisten, ohne etwas zu sagen. Ein gerade geschnittenes, dunkelrotes Kleid schmiegte sich an ihren Körper und offenbarte, dass sie hochschwanger war und die Geburt ihres dritten Kindes unmittelbar bevorstand.

Als Embla und Göran aus der Haustür traten, schwebten noch immer Schneeflocken durch die Luft. Doch es fiel nicht genug Schnee, um Göteborg in eine weiße Winterdecke zu hüllen, die Flocken würden sich nur mit dem Matsch vermischen, der bereits auf den Straßen lag. Die Temperatur war gestiegen, und Embla hatte im Wetterbericht gesehen, dass am nächsten Tag Plusgrade erwartet wurden. Dann würden wirklich alle Straßen und Plätze der Innenstadt mit Schneematsch und Schmelzwasser bedeckt sein. Aber wenigstens konnten die Kinder zumindest ein paar Tage lang mit Skiern oder Schlitten die Hügel im Park hinunterfahren. Der Winter war bislang ungewöhnlich mild gewesen, was sich erst in der ersten Februarwoche geändert hatte, rechtzeitig zu den Skiferien.

In Dalsland hingegen war es richtig Winter geworden, und Embla war froh, dass Elliot die Möglichkeit gehabt hatte, ihn zu erleben. Hoffentlich würden die Erinnerungen an die Fuchsjagd nicht all seine schönen Erlebnisse überschatten. Aber vielleicht würde er die Jagd bei den Schilderungen vor seinen Klassenkameraden auch reich ausschmücken und sie wie ein echtes Abenteuer darstellen. Das hielt sie sogar für wahrscheinlicher.

Embla und Göran mussten zum Glück nur wenige Schritte durch den Schneematsch waten, bevor sie den Volvo erreichten, sie hatten ja direkt vor der Haustür geparkt.

Als sie im Auto saßen, eröffnete Embla das Gespräch. Sie kannte Göran ziemlich gut und zweifelte nicht daran, dass er sich alle zugänglichen Fakten im Voraus angelesen hatte und nur checken wollte, wie zuverlässig Andreas Acika war.

»Und, hat er bei irgendeiner Frage gelogen?«, fragte sie.

»Nicht direkt. Aber seine Angaben dazu, wer Milos Geschäfte jetzt übernehmen wird, waren recht vage. Milo hat bestimmt schon weit im Voraus einen Thronfolger auserkoren. Schließlich arbeitete er in einer risikoreichen Branche mit hoher Sterblichkeitsrate. Angesichts der Tatsache, dass er selbst keine Kinder hatte, dürfte er einen seiner Brüder zum Nachfolger bestimmt haben, vielleicht auch beide.«

»Aber nun ist Luca ebenfalls ermordet worden, und Kador ist verschwunden«, sagte Embla.

Im Auto herrschte nachdenkliche Stille, die unvermittelt von einem lauten Magenknurren unterbrochen wurde. Embla stellte fest, dass es ihr Magen war.

»Oh, es ist schon nach acht. Wir müssen unbedingt was essen, bevor wir uns Lucas Wohnung vornehmen«, entschied Göran.

»Hast du die Schlüssel für seine Wohnung?«

»Yep. Lucas Schlüssel waren in seiner Manteltasche«, erklärte er.

Göran durchsuchte seine Jackentaschen und fischte schließlich einen Schlüsselbund heraus, den er in der Luft rasseln ließ. Embla sah, dass daran genau der gleiche Tag hing wie der, mit dem sie auch die Aufzugtüren zu Milos Wohnung geöffnet hatten.

»Gibt es außerdem noch irgendwelche Ersatzschlüssel?«

Er nickte.

»Bei den Befragungen des Personals im Nachtklub erzählte mir Lucas Sekretär – oder wer auch immer er war –, dass Luca immer einen Ersatzschlüssel im Tresor des Klubs deponiert hatte, falls er seinen eigenen verlieren sollte. Was offenbar schon mal vorgekommen ist. Der Sekretär schaute auch gleich im Tresor nach und fand den Ersatzschlüssel dort.«

»Okay, seine Schlüssel hatte Luca also noch bei sich. Wurde sein Handy auch gefunden?«

»Nein, das Handy nicht.«

Auch Milos Handy war aus der Hütte verschwunden.

»Irgendwas sagt mir, dass wir weder seinen Laptop noch sein Handy in der Wohnung finden werden«, mutmaßte Embla.

»Ich fürchte, dass du recht hast«, pflichtete Göran ihr seufzend bei.

Sie hatten gerade den Abzweig zur Läraregata erreicht. Göran deutete nach rechts.

»Fahr runter auf den Södra Väg. Dort gibt es mehrere anständige Italiener.«

Nachdem sie zusammen Pasta gegessen hatten – es gab Frutti di Mare für Embla und Bolognese für Göran – fuhren sie satt und zufrieden über die Älvsborgsbro in Richtung Eriksberg. In der Östra Eriksbergsgata fanden sie direkt vor Lucas Haustür einen freien Parkplatz. Das Hochhaus war, wie auch die angrenzenden Gebäude im Viertel, neu errichtet worden. Große Fenster in der roten Ziegelfassade wiesen in alle Himmelsrichtungen, und von den großzügigen Balkonen hatte man einen Blick auf den Fluss Göta älv.

Sie schleppten jeder einen der beiden schweren Koffer zur Haustür. Nachdem Göran drei Schlüssel ausprobiert hatte, fand er endlich den richtigen, mit dem sie hineingelangten. Im Aufzug stellten sie fest, dass kein Knopf für das oberste Stockwerk existierte, sondern lediglich ein Schloss, das sich nur per Schlüssel öffnen ließ. Nachdenklich inspizierte Göran den Schlüsselbund.

»Ich frag mich, ob die Sicherheitsschlösser nachträglich eingebaut wurden oder ob sie schon von Anfang an installiert waren«, sagte er, während er erneut nach dem passenden Schlüssel suchte.

Als er ihn endlich fand und im Schloss drehte, brachte sie der Aufzug rasch ins oberste Stockwerk. Die schweren Stahltüren glitten jedoch nicht auf, bevor Göran den Tag an die dafür vorgesehene Scheibe am Türrahmen gehalten hatte.

»Definitiv Milos Handschrift«, meinte Embla.

Die Türen öffneten sich, und Göran ließ Embla höflich den Vortritt. Sobald sie aus dem Aufzug trat, schalteten sich automatisch alle Lichter in der Wohnung ein. Eine Alarmanlage neben der Wohnungstür begann zu piepen, doch als Göran den Tag an das kleine Symbol oberhalb des Zifferblocks hielt, verstummte sie.

Die Raumgestaltung war offen. Auf der einen Seite befand sich eine Küche, deren Einrichtung mit ihren matten dunkelgrauen Holzoberflächen und den weißen Marmorarbeitsplatten ultramodern anmutete. Ein Tresen trennte den Küchenbereich vom Esszimmer ab. Die Möblierung dort bestand aus einem weißen ovalen Tisch mit grazilen Stahlrohrbeinen und weißen Stühlen aus Furnierschichtholz mit schwarzen Ledersitzen. Der Essbereich ging in eine Art Salon über, in dem ein einladendes Sofa mit rotem Stoffbezug und vier Jetson Sessel aus schwarzem Leder standen. Der Teppich darunter sah aus wie ein gigantisches Zebrafell, was er bei näherem Hinsehen tatsächlich auch war. Mehrere Felle waren zu einem großen Teppich zusammengenäht worden. Die Kunst an den Wänden war modern. Auf die große Dachterrasse gelangte man durch gläserne Schiebetüren. Davor thronten zwei Bronzeskulpturen auf einem Granitsockel. Sie waren meterhoch und erinnerten von der Form her ein wenig an Lussekatter, das schwedische Safranweihnachtsgebäck.

Von der Wohnungstür aus konnten sie den gesamten Salon einsehen. Der relativ kleine Flurbereich war mit einem schwarzen Kokosteppich ausgelegt und lediglich mit einem hölzernen, schwarzen Garderobenständer auf weißem Marmorfuß sowie einem dreitürigen Garderobenschrank mit Spiegelschiebetüren ausgestattet. Der Flur ging direkt in den Wohnbereich über.

Die beiden schlüpften erneut in ihre Ganzkörperschutzanzüge.

Linker Hand befand sich eine geschlossene Tür, während rechts zwei Türen offen standen. Eine davon schien in eine Toilette zu führen. Göran bedeutete Embla, er würde die rechten Türen nehmen, woraufhin Embla die linke ansteuerte und sie vorsichtig öffnete.

Mitten im Raum stand ein großes rundes Bett. Auf dem Bettlaken aus schwarzer, glänzender Seide waren Kissen mit passenden schwarzen Seidenbezügen drapiert. Am Fußende lag eine zusammengefaltete Bettdecke mit weißem Seidenbezug. Wie auch in Milos Schlafzimmer hing an der gegenüberliegenden Wand ein gigantisches Heimkino.

Eine gläserne Flügeltür führte auf die Dachterrasse. Embla stellte sich an die Tür und schaute hinaus auf das riesige Sonnendeck. Die Aussicht auf die Lichter der Stadtteile Majorna und Masthugget, die sich im Göta älv spiegelten, war spektakulär. Eine Fähre der Stena Line steuerte gerade den Hafen an und tutete mehrfach, als sie unter der Älvsborgsbro hindurchfuhr.

Wohnung und Terrasse waren komplett vor Blicken von außen geschützt, da sie weit oberhalb der anderen Hausdächer lagen.

Direkt neben der Flügeltür standen ein schicker Lesesessel aus schwarzem Leder und naturfarbenem Canvas sowie eine Stehlampe, die eher an ein zerschelltes UFO erinnerte. Das Ensemble wurde ergänzt durch einen niedrigen weißen Marmortisch mit einem Stapel Bücher darauf. Auf dem Fußboden lagen zwei weiße Wollteppiche. Ansprechend und stilsicher, das Ganze, doch Emblas Aufmerksamkeit wurde eher von drei Bildern angezogen, die nebeneinander an der Wand hingen.

Alle zeigten junge muskulöse Männer. Einer trug Motorradkleidung aus Leder, ein zweiter stand gegen ein Auto gelehnt und zündete sich gerade eine Zigarette an, während ein Seemann vor ihm kniete und mit den Lippen seinen erigierten Penis berührte. Der dritte warf dem Betrachter einen Blick unter halb geschlossenen Augenlidern zu. Alle drei hatten ihre Hosen aufgeknöpft und waren mit überdimensionierten Geschlechtsorganen ausgestattet. Wie ordinäre Zigarren, dachte Embla. Doch sie erkannte den Stil wieder, denn ihr Bruder Frej besaß ebenfalls ein Bild aus dieser Serie. Er hatte es von einem Ex-Lover geschenkt bekommen und fand es genial. Als sie ihn einmal in Stockholm besucht hatte, hatte er ihr einen kleinen Vortrag darüber gehalten. Der Künstler nannte sich Tom of Finland, er war Finne gewesen. Er wagte nicht, seinen richtigen Namen preiszugeben, aus Angst, irgendwann wegen »Verbreitung homosexueller Perversionen« im Gefängnis oder in der Psychiatrie zu landen. Seine Kunst jedoch erlangte bedeutenden Einfluss auf die Homosexuellenszene. In den USA hatte er Ende der 1970er-Jahre seinen Durchbruch. Er war nun zwar schon lange tot, doch sein Werk genoss in der Homoerotik mittlerweile beinahe Kultstatus. Wenn diese Exemplare Originale waren, waren sie einiges wert.

Embla näherte sich der gegenüberliegenden Wand, wo weitere zwei Türen abgingen. Eine führte, wie sich herausstellte, in ein Bad und die andere in ein Ankleidezimmer.

Der Grundriss des Schlafzimmers erinnerte Embla stark an das von Milo in der Terrassgata. Hatte er diese Wohnung ebenfalls konzipiert?

Als sie das Bad betrat, nahm das Gefühl, Milo beziehungsweise sein Innenarchitekt könnte auf die Gestaltung Einfluss genommen haben, noch zu. In einer Ecke stand ein Whirlpool. Eine Wand aus gefrostetem Glas schirmte ihn von der Dusche und der Toilette ab. Der Boden war schwarz gefliest. Hier waren die Fliesen an den Wänden jedoch weiß mit silbernen Sprenkeln.

Als sie in Lucas Ankleidezimmer trat, bestätigte sich ihr Verdacht. Die Einrichtung war nahezu identisch mit der in der Terrassgata, wenn auch das Holz etwas dunkler war, fast schwarz. Lucas Kleidung unterschied sich allerdings stark von Milos eher streng anmutenden Anzügen und Oberhemden. Hier hingen zwar ebenfalls eine ganze Reihe Anzüge, jedoch hatten alle Teile individuelle Schnitte und Farben. Luca besaß allerdings mindestens genauso viele Paar Schuhe wie sein Halbbruder, exklusiv und jeweils passend zur Kleidung.

In einer Ecke auf dem Fußboden stand ein Tresor. Er war ungefähr siebzig Zentimeter hoch, fünfzig Zentimeter breit und mit einem Codeschloss versehen. Ohne sich große Hoffnungen zu machen, versuchte Embla die Tür zu öffnen. Wie schon erwartet war sie verschlossen. Über dem Tresor hing ein hoher Spiegel. An der Innenseite der Kleiderschranktür war ein weiterer angebracht, sodass man sich auch von hinten betrachten konnte. Clever und durchdacht, wie alles andere in dieser Wohnung auch.

Als Erstes zog Embla die unterste Schublade heraus. Sie war gefüllt mit Sportsocken. Embla mühte sich eine ganze Weile ab mit dem Versuch, den Schubladenboden zu entfernen, indem sie mehrfach an verschiedenen Stellen daraufdrückte, doch zu ihrer Enttäuschung besaß die Schublade keinen doppelten Boden. Systematisch durchsuchte sie auch die übrigen Schubladen, entdeckte jedoch nichts Auffälliges. Womöglich würde sie irgendwann auf Sexspielzeug stoßen, was jedoch kaum von Bedeutung für ihre Ermittlungen wäre. Leicht frustriert verließ sie das Ankleidezimmer und stellte sich erneut vor die drei gerahmten Bilder. Nirgends hatte sie einen Hinweis darauf gefunden, dass mehr als eine Person in der Wohnung wohnte. Das musste freilich nicht bedeuten, dass Luca keine Beziehungen zu anderen Männern unterhalten hatte, doch keiner von ihnen hatte irgendwelche sichtbaren Spuren hinterlassen.

»Und, was gefunden?« Göran stand im Türrahmen und schaute herein.

»Nein, nicht wirklich. Aber an Lucas sexueller Orientierung herrscht kein Zweifel«, sagte Embla und deutete auf die Bilder.

Mit wenigen Schritten kam er heran und betrachtete die Zeichnungen von Tom of Finland.

»Mhm, solche habe ich schon mal irgendwo gesehen. Was du sagst, stimmt sicher. Kein Heteromann würde sich solche Zeichnungen ins Schlafzimmer hängen.«

Die stereotypen Männer mit ihren allzeit potenten Riesenschwänzen konnten zwar auch als Parodie auf das herrschende Männerideal gedeutet werden. Aber zweifelsohne stellten sie hier die Objekte erotischer Fantasien dar, die sich von denen heterosexueller Männer klar unterschieden.

Wieder tauchte Lollo in Emblas Gedanken auf. Luca war der Mann, in den sie sich Hals über Kopf verliebt hatte. War er schon damals homosexuell gewesen und hatte ihre Verliebtheit nur zum Schein erwidert? Und wenn ja, aus welchem Grund? Wie schon so oft zuvor musste sie unweigerlich an Prostitution, Menschenhandel und Drogenschmuggel denken. Doch der Gedanke daran war zu abscheulich, und sie schob ihn entschieden beiseite.

Göran scannte rasch die Einrichtung des Ankleidezimmers mit seinem Blick.

»Hast du irgendwo einen Laptop gesehen?«, fragte er.

»Nein.«

»Ich auch nicht. Aber wie ich sehe, hast du den Tresor gefunden.«

»Ja, allerdings benötigen wir den Code.«

Embla trat zur Seite, um Göran Platz zu machen. Er ging auf den Tresor zu, betrachtete ihn nachdenklich und beugte sich dann vor, um den Spiegel vorsichtig zur Seite zu schieben. Dahinter verbarg sich ein kleiner Zettel an der Wand, auf dem folgende Ziffern standen: 1-1-9-8-5-6-1.

»Bingo!«, rief Göran zum zweiten Mal an diesem Abend.

Warum bin ich nicht selbst darauf gekommen, einen Blick hinter den Spiegel zu werfen?, dachte Embla irritiert.

»Die Leute machen das andauernd. Sie bewahren ihre Codes und Passwörter immer in der Nähe dessen auf, was sie schützen wollen. Ziemlich dumm, aber menschlich«, sagte er, während er den Code eintippte.

Mit einem lauten Knacken sprang die Tür auf. Embla konnte nicht sehen, was sich dahinter verbarg, da Görans breiter Rücken die Öffnung verdeckte. Ungeduldig stand sie hinter ihm und wartete darauf, dass er zur Seite ging, um ebenfalls einen Blick auf Lucas Geheimnisse werfen zu können. Doch er bewegte sich nicht, sondern blieb eine ganze Weile in derselben

Position vorm Tresor hocken. Schließlich riss ihr der Geduldsfaden.

»Irgendwas Interessantes gesichtet?«

Er kam keuchend wieder zum Stehen hoch, wobei es nun in seinen Knien laut knackte.

»Sieh es dir selbst an«, forderte er sie auf und trat endlich zur Seite.

Sie ging ebenfalls in die Hocke und warf neugierig einen Blick hinein. Im oberen Fach lagen nur mehrere große Briefumschläge und Aktenmappen aus Kunststoff, im mittleren ein paar Schachteln. Die kleineren sahen aus, als enthielten sie Manschettenknöpfe und Schmuck, während die vier größeren mit den Logos exklusiver Uhrenmarken beschriftet waren. Als sie die mit der Aufschrift »Rolex« öffnete, fand sie Lucas Cupcake-Uhr. Vorsichtig nahm sie sie heraus und drehte sie um. Auf der Unterseite waren die Buchstaben L. S. eingraviert. Sie legte die Uhr wieder in den Karton und schob ihn zurück ins Fach. Als Embla die Schachtel gerade schon loslassen wollte, hatte sie mit einem Mal den Eindruck, beim Zurückschieben auf irgendetwas Weiches gestoßen zu sein. Sie beugte sich etwas tiefer hinunter und nahm das gesamte Fach in Augenschein. Ganz hinten erblickte sie schließlich drei Plastiktütchen, gefüllt mit einem weißen Pulver.

»Hier liegt Koks«, stellte sie fest.

Göran ging wieder schwer atmend in die Hocke und schaute erneut in den Tresor.

»Gut möglich. Es können aber auch Amphetamine sein, da die Tüten größer sind als die gewöhnlichen Portionstütchen für Kokain. Wir müssen den Inhalt auf jeden Fall überprüfen. Aber fast noch interessanter ist der Inhalt des untersten Fachs«, sagte er.

Der Boden des Tresors war leicht gepolstert und mit blauem Samt ausgekleidet. Darauf lagen zwei Nachfüllmagazine für denselben Waffentyp wie die in Milos Krawattenschublade. Eine Pistole war jedoch nirgends zu sehen.

Gegen Mitternacht lag Embla endlich wieder in ihrem eigenen Bett. Sie spürte die Müdigkeit wie einen mahlenden dumpfen Schmerz im ganzen Körper. Göran war ebenfalls müde gewesen, durch den Fund der Munition aber zugleich auch aufgedreht. Er würde persönlich dafür sorgen, dass die Seriennummer auf dem Lauf sowie alle Ziffern auf dem Schlitten und Griffstück der Beretta, die sie in der Hütte gefunden hatten, kontrolliert wurden, und darüber hinaus prüfen, ob Luca ebenfalls eine Lizenz für eine Pistole besaß. Danach würde die Pistole von Herremark Probe geschossen, und die Patronen würden mit jenen abgeglichen werden, die die Brüder Stavic getötet hatten.

Göran hätte morgen also volles Programm. Zu Embla hatte er noch gesagt: »Schlaf dich ruhig mal aus. Du hast schließlich das ganze Wochenende gearbeitet, obwohl du eigentlich frei gehabt hättest.«

Nach einer schnellen Dusche kroch sie in die Laken. Ohne das geringste schlechte Gewissen beschloss sie, so lange zu schlafen, bis sie von selbst aufwachte. Zufrieden mit ihrer Entscheidung begann sie sich zu entspannen. Ihre Arme und Beine wurden schwer, und die Augen fielen ihr zu. Langsam sank sie in den Schlaf. Nicht ein einziger Gedanke an all das, was in den vergangenen Tagen passiert war, hinderte sie am Einschlafen.

Da klingelte plötzlich ihr Handy auf dem Nachttisch.

Sie zog es zu sich heran und warf einen Blick aufs Display. Olle Tillman. Sollte sie seinen Anruf einfach ignorieren? Aber wenn es nun etwas Wichtiges war?

»Hej Olle. Du hast meinen Schönheitsschlaf gestört«, versuchte sie zu scherzen.

»Hej ... Oh! Sorry! Ich dachte nicht, dass es schon so spät ist. Wir sind gerade erst heimgekommen. Also Tore und ich.«

Zumindest war er so anständig, sich zu entschuldigen.

»Aber eigentlich hast du doch gar keinen Schönheitsschlaf nötig. Du bist auch so hübsch genug«, fügte er mit einem Lachen hinzu, noch bevor sie etwas sagen konnte.

Jetzt schmeichelte er ihr auch noch, wie sie mit einer gewissen Genugtuung feststellte. Offenbar hatte er heute ebenfalls einen erfolgreichen Tag gehabt.

»Ich mach's kurz. Nach deinem Anruf sind Tore und ich noch mal zurück zur Loge gefahren. Wie du vorgeschlagen hast, haben wir auf der Rückseite des Gebäudes nach einem Versteck für das Messer gesucht. Und ich hab es gefunden! Es steckte zwischen einem Stromkasten und der Hauswand. Ein großes Jagdmesser, genau wie du vermutet hast«, fuhr er fort.

Das waren gute Nachrichten. Dass die Polizeihunde das Messer nicht aufgespürt hatten, war nicht weiter verwunderlich, denn der Tatort war mit Blutspuren übersät gewesen. Hinzu kamen die Duftspuren all der Menschen, die nach dem Mord dort herumgelaufen waren. Ein blutbeflecktes Messer ziemlich weit oben an der Hauswand, noch dazu versteckt hinter einem Metallschrank, stach kaum aus all den Gerüchen dort heraus.

»Hat Tore es gefunden?«, fragte sie.

»Nein. Ich. Es steckte fast zweieinhalb Meter über dem Boden und war noch dazu ordentlich verkeilt. Aber ich konnte es schließlich rausziehen. Und ja, bevor du nachfragst, ich hab daran gedacht, Handschuhe anzuziehen, und konnte das Messer in eine Plastiktüte stecken, ohne Spuren zu hinterlassen.«

Hatte sie ihn letztens, als er ohne Schuhüberzieher mit seinen Quadratlatschen in die Hütte getrampelt kam, zu heftig zurechtgewiesen? Vielleicht.

»Klingt gut«, sagte sie.

»Oder? Und danach bin ich zu Mikaela gefahren und hab sie mir noch mal vorgeknöpft. Du hattest übrigens richtig gesehen. Wille und sie haben dasselbe Tattoo. Sie trägt ihres unterm Schlüsselbein und er seines an der Innenseite des rechten Oberarms.«

»Ein Herz und eine Rose, verbunden durch einen Kreis. Und in dem Kreis sind nicht etwa zwei große M, von denen eines verkehrt herum steht, sondern ein M und ein W«, warf Embla rasch ein.

Auf einen Schlag war sie wieder wach. Olle überbrachte positive Nachrichten. Außerdem tat es verdammt gut, in den eigenen Vermutungen bestätigt zu werden.

»Ganz genau! Sie waren fast ein Jahr zusammen. Die Tattoos haben sie sich im letzten Sommer stechen lassen, als sie frisch verliebt waren. Aber um Weihnachten herum begann es dann zu kriseln, und Mikaela machte Schluss. Wille war natürlich *am Boden zerstört*.«

Olles Nachahmung von Mikaelas dramatischem Tonfall war so lupenrein, dass Embla laut auflachen musste. Dann riss sie sich zusammen und fragte in ernstem Ton: »Hat schon jemand mit Wille gesprochen?«

»Nein. Aber wir bestellen ihn morgen aufs Revier. Eine der Inspektorinnen aus Trollhättan wird ihn vernehmen. Sie heißt Paula Nilsson und meinte, dass sie dich kennt.«

»Stimmt. Wir haben uns vor einigen Wochen in Strömstad

kennengelernt. Sie und Göran Krantz sind ein Paar, allerdings erst seit Kurzem. Die Frau kann übrigens ziemlich gut mit Kindern und Jugendlichen, sie hat nämlich selbst drei zu Hause.«

»Aha, Polizistin und Mutter. Dann hat Wille keine Chance.«

Sie lachte erneut, wurde aber rasch wieder ernst.

»Hat Mikaela kapiert, dass sie ihren Exfreund ans Messer geliefert hat?«

»Nein. Sie ist viel zu sehr mit sich selbst beschäftigt. Hat mir freudestrahlend ihr Tattoo gezeigt. Und noch etwas mehr.«

Warum verspürte Embla einen leisen Stich von …? Eifersucht? Die Tatsache, dass die junge Frau mit den üppigen Kurven vor dem attraktivsten Polizisten in ganz Dalsland ihre Reize gezeigt hatte, hätte ihr eigentlich nicht das Geringste ausmachen dürfen. Und doch war es offenbar so.

»Ich muss schon sagen – gute Arbeit!«

»Danke! Ich lass dann morgen Abend wieder von mir hören und erzähl dir von der Vernehmung mit Wille.«

»Mach das. Schlaf schön und träum süß!«

»Du auch!«

Mit einem zufriedenen Lächeln auf den Lippen legte sie ihr Handy wieder zurück auf den Nachttisch. Die Ermittlungsergebnisse im Mordfall Robin waren brillant. Und sie selbst hatte zur Lösung beigetragen.

Gute Arbeit, Nyström.

Scheiße auch! Jetzt war sie wieder putzmunter.

Sie wurde vom Intro von *Star Wars* geweckt. Der Originalsoundtrack von 1977. Es dauerte ein paar Sekunden, bis sie ihr Handy auf dem Nachttisch fand. Schlaftrunken nahm sie es hoch und hielt es ans Ohr.

»Ja ... Embla«, brachte sie im Halbschlaf hervor.

»Guten Morgen! Ich hoffe, du hast gut geschlafen und bist frisch und munter? Ich brauche dich nämlich hier.«

Görans Stimme klang, als hätte er das ganze Wochenende freigehabt und in der vergangenen Nacht mindestens zehn Stunden geschlafen. Sie selbst fühlte sich wie durch eine Mangel gedreht. Nach ihrem nächtlichen Telefonat mit Olle hatte es über eine Stunde gedauert, bis sie wieder einschlafen konnte. Er war wirklich sympathisch und ziemlich süß gewesen. Zwischen ihnen beiden stimmte die Chemie, das war Embla schon bei ihrem gemeinsamen Abendessen im Resort Herremark aufgefallen. Der Abend war ihr eher wie ein gelungenes Date vorgekommen.

Nach dem Telefonat waren ihr alle möglichen Gedanken durch den Kopf gegangen, die sie wach gehalten hatten. Als sie dann endlich der Schlaf übermannte, war er tief und traumlos gewesen. Kein Albtraum hatte sie gequält. Ein weiteres Mal stellte sie fest, dass sie nach dem Mord an Milo Stavic besser schlief als die vielen Jahre zuvor. Vierzehneinhalb Jahre, um genau zu sein.

Allmählich kam sie zu sich und unternahm einen tapferen Versuch, wacher zu klingen, als sie eigentlich war.

»Ist irgendwas passiert?«, fragte sie.

»Ja. Die Ermittlungen zu Kador kommen voran. Ich erwarte um neun Uhr einen Skype-Anruf vom Polizeichef in Split, Boris Cetinski. Er hat interessante Neuigkeiten, die womöglich unsere Ermittlungen betreffen.«

Jetzt war sie hellwach.

»Bin schon unterwegs!«

Draußen herrschten Plusgrade, die Temperatur lag knapp über null, und der Schnee war schon geschmolzen. Vom Meer her wehte ein unangenehmer, feuchtkalter Wind durch die Straßen. Embla stürzte zum Kia, der zum Glück gleich beim ersten Versuch ansprang. Am Vorabend hatte sie das Glück gehabt, ganz in der Nähe ihrer Haustür einen freien Parkplatz zu finden. Sonst musste sie abends oft alle umliegenden Straßen abfahren, bis sie endlich einen ergatterte. Wenn man in einer Großstadt wohnt und gesund ist, braucht man kein Auto, pflegte ihre Mutter Sonja, aktives Mitglied der Umweltpartei, immer zu sagen. Doch bei Emblas Job war es ein Muss.

Wie nicht anders erwartet traf sie Göran vor der Kaffeemaschine an. Er bot ihr gleich einen Tee an, da dieses fantastische Gerät sogar Tee zubereiten konnte, doch sie lehnte ab. Den letzten Bissen ihrer eilig geschmierten Stulle hatte sie sich im Auto einverleibt und mit dem lauwarmen Inhalt einer Flasche Ramlösa heruntergespült, die sie in der Speisekammer gefunden hatte. Warum hatte sie die eigentlich nicht in den Kühlschrank gestellt? Andererseits war es vielleicht auch nicht gerade gesund, den Magen morgens gleich mit eiskaltem Wasser zu schockieren.

Göran hatte am Telefon ausgeschlafen und aufgeweckt geklungen, doch die Tränensäcke unter seinen Augen verrieten ihn – er hatte sicher nicht viel Schlaf bekommen. Nach den Durchsuchungen der beiden Wohnungen war er umgehend ins Labor gefahren, um nach Fingerabdrücken auf den Nachfüllmagazinen zu suchen. Auf der Beretta, mit der Milo erschossen worden war, hatte Göran keine finden können, doch er hegte noch immer eine schwache Hoffnung, was die Patronen in der geladenen Pistole betraf. Am besten wäre natürlich DNA. Damit nichts schiefging, hatte er eine Laborantin, die auf DNA-Proben spezialisiert war, gebeten, die Untersuchungen durchzuführen. Sie hatte ihm versprochen, sich gleich am nächsten Tag darum zu kümmern.

In Görans Büro war schon alles für das Skype-Telefonat vorbereitet. Ein Besucherstuhl stand bereits neben seinem eigenen durchgesessenen Bürosessel. Mit erwartungsfroher Miene setzte er sich vor den Bildschirm und bedeutete Embla, neben ihm Platz zu nehmen. Sie hatte sich eben gesetzt, da kam der Anruf auch schon herein.

Der Bildschirm begann zu flackern, und kurz darauf sahen sie einen Mann, der gerade eine Kappe mit ausladendem Schirm absetzte. Obwohl die Bilder auf Skype immer ein wenig verzerrt waren, stellte Embla fest, dass Boris Cetinski keinesfalls so aussah, wie sie erwartet hatte. Unbewusst hatte sie sich einen Mann wie Milo Stavic vorgestellt. Doch stattdessen fiel ein strenger Blick aus graublauen Augen hinter einer Hornbrille auf sie. Der Polizeichef war um die sechzig und hatte ein scharf geschnittenes, ovales Gesicht. Sein Haar war voll und fast weiß – ebenso wie sein schmaler Oberlippenbart. Er erinnerte Embla eher an einen Philosophieprofessor als an ein hohes Tier bei der Polizei. An seinem Uniformkragen blitzten so viele verschiedene Rangabzeichen auf, dass der Stoff darunter kaum mehr zu sehen war.

Göran begrüßte Boris Cetinski und stellte sich vor. Als er Embla als »Detective inspector Embla Nyström, one of my closest men« vorstellte, zog der Polizeichef eine Augenbraue hoch, kommentierte seine Worte jedoch nicht weiter. Nachdem die einleitenden Höflichkeitsfloskeln ausgetauscht waren, begann der Kroate ihnen in gut verständlichem Englisch die neuesten Erkenntnisse zur Suche nach Kador Stavic und seiner Familie zu unterbreiten.

Am frühen Morgen des Vortags hatte ein ziemlich aufgebrachter Mann Anzeige erstattet, weil sein Elternhaus in den Bergen nördlich von Split abgebrannt war. Das Haus lag abgeschieden, es gab keine direkten Nachbarn. Der Besitzer war sauer, weil das luxuriöse Sommerhaus, zu dem er die alte Kate umgebaut hatte, offenbar vorsätzlich in Brand gesteckt worden war. Er hatte in unmittelbarer Nähe mehrere leere Benzinkanister gefunden. Doch am meisten irritierte ihn, dass er in der Asche verkohlte Reste einer menschlichen Leiche fand.

Die Kriminaltechniker vor Ort hatten daraufhin die sterblichen Überreste eines stark verbrannten Skeletts eingesammelt und nach Zagreb ins Kriminaltechnische Institut transportiert. Kadors Zahnarzt in Split hatte Röntgenbilder zur Verfügung gestellt, die im Lauf der Jahre entstanden waren. Kador hatte sich offenbar vor einigen Jahren einer größeren Zahnbehandlung unterzogen.

In wenigen Tagen würden sie erfahren, ob die sterblichen Überreste von Kador Stavic stammten. Er war die einzige innerhalb der letzten zwei Wochen als vermisst gemeldete Person im Großraum Split.

Von seiner Familie fehlte nach wie vor jede Spur. Die Polizeibeamten waren alle Listen mit Passagieren durchgegangen, die die Stadt per Flugzeug, Zug oder Schiff verlassen hatten. Sie konnten auch nirgends Angaben zu einer Familie mit drei Kindern im entsprechenden Alter finden, die die Grenze passiert hatte. Wenn sich die Familie Stavic nicht irgendwo in Kroatien versteckt hielt, war sie höchstwahrscheinlich mit gefälschten Pässen ausgereist, und die Kinder waren möglicherweise auf zwei oder drei Erwachsene aufgeteilt worden. Dann wäre es beinahe unmöglich, sie zu finden.

Im Zuge einer Hausdurchsuchung bei Familie Stavic hatten die kroatischen Polizisten mehrere Fotos der Familienmitglieder gefunden, die sie einscannen und mailen wollten, damit die schwedischen Kollegen wüssten, wie sie aussahen. Immerhin bestand die Möglichkeit, dass die Familie in Göteborg auftauchte, da Kadors Brüder dort wohnten. Die Polizei in Finnland war bereits kontaktiert worden, da Mirja Stavic, geborene Hervonen, offenbar aus Helsinki stammte und in einer finnlandschwedischen Familie aufgewachsen war. Den Nachbarn zufolge waren ihre Eltern bei einem Autounfall ums Leben gekommen, und sie hatte keine Geschwister. Die Polizei in Helsinki hatte Boris Cetinski versprochen, sich bei ihm zu melden, wenn sie irgendwelche Verwandten von Mirja ausfindig machen konnte.

Cetinski berichtete weiter, Milo Stavic habe jeden Tag bei ihm angerufen, um zu fragen, ob die Suche nach Kador und seiner Familie erfolgreich gewesen war.

Als Cetinski geendet hatte, ergriff Göran das Wort und berichtete ihm von den Morden an Kadors beiden Brüdern. Cetinskis einzig sichtbare Reaktion bestand aus einem angedeuteten Hochziehen der Augenbrauen. Danach brachte Göran den Kroaten auf den neuesten Stand, was die Ermittlungen in Göteborg betraf. Da die Untersuchungen hier noch ganz am Anfang standen, verabredeten die beiden Polizeichefs, sich weiterhin auszutauschen. Denn es konnte kein Zufall sein, dass Kador und seine Familie kurz vor dem Mord an seinen beiden Brüdern verschwunden waren.

»Haben Sie im Haus von Kador Stavic zufällig einen Laptop oder ein Handy gefunden?«, fragte Göran.

»Nein. Wir haben eingehend danach gesucht, aber nichts gefunden. Weder die Handys der Erwachsenen noch die der Kinder«, antwortete der Polizeichef.

»Die Computer scheinen demnach eine wichtige Rolle zu spielen«, stellte Göran fest.

»Ja. Sie enthalten sicher eine Menge interessanter Informationen. Als Erstes werde ich aber, wie gesagt, dafür sorgen, dass Sie die Fotos erhalten. Goodbye«, beendete Cetinski das Gespräch.

»Wir bleiben in Kontakt. Bye, bye.«

Trotz des leicht verzerrten Bildes konnte Embla die Andeutung eines Lächelns im sonst so ernsten Gesicht Cetinskis ausmachen. Als sie den Kopf drehte und Göran anschaute, ahnte sie auch, warum. Mit seinen ungekämmten Haaren, die in alle Richtung abstanden, und dem aufgeknöpften Hemd ohne Krawatte sah er im Gegensatz zu dem akkurat gekleideten und reich dekorierten Polizeichef ziemlich verlottert aus. Sie selbst hatte ihr Haar nur nachlässig zu einem Knoten im Nacken zusammengebunden und war völlig ungeschminkt. Zu allem Übel hatte sie in der Eile einen ausgewaschenen hellgrünen Pulli übergestreift, der ihrer winterlich blassen Haut nicht gerade schmeichelte. Cetinski hatte sich bestimmt über die Kleiderordnung bei der schwedischen Polizei gewundert. Tatsächlich herrschten bei der Behörde inzwischen strenge Vorgaben, denen zufolge die Bediensteten bei offiziellen Anlässen immer in Uniform zu erscheinen hatten. Ein Skype-Telefonat konnte womöglich als informell eingestuft werden, doch Embla war sich nicht ganz sicher.

Göran wirkte hinsichtlich seines Erscheinungsbildes beim Skypen jedoch völlig unbekümmert und rieb sich zufrieden die Hände.

»Jetzt kommt die Sache endlich ins Rollen! Wenn sich allerdings herausstellen sollte, dass die Leiche im Sommerhaus tatsächlich Kadors ist, ist meine Theorie hinfällig. Dass Kador sich nämlich in Schweden aufhält und seine Brüder ermordet hat.«

»Ein interner Machtkampf«, warf Embla ein.

»Genau. Sollte er aber fast zwei Wochen vor seinen Brüdern ermordet worden sein, können wir diesen Ansatz vergessen.«

Embla begnügte sich mit einem Nicken. Ein Gedanke war aus ihrem Unterbewusstsein aufgetaucht. Als sie ihn zu fassen bekam, wurde ihr klar, dass er wichtig sein konnte.

»Wie war das noch mal mit dem Mord an dem Türsteher und dem Mordversuch an Luca vor vier Jahren? Kann es da eine Verbindung geben?«, fragte sie.

Göran sah aus, als hätte er eine Antwort parat, sagte jedoch nichts. Stattdessen setzte er eine grüblerische Miene auf, und es dauerte eine Weile, bis sie sich wieder aufhellte.

»Vielleicht lohnt es sich, noch mal einen Blick auf diese Schießerei zu werfen. Immerhin haben wir ein paar Wochen später einen ermordeten Mann im Göta älv gefunden, einen mutmaßlichen Berufskiller. Ich werde die Kollegen bitten, uns die Unterlagen zu übermitteln und auch selbst prüfen, ob er irgendwelche Verbindungen nach Kroatien oder zu den Brüdern Stavic hatte.«

»Das kann ich übernehmen«, bot Embla an.

Im Stillen liebäugelte sie damit, kurz bei ihrem Spind im Umkleideraum vorbeizuschauen. Darin hing ein kornblumenblauer Pulli, der ihr weitaus besser stand. Außerdem konnte sie sich dann die Haare bürsten und ein wenig Mascara auflegen. Selbst wenn man sich wie ein ausgewrungener Waschlappen fühlt, muss man noch lange nicht so aussehen wie einer, sagte ihre Mutter Sonja immer.

Rasch schlüpfte Embla in die Umkleide, machte sich etwas frisch und wechselte den Pullover. In ihrem Necessaire im Spind lag immer ein kleines Fläschchen *Clean Warm Cotton*, dessen Duft sie sich auf die Haut sprühte.

Um einiges aufgeweckter als beim Betreten des Polizeigebäudes vor einer Stunde zog sie dann ihre Chipkarte durch den Scanner am Eingang zur Abteilung für Gewaltverbrechen. Auf dem Weg zum Büro ihres Chefs grüßte sie fröhlich mehrere Kollegen. Bevor sie anklopfte, hielt sie einen Augenblick inne. Kriminalkommissar Tommy Persson war ein guter Chef, doch es fiel ihm schwer zu akzeptieren, dass sie oftmals an Ermittlungen teilnahm, die eher zum Arbeitsbereich der ehemaligen Mobilen Einheit, MEB, gehörten. So wie auch jetzt aktuell wieder. Doch diesmal war es purer Zufall, dass sie dort hineingeraten war, rief sie sich in Erinnerung, um sich für die Begegnung mit ihrem Chef zu wappnen.

Von drinnen rief jemand »Herein!«, und sie drückte die Klinke hinunter. Als sie eintrat, schaute der Kommissar auf und sah sie über den Rand seiner Lesebrille hinweg an. Vor ihm auf dem Schreibtisch lagen mehrere Stapel mit Unterlagen, von denen er einige über die gesamte Tischplatte ausgebreitet hatte.

»Sieh mal einer an. Embla! Dich kriegen wir hier in der Abteilung ja nicht gerade oft zu sehen.«

Sein Ton war herzlich, doch die Botschaft war unmissverständlich. Embla zwang sich zu einem, wie sie hoffte, freundlichen Lächeln.

»Hej. Göran Krantz schickt mich mit Neuigkeiten zu den Ermittlungen in den Mordfällen Stavic. Nicht ausgeschlossen, dass auch der dritte Bruder, Kador, tot ist.«

Die Neuigkeiten entlockten dem Kommissar einen leicht überraschten Blick, doch er kommentierte ihre Worte nicht weiter, sondern deutete mit einer Hand auf den Besucherstuhl vor seinem Schreibtisch.

Die Mitarbeiter der Abteilung hatten von Göran schon einen vollständigen Bericht über den Mord an Milo erhalten, sodass sie die Informationen nicht noch einmal herunterbeten musste. Im Mord an Luca hatte die Abteilung bereits von Anfang an ermittelt, sodass sie sich auch die Erklärungen dazu sparen konnte. Stattdessen berichtete sie vom Drogenfund in Luca Stavics Wohnung und den Nachfüllmagazinen, die sie in den Wohnungen von Luca und Milo gefunden hatten. Danach referierte sie die neuesten Erkenntnisse des Polizeichefs aus Split, Boris Cetinski. Ganz zum Schluss unterbreitete sie ihm schließlich ihre Vermutung im Hinblick auf eine Verbindung zwischen den Schüssen auf den Türsteher und auf Luca Stavic vor vier Jahren und den Morden an den Brüdern Stavic.

Der Kommissar unterbrach sie kein einziges Mal. Als sie fertig war, schaute er sie lange nachdenklich an.

»Ja, wir sollten unbedingt noch mal einen Blick auf die Schüsse von vor vier Jahren werfen. Ich erinnere mich daran, dass der Mann, den wir damals aus dem Wasser gefischt hatten, ein bekannter Berufskiller war. Sein Name ist mir entfallen, aber den werden wir ja schnell in den Unterlagen finden. Ich weiß nur noch, dass er aus Jugoslawien stammte«, sagte er schließlich.

Jugoslawien? Das Land existierte schon lange nicht mehr. Doch das sagte sie lieber nicht laut, da sie davon ausging, dass er sich ungern korrigieren ließ. Schließlich stand sie auf, in der Annahme, es sei alles Wichtige gesagt.

»Richte Göran doch bitte aus, dass ich heute Nachmittag gern kurz mit ihm sprechen möchte. Wenn möglich, nach fünfzehn Uhr. Aber ich schicke ihm noch eine SMS«, fuhr er fort.

»Okay.«

Erleichtert ging sie zur Tür, doch bevor sie sie erreichte, hörte sie erneut seine Stimme: »Es wäre schön, wenn bis zu deinem nächsten Besuch hier nicht allzu viel Zeit vergehen würde.«

Sie drehte sich halb um und schenkte ihm über die Schulter hinweg ein strahlendes Knock-out-Lächeln. Ihr Psychologenfreund Nicke hätte es bestimmt als »unterschwellig aggressiv« oder so etwas in der Art eingestuft. Es traf den Kommissar völlig unvorbereitet, und er wirkte total überrumpelt, was sie daran erkannte, dass er ihr Lächeln mit einem leicht dümmlichen Blick erwiderte. Nicht nur im Boxring gingen ihre Gegner zu Boden, wenn sie sich erst einmal entschieden hatte, voll draufzuhalten.

Wenn Göran nicht vor der Kaffeemaschine stand, saß er vor seinem Computer, und dort traf Embla ihn auch an. Sie richtete ihm die Bitte von Kommissar Persson aus, ein Treffen ab fünfzehn Uhr mit ihm zu vereinbaren, woraufhin Göran etwas vor sich hinmurmelte. Embla hatte jedoch nicht den Eindruck, dass er ihr wirklich zuhörte. Besser, sie würde ihn später noch mal daran erinnern, auch wenn Tommy Persson versprochen hatte, ihm eine SMS zu schicken.

»Die Fotos sind angekommen«, sagte Göran und schaute von seinem Bildschirm auf.

Der Besucherstuhl stand noch vom Skype-Telefonat da, und sie brauchte sich nur hinzusetzen. Auf dem Bildschirm wurde ein dunkelhaariger junger Mann sichtbar, der mit strahlend weißen Zähnen in die Kamera lächelte. Gutaussehend, klare Gesichtszüge, freundliches Lächeln und hellblaue Augen, eingerahmt von langen Wimpern sowie markanten Augenbrauen.

Dieses Gesicht hatte sie schon einmal gesehen. Aber irgendwie doch auch nicht. Die Bildunterschrift lautete: »Kador Stavic, 27 Jahre«. Das Foto war also zehn Jahre alt. Zum ersten Mal bekam sie damit eine Porträtaufnahme von Kador zu Gesicht. Bisher kannte sie nur ein Bild aus dem Polizeiregister. Er ähnelte seinem jüngeren Bruder Luca sehr, was auch erklärte, dass er ihr bekannt vorkam.

Das nächste Foto stammte von einer Hochzeitsfeier. Es war im Freien aufgenommen worden. Die Sonne schien, und eine leichte Brise ließ den Schleier der Braut im Wind wehen. Der Bräutigam sah aus wie Kador, doch es ließ sich schwer sagen, ob er es tatsächlich war, weil das Brautpaar mit dem Rücken zur Kamera stand und gerade mit einigen Gästen anstieß. Auf dem Foto waren mindestens fünfzig Personen abgelichtet, doch Embla hatte den Eindruck, dass es weitaus mehr Gäste gewesen waren. Die englische Bildunterschrift lautete: »The wedding with Ms Mirja Hervonen«. Der Jahreszahl nach zu urteilen hatte das Hochzeitsfest vor knapp fünfzehn Jahren stattgefunden. Mitte Oktober. Kador war bei seiner Hochzeit also zweiundzwanzig Jahre alt gewesen. Laut polizeilichen Angaben aus Split war Mirja damals gerade achtzehn geworden. Ein junges Brautpaar.

Bei Foto Nummer drei handelte es sich um ein erst kürzlich aufgenommenes Bild von ihren drei Kindern. Offensichtlich eine Weihnachtskarte der Familie an Freunde und Verwandte, deshalb war das Gruppenfoto schätzungsweise ein paar Wochen vor Weihnachten geschossen worden. Nachforschungen über die Familie hatten ergeben, dass die Tochter Miranda zwölf Jahre alt war und die Söhne Adam und Julian zehn beziehungsweise sechs Jahre. Das Mädchen ähnelte dem Vater im Hinblick auf Haut- und Haarfarbe und hatte langes glattes Haar sowie blaue Augen. Das Scheinwerferlicht im Fotostudio hatte dafür gesorgt, dass ihre dunklen Haare glänzten wie ein seidiger Nerz. Ihr Lächeln war eher zurückhaltend, als versuchte sie sich würdevoll zu geben. Man sah ihr bereits an, dass sie zu einer wahren Schönheit heranwachsen würde.

Adam, der ältere Sohn, lächelte breit in die Kamera und entblößte dabei im Bereich der Eckzähne mehrere Zahnlücken. Er hatte ebenfalls blaue Augen, doch sein dunkelbraunes, unbändiges Haar war gelockt.

Sein kleiner Bruder Julian hatte ebenfalls blaue Augen und gelockte Haare, aber im Unterschied zu seinen Geschwistern war er blond. Julian lachte den Fotografen an und zeigte die Lücken zweier ausgefallener Schneidezähne im Unterkiefer.

Wo zum Teufel versteckte man seine drei schulpflichtigen Kinder? Oder hatte der Mörder, vielleicht waren es sogar mehrere, auch sie schon aufgespürt und umgebracht? Ein schrecklicher Gedanke, denn die Kinder waren an den Machenschaften ihres Vaters und ihrer beiden Onkel schließlich völlig unschuldig.

Das letzte Bild war ein Hochzeitsfoto von Kador und Mirja. Kador lächelte geradewegs in die Kamera und wirkte stolz. Ein stilvoller Bräutigam, das musste Embla zugeben. Die Braut hielt ihren Kopf leicht schräg, und ihr Mona-Lisa-Lächeln ähnelte dem ihrer Tochter auf der Weihnachtskarte. Zurückhaltend, würdevoll, aber auch leicht unergründlich.

Die Erkenntnis traf sie wie ein Schlag. Es war wie der Tritt eines Pferdehufes mitten in den Solarplexus. Luft! Sie bekam keine Luft mehr! Ihr Brustkorb verkrampfte sich, und der Herzschlag dröhnte in ihren Ohren. Sie bekam gerade noch mit, dass Göran etwas sagte und ihren Arm ergriff.

Dann wurde alles schwarz.

Mehrere verschwommene Figuren beugten sich über sie. Lag sie im Krankenhaus? War sie am Ende operiert worden? Warum drückte ihr jemand ein Papierhandtuch gegen die Stirn? Es tat weh. War diese verfluchte Augenbraue schon wieder aufgeplatzt? Ein Boxhieb … Sie hatte offenbar einen ordentlichen Konter einstecken müssen. Ausgerechnet. Oder?

»Embla? Bist du ansprechbar?«

Diese Stimme kannte sie. Allerdings war ihr der Name dazu entfallen. Und warum lag sie überhaupt auf dem Boden? Ihr Rücken fühlte sich ganz kalt an.

Allmählich wurden die Gesichter über ihr deutlicher, und der Wiedererkennungseffekt setzte ein. Göran. Ihn hatte sie sprechen hören. Und auch seine Stellvertreterin Sabina Amir und die beiden Techniker Linda und Bengan. Aber warum waren sie alle hier? Aus einem Reflex heraus versuchte Embla die Hand wegzuschieben, die das Papiertuch gegen ihre Augenbraue drückte, doch eine andere Hand umfasste sanft ihr Handgelenk.

»Nein, Embla. Du bist ohnmächtig geworden und hast dir die Stirn auf der Schreibtischkante aufgeschlagen. Es blutet ziemlich stark.«

Görans ruhige Stimme. Was hatte er gesagt? Sie war ohnmächtig geworden? Aber warum? Ganz langsam kehrte die Erinnerung an das Hochzeitsfoto zurück. Die junge Braut mit dem leicht schräg gelegten Kopf und dem nach innen gekehrten Lächeln.

Embla musste sich enorm konzentrieren, um Görans Blick erwidern zu können. Ihr war schwindlig, und ihre Lippen fühlten sich trocken und steif an, sodass sie sie mehrmals mit der Zunge befeuchten musste, bevor sie einigermaßen verständliche Worte hervorbringen konnte.

»Die Braut ... das ist nicht Mirja. Das ist Lollo. Louise Lindqvist. Meine Freundin, die ... verschwunden ist.«

Erst zog er fragend die Augenbrauen hoch, doch dann wurde ihm klar, was sie sich gerade zu sagen bemühte.

»Meinst du, dass auf dem Hochzeitsfoto diese Louise zu sehen ist?«, fragte er.

»Ja.«

Ihre Bestätigung entlockte ihm ein leises Pfeifen durch die Zähne. »Kein Wunder, dass du umgekippt bist!«, rief er.

Aus ihrer Froschperspektive sah Embla, wie die anderen drei Kollegen fragende Blicke austauschten. Vermutlich fiel es Göran ebenfalls auf, doch er verzichtete auf eine Erklärung. Stattdessen schritt er entschlossen zur Tat.

»Sabina, hol bitte den Verbandskasten, du weißt ja, wo er liegt. Und du Linda behältst den Druck auf die Augenbraue bei. Ich rufe in der Zwischenzeit in der Notaufnahme an, damit wir gleich dran ...«

»Nicht nötig«, protestierte Embla von ihrer Position am Boden aus.

»Doch. Du hast eine blutende Platzwunde.«

Embla unternahm mehrere halbherzige Versuche aufzustehen, doch der Schwindel ließ sie immer wieder zurücksinken.

»Bei mir im Spind liegt Chirurgentape. Die Haut unter meinen Augenbrauen ist ziemlich dünn. Besonders auf der linken Seite, weil die schon einiges hat einstecken müssen. Deswegen hab ich immer Tape dabei. Außerdem hab ich es mir schon oft selbst draufgeklebt«, erklärte sie und versuchte munterer zu klingen, als sie sich fühlte.

Sabina Amir zog ihre perfekt geschminkten Augenbrauen hoch.

»Das erklärt auch, warum die linke Augenbraue so merkwürdig aussieht«, sagte sie mit einem leichten Lächeln.

Mit Unterstützung von Sabina gelang es Linda, die Wunde zu desinfizieren und die Augenbraue zu tapen. Die Wunde war kleiner, als man es aufgrund des üppigen Blutflusses hätte erwarten können, doch als Embla die Stelle vorsichtig mit den Fingern abtastete, war ihr klar, dass sie stark anschwellen würde.

Während die beiden Frauen Embla verpflasterten, ging Bengan zum Automaten und holte ihr einen Becher Tee. Dankbar nahm sie das Getränk entgegen. Es war zumindest heiß und brachte ihren Kreislauf wieder in Schwung, auch wenn es recht geschmacksneutral war. Während sie an ihrem Tee nippte, wandte sich Göran an die anderen Kollegen.

»Danke für eure Hilfe. Embla hat einen Schock erlitten, weil in den Ermittlungen im Mordfall Stavic ganz unerwartet eine Person auftauchte, die sie gut kannte.«

Mit einer dramatischen Bewegung drehte er seinen Bildschirm zu ihnen und klickte erneut das Hochzeitsbild an.

»Kadors Braut hier auf dem Foto ist mitnichten die Finnlandschwedin Mirja Hervonen, sondern Louise Lindqvist. Sie verschwand vor fast fünfzehn Jahren spurlos. Embla und sie sind gemeinsam aufgewachsen. Sie wohnten im selben Haus und waren eng befreundet. Erst vor Kurzem erzählte mir Embla von ihrem Trauma wegen des Verschwindens ihrer Freundin und von all den unbeantworteten Fragen, die sie quälten.«

Er holte Luft, vielleicht legte er aber auch nur eine Kunstpause ein, bevor er weitersprach: »Und jetzt haben wir auf einmal die Antwort. Louise ist mit Kador Stavic nach Kroatien gegangen und hat ihn geheiratet.«

Anfänglich befiel Embla Panik, als Göran anfing, von ihr und Lollo zu berichten, doch als sie hörte, wie er die Geschichte formulierte, durchströmte sie Dankbarkeit. Natürlich war es notwendig, die Kollegen über die Verbindung zwischen Lollo und ihr zu informieren, wenn auch in geeigneter Form. Die Erkenntnis über die wahre Identität von Kadors Frau würde großen Einfluss auf die weiteren Ermittlungen haben, und sie selbst würde alles daransetzen, an der Aufklärung des Falles mitzuwirken.

Sabina schaute sie an und riss die Augen auf.

»Das muss ja ein Wahnsinnsschock für dich gewesen sein!«

Wie immer trug sie ein sorgfältig aufgelegtes Make-up inklusive Eyeliner und akkurat nachgezogenen Augenbrauen. Ihr smaragdgrünes Kopftuch brachte die grünen Punkte in ihren honigbraunen Augen zur Geltung. Embla fühlte sich bei ihrem Anblick immer an die berühmte Büste von Nofretete erinnert. Sabina war sechsunddreißig Jahre alt, sah aber wesentlich jünger aus. Viele ihrer männlichen Kollegen hatten im Lauf der Jahre schon versucht, sie zu daten, doch sie hatte immer freundlich, aber bestimmt abgelehnt. Wie es bei enttäuschten Männern oftmals der Fall ist, hatten sie aus Frust bald das Gerücht in die Welt gesetzt, Sabina sei lesbisch, doch nichts deutete darauf hin. Wahrscheinlich war sie schlicht und einfach mit ihrer Arbeit verheiratet. Die Kollegin war erwiesenermaßen kompetent und machte oft Überstunden.

Kurze Zeit später verließen sie und die anderen Kollegen Görans Büro, um ihre Arbeit wieder aufzunehmen.

Embla setzte sich auf ihren Stuhl und starrte auf den Bildschirm. Das Hochzeitsfoto hypnotisierte sie regelrecht und brachte alle möglichen unterdrückten Gefühle wieder an die Oberfläche. Vor allem Scham und Schuldgefühle, weil sie sich so lange nicht getraut hatte, die Wahrheit zu sagen. Sie kam sich vor wie eine Verräterin. All diese Jahre voller Albträume, in denen sie sich ausgemalt hatte, was Lollo zugestoßen sein könnte. Ein Szenario schlimmer als das andere.

Doch in Wirklichkeit war Lollo nur wenige Monate später zur Braut geworden. Ihr fünfzehnter Geburtstag war ein paar Wochen nach ihrem Verschwinden gewesen, was bedeutete, dass sie auf dem Foto erst fünfzehn und nicht etwa achtzehn Jahre alt war, wie es in ihren Personalien fälschlicherweise vermerkt war. Wenn man das Foto genauer betrachtete, sah man, dass sie noch sehr jung wirkte, aber das war auch bei vielen Achtzehnjährigen der Fall. Offenbar war sie Kador freiwillig gefolgt, schließlich hatte sie ihn geheiratet. Oder hatte sie keine Wahl gehabt? Embla wünschte sich nichts mehr, als Antworten auf all ihre Fragen zu bekommen. Bei näherem Hinsehen konnte sie zumindest feststellen, dass ihre Freundin aus Kindertagen auf dem Bild glücklich wirkte.

»Sie ist also mit Kador durchgebrannt.«

Hatte sie das tatsächlich laut gesagt? Offenbar schon, denn Göran nickte.

»Ja, vielleicht. Aber es wundert mich nicht, dass du angenommen hast, Luca wäre ihre große Liebe. Die beiden passten vom Alter her viel besser zusammen«, sagte er.

Sie nickte mit einem Blick auf den Bildschirm und musste mehrmals heftig schlucken, bevor sie mit immer noch zittriger Stimme sagte: »Milo und Luca waren eigentlich immer diejenigen, die im Vordergrund standen. An Kador hab ich gar nicht gedacht. Über ihn hat man nie was gehört. Und Lollo hab ich auch nie mit ihm in Verbindung gebracht …«

Ihr versagte die Stimme, und sie riss sich zusammen, um nicht loszuheulen.

»Wir müssen sie und die Kinder finden«, sagte Göran. »Wahrscheinlich schweben sie in Lebensgefahr. Außerdem müssen wir Boris Cetinski noch heute informieren. Diese Entdeckung rückt die Dinge ja in ein völlig neues Licht«, meinte er energisch.

Embla betrachtete ihn aus dem Augenwinkel, sagte jedoch nichts.

»Embla, ich glaube, dass es sich hier um einen klassischen Bandenkrieg handelt. Eine Säuberungs- und Übernahmeaktion. Die Brüder Stavic werden aus dem Weg geschafft, und die neue Gang übernimmt ihre etablierten Positionen und lukrativen Geschäfte. Deshalb ist es von allergrößter Bedeutung, dass wir Louise finden, bevor die es tun. Louise weiß womöglich, wer die Brüder ermordet hat«, fuhr Göran fort.

Er sprang auf und stapfte quer durch den Raum. Dann drehte er sich plötzlich um und sah Embla ernst an.

»Deswegen sind auch alle Computer und Handys verschwunden. Es geht schlicht und einfach um interne Informationen.«

Verdutzt fragte Embla: »Was meinst du damit?«

»Verschlüsselter Mailverkehr. Darknet.«

Natürlich wusste sie, was das Darknet war. Das dunkle Netz. In dem das Gros der alltäglichen Kriminalität vonstattenging. Dort fand der Handel mit Kinderpornografie und allen anderen Arten von rechtswidrigem Sex, mit Drogen, Pässen, gefälschten Dokumenten und sogar Mord statt. Im Darknet konnte man alles kaufen. Die Kommunikationswege waren dort im Grunde genommen unmöglich zurückzuverfolgen.

»Warum kommt man an diese Daten in einer externen Recherche so schwer ran?«, schob sie hinterher.

Die Computerwelt war Görans Spezialgebiet, und sie wusste, dass er ihr eine einleuchtende Erklärung liefern würde.

»Die normalen Suchmaschinen reichen nicht bis ins verschlüsselte Netz hinein. Deshalb benutzt man dafür eine clevere Software namens Tor. Mit der kann man anonym surfen. Man bewegt sich so lange zwischen verschiedenen zugänglichen Servern, bis man den erreicht, mit dem man kommunizieren möchte.«

Er machte eine Pause, um zu sehen, ob sie ihm folgen konnte. Sie nickte.

»Das Raffinierte an der ganzen Sache ist, dass jeder Server nur die letzte Schaltstelle zur Übermittlung der Nachricht kennt, einen sogenannten Netzknoten. Der Server weiß auch, an welchen Knoten die Nachricht gesendet wird. Doch danach ist Schluss. Niemand kann nachvollziehen, von wo aus die Nachricht ursprünglich verschickt wurde oder wo der Empfänger sitzt. Alle Spuren enden im Nichts. Vor ungefähr einem Jahr bin ich mal bei einem Rentnerehepaar in Varberg gelandet, als ich versucht habe, eine Rauschgiftkette zurückzuverfolgen. Die beiden hatten von ihrem Sohn einen gebrauchten Computer bekommen, damit sie sich gegenseitig Mails schicken konnten, benutzten ihn aber nur äußerst selten. Das Betriebssystem war uralt, und alle Firewalls waren inaktiv. Über diesen Computer als Schnittstelle waren, wie sich herausstellte, sowohl Nekrophilie-Pornos als auch mehrere Kilo Kokain bestellt worden.«

Er seufzte und schüttelte angesichts der Erinnerungen den Kopf.

»Und konntest du den eigentlichen Absender ermitteln?«

»Nein. Man kann diese Personen nicht mittels Datenprotokoll oder Netzüberwachung aufspüren. Da muss der Benutzer schon selbst irgendwo einen Fehler machen. Die einzige Möglichkeit der Rückverfolgung besteht darin, selbst die Software namens Tor zu benutzen und zu versuchen, einen solchen Fehler zu finden.«

Auf einmal kam es Embla völlig logisch vor, dass der oder die Mörder die gesamte IT-Ausrüstung, aber keine Wertgegenstände mitgenommen hatten. Abgesehen von Milos auffälliger goldener Uhr und Lucas Pistole – falls er denn eine besessen hatte, was angesichts der Nachfüllmagazine in seiner Wohnung sehr wahrscheinlich war.

In den Computern fanden sich vermutlich wichtige Beweismittel gegen eine oder mehrere Kontaktpersonen der Brüder Stavic. Außerdem wäre es für die Übernahme von Vorteil, Zugang zum aktuellen Kontaktnetz zu bekommen. Oder die »Nachfolger« hatten diesen Zugang bereits, wollten aber vermeiden, dass diesbezügliche Informationen an die Polizei gelangten. Letzteres erschien ihr am plausibelsten.

»Apropos Absender, ich habe jetzt eine Antwort zu Louises Anruf bei dir am letzten Freitag bekommen. Man kann ihn zwar nicht exakt zurückverfolgen, weil er von einer nicht registrierten SIM-Karte in einem Prepaidhandy aus getätigt wurde. Aber er kam aus der Innenstadt von Göteborg, so viel ist sicher.«

Embla spürte, wie ihr Herz schneller schlug.

»Das bedeutet also, dass Louise hier ist. Vielleicht braucht sie Hilfe. Warum sollte sie mich sonst anrufen?«, sagte sie.

Mit einem zustimmenden Nicken scrollte Göran auf seinem Bildschirm hinunter. Plötzlich hielt er inne und deutete auf eine Ziffernfolge.

»Hier hab ich's. In der Nacht, als Kador verschwand, haben wir einen Anruf von Mirja Stavic aus Split an Milo in Göteborg registriert. Sie rief ihn nachts um Viertel nach eins an. Was sie gesagt hat, wissen wir nicht, weil wir Milos Telefonate in den letzten Monaten nicht abgehört haben. Aber das Gespräch war recht kurz, nur dreiundvierzig Sekunden. Direkt danach wurde von einem nicht registrierten Handy mit SIM-Karte in Göteborg ein ebensolches Handy im Großraum Split angewählt. Anderthalb Stunden später wurde Kadors Familie dann evakuiert und tauchte unter.«

»Milo. Er hat also alles organisiert«, stellte Embla fest.

»Ja, mit hoher Wahrscheinlichkeit.«

Unvermittelt kam Embla ein Gedanke.

»Wissen wir, ob die Kinder Schwedisch sprechen?«

»Darüber gibt es keine Angaben.«

Da die Brüder Stavic über Jahre hinweg Menschenhandel betrieben hatten und ihre Opfer kreuz und quer über Europas Grenzen schleusten, hatte sich Milo vermutlich einer dieser Routen bedient. Lollo und die Kinder mit neuen Pässen auszustatten stellte ganz sicher kein echtes Problem für ihn dar. Die weitaus größere Herausforderung bestand vermutlich darin, einen Ort zu finden, an dem sie sich sicher fühlen konnten. Wo versteckte man eine Frau mit drei Kindern im schulpflichtigen Alter, die höchstwahrscheinlich nicht besonders gut Schwedisch sprachen? Das Naheliegendste war ein Ort, an dem die Kinder nicht auffielen. An dem also viele Menschen unterschiedlicher Herkunft lebten. Falls die Kinder Schwedisch sprachen, könnten sie ohne gravierende Probleme eine schwedische Schule besuchen. Wenn nicht, wäre alles sehr viel schwieriger für sie.

Göteborg hatte wie die meisten anderen größeren Städte einen hohen Ausländeranteil. In manchen Stadtteilen fiele eine solche Familie zwar auf, in anderen überhaupt nicht.

»Ich glaube, dass sie sich in einem der Vororte befinden. Dort leben viele Einwanderer«, mutmaßte Embla.

»Ja, wenn sie sich noch in Göteborg aufhalten, ist das am wahrscheinlichsten. Ich werde das gleich mit Tommy besprechen, wenn wir uns treffen, dann kann er jemanden beauftragen, der die Neuzugänge in den verschiedenen Schulen durchgeht. Die zwei älteren Kinder sind ja schon schulpflichtig.«

»Der Sechsjährige auch.«

Das wusste Embla genau, denn sie hatte Elliot an seinem ersten Schultag als »Nuller« begleitet. Die Null war das obligatorische vorbereitende Schuljahr vor der ersten Klasse.

»Ja? Meine Jungs sind erst mit sieben in die Schule gekommen«, sagte er gedankenverloren.

In den letzten achtzehn Jahren hat sich im schwedischen Schulsystem so einiges verändert, dachte sie.

Nach dem Mittagessen hatte sich Embla vollständig von ihrem Schock erholt. In ihrem Inneren keimte ein Gefühl, das sie erst nach einer Weile identifizieren konnte: Erleichterung. Sie war wirklich erleichtert darüber, dass Lollo noch lebte und offenbar weder zu Prostitution noch zur Kriminalität gezwungen worden war. Den Fotos nach zu urteilen schien sie mit ihrer Familie in der idyllischen Hafenstadt Split bislang ein gutes Leben geführt zu haben.

Was die Schönheit der Stadt und die wunderbare Natur Kroatiens anging, vertraute Embla ganz den Erzählungen ihrer Eltern. Die beiden hatten vor vier oder fünf Jahren eine Busreise durch Kroatien unternommen. Danach waren sie ganz erfüllt von der Schönheit des Landes und all seinen Sehenswürdigkeiten gewesen. Ihr Vater berichtete immer wieder enthusiastisch von einem Nationalpark namens Plitvicer Seen, in dem sie gewandert waren und spektakuläre Wasserfälle und smaragdgrüne Seen vorgefunden hatten –, bis sie ganz unvermittelt auf einen Braunbären gestoßen waren! Immer, wenn die Leute bei dieser Pointe entsetzt »Oh je!« ausriefen, reagierte ihr Vater Örjan mit großer Genugtuung. Dann flüsterte ihre Mutter Sonja den Zuhörern leise zu, dass bei dieser Begegnung eigentlich der Bär die meiste Angst gehabt hatte und augenblicklich im Dickicht verschwunden war.

Mittlerweile hatte Göran auch Tommy Persson in der Abteilung für Gewaltverbrechen angerufen und ihm mitgeteilt, dass

Kadors Ehefrau Mirja Hervonen identisch war mit einer Louise Lindqvist, die vor vierzehneinhalb Jahren spurlos verschwand. Auch dass Mirjas wahre Identität rein zufällig festgestellt worden war, als Embla Nyström ihre Freundin aus Kindertagen auf einem Hochzeitsfoto wiedererkannte, das ihnen die Polizei in Split geschickt hatte, verschwieg er nicht. Tommy Persson versprach, sofort einen seiner Mitarbeiter damit zu beauftragen, die alten Ermittlungsunterlagen zu Louises Verschwinden bereitzustellen. Ein weiterer Ermittler würde alle Schulanmeldungen in und um Göteborg sowie die Daten zu Neuhinzugezogenen in den verschiedenen Stadtteilen überprüfen.

Mit Embla wollte sich Göran um halb vier am Nachmittag wieder treffen, wo sie sich bei Kaffee und Tee über das weitere Vorgehen abstimmen könnten. Ein Blick auf ihr Handy verriet ihr, dass sie bis dahin noch zwei Stunden Zeit hatte. Auch eine SMS von Elliot fand sie vor, der ihr ganz begeistert schrieb, dass er jetzt zu einer Fußballmannschaft gehörte und sie heute Nachmittag zum ersten Mal gemeinsam trainieren würden. Die Mutter seines Freundes Love wollte die beiden hinfahren. Endlich würde er die Fußballschuhe einweihen können, die Embla ihm zu Weihnachten geschenkt hatte!

Außerdem hatte sie noch einen Anruf von Harald Fäldt verpasst, weil sie ihr Handy während des Skype-Telefonats auf lautlos gestellt hatte und danach vergaß, den Ton wieder einzuschalten. Sie ging in ihr Büro, das sie sich mit Kriminalinspektorin Irene Huss teilte. Das Zimmer war leer, ihre Kollegin war wie gewöhnlich unterwegs.

Harald hatte es vor fast zwei Stunden bei ihr versucht und wunderte sich bestimmt darüber, dass sie ihn noch nicht zurückgerufen hatte.

Er meldete sich nach dem zweiten Klingeln.

»Hej Embla! Ich habe in der Hütte, in der dieser Mann ermordet wurde, etwas gefunden. Aber ich weiß natürlich nicht, ob es von Bedeutung ist«, sagte er.

Angesichts dessen, wie akribisch die Hütte von den Kriminaltechnikern durchsucht worden war, erschien es ihr eher unwahrscheinlich, dass sie irgendeine wertvolle Spur übersehen hatten. Doch Embla wollte Harald nicht in Verlegenheit bringen und sagte deshalb:

»Klingt spannend. Was hast du denn gefunden?«

»Na ja, ich bin runtergegangen, um nachzusehen, ob die Hütte auch ordentlich gereinigt wurde. Da fiel mir auf, dass eine unserer Putzkräfte den Ständer mit den Touristeninformationen an den falschen Platz gestellt hatte. Und als ich ihn umstellen wollte, merkte ich, dass eine der Karten nicht richtig gefaltet war. Also nahm ich sie heraus, um sie korrekt zu falten, und dabei entdeckte ich etwas, das vielleicht doch wichtig sein könnte.«

Er verstummte erneut. Höchstwahrscheinlich, weil er sich fragte, ob seine Aussage wirklich relevant für die Polizei war oder nur Zeitverschwendung.

»Und was hast du entdeckt?«, hakte sie nach.

Er räusperte sich und fuhr fort: »Na ja, auf der Karte war ungefähr zwanzig Kilometer von hier entfernt eine Markierung eingezeichnet. Richtung Westen, nahe der norwegischen Grenze. Es sieht aus wie ein kleines Häkchen. Aber dort ist nichts außer Wildnis. Monika und ich sind schon mehrmals zum Preiselbeerpflücken in diesem Gebiet gewesen. Von daher weiß ich, dass es dort komplett einsam ist.«

Das klang merkwürdig. Warum sollte Milo einen Ort mitten in der Wildnis kennzeichnen?

»Bist du dir sicher, dass die Markierung von Milo Stavic stammt?«

»Sie muss von ihm stammen. An dem Tag, als er anrief, um die Hütte zu mieten, hatte ich den Ständer gerade mit nagelneuen unbenutzten Karten bestückt, weil er leer war.«

Das klang tatsächlich interessant. Außer Milo hatte demnach kein anderer Gast Zugang zu den neuen Landkarten gehabt. Dieser Information sollten sie auf jeden Fall nachgehen, auch wenn das im Augenblick nicht höchste Priorität hatte.

»Kannst du die Karte einscannen oder mir rüberfaxen?«

»Das Faxgerät haben wir schon vor ein paar Jahren abgeschafft. Hier in der Einöde müssen wir, was die Technik angeht, immer auf dem neuesten Stand sein. Ich scanne es dir sofort ein«, sagte er.

»Super!«

Sie gab ihm ihre dienstliche E-Mail-Adresse und beendete das Gespräch. Nach wenigen Minuten spuckte der Drucker die Karte auf zwei Seiten aus. Auf der ersten war das Deckblatt zu sehen. Es war in den Farben der schwedischen Flagge gehalten und zeigte eine gelbe Übersichtskarte von ganz Dalsland auf blauem Grund, wobei der nördliche Teil in einem dunkleren Gelb gehalten war. Die Überschrift lautete: »Willkommen im nördlichen Dalsland – in den Gemeinden Dals-Ed und Bengtsfors«. Auf der nächsten Seite war eine vergrößerte Karte des nördlichsten Bereichs abgebildet. Embla studierte sie eingehend.

Am südlichen Ende des Sees Stora Le lag der Ort Ed und am südlichen Ende des Sees Lelång lag Bengtsfors. Beide Seen waren länglich und verliefen in nordsüdlicher Richtung fast parallel zueinander, flossen jedoch am Nordende ineinander. Im Sommer war diese Seenlandschaft ein wahres Eldorado für Kanuten. Die Landschaft dazwischen war nur sehr dünn besiedelt. Dasselbe galt auch für den Bereich westlich des Stora Le. Dort erstreckte sich bis weit nach Norwegen hinein unbewohntes

Gebiet. Die erste Ortschaft, Halden, lag dreißig Kilometer von der Grenze entfernt.

Im nördlichen Bereich des Westufers hatte Milo seine Markierung vorgenommen. Die Stelle war knapp einen Kilometer von der norwegischen Grenze entfernt, und ungefähr sechs Kilometer nördlich kam ein winziger Ort namens Strand. Zwischen der Markierung und dem Örtchen Strand befand sich ein kleiner See, der Ulvsjö. Das Häkchen lag – mitten im Nirgendwo.

Embla rief das Gebiet auf ihrem Computer in Google Maps auf und zoomte heran. Direkt unter dem Häkchen war eine schmale Schotterstraße zu erkennen, die über die Grenze nach Norwegen führte. Entlang der schwedisch-norwegischen Grenze gab es unzählige solcher kleinen Wege. Warum hatte Milo ausgerechnet diese unscheinbare Straße gekennzeichnet, die kaum mehr als ein Fußweg war? Sie bildete einen kleineren Abzweig von der Straße, die am Westufer des Stora Le entlangführte. Unmittelbar am Abzweig entdeckte sie ein kleines Haus mit zugehörigem Schuppen, doch das Häkchen war näher am Abzweig als am Haus.

Höchste Zeit, Onkel Nisse anzurufen.

Wie immer, wenn er Emblas Stimme hörte, hellte sich seine Stimmung auf. Dort oben im nördlichen Dalsland fühlte er sich gewiss manchmal einsam, auch wenn er ihr immer wieder versicherte, nie von dort wegziehen zu wollen. Als Embla ihm erklärt hatte, um welches Gebiet es ging, bat er sie, kurz zu warten, damit er seine Flurkarte vom Vermessungsamt holen konnte. Nach einer Weile kam er zurück ans Telefon.

»Eigentlich gibt es dafür keinen richtigen Namen. Wahrscheinlich nennt man ihn nur ›den Schotterweg südlich vom Ulvsjö‹. Wie du ja selbst gesehen hast, verläuft er bis rüber auf die norwegische Seite. Ich vermute mal, dass er während des

Krieges dazu diente, Leute und Versorgungsgüter hin- und herzuschmuggeln. Viele dieser Wege und Pfade wurden von der Bevölkerung an der Grenze schon seit Hunderten von Jahren benutzt. Wahrscheinlich nutzt sie heute kaum noch einer. Da ist es viel einfacher, nach Strand hochzufahren und von dort die Straße nach Halden zu nehmen.«

Das erklärte Milos Interesse an dem markierten Punkt nicht wirklich. Falls es überhaupt eine bewusste Handlung gewesen und nicht unabsichtlich geschehen war. Vielleicht war ihm beim Studieren der Karte nur der Stift aus der Hand gerutscht, sodass dieses kleine Häkchen entstand. Embla und Nisse unterhielten sich noch ein wenig, bevor Embla auflegen musste. Es war schon fast halb vier, und ihr Treffen mit Göran stand an.

Der Kommissar saß bereits am Schreibtisch und hatte einen Becher Kaffee sowie ein eingeschweißtes Mazarin-Törtchen vor sich stehen. Vorsichtig stellte Embla ihren Becher mit heißem Wasser ab und gab den Beutel mit grünem, nach Zitrone duftendem Tee hinein. Wie immer runzelte Göran die Stirn, als er sah, wie ihr Teewasser einen schwachen, gelblichgrünen Ton annahm, doch er wusste, dass es keinen Sinn machte, ihre Ess- und Trinkgewohnheiten zu kommentieren. Ganz zurückhalten konnte er sich aber auch nicht.

»Möchtest du etwas dazu essen? Ich lad dich ein«, sagte er freundlich.

Wie immer antwortete sie: »Nein, danke.«

Resigniert zuckte er die massigen Schultern und begann das Gebäck von der Plastikhülle zu befreien. Mit einem einzigen Bissen verleibte er sich das halbe Törtchen ein und zerkaute es genussvoll, bevor er es mit einem großen Schluck süßen Kaffee hinunterspülte. Während er aß, nutzte Embla die Gelegenheit, ihn über Haralds Fund, Milos Markierung auf der Landkarte, zu informieren. Nickend und vor sich hin brummend bekundete er sein Interesse an der Entdeckung. Doch erst, als das Törtchen aufgegessen war, begann er zu reden.

»Darüber solltest du mal mit deinem Polizisten in Åmål sprechen. Wie hieß er noch gleich … Olle, oder?«

Was hieß hier »dein Polizist«? Gerade wollte sie gegen Görans Wortwahl protestieren, doch er hatte das Thema schon wieder gewechselt.

»In zwanzig Minuten werden wir übrigens noch einmal mit Cetinski skypen. Er hat mir nach dem Mittagessen per Mail mitgeteilt, dass sie jede Menge neue Informationen reinbekommen haben, über die wir sprechen müssen. Und auch wir haben ja wichtige Neuigkeiten.«

Sie würden also wieder mit dem Operettengeneral kommunizieren. Vielleicht war es ungerecht, ihn so zu nennen, denn er war ihnen gegenüber freundlich und äußerst korrekt aufgetreten. Wenn auch seine reich dekorierte Uniform etwas überladen gewirkt hatte.

Ihr eigener ehemaliger Chef bot genau das gegenteilige Bild. Ein kritischer Blick auf sein Äußeres verstärkte ihren Eindruck, dass er sich seit gestern weder gekämmt noch das Hemd gewechselt hatte. Seine Gesichtshaut sah im unbarmherzigen Schein der Tageslichtlampen leicht gräulich aus, und auf den Wangen sprießte ein unordentlicher Dreitagebart.

»Hast du zufällig eine Uniformjacke im Spind?«

Er schaute sie erstaunt an. »Ja … ich glaub schon.«

»Ich auch. Dann würde ich vorschlagen, dass wir uns ein wenig stylen. Das sieht offizieller aus. Wir machen uns frisch, kämmen uns die Haare und ziehen uns Uniformhemden und -jacken an.«

Erst schien es, als wollte er protestieren, doch dann war er einverstanden.

Entschlossen sprang er auf und sagte: »Auf zur Umkleide! Wir treffen uns in fünfzehn Minuten wieder hier!«

Embla kam ebenfalls rasch auf die Füße und salutierte nahezu einwandfrei. Tja, man passt sich eben den Gepflogenheiten seiner Umgebung an, dachte sie.

Offenbar lagen in Görans Spind auch Rasierzeug und ein Deo. Frisch rasiert, gekämmt, im sauberen Oberhemd und mit Uniformjacke tauchte er nach einer Viertelstunde wieder auf. Embla war beeindruckt. Selbst eine Krawatte hatte er umgebunden, wenn auch eine leicht verknitterte. Mit einer entschuldigenden Geste deutete er auf seine zivile Hose, dieselbe, die er auch zuvor schon getragen hatte.

»Leider ist meine Uniformhose im Schrank wohl eingelaufen. Aber die Jacke passt noch. Wenn ich sie nicht zuknöpfe.«

Der oberste Knopf seines Hemds stand ebenfalls offen, doch die Krawatte verdeckte das halbwegs.

Sie selbst hatte ihre Haare zu einem strengen Zopf geflochten und dazu etwas Mascara sowie einen Hauch Lipgloss aufgetragen. Ihre Bluse, die Krawatte und die Uniformjacke saßen tadellos. Embla wusste, dass sie in Uniform gut aussah. Allerdings trug auch sie eine regelwidrige Hose, eine schwarze Jeans nämlich. Und das Pflaster über dem Chirurgentape auf der Augenbraue konnte sie leider auch nicht kaschieren. Am besten wäre es wohl, ihre linke Gesichtshälfte leicht vom Bildschirm abzuwenden, was durchaus machbar war, zumal sie links von Göran saß.

»Unsere Hosen sieht man auf Skype ja zum Glück nicht«, sagte sie, woraufhin sie sich rasch verschwörerisch zulächelten.

Beide setzten sich auf ihre Stühle, und während Embla ihren ein wenig nach links drehte, zeichnete sich auch schon das Gesicht des Polizeichefs aus Split auf dem Bildschirm ab. Er sah noch genauso aus wie bei ihrem morgendlichen Telefonat.

Sie begrüßten einander, und Cetinski sagte einleitend: »Nur wenige Stunden nach unserem Gespräch heute Morgen traf eine Mail von der Polizei in Helsinki ein. Sie haben Mirja Hervonen ausfindig gemacht, die Personennummer stimmte. Doch leider ist Mirja schon seit neunundzwanzig Jahren tot. Sie starb als knapp Dreijährige an Leukämie.«

Der säuerliche Tee drohte Embla sofort wieder hochzukommen, doch mit Willensanstrengung gelang es ihr, den Würgereflex zu unterdrücken. Weshalb reagierte sie so heftig auf alles, was mit Lollo zu tun hatte? Natürlich, das Verschwinden ihrer Freundin hatte sie schwer traumatisiert und ihr gesamtes Leben seit vielen Jahren beeinträchtigt. Aber da war noch etwas anderes: Sie hatte das Gefühl, von ihrer damals besten Freundin hintergangen worden zu sein. Lollo hatte Embla überlistet, sie dazu gebracht, ihr Spielchen mitzuspielen, während sie selbst eiskalt plante, gemeinsam mit Kador unterzutauchen. Aber warum? Wäre es nicht einfacher gewesen, wenn sie heimlich, still und leise verschwunden wäre? Doch das war nicht Lollos Stil, sie war schon immer eine Drama Queen gewesen, die ihre Bühne brauchte.

»Embla?«

Görans Frage brachte sie zurück in die Gegenwart. In ihrer Verwirrung murmelte sie nur ein kurzes »Oh, sorry«.

Er warf ihr einen kurzen Blick zu, sagte jedoch nichts weiter. Stattdessen wandte er sich wieder dem Polizeichef in Split zu.

»Gut, dass wir jetzt die Bestätigung dafür erhalten, dass sie mit einer falschen Identität gelebt hat. Wir haben nämlich durch reinen Zufall festgestellt, dass Mirja Stavic identisch ist mit einer Louise Lindqvist, die vor knapp fünfzehn Jahren spurlos aus Göteborg verschwand. Die Frau wurde auf dem Hochzeitsfoto wiedererkannt, das Sie uns geschickt haben.«

Cetinski zog eine seiner weißen buschigen Augenbrauen hoch, fragte zu Emblas Erleichterung aber nicht, wie sie es herausgefunden hatten. Stattdessen räusperte er sich mehrmals, bevor er fortfuhr: »Gut, dass Sie die wahre Identität der Frau so schnell feststellen konnten. Wir haben hier wiederum mit hundertprozentiger Sicherheit herausgefunden, dass das in den Brandresten gefundene Skelett zu Kador Stavic gehört. Die Körpergröße stimmt genau überein. Außerdem brach er sich bei einem Sturz vor elf Jahren den rechten Unterarm. Die geheilte Fraktur ist auf dem Röntgenbild deutlich zu erkennen. Kador schlug sich damals auch drei Zähne im Oberkiefer und zwei im Unterkiefer aus. Sein Zahnarzt hier in Split hatte ihm deshalb zwei Keramikbrücken angefertigt, die trotz des Brandes noch an Ort und Stelle saßen. Offenbar ist Keramik sehr hitzebeständig.«

Es herrschte also kein Zweifel mehr daran, dass Kador ebenfalls tot war. Vielleicht war er bei dem Brand ums Leben gekommen, vielleicht war er aber auch schon tot gewesen, als das Haus angezündet wurde.

Die Polizisten vereinbarten abschließend, einander bezüglich der Ermittlungen in den Mordfällen Stavic weiterhin auf dem Laufenden zu halten, und beendeten das Gespräch.

Sobald der Bildschirm wieder schwarz wurde, lehnte sich Göran auf seinem Stuhl zurück und lockerte seine Krawatte.

»Tja, damit ist meine Vermutung, dass Kador hinter dem Mord an seinen beiden Brüdern steckt, hinfällig. Zeit, nach neuen Anhaltspunkten zu suchen.«

Embla saß gedankenverloren auf ihrem Stuhl. Lollo war jetzt eine verwitwete Frau mit drei Kindern im schulpflichtigen Alter. In einer solchen Situation wandte man sich normalerweise an seine Familie. Und in Schweden hatte Lollo außer ihren beiden Schwagern Milo und Luca keine Familie mehr gehabt. Doch Milo hatte Geld und Einfluss besessen und ihr und den Kindern höchstwahrscheinlich zur Flucht verholfen. Aber gab es denn in Kroatien sonst keine Verwandtschaft der Brüder Stavic?

»Warum ist Lollo nicht in Split geblieben und hat dort bei Kadors Verwandten Schutz gesucht?«, fragte sie.

Göran trommelte leise mit den Fingerkuppen auf die Tischplatte, während er sie nachdenklich anschaute.

»Ich kann mir nur einen Grund vorstellen, nämlich, dass die gesamte Familie bedroht wurde. Vielleicht wusste Lollo nicht mehr, wem sie noch vertrauen konnte. Deshalb wollte sie das Risiko, zu bleiben, vermutlich nicht eingehen«, antwortete er schließlich.

»Ja, wahrscheinlich.«

»Sonst noch was, das dir Kopfzerbrechen bereitet?«

»Mhm. Kador war laut Cetinski ein Casanova, und solche Männer bleiben nachts oft lange weg. Ich frage mich, warum sich Lollo Sorgen machte, als er nicht zeitig nach Hause kam.«

Embla vermied es, ihre eigenen Erfahrungen des Zusammenlebens mit einem Casanova preiszugeben. Jason war oft nächtelang weggeblieben.

»Tja, das frag ich mich auch. Sie hat ja wirklich sofort reagiert, als Kador an jenem Abend nicht heimkam. Schon eine Stunde später hat sie Milo angerufen«, sagte Göran.

»Scheint so, als hätte sie damit gerechnet, dass Kador etwas zustoßen könnte«, sagte sie.

Er nickte ernst.

»Ja, jedenfalls wusste sie genau, was zu tun war, als es geschah. Die Frage ist, ob sie womöglich einen Hinweis erhalten hat.«

Die Stille im Raum empfand Embla als erdrückend. Es kam ihr vor, als würde die Luft pulsieren, dann stellte sie aber fest, dass es ihr eigener Herzschlag war, der in ihrem Ohr pochte. Sie atmete mehrfach tief ein und aus, um sich wieder zu beruhigen, und versuchte sich auf die Fakten zu konzentrieren.

Schließlich brach der Kommissar das Schweigen und sagte: »Wenn Lollo in irgendeiner Form in den Mord verwickelt gewesen wäre, hätte sie wohl kaum Unterstützung bei Milo gesucht.«

Das klang logisch. Embla empfand Erleichterung bei diesem Gedanken. Sie wollte gerade aufstehen, um zu ihrem Arbeitsplatz zurückzukehren, als ihr einfiel, dass sie Göran noch etwas Wichtiges fragen wollte.

»Hast du eigentlich schon einen Bescheid in Sachen Pistole bekommen?«

In seinem Gesicht breitete sich ein zufriedenes Lächeln aus. »Ach ja, genau. Luca besitzt eine Lizenz für eine Beretta M9. Ich habe mir die Pistole, die unter Milos gefalteten Händen lag, noch mal näher angeschaut. Es handelt sich um Lucas Beretta. Sie ist die Tatwaffe in beiden Mordfällen.«

»Lucas Pistole? In beiden Mordfällen?«, wiederholte sie verblüfft.

»Ja. Das erscheint mir auch schlüssig. Er wurde als Erster erschossen. Der Rechtsmediziner schätzt, irgendwann zwischen zwanzig und zweiundzwanzig Uhr am Freitagabend. Nur leider wurde seine Leiche erst am Morgen darauf entdeckt, weil er hinter einem parkenden Auto lag.«

Embla kam das Ganze ziemlich verworren vor, doch je mehr

sie darüber nachdachte, desto mehr überzeugte sie Görans Argumentation.

»Hat denn niemand die Schüsse gehört?«, fragte sie.

Bedauernd schüttelte er den Kopf.

»Bislang haben sich noch keine Zeugen gemeldet. Das Parkhaus liegt etwas abseits, bestimmt hundert Meter vom nächsten Wohnhaus entfernt. Und außerdem führt dazwischen eine stark befahrene Straße hindurch. Das Wetter an diesem Abend war schlecht, es fiel Schneeregen. Deswegen war dort draußen wohl niemand unterwegs.«

Embla dachte angestrengt nach.

»Der Mörder hat also Lucas Pistole bei Milo gelassen. Aber warum? Die Waffe war doch nach zwei Morden heiß!«, rief sie aus.

Göran zuckte leicht mit den Schultern.

»Vielleicht gerade deswegen. Um die Mordwaffe loszuwerden. Obwohl mir das auch unfassbar dämlich erscheint. Aber da ist noch etwas anderes: Der Mörder muss Zugang zu den Schlüsseln gehabt haben. Meine Theorie lautet, dass er vor dem Mord in Lucas Wohnung eingedrungen ist und dort den Laptop und die Beretta an sich genommen hat. Das Handy hat er Luca bestimmt erst nach der Tat abgenommen.«

Embla bemühte sich, logisch und klar zu denken.

»Aber wenn der Mörder vor dem Mord in der Wohnung war, muss er einen Ersatzschlüssel benutzt haben, da Luca seinen in der Tasche stecken hatte. Gibt es denn noch mehr Ersatzschlüssel als den im Tresor des La Dolce Vita?«

»Soweit wir wissen, nicht. Aber vielleicht liegt ja einer in Milos privatem Safe in seiner Wohnung.«

»Und wann wird der geöffnet?«

»Bald, hoffe ich.«

Was die Schlüssel betraf, kamen sie gerade nicht weiter, deshalb beschloss Embla, sich vorerst auf die Waffen zu konzentrieren.

»Trotzdem: Warum hat der Mörder Lucas Beretta nach dem Mord an Milo nicht einfach verschwinden lassen. Und aus welchem Grund hat er Milos Pistole mitgenommen? Warum hat er die nicht einfach dort gelassen?«, fragte sie.

Göran verzog leicht resigniert das Gesicht.

»Darauf habe ich keine Antwort. Was eventuelle DNA-Spuren auf dem Magazin oder der Pistole angeht, dauert es noch mindestens zwei Tage, bis wir Ergebnisse haben. Unsere Expertin Lena steckt bis zum Hals in Arbeit. In Bikopsgården hat es wieder eine Schießerei mit zwei Toten gegeben, ein Bandenkrieg zwischen Jugendlichen. Der hat aber nichts mit den Morden an den Brüdern Stavic zu tun.«

Embla begann der Kopf zu rauchen. Sie musste all die neuen Erkenntnisse erst einmal sortieren. Es konnte sich zwar durchaus um ein und denselben Mörder handeln, aber der Zeitrahmen für die beiden Morde war doch ziemlich eng, überlegte sie. Mit größter Wahrscheinlichkeit hatte der Täter Helfer gehabt.

»Nach Lucas Ermordung ist der Mörder also gleich nach Herremark hochgefahren und hat Milo erschossen?«

»Ja. Der Modus Operandi der Morde stimmt jedenfalls überein. Außerdem handelt es sich um dieselbe Tatwaffe. Man kann also schon annehmen, dass es derselbe Mörder war. Wenngleich er große Probleme gehabt haben muss, wieder nach Göteborg runterzukommen, selbst wenn er einen SUV fuhr. In der betreffenden Nacht herrschte, wie wir wissen, Schneechaos, und die E45 war auf der Hochebene von Dalsland komplett dicht.«

»Lucas Pistole muss der Mörder ja logischerweise vor dem Mord an ihm entwendet haben. Aber hat er vielleicht auch *nach* den zwei Morden noch einmal die Wohnungen der beiden aufgesucht, um die Laptops mitzunehmen?«, fragte sie.

Göran lehnte sich auf seinem Stuhl zurück.

»Nicht auszuschließen. Die Wohnungen der Brüder sind nach den Morden ja nicht überwacht worden. Sie schienen so sicher zu sein wie Fort Knox. Und vor allem war unser gesamtes Personal gerade mit anderen Ermittlungen beschäftigt. Linda und Bengan mussten nach Herremark hochfahren, wo sie den gesamten Samstag verbrachten. Und als sie von dort zurückkamen, fuhren sie gleich weiter nach Biskopsgården, um nach der Schießerei an den Tatorten mitzuhelfen. Und wir beide haben die Wohnungen der Brüder erst gestern Abend durchsucht. Drei Tage, nachdem Luca und Milo ermordet wurden.«

Embla nickte.

»Wer auch immer Zugang zu den Wohnungsschlüsseln von beiden Brüdern gehabt hat: Es ist gut möglich, dass er zunächst in Lucas Wohnung eindrang und dort die gesamte IT-Ausrüstung sowie die Beretta an sich nahm. Um dann dem Mörder die Pistole zu übergeben. Der Einbruch und die Morde müssen also nicht zwangsläufig von ein und derselben Person begangen worden sein. Es können auch mehrere beteiligt gewesen sein. Angesichts der Tatsache, dass es sich mit hoher Wahrscheinlichkeit um Mafiamorde handelt, spricht sogar einiges dafür. Der Einbruch bei Milo kann dann auch nach dem Mord oben in Herremark stattgefunden haben«, fuhr er fort.

»Dann geht es jetzt also darum herauszufinden, wer Zugang zu Lucas und Milos Wohnungsschlüsseln hatte. Bei Milo wissen wir es ja schon. Andreas Acika«, sagte sie.

»Genau. Aber der behauptet ja, Milos Code für den Safe nicht zu kennen, in dem sich möglicherweise ein Ersatzschlüssel für Lucas Wohnung befindet. Den Code für Lucas Tresor zu knacken war dagegen kein Kunststück«, sagte er und zog vielsagend die Augenbrauen hoch.

Das bedeutete, dass sich der Mörder gar nicht unbedingt durch den Schneesturm zurück nach Göteborg hatte kämpfen müssen. Vermutlich hatte seine einzige Aufgabe darin bestanden, die Brüder zu töten. Sein oder seine Handlanger hatten die Einbrüche übernommen. Der Mörder konnte also in Ruhe abwarten, bis der Sturm wieder abflaute.

»Aber wo ist der Mörder nach den Schüssen auf Milo hingefahren?«, fragte sie.

»Das könntest du vielleicht gemeinsam mit Olle herausfinden. Dafür müsstest du noch mal nach Herremark hochfahren und dort nach einem möglichen Versteck suchen.«

»Vielleicht sollten wir das Gebiet, das Milo auf der Karte gekennzeichnet hat, mal unter die Lupe nehmen.«

»Macht das. Obwohl wir noch nicht wissen, ob er die Stelle bewusst markiert hat. Vielleicht hat das Häkchen ja auch gar nichts zu bedeuten, aber zur Sicherheit solltet ihr euch das Gebiet auf jeden Fall mal anschauen.«

Das Telefon des Kommissars klingelte. Göran streckte seine Hand aus, um den Hörer abzunehmen.

»Hej Tommy! Ja … sie ist hier.«

Embla war schon aufgestanden, doch er bedeutete ihr, noch zu warten. Anstatt sich wieder hinzusetzen, blieb sie neben ihrem Stuhl stehen.

»Das kann sie bestimmt … Ja, ich frage sie …«

Er nahm den Hörer vom Ohr und schaute Embla an.

»Tommy fragt, ob du vielleicht ins La Dolce Vita fahren und mit dem Assistenten des Geschäftsführers sprechen könntest. So lautet jedenfalls sein korrekter Titel. Er hat in eurer Abteilung angerufen und angegeben, dass er Informationen hat, die wichtig sein könnten. Aber leider schafft es dort heute keiner zeitlich. Könntest du das vielleicht übernehmen?«

Allein schon bei dem Gedanken an diesen Ort krampfte sich Emblas Magen zusammen. Seit dem Abend, an dem Lollo verschwand, hatte sie keinen Fuß mehr in diesem Klub gesetzt. Hauptsächlich natürlich aus Angst davor, dort einem der Brüder Stavic zu begegnen, aber auch aus einem diffusen Unbehagen heraus, erneut mit dem Ort konfrontiert zu werden, an dem ihre Albträume anfingen.

Doch das wollte sie Göran gegenüber nicht zugeben. Sie hatte sich schon genug geoutet.

»Ja, kann ich machen«, hörte sie sich selbst antworten.

»Gut.«

Er hielt den Hörer wieder ans Ohr und teilte Tommy mit: »Sie fährt hin. Wie hieß der Mann noch gleich?«

Göran schwieg, während sein Kollege am anderen Ende der Leitung sprach.

»Okay, ich richte es ihr aus«, sagte er schließlich und beendete das Gespräch.

Dann schaute er zu Embla hoch.

»Der Assistent, um den es geht, heißt Stephen Walker und ist zweiunddreißig Jahre alt. Ein Engländer, der seit drei Jahren auch die schwedische Staatsbürgerschaft besitzt. Er hat in verschiedenen Kneipen als Kellner und Barmann gearbeitet, aber in den vergangenen drei Jahren war er der Assistent von Luca Stavic. Laut Tommy geht das Gerücht, dass ihr Kontakt nicht rein professioneller Natur war, sondern sie auch eine Liebesbeziehung hatten.«

»Aber sie wohnten nicht zusammen«, sagte Embla.

»Nein, Luca wohnte ja ganz offensichtlich allein in seiner Wohnung.«

Embla sah auf der Wanduhr, dass es schon fast halb fünf war.

»Ist er jetzt in der Kneipe?«, fragte sie zur Sicherheit.

»Ja. Er wartet darauf, dass jemand von uns auftaucht. Das Restaurant öffnet nicht vor siebzehn Uhr.«

»Okay. Dann fahr ich gleich los.«

Als sie zur Tür ging, krampfte sich ihr Magen zusammen, und ihr wurde speiübel.

Ausnahmsweise hatte Embla einmal keine Probleme, einen Parkplatz im Bereich der Aveny zu finden. Hinter dem Konzerthaus sah sie gleich mehrere freie Lücken. Typisch. Heute wäre sie gern noch ein wenig herumgefahren, um innerlich zur Ruhe zu kommen, auch wenn ihr das im Augenblick nur schwer möglich erschien.

Draußen war es bereits dunkel, und die Temperatur war wieder unter null gesunken. Matsch und Tauwasser waren erneut gefroren, sodass sich die Straßen und Gehwege in Eisbahnen verwandelt hatten. Zur Sicherheit hielt sie sich gut am Geländer fest, als sie die Stufen vom Parkplatz hinunterstieg. Bis zum La Dolce Vita würde sie höchstens fünf Minuten brauchen. Wenn sie wegen der Glätte besonders langsam ginge, würde sie die Zeit vielleicht auf sieben Minuten ausdehnen können.

Doch ihr Plan ging nicht auf: Die Bürgersteige der Aveny waren mit Heizschlangen versehen und wiesen nicht den geringsten Hauch von Glatteis auf. Wie immer waren viele Menschen auf der Allee unterwegs. Gruppen von Schülern, die gerade Schulschluss hatten und sich lautstark bemerkbar machten, mischten sich mit Kauflustigen und Angestellten, die aus ihren Büros kamen. Doch im Gegensatz zum Frühjahr und Sommer, wenn Besucher aus aller Welt in der Stadt einfielen und unweigerlich in die Touristenfallen tappten, herrschte kein Gedränge. Im Augenblick waren hauptsächlich Engländer und Schotten da, die sich in den Pubs wie The Dubliner und Bishops Arms tummelten. Sie kamen inzwischen das ganze Jahr über und besuchen Kneipen mit »authentischem Flair«. Obwohl sie die natürlich ebenso gut in ihrem Heimatland aufsuchen konnten, wenn sie wirklich auf authentisches Flair aus waren. Aber Göteborg wurde nicht umsonst »Klein-London« genannt. Zudem gab es hier auch jede Menge Restaurants und Klubs, in die man nach einem Kneipenbesuch weiterziehen konnte. Wie zum Beispiel das La Dolce Vita.

Je näher Embla dem Eingang des Nachtklubs kam, desto zögerlicher wurden ihre Schritte. Vor den Flügeltüren aus Panzerglas – Göran behauptete jedenfalls, dass sie aus Panzerglas waren – blieb sie stehen. Ihr rutschte das Herz in die Hose. Eine vage Hoffnung keimte in ihr auf, dass man sie womöglich nicht ins noch geschlossene Restaurant hineinlassen würde. Bis sie hinter der Tür einen Mann erblickte, der hinausschaute. Als er sah, dass sie stehen blieb, schob er einen Flügel der Tür auf und steckte den Kopf durch die Öffnung.

»Hej. Wen suchen Sie denn?«, fragte er höflich.

Sie musste lachen, und ihre Nervosität legte sich etwas. Er sah genauso aus wie die jüngere Version von Tony Irving, dem Jury-Vorsitzenden in der Fernsehshow *Let's Dance*, und sprach auch genauso. Allerdings wirkte er um einiges muskulöser und war bedeutend größer.

»Hej. Mein Name ist Embla Nyström, Kriminalinspektorin. Ich suche Stephen Walker. Irgendwas sagt mir, dass Sie das vielleicht selbst sind«, meinte sie.

Er öffnete die Tür ganz und trat zur Seite, um sie ihr aufzuhalten. »Stimmt genau. Bitte kommen Sie doch herein.«

Selbstsicherer, als sie sich fühlte, betrat sie das Gebäude. Vom Eingangsbereich aus konnte man geradewegs ins Restaurant hineinschauen.

Ihre Erinnerungen an den Abend, an dem Lollo verschwand, waren äußerst verschwommen. Aber war nicht die Inneneinrichtung des La Dolce Vita komplett schwarz gewesen? Wände, Boden und Decke – alles war damals schwarz gestrichen. Sogar die Theke war schwarz. Entweder ihr Gedächtnis spielte ihr einen Streich, oder die Location war mittlerweile renoviert und die Inneneinrichtung vollständig erneut worden. Jedenfalls waren die Wände im Entree und im Restaurant mit einer eierschalenfarbenen Medaillon-Tapete mit Struktureffekten versehen, der Fußboden mit hellgrauem Marmor ausgelegt und die Einrichtung in rötlichem Kirschholz gehalten. Schwere weiße Samtvorhänge rahmten die hohen, bodentiefen Fenster ein. Davor standen üppige Grünpflanzen, die Behaglichkeit ausstrahlten und zugleich als Sichtschutz dienten. Die Theke aus strahlend weißem Marmor war an der Vorderseite mit Spiegelglas verkleidet. Auch die Rückwand hinter den Spirituosenregalen war verspiegelt.

Am hinteren Ende des Eingangsbereichs führte eine Treppe hinunter zum Nachtklub.

»Hier entlang«, sagte Stephen Walker.

Embla folgte dem Mann mit dem breiten Rücken auf den Stufen nach unten. Hier hatte damals alles seinen Anfang genommen. Merkwürdigerweise konnte sich Embla nicht mehr daran erinnern, dass Lollo und sie irgendeine Treppe hinabgestiegen waren.

Im Untergeschoss herrschte gedämpfte Beleuchtung. An den Wänden hing die gleiche Tapete wie im Erdgeschoss, allerdings in einem hellen Silbergrau. Die grauen Marmorplatten auf dem Boden waren dunkler als oben. Das alles machte jedoch keineswegs einen düsteren Eindruck auf sie, obwohl die Einrichtung ganz in Schwarz gehalten war. Das Ambiente strahlte eher Eleganz und Internationalität aus. Die Theke glich vom Stil her der im Restaurant, war jedoch doppelt so lang. Hinter der weitläufigen Tanzfläche befand sich das DJ-Pult.

Direkt daneben erblickte Embla die Konturen der Tür, die sich unwiderruflich in ihre Erinnerungen eingebrannt hatte. Inzwischen war sie im selben silbergrauen Farbton gestrichen wie die Tapeten an den Wänden, sodass sie kaum auffiel. Das Schild von damals war entfernt und gegen eine elektronische Sicherung ausgetauscht worden.

Stephen Walker tippte rasch den Code ein, woraufhin die Tür mit einem leisen Klicken aufsprang. Für einen kurzen Augenblick befiel Embla die Panik aus ihren Albträumen, doch sie riss sich zusammen und folgte Walker in den Korridor hinein.

An den Wänden, an denen als Farbakzente eine Reihe von Bildern hingen, die von Tageslichtlampen an der Decke angestrahlt wurden, wiederholte sich die eierschalenfarbige Tapete aus dem Erdgeschoss. Ein hellgrauer Bodenbelag dämpfte das Geräusch ihrer Schritte. Unterwegs passierten sie noch weitere, ebenfalls mit einem Code versehene Türen. Embla konnte sich an keine dieser Türen erinnern. In ihren wiederkehrenden nächtlichen Träumen hatte sie jedes Mal nur einen langen dunklen Gang vor sich gesehen, an dessen hinterem Ende eine einzelne Glühlampe von der Decke hing. Der helle Korridor von heute hatte nichts, aber auch gar nichts Klaustrophobisches. Wie hatte er an jenem schicksalhaften Abend so ganz anders auf sie wirken können?

Stephen blieb vor der Tür ganz hinten im Korridor stehen und tippte erneut einen Code ein.

»Gibt es hier eigentlich irgendwo einen Hinterausgang?«, fragte Embla in so unschuldigem Ton wie möglich.

»Ja, den gibt es hier drinnen«, antwortete er und hielt ihr höflich auch diese Tür auf.

In diesem Raum? Das musste bedeuten, dass der hintere Teil des Korridors gekappt und zu einem weiteren Raum umgebaut worden war. Embla erinnerte sich nur vage an den letzten Anblick von Lollo. Eine zierliche Gestalt, die auf dem Fußboden eines schmalen Flurs direkt vor der Hintertür kauerte. Über ihr hatten sich drei männliche Gestalten aufgebaut: Milo, Kador und Luca. Damals, in ihrem betrunkenen, panischen Zustand hatte Embla angenommen, die Männer hätten ihre Freundin entweder betäubt oder sie auf den Boden gezwungen. Aber offenbar hatte sie die Szene komplett falsch gedeutet, denn Lollo war schließlich gemeinsam mit Kador abgehauen. Oder war sie doch entführt worden? Nach wie vor nicht ganz auszuschließen.

Als Embla den Raum betrat, hatte sich der Krampf in ihrem Magen noch immer nicht gelöst. Als Erstes nahm sie die Tür ganz hinten in Augenschein. Eine Stahltür. Direkt unterhalb der Decke erblickte sie mehrere Fenster aus Glasbausteinen. Sie dienten lediglich als Lichtquelle, denn man konnte durch sie weder hinein noch hinaus schauen.

Der Raum war ansprechend eingerichtet. Derselbe Bodenbelag wie im Korridor, allerdings mit weißen Möbeln. Sogar der Bürosessel war mit weißem Leder bezogen. Auf dem Schreibtisch standen ein Mac-Bildschirm, eine Tastatur und ein Laserdrucker, alles ebenfalls in Weiß. Gegenüber war eine weiße Ledersitzgruppe um einen niedrigen Glastisch herum arrangiert. An zwei Wänden hingen großflächige Ölgemälde. Eines war eher in Rottönen, das andere in Blautönen gehalten. Abstrakte Malerei, aber stilvoll. Embla hätte sie sich durchaus auch in ihrer Wohnung vorstellen können. Mit einer entsprechend großen Wand.

Stephen deutete auf einen der Ledersessel.

»Bitte setzen Sie sich doch.«

Ein äußerst höflicher Mann. Er selbst nahm im Sessel gegenüber Platz und lehnte sich zurück. Das Licht der Deckenlampe brachte sein halblanges blondes zurückgegeltes Haar zum Glänzen, enthüllte aber auch den müden Zug um seinen Mund. Seine Augen hatten rote Ränder, mutmaßlich vom Schlafmangel oder vom Weinen. Oder auch von beidem. Dieser Mann sah jedenfalls nicht so aus, als hätte er in den letzten Nächten viel Ruhe gefunden.

»Kann ich Ihnen etwas zu trinken anbieten?«, fragte er.

Seine Stimme klang tief und angenehm, und beim Sprechen schaute er sie unverwandt an. Embla fiel auf, dass seine Hände ständig in Bewegung waren. Erst strich er sich damit übers Gesicht, dann klemmte er sich eine Haarsträhne hinters Ohr, danach faltete er sie im Schoß, um dann schließlich wieder die Armlehnen zu ergreifen. Dieser Mann war alles andere als entspannt.

»Nein danke, ich habe gerade erst Tee getrunken.«

»Okay.«

Er verstummte, und sie spürte, wie er sie aufmerksam beobachtete und gleichzeitig versuchte, sich zu sammeln. Sie würde ihm den Puls fühlen, dabei aber sehr behutsam vorgehen. Ihm zuerst einige Fragen stellen, deren Antwort sie bereits wusste. Dadurch würde sie auch erfahren, wie vertrauenswürdig er war.

»Wie lange wohnen Sie schon in Schweden?«

»Seit zehn Jahren«, antwortete er kurz und knapp.

»Haben Sie die ganze Zeit in Göteborg gewohnt?«

»Nein. Sieben Jahre in Stockholm und drei in Göteborg.«

All das war ihr schon bekannt, doch sie fragte weitere unverfängliche Dinge ab, um ihn zu beruhigen.

»Und wie lange arbeiten Sie schon hier im Klub?«

Sie ließ ihrer Frage eine flüchtige Geste über den hell eingerichteten Raum folgen, begleitet von einem freundlichen Lächeln. Das funktionierte normalerweise.

»Seit knapp drei Jahren. Im April sind es drei.«

»Dann sind Sie also hierhergezogen, um im La Dolce Vita als Assistent von Luca Stavic anzufangen.«

Zur Antwort nickte er kurz. Nervös befingerte er den Stoff seiner Anzughose, um danach die Hände wieder im Schoß zu falten.

»Mein Chef hat mich gebeten herzukommen, weil Sie uns etwas mitteilen wollen«, fuhr sie fort.

Stephen Walker sprang unvermittelt auf und ging zu einem zweigeteilten Schrank in der Ecke des Raums. Als er mit der Handfläche leicht gegen die obere Tür drückte, sprang sie auf. Dahinter befand sich ein Kühlschrank. Von ihrem Platz aus konnte Embla sehen, dass darin um die zwanzig Champagnerflaschen lagen, deren Metallkapseln im Licht der Kühlschrankbeleuchtung glänzten. In einem weiteren Fach standen mehrere hellblaue Glasflaschen mit Mineralwasser. Stephen nahm zwei davon heraus. Dann drückte er mit der Handfläche auf die untere Tür, und diverse Trinkgläser in unterschiedlichen Größen und Formen kamen zum Vorschein. Er holte zwei mittelgroße Gläser heraus und schloss die Türen mit einem leichten Hüftschwung. Nachdem er sich wieder hingesetzt hatte, stellte er die eine Flasche samt Glas vor Embla auf den Tisch und schenkte sich aus der anderen selbst ein. Er nahm ein paar Schlucke, räusperte sich mehrmals, holte dann tief Luft und begann zu reden.

»Luca und ich haben schon vor einiger Zeit angefangen, uns zu treffen. Privat. Wir waren ein Paar.«

Für einen Augenblick wurden seine Hände ruhig. Als er

Embla mit seinen hübschen grünblauen Augen anschaute, nickte sie ihm ermutigend zu.

»Okay. Dann können Sie vielleicht nachvollziehen, warum ich ... das gemacht habe«, sagte er leise und schaute hinunter auf seine Hände, die jetzt wieder gefaltet im Schoß lagen.

Es machte keinen Sinn, ihn unter Druck zu setzen, deshalb ließ sie ihm Zeit, sich zu sammeln.

»Luca und ich haben es uns freitagabends immer gemütlich gemacht. Dieser Abend gehörte uns. Wir haben gut gegessen, Wein getrunken. Cosy Friday, you know.«

Eine Träne rann langsam über seine Wange, und er wischte sie rasch mit dem Handrücken weg.

»Genauso hatten wir es auch am letzten Freitag vor. Aber kurz bevor wir hier losgehen wollten, klingelte sein Handy. Ich konnte nicht hören, was gesprochen wurde. Er nickte hauptsächlich und murmelte etwas vor sich hin. Danach meinte er, dass wir den Abend nicht zusammen verbringen könnten, weil er sich mit jemandem treffen müsse.«

Embla war gespannt. »Sagte er auch, mit wem?«

»Nein. Ich habe nachgefragt, aber er wollte es mir nicht sagen. Er meinte nur, dass es ums Geschäft ginge. Secret stuff. Da Milo weggefahren war, musste er das wohl übernehmen.«

Geheime Deals. Das Hauptgeschäft der Brüder Stavic.

Die Hoffnung, gleich den Namen des Mannes zu erfahren, mit dem Luca sich treffen wollte, starb sofort wieder. Embla unternahm einen letzten Versuch.

»Er sagte nicht zufällig, um welche Geschäfte es ging?«
»Nein.«

Seine Finger nestelten erneut nervös an seinem tadellos sitzenden Anzug herum. Danach richtete er bestimmt zum zwanzigsten Mal seine Krawatte, bevor er sich erneut räusperte.

»Und dann ist er einfach abgehauen. Das hat Luca noch nie gemacht. Just dumped me like that ... Deshalb wollte ich unbedingt rauskriegen, mit wem er sich traf.«

Embla sagte nichts, sondern bedeutete ihm mit einem aufmunternden Nicken weiterzureden.

»Ich kenne Luca ganz gut. Er legte immer Wert darauf, sich vor einem wichtigen Meeting ein wenig frisch zu machen. Und da es ums Business ging, war ich mir sicher, dass er vor dem Treffen erst heimfahren würde. Deshalb bin ich dann mit dem Wagen nach Eriksberg rausgefahren.«

Sein Bericht wurde von einem lauten Schluchzen unterbrochen. Seine Finger verflochten sich erneut ineinander. Der Ärmste, er war wirklich völlig verzweifelt. Embla suchte in ihrer Jackentasche nach einem Päckchen Papiertaschentücher. Als sie es fand und ihm eines reichte, bedankte er sich murmelnd. Nachdem er die Tränen in seinen Augenwinkeln getrocknet und sich die Nase geputzt hatte, redete er weiter: »Ich bin gegen acht dort angekommen. Draußen war es dunkel, und es regnete ... nein, wie heißt das noch? ... Schneeregen. Kein Mensch war unterwegs. Ich parkte draußen vorm Parkhaus. Ich wollte sehen, ob er zurückkommen würde, um mit dem Auto zu diesem Treffen zu fahren, oder ob ...«

Er hielt inne, um sich erneut zu schnäuzen. Bevor er weiterreden konnte, musste er sich mehrfach räuspern.

»Ich wollte sehen, ob jemand zu ihm kommen würde. In seine Wohnung«, sagte er mit erstickter Stimme.

»Sie hatten also den Verdacht, dass er sich mit einem anderen Mann treffen würde«, sagte Embla.

»Ja ... Was sollte ich denn sonst glauben?«

Dass er zu einem eilig einberufenen Meeting fahren wollte, das Milo nicht übernehmen konnte, dachte sie. Stattdessen fragte sie: »Hatten Sie denn einen begründeten Verdacht, dass Luca sich mit anderen Männern traf?«

Er schüttelte energisch den Kopf.

»Nein. Nie. Aber da wurde ich unruhig.«

Er fuhr sich mehrfach mit den Fingern durchs Haar und richtete erneut seine Krawatte. Schließlich setzte er seinen Bericht fort: »Ich habe höchstens eine Viertelstunde dort gesessen. Dann kam plötzlich ein Mann aus dem Parkhaus. Erst hab ich mir nichts dabei gedacht, weil er ganz anders aussah als Luca. Also von der Kleidung her.«

»Und wie war er gekleidet?«, fragte sie nach.

»Gangster Style, you know. Schwarze kurze Lederjacke, darunter Hoodie und Jeans. Luca würde sich nie so kleiden. Der Typ hatte die Kapuze auf dem Kopf, aber irgendwas war mit seinen ... motions. Er kam geradewegs auf mich zu. Ich blieb ganz still sitzen, deshalb hat er mich wohl nicht gesehen, glaube ich jedenfalls. Er ging zu einem schwarzen Range Rover, der ein Stück entfernt parkte. Bevor er ins Auto stieg, warf er eine Tasche auf die Rückbank, dann setzte er die Kapuze ab. Ich war total geschockt!«

Stephen hielt inne und schaute Embla geradewegs in die Augen.

»Auf den ersten Blick dachte ich tatsächlich, es sei Luca. Die Dunkelheit, die Straßenlaternen, der Schneeregen ... In dem Zwielicht und bei dem Wetter konnte ich das nicht so ganz genau ausmachen. Doch dann merkte ich, dass er es nicht war. Er sah ihm zwar ziemlich ähnlich, aber seine Augenbrauen waren viel buschiger. Er hatte dieselbe Frisur wie ich.«

Nach hinten gegelte Haare, dachte Embla.

»Und er war bestimmt zehn Zentimeter kleiner als Luca«, fügte er hinzu.

Stephen nahm einen großen Schluck aus seinem Wasserglas. »Ich schäme mich wirklich, Ihnen erzählen zu müssen, dass ich Luca nachspioniert habe. Als ich dann noch erfuhr, dass er tot im Parkhaus lag und ich draußen davor saß … Aber ich glaube, es ist wichtig, dass ich diesen Mann gesehen habe. Ich habe nämlich einen Verdacht, wer er ist.«

Emblas Hoffnung wurde neu entfacht. Würde er ihr den Namen des Mörders nennen können?

Er betonte jedes einzelne Wort, als er langsam sagte: »Es muss sein Bruder gewesen sein. Kador. Ich bin ihm zwar noch nie begegnet. Aber das Alter könnte stimmen. Und Luca hat immer betont, wie sehr sie sich ähneln.«

Emblas Hoffnung starb erneut. Kador war bereits tot gewesen, als Luca und Milo ermordet wurden. Sie gab sich Mühe, ihre Enttäuschung zu verbergen.

Plötzlich kam ihr ein Gedanke, und sie linste zu dem Schreibtisch hinüber, auf dem ein Computer fehlte.

»Wissen Sie zufällig, ob Luca seinen Laptop an dem Abend mit nach Hause genommen hat?«, fragte sie.

Stephen nickte.

»Er nahm ihn jeden Abend mit. Er arbeitete oft zu Hause weiter«, erklärte er.

Dann hatte der Mörder ihn also an sich genommen. Vermutlich war das Gerät zusammen mit Lucas Handy in der Tasche gewesen, die er auf die Rückbank geworfen hatte, bevor er wegfuhr.

»Tausend Dank, dass Sie mir das alles erzählt haben. Es könnte sehr wichtig für uns sein. Gut möglich, dass wir uns schon morgen wieder bei Ihnen melden. Mein Chef wird Sie bestimmt zu uns aufs Revier bitten, um ein Phantombild zu erstellen«, sagte Embla.

Sie standen gleichzeitig auf. Er folgte ihr durch den Korridor und den Nachtklub hindurch und schließlich die Treppe hinauf in den Eingangsbereich. Vom Restaurant her klang jetzt leise Musik, und mehrere Gäste waren schon zum Abendessen eingetroffen. Emblas Magen knurrte. Sie hatte Hunger. Trotzdem fiel ihr noch eine wichtige Frage ein.

»Luca besaß eine Pistole, eine Beretta. Wussten Sie davon?«

»Ja. Er hat sie mir mal gezeigt. Sie lag im Tresor in seiner Wohnung.«

»Hat er oft trainiert? Ich meine, war er ein guter Schütze?«

Stephen wirkte ernsthaft erstaunt.

»Trainiert? Nein, das glaube ich nicht. Soweit ich weiß, hat er in der Zeit, die wir zusammen waren, kein einziges Mal mit dieser Pistole geschossen.«

Ein leichtes Lächeln huschte über sein Gesicht. Embla merkte, dass ihm allein schon die Vorstellung von Luca als fleißig trainierendem Pistolenschützen völlig absurd vorkam.

Nach kurzem Abwägen beschloss sie, ihn nicht danach zu fragen, ob er auch von den Drogen wusste, die sie in Lucas Tresor gefunden hatten. Das konnte warten, bis der Inhalt der Tütchen analysiert worden war, dann würde die Drogeneinheit ohnehin ihre Ermittlungen aufnehmen.

»Wenn Ihnen noch irgendetwas einfallen sollte, können Sie mich gerne jederzeit anrufen«, sagte sie und reichte ihm ihr Kärtchen.

»Danke. Das werde ich tun«, erwiderte er mit einem blassen Lächeln.

Nach einem rasch zusammengerührten Abendessen aus Vollkornnudeln, Sojahack und Tomatensoße spürte Embla, wie ihre Lebensgeister allmählich zurückkehrten. Mit einem dampfenden Becher grünen Tee ging sie ins Wohnzimmer und machte es sich auf dem Sofa bequem. Dann wählte sie Görans Handynummer, und er meldete sich schon nach dem zweiten Klingeln.

»Hej Embla. Na, was hast du Interessantes von Lucas Assistent erfahren?«

Obwohl sich Göran um konzentrierte Aufmerksamkeit bemühte, merkte Embla, wie sehr ihn das Telefonat anstrengte. Es wurde Zeit, dass er nach Hause fuhr und sich ausschlief. Schließlich hatte er die letzten Tage fast durchgearbeitet.

Nachdem sie ihm eine kurze Zusammenfassung ihres Treffen mit Stephen Walker gegeben hatte, schwieg er lange.

»Ich bin mir ziemlich sicher, dass Stephen Walker dort auf dem Parkplatz den Mörder gesehen hat«, sagte er dann.

»Ich auch.«

»Kador können wir definitiv ausschließen. Es muss irgendein anderer Mann gewesen sein, der ihn an Luca erinnert hat.«

Plötzlich machte es bei Embla klick. »Andreas Acika!«

»Genau mein Gedanke.«

Es folgte eine nachdenkliche Stille, bevor er fortfuhr: »Morgen früh um acht habe ich ein Meeting mit Tommy Persson, da werde ich ihm von deinen Vermutungen berichten. Und ich werde auch dafür sorgen, dass Acika zu einer regulären Vernehmung aufs Revier einbestellt wird. Er soll uns minutiös erklären, was er am Freitagabend und in der Nacht zum Samstag gemacht hat.«

Göran musste kurz Luft holen, bevor er weiterredete: »Ich möchte, dass du schon morgen wieder nach Dalsland hochfährst und dir dieses Gebiet anschaust, das Milo auf der Karte markiert hat. Und nimm deinen feschen Kollegen aus Åmål mit. Falls er Probleme mit seinem nervigen Chef bekommt, werde ich mir den Kerl mal persönlich vorknöpfen.«

»Er ist nicht *meiner*, und er heißt Olle. Polizeiinspektor Olle Tillman. Und nichts anderes«, sagte sie leicht angesäuert.

Sie hörte den Kommissar leise kichern.

»Wenn du es sagst ... Aber du darfst auf keinen Fall allein dort hinfahren.«

Als Embla bei Olle anrief, erzählte er ihr als Erstes, dass Wille Andersson den Mord an Robin gestanden hatte.

»Anfänglich hat er stur geleugnet, bis er mit dem Messer als Beweismittel konfrontiert wurde. Auf dem Schaft befanden sich zwei perfekte blutige Fingerabdrücke von ihm. Und außerdem haben wir den Hersteller ausfindig machen können. Das Messer ist von einem bekannten Messerschmied in Årjäng signiert worden. Er besitzt von jedem Exemplar, das er verkauft hat, Unterlagen. Willes Messer war ein Weihnachtsgeschenk seiner Eltern.«

»Glückwunsch! Dann hast du den Mord ja aufgeklärt«, sagte Embla erfreut.

Er antwortete leicht zögerlich. »Na ja ... with a little help from a friend.«

»Aber du hast schließlich das Messer gefunden«, konterte sie.

Sie wollte ihm auf keinen Fall den Triumph nehmen, den Fall so schnell gelöst zu haben.

»Stimmt. Aber du hattest die Idee, am Tatort danach zu suchen. Wille muss es dort versteckt haben, bevor er Robin die Herzmassage verpasst hat, um seine Kleidung noch mehr mit Blut zu besudeln.«

Wille, der bei ihrem Gespräch eher einen schwerfälligen und trägen Eindruck auf Embla gemacht hatte, hatte nach dem Mord erstaunlich geistesgegenwärtig reagiert. Vielleicht war er ja schlauer, als er aussah.

»Cleveres Bürschchen. Aber nicht clever genug«, sagte sie.

»In der Tat. Nicht clever genug, um als Mörder ungestraft davonzukommen. Sein erster Fehler bestand darin, sein eigenes Messer zu benutzen. Und der zweite, an einem kalten Wintertag nur mit einem T-Shirt bekleidet herumzulaufen. Wenn das Tattoo mit den Buchstaben M und W bedeckt gewesen wäre, wärst du womöglich nicht auf das Motiv gekommen«, sagte Olle.

Embla wollte seinen Einsatz bei der Aufklärung des Mordes nicht schmälern, musste ihm zugleich aber recht geben. Als Kriminalinspektorin besaß sie einfach mehr Erfahrung darin, Kapitalverbrechen aufzuklären. Doch Olle war gescheit und ausdauernd, beides wichtige Eigenschaften für einen Ermittler.

»Bist du dir ganz sicher, dass du Hundeführer werden willst? Ich finde, du hast die besten Voraussetzungen für einen Kripobeamten«, sagte sie halb im Scherz.

Seine Antwort klang todernst, als hätte er das tatsächlich in Erwägung gezogen.

»Also, ich fand es zwar ziemlich interessant, aktiv an diesen Ermittlungen teilzunehmen. Aber ich glaube, der Beruf des

Hundeführers reizt mich noch mehr. Ich kann ja erst mal die Ausbildung absolvieren, und wenn ich es mir dann anders überlegen sollte, immer noch bei der Kripo anfragen.«

Dagegen sprach nichts. Er war noch jung, wenn auch nur zwei Jahre jünger als sie. Dieser Gedanke tauchte ganz automatisch jedes Mal auf, wenn sie an ihn dachte. Sie wusste nicht, warum. Das irritierte sie.

»Absolut. Aber was hat denn dein charmanter Chef gesagt, dieser Johnzén?«, fragte sie.

Olle lachte so laut auf, dass Embla ihr Handy kurz vom Ohr nehmen musste.

»Rein gar nichts. Er war stinksauer! Hat die ganze Zeit weiter von den Flüchtlingsjungen gefaselt, bis Paula Nilsson von der Kripo in Trollhättan ihm die blutigen Fingerabdrücke auf dem Messer zeigte und versicherte, dass es Willes Abdrücke waren, aber Robins Blut.«

Obwohl Olle es nicht sehen konnte, schüttelte Embla den Kopf.

»Dieser Mann hat echt ein Problem. Glaubst du, dass er sich querstellen wird, wenn ich dich bitte, mich morgen in einer Sache zu unterstützen? Es hat mit den Ermittlungen im Fall der Morde an den Brüdern Stavic zu tun. Göran Krantz hat vorgeschlagen, dass du mich begleiten könntest.«

»Sollte Johnzén das erfahren, würde er bestimmt toben. Aber ich hab morgen frei und muss ihn deshalb gar nicht erst fragen. Klar bin ich dabei!«

Sie informierte ihn über den markierten Bereich auf der Landkarte, den sie sich nach Görans Dafürhalten einmal näher anschauen sollten. Embla und Olle einigten sich darauf, sich am nächsten Vormittag um elf Uhr am Yachthafen von Ed zu treffen.

Nach dem Telefonat schaute Embla auf die Uhr. Kurz vor einundzwanzig Uhr. Entschlossen stand sie vom Sofa auf. Eine Viertelstunde später verließ sie in Laufklamotten, Laufschuhen mit Spikes sowie Mütze und Handschuhen das Haus.

Ein eiskalter Nordwind fegte über den See Stora Le. Die kleinen frostigen Schneekristalle, die er mit sich führte, traktierten ihr Gesicht wie Nadelstiche. Unwirtlicher konnte das Wetter kaum sein. Um etwas frische Luft zu schnappen und sich die Beine zu vertreten, wollte Embla zumindest eine Weile im Windschatten der verrammelten Eisbude stehen bleiben. Doch schon nach wenigen Minuten gab sie auf und setzte sich wieder ins Auto. Es war erst Viertel vor elf, sie hatte Ed frühzeitig erreicht. Wenige Minuten später fuhr ein blauer Passat Kombi älteren Modells vor und parkte neben ihrem Kia. Auf dem Fahrersitz saß Olle, und hinten im Laderaum konnte sie Tores Kopf durchs Gitter der Box erkennen. Der Hund saß kerzengerade da und spähte mit gespitzten Ohren und aufmerksamem Blick durch die Seitenscheibe hinaus. Er wirkte aufgeweckt und wachsam.

Noch bevor Embla ihre Fahrertür öffnen konnte, stand Olle schon da und hielt sie ihr zuvorkommend auf.

»Hej Olle«, begrüßte sie ihn und stieg aus dem Auto.

»Hej Embla.«

Ehe sie sichs versah, ließ er die Tür los, nahm sie in die Arme und drückte sie fest. Nicht zu fest, sondern eher so, dass sie sich angenehm von ihm gehalten und gewärmt fühlte. In ihrem Körper breitete sich eine ungewohnte Empfindung aus, und am liebsten wäre sie in seiner Umarmung stehen geblieben und hätte seine Nähe genossen. Normalerweise ließ sie sich nicht so leicht in Situationen hineinziehen, in denen sie die Kontrolle zu verlieren drohte, doch bei Olle traute sie sich, ihre Vorsicht aufzugeben. Nicht vollständig, aber zumindest zu einem beträchtlichen Teil.

Behutsam löste sie sich aus seinem Griff und schaute ihn an. Heute war er in Zivil und trug eine dunkelblaue Daunenjacke, eine graue Strickmütze, Jeans sowie robuste Winterstiefel mit festen Sohlen. Seine blaugrauen Augen wirkten noch klarer, als Embla sie in Erinnerung hatte.

»Ich freu mich sehr, dich wiederzusehen«, sagte er und errötete leicht. Es konnten auch die winzigen Schneekristalle und die Kälte sein, die ihm die Farbe in die Wangen getrieben hatten, doch das glaubte sie eher nicht. Aus einem Impuls heraus zog sie einen ihrer Fausthandschuhe aus und legte ihm die Hand auf die Wange.

»Ich freu mich auch.«

Was war nur in sie gefahren? Hier stand sie und ... ja, was tat sie eigentlich? Flirten? Oder vielleicht etwas mehr? Ja, definitiv mehr als das.

Doch jetzt war eher nicht der Moment für Zärtlichkeitsbekundungen. Zum einen, weil es draußen verdammt kalt war, zum anderen, weil ein Auftrag auf sie wartete. Nachdem Embla ihm leicht über die Wange gestrichen hatte, zog sie ihre Hand zurück und streifte den Fausthandschuh wieder über.

Damit er ihr die Verwirrung nicht ansah, wandte sie sich rasch dem Kombi zu und sagte: »Super, dass wir heute wieder einen Polizeihund dabeihaben.«

»Tja, die Familie meiner Schwester liegt noch immer mit Grippe im Bett, und meine Mutter ist noch auf Teneriffa.«

Embla schloss den Kia ab und ging hinüber zur Beifahrerseite des Passats, doch bevor sie einstieg, warf sie einen Blick ins Wageninnere.

»Hej Tore«, begrüßte sie den Hund.

Zur Antwort kam ein kurzes Kläffen aus dem Laderaum, was sie erstaunte. Wie viel bekam dieses Tier eigentlich mit?

Im nördlichen Dalsland hatte es keine Plusgrade gegeben, und die Schneewälle an den Straßenrändern waren noch genauso hoch wie in den Tagen, bevor Embla nach Göteborg gefahren war. Eigentlich waren es ja nur zwei Tage gewesen, doch in dieser Zeit war so viel passiert, dass es ihr viel länger vorkam. Das Gebiet, das sie sich anschauen sollten, lag ungefähr dreißig Kilometer von Ed entfernt, doch die Straße war schmal, sodass sie nur langsam vorankamen. Dadurch hatten sie genügend Zeit, um sich gegenseitig auf den neuesten Stand der Ermittlungen zu bringen.

Olle berichtete, dass ihnen der Vater von Wille Andersson große Probleme bereitet hatte. Er war während der Vernehmung seines Sohnes ins Polizeigebäude in Trollhättan gestürmt und hatte dort herumgebrüllt. Alles, was sein Sohn gesagt hätte, sei hinfällig, weil während der Vernehmung kein Erziehungsberechtigter anwesend gewesen sei. Daraufhin wurde der Vater darüber belehrt, dass man in Schweden im Alter von achtzehn Jahren volljährig wurde. Und da Wille neunzehn war, benötigte er keinen Erziehungsberechtigten an seiner Seite. Außerdem war ihm ein Pflichtverteidiger zugeteilt worden, der ihm bei allen Vernehmungen beistand. Doch auch das beruhigte den Vater nicht. Im Gegenteil. Er drehte völlig durch und schrie, er würde sich an die Medien wenden, weil sein Sohn unschuldig sei. Und dass er die Polizisten in Åmål anzeigen würde, weil sie den Tatort manipuliert hätten. Seiner Auffassung nach hatten die Beamten das Messer bewusst dort platziert. Das Ganze endete damit, dass die Kollegen ihn buchstäblich hinausschmeißen mussten.

»Zum Glück hatte ich eine gute Kamera bei mir und hab massenweise Fotos gemacht, bevor ich das Messer rauszog. Und wie meine persönliche Kripo-Instrukteurin mir beigebracht hat, trug ich Handschuhe und hab das Messer außerdem besonders vorsichtig in den Beweismittelbeutel befördert«, erklärte er mit einem spöttischen Seitenblick.

»Bist du jetzt eigentlich vollständig von dem Fall abgezogen worden?«, fragte sie.

Olle gelang es nicht ganz, seine Enttäuschung zu verbergen, als er antwortete: »Ja. Die Kripo in Trollhättan hat übernommen. Die haben ja auch einen Staatsanwalt.«

»Hey, dann kannst du mich also ohne schlechtes Gewissen bei den Ermittlungen im Mordfall der Brüder Stavic unterstützen«, stellte sie zufrieden fest.

»Ja klar. Aber nur in meiner Freizeit. Johnzén würde mich erschießen, wenn er wüsste, was ich gerade mache.«

»Und warum?«

»Weil Göran Krantz ihm die Leviten gelesen hat. Das reicht bei Johnzén schon aus, um ihn für den Rest seines Lebens zu hassen«, antwortete er mit einem schiefen Lächeln.

»Nachtragender Typ.«

»Machst du Witze? Er hat ja noch nicht mal seiner Hebamme den Klaps auf den Hintern verziehen, den sie ihm nach der Geburt verpasst hat.«

»Dann ist er wirklich nachtragend«, sagte sie lachend.

»Nachtragend ist sein zweiter Vorname, engstirnig sein dritter. Und sein Nachname müsste eigentlich Choleriker sein.«

Auch wenn Olle es halb im Scherz gesagt hatte, klang seine Stimme resigniert, fast traurig. Zweifellos war Kommissar Johnzén ein extrem anstrengender Chef.

Embla wechselte das Thema. Es war an der Zeit, dass sie Olle über sämtliche Neuigkeiten zu den Morden an den Brüdern Stavic informierte. Und da bislang noch nichts an die Medien durchgesickert war, wusste er das meiste noch nicht.

Als sie ihm von Stephen Walkers eifersüchtigem Spionageakt vor Lucas Wohnhaus und von dem Mann berichtete, den er dort gesehen hatte, vergewisserte sich Olle: »Der Typ, den Walker beobachtet hat, besaß also eine gewisse Ähnlichkeit mit Luca.«

»Und mit Kador. Aber wir wissen ja, dass er es nicht sein konnte, weil er zum Zeitpunkt der Morde an Luca und Milo bereits tot war. Allerdings sieht ihr gemeinsamer Cousin Andreas Acika den beiden auch ziemlich ähnlich.«

»Und wenn es der nicht ist, haben sie womöglich einen Auftragskiller geschickt. Wahrscheinlich vom Balkan. Dann wird es allerdings schwer, ihn zu schnappen«, sagte Olle.

»Ja, wenn es ein Berufskiller war, wird er sich längst nicht mehr in Schweden aufhalten«, pflichtete sie ihm bei.

Während der letzten Kilometer hatten sie nicht ein einziges Haus am Straßenrand erblickt. Vermutlich stand unten am Seeufer das eine oder andere eingeschneite Sommerhaus. Auf der gesamten Fahrt begegnete ihnen auch nur ein Fahrzeug, ein schwarzer Range Rover. Nicht ungewöhnlich hier oben in den Wäldern, wo man abhängig war von einem leistungsstarken Gefährt, mit dem sich im unwegsamen Gelände schwere Lasten transportieren ließen. Die beiden Männer auf den Vordersitzen des Rovers erregten jedoch Emblas Interesse. Da man auf der schmalen Straße gezwungen war, langsam aneinander vorbeizufahren, hatte sie genügend Zeit, die beiden näher in Augenschein zu nehmen.

Der Fahrer war kräftig gebaut, fast fettleibig. Seine grüne Strickmütze hatte er bis weit über die Ohren gezogen, und er trug eine Tarnjacke. Er erinnerte sie ein wenig an einen Soldaten.

Trotzdem entsprach sein Erscheinungsbild nicht dem eines Militärs. Der Beifahrer war etwas kleiner und trug keine Mütze, aber die gleiche Jacke. Sein dunkles Haar war ungekämmt und stand wirr in alle Richtungen ab, als hätte er gerade seine Mütze abgenommen. Beide hatten dunkle ungepflegte Dreitagebärte.

Den letzten Kilometer legten Olle und Embla schweigend zurück. Beide hielten angestrengt nach dem Abzweig Ausschau, an dem sie abbiegen müssten. Laut Google Maps war diese Straße so schmal, dass man sie leicht übersehen konnte.

Zu ihrem Erstaunen war der Weg jedoch frisch geräumt. Sie bogen ab und fuhren langsam weiter, während sie sich rundherum umblickten. Links des Abzweigs stand ein rot gestrichenes Häuschen mit mehreren kleineren Schuppen. Die Zufahrt zum Grundstück war nicht geräumt, und auch im Haus konnten sie keinerlei Lebenszeichen ausmachen.

»Hübsches Sommerhäuschen«, bemerkte Olle.

»Das konnte man auch auf Google Maps sehen«, sagte Embla.

»Weißt du, ob es hier noch mehr Häuser gibt?«

Sie zögerte, bevor sie antwortete: »Ein Stück weiter scheint noch ein kleines Haus zu stehen.«

»Dann muss sich darin jemand aufhalten, da der Weg geräumt ist. Wie weit ist es bis dahin?«

»Vom Abzweig aus ungefähr zweihundert Meter.«

Olle bremste sachte ab und fuhr auf eine Fläche, die der Schneepflug zum Wenden benutzt hatte und hinter der sich der Schnee auftürmte. Dort konnten sich zwei Autos mühelos begegnen.

»Ich parke hier, und dann gehen wir den Rest zu Fuß«, beschloss er.

Embla griff nach ihrem Handy. Wie befürchtet hatte sie keinen Empfang.

»Hast du Empfang?«, fragte sie.

Er zog sein Handy aus der Jackentasche. Nach einem Blick aufs Display schüttelte er den Kopf.

»Nein, null.«

Kaum waren sie aus dem Auto gestiegen, fing Tore auch schon an zu winseln und bewegte sich unruhig in seiner Box. Olle seufzte und lächelte entschuldigend.

»Er muss mal. Um diese Zeit erledigt er normalerweise immer sein großes Geschäft.«

Kleinkinder und Tiere sollte man besser nicht mit zur Arbeit nehmen, dachte Embla.

Als Olle den Laderaum öffnete, sprang Tore heraus. Genau wie vor einigen Tagen, als sie mit Anton Åkessons Eltern sprechen wollten, glitt der Hund blitzschnell unter dem Arm seines Herrchens hindurch und hinauf auf den Schneewall. Und genau wie damals stellte er sich völlig taub und ignorierte die aufgebrachten Kommandos seines Herrchens, augenblicklich zurückzukommen. Der aufgetürmte Schnee trug ihn problemlos, und das Letzte, was sie von ihm sahen, war sein Schwanz, der hinter einer Kurve verschwand.

»Verfluchter Köter!«, zischte Olle, hochrot vor Wut im Gesicht.

»Vielleicht solltet ihr noch ein wenig härter trainieren«, sagte Embla und grinste.

Olle entgegnete nichts, sondern stapfte unbeirrt los. Embla folgte ihm. Der Schnee unter ihren Stiefeln knirschte, und die Kälte stach ihnen in die Wangen. Als sie die Kurve erreichten, blieben sie stehen. Am Ende des Weges erblickten sie ein verwahrlostes altes Häuschen. In mehreren Fenstern hingen angegraute Gardinen, doch die Scheiben sahen heil aus. Die Farbe an Fensterrahmen und Wänden war abgeblättert. Vom Dach hingen wie zur Bestätigung dafür, dass die Wärme aus dem schlecht isolierten Haus entwich, kompakte Eiszapfen. Oberhalb des Eingangs befand sich eine Dachgaube mit einem kleinen gefrosteten Fenster. Wahrscheinlich ein Badezimmer, dachte Embla.

Aus dem Schornstein stieg Rauch auf.

Ungefähr zwanzig Meter von dem Häuschen entfernt stand ein weiteres, offensichtlich neu errichtetes Gebäude in Falunrot, das aussah wie ein größerer Schuppen. In die zur Straße hin ausgerichtete Giebelwand war ein Fenster eingelassen. Die Scheibe war ungewöhnlich dunkel getönt, sodass man nicht hineinschauen konnte. Direkt vor dem Schuppen parkte ein großer weißer Kastenwagen. Ein Mercedesbus, soweit Embla erkennen konnte. Der Laderaum wies zur geschlossenen Schuppentür. Beide Hintertüren des Busses standen weit offen.

Von Tore fehlte jede Spur.

Möglichst geräuschlos bewegten sich Embla und Olle vorwärts. Als sie noch ungefähr zehn Meter vom Kastenwagen entfernt waren, hörten sie im Schuppen jemanden laut und falsch pfeifen. Das Gepfeife wurde vom schwachen Quietschen ungeölter Räder begleitet. Plötzlich sprang die Tür krachend auf. Als Erstes kam eine voll beladene Sackkarre zum Vorschein, dann folgte ein Mann. Kaum dass er die beiden Polizisten erblickte, hörte er augenblicklich auf zu pfeifen. Blitzschnell ließ er die Handgriffe der Sackkarre los und zog eine Pistole aus der Innentasche seiner Jacke.

»Stehen bleiben!«, rief er.

»Wir sind von der Polizei und ...«, begann Olle, wurde jedoch brüsk von dem Mann unterbrochen.

»Sie sind auf privatem Grund!«

Er sprach Schwedisch mit kaum merklichem Akzent. Seine Hand umschloss die Pistole mit festem Griff, und man sah ihm an, dass er es gewohnt war, mit Waffen umzugehen. Unter seiner Jacke trug er einen grünen Pulli mit Kapuze, die er vermutlich wegen der Kälte eng zugeschnürt hatte. Er hatte buschige Augenbrauen, markante Wangenknochen und einen schwarzen Bartansatz. Der Mann war im Alter zwischen dreißig und vierzig, normal gebaut und etwas kleiner als der Durchschnitt.

In Emblas Kopf nahm ein vager Verdacht Form an. Dieser Mann war möglicherweise derjenige, den Stephen Walker nach dem Mord an Luca das Parkhaus hatte verlassen sehen. In diesem Fall standen sie gerade unbewaffnet vor einem Mörder.

Schräg hinter ihm nahm Embla eine flüchtige Bewegung an der Hausecke war. Tore. Für einen kurzen Augenblick hielt der Hund inne, doch als Olle halblaut »Go! Go!« rief, reagierte er sofort. Das hatte er schon oft trainiert: den Angreifer unschädlich machen, sobald er eine Waffe zückt. In wenigen großen Sätzen hatte er den Schützen erreicht und sprang an ihm hoch, um ihm seine Eckzähne ins rechte Handgelenk zu rammen. Und dieser Mann trug nicht den dickwattierten Schutzhandschuh, den sie im Training benutzten ...

Plötzlich fiel ein Schuss. Embla spürte deutlich den Luftzug, als die Kugel an ihrer linken Wange vorbeisauste. Es folgte der Knall, als sie ungefähr zehn Meter hinter ihnen in einen Baumstamm einschlug. Der Mann ließ die Pistole fallen und schrie vor Wut und Schmerzen auf. Er fing an, mit der linken Hand auf Tore einzuschlagen, was den Hund wiederum dazu ermunterte, die Zähne noch tiefer in sein Fleisch zu bohren. Olle und Embla stürzten herbei, um Tore zu Hilfe zu eilen. Doch vorher bückte sich Embla rasch und nahm die Waffe an sich, die ein Stück entfernt gelandet war.

Eine großkalibrige Pistole. Sie ahnte sofort, dass es sich um eine Beretta M9 handelte.

Der Hund und sein Herrchen hatten den brüllenden Mann gemeinsam zu Fall gebracht. Olle forderte seinen Hund mehrfach auf, von dem Mann abzulassen, doch Tore weigerte sich standhaft. Zur Sicherheit knurrte er bedrohlich.

Obwohl sein Gegner bedeutend kleiner war als er selbst, bereitete es Olle große Probleme, ihn auf den Bauch zu drehen, weil der sich mit Händen und Füßen wehrte. Erst als Embla mithalf, gelang es ihnen, ihm Handschellen anzulegen. Zu Tores großem Verdruss, muss man hinzufügen, denn jetzt war er tatsächlich gezwungen, den Mann loszulassen. Aufgeregt bellte und knurrte er abwechselnd, was die ohnehin aufgeheizte Stimmung noch weiter anfachte.

»Ist schließlich seine erste richtige Festnahme«, sagte Olle entschuldigend.

Embla begnügte sich damit zu nicken. Tores Einsatz war trotz allem großartig gewesen, ohne ihn wären sie jetzt vielleicht tot. Deshalb nahm sie das Bellen des heldenhaften Hundes gerne in Kauf.

Es war ihnen auch deswegen nicht ganz leicht gefallen, dem Mann die Handschellen anzulegen, weil er am linken Handgelenk eine ungewöhnlich große Uhr trug. Eine goldene, groß wie ein amerikanischer Cupcake.

Der Mann protestierte lautstark, als Embla ihm die schwere goldene Uhr abnahm. Sie sah genauso aus wie die Uhr, die Andreas Acika ihnen gezeigt hatte, und auch wie jene, die sie in Lucas Tresor gefunden hatten. Vorsichtig umfasste sie das goldene Armband an der Schließe und drehte sie um. Auf der Rückseite waren die Initialen »M.S.« eingraviert. Kein Zweifel, wer der rechtmäßige Besitzer dieser kostbaren Uhr war.

Olle durchsuchte unterdessen die Jackentaschen des Mannes. Er fand zwar keine Papiere, dafür aber zwei Nachfüllmagazine für die Beretta, die Schlüssel für den Mercedesbus, einen weiteren Schlüsselbund, ein Plastikfeuerzeug und ein fast leeres Päckchen Marlboro. In der Gesäßtasche seiner Jeans steckte ein schmales Portemonnaie mit einigen wenigen schwedischen Geldscheinen und Münzen sowie vier Fünfhundert-Euro-Scheinen und einem Foto von einem kleinen Mädchen in weißem Spitzenkleid und weißen Kniestrümpfen. Im Arm hielt sie eine Babypuppe, die das gleiche Kleid trug.

»Wir schließen ihn am besten in den Bus ein«, sagte Olle.

Mit vereinten Kräften zogen sie den wild um sich tretenden Mann auf die Füße und beförderten ihn in den leeren Laderaum des Busses. Er fluchte hauptsächlich auf Schwedisch, dazwischen aber auch in einer anderen Sprache. Dem Tonfall nach zu urteilen war es von Vorteil, dass sie davon nichts verstanden.

Nachdem Olle die Hecktüren verschlossen hatte, nahm er die Hundeleine aus der Jackentasche. Tore hechelte nach seinem

Einsatz noch leicht, er blieb jedoch jetzt brav und gefügig bei Fuß.

»Ich denke, wir verfrachten Tore ins Auto. Darin liegen auch Beweismittelbeutel, in die wir die Sachen ...«

»Achtung! Schüsse! Aus dem Fenster im Obergeschoss«, schrie Embla und warf sich, noch bevor Olle den Hund anleinen konnte, auf ihn und riss ihn der Länge nach zu Boden. Zum Glück stand die Schuppentür offen, sonst wäre er mit dem Kopf dagegengeknallt.

Sekundenbruchteile später pfiff ein Schuss über ihre Köpfe hinweg und landete im Gebäude.

Offenbar befanden sich ein oder mehrere Komplizen des eingeschlossenen Mannes im Haus. Ermutigt durch den abgefeuerten Schuss begann der Gefangene im Bus wild gegen die Innenwände des Laderaums zu treten und wütend zu brüllen. Ohne lang zu zögern, rannte Olle geduckt und dicht gefolgt von Embla durch die Tür in den Schuppen. Sie stürzten jeweils auf eine Wand seitlich der Tür zu und pressten sich dagegen. Olle sah ziemlich bleich und mitgenommen aus. Tore fing draußen an zu bellen, zum Glück stand das Fahrzeug als Barriere zwischen dem Hund und dem Schützen im Obergeschoss des Hauses.

»Tore! Bei Fuß!«, zischte Olle.

Diesmal gehorchte der Hund. Rasch kam er hereingesprungen, während ein weiterer Schuss fiel. Mit einem trockenen Knall schlug die Kugel in den Türrahmen ein. Embla und Olle zogen sich ein Stück weiter ins Innere des Gebäudes zurück, um nicht gesehen zu werden. Embla suchte Schutz hinter einem kompakten Stützbalken und verschaffte sich rasch einen Überblick über den großen Raum. Er war nicht völlig dunkel, von der Decke hingen mehrere nackte Glühbirnen und sorgten für etwas Beleuchtung. Entlang der fensterlosen Giebelwand standen mehrere Holzkisten aufeinandergestapelt. Rechts der Tür war ein Fenster eingebaut, durch dessen stark getönte Scheiben man leichter hinaus- als hereinschauen konnte. Von dort sah man einen Giebel des Häuschens, allerdings nicht das Badezimmerfenster, das sich auf der Vorderseite befand.

In der Ecke links von der Tür stand eine ausladende Schneefräse. Daneben hingen an mehreren langen Nägeln alte Gerätschaften sowie Arbeitskleidung. Als Embla darunter eine Spitzhacke erblickte, schlich sie geduckt zu den Haken und nahm sie herunter. Vorsichtig näherte sie sich damit der Tür und ging seitlich davon in die Hocke. Sie holte tief Luft, streckte sich rasch vor, hakte den Zinken der Hacke an der Holzkante ein und zog die Tür zu. Unmittelbar darauf schlug ein weiterer Schuss ein. Zum Glück war das Türblatt innen mit Stahl verkleidet, sodass die Kugel nicht hindurchdrang. Embla entfuhr ein tiefer Seufzer der Erleichterung. Sie schaltete das Deckenlicht aus. Das sparsam durch die Fenster einfallende Tageslicht reichte gerade aus, um sich im Schuppen zurechtzufinden.

»Schnell! Wir müssen die Kisten öffnen.«

Olle, der hinter einem anderen Stützbalken Schutz gesucht hatte, schaute sie fragend an.

»Warum denn?«

»Vielleicht sind Waffen drin.«

»Aber wir haben doch die Pistole«, wandte er ein.

»Die ist ein Beweismittel. Eine Beretta M9. Ganz sicher Milos.«

Als ihm die Bedeutung ihrer Worte aufging, wurde er noch bleicher. Sie hatten also gerade den Mörder von Milo Stavic im Mercedesbus eingeschlossen.

Unterhalb der Gerätschaften lehnte eine kurze Brechstange an der Wand.

»Die ist perfekt«, sagte Embla und wog sie in der Hand.

Ohne einen weiteren Kommentar nahm Olle einen kleinen Hammer von der Wand. Mit den Werkzeugen gingen sie in Richtung der gestapelten Kisten. Hinter ihnen schnüffelte Tore auf dem Boden herum. Die Schüsse hatten ihn nicht wirklich beeindruckt, das Geräusch war ihm vom Training her vertraut. Er hatte nicht die geringste Angst vor dem lauten Knall.

Als sie sich den Kisten näherten, hielt der Hund die Nase in die Luft und schnupperte. Er winselte vor Aufregung, sprang dann schnurstracks auf den rechten äußeren Stapel zu und schlug an.

Olle schaute erst seinen Hund, dann die Kisten an.

»Die da drüben können wir vergessen, sie enthalten Drogen«, sagte er.

Sämtliche Kisten waren mit kyrillischen Buchstaben beschriftet, sodass sie nur das Firmenlogo entziffern konnten. Motor Company Ltd. Sie waren schwer, mussten jedoch zum Glück auch nicht bewegt werden, da die Stapel von jeweils drei Holzkisten nicht höher als etwa anderthalb Meter waren. Fünf Stapel, also insgesamt fünfzehn. Abzüglich der drei äußeren, deren Inhalt Tore am interessantesten gefunden hatte. Blieben zwölf Kisten, von denen zumindest eine hoffentlich Waffen enthielt. Andernfalls wären sie gezwungen, doch die Beretta zu benutzen.

Mit vereinten Kräften öffneten sie die erste. Unter einer Schicht Holzwolle lagen mehrere Maschinenteile, darunter war eine weitere Schicht Holzwolle. Sie hoben die Teile auf den Boden, um an die unterste Schicht zu gelangen, die mit einer Styroporplatte bedeckt war. Behutsam nahm Olle die Platte ab.

»Verdammt!«, rief er enttäuscht aus.

Der gesamte Kistenboden war voller Handgranaten. Sie steckten jeweils in separaten Aussparungen in einer noch dickeren Styroporplatte.

»Die könnten wir vielleicht gebrauchen. Wie gut warst du früher im Weitwurf?«

Olles Miene hellte sich auf. »In der Oberstufe hab ich die Bezirksmeisterschaften gewonnen. Außerdem war ich beim Wehrdienst Feldjäger. Handgranaten sind kein Problem für mich.«

»Nimm ein paar von denen mit und versuch dabei das Haus im Blick zu behalten, falls unser Freund mit dem Gewehr hierher unterwegs ist«, sagte sie.

»Okay.«

Er nahm drei Handgranaten heraus. Zwei steckte er in seine Jackentaschen, während er mit der dritten in der Hand zum Fenster neben der Tür schlich. Von dort konnte er das Wohnhaus gut sehen.

Mit Brechstange und Hammer machte sich Embla verbissen daran, den Deckel der nächsten Kiste aufzuhebeln. Rasch beförderte sie die Holzwolle und die Maschinenteile heraus, doch zu ihrer großen Enttäuschung enthielt diese Kiste ebenfalls Handgranaten. Energisch bearbeitete sie die nächste.

Sie wurde abrupt unterbrochen, als Olle zischte: »Achtung! Die Haustür geht auf, ein Mann mit Pistole …«

Im nächsten Augenblick zersplitterte die Fensterscheibe, neben der er kauerte und hinausspähte. Embla und Tore waren durch die Außenwand geschützt, doch wenn Olle nicht schnell genug gewesen wäre, hätte das böse enden können. Es gelang ihm rechtzeitig, sich gegen die Wand am Fenster zu pressen, sodass ihn keine der durch die Luft fliegenden Glasscherben traf.

Sie brauchten dringend Verstärkung, die sie allerdings nicht anfordern konnten, weil ihre Handys keinen Empfang hatten. Emblas Herz fing an im Brustkorb zu hämmern, doch sie zwang sich, ruhig und gefasst zu klingen.

»Los, wirf!«

Ohne zu antworten, entsicherte Olle die erste Handgranate und zählte bis drei, bevor er die Granate rasch durch den leeren Fensterrahmen hinausschleuderte.

Die Detonation war ohrenbetäubend und entlockte sogar Tore ein Winseln. Draußen wurden Schnee, Kies und Holzsplitter aufgewirbelt, die mit voller Wucht gegen die Wände schlugen und durch den leeren Fensterrahmen hereingedrückt wurden. Als sich die Verwirbelungen nach der Explosion gelegt hatten und es wieder still war, wagte Olle einen raschen Blick hinaus auf den Hof.

Der Mercedesbus war nicht mehr weiß, sondern mit einer dicken Schmutzschicht bedeckt. Aus dem Wageninneren drang kein Laut mehr. Offenbar hatte der Schreihals dort drinnen einen Granatenschock erlitten, was Olle mit einer gewissen Genugtuung erfüllte. Doch beim Anblick des Häuschens gegenüber bekam er den Schreck seines Lebens.

»Du ... Ich glaub, ich hab einen Volltreffer gelandet. Es hat die ganze Veranda weggesprengt.«

Embla atmete unwillkürlich aus. Wenn sie Glück hatten, war der Schütze aus dem Obergeschoss mit in die Luft geflogen. Doch ganz sicher konnten sie nicht sein.

»Gut. Behalt das Haus im Blick, für den Fall, dass noch jemand da drinnen ist«, sagte sie.

Mit neuer Energie begann Embla, den Deckel der dritten Kiste zu bearbeiten. Zuoberst eine Schicht Holzwolle, darunter Maschinenteile und ... Yes! Zwei Sturmgewehre! Sie nahm eine Waffe hoch und wog sie in der Hand. Ziemlich leicht, irgendwas zwischen dreieinhalb und vier Kilo. Der Holzschaft war verkratzt, und ein früherer Benutzer hatte mehrere zentimeterlange Striche hineingeritzt. Sie zählte vierzehn. War das die Anzahl der Menschen, die er mit dieser Waffe getötet hatte? Gut möglich. Obwohl beide Gewehre gebraucht waren, schienen sie ordentlich geölt und in gutem Zustand zu sein. Bei genauerer Betrachtung stellte Embla fest, dass es sich höchstwahrscheinlich um ein Sturmgewehr serbischen Ursprungs handelte, eine Kalaschnikow Kaliber 7,62 Millimeter.

Als sie eilig die Holzwolle durchwühlte, stellte sie fest, dass die Kiste leider keine Munition enthielt. Rasch hebelte sie die daneben auf und warf die obersten Schichten auf den Boden. Darunter fand Embla zwei weitere Gewehre desselben Typs, allerdings ebenfalls ohne Munition. Sie musste wohl oder übel auch noch die nächste Kiste öffnen.

Da sie von der Granatenexplosion noch leicht taub war, dauerte es einen Moment, bis sie registrierte, dass Olle ihr in gedämpftem Ton etwas zurief. Sie hielt inne und wandte sich um.

»Was?«

»Da kommt ein Auto.«

Jetzt konnte auch sie das Geräusch eines starken Motors vernehmen.

»Könnte sein, dass es der schwarze Range Rover ist, den wir auf dem Herweg gesehen haben«, mutmaßte er.

Olle bewegte sich auf das Fenster im Giebel zu, von wo aus er freie Sicht auf die Straße hatte. Nun hatte er das Wohnhaus gegenüber zwar nicht mehr im Blick, doch schlimmer war momentan die Gefahr, die von den beiden Männern im Range Rover ausging –, wenn sich herausstellte, dass tatsächlich sie es waren, die sich näherten. Sollten sie zu der Bande hier gehören, waren sie mit hoher Wahrscheinlichkeit bewaffnet. Das traf auf Embla und Olle zwar auch zu, aber im Augenblick waren nur die Handgranaten benutzbar. Entschlossen setzte Embla ihre Suche nach Munition fort. Sie kämpfte mit den schweren Maschinenteilen in der nächsten Kiste, der Schweiß rann ihr am Rücken hinunter. Als sie die unterste Schicht Holzwolle anhob, sah sie sofort, was sich darunter verbarg. Sie konnte ihren Freudenschrei kaum unterdrücken.

»Ja! Wir haben Patronen!«

Sie nahm zwei volle Magazine und eine Schachtel Munition im Kaliber .30 heraus. Mit einem triumphierenden Lächeln hielt sie Olle beides hin. Doch ihr Lächeln erstarb, als sie seine verbissene Miene sah.

»Du musst sie laden!«, sagte er mit erstickter Stimme auf.

Erst jetzt nahm sie wahr, dass das Motorengeräusch verstummt war. Die Neuankömmlinge hatten ihren Wagen offenbar hinter der Kurve neben ihrem eigenen Auto geparkt und näherten sich zu Fuß. Embla riss sich die Fausthandschuhe von den Fingern und schob rasch die Magazine in zwei Gewehre.

Dann steckte sie sich jeweils eine Handgranate und zwei Nachfüllmagazine in die Jackentaschen. Jedes Magazin enthielt dreißig Schuss, das sollte ausreichen. Geduckt bewegte sie sich vorwärts, um nicht durchs Fenster gesehen zu werden.

Olle versuchte gerade mit nervösen Handbewegungen, Tore an einem durchs Fenster nicht einsehbaren Stützpfeiler anzuleinen.

»Falls es zum Schusswechsel kommt, will ich nicht, dass er hier rumspringt«, erklärte er rasch.

»Gut so, er könnte aus Versehen getroffen werden, wenn wir nicht genau wissen, wo er gerade ist.«

Sie reichte Olle eines der Sturmgewehre und ein Nachfüllmagazin.

Er betrachtete beides unentschlossen.

»Ich hab nur damals im Wehrdienst mal mit nem Sturmgewehr geschossen«, sagte er mit heiserer Stimme.

»Okay. Ich hab schon einige Probe geschossen. War nämlich auch mal bei den Feldjägern. Zehn Monate als Unteroffizierin in Boden. Werfen kannst du jedenfalls ziemlich gut. Du bist treffsicher«, sagte sie und versuchte aufmunternd zu lächeln.

Olle schlich noch einmal geduckt zum Fenster und schaute hinaus.

»Zwei Männer nähern sich dem Haus. Mit gezückten Pistolen.«

Emblas Mund fühlte sich staubtrocken an, und sie hörte selbst, wie rau ihre Stimme klang, als sie fragte: »Sind es die beiden aus dem Rover?«

»Sieht so aus.«

»Entfernung?«

»Zwanzig bis dreißig Meter.«

Sie fasste einen raschen Entschluss.

»Wirf sie jetzt, bevor die zwei sich aus taktischen Gründen trennen!«

Olle lehnte das Gewehr an die Wand und nahm eine der Handgranaten aus der Jackentasche. Ohne sich am Fenster zu zeigen, öffnete er den Riegel und schob einen Flügel auf. Dann entsicherte er die Granate, zählte bis drei und schleuderte sie weg.

Embla und er hielten sich die Ohren zu und pressten ihre Körper gegen die Wand. Diesmal wussten sie, was kommen würde. Die Explosion war genauso gewaltig wie die vorherige. Der Boden erbebte, Schnee, Steine und Kies prasselten von außen gegen die Wand und durchs offene Fenster herein. Tore schnupperte in die Luft und begann zu winseln. Das Geräusch musste ihm in den empfindlichen Ohren höllisch wehgetan haben. Embla hörte nach dem lauten Knall nur ein durchdringendes Klingeln in den Ohren.

Nach einer Weile, vielleicht waren es nur Sekunden, vielleicht Minuten, wagten es Embla und Olle, sich wieder zu rühren. Vorsichtig linsten sie seitlich zur Fensteröffnung hinaus. Tore kläffte und winselte nun abwechselnd. Er hatte offenbar genug von all dem.

Mitten auf dem Weg lag ein kräftig gebauter Mann reglos auf dem Rücken. Vermutlich der Fahrer des Range Rovers. Eines seiner Beine war eigenartig abgewinkelt. Unter seinem Körper breitete sich rasch eine Blutlache aus, die von einer Kopfverletzung auszugehen schien. Wenige Meter neben ihm erblickte Embla eine Pistole.

Vom Kompagnon des Mannes fehlte jede Spur.

»Er hat sich bestimmt mit einem Hechtsprung über den Schneewall gerettet«, mutmaßte Olle angespannt.

»Ich denke auch. Sorg dafür, dass Tore still ist«, sagte sie.

Tore verstummte sofort, als er die beruhigende Stimme seines Herrchens hörte. Nur hin und wieder entfuhr ihm ein leises Winseln.

Embla klingelten noch immer die Ohren, wenn auch nicht so heftig wie nach der ersten Detonation. So leise wie möglich bewegte sie sich auf die Wand zu und presste ihr Ohr dagegen. Anfangs hörte sie nur den hohen Ton in ihrem Kopf, doch nach einer Weile nahm sie leise Geräusche von draußen wahr. Ein kaum hörbares Knirschen des Schnees, auf dem sich langsam Schritte näherten.

Emblas Plan würde aufgehen, wenn sie als Erste schoss. Sie hatte ein Gewehr, er nur eine Pistole. Aller Wahrscheinlichkeit nach hatte er vor, sich dem offenen Fenster zu nähern und in den Raum zu schießen. Wenn er schlau war, würde er versuchen, die Kisten mit den Handgranaten zu treffen. Doch vermutlich war er darauf fixiert, sie und Olle zu erwischen. Rachegedanken hatten oft einen verblendenden Effekt auf Menschen, sodass sie nicht mehr logisch dachten.

Sachte trat sie einen Schritt zurück und bewegte sich dann ganz leise auf die Ecke des Schuppens direkt neben dem Schneewall zu, wo sich der Mann befand. Jetzt war höchste Konzentration gefragt, um mitzubekommen, wann er über den Wall kletterte und sich an der Außenwand entlang aufs Fenster zubewegte. Vermutlich würde er sich geduckt anschleichen. Lautlos ging sie in die Hocke, nahm ihre Schießposition ein und zielte auf einen imaginären Punkt etwa einen Meter über dem Boden.

Je näher der Beifahrer aus dem Rover kam, desto deutlicher war das Knirschen des zusammengepressten Schnees unter seinen Sohlen zu hören. Auf hartem Schnee kann man sich unmöglich unbemerkt heranpirschen. Das sollte ihn teuer zu stehen kommen.

Nachdem er den Wall überwunden hatte, wurde es still. Bestimmt stand er unbeweglich da und horchte, wo sie sich befanden. Embla zählte bis zwei. Dann drückte sie ab. Dreißig Schuss direkt durch die Holzwand. Die Mündungsgeschwindigkeit einer solchen Waffe lag bei knapp über siebenhundert Meter pro Sekunde, und eine Bretterwand stellte dabei kein Hindernis dar. Blitzschnell tauschte sie das Magazin aus und feuerte eine weitere Salve ab, doch diesmal zielte sie etwas tiefer.

Falls er irgendwelche Laute von sich gab, als er getroffen wurde, gingen sie im Hagel der Schüsse unter. Doch sobald diese verhallt waren, hörte sie ihn brüllen. Schmerzens-, vielleicht sogar Todesschreie. Bevor sie Olle daran hindern konnte, kam er hoch und stürzte zum Fenster. Und da keine Glasscheibe mehr da war, schob er seinen Kopf hinaus.

»Nein!«, schrie sie.

Im selben Moment zerriss ein weiterer Schuss die Stille.

Manche Menschen hatten einen Schutzengel. Olle schien ein solcher Mensch zu sein. Beim Hinausspähen hatte er sich am Fensterrahmen abgestützt, mit der linken Hand am unteren Rand, mit der rechten ungefähr auf Augenhöhe. Die Kugel war direkt an seiner Nasenwurzel vorbeigeschrammt und in den Handrücken eingeschlagen.

Jetzt schrien in Emblas Nähe gleich zwei Männer vor Schmerzen. Ihr einziger Trost bestand darin, dass der Mann, der auf der Veranda gestanden hatte, und der kräftig gebaute Kerl draußen auf der Straße still waren. Totenstill.

Rasch zog Embla den blutenden Olle ein Stück in den Raum hinein und riss sich den Schal vom Hals. Als sie die Wunde eingehender inspizierte, stellte sie fest, dass sich die Kugel komplett durch seine rechte Handfläche gebohrt hatte und jetzt im Fensterrahmen steckte. Er musste schnellstmöglich ins Krankenhaus, damit die Wunde gereinigt und genäht werden konnte.

»Hier. Ich binde erst mal meinen Schal drum. Versuch die Hand hochzuhalten«, forderte sie ihn auf.

Er nickte, verzog jedoch das Gesicht, als sie ihm den Schal fest um die Handfläche band. Tore begriff, dass sein Herrchen verletzt war, und begann erneut zu bellen. Ohne große Hoffnung wandte sich Embla zu ihm um und sagte in bestimmtem Ton: »Tore. Still jetzt.«

Zu ihrem Erstaunen verstummte er, blieb jedoch in Habachtstellung und fixierte sie mit dem Blick.

Hinter ihr presste Olle hervor: »Er hört genau, wer der Boss ist.«

Wie konnte man in einer Situation wie dieser noch in der Lage sein zu scherzen? Doch sie spürte, wie sich ihre Mundwinkel zu einem raschen Lächeln hochzogen. Dann wurde sie wieder ernst.

»Sorg dafür, dass Tore ruhig bleibt«, bat sie ihn.

Dann schlich sie leise zum Fenster. Sie zog ihr iPhone aus der Jackentasche und klickte auf das Kamera-Icon. Vorsichtig streckte sie die Kamera nach vorne, bis sie auf dem Display sehen konnte, wo sich der Mann befand.

Er lag einen knappen Meter vom Fenster entfernt auf dem Rücken im Schnee. Beide Beine bluteten stark, möglicherweise war er auch am Bauch getroffen worden. Auch sein rechter Unterarm blutete und lag schlaff neben dem Körper. Die Pistole hielt er jedoch fest mit der linken Hand umschlossen. Ihrer Einschätzung nach waren die Schussverletzungen des Mannes so schwer, dass er es kaum schaffen würde, sich von der Stelle zu bewegen.

Noch einmal kontrollierte Embla, ob sie Handyempfang hatte. Vergebens, keine Balken.

Sie setzte sich neben Olle und flüsterte: »Der Mann, der auf dich geschossen hat, hat eine Pistole in der linken Hand. Höchstwahrscheinlich ist er Rechtshänder, aber das wissen wir nicht genau. Er ist noch bei Bewusstsein, stellt also nach wie vor eine Gefahr dar. Der Typ im Mercedesbus kann nirgendwohin. Aber wir wissen nicht, wie viele Leute sich im Wohnhaus aufhalten. Wie sollen wir weiter vorgehen?«

Olle starrte sie an und zischte: »Wir knallen den Idioten da draußen vorm Fenster ab. Dann bleibt nur das Problem mit den Personen im Haus.«

Auch er hegte Rachgedanken, was nur allzu menschlich war.

»Nein. Es wäre von Vorteil für die Vernehmungen, wenn so viele wie möglich überleben.«

»Dann viel Glück. Und wie willst du von hier wegkommen?«, brummte er.

Sie zwang sich zu einem Lächeln. »Ich denke, bislang haben wir uns ganz gut geschlagen. Wir schaffen das schon irgendwie.«

Als erneut drei Schüsse fielen, fuhren beide erschrocken zusammen.

»Verflucht! Jetzt schießt er auch noch durch die Wand!«, rief Olle.

Die Patronen hatten die Bretter durchbohrt, waren aber nicht in ihrer Nähe eingeschlagen.

Embla schaute sich im Raum um. Ihr Blick fiel auf die Schneefräse in der Ecke. Sie kroch darauf zu, um unterhalb der Fenster zu bleiben, und stellte fest, dass es eine nagelneue Husqvarna war. Ihr Onkel Nisse hatte auch so eine, allerdings ein bedeutend älteres Modell. Die Maschine vor ihr war größer und mit mehr Finessen ausgestattet, doch im Prinzip war es dieselbe Konstruktion. Sie steuerte die Fräse in Olles und Tores Richtung und parkte sie unmittelbar vor ihnen.

»Jetzt seid ihr besser geschützt. Aber ich hol euch noch mehr«, sagte sie.

Rasch sammelte sie die Maschinenteile auf dem Boden zusammen und verfrachtete sie zurück in die beiden geöffneten Holzkisten, in denen die Sturmgewehre gelegen hatten. Die stapelte sie dann seitlich der Schneefräse. Die Kisten mit den Handgranaten stellte sie mit Bedacht so hin, dass sie weder durchs Fenster noch durch die Bretterwand getroffen werden konnten. Auf der anderen Seite der Fräse platzierte Embla die Kisten, die laut Tores Geruchssinn Drogen enthielten.

»Unser Polizeihund in spe hatte offenbar recht. Die Drogenkisten enthalten zwar auch Metallteile, sind aber bedeutend leichter als die mit den Waffen«, sagte sie und stellte die letzte Kiste ab.

In Windeseile hatte sie einen kleinen provisorischen Schutzwall errichtet. Nicht perfekt, aber besser als nichts.

Als Nächstes musste sie sich vergewissern, ob sich weitere bewaffnete Personen im Wohnhaus befanden. Einen Blick auf das gegenüberliegende Fenster im Obergeschoss zu riskieren, um zu sehen, ob ein Gewehrlauf herausragte, war ausgeschlossen. Der Schütze würde sofort abdrücken, sobald er auch nur die geringste Bewegung im Schuppen erahnte. Er hatte das Fenster bestimmt schon seit dem ersten Schuss im Visier und saß mit dem Finger am Abzug da.

Sie ließ den Blick durch den Raum schweifen.

»Ich hab eine Idee, wie wir rausfinden können, ob drüben im Haus noch ein Schütze lauert«, sagte sie.

Sicherheitshalber näherte sie sich ein weiteres Mal dem Fenster zur Straße, um nach dem blutenden Mann zu sehen. Sie wiederholte die Prozedur mit dem Handy. Mittlerweile lag er ganz still da, offenbar bewusstlos. Der Schnee um ihn herum war blutdurchtränkt. Um zu überleben, brauchte er so schnell wie möglich eine ärztliche Behandlung. Möglicherweise lag er schon im Sterben.

Die Hauptsache für Olle und Embla war im Augenblick, dass er sich weder bewegte noch schießen konnte. Auch die beiden anderen getroffenen Männer gaben keinerlei Lebenszeichen von sich.

Zeit, ihren Plan umzusetzen. Embla ging hinüber zu den Gerätschaften an der Wand und schnappte sich eine Harke. Rasch schaute sie die Arbeitskleidung durch und fand einen Overall.

Mit etwas Mühe gelang es ihr, den Overall über die Harke zu ziehen und den Schaft in ein Hosenbein hineinzuschieben.

»Wirf deine Mütze rüber«, flüsterte sie Olle zu.

Mit einem Seufzer nahm er sie ab und schleuderte sie in ihre Richtung über den Boden. Er hatte es längst aufgegeben, nach dem Warum zu fragen.

Sie bemerkte seine Resignation und versuchte ihn aufzuheitern.

»Jetzt spielen wir Puppentheater«, sagte sie leise.

Er schaute sie an wie ein Fragezeichen.

Mit der stoffbezogenen Harke in der einen und der Mütze in der anderen Hand schlich sie zum Fenster. Mit etwas Geschick gelang es ihr, die Mütze knapp über dem Kragen des Overalls auf den Zinken zu befestigen. Vorsichtig drehte sie ihre Kreation, sodass die Rückseite des Overalls zum Fenster zeigte. Dann umfasste sie den aus dem Hosenbein ragenden Stiel so fest wie möglich und ließ ihre Marionette über dem Fenstersims sichtbar werden.

Peng! Volltreffer. Embla schlug es den Stiel aus der Hand, und die Harke fiel zu Boden. Wäre die Puppe ein Mensch gewesen, hätte der Schütze einen Genickschuss gelandet.

Ein Scharfschütze!, dachte sie.

Das Projektil prallte von den Zinken ab und landete als Querschläger in dem Pfosten, an dem Tore angeleint war. Auch wenn es mindestens einen Meter oberhalb der Köpfe von Herrchen und Hund einschlug, war das keineswegs ungefährlich gewesen. Noch mal Glück gehabt.

»Jetzt wissen wir's«, sagte sie und versuchte ruhiger zu klingen, als sie sich fühlte.

Ihre Blicke begegneten sich, Olle nickte nur. Ja, jetzt wussten sie es. Drinnen im Haus saß ein Sniper. Verflucht auch! Beiden war klar, was das bedeutete.

Er würde keinen Augenblick zögern und jede Gelegenheit nutzen, sie zu töten. Irgendwie mussten sie den Schützen am Fenster außer Gefecht setzen. Schnellstmöglich. Aber wie?

Embla überlegte fieberhaft, doch ihr kam keine zündende Idee. Frustriert schob sie eine Hand in die Jackentasche, um sie aufzuwärmen. Sie traute sich nicht, ihre Fäustlinge anzuziehen, da sie jederzeit bereit sein musste, ihre Waffe zu zücken und zu schießen. Ihre Finger berührten die Handgranate. Richtig, so würde es hoffentlich funktionieren.

»Halt dir die Ohren zu«, sagte sie zu Olle.

Mit der Granate in der rechten Hand näherte sie sich dem Fenster zur Straße. Ein rascher Blick aufs Display ihrer Handykamera zeigte, dass sich der schwer verletzte Mann draußen unter dem Fenster nicht mehr bewegt hatte. Die Pistole war ihm aus der schlaffen Hand gerutscht. War er tot? Schon möglich.

Mit einem Klicken entsicherte sie die Handgranate und schleuderte sie parallel zur Straße so weit weg, wie sie nur konnte. Noch bevor das Geschoss detonierte, hatte Embla das Fenster mit Blick aufs Wohnhaus erreicht.

Als die Explosion den Boden erzittern ließ, schob sie eilig den Lauf ihres Gewehrs übers Sims hinaus, zielte auf das kleine Badezimmerfenster im Obergeschoss gegenüber und feuerte rasch hintereinander dreißig Schuss ab.

Danach wurde es still. Außer in ihrem Kopf, in dem diverse unterschiedlich hohe Klingeltöne zugleich widerhallten. Ein Gefecht ohne Gehörschutz war nahezu unerträglich, wie auch der arme Tore ihnen lauthals zu verstehen gab. Trotz Olles Bemühungen, ihn zu beruhigen, wollte er nicht aufhören zu jaulen und zu bellen. Der ansonsten so robuste Hund hatte offenbar endgültig genug von Granatendetonationen und Schusswechseln. Ein Blick auf sein Herrchen bestätigte, dass es Olle ebenfalls reichte.

Embla hoffte inständig, dass sie den Schützen dort oben im Fenster getroffen hatte. Wenn nicht, hätten sie ein riesiges Problem. Zudem bestand das Risiko, dass sich weitere Personen im Haus befanden.

Embla kroch zur Harke am Boden und nahm sie wieder hoch. Olles Mütze war völlig zerfetzt, es würde ohne sie funktionieren müssen. Wie beim letzten Mal schob sie ihre Vogelscheuche rasch nach oben übers Fenstersims. Kein Schuss diesmal. Das musste allerdings nicht zwangsläufig bedeuten, dass der Schütze aus dem Spiel war, vielleicht hatte er auch einfach ihren Trick durchschaut. In dem Fall hockte er einfach entspannt am Fenster und wartete auf einen günstigen Augenblick.

Vorsichtig robbte sie zurück zu Olle und Tore. Der Hund hatte aufgehört zu bellen und winselte nur noch vor sich hin, während sein Herrchen ihm das Fell kraulte und beruhigend auf ihn einredete. Doch Embla sah, dass Olle nun auch die letzte Farbe aus dem Gesicht gewichen war. Er war kreidebleich. Sicher tat seine Hand extrem weh. Für ihn wurde es höchste Zeit, ins Krankenhaus zu kommen.

Sie deutete auf das Fenster in Richtung Straße.

»Ich klettere da raus und versuche mich auf der Rückseite des Schuppens zu verschanzen. Dort kann mich der Schütze nicht sehen. Kritisch wird's nur, wenn ich dann den Hof überquere. Glaubst du, du könntest noch eine Granate werfen?«

Erst schien Olle protestieren zu wollen, doch dann nickte er.

»Okay.«

»Gut. Aber wirf sie bitte aus dem Fenster zur Straße, damit ich nicht von herumfliegenden Steinen getroffen werde.«

»Okay.«

Seine Antwort kam tonlos, und er sah genauso erschöpft und gequält aus, wie er klang.

»Wenn ich dreimal gegen die Wand klopfe, kannst du sie werfen«, erklärte sie.

Er nickte.

Mit der geladenen Kalaschnikow in der rechten Hand und zwei Nachfüllmagazinen in den Jackentaschen ging Embla zum Fenster. Vorsichtig stellte sie das Gewehr ab und sah noch einmal mit der Handykamera nach dem Mann draußen. Er lag reglos im rot gefärbten Schnee. Entschlossen nahm sie das Gewehr wieder an sich, schwang die Beine übers Fensterbrett und sprang hinaus. Dabei behielt sie den Mann im Auge. Als sie neben ihm in die Hocke ging, konnte sie nur noch seinen Tod feststellen. Auch am Hals war kein Puls mehr zu ertasten. Gar nicht gut.

Zu ihrem eigenen Erstaunen war sie innerlich jedoch ganz ruhig. Dieses Gefühl der Abgeklärtheit kannte sie gut, es ähnelte der Konzentration während einer Jagd. Und genau diese Fähigkeit, auch in brenzligen, ja lebensbedrohlichen Situationen einen kühlen Kopf zu bewahren, hatte ihr im letzten Herbst das Leben gerettet.

Die Pistole im Schnee war eine Sig Sauer, derselbe Waffentyp, den auch die schwedische Polizei benutzte. Embla nahm sie an sich und warf einen Blick ins Magazin. Noch drei Patronen. Immerhin. Mit der Sig Sauer in der linken und der Kalaschnikow in der rechten Hand steuerte sie die fensterlose Rückseite des Schuppens an. An der Ecke blieb sie stehen und lauschte angespannt. Totenstille. Bis auf das anhaltende Klingeln in ihren Ohren. Das würde so schnell nicht nachlassen. Im Gegenteil. Sie holte tief Luft, dann klopfte sie vorsichtig dreimal mit dem Pistolenkolben gegen die Bretterwand.

Die Detonation erfolgte, nachdem Embla bis sieben gezählt hatte. Unmittelbar darauf setzte sie sich in Bewegung. Falls der Schütze noch am Fenster kauerte, würde er automatisch in die Richtung schauen, wo die Granate explodiert war, und nicht zur Seite. Geduckt rannte sie auf den Giebel des Wohnhauses zu. Jede einzelne Faser ihres Körpers stand unter Spannung, Embla wusste, dass sie jeden Augenblick von einer Kugel durchbohrt werden konnte. Als sie das Gebäude erreicht hatte, presste sie sich gegen die Hauswand, um kurz Luft zu holen und ein Stoßgebet zu ihrem Schutzengel zu schicken, den sie wohl ebenfalls hatte. Anfangs schien das Schicksal nicht auf ihrer Seite zu sein. Doch jetzt hatte sich die Lage verändert. Die Situation war zwar noch längst nicht unter Kontrolle, aber Embla hatte es geschafft, die Bedrohungen zumindest stark zu reduzieren.

Nun war das Wohnhaus dran.

So geräuschlos wie möglich schlich sie um die Hausecke und auf die Öffnung in der Wand zu, dorthin, wo vorher die Veranda mit der Eingangstür gewesen war. Jetzt klaffte hier nur noch ein riesiges schwarzes Loch. Die Tür war durch die Druckwelle nach innen katapultiert worden, der Fußboden mit Holzsplittern übersät. Mit einem Blick erfasste sie die Verwüstung. Nur wenige Meter entfernt erblickte sie zwei blutüberströmte, zerfetzte Beine, die zwischen den Fichten aus einer Schneewehe herausragten. Das muss der Typ sein, der auf die Veranda herausgestürmt ist, um auf uns zu schießen, dachte sie. Bevor wir die Gewehre in den Kisten entdeckt haben. Dank Olles ausgezeichneter Wurftechnik war er nicht weit gekommen.

Mit einem großen Satz überwand sie den Krater und betrat das Haus durch die Öffnung im Mauerwerk. Drinnen war es dunkel, nirgends brannte Licht. Vorsichtig tastete sie sich über jede Menge Gerümpel am Boden voran. Rechts von ihr befand sich eine geschlossene Tür. Sie stieß sie mit dem Gewehrlauf auf und spähte hinein. Eine kleine altmodische Küche. Höchstwahrscheinlich war dort seit den 1960er-Jahren nicht mehr renoviert worden, was schätzungsweise zeitlich auch mit der letzten Putzaktion zusammenfiel. Auf sämtlichen Arbeitsflächen stapelten sich Abfälle, leere Schnapsflaschen, Bierdosen, benutzte Pappteller und leergegessene Verpackungen von Fertiggerichten. Es stank bestialisch nach vergammeltem Müll und Schimmel. Und über allem hing ein penetranter Geruch von abgestandenem Zigarettenrauch.

Rasch schlich Embla zurück in den Flur. Direkt gegenüber führte eine Tür in ein kleines Wohnzimmer. Darin standen ein durchgesessenes Sofa, ein Couchtisch mit zerkratzter Platte, unterhalb des Fensters ein Klappbett mit einem verschlissenen Schlafsack darauf und in einer Ecke ein alter Ofen, in dem mehrere Holzscheite glühten. Aktuell hielt sich jedoch niemand in dem Raum auf. Hinter den wenigen kleinen Möbelstücken konnte sich keiner verstecken. Wieder im Flur warf sie rasch einen Blick hinter zwei Schranktüren. Die eine gehörte zu einem leeren Garderobenschrank, die andere zu einem Putzschrank mit einem alten Blecheimer und einem löchrigen Putzlappen darin.

Blieb die Treppe hinauf zum Obergeschoss. Als Embla den Fuß auf die unterste Stufe setzte, hörte sie von oben ein leises Wimmern. Eine Frauenstimme. War der Schütze eine Frau gewesen? Und wenn ja, war sie verletzt? Auch das Risiko, dass es sich um eine Falle handelte, bestand. Durchaus denkbar, dass ein männlicher Schütze sie zum Wimmern zwang.

Es gab nur eine Möglichkeit, das herauszufinden. Embla schlich so leise wie möglich die ausgetretenen Treppenstufen hinauf. Gegen das Knarren der morschen Bodenbretter konnte sie nicht viel tun, außer sie nur flüchtig zu betreten. Das Wimmern wurde immer deutlicher. Es kam aus einem Zimmer rechts neben der Treppe. Embla drückte vorsichtig die Klinke hinunter und stellte fest, dass die Tür abgeschlossen war. Die Frau dort drinnen schien den Atem anzuhalten, doch es gelang ihr nicht, das Schluchzen ganz zu unterdrücken.

Embla schätzte die Person im Zimmer nicht als akute Bedrohung ein.

In erster Linie ging es jetzt darum, den Schützen zu finden, der aus dem Badezimmerfenster geschossen hatte. Das Bad lag direkt vor ihr. Auch diese Tür war geschlossen. Links davon erblickte Embla eine weitere angelehnte Tür. Mit einem leichten Tritt öffnete sie sie und warf rasch einen Blick in das kleine Zimmer dahinter. Nur drei Klappbetten mit Schlafsäcken befanden sich darin. Abgesehen von all den leeren Schnapsflaschen, Bierdosen und von Zigarettenkippen überquellenden Konservendosen. An einer Wand waren fünf Nike-Sporttaschen aufgereiht. Hier stand die Luft, Mief und Zigarettenqualm trieben ihr die Tränen in die Augen.

Sie wandte sich der geschlossenen Badezimmertür zu. Dort drinnen musste der Scharfschütze sein. Um durchs dünne Türblatt hindurch nicht erschossen zu werden, schlich sie seitwärts wie ein Krebs an der Wand entlang auf die Tür zu. Das Feld im Türschloss leuchtete rot, die Tür war also abgeschlossen. Als Embla ihr Ohr an die Wand legte und horchte, konnte sie von drinnen nichts hören. Alles war still. Bis auf das Schluchzen der Frau aus dem verschlossenen Zimmer.

Entschlossen holte sie mit dem Bein aus und trat mit voller Wucht gegen den Türgriff. Während die Tür nach innen aufflog, warf sich Embla zur Seite, rollte herum und kam mit ihrer schussbereiten Waffe in Position wieder auf die Füße.

Im Bad rührte sich nichts.

Vorsichtig zog sie ihr Handy heraus, klickte auf das Kamera-Icon und streckte den Arm ein Stück in die Türöffnung.

Blut. Massenweise Blut. Und ein fast nackter Männerkörper, nur mit einer Unterhose bekleidet, in Rückenlage auf dem Fußboden. Neben ihm ein Gewehr mit ungewöhnlich großem Zielfernrohr. Bildvergrößerung, schoss es Embla durch den Kopf.

Wenn all das Blut von diesem Mann stammte, war er mit großer Sicherheit tot. Langsam richtete Embla sich auf und ging auf den Türrahmen zu. An der Schwelle blieb sie stehen und warf einen ersten Kontrollblick hinein.

Der Gestank dort drinnen war entsetzlich. Der kann unmöglich von ihm kommen, so lange ist er noch nicht tot, dachte sie. Dann sah sie die Leiche in der alten rostigen Badewanne. Das Mädchen war schon bedeutend länger tot als der Mann auf dem Fußboden, vermutlich mehrere Tage. Ihre weiße Haut hatte einen schwachen Grauton angenommen. Auf dem Bauch, der aufgedunsen wirkte, hatten sich bereits grüne Flecken gebildet. Sie war bis auf ein kurzes T-Shirt nackt.

Emblas Blick kehrte wieder zurück zu dem Mann. Der gesamte rechte Teil seiner Stirn war weggefetzt. Von mindestens einem Schuss getroffen, dachte sie. Der hatte schon das Zeitliche gesegnet, bevor er auf dem Boden aufschlug.

Er war mittelgroß, schlank und durchtrainiert. Sein Brustkorb, die Arme und Beine waren mit dunklen Härchen bedeckt.

Sein Kopfhaar war kurz geschoren, doch am Haaransatz konnte man erkennen, dass es dunkel war. Auf Kinn und Wangen spross ein struppiger Dreitagebart. Sie schätzte ihn auf knapp über dreißig. Warum war er halbnackt? Bei diesen Temperaturen musste es extrem unangenehm gewesen sein, barfuß über den kalten Fußboden zu gehen.

Vielleicht hatte er hier im Obergeschoss gelegen und geschlafen, als ihre Auseinandersetzung mit dem Mann, der jetzt im Mercedesbus eingeschlossen war, ihn weckte. Er hatte sich panisch das Gewehr gegriffen und war ins Bad gestürmt. Von dort hatte man einen guten Überblick über den Hof. So oder ähnlich war es vermutlich abgelaufen.

Das Schluchzen der Frau wurde lauter und riss Embla aus ihren Gedanken. Jetzt klang es wieder wie ein Wimmern. Embla trat einen Schritt zurück und wandte sich der geschlossenen Tür zu. Zur Sicherheit stellte sie sich seitlich daneben, als sie anklopfte.

»Polizei!«

Das Wimmern ebbte für einige Sekunden ab, dann setzte es mit neuer Stärke wieder ein.

»Ich werde jetzt die Tür eintreten. I will kick in the door now!«

Sie holte mit dem Fuß aus und trat gegen das Schloss. Erst beim dritten Versuch gab es nach, und die Tür sprang auf. Mit schussbereitem Gewehr betrat Embla das Zimmer.

Ein junges Mädchen! Höchstens fünfzehn, schätzte Embla. Sie kauerte auf einer Matratze auf dem Fußboden, die Arme fest um die Knie geschlungen, die Augen in ihrem schmalen Gesicht panisch aufgerissen. Ihr ganzer Körper schlotterte vor Kälte und Angst. Sie trug lediglich ein schmutziges, viel zu großes T-Shirt mit der Aufschrift »Beer built this body«. Ein Stück von der Matratze entfernt lag eine Wolldecke. Im Raum stank es nach

Sperma, Urin und anderen Körperausscheidungen. Eine Papiertüte von Coop war mit benutztem Toilettenpapier gefüllt, und neben der Matratze standen weitere Rollen. An der gegenüberliegenden Wand lag eine zweite, völlig verdreckte Matratze. Die des toten Mädchens, vermutete Embla.

Das schlotternde Mädchen trug eine Fessel ums Handgelenk, die mit einer ungefähr anderthalb Meter langen Kette am Heizkörper befestigt war.

Embla senkte ihre Waffe und machte vorsichtig einen Schritt nach vorne. Das Mädchen zitterte jetzt noch heftiger. Die Panik in ihrem Blick nahm zu. Embla blieb stehen und sagte so freundlich wie möglich: »Ich werde dir helfen. I will help you.«

Die zierliche Gestalt auf der Matratze hörte nicht auf zu schlottern und presste sich verängstigt gegen die Wand. Über ihre Wangen liefen Tränen.

Embla begriff, dass das Mädchen unter Schock stand. Sie war schwer traumatisiert von Vergewaltigungen und weiteren Misshandlungen. Vermutlich hatte sie auch das andere Mädchen sterben sehen. Und dann noch die Schusswechsel, die Detonation der Granaten ... Kein Wunder, dass die Kleine einen kompletten Zusammenbruch erlitten hatte.

Mit ruhigen, langsamen Bewegungen betrat Embla den Raum, hob die Decke vom Boden auf und reichte sie dem zitternden Mädchen. Doch anstatt sie entgegenzunehmen, kauerte sie sich noch mehr zusammen. Mit einem aufmunternden Nicken legte Embla die Decke in Reichweite, sodass die Kleine sich selbst darin einhüllen konnte. Mit oder ohne Decke – sie musste so bald wie möglich ins Warme kommen. Im Raum waren es bestimmt nicht mehr als zehn Grad. Ohne Außentür kühlte das Haus jetzt rasch aus. Auch die Scheibe im Badezimmerfenster fehlte, die hatte Embla selbst weggeschossen. Sie würde kurz zum Schuppen zurückkehren, um dort ein geeignetes Werkzeug zum Öffnen der Fessel zu suchen. Für einen Augenblick konnte sie das Mädchen hoffentlich alleinlassen.

»I will be back soon.«

Embla versuchte ihr aufmunternd zuzulächeln, bevor sie ging. Um die wenige noch vorhandene Wärme im Zimmer zu halten, schloss sie die kaputte Tür. Auch die Badezimmertür wollte sie rasch noch zuzuziehen. Gerade als sie den Türgriff mit der Hand umschloss, vernahm sie ein Motorengeräusch, das schnell lauter wurde.

Nein, jetzt bitte keine neuen Gegner! Nicht noch mehr Bandenmitglieder! Embla spürte, wie ihr jegliche Kraft aus dem Körper wich. Aber vielleicht kommt uns ja auch jemand zu Hilfe, dachte sie dann. Der Gedanke stimmte sie zuversichtlich und verlieh ihr neue Energie.

Sie beschloss, trotz des Gestanks und der beiden Toten erneut das blutverschmierte Bad aufzusuchen, um sich von dort aus einen Überblick zu verschaffen.

Als sie aus dem Fenster spähte, sank ihr das Herz in die Hose. Der große Mercedesbus, der gerade vorfuhr, war genau baugleich mit dem, der bereits vorm Schuppen stand.

Rasch beugte sie sich hinunter und schnappte sich das Scharfschützengewehr. Der Schaft war blutverschmiert, doch das war jetzt egal. Es ging für sie, Olle und Tore um Leben und Tod. Herauszufinden, mit wem sie es zu tun hatten, war überlebenswichtig. Und vor allem, mit wie vielen. Sie legte das Gewehr an und schaute durchs Zielfernrohr. Ihre Wange und die Handflächen wurden klebrig.

Die beiden Männer auf den Vordersitzen waren messerscharf zu erkennen. Auf der Rückbank saß keiner. Sie schienen also zum Glück nur zu zweit zu sein. Oder befanden sich im Laderaum des Busses noch mehr Leute? Embla schob den Gedanken entschieden beiseite; in dem Fall wären Olle und sie chancenlos.

Der Fahrer war groß gewachsen und zwischen fünfundzwanzig und dreißig Jahre alt. Er hatte blondes Stoppelhaar und hellgraue, fast farblose Augen. Fischaugen, dachte Embla und erschauderte. Seine Gesichtszüge waren markant mit großem, vorstehendem Kinn. Die Motive seiner Tattoos ringelten sich vom Hals bis hinauf zum Unterkiefer. Er und sein Beifahrer trugen dunkelblaue Daunenjacken mit pelzbesetzten Kapuzen. Durch die geöffneten Reißverschlüsse ihrer Jacken erblickte Embla schwarze T-Shirts. Auch die beiden tragen Partnerlook, dachte sie. Der Mann auf dem Beifahrersitz war bedeutend schmaler, sein rattenhaftes Gesicht war stark tätowiert. An seinen Augenbrauen hingen verschiedenste Piercings, ein massiver Ring durchbohrte seine Nasenscheidewand und mehrere kurze Nägel die Unterlippe. Seine Haarfarbe ließ sich schwer ausmachen, da er die schwarze Strickmütze tief in die Stirn gezogen hatte.

Der Mercedesbus hielt vor dem ersten Granatenkrater an, und die beiden Neuankömmlinge betrachteten den Toten auf dem Weg. Embla konnte sehen, wie sie anfingen zu gestikulieren und zu diskutieren. Logischerweise mussten sie sich angesichts der Verwüstung ums Haus herum und der Leiche vor ihrem Auto fragen, was hier passiert war.

Würden sie es wagen, bis zum Schuppen weiterzufahren? In dem Fall drohte erneut akute Gefahr. Die Männer durften auf keinen Fall den Bus verlassen. Im Schuppen würden sie Olle und Tore finden. Und wenn es ihnen gelänge, bis zum Haus vorzudringen, war Embla sich nicht sicher, ob sie alleine mit ihnen fertigwerden würde.

Durchs Zielfernrohr sah sie, wie beide Männer große Pistolen zückten. Höchstwahrscheinlich Sig Sauer, sie war sich nicht ganz sicher. Sie diskutierten noch immer heftig. Der schmale Mann schüttelte vehement den Kopf, sodass der Metallschmuck in seinem Gesicht aufblitzte. Offensichtlich war er mit dem Vorschlag seines Kumpels ganz und gar nicht einverstanden. Doch der Mann mit den Fischaugen wirkte fest entschlossen.

Rasch überprüfte Embla noch einmal, ob das Gewehr geladen war. Unterhalb des Fensters auf dem Fußboden lag weitere Munition. Der Mann, den sie getötet hatte, war seiner Treffsicherheit und dem Waffentyp nach zu urteilen ein Profi gewesen.

Als sie das Zielfernrohr wieder vors Auge hielt, sah sie, dass der Mann mit den Fischaugen gerade Anstalten machte, die Fahrertür zu öffnen, dann aber unvermittelt innehielt. Irgendetwas im Seitenspiegel hatte seine Aufmerksamkeit erregt.

Embla nahm das Gewehr herunter. Hinter dem großen Mercedesbus war ein blinkendes Blaulicht aufgetaucht. Woher kam das denn plötzlich? Konnte das wirklich wahr sein? Embla wurde von einer Welle der Erleichterung erfasst, und auf einmal war ihr zum Heulen zumute. Doch sie riss sich zusammen. Ihre Kollegen wussten nicht, dass die Männer im Mercedesbus bewaffnet waren. Andererseits hatten sie auch keine Ahnung, dass Embla in diesem Augenblick mit einem Scharfschützengewehr oben am Fenster kniete. Mit wiedergewonnener Ruhe legte sie das Gewehr erneut an und beobachtete die beiden Männer durchs Zielfernrohr. Sie saßen reglos da und starrten jeder in seinen Seitenspiegel. Embla bewegte das Fernrohr etwas nach links und rechts und erblickte, was die zwei bereits entdeckt hatten. Beidseits des Busses näherten sich uniformierte Polizisten mit gezückten Pistolen. Ihren Wagen hatten sie offenbar ebenfalls hinter der Kurve abgestellt. Rasch richtete Embla das Fernrohr wieder zurück auf die Männer im Bus. Die sprachen jetzt miteinander, allerdings ohne die Seitenspiegel aus dem Blick zu lassen. Beide hielten ihre Pistolen auf Brusthöhe vor sich, um unmittelbar nach dem Aussteigen schussbereit zu sein. Sie betätigten die Türgriffe und stießen die Türen auf. Die zwei Polizisten blieben mit gezogenen Waffen abrupt stehen.

Sobald der Mann mit den Fischaugen die Füße auf den Boden gesetzt hatte, schoss Embla ihm in den rechten Unterschenkel. Der Treffer brachte ihn zu Fall, doch es gelang ihm noch, einen Schuss in Richtung des Polizisten abzufeuern, der auf ihn zustürmte. Embla registrierte, dass der Kollege nicht zu Boden ging, er war offenbar nicht getroffen worden. Bevor das Fischauge erneut zielen konnte, verpasste sie ihm einen Schuss in die rechte Schulter. Er schrie auf, und seine Pistole flog in einem leichten Bogen zur Seite.

Der andere Mann stand wie versteinert da, die linke Hand noch immer am Türgriff. Dann drehte er langsam den Kopf in Richtung Haus und richtete seine Pistole auf Embla. In diesem Augenblick schoss sie ihm ebenfalls in die rechte Schulter. Er ließ augenblicklich seine Pistole fallen, und als er der Länge nach auf dem Rücken landete, nahm sie seinen erstaunten Gesichtsausdruck wahr.

Dann suchte sie die Seitenflächen des Mercedes mit dem Blick ab und entdeckte ihre beiden Kollegen im Schutz des Busses.

Mit lauter Stimme rief sie durchs Fenster hinaus: »Hier spricht Kriminalinspektorin Embla Nyström von der Polizei Göteborg! Polizeiinspektor Olle Tillman befindet sich verletzt im Schuppen rechts von Ihnen! Hier oben braucht ein junges Mädchen dringend Hilfe. Wir sind in eine Falle getappt und waren gezwungen, das Feuer zu erwidern!«

Ihre letzten Worte waren definitiv überflüssig. Das gesamte Gelände um Haus und Hof herum sah aus wie ein Schlachtfeld.

Der Polizist auf der dem Schuppen zugewandten Seite hielt trichterförmig eine Hand an den Mund und rief wie durch ein Megafon: »Tillman! Sind Sie da drinnen?«

Embla hörte eine schwache Antwort aus dem Schuppen dringen. Der Kollege, der nach Olle gerufen hatte, warf erst einen Blick zu ihr hinauf und ging dann auf das zur Straße weisende Fenster zu, das sie von ihrem Platz aus nicht einsehen konnte. Sein Kollege nahm derweil die Pistolen der beiden angeschossenen Männer an sich.

Embla konnte ihre Stimmen hören, verstand jedoch nicht, was sie sagten. In ihren Ohren klingelte es noch immer.

Behutsam legte sie das Scharfschützengewehr auf den blutüberströmten Fußboden. Die an der Wand neben der Tür lehnende Kalaschnikow ließ sie stehen. In dem Zimmer, in dem das Mädchen auf der Matratze saß, war es still geworden. Embla hatte nicht einmal mehr die Kraft, die Tür zu öffnen, um nach ihr zu schauen.

Schweren Schrittes ging sie die Treppe hinunter. Ihre Beine fühlten sich an, als wären ihre Stiefel mit Blei gefüllt. Unten näherte sie sich dem verbrannten Haustürrahmen und lehnte sich dagegen. Jegliche Energie war aus ihrem Körper gewichen. Sie sah Olle mit Tore an der Leine aus dem Schuppen herauskommen. Die beiden Kollegen gingen auf ihn zu, klopften ihm aufmunternd auf die Schultern und strichen dem Hund übers Fell. Alle drei wirkten erleichtert. Dann wandten sie sich dem Haus zu und erblickten Embla. Ihr Lächeln erstarb urplötzlich, und sie wirkten bestürzt. Embla begriff nicht, warum. Wollten sie nicht auch auf sie zukommen und ihr auf die Schulter klopfen? Warum blieben sie einfach dort stehen?

Allmählich kam ihr die Erkenntnis. Ihre beiden Hände waren blutverschmiert, und auch ihre Kleidung war völlig besudelt. Überall Blut. Ihre einst hellbraunen Stiefel waren dunkelrot. Vom Blut.

Blut. Blut. Blut ...

Embla erinnerte sich an nichts von all dem, was danach geschah. Auch an den Transport ins Krankenhaus von Norra Älvsborg hatte sie nur vage Erinnerungen. Das angenehme Gefühl, auf einer Trage zu liegen und sich entspannen zu können, hatte sich allerdings gut in ihrem Gedächtnis verankert. Ihr ganzer Körper schmerzte von der Anspannung. Und immer noch war da das Klingeln in den Ohren. Doch am meisten irritierte sie, dass sie nicht schlafen durfte. Die Ersthelfer aus dem Notarztwagen hatten vermutet, dass sie einen Schlag auf den Kopf bekommen hätte, weil sie ohnmächtig geworden war, kurz nachdem sie das Haus verlassen hatte. Deshalb durfte sie auf keinen Fall einschlafen, bevor die Ärzte ihren Bewusstseinszustand überprüft hatten. Ihr fehlte die Energie, zu protestieren und ihnen zu erklären, dass ihre Bewusstlosigkeit höchstwahrscheinlich mit der schweren Gehirnerschütterung zusammenhing, die sie im Herbst davongetragen hatte. Deshalb schwieg sie lieber und kämpfte darum, wach zu bleiben. Die Ersthelfer rollten sie in ein Untersuchungszimmer in der Notaufnahme. Dort kümmerte sich ein Krankenpfleger um sie, der dem Namensschild zufolge Ali hieß. Als er sie anlächelte, strahlten seine Zähne weiß, und seine Stimme klang angenehm sanft. Seine Anwesenheit beruhigte sie. Als Erstes begleitete er sie zur Toilette direkt gegenüber dem Untersuchungszimmer. Während sie die wenigen Schritte über den Korridor zurücklegte, blieben alle Leute stehen und starrten sie an. Ein blutüberströmter Mensch, der allein gehen kann, ist natürlich eine Sensation, dachte sie zynisch. Ali blieb vor der Toilettentür stehen, ermahnte sie jedoch, nicht abzuschließen.

Als sie fertig war, begleitete er sie zurück ins Zimmer. Dort sprach er ununterbrochen mit ihr, um sie wachzuhalten. Hinterher konnte sie sich an keines seiner Worte erinnern.

Behutsam half er ihr dabei, die blutverschmierte Kleidung auszuziehen, sie in einen schwarzen Kunststoffsack zu befördern und sich danach das Blut von Gesicht und Händen zu waschen.

Blut. Blutige Hände. Ich habe Blut an den Händen.

Dann betraten zwei Krankenschwestern und ein Arzt das enge Untersuchungszimmer. Der Arzt war jung, und seine Haare standen zu allen Seiten ab, als wäre er gerade erst aus dem Bett gestiegen. In einer Hand hielt er eine grüne Einweg-OP-Haube, die er zusammenknüllte und in seine Kitteltasche schob, bevor er sich vorstellte. Embla vergaß seinen Namen in dem Moment wieder, in dem er ihn nannte. Offenbar glaubten die drei ihr nicht, dass sie unverletzt war, und baten sie, sich bis auf die Unterwäsche auszuziehen. Sie wurde sorgfältig untersucht. Als keine äußeren Verletzungen festgestellt werden konnten, beschlossen sie, noch ein EKG und ein EEG durchzuführen.

Nachdem alle Untersuchungen abgeschlossen waren, verschwanden die drei durch die Tür hinaus, und sie war wieder allein mit Ali. Angenehm. Jetzt dürfte sie endlich schlafen. Dachte sie. Doch weit gefehlt, Ali hatte den Auftrag, sie so lange wachzuhalten, bis die Ergebnisse vorlagen. Er half ihr dabei, die Strümpfe und den Pulli wieder anzuziehen. Ihre Jeans lag zusammen mit der Jacke und den Stiefeln im schwarzen Kunststoffsack. Die Kollegen würden ihn abholen und in die Technische Abteilung bringen. Stattdessen musste sie eine weiche, ausgewaschene Krankenhaushose anziehen.

Nach einer gefühlten Ewigkeit kam der Arzt endlich wieder. Obwohl er nur ein paar Jahre älter war als sie selbst, kam ihr sein Blick vor wie der eines alten Mannes, der schon in alle menschlichen Abgründe geschaut hatte. Dann fiel ihr ein, dass ihr eigener Blick womöglich seinem ähnelte. Im Moment jedenfalls fühlte sie sich so alt wie ihre eigene Großmutter.

»Die gute Nachricht lautet, dass wir keinerlei Abweichungen feststellen konnten, weder beim EEG noch beim EKG. Im Gegenteil, Sie haben das Herz einer Leistungssportlerin«, sagte er und lächelte aufmunternd.

Ich *bin* Leistungssportlerin, dachte sie, hatte aber nicht die Kraft zu antworten, sondern nickte nur.

»Ich habe mir Ihre Akte vom Herbst einmal durchgelesen, als Sie hier behandelt wurden. Damals haben Sie offenbar ein schweres Trauma erlitten, sowohl physisch als auch psychisch. Aber was Sie heute erlebt haben, stelle ich mir noch weitaus schlimmer vor. Eine Art Krieg.«

Krieg. Granateneinschläge, Schusswechsel, die toten Männer, das Adrenalin, das durch ihren Körper geschossen war. Sie hatte zweifelsohne Todesängste ausgestanden. Aber ihr Überlebensinstinkt hatte sie aufrecht gehalten, ohne ihn wäre sie nicht mehr in der Lage gewesen zu agieren. Embla begegnete dem müden Blick des Arztes.

»Ja. Ein Krieg. Blut. Massenweise Blut«, sagte sie.

Er nickte verständnisvoll.

»Genau. Das, was Sie gerade erleben, ist sogenannter posttraumatischer Stress. Er tritt bei schwer traumatisierten Menschen häufig auf. Man sieht ihn auch bei Soldaten, wenn sie aus dem ...«

»Krieg zurückkehren. Ich weiß. Nach dem Vorfall im Herbst musste ich mehrfach eine Psychologin aufsuchen. Sie hat mit mir viel über posttraumatischen Stress gesprochen.«

Emblas Augenlider fühlten sich bleischwer an, und sie hörte seine Stimme nur sehr weit entfernt: »Gut, dass Sie Bescheid wissen. Die Frage ist, wie wir Ihnen am besten helfen können.«

»Nach Hause. Ich will nach Hause. Rufen Sie meine Eltern an. Die oder einer meiner Brüder sollen kommen und mich abholen.«

Die letzten Worte murmelte sie schon halb im Schlaf.

Embla war die gesamte folgende Woche krankgeschrieben. Währenddessen wurde sie dennoch mehrfach aufs Revier einbestellt, um über die Vorfälle am Ulvsjö zu berichten. Jedes Mal musste sie sich beherrschen, um nicht loszuschreien: »Lasst mich in Ruhe! Ich weiß, dass ich zwei Menschen getötet habe! Aber die wollten uns zuerst töten!« Doch sie wusste, dass sie die Fassung nicht verlieren durfte. Es war wichtig, einen professionellen und verlässlichen Eindruck bei ihren Kollegen zu hinterlassen. Und obwohl es ihr schwerfiel, gelang es ihr recht gut, die Fassade aufrechtzuerhalten.

Innerlich war sie jedoch alles andere als ruhig. Die Albträume, die sie nach den Ereignissen im Herbst geplagt hatten, kehrten wieder. Jede Nacht wurde sie von Männern mit völlig zerschossenen Gliedmaßen und Schädeln umringt, die sich langsam, aber unerbittlich auf sie zubewegten. Sie selbst stand wie festgefroren da, außerstande wegzurennen. Immer wenn der erste Zombie seine blutüberströmten Hände nach ihr ausstreckte, wurde sie von ihren eigenen Schreien geweckt.

Das einzig Positive war, dass sie jetzt nicht mehr von der Nacht träumte, in der Lollo verschwand.

Trotz ihrer schlechten psychischen Verfassung lehnte sie alle Angebote einer psychologischen Betreuung ab. Vielleicht war es dumm von ihr, aber sie hatte einfach nicht die Kraft, noch einmal in den traumatischen Ereignissen der Vergangenheit herumzuwühlen. Es war nicht der Krieg am Ulvsjö, über den sie nicht reden wollte – in der Tat war es ein regelrechter Krieg gewesen –, sondern der Schusswechsel während der Elchjagd im vergangenen Herbst. Was das betraf, durfte sie sich niemals auch nur den geringsten Versprecher leisten.

Vor ihren ersten Unterredungen mit den internen Ermittlern war es Olle und ihr strengstens untersagt worden, miteinander in Kontakt zu treten. Doch nachdem beide ihre Versionen der Abläufe vor Ort geschildert hatten und diese abschließend dokumentiert waren, gab es keine Hinderungsgründe mehr.

Sie war diejenige, die den Mut aufbrachte, ihn zuerst anzurufen. Zu Emblas Erleichterung freute er sich aufrichtig, als er ihre Stimme hörte. Danach hatten sie gleich mehrere Abende nacheinander telefoniert, was ihr richtig guttat.

Auch Olle war noch krankgeschrieben. Ein Handchirurg hatte einige Knochensplitter aus seiner Schusswunde entfernen und Sehnen und Handwurzelknochen neu ausrichten müssen. Nun trug er einen Verband um die Hand. Tore war in den ersten Nächten etwas unruhig gewesen, doch schon nach ein paar entspannten Tagen zusammen mit seinem Herrchen ging es ihm besser.

Am Montag der zweiten Woche begann Embla wieder zu arbeiten, allerdings bis zum Abschluss der internen Ermittlungen im Innendienst. So unauffällig, wie sie konnte, schlüpfte sie durch die Tür des Konferenzraums, in dem die Frühbesprechungen abgehalten wurden. Sie setzte sich auf einen Platz ganz hinten im Raum, so weit wie möglich von ihrem Chef entfernt. Nach einer Weile bekam sie Gesellschaft von Irene Huss, die mit ihren zwei obligatorischen Bechern Kaffee in den Händen hereinkam.

Kriminalkommissar Persson stand vorne vor dem Whiteboard und leitete das sogenannte Morgengebet. Er erblickte Embla und nickte ihr zu.

»Als Erstes sollten wir Embla auf den neuesten Stand der Ermittlungen bringen.«

Alle Anwesenden im Raum schauten zu ihr. So läuft es also, wenn man versucht, sich unbemerkt reinzuschleichen, dachte sie.

Der Kommissar fuhr fort: »Oben am Ulvsjö wurden zwei Männer erschossen und zwei weitere durch Granaten in die Luft gesprengt. Bislang ist noch keiner von ihnen identifiziert worden, aber wir haben Fotos, Fingerabdrücke und DNA an die Kollegen in Split geschickt. Ich gehe stark davon aus, dass sie wissen, wer diese Leute sind. Der einzige Beteiligte, dessen Identität wir sicher feststellen konnten, ist Jiri Acika. Seine Fingerabdrücke und DNA liegen uns bereits von einem früheren Gefängnisaufenthalt vor. Er ist der Bruder des Finanzberaters von Milo Stavic, Andreas Acika. Beide sind Cousins der Brüder Stavic. Als einer von drei Überlebenden sitzt Jiri in Untersuchungshaft, die anderen zwei liegen im Krankenhaus. Wegen des Hundebisses ins Handgelenk wurden ihm lediglich eine Tetanusspritze und Antibiotika verabreicht. Der Hund, der Acika die Verletzungen zugefügt hat, ist natürlich nicht Teil der internen Ermittlungen.«

Seine Mundwinkel zogen sich zu einem schwachen Lächeln hoch, und er warf Embla einen vielsagenden Blick zu, bevor er fortfuhr: »Die beiden Männer, die kurz vor dem Streifenwagen am Haus eintrafen, sollten offenbar bestellte Ware abholen. Beide werden zurzeit im Sahlgrenska behandelt. Ihre Schussverletzungen sind jedoch nicht lebensbedrohlich, sie werden selbstverständlich rund um die Uhr bewacht. Die beiden sind identifiziert worden als …«

Er klickte die Tastatur seines Laptops an, der aufgeklappt auf dem Tisch stand. Hinter ihm auf dem Whiteboard tauchte der Mann mit den Fischaugen auf.

»… Liam ›Lillen‹ Eklund, sechsundzwanzig Jahre alt. Hat vier Jahre wegen Drogenvergehen und Beihilfe zum Mord in Kumla gesessen. Ist Mitglied bei den Red Devils, den Hangarounds der Hells Angels. War an vielen Straftaten der beiden Klubs beteiligt.«

Mit einem weiteren Klick wechselte er das Bild. Von der Wand blickten jetzt die fiesen Knopfaugen des schmalen Mannes mit diversen Augenbrauenpiercings.

»Das ist ebenfalls ein alter Bekannter. Timmy ›Slinky‹ Johansson, fünfundzwanzig. Zwei Gefängnisstrafen, Dauer zwei beziehungsweise zweieinhalb Jahre. Die erste wegen schwerer Drogendelikte und schwerer Misshandlung, die zweite wegen Beihilfe zum Menschenhandel und schweren Vergewaltigungen. Er war erst ein knappes halbes Jahr wieder draußen, und wir gehen davon aus, dass er seine Karriere genau da fortgesetzt hat, wo er sie wegen seiner Festnahme unterbrechen musste. Eine Theorie lautet, dass die beiden Mädchen, die wir im Haus gefunden haben, von diesen Männern abgeholt werden sollten. Vermutlich wollten sie auch Drogen und Waffen mitnehmen. Doch das wissen wir nicht sicher, die beiden haben bislang kein Wort gesagt.«

Embla wollte keine Aufmerksamkeit erregen und meinte deshalb im Flüsterton zu Irene: »Könntest du vielleicht fragen, woran das Mädchen in der Badewanne gestorben ist?«

Irene nickte und reckte diszipliniert die Hand in die Luft. Der Kommissar registrierte es und erteilte ihr das Wort.

»Kennen wir schon die Todesursache des Mädchens im Badezimmer?«, fragte sie.

Er nickte finster und antwortete: »Im vorläufigen Bericht ist die Rede von einer Überdosis. Das überlebende Mädchen befindet sich in einem fürchterlichen Zustand, sowohl physisch als auch psychisch. Die Männer hatten beide Mädchen mit verschiedenen Drogen vollgepumpt. Das tote war ungefähr fünfzehn und das lebende ist ein Jahr jünger.«

Es folgte betretenes Schweigen.

»Im Range Rover, den zwei der Bandenmitglieder fuhren, fand man drei Kanister mit Diesel. Das könnte dafür sprechen, dass sie planten, das Haus abzubrennen, um alle Beweise zu vernichten, vor allem aber die Leiche des Mädchens loszuwerden«, fuhr er fort.

»Genau wie sie es mit Kador gemacht haben«, murmelte Embla so leise, dass nur Irene es hören konnte.

Vorne auf dem Whiteboard wurde jetzt das Foto von einer Pistole sichtbar. Eine Beretta M9, wie Embla feststellte.

Der Kommissar ließ den Blick über sein Publikum wandern, und plötzlich zeichnete sich in seinem Gesicht ein breites Lächeln ab.

»Und jetzt kann ich euch noch einen Knaller präsentieren!«, verkündete er.

Mit einer ausladenden Geste deutete er auf das Foto.

»Diese Beretta lag unter Milo Stavics gefalteten Händen, als er erschossen aufgefunden wurde. Doch wie wir wissen, war es nicht seine eigene, sondern die von seinem Bruder Luca. Göran Krantz von der Technischen hat alle entsprechenden Nummern mit dem Register abgeglichen und die Waffe auch Probe geschossen. Deshalb wissen wir jetzt, wie die beiden Berettas zum Einsatz kamen.«

Er beugte sich vor und klickte erneut eine Taste an, woraufhin an der Wand eine identische Pistole sichtbar wurde.

»Das hier ist Milos Beretta. Mit der hat Jiri Acika unsere Kollegen Embla Nyström und Olle Tillman bedroht. Der Grund dafür, dass Jiri Acika die Waffen nach dem Mord an Milo austauschte, also Lucas Waffe beim zweiten Opfer zurückließ und

Milos Waffe mitnahm, bestand vermutlich darin, dass er die Pistole loswerden wollte, die mit den beiden Morden in Verbindung gebracht werden konnte. Aber er wollte eben auch gern eine schöne Beretta haben. Und Milos Pistole fand er im Schlafzimmer der Hütte. Das war natürlich völlig idiotisch von ihm. Wir wissen, dass er auch Milos iPhone und möglicherweise ein iPad sowie einen Laptop mitnahm. Allerdings haben wir diese Geräte noch nicht gefunden. Und dann ging die Gier mit Jiri durch, und er nutzte die Gelegenheit, um sich auch Milos teure goldene Uhr zu greifen. Jiri trug sie bei seiner Festnahme. Höchstwahrscheinlich versuchte er darüber hinaus, Milo den kostbaren Smaragdring vom Finger zu ziehen, doch der saß zu fest. In seiner Jackentasche haben wir außerdem einen Schlüsselbund gefunden. Göran Krantz hat alle Schlüssel ausprobiert und festgestellt, dass sie zu Milo Stavics Wohnung passen.«

Er verstummte. Offensichtlich eine Kunstpause, um danach die Pointe zu präsentieren.

»Auf Lucas Pistole, also der Mordwaffe, konnten die Techniker Abdrücke eines rechten Daumens sichern, und auf dem Magazin fanden sie DNA. Beides stammt von Jiri Acika!«

Der Triumph schickte ein Strahlen über sein Gesicht, und seine Zuhörer applaudierten und murmelten anerkennende Worte. Menschliche Zeugen kann man zum Schweigen bringen, aber technische Beweise lassen sich nicht einschüchtern. Damit können Kriminelle letztlich dingfest gemacht werden.

Als der Jubel abebbte, wurde der Kommissar wieder ernst und fuhr fort: »Wir haben Jiri Acika, den Mörder von Milo und Luca, also überführt. Er hat sich sozusagen selbst das Handwerk gelegt. Trotzdem sind noch jede Menge Fragen offen. Wir wissen, dass Luca seinen Laptop und sein iPhone bei sich im Auto hatte, sodass es für Jiri Acika kein Problem darstellte, beides an sich zu nehmen. Und wir wissen auch, dass Luca zuerst erschossen wurde, mit seiner eigenen Pistole. Die Frage ist nur, wie Jiri an die Waffe herankam. Wer kann in Lucas Wohnung, die sowohl mit einem Türcode als auch mit einer Alarmanlage ausgestattet ist, eingedrungen sein?«

Embla dachte intensiv über die Frage nach und musste sich deshalb wieder zur Konzentration rufen, um den Ausführungen ihres Chefs weiter folgen zu können.

»… involviert in einen Verkehrsunfall. Jiris Auto stieß auf einer Kreuzung mit einem Motorrad zusammen. Niemand wurde ernsthaft verletzt, doch schon nach wenigen Minuten war ein Streifenwagen zur Stelle, da der Unfall nur einen Steinwurf vom Polizeigebäude in Split entfernt passierte. Es geschah mitten in der Hauptverkehrszeit, nachmittags um Viertel vor fünf. Und zwar am Tag vor Kadors Verschwinden. Danach fehlte jede Spur von Jiri Acika. Höchstwahrscheinlich ist er unter falschem Namen ausgereist, da nichts darauf hindeutet, dass er innerhalb der letzten zwei Wochen nach Schweden eingereist ist. Und es sind auch keine anderen Verdächtigen unter ihrem richtigen Namen ins Land gekommen. Letztlich dürften alle kürzlich aus den Balkanstaaten eingereisten Männer von Interesse für uns sein. Bislang haben wir, was die Personendaten anbelangt, noch keinen Treffer gelandet.«

Irgendwo tief in Emblas Gehirnwindungen formte sich ein Gedanke, doch sie bekam ihn nicht richtig zu fassen. Wer kann in Lucas Fort Knox eingedrungen und seine Pistole entwendet haben? Plötzlich wurde ihr klar, wie es zugegangen sein musste. Zwar wollte sie nur ungern die Aufmerksamkeit im Raum auf sich ziehen, doch sie spürte, dass es unausweichlich war.

Zaghaft streckte sie die Hand hoch. Tommy Persson sah es und erteilte ihr mit einem Nicken das Wort.

»Ich glaube nicht, dass Lucas Mörder in seiner Wohnung war«, begann sie zögerlich.

»Nicht? Aber wie ist Jiri Acika dann an die Beretta herangekommen? Er wird ja wohl kaum wie ein Gespenst durch verschlossene Türen geschlüpft sein«, konterte der Kommissar rasch.

Embla bemerkte, dass das nachfolgende angedeutete Lächeln nicht einmal seine Augen erreichte, und fühlte, wie ihre Unsicherheit von auflodernder Wut abgelöst wurde. Doch diese galt es zu besänftigen, und zwar sofort.

Sie atmete tief durch und unterdrückte ihren Unmut, bevor sie fortfuhr: »Sowohl Milo als auch Luca wussten, dass ihr Bruder Kador verschwunden war. Ihnen war sicher auch das Risiko bewusst, dass er einem Mord zum Opfer gefallen war. Selbst wenn sie nicht unmittelbar davon ausgingen, dass auch sie selbst bedroht waren: Sie besaßen beide eine Beretta. Milo forderte Luca sicherlich auf, sich zu bewaffnen, was Luca aller Wahrscheinlichkeit nach auch tat, zumal er vor vier Jahren schon einmal beschossen worden war.«

Jetzt wandten sich ihr mehrere Gesichter zu. Obwohl niemand Anstalten machte, sie zu unterbrechen, registrierte sie die abwartenden Blicke einiger Kollegen. Manche warfen einen Blick auf ihr Handy, ein anderer schaute durch das vom Regen schlierige Fenster hinaus.

»Aber Luca war kein guter Schütze. Er trainierte nach Aussage seines Partners Stephen Walker selten oder gar nicht. Wo deponiert also jemand, der es nicht gewohnt ist, eine Waffe bei sich zu tragen, seine Pistole beim Autofahren? Vermutlich im Handschuhfach. Oder neben sich auf dem Beifahrersitz. Und beim Aussteigen nimmt er sie an sich. Währenddessen ist die Waffe selbstverständlich gesichert. Und genau diesen Moment nutzt der Mörder, um ihn zu überrumpeln und ihm seine Pistole abzunehmen. Wenn nötig, unter Gewaltandrohung, aber ich habe den Verdacht, dass das in diesem Fall gar nicht notwendig war«, sagte sie.

Mittlerweile schauten die meisten Kollegen interessiert zu ihr herüber, was sie bestärkte. Sie redete weiter.

»Jiri Acika stand also im Parkhaus und wartete. Nachdem Luca aus dem Auto gestiegen war, ging er auf seinen Cousin zu und begrüßte ihn. Ich bin mir sicher, dass Jiri seine eigene Pistole dabeihatte, doch als er die Beretta in Lucas Hand erblickte, kam ihm eine Idee, und er nahm ihm die Pistole ab.«

Sie betrachtete ihre Kollegen um den großen Konferenztisch herum. Jetzt war ihr die ungeteilte Aufmerksamkeit aller sicher, und sogar der Kollege, der eben noch aus dem Fenster geschaut hatte, betrachtete sie interessiert. Die Frage war nur noch, wer zuerst die Geduld verlieren und die entscheidende Frage stellen würde.

»Und wie meinst du, lief es ab?«

Sie kam natürlich vom Kommissar selbst.

»Die beiden waren Cousins. Cousins ersten Grades. Ich könnte mir denken, dass Jiri Luca angerufen und aus dem Klub weggelockt hat, indem er vorgab zu wissen, was Kador zugestoßen war. Vermutlich sagte er, dass er es ihm unbedingt schnellstmöglich mitteilen müsse, weil Milo nicht in der Stadt war. Doch nicht am Telefon, sondern bei einem persönlichen Treffen an einem geheimen Ort. Schließlich durfte niemand wissen, dass Jiri in Schweden war.«

Emblas Kehle fühlte sich trocken an, und sie räusperte sich, bevor sie fortfuhr: »Jiri sah also die Beretta in Lucas Hand und hatte – wie er glaubte – die zündende Idee. Er übermannte seinen eigenen Cousin und tötete ihn mit zwei Schüssen.«

Nachdem Embla ihre Theorie dargelegt hatte, herrschte erst einmal Stille. Schließlich brach Kommissar Persson das Schweigen.

»Das klingt plausibel. Und es erklärt auch, wie Jiri an Lucas Pistole herangekommen ist. Sowie an den Laptop und das Handy.«

Er verstummte und schien zu überlegen.

»Und als er dann Milos Beretta in der Hütte fand, fiel ihm ein, dass er die Pistolen austauschen könnte. Vielleicht ging er fälschlicherweise davon aus, dass beide Waffen nicht registriert waren«, fuhr er nachdenklich fort.

In dem Blick, mit dem er sie bedachte, lag eine gewisse Anerkennung.

»Gut, Embla. Ich glaube, du hast recht. Die einfachste Erklärung ist oftmals die richtige«, sagte er.

Danach schaute er in die Runde und fuhr fort: »Jiri muss erneut vernommen werden. Noch heute. Wir kennen noch immer nicht das Motiv für die Morde an den drei Brüdern Stavic. Auch wenn vieles darauf hindeutet, dass es sich um einen Bandenkrieg zwischen Gruppierungen mit Sitz im ehemaligen Jugoslawien handelt, deren Netzwerk weite Teile Europas umspannt.«

Er schaute auf seinen Notizblock neben dem Laptop, auf dem offenbar noch ein letzter Punkt stand.

»Bleibt zudem die Aufgabe, Kadors Familie zu finden. Ich habe mit Göran Krantz gesprochen, der mir zugesichert hat, die Suche einzuleiten. Er steht in regelmäßigem Kontakt mit den Kollegen in Split.«

Konnte es tatsächlich sein, dass Lollo sich zusammen mit den Kindern in Schweden aufhielt? Göran hatte das für wahrscheinlich gehalten, weil ihre beiden Schwager in Göteborg die Einzigen waren, an die sie sich wenden konnte. Wenn sie nun Lollo tatsächlich wiedersehen würde! Bei dem Gedanken daran zog sich Emblas Magen vor Nervosität zusammen, und sie verspürte ein erwartungsfrohes Kribbeln. Doch zugleich wuchs ihre Sorge, dass die Mörder es auch auf Lollo abgesehen hatten. Auch wenn Jiri Acika gefasst worden war, trieben sich da draußen bestimmt noch ein paar weitere Bandenmitglieder herum. Vermutlich die, vor denen Lollo aus Split geflohen war. Bestimmt besaß sie wichtige Informationen über die Geschäfte der Brüder Stavic. Vielleicht wusste sie sogar, wer die Morde an den Brüdern in Auftrag gegeben hatte. Als Embla bewusst wurde, wie wichtig es war, Lollo und die Kinder zu finden, bevor die Mörder ihnen zuvorkamen, begann ihr ganzer Körper zu kribbeln.

Als Olle für eine weitere Woche krankgeschrieben wurde, Embla aber bereits seit ein paar Tagen wieder arbeitete, merkte sie, dass ihr die Telefonate mit ihm nicht mehr ausreichten. Sie wollte ihn treffen. Am Mittwochabend rief sie ihn an, und er fragte als Erstes, wie es ihr ging.

»Ich war heute noch mal bei der Ärztin. Sie meint, dass ich nach wie vor unter posttraumatischem Stress leide. Und wahrscheinlich hat sie recht. Ich habe nämlich Albträume. Du auch?«, fragte sie.

Er zögerte mit der Antwort.

»Na ja ... am Anfang schon. Die ersten Nächte. Aber da tat mir auch die Hand höllisch weh. Ja, manchmal träume ich auch jetzt noch schlecht. Weder Tore noch ich sind schon wieder hundertprozentig fit.«

Sie hörte, wie er schluckte. Seine Stimme klang ungewöhnlich ernst, und er unternahm nicht den geringsten Versuch, das Geschehene mit einem Witz wegzuwischen, was sonst öfter vorkam.

»Niemand kann verstehen, was wir da oben durchgemacht haben. Wenn dieser Mann nicht ausgerechnet in dem Moment mit dem Auto vorbeigekommen wäre, als eine der Granaten detonierte, wären unsere Kollegen in Bengtsfors nie alarmiert worden ... Und ich bin mir nicht sicher, ob wir das Ganze dann lebend überstanden hätten.« Die letzten Worte flüsterte sie. Die Tränen brannten ihr unter den Augenlidern, und sie hatte einen

Kloß im Hals. Über Göran wusste Embla von dem Mann, der genau zum richtigen Zeitpunkt auf der Hauptstraße vorbeigefahren war. Er hatte begriffen, dass im Wald irgendetwas Ernstes im Gange war. Klugerweise war er nicht am Abzweig abgebogen, um selbst nachzuschauen, sondern hatte stattdessen das Gaspedal durchgetreten, bis er das Örtchen Strand erreichte und wieder Handyempfang hatte. Dort hatte er sofort die Polizei gerufen.

Sie schwiegen eine Weile, jeder in seine eigenen Gedanken versunken. Schließlich sagte Olle: »Vielleicht können wir uns ja mal treffen. Ich habe nicht gerade viel von den laufenden Ermittlungen mitgekriegt. Was irgendwie unbefriedigend ist.«

»Verstehe. Ich fände es auch schön, wenn wir uns sehen könnten. Ich bin zwar über den aktuellen Stand der Dinge informiert, aber es ist längst noch nicht alles geklärt. Außerdem darf ich an den Untersuchungen des Vorfalls am Ulvsjö nicht teilnehmen. Interne Ermittlungen, du weißt schon.«

In gewisser Weise empfand sie es als demütigend, dass ausgerechnet sie, die das größte Risiko auf sich genommen und dazu beigetragen hatte, dass der Mörder der Brüder Stavic festgesetzt werden konnte, nicht in die weitere Ermittlungsarbeit eingebunden war.

»Stattdessen haben sie mich mit der Suche nach Kadors Familie beauftragt. Wir können zwar nicht sicher sagen, ob sie sich in Göteborg aufhält, aber einiges spricht dafür. Immerhin wissen wir, dass sich die drei unter falschem Namen verstecken.«

Ihre Motivation schöpfte Embla aktuell einzig aus der Hoffnung, Lollo und ihre Kinder ausfindig zu machen. Die Zeit lief unerbittlich, und die Gefahr, dass Konkurrenten der Brüder Stavic die Familie finden würden, nahm stetig zu.

Olle räusperte sich mehrfach, bevor er fragte: »Was machst du denn am Wochenende? Hast du schon was vor?«

Yes! Eigentlich hatte sich Embla mit ein paar Freundinnen verabredet, um gemeinsam essen zu gehen und danach in irgendeine nette Bar weiterzuziehen. Doch das konnte sie auch ein andermal machen.

»Nichts, was sich nicht aufschieben ließe«, sagte sie leichthin.

»Wo wollen wir uns treffen?«

»Das darfst du bestimmen. Du bist schließlich derjenige, der leidet und noch Schmerzen in der Pfote hat«, entgegnete sie.

Dass ich Schmerzen in der Seele habe, sieht man mir ja nicht an, dachte sie.

»Ich leide weder, noch habe ich besonders starke Schmerzen«, schnaubte er. Er seufzte tief, bevor er weiterredete: »Die Familie meiner Schwester ist inzwischen wieder gesund, und meine Mutter ist auch von ihrer Reise zurück. Die sind alle ziemlich anstrengend, weil sie meinen, mich unbedingt rund um die Uhr verhätscheln zu müssen.«

Embla kicherte, sie wusste genau, wovon er sprach. Ihre Eltern und Geschwister hatten sie ebenfalls umsorgt, Essen vorbeigebracht und jeden Tag mehrmals angerufen, um zu hören, wie es ihr ging. Ganz zu schweigen von all ihren Freundinnen und Kollegen! Nach einer Weile konnte einem das ganz schön auf den Wecker gehen. Zugleich hatte es ihr aber auch gutgetan, dass sich jemand um sie kümmerte. Zwiespältige Gefühle.

»Vielleicht kann ja einer von ihnen am Wochenende auf Tore aufpassen.«

Olle schwieg lange, bevor er antwortete.

»Eigentlich geht es ihm schon wieder ganz gut, aber ich glaube, dass es noch zu früh ist, ihn für mehr als einen Tag wegzugeben. Wenn ich wieder arbeite, ist es bestimmt okay ... aber jetzt schon ...«

Er verstummte, doch Embla begriff. Im Augenblick war er gefühlsmäßig hin- und hergerissen. Einerseits wollte er sich gern mit ihr treffen, andererseits bei seinem mutigen Hund bleiben, damit Tore wieder zu seinem alten Ich zurückfinden konnte. Die Frage war, ob einer von ihnen dreien je dazu in der Lage sein würde. Alles, was am Ulvsjö passiert war, hatte sich unwiderruflich in ihre Seelen eingebrannt. Und dieses Trauma würden sie wahrscheinlich nie ganz überwinden können.

Embla ließ ihre Antwort nach einem spontanen Einfall klingen, obwohl sie sich schon vor dem Telefonat sorgfältig einen Plan zurechtgelegt hatte.

»Vielleicht würde uns eine kleine Auszeit guttun«, sagte sie in ungezwungenem Ton.

»Auszeit ... Und was meinst du damit?«

Sie hörte deutlich seine Skepsis heraus.

»Du weißt schon, sich mal völlig von der Umwelt abschirmen. Kein Handy, kein Fernsehen, nichts, was die innere Ruhe stört.«

»Sollen wir vielleicht auf einem kahlen Felsen zelten?«, fragte er lachend.

»Nein. Ich weiß was viel Besseres. Und Tore kann auch mitkommen. Aber ich müsste da erst noch was klären, dann melde ich mich wieder.«

Er dachte über ihren Vorschlag nach.

»Klingt super. Und ...« Er holte tief Luft, bevor er sagte: »Wirklich klasse, dich wiederzusehen. Schon übermorgen ... oder auch am Samstag, wenn das besser passt.«

»Sollen wir Freitagabend anpeilen?«

»Ja. Unbedingt!« Die Erleichterung und Freude in seiner Stimme waren nicht zu überhören.

Doch das Beste war, dass er glaubte, selbst die Initiative für ihr Treffen ergriffen zu haben.

Als Emblas Wecker am Donnerstagmorgen klingelte, wachte sie völlig ausgeruht auf. In der vergangenen Nacht hatte sie keinen Albtraum gehabt. Offenbar hatte allein schon der Gedanke an die Auszeit am kommenden Wochenende dafür gesorgt, dass es ihr bedeutend besser ging. Gleich nach ihrem Telefonat mit Olle hatte sie alles organisiert und dort reserviert, wo sie sich treffen wollten.

Gegen Mitternacht hatte es aufgehört zu regnen, danach war es rasch aufgeklart, wodurch die Temperaturen wieder abrupt unter null fielen. Alles gefror und legte sich wie ein Eispanzer über die gesamte Stadt, was fast jeden Winter in Göteborg geschah und zu totalem Chaos führte. Die Leute konnten ihre Autos nicht mehr öffnen, weil die Türen festgefroren waren, und auf den spiegelglatten Straßen rutschten sie reihenweise aus, sodass sich die Notaufnahmen der Krankenhäuser zügig füllten. An solchen Tagen passierten mehr Verkehrsunfälle als sonst, trotz Winterreifen.

In Anbetracht ihrer Erinnerung an frühere Glatteisszenarien beschloss Embla, die Straßenbahn zu nehmen. In ihren Jagdstiefeln mit den grobgerifften Sohlen hatte sie auf rutschigem Boden ausgezeichneten Grip.

Sie stand im Umkleideraum und schnürte gerade ihre Stiefel auf, als ihr Handy vibrierte. Die SMS war von Göran Krantz. Neugierig öffnete sie die Mitteilung und las: *Habe vielleicht etwas über Louise gefunden. G.*

Emblas Herz begann schneller zu schlagen, und in ihrem Inneren verspürte sie eine verwirrende Mischung aus Hoffnung und ... ja, was? Angst? Erwartung? Sie schleuderte die Stiefel von den Füßen und schlüpfte in ihre leichten Ballerinas aus dem Spind. Sie pfiff auf die Morgenbesprechung und steuerte umgehend Görans Büro an. Während sie die Treppen hinaufsprang, schickte sie Kommissar Persson eine SMS: *Neue Info von der Technischen zu Louise L. Bericht folgt.*

Embla traf Göran vor der Kaffeemaschine an, wo er sich gerade mit dem Kriminaltechniker unterhielt, der auch in Herremark gewesen war. Embla wusste nur, dass er Bengan genannt wurde und schon seit Ewigkeiten in der Technischen arbeitete. Er war klein und hager, hatte dünnes graues Haar und ein fahles, zerfurchtes Gesicht, was ihm einen leicht vertrockneten Eindruck verlieh.

Als sie näher kam, drehten sich beide Männer um. Bengan nickte ihr zu, murmelte Göran etwas zu und verschwand dann rasch mit seinem dampfenden Kaffeebecher in der Hand.

»Dieser Mann ist Gold wert. Er geht zwar hart auf die Rente zu, aber ich hoffe, er macht noch eine Weile weiter«, sagte Göran so laut, dass der Kriminaltechniker es noch hören musste.

Falls Bengan es mitbekam, sah man es ihm zumindest nicht an. Den schmalen Rücken leicht vorgebeugt, entfernte er sich zielstrebig im Korridor.

Jetzt waren Embla und Göran allein in der engen Teeküche. Göran bot ihr einen Becher Tee an, den sie hauptsächlich annahm, um ihm Gesellschaft zu leisten.

Er deutete mit einem Nicken in Richtung seines Büros.

»Im Zimmer habe ich frisch gebackene Zimtschnecken.«

Dieses Angebot lehnte sie wie immer freundlich, aber bestimmt ab. Obwohl sie keine Boxwettkämpfe mehr bestritt, hatte sie ihre Essgewohnheiten nicht verändert. Die waren ihr über mehr als zehn Jahre von ihrer Trainerin eingebläut worden. Dazu gehörte, sich vollwertig zu ernähren und alle schädlichen Lebensmittel wie zu viel Fleisch, Süßes und Alkohol zu meiden. Ihrem ältesten Bruder Atle zufolge litt sie an Orthorexie. Beim Googeln des Begriffs erfuhr sie, dass der Terminus einen Zustand der Fixierung auf einen gesunden Lebensstil bezeichnete, der oft mit übertriebenem Training sowie einem Ernährungswahn einherging, der zuweilen in Magersucht umschlagen konnte. Doch Embla glaubte nicht, dass das auf sie zutraf. Außerdem war Atle kein Ernährungsexperte, sondern Anästhesist. Seine Patienten aßen bei Lichte besehen überhaupt nichts, sondern wurden narkotisiert und an den Tropf gehängt.

Erst nachdem Göran auch noch Emblas Zimtschnecke verspeist hatte und ein weiteres Mal zur Kaffeemaschine marschiert war, um sich einen zweiten Becher Kaffee zu holen, war er bereit, ihr die neuesten Erkenntnisse zur Suche nach Louise zu unterbreiten.

»Bengan und Linda haben gestern den Audi von Milo Stavic untersucht. Weil geraderae mehrere Mordermittlungen gleichzeitig laufen, ging es leider nicht früher. Aber gestern konnten sie sich den Wagen endlich vornehmen. Milo hat ihn erst eine gute Woche vor seiner Fahrt nach Herremark im Autohaus abgeholt. Zehn Tage, um genau zu sein. Er hat insgesamt erst fünfhundertsechzig Kilometer runter. Und weil er noch so neu ist, dass man ihn beinahe als jungfräulich bezeichnen kann, befanden sich auch nicht besonders viele Fingerabdrücke und andere Spuren im Wagen. Aber die, die gefunden wurden, sind umso interessanter.«

Er setzte sich mit der einen Hand die Lesebrille auf, während er mit der anderen ein Blatt Papier aus dem Postfach auf seinem Schreibtisch zog.

»Im Kofferraum waren wie erwartet kaum Spuren. Nur vereinzelte Fingerabdrücke. Einige vom Personal von Audi, ein paar auch von Milo. Aber an der Innenseite der Kante wurde auch ein Satz Abdrücke von einer kleineren rechten Hand sichergestellt. Dieselben Abdrücke fanden sich am Beifahrersitz wieder. Und auf der Rückbank konnten sie schließlich drei verschiedene Abdrücke von Kinderhänden entdecken.«

Während Göran die Ergebnisse ablas, verspürte Embla plötzlich eine eisige Kälte am Haaransatz, die sich rasch über den Nacken und den Rücken hinunter ausbreitete.

Er schaute von seinen Unterlagen auf und warf ihr einen vielsagenden Blick zu.

»Louise Lindqvists Fingerabdrücke sind ja seit ihrem Verschwinden im Archiv. Muss ich noch anmerken, dass wir einen perfekten Treffer gelandet haben?«

Emblas Mund fühlte sich staubtrocken an, und ihre Zunge klebte am Gaumen. Sie wollte antworten, schaffte es jedoch nicht. Stattdessen nickte sie stumm und versuchte zu lächeln.

In Görans Gesicht breitete sich ein zufriedenes Lächeln aus, und er schaute sie über den Rand seiner Lesebrille hinweg an.

»Louise und ihre drei Kinder haben also im Audi gesessen«, stellte er fest.

Dann vertiefte er sich wieder in seine Unterlagen.

»Außerdem haben wir mehrere Haare von unterschiedlicher Länge und von verschiedenen Personen gefunden. Alle wurden zur DNA-Bestimmung eingeschickt, die ja bekanntlich ein wenig dauern kann. Aber da wir Louise Lindqvists DNA schon haben, sollte es kein Problem sein, auch über die Haare ihre Identität zweifelsfrei festzustellen und nachzuweisen, dass die Kinder, von denen die Haare und Fingerabdrücke im Wagen stammen, mit ihr verwandt sind.«

Embla konnte allmählich wieder normal durchatmen. Es stimmte also, dass Lollo lebte. Plötzlich wurde ihr bewusst, dass sie es erst jetzt wirklich glaubte. All die Jahre voller Schuld und Scham wegen des Verschwindens ihrer Freundin hatten stark an ihr gezehrt. Im Lauf der Zeit waren ihre Befürchtungen, dass Lollo tot war, immer größer geworden. Und mit ihnen ihre Schuldgefühle. Doch jetzt empfand sie die Tatsache, dass Lollo freiwillig verschwunden war und in den nachfolgenden Jahren in Split gelebt hatte, als fast noch größeren Schock. Die Einsicht, dass Lollo gelogen und Embla völlig unnötig in ihre Pläne hineingezogen hatte, weckte zwiespältige Gefühle in ihr, die sie nicht so einfach abschütteln konnte. Die Albträume, die sie Nacht für Nacht heimgesucht hatten, die Angst davor, dass Milo Stavic seine Todesdrohung wahrmachen würde, die Ungewissheit darüber, was aus ihrer besten Freundin geworden war, die schweren Vorwürfe, die sie sich selbst gemacht hatte ... Das Schlimmste aber war, dass es ihr noch immer nicht gelang, Ordnung in ihr eigenes Gefühlschaos zu bringen.

Göran war ein Computergenie und Experte für Personensuche, doch im Augenblick hatte er tausend andere Dinge um die Ohren, weshalb er Embla die Suche nach Louise und den Kindern anvertraut hatte. Als sie ihn fragte, wo sie anfangen sollte, hatte er geantwortet: »Benutze den Computer. Ruf bei den Behörden an. Früher oder später wird sie schon irgendwo auftauchen. Wenn du erst mal einen Anhaltspunkt hast, wird es leichter.« Dann hatte sein Telefon geklingelt, und sie hatte sein Büro verlassen.

Nachdem Embla zu Kommissar Persson in die Abteilung für Gewaltverbrechen hinaufgetrottet war und ihm darüber Bericht erstattet hatte, was die Kollegen in der Technischen Abteilung erreicht hatten, war sie in ihr eigenes Büro gegangen, das sie mit Kriminalinspektorin Irene Huss teilte. Ihre Kollegin saß ausnahmsweise mal am Schreibtisch, hatte den Bürostuhl etwas zur Seite gedreht und starrte aus dem schmutzigen Fenster. Irgendwie schaffte sie es immer, ihre langen Gliedmaßen in halb sitzender Position so auf dem Bürostuhl auszubalancieren, dass es nicht allzu unbequem aussah. Draußen zwischen den Häusern begann sich eine schwache Morgenröte am Himmel abzuzeichnen, die die Fassaden in einen hellen, goldenen Rosaton tauchte. Vielleicht würden sie gleich einen wunderschönen Sonnenaufgang erleben. Der letzte war schon eine Weile her.

»Hej. Und, wie steht's?«, begrüßte Embla sie.

Irene wandte den Blick vom Lichtspiel vor dem Fenster ab und schaute sie an. Unerwartet begann sie übers ganze Gesicht zu strahlen.

»Alles super! Ich versuche mich nur gerade ein wenig von dem Schock zu erholen.«

Embla zog die Augenbrauen hoch.

»Dem Schock?«

Noch immer strahlend, rief Irene aus: »Ich werde Oma!«

Sie breitete die Hände in einer Geste aus, mit der sie die ganze Welt umarmen zu wollen schien.

Das kam völlig überraschend, und Embla wusste nicht recht, was sie sagen sollte. Irenes Zwillingstöchter waren keinesfalls zu jung, um Mutter zu werden, etwa zwei Jahre jünger als sie selbst.

»Oma ... Oha! Äh, ich meine, Glückwunsch! Und welche von beiden ist die Glückliche?«, brachte sie hervor.

»Katarina. Sie hat mir heute Nacht gemailt, und ich hab es eben erst gelesen. Sie war beim ersten Arztbesuch in ihrer Schwangerschaft und ist jetzt in der zehnten Woche. Vielleicht noch etwas früh, um sich zu freuen, aber ich glaube schon, dass alles gutgehen wird. Morgens ist ihr immer ziemlich übel, aber ansonsten alles okay.«

»Sind die beiden denn aus Brasilien zurück?«

Irenes Lächeln verblasste ein wenig.

»Nein. Sie wohnen noch in São Paulo. Katarina hat gerade eine feste Stelle an der Englischen Mädchenschule bekommen, und Felipes Architekturbüro kann sich vor Aufträgen kaum retten.«

»Kommt sie denn zur Geburt nach Hause?«

Irene schüttelte den Kopf.

»Ich glaube eher nicht. Über Felipes Arbeitgeber haben sie eine umfassende Krankenversicherung. Das Baby wird höchstwahrscheinlich in einer der besten Privatkliniken Brasiliens geboren.«

Embla musste an ihre Freundin Agnes denken. Die hatte im Juli des vergangenen Jahres unvermittelt Wehen bekommen und schließlich nach Varberg ins Krankenhaus fahren müssen, weil es in ganz Göteborg nirgends einen freien Klinikplatz für die Entbindung gab. Und auch dort waren die völlig überlasteten Hebammen zwischen den Räumen hin- und hergerannt, um allen werdenden Müttern in den unterschiedlichen Stadien der Geburt beizustehen. Agnes zufolge hatte eine Zweitgebärende in einem gewöhnlichen Untersuchungszimmer entbinden müssen. Das klang nicht gerade nach Sicherheit. Vielleicht war es sogar gut, dass Katarina ihr Kind in São Paulo zur Welt bringen würde.

»Und was machst du gerade?«, fragte Irene und betrachtete sie forschend.

»Ich versuche herauszufinden, wo sich meine Jugendfreundin Louise Lindqvist, auch bekannt unter dem Namen Mirja Stavic, und ihre drei Kinder aufhalten. Wir wissen nur, dass sie und die Kinder unter falschen Namen nach Schweden eingereist sind und bis vor Kurzem in Göteborg waren. Mit ein bisschen Glück sind sie noch hier.«

Embla informierte sie rasch über den Fund der DNA-Spuren in Milos neuem Audi.

»Allerdings habe ich ein Problem. Ich weiß nicht, wo ich anfangen soll«, beendete sie ihre Ausführungen.

Irene betrachtete Embla eine Weile nachdenklich, bevor sie sagte: »Fang dort an, wo du weißt, dass sie mit Sicherheit gewesen ist. Am besten beim Auto.«

Embla nickte.

»Okay. Danke.«

Sie sank auf ihren Bürostuhl und loggte sich mit ihren Zugangsdaten im Computer ein. Danach saß sie lange davor und starrte auf den Bildschirm. Computerarbeit war schlicht und einfach nicht ihr Ding, aber sie war nicht völlig ahnungslos. Was heutzutage ohnehin niemand unter fünfundvierzig war.

Endlich loggte sie sich entschlossen ins Kfz-Register ein und gab alle Daten zu dem Audi ein, die sie von Göran bekommen hatte. Das Fahrzeug war als Dienstwagen auf eine Immobiliengesellschaft namens STAV Fastigheter AB registriert. Eine Kontrolle im Handelsregister ergab, dass alle drei Brüder Stavic als Eigentümer des Unternehmens fungierten.

Danach googelte sie das Unternehmen. Die Homepage war mit dem Foto eines soliden Jahrhundertwende-Backsteinhauses als Hintergrundbild unterlegt. Auf dem mit Grünspan überzogenen Kupferdach thronten mehrere Zinnen und Türmchen, und aus der rotbraunen Ziegelfassade wölbten sich runde Erker vor. Die Balustraden der Balkone bestanden aus weißem Marmor, und in die steinernen Fenstereinfassungen waren dekorative Gesichter und Blumengirlanden gemeißelt. Das Haus strahlte einen exklusiven Charme aus und wirkte sehr gepflegt.

Der Text auf der Startseite lautete: »Herzlich willkommen! Verwirklichen Sie Ihren Traum von einer eigenen Wohnung im Herzen Göteborgs! Der Verkauf von Immobilien aus dem zweiten Bauabschnitt, Wohnviertel Schillers Backe, WBG Schillershus hat gerade begonnen. Die Wohnungen im ersten Gebäudeteil sind bis spätestens 30. September dieses Jahres bezugsfertig. Die Wohnungen in den beiden anderen Gebäudeteilen werden zum Jahreswechsel, beziehungsweise im Mai nächsten Jahres fertiggestellt. Zu diesem Zeitpunkt wird das gesamte Viertel vollständig restauriert sein. Dabei legen wir größten Wert darauf, das Flair der Jahrhundertwende um 1900 einzufangen. Insgesamt werden 45 helle, geräumige Zwei- bis Fünfzimmerwohnungen mit Panoramafenstern entstehen. Die Deckenhöhe aller Wohnungen beträgt 3 Meter.«

Danach folgten weitere epische Ausführungen zu Parkettböden, »modernen Küchen im zeittypischen Stil« und »großzügig gestalteten Wohnoasen«. Aus reiner Neugier klickte Embla die »Angaben zu Bauabschnitt 2« an und scrollte dann hinunter zu den Preisangaben. Erst traute sie ihren Augen nicht, doch es stand schwarz auf weiß auf dem Bildschirm. Eine Wohnung von derselben Größe wie ihre in Krokslätt kostete sage und schreibe 4,4 Millionen Kronen. Die monatlichen Nebenkosten lagen bei 5350 Kronen.

Die Nebenkosten waren ja vielleicht noch in Ordnung, aber wer konnte schon 4,4 Millionen für eine Wohnung von zweiundfünfzig Quadratmetern hinblättern? Jedenfalls kein Polizeibeamter.

Ganz unten stand eine Telefonnummer für Interessenten. Die Geschäftszeiten waren von neun bis sechzehn Uhr. Aus einem Impuls heraus wählte Embla die Nummer. Es dauerte eine Weile, bis jemand abnahm.

»STAV Fastigheter AB, guten Morgen. Womit kann ich Ihnen dienen?«, meldete sich eine gut gelaunte Frauenstimme.

Ein vages Gefühl des Wiedererkennens ließ Embla zusammenzucken. Sie fragte mit verstellter Stimme: »Mit wem spreche ich?«

»Mit Anna bei STAV Fastigheter.«

Jetzt wusste Embla sicher, wer am Telefon war. Sie räusperte sich, um ihre Stimme zu verstellen.

»Entschuldigung. Falsche Nummer«, krächzte sie heiser.

»Okay, ich verstehe. Einen schönen Tag noch«, sagte die Person, die sich als Anna vorgestellt hatte.

Als Embla das Gespräch wegdrückte, hämmerte ihr Herz im Brustkorb wie verrückt. Sofort rief sie bei Göran an, der sich zum Glück gleich meldete. Noch bevor er etwas sagen konnte, rief sie: »Ich hab sie gefunden!«

Die Adresse herauszufinden, war kein Problem. Alle Angaben standen auf der Website.

»Sie sitzt in Milos Büroturm in Gårda, in diesem riesigen Glaskomplex«, erklärte Embla.

Mit konzentrierter Miene studierte Göran die Website der Immobiliengesellschaft und deren Bauvorhaben in Vasastan.

»Jetzt wissen wir zwar, dass sie hier in Göteborg ist, aber noch nicht, wo sie wohnt«, sagte er schließlich.

Er wandte seinen Blick vom Bildschirm ab und schaute Embla prüfend an.

»Bist du dir sicher, dass sie deine Stimme nicht wiedererkannt hat?«

»Ja, schon. Ich hab sie verstellt.«

Er nickte wortlos und kehrte dann zum Text auf dem Bildschirm zurück. Nach einer Weile hielt Embla sein Schweigen nicht länger aus.

»Also ... ich hätte da eine Idee, wie wir es rausfinden könnten«, sagte sie.

»Lass hören.«

Seine Augen waren weiterhin auf den Monitor gerichtet.

Also gut. Wenn ihm ihre Strategie nicht einleuchtete, müssten sie sich eben einen anderen Plan überlegen.

»Ich kann sie ja schlecht noch mal anrufen. Dann wird sie mit Sicherheit meine Stimme erkennen und sich auf der Stelle aus dem Staub machen. Deshalb schlage ich vor, dass wir das Bürogebäude überwachen und ihr folgen, wenn sie nach Hause fährt.«

Jetzt schaute Göran sie zumindest an und nickte. Ermuntert durch sein Interesse fuhr Embla fort: »Aber du könntest bei ihr anrufen. Sag einfach, dass du an einer Wohnung interessiert bist. Du kannst ja einen Termin ausmachen oder so.«

Er schien eine Weile über ihren Vorschlag nachzudenken.

»Ja, das könnte funktionieren. Ich kann behaupten, dass meine Frau und ich unsere gigantische Villa in Hovås verkaufen wollen und eine entsprechende Wohnung in zentraler Lage suchen«, sagte er und verzog mokant das Gesicht.

»Perfekt! Das dürfte ihrer Klientel entsprechen.«

»Denke auch. Obwohl ich es schon merkwürdig finde, dass der Verkauf nicht von einem Makler geleitet wird«, sagte er.

Er las den Text noch einmal durch.

»Außerdem wirkt der Internetauftritt etwas unprofessionell. Keine genauen Daten. ›Erster Gebäudeteil‹ und ›die beiden anderen Gebäudeteile‹ … Scheint mir nicht gerade so, als hätte das hier ein professioneller Makler geschrieben.«

»Die Frage, wer der Makler ist, könnte ja ein guter Aufhänger für das Gespräch sein«, schlug sie vor.

Sie diskutierten die genaue Vorgehensweise, bevor Göran ins Labor ging, um sich dort ein anonymes Handy mit SIM-Karte zu besorgen. Bevor er bei STAV Fastigheter AB anrief, schaltete er die Aufnahmefunktion des Handys ein. Danach drückte er auf das Lautsprechersymbol, damit Embla das Gespräch mithören konnte. Schließlich wählte er die Nummer.

»STAV Fastigheter AB, guten Morgen. Womit kann ich Ihnen dienen?«

Dieselbe fidele Stimme. Ohne den geringsten Zweifel die von Lollo. Embla reckte den Daumen nach oben, um Göran zu signalisieren, dass er die richtige Person am Apparat hatte.

»Guten Morgen. Mein Name ist Gunnar Karlsson. Ich habe

im Internet gesehen, dass Sie jetzt mit dem Verkauf der Wohnungen in Vasastan anfangen. Meine Frau und ich interessieren uns für eine Dreizimmerwohnung.«

»Ja, wir haben schon etliche Anfragen von Interessenten reinbekommen. Sie können sich gerne vormerken lassen. In jedem Haus befinden sich fünfzehn Wohnungen. Wenn Sie möchten, können Sie sich die Grundrisse vorab im Internet anschauen. Dazu klicken Sie bitte auf den Link ganz unten auf der Startseite. Wenn Sie einen Einzug im September in Betracht ziehen, kann ich Ihnen noch zwei Dreizimmerwohnungen anbieten«, zwitscherte Louise.

»Das klingt sehr interessant. Aber ich würde gerne noch wissen, ob die Möglichkeit besteht, einen Makler zu kontaktieren.«

Am anderen Ende der Leitung hörten sie Lollo tief Luft holen, bevor sie antwortete: »Also ... der Makler, der den Verkauf des ersten Bauabschnitts geleitet hat, kann den zweiten Bauabschnitt leider nicht übernehmen, da das mit einem anderen Projekt kollidiert. Im Augenblick verhandeln die Eigentümer gerade mit einem neuen Makler, der den Verkauf übernehmen wird.«

»Die Eigentümer verhandeln ...« Hm, die Brüder Stavic waren de facto tot. Wer also schmiss den Laden jetzt?

Embla wechselte rasch einen Blick mit Göran, der die Augenbrauen hochzog. Er hatte die offenkundige Lüge, die die vermeintliche Anna ihnen gerade serviert hatte, ebenfalls entlarvt.

»Dann ist es also nicht möglich, sich eine der Wohnungen anzuschauen?«, fragte er höflich.

»Nein, im Augenblick leider nicht. Die Renovierung ist noch in vollem Gange. Gerade werden die Wasserleitungen komplett ausgetauscht ... und dergleichen. Aber Anfang April wird eine Musterwohnung fertig sein, die Interessenten besichtigen können. Danach stehen alle Wohnungen in der Reihenfolge ihrer Fertigstellung für Besichtigungen zur Verfügung.«

Lollo war freundlich und argumentierte geschickt, sie schlug sich gut. Schon früher war immer sie diejenige gewesen, die geredet hatte, während Embla in der Regel als Begleiterin fungiert hatte, die Lollo unterstützte und bewunderte. Im Nachhinein betrachtet war die Rollenverteilung unter ihnen klar gewesen. Während ihrer Freundschaft hatte sie immer nur in Lollos Theatervorstellungen mitgespielt. Als stets applaudierendes Publikum, ohne auch nur eine der Ideen ihrer Freundin je infrage zu stellen. Embla hatte Lollo die gesamte Zeit über als ihre beste und einzige Freundin angesehen und panische Angst davor gehabt, sie zu verlieren. Was dann letztlich doch eingetreten war.

Als Lollo aus ihrem Leben verschwand, war Embla gezwungen gewesen, sich am Riemen zu reißen und neue Freunde zu finden. Durchs Boxen und bei der Jagd hatte sie Gleichgesinnte kennengelernt. Aber auch bei anderen Gelegenheiten hatte sie Freundschaften geschlossen, und im Lauf der Jahre war ein ziemlich großer Freundeskreis entstanden, in dem sie sich wohlfühlte. Inzwischen betrachtete sie sich selbst als soziales Wesen mit einem großen Netzwerk. Einsam fühlte sie sich schon lange nicht mehr.

»Dann kann ich mich also vorerst schon auf die Interessentenliste setzen lassen? Oder muss ich warten, bis der neue Makler feststeht?«, fragte Göran der Strategie entsprechend, die sie sich überlegt hatten.

»Ich kann Sie gerne auf meine Liste setzen.«

Er zwinkerte Embla zu, bevor er entgegnete: »Ich glaube, ich sollte doch erst mit meiner Frau sprechen. Wir werden uns noch einmal gemeinsam die Grundrisse im Internet ansehen, bevor wir uns entscheiden. Dann melde ich mich wieder«, sagte er zögerlich.

»Natürlich. Dann wünsche ich Ihnen noch einen schönen Tag«, sagte Anna alias Louise noch immer höflich und zuvorkommend.

»Den wünsche ich Ihnen auch.«

Als Göran das Telefonat beendet hatte, schaute er Embla fragend an. »Du hast also nicht den geringsten Zweifel, dass es sich um Louise Lindqvist handelt?«

»Nein!«

»Dann gilt es herauszufinden, wo sie wohnt.«

Da der Glaskomplex in Gårda riesig war und mehrere Eingänge sowie zwei Zufahrten zu unterirdischen Tiefgaragen besaß, benötigten sie mindestens vier Autos und Fahrer, die das Gebäude überwachten. Es war nicht ganz einfach, kurzfristig so viele Polizisten zu rekrutieren, aber schon nach einer Stunde hatten sich fünf Kollegen oben im Konferenzraum der Abteilung für Gewaltverbrechen versammelt. Göran Krantz leitete die Besprechung, doch Kommissar Persson war ebenfalls anwesend.

»Jetzt wissen wir also, wo Louise arbeitet und dass sie und die Kinder hier in Göteborg sind«, sagte Göran einleitend.

Kriminalinspektor Fredrik Stridh hob die Hand.

»Gibt es Anhaltspunkte dafür, dass sie bedroht werden? Ich meine, dass sie aus Split geflohen sind, als Kador Stavic verschwand, kann man ja verstehen. Aber sind sie auch hier in Gefahr?«

Göran wirkte ernst.

»Wir können nicht ausschließen, dass sie auch hier bedroht werden. Die vier Männer, die bei der Konfrontation oben in Dalsland getötet wurden, sind mithilfe der Polizei in Split als

Mitglieder einer konkurrierenden Bande in Zagreb und Umgebung identifiziert worden. Offenbar handelt es sich um eine schlagkräftige kriminelle Vereinigung mit Expansionsplänen auf dem Balkan und in ganz Europa. In Split waren die Brüder Stavic wohl zu stark gewesen, nicht zuletzt wegen der Anwesenheit von Kador Stavic. Außerdem lebte Jiri Acika die letzten fünf Jahre dort. Er flog direkt nach seiner Freilassung aus der Justizvollzugsanstalt Tidaholm nach Split. Ihn vernehmen wir nun schon seit fast zwei Wochen, ohne nennenswert weiterzukommen. Er sitzt als Tatverdächtiger in Untersuchungshaft, und wir haben schlagende Beweise, die ihn mit den Morden an Luca und Milo Stavic in Verbindung bringen. Da er sich ebenfalls im Haus oben in Dalsland aufhielt, gehen wir davon aus, dass ihn mit hoher Wahrscheinlichkeit die Bande aus Zagreb angeworben hat.«

»Gibt es irgendwelche Hinweise, dass auch sein Bruder involviert war?«, warf Irene Huss ein.

»Nein, wir haben keine gefunden. Andreas Acika war einer von Milo Stavics engsten Vertrauten. Aber vielleicht nährte Milo auch eine Schlange an seinem Busen. Die Möglichkeit besteht zumindest, dass beide Brüder Acika gemeinsame Sache mit der Gang in Zagreb machten.«

Fredrik Stridh wedelte erneut mit der Hand in der Luft.

»Und was sagt Andreas Acika selbst? Ich nehme an, den habt ihr ebenfalls vernommen.«

»Wir haben ihn ziemlich in die Mangel genommen, aber er beteuert seine Unschuld. Behauptet, keine Ahnung davon gehabt zu haben, dass sein Bruder nach Schweden eingereist ist. Auch dass Jiri der Zagreb-Gang angehörte, will er nicht gewusst haben. Aber wir sind uns noch nicht sicher, wo die Loyalitäten von Andreas Acika liegen. Milo Stavic war die Spinne im Netz eines international agierenden kriminellen Netzwerks. Natürlich fragen wir uns, wie viele seiner Leute zu der anderen Vereinigung übergelaufen sind. Und wie viele von denen sich in Göteborg befinden.«

Kommissar Persson räusperte sich dezent, um sich Gehör zu verschaffen.

»Auf jeden Fall scheint Milo davon ausgegangen zu sein, dass die Familie in Split bedroht ist. Er hat sie innerhalb nur weniger Stunden nach Kadors Verschwinden aus dem Land geschleust. Sowohl Louise als auch ihre Kinder versorgte er mit falschen Pässen. Und darüber hinaus muss er ihnen eine Wohnung zur Verfügung gestellt haben. Denn es gab keinerlei Hinweise darauf, dass sie sich in seiner Wohnung aufhielten. Wir haben ihre Spuren nur im Audi gefunden«, stellte er klar.

»Ich bin der festen Überzeugung, dass es einen Notfallplan gab. Ein Teil dieses Plans bestand darin, dass Milo Louise einen Job im Büro der Immobiliengesellschaft STAV Fastigheter AB gab«, sagte Göran.

Im Anschluss gingen sie das Rotationssystem für die Überwachung des Gebäudes durch, in dem das Büro der Immobiliengesellschaft lag. Höchstwahrscheinlich saß Louise in einem der Räume im obersten Stockwerk, in dem Milos riesiges Unternehmen MISTAV AB residierte. Die Firma war zusammen mit einem anderen großen Bauunternehmen auch Teilhaber des Bürogebäudes.

»Wie angenehm, dass wir keine Nachtschicht schieben müssen«, sagte Fredrik zu Embla, als sie den Raum verließen.

Er schenkte ihr ein charmantes Lächeln, das sie als Flirtversuch interpretierte. Das machte er jedes Mal, wenn sie sich begegneten. Wie gewöhnlich nickte sie und erwiderte sein Lächeln nur andeutungsweise. Sorry, aber ich date keine verheirateten

Männer, dachte sie. Flüchtig erschien Nadirs attraktives Gesicht vor ihrem inneren Auge. Der Gedanke an ihren Ex versetzte ihr noch immer einen Stich in der Herzgegend, aber sie wusste, dass es richtig gewesen war, das Verhältnis zu beenden. Auch wenn es nur eine kurze, leidenschaftliche Affäre gewesen war: Sie hatte sich geschworen, nie wieder eine Liebesbeziehung mit einem verheirateten Mann anzufangen.

Noch am selben Vormittag um Punkt elf Uhr begann die Überwachung des Bürogebäudes. Eine halbe Stunde vorher hatte Irene Huss bei STAV Fastigheter AB angerufen und sich genau wie Göran als Kaufinteressentin ausgegeben. Und auch diesmal hatte sich Louise alias Mirja Stavic alias Anna Irgendwas gemeldet.

Trotz des vielversprechenden Sonnenaufgangs am Morgen war das Wetter umgeschlagen. Der Himmel zog sich zu, und es wurde kalt. Dann fiel ein eiskalter Regen, sodass sich die Fußgänger im schneidenden Wind unter ihre Regenschirme duckten. Mit anderen Worten: eine Rückkehr zum gewöhnlichen Spätwinterwetter in Göteborg.

Ein großes Problem bestand darin, dass das letzte verfügbare Bild von Louise ihr knapp fünfzehn Jahre altes Hochzeitsfoto war. Embla war sich ziemlich sicher, dass sie ihre ursprüngliche Haarfarbe behalten hatte, da sie immer unglaublich stolz auf ihre hellblonde Mähne gewesen war. Ansonsten hatten die Beamten keine Ahnung, wie sie jetzt aussah. Erstaunlicherweise schien Louise nie einen Pass besessen zu haben, der auf den Namen Mirja Stavic ausgestellt war. Deshalb konnte die Polizei in Split auch kein aktuelles Passfoto zur Verfügung stellen.

Gegen Mittag begannen die Menschen aus den Ausgängen des großen Gebäudes zu strömen. Unter ihnen waren viele blonde Frauen, jedoch keine, die Louise ähnlich sah. Vielleicht verbrachte sie ihre Pause aber auch in dem großen Restaurant im Haus und aß dort etwas.

Verkleidet als Angestellter der Betreiberfirma für die Parkplätze rund ums Gebäude sowie die Tiefgarage hatte sich Fredrik Stridh im Untergeschoss positioniert. Göran hatte ihn damit beauftragt, nach einem ziemlich neuen Audi A6 Ausschau zu halten. Fredrik hatte zwei derartige Wagen ausfindig machen können. Nach der Überprüfung der Kennzeichen und der Ermittlung der Eigentümer stellte sich heraus, dass einer der beiden, ein nagelneuer weiß lackierter Audi A6, als Dienstwagen auf die Firma STAV Fastigheter AB zugelassen war. Er stammte aus demselben Autohaus, in dem Milo auch seinen SUV erstanden hatte, der ebenfalls auf die Immobiliengesellschaft zugelassen war. Die Gesellschaft hatte nur diese beiden Fahrzeuge erworben, und beide Wagen waren zur gleichen Zeit abgeholt worden: in der Woche vor Milos Fahrt nach Herremark.

Fredrik kehrte rasch zu dem Zivilfahrzeug zurück, das er unmittelbar vor der Einfahrt zur Tiefgarage geparkt hatte. Im Dienstwagen tauschte er die Jacke mit dem Logo des Parkplatzbetreibers wieder gegen seine eigene. Jetzt galt es nur noch, Louise abzupassen.

Göran und Embla saßen in einem schwarzen Volvo XC40, einem der zuletzt erworbenen Zivilfahrzeugen der Polizei. Innen roch es noch ziemlich neu, und Embla wurde von dem starken Geruch fast übel, sodass sie trotz der Kälte die Seitenscheibe ein Stück herunterlassen musste. Außerdem fühlte sich ihre Kehle staubtrocken an, und in ihrem Magen rumorte es. Sie brauchte nicht mal Psycho-Nicke zu konsultieren, um sich darüber klar zu werden, dass die bevorstehende Begegnung mit Lollo sie verdammt nervös machte.

Die Beamten mussten lange warten. Erst nachmittags gegen Viertel nach vier kam der Wagen aus der Tiefgarage gerollt. Fredrik gab die Info an alle Kollegen in den ums Gebäude verteilten Autos weiter: »Der weiße Audi ist eben aus der Garage gefahren. Darin sitzt nur die Fahrerin. Sie biegt gerade in den Levgrensväg ein.«

Alle Zivilstreifen schlugen dieselbe Richtung ein. Embla richtete es bewusst so ein, dass ihr Wagen als Letzter startete. Louise durfte sie auf keinen Fall sehen, sonst wäre die gesamte Beschattung umsonst gewesen.

Die Fahrt ging nach Norden auf die E20. Sie fuhren durch Partille und weiter an Lerum und Floda vorbei. Als der Konvoi Västra Bodarna hinter sich ließ, bemerkte Göran: »Sie fährt nach Alingsås.«

Das waren seine ersten Worte seit Beginn der Observierung des weißen Audis.

Göran schien recht zu behalten, sie fuhren tatsächlich nach Alingsås hinein. Der Konvoi passierte einen großen Kreisel, und dann ging es durch ein Netzwerk schmaler Straßen. Viele der einstöckigen Holzhäuser waren schon älter, wirkten aber sehr gepflegt, was dem Straßenbild einen altmodischen Charme verlieh. Unterwegs kamen sie auch an einigen Neubaugebieten vorbei, die von der Architektur her aber nicht allzu extravagant anmuteten und sich trotz der Modernität gut in das Stadtbild einfügten. Wirklich gelungen, dachte Embla. Zu ihrem eigenen Erstaunen musste sie feststellen, dass sie zum allerersten Mal in Alingsås war, obwohl der Ort nur fünfunddreißig Kilometer von Göteborg entfernt lag. Sie durchquerten die Stadt und gelangten schließlich an einen weiteren Kreisel, der bedeutend kleiner war als der am Ortseingang. Der Audi blinkte und bog in Richtung eines Stadtteils ab, der dem Schild zufolge Nolhaga hieß. Die Straße führte zwischen einer Häuserreihe und einem großen Park einen Hügel hinunter. Hinter mehreren hohen Gebäuden am Ufer eines Flusses bogen sie schließlich nach rechts ab.

Da die Straßen ziemlich schmal waren und wenig Verkehr herrschte, folgten dem Audi jetzt nur die Autos von Fredrik Stridh und Irene Huss. Embla steuerte den schwarzen XC40 auf einen großen Parkplatz und wendete den Wagen, bevor sie anhielt und in den Leerlauf schaltete. Auf der anderen Straßenseite lag eine Schwimmhalle, aus der gerade mehrere ältere Damen fröhlich plaudernd herauskamen. Embla beneidete sie. Jetzt ein paar Bahnen schwimmen und danach ein ausgiebiger Saunagang. Das wäre wunderbar.

Görans Stimme holte sie aus ihren Tagträumen zurück.

»Ich rufe Fredrik an und frage, wo sie gerade sind«, sagte er.

Der Kollege meldete sich umgehend. Damit sie ihn beide hören konnten, aktivierte Göran die Freisprechanlage.

»Sie war gerade in einem Hort und hat dort einen kleinen Jungen abgeholt. Es ging ziemlich schnell, weil er bereits fertig angezogen dastand. Jetzt stellt sie den Wagen auf einem Mietparkplatz ab. Ich riskier's und parke ein paar Plätze davon entfernt. Irene ist geradeaus weitergefahren. Dort soll es einen größeren Parkplatz geben.«

Er legte auf, bevor sie noch irgendetwas fragen konnten. Embla bog wieder auf die Straße ein und fuhr in dieselbe Richtung, die die beiden Wagen vor ihr genommen hatten.

Links der schmalen Straße kam nun ein entlaubter Wald in Sicht. Im Sommer war es bestimmt sehr schön dort, doch jetzt im Winter, wo der Regen von den kahlen Zweigen tropfte und eine dicke feuchte Schicht graubraunes Laub den Boden bedeckte, wirkte er nur trist.

Wir haben schon Anfang März. In einem Monat ist Frühling, dachte Embla unvermittelt. Der Gedanke verlieh ihr die Energie, die sie im Augenblick so dringend benötigte.

Auf der anderen Straßenseite erstreckte sich ein großes Wohngebiet mit dreigeschossigen Häusern, die aussahen, als wären sie schon vor ein paar Jahrzehnten erbaut worden.

In diesem Augenblick rief Fredrik an.

»Seht ihr die gelben Ziegelhäuser direkt vor euch?«

Hinter den Dächern der dreigeschossigen Häuser wurden einige höhere Wohngebäude sichtbar, auf die die Beschreibung passte.

»Ja«, bestätigten Göran und Embla wie aus einem Mund.

»Das Sträßchen heißt Lövskogsstigen. Lollo ist dort gerade in einem Hauseingang verschwunden. Man muss in den Hof hinein und um die Hausecke laufen, dort liegt der Eingang. Ich schlage vor, dass ihr zum Ica-Supermarkt fahrt, dort parkt und dann zu Fuß herkommt. Es sind ungefähr hundertfünfzig Meter. Irene und ich warten an der Straßenecke, da seht ihr uns dann.«

Sie fuhren an den Ziegelhäusern vorbei, erblickten die beiden Kollegen an der Straßenecke und steuerten den großen Parkplatz vorm Ica-Supermarkt an. Den Wagen stellten sie in eine Lücke unmittelbar vor dem Eingang, bevor sie sich in das Sauwetter hinausbegaben. Als Embla ihre Kapuze aufsetzte, hörte sie Göran brummen: »Hundertfünfzig Meter … das grenzt ja an Spitzensport.«

Doch sie registrierte auch seinen raschen Seitenblick und sein verschmitztes Lächeln.

Irene und Fredrik wirkten erleichtert, als ihre beiden Kollegen eintrafen, denn draußen im Wind und Regen war es verdammt ungemütlich. Als oberster Chef und Verantwortlicher für die Operation wies Göran seine Leute rasch an: »Fredrik, du überwachst den Eingang von außen. Und Irene, du kommst mit uns rein, aber ich möchte, dass du vor der Wohnungstür stehen bleibst und von dort aus den Hof überwachst«, sagte er und deutete auf eine Reihe von Fenstern im Treppenhaus.

Fredrik war nicht gerade angetan von seinem Auftrag. Sein einziger Trost bestand darin, dass im Innenhof ein niedriges Gebäude mit einem großzügigen Vordach stand. Vermutlich ein Vereinslokal oder eine Art Schuppen. Von dort konnte er den Hauseingang einsehen und sich gleichzeitig vor dem Regen schützen.

Gemeinsam gingen sie auf die Haustür zu. Seitlich davon befand sich ein modernes Display, auf dem man nach dem Namen des Mieters suchen konnte, zu dem man wollte. Sie überflogen rasch die Namen. Der einzige, der infrage kam, war A. Leko im vierten Obergeschoss. A wie Anna, dachte Embla. Leko war vermutlich ein kroatischer Nachname. Auf derselben Etage gab es noch eine A. Sjöström, doch der Name klang zu Nordisch, da die Kinder vermutlich kaum Schwedisch ohne Akzent sprachen. A. Leko schien Embla die richtige Wahl zu sein.

Während Göran noch überlegte, drückte Irene den Klingelknopf mit der Aufschrift »A. Sjöström«. Sie hörten erst das Klingeln und dann eine Frau, die fragte: »Ja? Wer ist da?«

Die Stimme gehörte einer älteren Dame. Irene beugte sich rasch zur Sprechanlage vor.

»Entschuldigen Sie bitte, ich muss den falschen Knopf erwischt haben. Mein Name ist Irene Huss, und ich wollte zu Anna Leko wegen des Schwedischunterrichts für ihre Kinder.«

Ihre drei Kollegen wechselten anerkennende Blicke. Irenes Improvisationsvermögen war wirklich bewundernswert.

»Aber vielleicht sind Sie ja so nett und betätigen den Summer, damit ich reinkommen kann?«, fuhr sie fort.

»Ja, natürlich.«

Das Türschloss surrte. Fredrik ergriff den Knauf und hielt ihnen die Tür auf. Als sie im Haus verschwunden waren, ging er zum Schuppen und stellte sich unter die Traufe des Daches.

Die anderen drei zwängten sich in den kleinen Aufzug. Rasch glitten sie hinauf in die oberste Etage.

Emblas Herz begann zu rasen, und ohne dass sie irgendetwas dagegen tun konnte, begann sie zu hyperventilieren. Göran zählt bestimmt auf mich, er rechnet damit, dass ich ihn reinbegleite und mit Lollo spreche, aber das kann ich nicht!, hallte es in ihrem Kopf. Ihr Magen reagierte mit einem flauen Gefühl, die Panik verursachte ihr Übelkeit. Aber sie musste es schaffen, um endlich Antworten auf all ihre Fragen zu bekommen.

Durch ein großes Fenster im Treppenhaus konnte man den gesamten weitläufigen Innenhof einsehen. Die breite Fensterbank war aus Marmor, darauf standen mehrere Topfpflanzen. Irene schob resolut einen welken Benjamini zur Seite und setzte sich.

»Einen besseren Überblick als von hier aus kann man nicht haben«, sagte sie und lächelte.

In dem Stockwerk waren drei Wohnungstüren. Außer denen mit den Namensschildern »A. Leko« und »A. Sjöström« gab es noch eine mit der Aufschrift »O. Carlson«. Göran näherte sich der Tür mit dem Namensschild »A. Leko«.

Er betätigte die Klingel, woraufhin aus der Wohnung ein »Ding-dong-ding« erklang. Embla stellte fest, dass die Tür mit einem zusätzlichen Sicherheitsschloss versehen war. Springende Kinderfüße näherten sich. Eine Frauenstimme rief etwas, doch das Kind hatte die Tür schon erreicht und entriegelte das Schloss.

Wieder ertönte die erwachsene Stimme. Jetzt konnte Embla ein strenges »Nein!«, gefolgt von mehreren raschen Worten hören, die sie nicht verstand.

Die Tür wurde geöffnet, und ein heller Lockenkopf erschien im Rahmen. Große blaue Augen schauten erst fragend und dann leicht verängstigt drein. Embla erkannte Julian, den Sechsjährigen, von der Weihnachtskarte wieder.

Als sie über seinen Kopf hinwegschaute, begegnete sie einem weiteren blauen Augenpaar. Lollos.

Louise erkannte Embla sofort und blieb wie versteinert stehen. Der kleine Junge sagte nichts, sondern starrte den groß gewachsenen Mann und die Frau mit den roten Haaren an.

Jegliche Anspannung und Nervosität fielen von Embla ab.

»Hej Lollo. Schön, dich wiederzusehen«, sagte sie ruhig, ohne den Blick von ihr abzuwenden.

Im selben Augenblick merkte sie, wie viel Wahrheit in ihren Worten lag. Es fühlte sich an, als wäre ihr eine gewaltige Last von den Schultern genommen worden. Schuld, Angst, Scham und Trauer fielen von ihr ab, und sie wurde von einer inneren Ruhe erfüllt.

Der Junge wich instinktiv zurück, bis er mit dem Rücken gegen die Hüfte seiner Mutter stieß. Sie legte die Hand auf seine Schulter, sagte jedoch noch immer nichts.

Dann ergriff Göran das Wort.

»Mein Name ist Göran Krantz. Kommissar. Ich weiß, dass Sie Embla als Jugendliche gut kannten. Damals nannte sie sich allerdings noch Åsa. Doch darum geht es jetzt nicht. Wir würden Ihnen gerne ein paar Fragen stellen. Wie Sie sich vorstellen können, geht es um die Ermittlungen in den Morden an Ihrem Mann Kador und an Ihren Schwagern Milo und Luca.«

Die Farbe wich aus Louises Gesicht, und sie geriet ins Wanken, konnte sich gerade noch halten, indem sie sich mit der Hand auf der Schulter ihres Sohnes abstützte. Der wand sich jammernd aus ihrem Griff.

»Kador … ist er …?«, flüsterte sie kaum hörbar.

Erst in diesem Moment wurde den Beamten klar, dass Louise noch nichts vom Tod ihres Mannes wusste.

Willenlos und ohne Widerstand zu leisten, ließ sich Louise von der helfenden Hand des Kommissars unterm Ellenbogen in die Küche führen. Dort sank sie schwer auf einen Stuhl, den er ihr vorsorglich hingeschoben hatte. Julian fragte mehrfach etwas auf Kroatisch. Als Göran wissen wollte, was der Junge gesagt hatte, drehte sie langsam den Kopf und schaute ihn an, als wäre ihr die Anwesenheit ihres Sohnes erst jetzt bewusst geworden.

»Er fragt ... ob sein Vater bald wiederkommt. Und er möchte ein Brot essen«, antwortete sie tonlos.

Die Küche war groß und hatte einen Erker, in dem sich die Essecke befand. Die Sitzmöbel stammten von einer exklusiven Designermarke, Embla wusste nicht genau, von welcher, doch den weißen elliptischen Esstisch mit den zierlichen Beinen aus Stahl erkannte sie wieder. In Lucas Wohnung hatte auch so einer gestanden. Und nannten sich die Stühle nicht »Ameise« oder so ähnlich?

»Ist es in Ordnung, wenn Embla uns einen Kaffee kocht?«, fragte Göran.

Ein kaum merkliches Nicken war alles, wozu Louise in der Lage war.

Embla versuchte sich einen groben Überblick zu verschaffen, um Kaffee und Tee zu kochen. Julian fragte wieder etwas, und jetzt verstand sogar sie, dass er Kakao haben wollte, weil er auf ein Päckchen zeigte, das auf der flachen Dunstabzugshaube stand. Das Geschirr in den Schränken gehörte zu einem Rörstrand-Service, alles war in zwölffacher Ausführung vorhanden. Genauso wie die Trinkgläser aus der Glasbläserei in Kosta, auch sie gehörten zu einem Set. Kein Teil im Schrank fehlte. Der Kühlschrank war gut gefüllt mit Lebensmitteln, offenbar hatte jemand gerade erst groß eingekauft.

Embla deckte den Tisch mit Bechern, Gläsern und Tellern und stellte Brot, Milch und Aufschnitt auf die weiße Tischplatte. Währenddessen ließ sie Lollo nicht aus den Augen. Hätte sie ihre Jugendfreundin wiedererkannt, wenn sie sich zufällig auf der Straße getroffen hätten? Wohl kaum. Vielleicht, wenn sich ihre Blicke begegnet wären, denn Lollos Augen waren noch immer genauso intensiv blau wie damals. Die Aura einer ätherischen Elfe, die sie als Teenager umgeben hatte, war jedoch völlig verschwunden. Und auch die langen hellblonden Locken, die ihr zierlich geschnittenes Gesicht eingerahmt und bis weit über die Schulterblätter hinuntergereicht hatten, existierten nur noch in Emblas Erinnerung. Jetzt waren die Haare auf Schulterhöhe abgeschnitten, und ihre Locken hatten an Sprungkraft verloren. Die platinblonde Farbe kam aus der Tube, der Haaransatz war wesentlich dunkler, wie Embla registrierte. Auch war Lollo insgesamt ziemlich in die Breite gegangen. Pummelig traf es ganz gut. Doch das verbarg sie geschickt unter der weißen Seidenbluse, die ihr locker über die Hüften und den Po fiel. Über der Bluse trug sie eine dunkelblaue Jeansjacke, passend zu ihrer Jeanshose. In ihrem Ausschnitt hing ein aufwendig verziertes Medaillon an einer Goldkette, in dessen Mitte ein großer blauer Edelstein funkelte. Ein Saphir, der Reflexion im Schein der Küchenlampe nach zu urteilen. Er entsprach genau dem Farbton von Lollos Augen, aber auch dem der Steine in dem Ring, der an ihrem linken Ringfinger steckte. Sie trug an beiden Händen noch weitere funkelnde Ringe, alle mit Edelsteinen besetzt. Die goldenen Ohrhänger waren ebenfalls mit großen Saphiren besetzt, die einen wahren Funkenregen versprühten, sobald sie den Kopf drehte. Etwas zu viel Prunk, dachte Embla, aber das war typisch für die Lollo, die sie in Erinnerung hatte. Immer etwas zu viel von allem. Nie maßvoll.

Das traf nicht zuletzt auch auf ihr Make-up zu. Ihre Augen waren mit einem starken Eyeliner nachgezogen, und die Wimpern kräftig mit Mascara getuscht. Ihre fülligen Lippen schimmerten von einem glänzenden, rosafarbenen Lippenstift. Auch wenn ihr Gesicht voller geworden war, sah sie noch immer gut aus. Als Teenager hatte sie fast keine Akne gehabt, während sich Embla mit diversen Salben und unterschiedlichen Akneseifen herumschlagen musste. Für Lollo war eine strahlende, glatte Haut selbstverständlich gewesen. Die war jetzt allerdings unter einer dicken Schicht Tönungscreme verborgen. Dennoch sah man Louise an, wie bleich sie war.

Julian sagte erneut etwas und schaute seine Mutter auffordernd an.

»Er möchte seinen Kakao kalt trinken«, übersetzte Louise mit derselben matten Stimme wie zuvor.

Embla goss Milch in ein Glas und rührte das Schokoladenpulver wie auf der Verpackung angegeben hinein. Dann schaute sie Julian an und deutete fragend auf die verschiedenen Brotbeläge. Er kapierte ihre Frage sofort und zeigte erst auf eine Packung Salami und dann auf einen halbfesten Schnittkäse. Also zwei Scheiben Brot. Rasch belegte sie die Brote und stellte dem Jungen den Teller hin. Ohne den Erwachsenen am Tisch auch nur die geringste Beachtung zu schenken, biss er in sein Salamibrot.

»Lollo, möchtest du Kaffee oder Tee?«, fragte Embla.

Louise schaute verwirrt auf. Sie musste mehrfach schlucken, bevor sie antworten konnte.

»Kaffee.«

Embla schenkte ihr Kaffee ein. Göran fragte sie erst gar nicht, sondern füllte seinen Becher gleich bis zum Rand. Neben den Teetassen im Regal stand ein kleines Schälchen mit Deckel. In dem Glauben, dass es sich um die Zuckerdose handelte, nahm sie es heraus. Doch als sie den Deckel abhob, stellte sie fest, dass darin mehrere kleine Tütchen mit einem weißen Pulver lagen. Rasch warf sie einen Seitenblick in Richtung Esstisch und bemerkte erleichtert, dass Lollo ihr noch immer den Rücken zuwandte. Ohne ein Wort schob sie das Schälchen wieder zurück ins Regal. Schließlich fand sich in der Speisekammer ein Päckchen Würfelzucker, das sie auf den Tisch stellte.

Embla berührte Louise vorsichtig an der Schulter. Ihre Jugendfreundin zuckte zusammen, als hätte sie einen elektrischen Schlag bekommen.

»Soll ich dir auch ein Brot machen?«

Ohne sie anzuschauen, antwortete Louise mit ausdrucksloser Stimme: »Ja gern. Mit Käse.«

Während Embla eine Scheibe Brot mit Käse belegte, streckte sich Göran nach dem Brotkorb und nahm ebenfalls eine heraus. Dann hielt er inne und schaute Louise fragend an.

»Ist es in Ordnung, wenn wir uns auch eine Stulle schmieren?«

Embla erstaunte seine Frage, doch dann begriff sie. Er hatte vor, länger zu bleiben, um Lollo zur Rede zu stellen.

Ohne den Blick von ihrem Sohn abzuwenden, der gerade sein zweites Brot aß, nickte sie.

»Natürlich.«

»Draußen vor der Tür steht noch eine Kollegin. Dürfen wir ihr auch eine Tasse Kaffee bringen?«, fragte Göran weiter.

Sie nickte erneut.

Embla schenkte Kaffee für Irene ein, die ihren Wachmacher für gewöhnlich schwarz trank. Dann ging sie in den Flur, den Becher vorsichtig auf der Untertasse balancierend. Mit etwas Anstrengung und Geschick gelang es ihr, die Wohnungstür zu öffnen, ohne etwas zu vergießen. Irene nahm den Kaffee mit einem dankbaren Lächeln entgegen. Das Angebot einer Scheibe Brot lehnte sie jedoch ab.

Als Embla auf dem Weg zurück in die Küche war, hörte sie Göran sagen: »Bitte entschuldigen Sie. Ich hatte angenommen, Sie wüssten, dass Kador tot ist. Dass man Sie aus Split benachrichtigt hätte.«

Seinen Worten folgte Schweigen. Embla blieb im Flur stehen und lauschte. Als sie schon glaubte, Lollo würde nichts mehr sagen, vernahm sie ihre Stimme.

»Wie ... starb er?«, fragte sie flüsternd.

»Bevor ich weiterspreche, muss ich Sie fragen, wie viel Schwedisch der Junge versteht«, sagte Göran.

»Gar keins. Und Miranda und Adam verstehen nur vereinzelte Worte.«

»Aber keine ganzen Sätze?«

»Nein.«

»Apropos, Ihre beiden anderen Kinder, wo sind die eigentlich?«, fragte er. »Es ist ja schon fast halb sechs.«

»Die sind noch in der Schwimmhalle. Beide sind echte Wasserratten und haben gerade im Schwimmverein Alingsås angefangen.«

Embla fiel der Parkplatz gegenüber der Schwimmhalle wieder ein, auf den sie und Göran vorhin eingebogen waren. Das Gebäude lag ein Stück vom Haus entfernt. Vermutlich hatte Göran gerade dasselbe gedacht, denn er fragte: »Gehen die beiden zu Fuß nach Hause?«

»Nein. Ein Klassenkamerad von Adam ... seine Mutter bringt sie her.«

Louise betrachtete ihre zitternden Hände und räusperte sich mehrfach.

»Wie starb er?«, fragte sie erneut.

»Nach Auskunft der Polizei in Split wurde Kador in einem kleinen Haus oben in den Bergen ermordet aufgefunden. Es war in Brand gesteckt worden. Er wurde mithilfe der Röntgenbilder seiner Zähne identifiziert.«

Die blauen Augen in Louises aschfahlem Gesicht wirkten jetzt riesig.

»Zähne ... ist denn nicht ... mehr übrig geblieben?«, presste sie hervor.

Göran schluckte, bevor er antwortete: »Nicht viel.«

Noch immer kamen keine Tränen, doch Embla konnte sehen, wie ihre Hände vom Schock zitterten. Das Zittern war so stark, dass sie ihren Becher nicht zum Mund führen konnte, sondern ihn wieder zurück auf die Untertasse stellen musste. Das Käsebrot auf dem Teller vor ihr hatte sie noch nicht angerührt.

Nach mehreren Versuchen gelang es Göran, Augenkontakt zu Louise aufzunehmen.

»Schaffen Sie es, uns zu erzählen, was passiert ist? Warum Sie und die Kinder geflohen sind?«

Sie presste ihre rosa schimmernden Lippen zu einem schmalen Strich zusammen und schaute hinunter auf ihren Kaffee. Dann hob sie langsam den Kopf und begegnete seinem Blick.

»Ich war gezwungen. Wegen der Sicherheit meiner Kinder ... und auch meiner eigenen«, antwortete sie mit etwas festerer Stimme als zuvor.

Embla zog unauffällig ihr Handy aus der Tasche und tat so,

als würde sie eine SMS lesen. Doch stattdessen betätigte sie die Aufnahmetaste und legte das Gerät dann neben ihre Teetasse.

Göran schenkte Louise ein aufmunterndes Nicken und setzte das Gespräch behutsam fort. »Fühlte sich Kador in irgendeiner Weise bedroht?«

»Ja.«

»Und wie lange schon?«

»Seit den Schüssen auf Luca. Und seit sein ... Freund starb.«

»Wir wissen, welche Schießerei Sie meinen. Aber das ist jetzt schon vier Jahre her. Fühlte sich Kador seitdem bedroht?«

»Ja.«

»Können Sie uns sagen, wodurch er sich bedroht fühlte?«

Bevor Louise antworten konnte, fragte Julian etwas, auf das sie einging. Daraufhin sprang er von seinem Stuhl und schoss wie ein Blitz aus der Küche.

»Kinderprogramm«, erklärte sie.

Im selben Augenblick hörten sie die hohen, laut plappernden Stimmen aus einer Zeichentrickserie. Das Geräusch wurde gedämpft, als Julian seine Zimmertür schloss.

»Die Kinder haben alle einen Fernseher in ihrem Zimmer. Ein Geschenk von Milo«, sagte sie.

Zum ersten Mal während des Gesprächs wurden ihre Augen feucht. Vermutlich ließ der Schock gerade nach.

»Und wodurch fühlte sich Kador bedroht?«, wiederholte Göran seine Frage.

Lollo wischte sich mit dem Handrücken ein paar Tränen weg, die über ihre Wangen hinunterrannen.

»Milo hat Kontakt zu Kador und Luca aufgenommen, nachdem der Türsteher erschossen worden war. Sie telefonierten mehrmals miteinander. Daraufhin sagte Kador mir, dass wir ebenfalls bedroht werden und Sicherheitsmaßnahmen ergreifen müssen.«

Louise stand auf und ging zum Herd, neben dem eine Rolle Haushaltspapier stand, von der sie ein großes Stück abriss. Nachdem sie die Tränen getrocknet und sich die Nase geputzt hatte, warf sie das Papier weg und riss ein weiteres Stück ab. Während der wenigen Schritte zurück zum Küchentisch knüllte sie es unbewusst zusammen.

»Sie und die Kinder werden demnach also schon seit vier Jahren bedroht?«, fragte Göran.

Sie zuckte leicht mit den Achseln. »Keine Ahnung. Aber Kador und Milo gingen wohl davon aus.«

Bevor Göran weiterfragte, warf er Embla rasch einen Blick zu. Embla konnte ihn nur schwer deuten, nahm jedoch an, dass sie sich von nun an besonders darauf konzentrieren sollte, ob Louise die Wahrheit sagte.

»Sie meinten eben, dass Kador und Milo übereingekommen waren, Sicherheitsmaßnahmen zu ergreifen«, wiederholte er.

Zum ersten Mal während des gesamten Gesprächs schaute Louise Göran mit festem Blick durch den Tränenschleier in ihren Augen an, die mit den Saphiren um die Wette funkelten.

»Ja. Alle mussten besonders wachsam sein, um rasch reagieren zu können, falls uns irgendwas zustoßen sollte«, bestätigte sie seine Worte.

»Sie waren also auch Teil des Sicherheitssystems?«

»Ja, das war notwendig. Wegen der Kinder. Zu der Zeit war ich noch mit Julian und Adam zu Hause, wollte aber gerade wieder anfangen, im Hotel zu arbeiten, doch Kador entschied, dass ich daheimbleiben sollte. Wir hatten zwar immer ein Kindermädchen, doch das damalige besaß keinen Führerschein. Deshalb musste ich Miranda zur Schule fahren und wieder abholen, und wenn sich die Kinder mit Freunden treffen wollten, fuhr ich sie ebenfalls hin.«

Louise hielt inne, um Luft zu holen und einen Schluck Kaffee zu trinken.

»Sie und das Kindermädchen sollten also die Familie schützen?«

Vorsichtig stellte sie ihren Becher ab, um nichts zu verschütten. Ihre Hände zitterten noch immer.

»Nicht nur wir. Kador beschloss, dass einer von seinen Sicherheitsleuten stündlich am Haus vorbeifahren sollte. Rund um die Uhr. Und dann fiel ihm noch die Sache mit dem Bläuling ein.«

»Mit dem Bläuling?«, wiederholte Göran.

Ein zaghaftes Lächeln huschte über ihr Gesicht.

»Das Emoji. Ein blauer Schmetterling. ›Mein kleiner Bläuling‹, so nannte er mich immer. Wir verabredeten, uns dieses Emoji immer genau um Mitternacht zu schicken. Und wenn einmal kein Schmetterling als Antwort käme, müssten wir uns auf … eine Flucht einstellen.«

Bei den letzten Worten zitterte ihre Stimme.

Die beiden Polizisten wechselten rasch einen Blick. Die Sache mit dem Emoji erschien ihnen simpel und einleuchtend.

»Und, hat es funktioniert?«, fragte Göran.

»Ja. Immer. Bis zu dem Abend, als er …«

Sie hielt inne, um ein Schluchzen zu unterdrücken. Dann trank sie noch einen Schluck Kaffee. Ihre Hände zitterten noch immer, wenn auch nicht mehr so stark. Zögernd nahm sie ihr Käsebrot vom Teller und biss ein Stück ab. Göran ließ sie zu Ende kauen und hinunterschlucken, bevor er seine nächste Frage stellte.

»Erzählen Sie uns von dem Abend, als Kador verschwand«, bat er sie.

Sie nickte und holte tief Luft, bevor sie anfing: »Es war vor einem Monat. Am Tag darauf wollte er einen Vertrag mit einem

Kunden unterzeichnen. Es ging um den Verkauf einer Kneipe. Der Käufer war Engländer und musste rechtzeitig seinen Rückflug antreten, von daher hatten sie sich schon für morgens um sieben verabredet. Deshalb beschloss Kador, abends früher heimzukommen. Vor dreiundzwanzig Uhr, sagte er. Aber er kam nicht. Ich machte mir Sorgen und schickte um Mitternacht den Bläuling. Doch er antwortete nicht. Dann schickte ich noch einen, aber er antwortete noch immer nicht. Dann … wusste ich es. Kurz darauf rief ich bei Milo an.«

»Und was sagte er?«

»›Luftlinie‹. So lautete das Codewort. Ich wusste, was ich zu tun hatte, weil Kador und ich es vorher gemeinsam durchgegangen waren. Alles war vorbereitet. Im Flur standen immer zwei fertig gepackte Taschen mit Kleidung und dem Notwendigsten für die Kinder und mich bereit.«

»Sind Sie mit gefälschten Pässen gereist?«

Die Frage kam offensichtlich unerwartet, denn sie zuckte zusammen.

»Ja.«

Unbewusst presste sie die Lippen aufeinander.

»Haben Sie den Wagen selbst gefahren, mit dem Sie flüchteten?«, fragte Göran leichthin.

Die Spannung um ihre Lippen herum löste sich, und sie begannen leicht zu zittern. Louise hielt seinem Blick stand. Die Tränen in ihren blauen Augen glitzerten.

»Nein, wir haben ein Taxi genommen.«

Die erste sichere Lüge. Göran und Embla wussten: Der Nachbar, der beobachtet hatte, wie die Familie das Haus verließ, hatte von einem dunklen SUV gesprochen, und nicht von einem Taxi.

»Und wohin fuhren Sie?«

»Zum Flughafen.«

»Zu welchem?«

»Weiß nicht mehr. Die Kinder und ich haben geschlafen.«

Auch das war eine offensichtliche Lüge. Niemand fährt zu einem Flughafen, checkt dort ein und passiert die Sicherheitskontrolle, ohne eine Ahnung davon zu haben, in welchem Flughafen er sich befindet.

Embla war mittlerweile schon leicht genervt von Lollo. Etwas, womit sie nicht gerechnet hatte.

»Sie sind also direkt nach Schweden geflogen?«, fragte Göran weiter.

»Ja. Nach Landvetter.«

Wohl kaum, denn die Beamten waren alle Passagierlisten mit den während dieser Zeit nach Schweden eingereisten Personen minutiös durchgegangen. Aber eine allein reisende Frau mit drei Kindern im passenden Alter hatten sie nicht finden können. Also eine weitere Lüge.

»Sind Sie unter dem Namen Leko gereist?«

Man sah ihr deutlich an, wie sie zögerte, doch dann antwortete sie: »Nein. Wir haben erneut die Identitäten gewechselt, als wir herkamen.«

»Und welchen Namen haben Sie während der Reise benutzt?«

Jetzt wurde ihr Blick wachsam. Ihr wichtigstes Kapital war fatalerweise auch das, was sie am schnellsten entlarvte.

»Ich ... weiß es nicht mehr«, antwortete sie schließlich.

Ebenfalls Blödsinn, natürlich wusste sie den Namen noch. Die Antwort auf die Frage, warum sie im Hinblick auf ihre Flucht log, lag auf der Hand. Sie wollte die Schleuserroute von Milo und seiner kriminellen Organisation nicht preisgeben.

Embla wusste, dass Göran dasselbe dachte, doch bei seiner nächsten Frage merkte man es ihm nicht an.

»Und wann sind Sie hier nach Göteborg gekommen? Oder nach Alingsås, muss man vielleicht eher sagen?«

Die Antwort kam prompt.

»Vor vier Wochen.«

Das bestätigte, dass sich Lollo mit den Kindern bereits in Schweden aufgehalten hatte, als sie Embla an besagtem Freitagabend anrief und Åsa nannte.

In diesem Moment hörte Embla Stimmen vor der Wohnungstür. Zwei Kinder sprachen aufgeregt miteinander, und sie konnte auch Irenes beruhigende Stimme ausmachen. Doch was immer Irene auch sagte, für die Kinder würde es nicht schlüssig erklären, warum eine fremde Frau ihre Wohnung bewachte. Außerdem verstanden sie laut Lollo nur ein paar Brocken Schwedisch.

Bevor Göran eine weitere Frage stellen konnte, warf Embla ein: »Entschuldigung, aber ich glaube, die Kinder kommen.«

Louise zuckte zusammen.

»Erzählen Sie ihnen bitte nicht, dass Kador tot ist. Sagen Sie einfach, dass Sie hier sind, um uns darüber zu informieren, dass er noch nicht gefunden wurde. Bitte! Das stehen die Kinder nicht durch. Erst die Flucht, dann eine neue Sprache, eine neue Schule und ... alles neu. Und wir können noch nicht mal zur Beerdigung ihres Vaters runterfliegen. Dann bringt man uns ebenfalls um«, sagte sie gequält, und in ihren Augen lag jetzt blanke Panik.

Die Polizisten tauschten einen Blick, und Göran nickte. Das Geräusch eines Schlüssels im Schloss ließ die drei Erwachsenen am Tisch verstummen. Aus Julians Zimmer waren jetzt Kampfgeräusche aus dem Zeichentrickfilm zu hören. All den Swish-Swoshs und Boooms nach zu urteilen, ging es darin gerade um einen intergalaktischen Krieg. Sie hörten, wie die beiden älteren Kinder im Flur ihre Jacken auszogen und sich die Stiefel von den Füßen rissen. Sie plapperten drauflos und fielen sich gegenseitig ins Wort. Kurz darauf näherten sie sich auf raschen Füßen der Küche und tauchten beide zugleich im Türrahmen auf, wo sie abrupt stehen blieben und abwechselnd die Polizisten und ihre Mutter anschauten. Dann bombardierten sie Louise mit Fragen. Sie deutete erst auf Embla und dann auf Göran und sprach in beruhigendem Ton mit ihnen. Man sah den Kindern an, dass sie ihr die Erklärung abnahmen, man habe ihren Vater noch nicht gefunden, und beide reagierten traurig, aber auch ein wenig erleichtert.

Miranda war in Wirklichkeit noch hübscher als auf der Weihnachtskarte. Sie hatte die Gesichtszüge und die Hautfarbe ihres Vaters geerbt. Adam war ebenfalls ein hübsches Kind. Er hatte zwar Kadors dunkle Haare, aber die Locken seiner Mutter. Der kleine Julian sah Louise am ähnlichsten. Sie hatte wirklich entzückende Kinder. Es war absolut verständlich, dass sie Angst um die drei hatte und bereit war, alles zu tun, um deren Sicherheit zu gewährleisten. Das haben all die Millionen Eltern weltweit, die sich auf der Flucht befinden, gemeinsam.

Miranda wagte ein paar Schritte in die Küche und nickte den beiden Polizisten steif zu.

»How do you do?«, fragte sie höflich und in gutem Englisch.

»Fine, thank you«, antwortete Göran freundlich.

»Hej«, sagte Embla und lächelte.

Der Junge stellte sich neben seine Mutter. Als sie ihn leicht in die Seite knuffte, murmelte er kaum hörbar:

»Hej.«

Louise sagte etwas, woraufhin sich beide Kinder jeweils einen Becher und Teller aus dem Schrank holten. Sie bereiteten sich Kakao zu, belegten ein paar Brote und verschwanden dann rasch wieder. Embla hörte, wie zwei Zimmertüren fast gleichzeitig geschlossen worden.

»Sehr nette Kinder«, lobte Göran.

»Ja. Sie sind mein Leben«, sagte Louise und wirkte stolz.

Die Kinder. Embla überlegte. Lollo erbte ziemlich sicher Kadors persönliche Habseligkeiten und sein Vermögen, falls er eines hatte. Aber was wurde aus dem Erbe von Milo und Luca? Keiner von beiden hatte direkte Nachkommen. Und Görans und ihre Nachforschungen hatten ergeben, dass die Brüder auch sonst keine engere Verwandtschaft besaßen. Es gab zwar mehrere Cousins, zum Beispiel Jiri und Andreas Acika, aber in Schweden erbten Cousins nichts, wenn nähere Verwandte existierten.

Wenn sie richtiglag, würden Kadors Kinder das gesamte Imperium der Brüder Stavic erben. Hotels, Restaurants, Bars, Wohnhäuser, Wettbüros und dergleichen. Allerdings erbten sie auch die verborgene Seite ihrer Geschäfte: Menschenhandel, Prostitution, Geldwäsche, Drogenhandel, Waffenschmuggel und eine ganze Reihe weiterer dunkler, aber gewinnbringender Aktivitäten wie Mord und Erpressung.

Doch wer übernahm jetzt die illegalen Geschäfte? In den meisten kriminellen Organisationen standen die Nachfolger des Bosses schon im Voraus fest. Es lag nahe, dass sich die Brüder Stavic wechselseitig als Nachfolger bestimmt hatten. Doch was würde nun geschehen, da alle drei Brüder tot waren? Kadors Kinder waren noch zu klein. Bis Adam seine Rechte einfordern könnte, würde es noch mindestens zehn Jahre dauern. Wenn es überhaupt dazu käme. Denn bis dahin würde es in der Organisation der Brüder Stavic höchstwahrscheinlich jede Menge Umstrukturierungen geben. Das Risiko eines Gangsterkrieges lag auf der Hand. Wenn er nicht schon längst tobte.

»Um noch einmal auf das zurückzukommen, worüber wir sprachen, bevor Ihre Kinder heimkamen. Sie kamen also vor einem Monat in Göteborg an. Sind Sie dann direkt hierher nach Alingsås gefahren?«, fragte Göran weiter.

»Ja.«

»Und wie kamen Sie her?«

»Milo hat uns gebracht.«

Richtig. Das stimmte mit den DNA-Funden im Audi überein. Göran dachte nach, bevor er fragte: »Stand diese Wohnung schon bezugsfertig bereit?«

»Ja.«

»Und wann haben Sie sie gekauft?«

»Nicht wir, sondern Milo.«

»Wann hat er sie gekauft?«

Sie schien nachzurechnen.

»Es muss vor zwei Jahren gewesen sein.«

»Er kaufte diese große Wohnung also und richtete sie ein, um sie dann zwei Jahre lang leer stehen zu lassen?«

»Ja. Er hat mir die entsprechenden Kataloge geschickt, und danach hat er die Sachen bestellt.«

Niemand hatte also irgendwelche Möbelhäuser aufgesucht, um die Einrichtungsgegenstände auszuwählen.

»Und warum hat Milo ausgerechnet diese Wohnung gekauft?«

Louise nippte an ihrem Kaffee und nahm einen kleinen Bissen von ihrem Brot, bevor sie antwortete.

»Hier gibt es alle Schularten, von der Vorschule bis zum Gymnasium. Dazu eine Menge Geschäfte sowie Ärzte und ein Krankenhaus. Man muss nicht jedes Mal zum Einkaufen nach Göteborg fahren. Man bekommt hier alles. Und die Wohnung ist groß, sechs Zimmer auf zwei Ebenen.«

Sie breitete die Arme in einer weiten Geste aus und schloss damit auch die fantastische Aussicht auf die Lichter der Stadt ein.

»Ja, natürlich. Eine große Familie braucht eine große Wohnung. Aber eigentlich wollte ich eher wissen, ob vor zwei Jahren irgendetwas passiert ist, das dazu führte, dass Milo und seine Brüder die Sicherheitsmaßnahmen verschärften. Und dass Milo diese Wohnung hier kaufte«, sagte Göran.

Sie biss sich auf die Unterlippe und schien ihre Antwort genau abzuwägen. An ihren Schneidezähnen blieb eine Spur rosa Lippenstift haften.

»Es ist schon einiges … passiert. In Kroatien«, antwortete sie schließlich.

»Und was?«

Sie wich seinem Blick aus und schluckte geräuschvoll. »Einer unserer Barkeeper ist ermordet worden. Erschossen. Und es sind auch noch andere Dinge geschehen. Eines nachts ist eines unserer Restaurants explodiert. Dabei starb zwar niemand, aber mehrere Bewohner des Hauses wurden verletzt. Außerdem weiß ich, dass es viele Drohungen gab. Kador und Milo waren stinksauer, aber auch sehr besorgt, dass es noch schlimmer kommen könnte.«

»Und wer stand hinter diesen Drohungen und Verbrechen?«

Sie zögerte.

»Die haben sich nicht namentlich vorgestellt, aber es steckte irgendein Typ dahinter, der Kadors und Milos Geschäfte übernehmen wollte, indem er uns terrorisierte«, erklärte sie.

»Wissen Sie, woher dieser Mann kam?«

Erneut wich sie seinem Blick aus, und es dauerte eine Weile, bis sie ihn wieder anschaute. Dann antwortete sie vage: »Aus Zagreb, glaube ich.«

Da tauchte also die Bande aus Zagreb wieder auf. Den möglichen Täter, der einen Monat nach den Schüssen auf Luca und den Türsteher leblos aus dem Göta älv gefischt worden war, hatte man als Damjan Pacić identifiziert. Ein Schwerkrimineller, der im Auftrag eines Gangsterbosses in Zagreb agiert hatte. Doch das war im Großen und Ganzen auch schon alles gewesen, was sie damals herausgefunden hatten. Mehr Informationen zu seiner Person und Vergangenheit waren nicht zu bekommen. Fünf Jahre vor seiner Ermordung endeten alle Spuren abrupt.

»Die Drohungen aus Zagreb bewirkten also, dass Kador und Milo die Flucht Ihrer Familie nach Schweden vorbereiteten«, stellte Göran fest.

»Ja. Kador besaß noch immer die schwedische Staatsbürgerschaft.«

»Es ist jetzt vier Jahre her, seit auf Luca und den Türsteher des La Dolce Vita geschossen wurde und der Türsteher starb. Danach scheint es zwei Jahre ruhig gewesen zu sein. Und erst vor zwei Jahren ging es dann erneut los. Oder gab es auch in der Zwischenzeit Vorfälle?«

»Während dieser vier Jahre ist einiges passiert. Und davor auch schon. Aber darüber weiß ich nicht besonders viel. Ich war vollauf mit Haus und Kindern beschäftigt.«

Konnte das stimmen? Wenn der eigene Ehemann und seine Brüder in einer Fehde mit einem anderen kriminellen Schwergewicht lagen und im Familienkreis eine Gewalttat verübt wurde, wie konnte man da den Namen desjenigen, der einen bedrohte, *nicht* kennen? Das klang nicht überzeugend. Doch andererseits wusste Embla aus verschiedenen Fällen um die Strukturen innerhalb der Mafiafamilien. Die Männer kümmerten sich um die Geschäfte, während die Frauen für Heim und Herd verantwortlich waren. Und selbst wenn sie Einblick in die Machenschaften ihrer Männer hatten, vermittelten sie nach außen hin immer den Eindruck, als hätten sie keine Ahnung. Falls der Ehemann festgenommen wurde, musste sich während seiner Gefangenschaft schließlich irgendwer außerhalb der Gefängnismauern um die Familie kümmern. Die loyalen Ehefrauen behaupteten beharrlich, dass ihre Männer unschuldig seien. Sie waren ihnen treu ergeben und verrieten sie nicht. Das war die Rolle, die eine Mafiaehefrau traditionell einnahm.

Embla kam zu dem Schluss, dass Lollo eine gute Gangsterehefrau war. Sie würde nie die Wahrheit über den Bandenkrieg preisgeben, der zum Tod der Brüder Stavic geführt hatte. Die müssten sie auf anderem Weg herausfinden. Doch zum Glück hatten sie Milos und Lucas Mörder, Jiri Acika, bereits festgesetzt. Und Gott sei Dank war seine Identität noch nicht an die Medien durchgesickert.

Aus einem Impuls heraus beugte sich Embla über den Tisch vor und stellte ihrer Jugendfreundin die erste Frage: »Was weißt du über Jiri Acika?«

Die Reaktion fiel so stark aus, als hätte sie ihr eine schallende Ohrfeige verpasst. Lollo rang nach Luft und riss die Augen auf. Offensichtlich hatte allein die Tatsache, dass die Beamten von der Existenz Jiris wussten, sie völlig überrumpelt.

»Jiri … wieso?«

Dann verstummte sie und richtete ihren Blick wieder auf den halb vollen Kaffeebecher.

Merkwürdig, dass sie so heftig reagiert, dachte Embla. Göran betrachtete die junge Witwe aufmerksam. Als Louise keine Anstalten machte, das Schweigen zu brechen, tat er es.

»Wie gut kennen Sie Jiri Acika?«, fragte er.

Sie holte tief Luft, hob den Blick und schaute ihn an. Ihre Wimpern zitterten leicht, und als sie antwortete, klang ihre Stimme ganz schwach.

»Er und Kador sind Cousins. Er wohnt auch in Split.«

»Kennen Sie einander gut?«, präzisierte er seine Frage.

Als Antwort zuckte sie leicht mit den Achseln.

»Nicht wirklich«, flüsterte sie schließlich.

Sie lügt, dachte Embla. Aber warum?

Plötzlich kam Julian in die Küche gestürmt und fragte etwas auf Kroatisch. Louise nickte ihm zu und antwortete kurz angebunden. Dem Jungen schien die Antwort nicht zu gefallen, und er trottete mit säuerlicher Miene wieder zurück in sein Zimmer.

»Er fragt, wann es Abendessen gibt. Wir essen normalerweise zwischen sieben und acht, deshalb …«

Sie fuhr sich matt mit der Hand über die Augen.

»Ich kann jetzt nicht mehr weiterreden«, sagte sie und stand auf.

Mit verbissener Miene begann sie den Tisch abzuräumen. Embla stand ebenfalls auf, um ihr zu helfen.

»Dann schlage ich vor, dass wir uns morgen auf dem Polizeirevier treffen. Embla bleibt bei Ihnen.«

Louise fuhr herum und schaute ihn an.

»Das ist nicht nötig«, protestierte sie.

»Eine reine Routinemaßnahme. Sie mussten gerade erfahren, dass Ihr Mann ermordet wurde. Und Sie haben weder Familie noch Freunde hier, die Sie unterstützen könnten. Deshalb wird eine Polizistin bei Ihnen und den Kindern bleiben.«

Worauf wollte Göran hinaus? Bevor Embla widersprechen konnte, durchschaute sie seinen Plan. Als alte Freundin konnte sie Lollo vielleicht dazu bringen, Dinge zu sagen, die sie vor ihm nicht preisgeben würde. Clever und allemal einen Versuch wert. Außerdem hatte sie schließlich selbst so einige Fragen an Lollo, auf die sie eine Antwort wollte.

Nachdem ihre Kollegen gegangen waren, blieb Embla zusammen mit Louise im Flur stehen. Keine der beiden sagte etwas. Julian klammerte sich ans Hosenbein seiner Mutter und quengelte leicht.

Um das Schweigen zu brechen, sagte Embla: »Ich hab gesehen, dass es auf der anderen Straßenseite eine Pizzeria gibt. Was haltet ihr von einer Pizza zum Abendessen? Ich lade euch ein.«

Louise wirkte müde, nickte aber.

»Wir rufen dort an und bestellen was«, entschied sie und rief nach den beiden anderen Kindern.

Als sie aus ihren Zimmern herausschauten, fragte Embla sie nach ihrer Lieblingssorte. Calzone und Hawaii – Pizzanamen waren ja zum Glück überall auf der Welt gleich.

Embla gab die Bestellung telefonisch durch, für sich orderte sie zusätzlich einen Salat. Eine heisere Männerstimme teilte ihr mit, dass das Essen in einer Viertelstunde geliefert würde.

Julian stürmte zurück in sein Zimmer und sang: »Pizza! Piiizza! Pizzaaaa!«

Embla musste unwillkürlich an Elliots selbst erfundene Melodie mit dem Wort »Jagd« in den verschiedensten Variationen und Tonarten denken. Sie hatte ein schlechtes Gewissen, weil sie ihn länger nicht angerufen hatte. Während der Woche, in der sie krankgeschrieben gewesen war, hatten sie sich ein paarmal getroffen und gemeinsame Erinnerungen aus den Skiferien ausgetauscht. Natürlich hatten sie auch über die Fuchsjagd gesprochen.

Wie erhofft war es Elliot gelungen, sich selbst und seine Umgebung davon zu überzeugen, dass diese Jagd das spannendste Abenteuer gewesen war, das man sich nur vorstellen konnte.

Embla folgte Louise in die Küche, um den Tisch zu decken.

»Wir essen aus den Kartons«, beschloss Louise.

Embla war es von der Arbeit her gewohnt, ihre Pizza direkt aus der Verpackung zu essen, fand es vom Teller jedoch sehr viel angenehmer. Doch sie entgegnete nichts, sondern nahm Besteck aus einer Schublade und verteilte es auf dem Tisch. Louise holte Saftgläser aus dem Küchenschrank, und dazu zwei große, bauchige Rotweingläser, wie Embla mit einer gewissen Verwunderung feststellte. Doch es erschien ihr andererseits irgendwie auch verständlich, dass Louise nach der Todesnachricht ein Bedürfnis nach Alkohol verspürte, sicher konnte sie gerade jetzt ein Gläschen gut vertragen. Als Embla Louise beobachtete, fand sie aber, dass sich ihre Jugendfreundin ziemlich rasch von der Nachricht erholt hatte. Natürlich war sie gezwungen, vor den Kindern die Fassade zu wahren, möglicherweise war sie auch einfach nur eine gute Schauspielerin. Vielleicht hatte sie sich in den letzten Tagen und Wochen auch schon darauf eingestellt, dass Kador tot war, weil sie überhaupt nichts mehr von ihm gehört hatte.

Ihr Gespräch drehte sich überwiegend um die Kinder, darum, wie sie hier in Schweden zurechtkamen. Keines der drei war je zuvor im Land gewesen. Louise hatte ihre alte Heimatstadt nicht besuchen wollen, da dort permanent das Risiko bestand, unvermittelt irgendwem zu begegnen, der sie wiedererkannte – einem ehemaligen Klassenkameraden oder einer Nachbarin. Und da hauptsächlich sie sich um die Kinder kümmerte, blieben sie zusammen in Split. Kador hingegen fuhr einmal im Jahr nach Hause. Und Milo hatte Kroatien jedes Frühjahr und jeden

Herbst besucht. Luca war viel seltener gekommen, um seinen Bruder und dessen Familie zu besuchen, höchstens alle zwei Jahre.

»Aber inzwischen traue ich mich wieder, nach Schweden zu fahren. Wie du siehst, hat sich mein Äußeres ja doch ziemlich verändert«, sagte sie mit einem ironischen Lächeln.

Darauf erwartete sie jetzt mit Sicherheit Protest, doch Fakt war: Embla hätte Louise tatsächlich nicht weiter beachtet, wenn sie ihr auf der Straße begegnet wäre. Natürlich erkannte sie gewisse Verhaltensweisen ihrer alten Freundin wieder, nun, nachdem sie ein wenig Zeit miteinander verbracht hatten. Bestimmte Eigenheiten hatten sich nicht groß verändert: ihre Stimme, ihr Mienenspiel und auch die Körpersprache. Aber ihr Aussehen unterschied sich schon ziemlich stark von dem des jungen Mädchens, das Embla in Erinnerung hatte.

Die einzige passende Entgegnung, die Embla einfiel, lautete: »Aber deine Augen erkennt man sofort wieder.«

Louise lächelte zufrieden.

»Und die Haare vermutlich auch. Obwohl sie natürlich kürzer sind«, sagte sie und führte kokett eine Hand zum Nacken.

Lollos Haare erinnerten nicht im Mindesten an die glänzende hellblonde Mähne von damals, doch Embla widersprach ihr nicht.

»Ja, die auch«, sagte sie.

Als es an der Wohnungstür klingelte, ging Embla, um zu öffnen. Vorher warf sie rasch einen Blick durch den Spion. Draußen stand ein schmaler Junge im Teenageralter mit NY-Kappe und entzündeter roter Akne im ganzen Gesicht. Er hielt einen Stapel Pizzakartons in Händen. Sie öffnete die Tür und bezahlte.

Da der untere Karton ziemlich heiß war, beeilte sie sich, in die Küche zurückzukehren.

Louise rief nach den Kindern, die sofort angerannt kamen. Als Embla die Pizzen verteilte, musterte Miranda sie unverhohlen, ohne auch nur den Versuch zu unternehmen, es zu verbergen.

Sie ist misstrauisch und riecht einen Bullen bestimmt schon von Weitem. Das liegt wohl in den Genen, dachte Embla, während ihr bewusst wurde, wie sie sich unter dem Blick wand. Ohne ein Wort schnappte sich das Mädchen seinen Karton sowie eine Dose Coca-Cola und ging zurück in sein Zimmer. Die Tür wurde krachend zugeschlagen. Die Jungen blieben am Tisch sitzen, aßen ihre Pizzen und tranken dazu ebenfalls Coca-Cola. Als Louise Embla Rotwein ins Glas schenken wollte, lehnte die dankend ab.

»Ich bekomme immer Kopfschmerzen von Rotwein«, sagte sie entschuldigend.

Eigentlich trank sie kaum Wein, schon gar nicht während der Arbeitszeit. Außerdem handelte es sich hier nicht um ein feuchtfröhliches Wiedersehen, sondern um einen Arbeitsbesuch.

»Lieber Weißwein?«, fragte Louise.

»Nein, danke, da ist es dasselbe. Ich nehme gerne Wasser.«

Louise quittierte Emblas Antwort mit einer vielsagenden, leicht säuerlichen Miene. Entschlossen – oder demonstrativ – füllte sie ihr eigenes Glas fast bis zum Rand mit rubinrotem Wein. Danach holte sie eine kleine Karaffe aus dem Schrank und ließ Wasser aus dem Hahn hineinlaufen. Mit einem Knall stellte sie sie auf die Tischplatte, sodass einiges herausspritzte.

Louise schien kein Problem damit zu haben, sich allein ein Glas zu genehmigen. Sie trank mehrere große Schlucke, und der Weinpegel sank rasch. Die Kinder und sie unterhielten sich lautstark auf Kroatisch, während Embla die Familie schweigend beobachtete. Die Jungen fielen sich ständig gegenseitig ins Wort.

Als die Pizzen aufgegessen waren, verschwanden die beiden wieder in ihre Zimmer.

Louise verdrehte die Augen und atmete erleichtert aus.

»Endlich Ruhe. Aber einen kleinen Schluck Wein kannst du doch wohl trinken, oder?«, fragte sie und legte den Kopf schräg.

»Nein, danke.«

Missmutig betrachtete Louise ihr leeres Weinglas. Dann schenkte sie sich erneut ein, genauso viel wie zuvor, und nahm direkt einen großen Schluck, den sie sichtlich zufrieden die Kehle hinunterrinnen ließ.

Allmählich wurde es Zeit, die Fragen zu stellen, die Embla auf der Seele brannten. Doch sie musste behutsam vorgehen, damit Lollo nicht misstrauisch wurde und sich verschloss.

»Ich wusste gar nicht, dass du einen Freund hattest, bevor du … wegfuhrst. Wann habt ihr euch eigentlich kennengelernt, Kador und du?«

Louises Blick über den Rand ihres Weinglases hinweg war tränenfeucht.

»Stimmt, ich habe es niemandem erzählt. Aber hatte ich dir damals im Sommer nicht anvertraut, dass ich mich total in einen Typen verknallt hab? Du warst ja kaum zu Hause. Ich hing in der Zeit mit einigen Klassenkameraden ab, und eines Tages bin ich Kador in einer Kneipe begegnet. Es hat sofort gefunkt. Wir wussten einfach, dass wir beide zusammengehören und für den Rest unseres Lebens zusammenbleiben wollten. Aber von Anfang an war auch klar, dass wir nicht über … uns reden durften.«

Sie verstummte und füllte ihr Weinglas erneut. Es blieb nicht mehr viel in der Flasche zurück.

»Und warum durftet ihr niemandem sagen, dass ihr zusammen wart?«, fragte Embla.

Louise beugte sich über den Tisch vor und sagte in vertraulichem Ton: »Er war verlobt. Oder nicht richtig verlobt, aber eben mit einer anderen zusammen. Ihr Vater war ein hohes Tier in der Transportbranche und ein Freund von Milo. Die beiden hatten beschlossen, dass Kador und seine Tochter heiraten sollten. Aber dann kam ich.«

Rasch huschte ein selbstgerechtes Lächeln über ihr Gesicht.
»Wohnte dieses Mädchen in Schweden oder in Kroatien?«
»In Göteborg. Aber ihre Familie kam aus Zagreb.«
Zagreb und Split. Wieder tauchten die zwei Städte auf.
»Deshalb hattet ihr also beschlossen abzuhauen?«

Lollos leuchtend blauer Blick begann zu flackern, bevor sie zögerlich antwortete: »Na ja ... Eigentlich war Kador derjenige, der meinte, dass wir abhauen sollten. Ich war da eher abwartend und zurückhaltend. Fühlte mich noch nicht reif für ... Doch dann machte er mir einen Heiratsantrag. Er schenkte mir einen wunderschönen Verlobungsring und zeigte mir Fotos von dem Haus in der Nähe von Split, in dem wir wohnen würden. Irgendwann hab ich Ja gesagt. Aber ich wusste natürlich nicht, auf was ich mich da einließ.«

Sie verstummte und schaute hinunter auf die Pizzareste vor sich.

»Habt ihr Milo denn erzählt, dass ihr vorhattet abzuhauen?«
»Ja. Er wurde fast wahnsinnig, als Kador es ihm sagte. Doch dann half er uns bei den Vorbereitungen. Er hat uns Pässe und Flugtickets besorgt. Wir nahmen die Morgenmaschine nach Zagreb und waren schon gegen Mittag unten. Mit dem Auto sind wir dann nach Split gefahren. Aber mir war die ganze Zeit speiübel. Wir zwei hatten uns ja am Vorabend so einiges an Wein reingepfiffen«, sagte Louise und lachte auf.

Milo hatte also falsche Pässe organisiert und Flüge unter falschem Namen gebucht.

Allmählich näherten sie sich den Fragen, die Embla seit der Nacht von Louises Verschwinden in ihren schlimmsten Albträumen verfolgt hatten.

»Eigentlich erinnere ich mich an fast gar nichts mehr von diesem Abend«, sagte Embla wahrheitsgemäß.

»Nein, du warst ja auch sternhagelvoll. Was letztlich notwendig war für unsere Pläne.«

Louise bekam einen Schluckauf und erlitt kurz darauf einen heftigen Hustenanfall. Embla widerstand dem Impuls, ihr unterstützend auf den Rücken zu klopfen, und nutzte die Zeit, um zu überlegen, wie sie ihre nächste Frage formulieren würde. Als Louise endlich aufhörte zu husten, stellte Embla dann die Frage, die ihr nun schon so lange unter den Nägeln brannte: »Lollo, warum war es eigentlich nötig, dass ich an diesem Abend dabei war?«

Der Blick ihrer Jugendfreundin spiegelte ehrliches Erstaunen wider.

»Warum? Weil es einfach so war. Ich wusste ja, dass meine Mutter übers Wochenende weg sein würde. Und deinen Eltern hatten wir doch gesagt, dass wir in die Schuldisco wollten. Das war perfekt! Wenn ich also plötzlich weg wäre, würde mich niemand vermissen. Jedenfalls nicht vor Wochenbeginn. Deshalb musstest du mitkommen, denn ich konnte dir ja schlecht verraten, dass ich vorhatte abzuhauen. Und darum war es auch wichtig, dass du ordentlich zugedröhnt warst. Ansonsten hättest du ja kapiert, was Sache war.«

»Du und Kador, ihr hattet also schon vorher beschlossen, an diesem Wochenende zu fahren?«

»Ja. Als meine Mutter zu diesem vierzigsten Geburtstag in Kungälv eingeladen wurde, war klar, dass sie dort übernachten würde. Die Weiber haben ja immer bis zum Umfallen gepichelt.«

Ihre letzten Worte troffen von Bitterkeit.

Jetzt reichte es Embla.

»Aber dass du einfach so abgehauen bist! Hast du denn gar nicht an mich gedacht? Oder an deine Mutter? Deinen Vater, der extra herkam ...«

Jetzt überschritt sie eine Grenze. In Louises Augen blitzte blanke Feindseligkeit auf.

»An dich gedacht ... du mit deiner perfekten Familie! Alle haben dich verhätschelt. Und dein Onkel Nisse und seine Frau haben dich ja geradezu vergöttert. Aber meine Mutter hat nur gesoffen und sich selbst bemitleidet. Mein Vater hat derweil diese Ellen gebumst, ihr ein Kind gemacht und sich dann nach England abgesetzt. Kein Mensch hat sich um mich gekümmert! Keiner!«

Die Faust, die mit voller Wucht auf die Tischplatte niedersauste, ließ die Gläser und das Besteck hochhüpfen.

Dann legte sich eine erdrückende Stille über die Küche. Embla fehlten buchstäblich die Worte, und in ihrem Kopf war es plötzlich ganz leer geworden. Sie selbst hatte es völlig anders erlebt, *sie* hatte sich einsam gefühlt. In ihrer Familie hatte keiner Zeit für sie gehabt, für die kleine Nachzüglerin, die sieben Jahre nach ihrem jüngsten Bruder geboren worden war. Der einzige Mensch, den sie damals gehabt hatte, war ihre beste Freundin Lollo gewesen.

Irgendwo in der Wohnung wurde eine Zimmertür geöffnet, vorsichtig näherten sich Schritte. Kurz darauf tauchte Miranda im Türrahmen auf und schaute ihre Mutter fragend an. Embla sah, dass dem Mädchen die leere Weinflasche, das fast leere Weinglas und Emblas Wasserglas nicht entgangen waren. Sie fragte ihre Mutter etwas, ohne sie dabei aus den Augen zu lassen. Louise wedelte abwehrend mit der Hand und antwortete kurz angebunden. Als Miranda sich umdrehte, nahm Embla die traurige Miene des Mädchens wahr. Das hier kennt sie schon, dachte sie, und empfand Mitleid mit ihr.

Embla wollte Louise dazu bewegen, noch ein wenig mehr von ihrer Flucht preiszugeben, anstatt weiter über die Gründe und Motive zu sprechen und damit an ein unverarbeitetes Trauma zu rühren, wie Psycho-Nicke es ausgedrückt hätte. Sie stählte sich innerlich, um Lollo nicht zu zeigen, wie sehr sie das quälte, was sie ihr jetzt anvertrauen würde.

»Ich erinnere mich nur noch vage daran, dass ich dir durch eine Tür im Nachtklub gefolgt bin. Dann hab ich versucht, dich in einem dunklen Korridor einzuholen. Auf einmal sah ich dich dort auf dem Boden liegen, und Milo und seine Brüder standen über dir. Plötzlich erblickte mich Milo und kam auf mich zugelaufen. Er würgte mich und drohte mir, mich umzubringen, sollte ich irgendwas ausplaudern. Und dann seid ihr durch die Hintertür verschwunden. Was ist denn damals im Korridor eigentlich geschehen?«

»Was geschehen ist? Du hast eine Scheißangst bekommen. Und es hat funktioniert, weil du ja zum Glück wirklich nichts ausgeplaudert hast. Milo hat dich nämlich die ganze Zeit im Auge behalten. Ich wusste übrigens auch, dass du Polizistin geworden bist. Aber ich wusste nicht, dass du deinen Namen geändert hast. Embla. Früher hast du nämlich immer behauptet, dass das dein zweiter Name ist.«

»Embla ist in Wahrheit mein Taufname. Aber ich frag mich immer noch, was da im Korridor passiert ist. Haben sie dich mit Drogen vollgepumpt?«

Louise lachte laut auf. Beinahe hätte sie die Weinflasche und auch ihr Glas umgestoßen.

»Mit Drogen vollgepumpt! Du bist lustig! Mit Drogen vollgepumpt …«

Sie wischte sich mit beiden Händen die Tränen weg, die ihr bei ihrem Lachanfall in die Augen geschossen waren, und verschmierte dabei ihre Mascara im ganzen Gesicht.

»Ich brauchte weiß Gott keine zusätzlichen Drogen. Ich war ja schließlich schon bis obenhin abgefüllt. Und außerdem hatte ich den ganzen Tag nichts gegessen ... die Anspannung, du weißt schon. Da im Korridor bin ich einfach ohnmächtig geworden. Ich selbst hab dich gar nicht gesehen, aber Milo hat mir hinterher alles erzählt. Er war echt gut darin, sich Re... Respekt zu verschaffen«, sagte sie mit einem Hicksen.

Als sie das Glas zu den Lippen führte, tropfte etwas Wein auf ihre weiße Bluse. Sie sah teuer aus, doch Louise schien es nicht weiter zu kümmern. Rotwein auf weißer Seide, das würde niemals rausgehen.

»Erzähl mir, wie es für dich war, als du nach Split kamst«, bat Embla und bemühte sich, ein freundliches Lächeln aufzusetzen.

Nachdem Lollo halbherzig mit den Fingerspitzen über die Weinflecken auf ihrer Bluse gestrichen hatte, schaute sie auf. Ihr Blick war schon leicht glasig, doch Embla erahnte darin einen Funken Wachsamkeit.

»Wir zogen dort in ein Haus etwas außerhalb der Innenstadt. Es war bereits möbliert, aber wir haben selbst noch ein paar Sachen gekauft, um es nach unserem Geschmack einzurichten. Und wir waren gezwungen zu heiraten. Die Verwandten und Nachbarn fanden es gar nicht gut, dass wir ohne Trauschein zusammenwohnten.«

Obwohl Embla schon zwei Fotos von der Hochzeit gesehen hatte, fragte sie: »War es eine große Hochzeit?«

In Louises Gesicht breitete sich ein Strahlen aus, das sie für einen kurzen Moment glücklich wirken ließ.

»Eine Megahochzeit. Mit über hundertfünfzig Gästen. Drei

Tage lang nur Party. Es war märchenhaft, und ich fühlte mich wie eine Prinzessin.«

Du warst gerade mal fünfzehn. Noch ein Kind. Natürlich fühltest du dich in deinem langen weißen Brautkleid, dem Schleier und der Brautkrone wie eine Prinzessin. Du warst der Mittelpunkt des grandiosen Festes, das einen Schlussstrich unter deine Kinder- und Jugendjahre zog, ohne dass du es selbst begriffen hast, dachte Embla mitleidig.

»Klingt wirklich wie eine Märchenhochzeit«, pflichtete sie ihr bei.

Louise trank noch etwas Wein.

»Hast du eigentlich gearbeitet?«, fragte Embla vorsichtig.

»Ja. Ich bekam eine Stelle in unserem größten Hotel, dem Imperial. Natürlich konnte ich nicht am Empfang arbeiten, falls irgendwelche schwedischen Gäste kommen würden. Deshalb saß ich im Büro. Ich lernte Buchführung und so weiter und versuchte gleichzeitig, mir Kroatisch beizubringen. Und das ist weiß Gott keine leichte Sprache!«

»Wie alt warst du eigentlich, als Miranda geboren wurde?«, fragte Embla, obwohl sie die Antwort bereits kannte.

»Achtzehn. Gerade ... geworden.«

Lollo verstummte und versuchte die Schrift auf dem Etikett der Weinflasche zu entziffern. Doch obwohl sie sich die Flasche unmittelbar vors Gesicht hielt und die Augen zusammenkniff, gelang es ihr nicht. Ungeduldig stellte sie sie wieder auf den Tisch.

»Und dann kamen die Jungs«, pushte Embla sie vorsichtig.

»Ja.«

Jetzt war sie wieder kurz angebunden. Zeit, das Thema zu wechseln.

»Du musst mir unbedingt mehr von Kador erzählen. Ich weiß

überhaupt nichts über ihn. Eigentlich nur, dass er der mittlere der Stavic-Brüder ist.«

Louises Blick wurde tränenfeucht.

»Kador war der attraktivste ... er sah so verdammt gut aus.«

Sie schluchzte auf, und ihre Stimme brach. Mit leicht zittrigen Händen hob sie ihr Glas erneut an die Lippen. Noch bevor Embla etwas sagen konnte, redete sie weiter: »Das fanden andere Frauen allerdings auch.«

Sie verstummte und starrte hinunter in ihr Glas. Embla beobachtete, wie sie mit trauriger Miene über die Rotweinflecken strich. Der Anblick ihrer alten Jugendfreundin ging ihr ans Herz. Louises Leben war trotz alledem nicht so verlaufen, wie sie es sich vorgestellt hatte. Der Preis, den sie für ihre romantischen, kindlichen Träume hatte bezahlen müssen, war hoch gewesen. Zu hoch, wie es schien.

In der Küche breitete sich Schweigen aus, und Embla wusste nicht so recht, wie sie weiter vorgehen sollte.

Unvermittelt fuhr Louise fort: »Einer, der mich immer unterstützt hat, war Milo. Er wusste, dass weder er noch Luca eigene Kinder bekommen würden. Er war zeugungsunfähig, und Luca wollte keine Kinder. Deshalb haben sie einen Plan gemacht, für den Fall, dass ihnen irgendwas zustoßen sollte.«

Nach diesen Worten genehmigte sie sich den letzten Rest in ihrem Glas. Fast eine ganze Flasche Wein in nur einer Stunde! Keine guten Voraussetzungen für ihr weiteres Gespräch. Louise lallte bereits bedenklich und hielt den Kopf leicht schief. Hatte sie noch was anderes genommen? Ihre Augenlider flatterten, und es schien höchste Zeit für die letzte Frage zu sein, auf die Embla unbedingt eine Antwort haben wollte.

»Ich würde gern noch wissen, warum du mich angerufen hast, als du nach Schweden kamst. Ich hab gemerkt, dass du es warst, und mich total drüber gefreut«, sagte Embla und versuchte all die Wärme in ihre Stimme zu legen, die sie für ihre ehemalige Jugendfreundin empfand.

Louise hob rasch den Blick, und ihre Lippen formten sich zitternd zu einem zaghaften Lächeln.

»Hast du das?«

»Ja. Sehr. Aber ich frag mich nach wie vor, warum du angerufen hast.«

Jetzt rollten dicke Tränen über Louises Wangen. Mit einem unterdrückten Schluchzen antwortete sie: »Weil ich niemand anderen hab. Und auch niemanden anrufen kann. Ich fühl mich so wahnsinnig ... einsam.«

Emblas Herz schlug schneller, und vor lauter Mitleid schnürte sich ihr die Kehle zusammen. Sie spürte, dass das wirklich so war. Möglicherweise hatte Lollo einige Freundinnen in Kroatien, aber hier wusste sie offenbar nicht, wem sie vertrauen konnte. Auseinandersetzungen unter Kriminellen endeten immer gewaltsam, und die Leute wechselten oft die Loyalitäten, wenn der Preis stimmte. Ein guter Freund konnte urplötzlich zum Mörder werden.

In Schweden waren ihre beiden Schwager ermordet worden. Und die Drohungen gegen sie und ihre Kinder hatten nach wie vor Bestand.

Louise schaute sie an, während ihre Tränen Streifen von Mascara auf ihren Wangen hinterließen.

»Vielleicht solltest du dich jetzt lieber hinlegen. Es ist ein harter Tag gewesen«, sagte Embla sanft.

»Ja, es war in der Tat ein harter Tag! Und ich möchte, dass du gehst! Jetzt!«

Dann schlug Louise die Hände vors Gesicht und begann laut zu weinen. Heftiges Schluchzen erfüllte die Küche. Embla rutschte angesichts des Gefühlsausbruchs instinktiv auf dem Stuhl zurück. Eine unvorhergesehene Wendung. Was sollte sie jetzt tun? Einfach gehen? Göran hatte sie immerhin gebeten, bei der Familie zu bleiben.

»Lollo, ich …«

»Anna! Ich heiße Anna«, murmelte Louise in ihre Handflächen.

Arme Lollo. Oder Anna, wie auch immer. Kein Wunder, dass ihr alles zu viel wurde. Sie war nicht nur völlig unvorbereitet mit ihrer Kindheits- und Jugendfreundin konfrontiert worden, die gemeinsam mit ihren Polizeikollegen ihre Tarnung hatte auffliegen lassen. Sie hatte auch erfahren, dass Kador tot war. Zusammengenommen reichte das alles zweifelsohne aus, um selbst den Stärksten umzuhauen.

»Okay, Anna. Ich fahre jetzt nach Hause. Du kannst mich jederzeit anrufen, falls du es dir anders überlegen solltest. Ich bin innerhalb von dreißig Minuten bei dir. Und wenn du den Verdacht hast, dass euch irgendeine Gefahr droht, ruf mich bitte ebenfalls unbedingt an. Ich sorge dann dafür, dass die Polizei umgehend zu eurem Schutz da ist«, erklärte Embla.

Sie stand auf und unterdrückte den starken Impuls, Louise zu umarmen. Stattdessen tätschelte sie ihrer ehemaligen Freundin behutsam die Schulter.

»Wenn du wüsstest, wie froh ich bin, dass du lebst. Und ich bin auch froh, erfahren zu haben, wie es dir während all der Jahre ergangen ist. Außerdem war es wirklich schön, deine Kinder kennenzulernen. Möchtest du, dass ich nachsehe, ob sie schon zu Bett gegangen sind?«, fragte sie.

Langsames Kopfschütteln.

»Nein. Das mache ich immer selbst. Sie zu Bett bringen«, flüsterte sie.

In diesem Augenblick spürte Embla, wie einsam ihre Jugendfreundin tatsächlich war.

»Okay. Wir hören und sehen uns dann morgen«, sagte sie.

Als Embla zur Tür ging, nahm Louise die Hände vom Gesicht und unternahm einen Versuch aufzustehen. Doch sie sackte wieder schwer zurück auf ihren Stuhl. Sie wandte Embla ihr verweintes Gesicht zu und flüsterte kaum hörbar: »Ja, wir sehen uns.«

Als Embla die Wohnungstür erreichte, ging hinten im Flur eine Zimmertür auf, und Miranda kam heraus. Embla öffnete die Wohnungstür. Sie trat ins Treppenhaus hinaus und wandte sich zum Abschied noch einmal um. Miranda zog rasch die Tür hinter ihr zu, ohne sie auch nur eines Blickes zu würdigen. Ein Klicken im Türschloss, gefolgt vom Rasseln des Sicherheitsschlosses war alles, was zu hören war.

Deutlicher konnte man es kaum zum Ausdruck bringen. Hier war sie nicht mehr willkommen.

Vom Auto aus schickte Embla Göran die Aufzeichnung des Gesprächs mit Louise. Dann schaltete sie die Freisprechanlage ein, wählte seine Nummer und bat ihn um Rückruf, sobald er sich die Audiodatei angehört hätte. Sie war auf der Fahrt zurück nach Göteborg, als er sich meldete. Embla berichtete ihm nun von ihrem Eindruck, dass Louise regelmäßig viel Alkohol trank, und erzählte ihm auch von den kleinen Tütchen mit weißem Pulver, die sie zufällig in dem Schälchen im Küchenschrank gefunden hatte.

»Womöglich konsumiert sie also auch noch andere Drogen. Ich habe keines der Tütchen mitgenommen. Sie hätte es bestimmt bemerkt, und ich wollte ihr Vertrauen nicht missbrauchen. Aber ich glaube, es könnte Kokain gewesen sein.«

»Ja, während der Jahre in Split war sie bestimmt von leicht zugänglichen Drogen umgeben. Wahrscheinlich hat Kador sie mit allem versorgt, was sie haben wollte. Oder auch ein anderes Bandenmitglied«, mutmaßte Göran.

»Jiri vielleicht? Ich fand, dass sie ziemlich merkwürdig reagiert hat, als wir seinen Namen erwähnten.«

»Das stimmt allerdings. Apropos Jiri, da gibt es Neuigkeiten. Unter all den Schuhabdrücken in der Hütte, in der Milo ermordet wurde, haben wir einen Stiefelabdruck von ihm gefunden. Ungewöhnliches Sohlenmuster mit einer deutlich sichtbaren Einkerbung am Absatz. Als wir ihn festnahmen, trug er die Stiefel auch wieder.«

Sie lachte auf. »Er hat wirklich alle Fehler gemacht, die einem Täter unterlaufen können. Erst hat er die Mordwaffe nicht entsorgt und Spuren auf dem Magazin und einer Patrone hinterlassen. Dann behielt er Milos Schlüssel und die goldene Uhr bei sich, und jetzt trägt er auch noch weiterhin die Stiefel, die er beim Mord trug. Damit sollte er zweifelsfrei überführt werden können«, meinte sie.

»Davon gehe ich aus. Ungeschickt und gierig. Aber auch gefährlich. Selbst wenn er nicht allein für Kadors Tod verantwortlich sein sollte – er war bestimmt dabei. Danach hat er sich sofort nach Schweden abgesetzt, bevor Milo und Luca erfuhren, dass ihr Bruder ermordet wurde. Anfänglich wussten sie ja nur, dass er verschwunden war. Bleibt die Frage, ob Jiri bei den Morden an Milo und Luca einen oder mehrere Helfer hatte. Legt man die Zeugenaussage von Stephen Walker zugrunde, dann spricht alles dafür, dass Jiri den Mord an Luca allein begangen hat. Ob er oben in der Hütte in Herremark auch allein war, wissen wir nicht. Gut möglich, dass ein oder zwei Kompagnons dabei waren. Vielleicht die beiden Kerle aus dem Range Rover. Oder einer von ihnen spielte den Chauffeur und fuhr Jiri nach dem Mord zu dem Versteck am Ulvsjö. Aber warum er dann dort blieb, weiß der Henker.«

Embla dachte über Görans Worte nach.

»Vermutlich fühlte er sich da oben in der Wildnis sicher. Oder er saß wegen des Schneesturms dort fest.«

»Gut möglich.«

»Mir ist auch schon mehrfach durch den Kopf gegangen, dass Jiri und seine mutmaßlichen Helfer die Bewegungsmuster aller drei Brüder unmittelbar vor den Morden gekannt haben müssen«, sagte sie.

»Wie meinst du das?«

»Na ja, an dem Abend, als Kador entführt und ermordet wurde, muss Jiri gewusst haben, dass er vorhatte, früher heimzugehen als sonst und dass er allein sein würde.«

»Stimmt, er muss einen Informanten gehabt haben. Ich gehe davon aus, dass es in diesem Fall mindestens zwei Täter waren. Einem allein wäre es wahrscheinlich nicht gelungen, Kador so leicht zu überwältigen und ihn zur Kate in den Bergen zu bringen.«

»Richtig. Und Jiri wusste auch, dass Luca direkt nach der Arbeit heimfahren würde. Luca musste das Treffen wahrnehmen, da Milo nicht in der Stadt war. Und diese Verabredung zum Gespräch war eine Falle. Wie gesagt, ich glaube, dass Jiri derjenige war, der ihn angerufen hat. Er brauchte sich ja im Grunde nur ins Parkhaus zu stellen und zu warten.«

»Ja, da bin ich ganz bei dir. Wahrscheinlich schlug Jiri schlicht und ergreifend vor, sich in Lucas Wohnung zu treffen.«

»Und was den Mord an Milo angeht, müssen Jiri und seine eventuellen Helfer gewusst haben, dass Milo nach Herremark hochfahren würde und dass er sich dort eine Hütte gemietet hatte. Irgendwer muss Jiri oder einem seiner Kompagnons einen Tipp gegeben haben, sonst hätten sie unmöglich wissen können, wann und wo sich die drei Brüder jeweils genau aufhalten würden.«

Göran murmelte zustimmend.

»Die Männer oben am Ulvsjö wussten vermutlich auch, dass Milo höchstpersönlich auftauchen würde«, sagte er.

Er verstummte und überlegte ebenfalls eine Weile, bevor er fortfuhr: »Sowohl Milo als auch Luca wurden an einen bestimmten Ort gelockt. Meine Theorie ist, dass Milo ins nördliche Dalsland gefahren ist, um sich dort mit irgendeinem einflussreichen Gangsterboss zu treffen. Vermutlich ging es um große Geschäfte, andernfalls wäre er nicht selbst hingefahren. Und wenn man an die Unmengen von Drogen und Waffen denkt, die wir oben am Ulvsjö sichergestellt haben, kann man sein Interesse durchaus nachvollziehen. Allerdings wissen wir noch nicht, ob er als Käufer oder Verkäufer auftrat. Vermutlich eher als Verkäufer, denn von den beiden Schweden wissen wir, dass sie Käufer waren. Aber ich bin überzeugt davon, dass ihm die Bande aus Zagreb eine Falle gestellt hat. Vielleicht hatten sie anfänglich vor, ihn oben in der Wildnis beim Ulvsjö umzubringen, haben es sich dann aber anders überlegt und ihn stattdessen in der Hütte erschossen. Wahrscheinlich, um nicht unnötig Aufmerksamkeit auf das Haus am Ulvsjö lenken. Dass eines der Mädchen starb, hat ihnen sicher einen Strich durch die Rechnung gemacht«, sagte er.

Zu viele Vermutungen und zu wenige handfeste Beweise.

»Diese Ermittlungen sind wirklich komplex«, sagte Embla seufzend.

»In der Tat. Ich denke, du solltest jetzt heimfahren und schlafen gehen. Du hattest einen langen Tag.«

Du auch. Aber so wie ich dich einschätze, wirst du noch eine ganze Weile in deinem Büro sitzen, dachte sie.

Als Embla nach Hause kam, lief sie rastlos in ihrer Wohnung umher. Sie hatte nicht die Ruhe, sich vor den Fernseher zu setzen und zu entspannen. Da half nur eines: intensiver Sport.

Sie holte ihre Tasche mit dem Equipment und schnappte sich die Autoschlüssel. Sie wollte zu der Boxhalle, in der sie jahrelang trainiert hatte. Solange irgendwer dort war, hatte sie offen. Ihr alter Trainer Sten »Sluggo« Olsson würde da sein. Er war immer da. Er würde ihr auch einen guten Sparringspartner besorgen. Das Training müsste richtig anstrengend sein, schließlich galt es, sich eine Menge von der Seele zu boxen. Auch wenn ihre Karriere vorüber war und sie keine Wettkämpfe mehr bestreiten konnte, würde sie das Training nie aufgeben. Es war ihre Psychotherapie.

Als sie am Freitagmorgen erwachte, fühlte sie sich völlig ausgepowert. Herrlich. Sie musste lächeln. Nach dem Aufwärmen hatte sie sich am Vorabend beim Boxen gegen ihren Sparringpartner ordentlich ins Zeug legen müssen. Er war zwar gerade mal achtzehn und seine Technik noch nicht ganz ausgereift, doch er bewegte sich ziemlich flink, und seine Schläge kamen blitzschnell. Ein geschmeidiger Panther mit der Mentalität eines Pitbulls – eine perfekte Kombination. Ähnlich ihrer eigenen. Hassan war ein vielversprechender Boxer, er hatte die richtige Einstellung zum Sport.

Leicht stöhnend schwang sie die Beine über die Bettkante und stand auf. Was die Ermittlungen betraf, war sie voller Zuversicht. Auch wenn noch viel Arbeit vor ihnen lag, fielen die Dinge in diesem komplizierten Fall wie Puzzlestücke endlich an den richtigen Platz.

Allmählich fügte sich alles.

Und heute Abend würde sie sich mit Olle treffen. Das ganze Wochenende gehörte ihnen.

Görans saß am Computer und starrte auf den Bildschirm, als sie sein Büro betrat. Er trug noch dieselbe Kleidung wie am Vorabend und rieb sich mit den Zeigefingern die Augen.

»Hej. Hast du etwa die ganze Nacht hier verbracht?«, fragte sie leichthin.

Sein müder Blick bestätigte ihre Vermutung.

»Ich hab ein paar Stunden im Ruheraum geschlafen«, antwortete er.

Das kleine fensterlose Zimmer mit dem schmalen Bett, dem harten Kopfkissen und der Baumwolldecke darauf war nicht gerade ein Ort für erholsamen Schlaf, sondern eher zum Ausruhen geeignet.

»Hast du schon gefrühstückt?«, fragte sie.

»Nein. Dort, wo ich war, vergeht einem der Appetit«, antwortete er kryptisch.

Sie fragte nicht weiter nach, denn jetzt war Alarmstufe Rot! Es war schon acht Uhr, und Göran hatte noch nichts in den Magen bekommen. Sie ging in die Kantine, wo sie einen großen Becher Kaffee mit zwei Päckchen Zucker und zwei belegte Brote mit Käse und Schinken für ihn sowie einen Becher Tee für sich selbst orderte.

Als sie das Tablett auf seinem Schreibtisch abstellte, huschte ein Lächeln über sein müdes, blasses Gesicht. Er dankte ihr und machte sich mit großem Appetit über das Frühstück her. Embla nippte an ihrem Tee und wartete, bis er aufgegessen hatte. Als er den letzten Bissen gekaut und hinuntergeschluckt hatte, fragte sie: »Was meintest du vorhin eigentlich damit, dass einem dort, wo du warst, der Appetit vergeht?«

Er verzog das Gesicht.

»Das Darknet«, antwortete er.

»Aber wir haben doch bislang weder das Handy noch den Laptop von einem der Brüder gefunden. Und auch kein iPad oder Ähnliches«, wandte sie ein.

»Nein. Aber ich habe mich mal auf eigene Faust umgeschaut. Und ein paar Anknüpfungspunkte gefunden. Das Problem ist nur, dass dort fast alles auf Kroatisch steht. Und außerdem mit Sicherheit verschlüsselt ist. Es gibt zwar auch ein paar wenige Chats auf Englisch, aber ich bin mir nicht ganz sicher, ob es die richtige Spur ist. Ich brauche schlicht und einfach ihre Computer!«

Erneut rieb er sich die geröteten Augen. Dann seufzte er tief und schaute sie an.

»Ich habe übrigens gerade mit Tommy Persson gesprochen. Er findet auch, dass alle weiteren Gespräche mit Louise Lindqvist besser von jemandem übernommen werden sollten, der ihr nicht nahesteht. Irene Huss und Fredrik Stridh werden noch heute Kontakt zu ihr aufnehmen und so schnell wie möglich mit ihr reden.«

Anfänglich war Embla enttäuscht, doch dann sah sie ein, dass ihre Chefs recht hatten. Es wäre besser, wenn sich Kollegen darum kümmerten, die nicht persönlich involviert waren.

Den Rest des Vormittags verbrachte sie ausnahmsweise einmal in der Abteilung, der sie eigentlich angehörte: der Abteilung für Gewaltverbrechen. Dort ging sie die Protokolle der Vernehmungen mit Jiri Acika noch einmal durch, was innerhalb weniger Minuten erledigt war, da er kein Wort gesagt hatte. Hingegen gab es mehrere längere, sehr interessante Vernehmungen mit seinem Bruder. Andreas Acika hatte nach eigener Aussage keine Ahnung davon gehabt, dass sich Jiri in Göteborg aufhielt. Auch wohin Milo an dem besagten Freitag fahren wollte, hatte er nicht gewusst. Milo habe ihm lediglich mitgeteilt, dass er übers Wochenende wegfahren würde.

Für den Freitagabend hatte Andreas Acika ein wasserdichtes Alibi. Er hatte zwischen achtzehn und dreiundzwanzig Uhr zusammen mit hundert weiteren Personen an der Eröffnungsfeier einer neuen Kneipe in der Stadt teilgenommen. Eigentlich hatte Milo die Einladung erhalten, doch da er plante wegzufahren, hatte er Andreas gebeten, an seiner Stelle hinzugehen. Kristina hatte ihren Mann nicht begleiten können, da sie gegen Ende ihrer Schwangerschaft mit einer Symphysenlockerung zu kämpfen hatte.

Embla sah den attraktiven Mann, mit dem sich Göran und sie in seinem kleinen Arbeitszimmer unterhalten hatten, vor ihrem inneren Auge. Damals hatte er sein maßgeschneidertes Jackett abgelegt und mit der großen goldenen Uhr unter der Manschette seines ebenfalls maßgeschneiderten Oberhemd dagesessen, das sich perfekt an seinen durchtrainierten Oberkörper schmiegte. Ein Fitnessfanatiker, der mittlerweile vielleicht schon zum dritten Mal Vater geworden war. Auch wenn seine Wohnung in einem stilvollen Haus und in einer guten Gegend lag, wurde sie für die wachsende Familie womöglich langsam zu klein. Vielleicht wollte sich Mister Fitness in mehrfacher Hinsicht lossagen und befreien? Sein eigener Boss werden. Ein Haus kaufen. Oder schlicht und einfach eine Etage höher ziehen.

War er möglicherweise in die Morde an den Brüdern Stavic involviert? Bestochen vielleicht von der konkurrierenden kriminellen Organisation in Zagreb? Dann wusste er mit Sicherheit, dass sich Jiri zum Zeitpunkt der Morde in Schweden aufhielt. Und er wusste bestimmt auch, wohin Milo wollte. Vielleicht hatte der ihm auch einfach erzählt, dass er sich eine Nacht im Resort Herremark gönnen würde. In Anbetracht der Zustände in dem maroden Häuschen am Ulvsjö konnte Embla absolut nachvollziehen, dass ihm die komfortable Hütte im Resort weitaus verlockender erschien.

Sollte sich herausstellen, dass Andreas Acika doch in die Morde der Brüder Stavic verwickelt war, würde das einiges erklären. Damit wäre auch klar, durch wen der Mörder so genau informiert gewesen war, wo sich seine Opfer aufhielten. Andreas Acika wusste alles über das Privatleben und die Geschäfte der

Brüder Stavic. Er kannte alle drei gut – inklusive ihrer Gewohnheiten und Laster.

Das Problem war nur, dass die Ermittler bislang nicht den geringsten Beweis für eine mögliche Beteiligung von Andreas Acika hatten. Sie konnten sich bestenfalls auf ihren »Bulleninstinkt« berufen, wie Irene Huss zu sagen pflegte.

Entschlossen sammelte Embla die Ausdrucke der Vernehmungsprotokolle wieder zusammen, schob sie in eine Klarsichthülle und ging damit in die Technische Abteilung. Sicher saß Göran noch immer vor seinem Bildschirm und watete durch den stinkenden Sumpf des Darknets.

Göran hatte Embla kein einziges Mal unterbrochen, sondern nur hin und wieder zustimmend genickt. Die Tränensäcke unter seinen Augen offenbarten seinen Schlafmangel, doch sein Blick wurde wacher, je weiter Embla ihre Theorie spann.

»Auch ich halte es für nicht ganz unwahrscheinlich, dass Andreas Acika an den Morden beteiligt war. Nicht, dass er selbst den Finger am Abzug hatte, aber gut möglich, dass er dem Mörder entscheidende Informationen zugespielt hat.«

»Haben wir denn überhaupt irgendwelche Hinweise, die auf ihn deuten?«, fragte sie.

Göran schüttelte bedauernd den Kopf.

»Nein. Aber als wir Milos Safe geöffnet haben, war er verdächtig leer. Nur elftausend Kronen Bargeld. Keine Drogen. Keine Waffen. Keine kompromittierenden Unterlagen. Ausschließlich Vereinbarungen, Aktienzertifikate und andere Unterlagen, die auf einen seriösen Geschäftsmann hindeuten.«

»Irgendjemand hat aufgeräumt«, mutmaßte Embla.

»Scheint so. Und wer könnte Zugang zu Milos Safe haben, wenn nicht sein engster Mitarbeiter?«

Beide schwiegen eine Weile, um den aktuellen Ermittlungsstand zu überdenken.

»Wir benötigen dringend Beweise für einen Kontakt zwischen Andreas Acika und der Bande in Zagreb«, sagte Göran schließlich.

»Weißt du irgendwas über diese Bande?«, fragte Embla.

Göran gähnte und antwortete dann: »Im Prinzip nur, dass der Boss Mikael Vlasic heißt. Er ist zweiundfünfzig Jahre alt und berüchtigt für seine Brutalität. Er war Offizier im Balkankrieg, doch sein Geschäft hatte er schon vorher aufgebaut. Seine erwachsenen Zwillingssöhne sind Mitglieder der Organisation. Diese ist, was die Ausrichtung und die Geschäftsfelder anbelangt, identisch mit der kriminellen Organisation der Brüder Stavic, deshalb auch die harte Konkurrenz. Verständlich, dass Vlasic Ambitionen hatte, das florierende Imperium der Brüder Stavic zu übernehmen. Nicht zuletzt auch wegen seiner Söhne, die irgendwann einmal über das komplette Netzwerk herrschen sollen.«

Embla ging im Geiste alle Möglichkeiten durch, um an weitere Informationen über Vlasics Bande zu gelangen und eine eventuelle Verbindung zu Andreas Acika nachweisen zu können.

»Die müssen in Göteborg irgendwen sitzen haben«, sagte sie.

»Definitiv.«

»Und wer eignet sich besser, hier die Geschäfte für sie zu führen, als Andreas Acika?«, fragte sie vielsagend.

In Görans Mundwinkeln zeichnete sich ein leichtes Lächeln ab. »Niemand.«

Plötzlich kam ihr ein Gedanke.

»Könnte die Kontaktperson, nach der wir suchen, vielleicht Jiri Acika sein? Möglicherweise ist er das Bindeglied zu Mikael Vlasic?«, fragte sie.

Göran zog die Augenbrauen hoch. »Nicht ausgeschlossen. Dass ich daran noch nicht gedacht habe.«

Rasch begann er in den Unterlagen zu den Befragungen von Andreas Acikas zu wühlen. Dann hielt er triumphierend ein Blatt Papier hoch.

»Ich hab's! Hier steht, was wir über Jiris letzte fünf Jahre in Split wissen. Andreas zufolge ist er verheiratet und hat eine kleine Tochter. Aber er arbeitete nicht für Kador, sondern … im Restaurant eines Verwandten. Bei seinem Schwager, dem älteren Bruder der Mutter seines Kindes. Ich glaube, wir sollten noch einmal Kontakt mit dem Polizeichef Boris Cetinski aufnehmen.« Müde lächelnd fügte er hinzu: »Aber diesmal nicht über Skype. Heute schaffe ich es auf gar keinen Fall, mich in Schale zu werfen.«

Für Embla verlief der Nachmittag recht ruhig. Sie hatte darum gebeten, Überstunden abfeiern zu dürfen, und würde um sechzehn Uhr Feierabend machen. Pünktlich. Wenn sich die Türen des Polizeigebäudes hinter ihr schlossen, würde sie direkt zu ihrem Treffen mit Olle fahren. Ihre Tasche stand bereits fertig gepackt im Kofferraum. Wenn sie an ihn dachte, machte ihr Herz einen Sprung. Ihre Telefonate in den vergangenen Tagen waren lang und intensiv gewesen, und sie hatte sich ihm gegenüber in einer Art und Weise geöffnet, wie sie es sonst nur selten tat. Er war ein entspannter Typ und hatte Humor, aber man konnte mit ihm auch über ernste Themen wie die Ereignisse am Ulvsjö reden. Sie spürte, dass er auch an ihr als Frau interessiert war, denn er flirtete mit ihr, ohne zudringlich zu werden. Und sie war definitiv interessiert an ihm als Mann. Wenn sie ehrlich war, sehnte sich sogar danach, den attraktivsten Polizisten von ganz Dalsland wiederzusehen.

Draußen vor dem Fenster schien eine fahle Wintersonne.

Man spürte, dass es bereits März war, und wenn man ganz genau hinschaute, konnte man in den Parks schon die Krokusse knospen sehen. Vielleicht durften sie dieses Jahr wieder auf einen schönen Frühling hoffen, auch wenn sie sich bis dahin noch ein wenig gedulden mussten. In der Zwischenzeit würde ja vielleicht zwischen Olle und ihr etwas aufkeimen.

Ihre romantischen Gedanken wurden jäh vom Klingeln ihres Handys unterbrochen. Der Anruf kam von Göran, der sie bat, noch einmal in sein Büro zu kommen. Sie warf einen raschen Blick auf die Uhr und sah, dass es schon halb drei war. Nur noch anderthalb Stunden. Leichtfüßig lief sie die Treppen zur Technischen Abteilung hinunter.

Göran erinnerte äußerlich an einen Pandabären und roch nach dem, was er war: ein Mann, der seit fast achtundvierzig Stunden weder geduscht noch das Hemd gewechselt hatte. Doch in ihm waren die Lebensgeister wieder erwacht, sein Blick wirkte lebendig, und einer seiner Mundwinkel zog sich zu einem zufriedenen Lächeln nach oben.

»Boris Cetinski ist unser Fels in der Brandung. Er hat fast alle meine Fragen beantworten können und mir dabei lauter kleine Sensationen geliefert«, rief er.

Mit triumphierender Miene lehnte er sich auf seinem Bürostuhl zurück, wie um Anlauf zu nehmen.

»Jiri Acika ist mit einer Frau namens Gabrijela verheiratet. Die beiden haben eine dreijährige Tochter. Gabrijela ist eine geborene Pavic. Aber ihre Mutter ist eine geborene Vlasic und die Schwester von Mikael Vlasic! Jiris Ehefrau ist also die Nichte des großen Gangsterbosses.«

Eine eindeutige Verbindung zum Konkurrenten der Brüder Stavic in Zagreb! Embla spürte, wie ihr Puls in die Höhe schoss.

»Das könnte ein Hinweis auf die Kontaktperson zwischen Andreas Acika und Mikael Vlasic sein. Und ein guter Aufhänger für die nächsten Vernehmungen«, sagte sie.

Görans erschöpftes Gesicht verzog sich zu einem breiten Grinsen, das sie an eine zufriedene Bulldogge erinnerte.

»Und das ist noch nicht alles ... einen Moment. Wie hieß noch gleich die Frau von Andreas Acika?« Er begann in den Unterlagen vor sich auf dem Schreibtisch zu blättern.

Doch da Embla gerade erst die Vernehmungsprotokolle durchgelesen hatte, wusste sie die Antwort. »Kristina.«

»Ja genau! Danke. Man höre und staune ...« Er begann rhythmisch mit dem Zeigefinger auf die Tischplatte zu trommeln, um jedes einzelne seiner Worte zu unterstreichen. »Jiris Frau Gabrijela und Andreas' Frau Kristina sind Schwestern!«

Der Laut, der Embla entschlüpfte, klang beinahe wie ein Japsen.

Göran fuhr fort: »Kristina ist also eine geborene Pavic. Die Brüder Acika haben die beiden Schwestern Pavic geheiratet. Und beide sind Nichten von Mikael Vlasic.«

»Glaubst du, dass Milo das wusste?«, fragte sie.

»Mit Sicherheit.«

»Dann muss Kador doch auch gewusst haben, dass die Schwestern Pavic mit dem Gangsterboss in Zagreb verwandt sind.«

»Ja, ganz sicher. Boris Cetinski zufolge haben Mikael Vlasic und Milo Stavic die Hochzeiten zwischen den Nichten und den Brüdern Acika arrangiert. Andreas und Kristina haben vor sechs Jahren geheiratet. Damals waren die beiden Bandenchefs offenbar noch gute Freunde. Und die Eheschließungen sollten höchstwahrscheinlich den Frieden zwischen den Banden sicherstellen. Vermutlich hielten es beide Chefs für eine großartige

Gelegenheit, um ihre gemeinsamen Geschäfte auszuweiten. Synergieeffekt, wie man so schön sagt.«

Die Rückenlehne seines Bürostuhls quietschte, als Göran sich anlehnte und die Hände im Nacken faltete. Dann streckte er beide Arme nach vorne aus und gähnte ausgiebig. Höchstwahrscheinlich sein tägliches Gymnastikprogramm.

»Jiri und Gabrijela heirateten, sobald er aus dem Gefängnis kam. Das war vor fünf Jahren. Doch dann überwarfen sich Milo Stavic und Mikael Vlasic. Zwei Hähne, die beide ganz oben auf dem Misthaufen stehen wollen, das geht nie lange gut. In Kroatien gab es mehrere gewaltsame Überfälle, doch hier in Schweden bekamen wir nur die Schüsse auf Luca und seinen Freund, den Türsteher, mit – und den Tod dieses Berufskillers, dieses Damjan Sonstwas, den wir vor der Oper aus dem Wasser gezogen haben«, sagte Göran, während er sich über den Tisch vorbeugte und Embla anschaute.

»Aber danach ist doch anscheinend nichts mehr weiter passiert«, warf Embla ein.

»Nichts, was wir hier in Göteborg erfahren hätten. Aber laut Cetinski ist sowohl in Zagreb als auch in Split so einiges passiert. Den Höhepunkt bildete schließlich Kadors Verschwinden. Sein und Milos Fluchtplan für Louise und die Kinder hatte also triftige Gründe.«

Waren damit die Mordfälle gelöst? Die Brüder Acika als Täter! Nicht nur Jiri, sondern auch der in jeder Hinsicht aalglatte Andreas.

Das wäre zweifellos das zentrale Ergebnis der Ermittlungen. Doch es würde noch zahlreicher langer Vernehmungen, Recherchen und nicht zuletzt der engen Zusammenarbeit mit der kroatischen Polizei bedürfen, um das kriminelle Netzwerk zu entwirren und so viele Bandenmitglieder wie möglich dingfest zu machen. Ziel wäre es, die gesamte, von den drei Brüdern aufgebaute Organisation auszuheben. Ein Wunschszenario, das aber wohl nur ein Traum bleiben würde. Alle undichten Stellen im Netzwerk wurden vermutlich gerade abgedichtet. Die Anwälte und Vorstände der diversen Unternehmen würden den Staatsanwälten die Arbeit erschweren, die gerade zwischen legalen und kriminellen Geschäftszweigen zu differenzieren versuchten. Und da die Verjährungsfristen für Wirtschaftskriminalität verhältnismäßig kurz waren, schafften es die Ankläger oftmals nicht, komplizierte Fälle wie diesen vollständig zu lösen. Embla war froh, dass dieser Teil der Ermittlungen nicht in ihr Aufgabengebiet fiel.

»Was glaubst du, werden Lollo und die Kinder nach wie vor bedroht? Oder sind sie in Alingsås sicher?«, fragte sie.

»Ich glaube, sie sind relativ sicher. Ich habe mit Maina Sahlén vom Zeugenschutz gesprochen, die sie mit ihren neuen Identitäten für ausreichend geschützt hält. Milo hat keine halben Sachen gemacht. Und auch wir werden nirgends vermerken und an keinen weitergeben, wo sie sich aufhalten. Nicht einmal, dass sie hier in Schweden sind. Damit nichts durchsickern und sich niemand verplappern kann.«

Von Embla fiel eine große Last ab. Dass Lollos Familie in Sicherheit war, gab ihr ein gutes Gefühl, es erleichterte sie, obwohl die Lollo, der sie am Vorabend begegnet war, nicht mehr dieselbe war wie die Freundin ihrer Kindheit. Selbst wenn man berücksichtigte, dass Lollo nach der Todesnachricht unter Schock gestanden hatte.

Ein diskreter Blick auf die Wanduhr über Görans Kopf verriet Embla, dass es genau sechzehn Uhr war. »Ich werde heute übrigens ein paar Überstunden abbauen und jetzt mal nach Hause gehen«, erklärte sie und versuchte unbekümmert zu klingen.

»Nach Hause? Du fährst doch bestimmt hoch nach Dalsland, oder?«, fragte er mit einem verschmitzten Lächeln.

Mist! Er kannte sie einfach zu gut.

»Ja, das ist tatsächlich der Plan. Ich will zu Nisse und nach Herremark zu Monika und Harald«, erklärte sie.

Auch wenn sie nicht verhindern konnte, dass ihre Wangen erröteten: Ihre Worte entsprachen der Wahrheit. Dass sie ihm gewisse Details vorenthielt, stand auf einem anderen Blatt. Das war ihre Privatsache.

Während der ersten Kilometer war kein Schnee zu sehen. Die Nachmittagssonne schien von einem fast wolkenlosen Himmel und spiegelte sich in dem feucht glänzenden Straßenbelag. Zum ersten Mal im neuen Jahr lag ein Gefühl von Frühling in der Luft. Auf den weitläufigen Äckern der Ebene von Dalsland wateten große Schwärme von Kanadagänsen in den Wasserlachen und pickten nach allem, was sie an Nahrung finden konnten.

Erst wenige Kilometer hinter Bäckefors erblickte Embla wieder winterliches Weiß. Sie fuhr am Abzweig zum Haus ihres Onkels Nisse vorbei – ihn würde sie auf dem Heimweg besuchen – und weiter Richtung Herremark. Das Tauwetter hatte den Schnee zusammengepresst, doch es lag noch immer eine ungefähr zehn Zentimeter dicke Schicht. Der Anblick der Schneedecke zwischen den Baumstämmen, die von den letzten Sonnenstrahlen in ein schwaches Rosa getaucht wurde, und der wenigen, von unten in einem leuchtenden Kirschrot angestrahlten Wolken war atemberaubend schön. Je tiefer die Sonne sank, desto mehr ging der rosafarbene Schimmer in zarte Blautöne über. Das Außenthermometer des Autos zeigte null Grad an, doch in der Nacht würde es bestimmt kälter werden.

Sie bog auf den Parkplatz vor dem Eingang zum Resort Herremark ein und stellte den Wagen ab. Der kleine Kia war ein funktionales und zuverlässiges Auto. Bevor sie ausstieg, klopfte sie dankbar für die guten Dienste aufs Armaturenbrett.

In der Lobby war alles wie sonst. Harald stand am Empfangstresen und tippte auf der Tastatur seines Computers. Als er sie hereinkommen sah, hellte sich seine Miene auf.

»Embla! Herzlich willkommen!«

Er umrundete den Tresen und schloss sie so fest in die Arme, dass ihr die Luft wegblieb.

»Wie schön, dass du wieder hier bist!«

Er lachte und kehrte hinter seinen Rechner zurück. Nachdem er umständlich seine Lesebrille aufgesetzt hatte, die an einem Band um seinen Hals hing, warf er einen Blick auf den Bildschirm.

»Ich schau mal nach ... Dein Freund Olle und sein Hund sind übrigens schon da. Hütte Nummer fünfzehn. Das Abendessen wird in einer halben Stunde serviert. Monika hat euch einen Tisch reserviert. Denselben wie beim letzten Mal«, sagte er und zwinkerte ihr vielsagend zu.

Dein Freund, aha. Doch sie protestierte nicht, sondern nahm lächelnd den Schlüssel entgegen, den er ihr reichte.

Das gesamte Resort war in tiefe Dämmerung gehüllt. In der Hütte brannte kein Licht. Die Außenbeleuchtung war zwar eingeschaltet, doch ansonsten war alles dunkel. Hatte sie sich in der Nummer geirrt? Nein, auf der Tür stand deutlich eine Fünfzehn. Sie schaute sich um. In einigen umliegenden Hütten war das Licht eingeschaltet, doch in den beiden nächstgelegenen war es ebenfalls noch dunkel. Sie hatten die Hütte bekommen, die direkt am See lag. Keine Nachbarn vor oder seitlich von ihnen, nur auf der Rückseite des Hauses. Beste Lage. Ungestört.

Sie lächelte im Stillen, als sie auf die Tür zuging und ihre Tasche auf der Außentreppe abstellte. Als sie sich vorbeugte, um den Schlüssel ins Schloss zu stecken, registrierte sie im Augenwinkel eine Bewegung. Im nächsten Moment wurde sie umgerissen.

»Tore! Aus!«

Das war Olles Stimme. Klang da nicht ein Lachen durch? Embla kam nicht dazu, es eingehender zu analysieren, weil Tore über ihr stand und ihr das Gesicht ableckte.

»Ihh!«, rief sie und wischte sich mit dem Jackenärmel über die Wange.

Tore ließ von ihr ab und sprang zurück zu seinem Herrchen.

»Verdammt! Er war schneller als ich«, sagte Olle und lachte.

Er streckte eine Hand aus, um ihr aufzuhelfen, mit der anderen umschloss er fest Tores Halsband.

»Du hast dir doch hoffentlich nichts getan?«, fragte er leicht beunruhigt, als sie wieder auf die Füße kam.

»Nein, alles in Ordnung. Aber mein Selbstwertgefühl hat einen erheblichen Knacks bekommen. Wie konnte ich mich derart überrumpeln lassen! Meine Reflexe sind auch nicht mehr das, was sie mal waren.«

Sie schüttelte den Kopf, schenkte ihm aber gleichzeitig ein strahlendes Lächeln. Olle sah noch besser aus, als sie es in Erinnerung hatte. Außerdem hielt er ihre Hand noch immer fest. Und seine Umarmung war mehr als nur eine freundschaftliche. Und sein Kuss mehr als nur ein Küsschen unter Freunden. Bedeutend mehr. In ihrem Körper breitete sich eine angenehme Wärme aus. Endlich löste sie sich widerwillig aus seiner Umarmung und schloss die Tür auf. Sie betraten die Hütte und hängten ihre Jacken auf. Olle schaltete das Licht im Wohnzimmer ein und schaute sich ausgiebig um.

»Diese Hütte ist aber um einiges größer als die, in der wir Milo Stavic gefunden haben«, stellte er fest.

»Yep. Zwei Schlafzimmer. Und ein etwas geräumigeres Wohnzimmer. Sauna und Whirlpool. Die einzige Hütte dieser Art.«

Dass es sich bei dieser Hütte um die sogenannte Hochzeitssuite handelte, behielt sie für sich.

»Und die Aussicht über den See. Herrlich!«

Er wirkte mehr als zufrieden. Auch Tore schien sich im Haus wohlzufühlen, nachdem er jeden Quadratmillimeter eingehend beschnuppert hatte.

Olle öffnete eine Kühltasche, zog eine Flasche Sekt heraus und nahm zwei Sektgläser aus einem der Oberschränke in der Küchenzeile.

Ein Gläschen durfte sie sich schon genehmigen, schließlich gab es einiges zu feiern. Als der Korken knallte und in die Luft flog, merkte Embla, wie Tore die Ohren spitzte und erstarrte. Die Ereignisse am Ulvsjö hatten auch bei ihm ihre Spuren hinterlassen.

»Harald meinte, dass es bald Abendessen gibt …« Sie warf rasch einen Blick auf ihr Handy. »Oh … in einer Viertelstunde.«

»Dann sollten wir uns beeilen!«

In Olles Augen blitzte es auf, als er sein Glas erhob. Es dauerte einen Moment, bis sie realisierte, dass es Tränen waren. In seiner Stimme lag Rührung, als er sagte: »Danke, Embla, dass du Tore und mich da oben am Ulvsjö gerettet hast.«

»Ach was! Wir haben uns doch beide ganz gut geschlagen«, wandte sie ein.

»Stimmt. Aber ohne dein Wissen über Waffen und deine Besonnenheit wären wir geliefert gewesen.«

Ohne mich wärt ihr erst gar nicht da oben am Ulvsjö gelandet, dachte Embla.

Er räusperte sich, bevor er mit einem fast schüchternen Lächeln sagte: »Prost, auf dich.«

Sie nahmen einen Schluck, der Sekt perlte kühl auf ihrer Zunge. Ihre Blicke begegneten sich über den Rand der Gläser hinweg.

»Ja, Prost. Auf uns«, sagte Embla, und ihr Gesicht leuchtete glücklich.

Sein Lächeln war so warmherzig, dass es innerhalb von Sekunden einen Gletscher zum Schmelzen hätte bringen können.

»Auf uns!«, stimmte er ein und nahm einen großen Schluck.

Embla ging auf ihn zu und strich leicht über den Stoff seines Wollpullis. Langsam ließ sie ihre Hand an seiner Wange hinaufgleiten und zog sein Gesicht zu ihrem hinunter. Die Lippen nur wenige Zentimeter von seinen entfernt, flüsterte sie: »Ich hab extra die größere Hütte genommen. Tore braucht schließlich ein eigenes Schlafzimmer.«

Es ist Viertel nach zwei, und ich kann nicht schlafen. Stockdunkle Nacht, und es ist so verdammt still überall. Diese Stille ... die macht mich fertig! In meinem Kopf dreht sich alles. Vielleicht hab ich ein bisschen zu viel getrunken ... Ich brauch dringend jemanden zum Quatschen, aber es gibt niemanden. Ich muss es mir von der Seele reden. Deshalb nehme ich das Ganze jetzt einfach auf und lösche dann alles wieder. Ein Wunder, dass ich nicht auf der Stelle tot umgefallen bin, als Julian die Tür öffnete und plötzlich Åsa ... nein, Embla heißt sie ja jetzt ... mit diesem Kommissar davorstand! Shit! Dass sie mich tatsächlich gefunden haben, hat mich total umgehauen! Milo hat mir versichert, das Versteck ist absolut sicher. Er war immer so verflucht selbstgefällig und rechthaberisch. ›Hier wird euch niemand finden‹, hat er gesagt. Na, danke auch! Die Bullen haben gerade mal einen Monat gebraucht. Keine Ahnung, wie sie das geschafft haben. Immerhin haben sie mir versprochen, keine schriftlichen Vermerke über mich und die Kinder zu machen. Was gut ist. Unsere neuen Identitäten dürfen auf keinen Fall auffliegen oder irgendwie durchsickern. Und ab jetzt stehen wir unter Polizeischutz ... Ha! Das soll wohl ein Witz sein! Wenn die wüssten! Aber ich glaub, ich konnte meine Trauer ganz gut faken. Über Kador, dieses Arschloch. Dreimal hat er mich mit Tripper angesteckt. Drei Mal! Pures Glück, dass ich kein Aids gekriegt hab. Diesen Scheißkerl werd ich sicher nicht vermissen. Und Milo auch nicht. Er hat sich zwar für unsere Familie eingesetzt, wollte mich aber immer begrapschen, wenn er was getrunken hatte. Wollte, dass ich »ein bisschen nett« zu ihm bin. Mieses Schwein! Bei Luca, der Schwuchtel, bestand da Gott sei Dank keine Gefahr. Aber ihn hab ich auch kaum zu Gesicht bekommen. Als Embla und dieser Kommissar auftauchten, konnte ich meinen Schock zum Glück kaschieren, als Trauer über die Ermordung meines Mannes. Der zweite Schock kam allerdings, als sie nach Jiri fragten … Woher zum Teufel wissen sie von ihm? Wissen sie am Ende auch von uns beiden? Darauf deutet bis jetzt nichts hin. Dass ich ihn kenne, ist ja erst mal nicht verdächtig, schließlich sind Kador und er Cousins. Und Verwandte kennt man halt, ob man will oder nicht. Das werde ich auch sagen, wenn sie mehr über ihn wissen wollen. Aber irgendwie hab ich ein Scheißgefühl … Die Zeitungen haben von einem Bandenkrieg oben im nördlichen Dalsland geschrieben, und in den Fernsehnachrichten kam es auch. Dabei wurden angeblich vier Kroaten getötet und zwei Schweden durch Schüsse verletzt. Da stand auch, dass wegen der Morde an Milo und Luca ein Verdächtiger festgenommen wurde. Seine Nationalität haben sie aber nicht genannt. Außerdem war die Rede von Waffen- und Drogenschmuggel. Jiri hatte von einem großen Deal gesprochen, den sie da oben in der Einöde klarmachen wollten. Hauptsächlich zwischen Kroaten, aber es waren auch Mitglieder einer schwedischen und norwegischen Organisation beteiligt. Ich hab wirklich eine Scheißangst. Jiri wusste, dass Milo eine Nacht in einem Resort verbringen wollte, wo es ein gutes Restaurant gab. Er kannte sogar den Namen, weil Milo schon mal da war und ihm davon vorgeschwärmt hat. Jiri wollte ihn fertigmachen. Was er auch getan hat. Und Luca hat er gleich mit erledigt … Mikael Vlasic wird es ihm lohnen. Der weiß zum Glück nichts von mir und Jiri, das würde ihm nämlich gar nicht gefallen. Aber Jiri will auch Gabrijela observieren. Diese mies gelaunte, frustrierte Zicke. Sie ist viel älter als er, schon fast vierzig. Eine alte, vertrocknete Hexe! Er wird die Scheidung einreichen müssen. Sie umzubringen, ist viel zu gefährlich, auch wenn mir das weitaus lieber wäre.

Mein Geliebter ... Er wollte sich gleich nach Split absetzen, wenn er Milo und Luca erledigt hat. Nach dem »Quickie«, wie er sagte. Hoffentlich hat er es geschafft. In Dalsland tobte schließlich dieser Schneesturm ... Vielleicht musste er dortbleiben? Lieber Gott, mach, dass sie ihn nicht getötet haben! Er ist die Liebe meines Lebens! Bitte lass ihn in Split in Sicherheit sein! Ich komme nicht an interne Nachrichten ran und lese heimlich die Zeitungen im Internet. Aber da stehen keine Namen ... Was mach ich nur, wenn er tot ist? Oder wenn sie ihn wegen der Morde an Milo und Luca eingebuchtet haben? Was, wenn sie ihn auch mit dem Mord an Kador in Verbindung bringen? Kroatische Gefängnisse sind weiß Gott keine Spielplätze.

Ich werde ein halbes Jahr hier in Schweden bleiben und dann wieder zurückfliegen. Jiri und ich haben uns darauf geeinigt, in der Zwischenzeit keinen Kontakt aufzunehmen. Er wird die Scheidung beantragen, damit sie durch ist, wenn ich zurückkomme. Aber jetzt bin ich unsicher ... Alles hängt davon ab, was aus ihm geworden ist. Falls Jiri in Schweden eine Strafe absitzen muss, werde ich auf ihn warten. Bei Embla kann ich mich nicht noch mal melden. Ich würde zwar gern, aber dazu fehlt mir der Mut ... Wie sehr ich sie vermisst und mich nach ihr gesehnt hab! Vor allem in den ersten Jahren. Aber jetzt ist sie ein Bulle. Das darf ich nie vergessen! Scheinheilig saß sie da und hat nur Wasser getrunken. Natürlich hat sie nur darauf gewartet, dass ich anfange zu schwadronieren und irgendwas auszuplaudern. Ja, ich hab ziemlich viel Wein getrunken an dem Abend. Vielleicht war das dumm. Aber auf den Schrecken ... Es war einfach alles zu viel! Oh, jetzt klingelt das andere Handy. Verdammt! Wo hab ich das nur hingelegt? Ach ja, da ...

Wenn man genau hinhörte, konnte man vor dem Ende der Aufnahme tatsächlich ein Klingeln im Hintergrund vernehmen. Embla starrte auf das Smartphone, das mitten auf Görans Schreibtisch lag, und ertappte sich dabei, wie sie die Luft anhielt. In ihrem Kopf begann sich alles zu drehen, und sie zitterte. Sie zwang sich, wieder einzuatmen. Das konnte alles nicht wahr sein. Tief in ihrem Inneren wusste Embla, dass es die Wahrheit war. Auch wenn man hörte, dass Lollo lallte, hatte sie nicht irgendein unbedeutendes Geplapper im Suff aufgenommen. Es war ein Bekenntnis. Sie liebte Jiri und hasste Kador. Die Möglichkeit, dass sie am Mord ihres Mannes mitschuldig war, bestand durchaus, auch wenn sie das nicht explizit sagte. Dann wäre sie diejenige gewesen, die Jiri den Tipp gegeben hatte, dass Kador an dem Abend seines Verschwindens früher und höchstwahrscheinlich allein heimgehen würde.

Lollo hatte Emblas Verhalten als scheinheilig empfunden, sich aber gleichzeitig nach ihr gesehnt. Schon lange nach ihr gesehnt. Vermutlich hatte ihre Einsamkeit in Kombination mit einer großen Menge Alkohol und womöglich dem Konsum einer anderen Droge dazu geführt, dass sie an jenem Freitagabend bei ihr angerufen hatte. Die Hoffnung, dass ihre Freundschaft neu aufleben könnte, hatten sie beide gehegt. Und doch hatte sich Lollo nicht getraut, erneut Kontakt aufzunehmen, aus Angst, sich selbst zu verraten und zu viel preiszugeben.

Göran schaute Embla an. In seinem Blick erahnte sie Mitleid.

»Wir haben es bei der Hausdurchsuchung am Samstag gefunden. Es lag auf dem Sofa zwischen den Polstern. Ich nehme an, es ist ihr dazwischengerutscht, und dann hat sie es vergessen.«

Es dauerte eine Weile, bis es Embla gelang, die Frage auszusprechen, die ihr unter den Nägeln brannte: »Habt ihr noch was anderes gefunden?«

»Nein. Nichts, was auf einen Kampf hindeutet. Alles sah friedlich aus. Das Weinglas und die leere Weinflasche standen noch auf dem Couchtisch, aber alle IT-Geräte sind aus der Wohnung verschwunden. Wir haben auch keine Personalausweise gefunden, weder auf den Namen Leko noch andere. Nur dieses Handy mit SIM-Karte ist liegen geblieben. Und das Schälchen mit den Tütchen war noch im Küchenschrank. Wir haben das Pulver getestet, es ist tatsächlich Kokain. Der neue Audi steht übrigens noch auf dem Parkplatz.«

Embla atmete rasch tief ein und fragte beim Ausatmen: »Sonst keine Spuren von ihnen?«

Er schüttelte leicht den Kopf.

»Nein. Sie und auch die Kinder sind weg. Spurlos verschwunden.«

»Wisst ihr, wann sie verschwanden?«

»Höchstwahrscheinlich am frühen Samstagmorgen. Irene und Fredrik sind am Freitag nach Gårda rausgefahren, um sich in ihrer Mittagspause kurz mit Louise abzustimmen. Sie meinte, nach der Arbeit hätte sie keine Zeit für ein Treffen, weil sie erst ihren jüngsten Sohn abholen und danach die Kinder zum Schwimmtraining fahren müsse. Offenbar wechseln sich die Mütter ab, und am Freitag war sie an der Reihe. Deshalb hat sie versprochen, stattdessen am Samstag um elf Uhr zu einem Gespräch aufs Revier zu kommen. Aber dort ist sie nicht aufgetaucht. Nachmittags sind wir dann zu ihrer Wohnung gefahren, konnten aber nur noch feststellen, dass sie leer war.«

Embla brannten die Tränen in den Augen, und sie brachte keinen Ton hervor. Sie hatte die Tatsache, dass Lollo lebte und sie selbst nicht schuld an ihrem Verschwinden war, als große

Erleichterung empfunden. Nun, nachdem sie die Aufzeichnung gehört hatte, empfand sie gelinde gesagt gemischte Gefühle für Lollo.

Es dauerte eine Weile, bis ihr die Leere bewusst wurde, die sich in ihrem Inneren auftat. Dieses Gefühl kannte sie, und sie wusste auch, woher.

Sie hatte Lollo erneut verloren.

Dank

Ein besonderes Dankeschön geht zuallererst an meine Verlegerin Erika Degard und meine Lektorin Sofia Hannar für die Hilfe und Unterstützung bei meiner Arbeit an diesem Buch. Auch dem gesamten Team vom Massolit Förlag danke ich herzlich für die gute Arbeit.

Sämtliche Personen in diesem Buch sind – wie immer in meinen Romanen – fiktiv. Auch in diesem Krimi habe ich die geografischen Gegebenheiten frei interpretiert und der Handlung angepasst.

Helene Tursten

HELENE TURSTEN

Kriminalinspektorin Irene Huss ermittelt!

Der Novembermörder
Roman

Die Tätowierung
Roman

Tod im Pfarrhaus
Roman

Der erste Verdacht
Roman

Feuertanz
Roman

Die Tote im Keller
Roman

Das Brandhaus
Roman

Der im Dunkeln wacht
Roman

Im Schutz der Schatten
Roman

»Die männlichen Kollegen Wallander und Van Veeteren sind in Pension, nun übernimmt Irene Huss das Ruder, wird zur führenden schwedischen Ermittlerin.«
Bild am Sonntag

btb

LEIF GW PERSSON
Die Bäckström-Serie

Mörderische Idylle
544 Seiten, btb 74925

In Wäxjö, einem idyllischen Provinzstädtchen in Schweden, geschieht ein kaltblütiger Mord: Die zwanzigjährige Linda wurde in ihrer Wohnung grausam misshandelt und anschließend erwürgt. Vieles deutet darauf hin, dass sie ihren Mörder kannte.

Sühne
448 Seiten, btb 74924

Ein ländlicher Außenbezirk von Stockholm: Inmitten von leeren Schnapsflaschen liegt ein Toter. Genau das Richtige für den unkonventionellen Kommissar Bäckström, der noch nie viel Rücksicht genommen hat auf offizielle Anweisungen von oben …

Der glückliche Lügner
656 Seiten, btb 71468

In Stockholm wird der bekannte Rechtsanwalt Thomas Eriksson tot in seinem Haus gefunden. Offenbar veräußerte er kurz zuvor eine wertvolle Kunstsammlung bei Sotheby's. Wer war sein Auftraggeber? Und wer wollte Eriksson tot sehen?

Wer zweimal stirbt
567 Seiten, btb 75747

Auf einer kleinen Insel in der Nähe von Stockholm wird ein Totenschädel gefunden. Kommissar Evert Bäckströms sicherer Instinkt für das Böse führt ihn auf eine schier unglaubliche Spur.

btb

HÅKAN NESSER

Die Kommissar-Van-Veeteren-Serie
Das grobmaschige Netz. Roman
Das vierte Opfer. Roman
Das falsche Urteil. Roman
Die Frau mit dem Muttermal. Roman
Der Kommissar und das Schweigen. Roman
Münsters Fall. Roman
Der unglückliche Mörder. Roman
Der Tote vom Strand. Roman
Die Schwalbe, die Katze, die Rose und der Tod. Roman
Sein letzter Fall. Roman

Weitere Kriminalromane
Barins Dreieck. Roman
Kim Novak badete nie im See Genezareth. Roman
Und Piccadilly Circus liegt nicht in Kumla. Roman
Die Schatten und der Regen. Roman
In Liebe, Agnes. Roman
Die Fliege und die Ewigkeit. Roman
Aus Doktor Klimkes Perspektive. Erzählungen
Die Perspektive des Gärtners. Roman
Die Wahrheit über Kim Novak. Roman
Himmel über London. Roman
Die Lebenden und Toten von Winsford. Roman
Der Fall Kallmann. Roman

Die Inspektor-Barbarotti-Serie
Mensch ohne Hund. Roman
Eine ganz andere Geschichte. Roman
Das zweite Leben des Herrn Roos. Roman
Die Einsamen. Roman
Am Abend des Mordes. Roman
Der Verein der Linkshänder. Roman

btb